Science Fiction

Science Fiction
Lektorat: Ronald M. Hahn
Ullstein Buch Nr. 31159
im Verlag Ullstein GmbH,
Frankfurt/M - Berlin
Titel der Originalausgaben:
STAR WAYS (1956)
NO WORLD OF THEIR OWN (1955)
THE WAR OF TWO WORLDS (1959)
Aus dem Amerikanischen
übersetzt von Dolf Strasser,
Jesco von Puttkamer, Otto Kühn

Sonderausgabe

Umschlaggestaltung:
Hansbernd Lindemann
Umschlagillustration:
Terry Oakes

Printed in Germany 1987
Gesamtherstellung:
Elsnerdruck, Berlin
ISBN 3 548 31159 8

Dezember 1987

Vom selben Autor/Hrsg.
in der Reihe der
Ullstein-Bücher:

Entscheidung über den Wolken (3149)
Der letzte Wikinger (1):
Das Goldene Horn (31151)
Der letzte Wikinger (2):
Die Walroß-Straße (31152)
Der letzte Wikinger (3):
Das Zeichen des Raben (31154)

CIP-Kurztitelaufnahme
der Deutschen Bibliothek

Anderson, Poul:
Sternenfahrer: 3 Romane / Poul
Anderson. [Aus d. Amerikan. übers.
von Dolf Strasser ... – Sonderausg. –
Frankfurt/M; Berlin: Ullstein, 1987.
(Ullstein-Buch; Nr. 31159:
Science-fiction)
ISBN 3-548-31159-8
NE: GT

Poul Anderson

Sternenfahrer

3 Romane

Science Fiction

Space Opera 1

Nomaden des Weltalls

1 Rendezvous

Unendlich weit draußen im Weltall, jenseits der Grenze menschlichen Wissens, befindet sich ein Planet. Sein Name ist Rendezvous.

Wenige Welten bieten dem Auge des Menschen einen angenehmeren Anblick. Wenn Schiffe aus der trostlosen Verlassenheit des Weltraumes kommen, sehen ihre Besatzungen einen gelben Stern vor den großen, kalten Konstellationen. Und wenn sie sich nähern, beginnt er zu leuchten und weiß zu glühen. Größer und größer wird der Planet, wird wie ein runder, mit Saphiren besetzter Schild, über den sich Wolken, Regenfronten und Bergnebel ziehen. Die Schiffe fliegen eine Schleife um den Planeten, bleiben in einer Umlaufbahn zwischen den Monden, und bald legen Boote von ihnen ab, um zu landen. Und dann ist der Planet für kurze Zeit von Lärm und Bewegung erfüllt, den Begleitumständen menschlichen Lebens.

So mochte die Erde in irgendeinem vergessenen Zeitalter ausgesehen haben, bevor die Gletscher nach Süden wanderten. Hier erstreckt sich fruchtbares, grünes Land bis hin zum Horizont. Weit in der Ferne beginnen die Berge; auf der anderen Seite ist das Meer. Hoch und in tiefem Blau wölbt sich der Himmel.

Und doch gibt es Unterschiede. Bäume wachsen; aber es sind nicht die Eichen, Fichten und Ulmen – oder Palmen, Baobabs oder Mammutbäume – der Erde, und das Rauschen des Windes, der durch ihre Blätter streicht, mutet fremdartig an. Die Früchte der Bäume sind würzig, doch haben sie stets einen Beigeschmack, der Menschen unbekannt ist. Die Vögel sind nicht die gleichen; die Tiere in Wald und Feld haben sechs Beine und ein grünlich schimmerndes Fell. Nachts haben die Sterne am Himmel nicht das vertraute Gesicht, und manchmal stehen vier Monde am Himmel.

Nein, es ist nicht die Erde. Und dieses Wissen, es wird zum Hunger und läßt dich nicht lange bleiben. Aber die Erde hast du niemals gesehen; und jetzt ist dieser Hunger so sehr ein Teil von dir geworden, daß du auch dort keine Heimat mehr finden könntest. Denn du bist ein Nomade.

Und nur du allein weißt, wo dieser ruhige Ort zu finden ist. Für alle anderen liegt Rendezvous jenseits der Grenze dessen, was sie noch kennen.

2 Geheimer Krieg?

Niemand anderer war im Boot. Alle waren sie ausgeschwärmt, um ihre Stände aufzustellen und sich unter die anderen zu mischen, um mit ihnen fröhlich zu sein und zu kämpfen und hart um Geschäfte zu ringen. Peregrine Joachim Henrys Schritte hallten hohl von den unverkleideten Metallwänden zurück, als er die Luftschleuse betrat. Das Boot war eine vierzig Meter lange Säule stählerner Unbequemlichkeit, die mit anderen, gleichartigen Säulen am Ende von Nomad Valley stand. Das provisorische Dorf war gute zwei Kilometer von den Booten wie eine Gruppe von Pilzen aus dem Boden gewachsen.

Normalerweise wäre Joachim jetzt ebenfalls dort gewesen, ruhig und freundlich wie immer. Aber er war Kapitän, und der Kapitänsrat hatte eine Zusammenkunft. Eine Zusammenkunft, die er nicht versäumen durfte, dachte er. Nicht mit der Nachricht, die er den anderen zu bringen hatte.

Er trat in den Gravitationsschacht und schwebte mit dem aufwärts gerichteten Strahl zum obersten Schlafraum, wo er seine Box hatte. Dort verließ er den Schacht, ging zu seinem Schrank hinüber, öffnete ihn. Eine Rasur konnte jetzt nicht schaden. Er fuhr sich mit dem Depilator übers Gesicht.

Gewöhnlich hielt er sich nicht mit Äußerlichkeiten auf – wie alle Nomaden trug er auf einer Fahrt, was ihm gerade beliebte – oder ging nackt. Normalerweise erforderten Planetenbesuche keinen Gesellschaftsanzug; doch eine Uniform erwartete man von ihm.

Was die Schale bei unseresgleichen ausmacht, überlegte er laut, während er in den Spiegel schaute. Er sah einen untersetzten, dunkelhäutigen Mann von mittlerer Größe mit grauem Haar, grauen Augen und Krähenfüßen. Das Gesicht war breit und von tiefen Furchen durchzogen, aber nicht alt. Mit sechsundfünfzig stand er am Beginn der mittleren Jahre, doch war er noch voller Vitalität.

Der Kilt mit seinem rot-schwarz-grünen Peregrine-Muster spannte um seine Hüften. War das verdammte Ding eingegangen? Nein; es stand zu befürchten, daß er zugenommen hatte. Nicht viel, aber Jere würde ihn damit aufgezogen und dann das Kleidungsstück für ihn weiter gemacht haben.

Jere. Fünfzehn Jahre war es jetzt her, daß sie die Lange Reise gemacht hatte. Und die Kinder waren groß geworden und hatten geheiratet. Nun . . . Er fuhr fort, sich anzuziehen. Über das Hemd legte er eine reich bestickte Weste an, in deren Muster das Joachims-Wappen eingearbeitet war. Auf dem Ärmel trug er die Zeichen seines Ranges – Kapitän – und seiner Dienstgattung – Astrogation. Seine Füße schlüpften in Halbstiefel. Er schnallte ein Pistolenhalfter um und setzte sich eine gefiederte Mütze auf das kurz geschnittene Haar. Weil es der Tradition entsprach und von ihm erwartet wurde, trug er die massive goldene Halskette und ihr diamantenbesetztes Gegenstück. Schließlich schlüpfte er in einen purpurnen Umhang und legte Stulpenhandschuhe an.

Dann verließ Joachim den Raum und fuhr wieder den Schacht hinunter, durchquerte die Luftschleuse und stieg endlich die einziehbare Gangway-Leiter hinab. Aus dem Tal führte ein gewundener Pfad herauf. Den ging er jetzt mit leicht rollendem, an einen Bären gemahnenden Schritt hinunter. Der Himmel über ihm war von tiefstem Blau; das weite, grüne Land lag in hellem Sonnenlicht; der Wind trug das schwache, kristallene Lachen eines Glokkenvogels zu ihm herüber. Kein Zweifel, der Mensch war nicht dafür geschaffen, sich in eine metallene Hülle zu setzen und von Stern zu Stern zu eilen. Kein Wunder, daß so viele das Nomadenleben aufgegeben hatten. Wer war dieses Mädchen gewesen – Seans Mädchen von Nerhus . . .?

»Hallo, Hal«, sagte eine Stimme hinter ihm.

Er wandte sich um. »Oh, Laurie. Lange nicht mehr gesehen.«

Und Vagabond MacTeague Lauri, ein wandelnder Regenbogen in seiner Uniform, fiel in Joachims Schritt ein. »Gestern angekommen«, erklärte er. »Wahrscheinlich sind wir die letzten, und wir bringen Nachricht von der *Wayfarer* und der *Pilgrim,* daß sie es dieses Jahr nicht geschafft haben. Damit haben sich wohl alle Schiffe gemeldet – jedenfalls sagte Traveler Thorkild, er würde die Zusammenkunft heute einberufen.«

»Wird wohl so sein. In der Nähe von Canopus sprachen wir mit der *Vagrant,* und die kommt auch nicht. Hatte irgend etwas vor; ein neuer Planet mit Handelsmöglichkeiten, nehme ich an, und sie wollen ihn anlaufen, bevor es irgend jemand anderer tut.«

Mac Teague stieß einen Pfiff aus. »Die scheuen wirklich keine Entfernung. Was habt ihr denn dort draußen gemacht?«

»Nichts Besonderes«, sagte Joachim unschuldig. »Haben uns nur ein bißchen umgesehen. Canopus ist noch freies Territorium; bis jetzt hat kein Schiff ein Anrecht darauf.«

»Warum aber so einen Sprung unternehmen, wenn ihr in eurem

eigenen Territorium so viel Handel treiben könnt, wie ihr wollt?«

»Ich nehme an, Sie sind sich mit Ihrer Mannschaft einig?«

»Nun, mit dem größten Teil jedenfalls. Natürlich – ein paar schreien immer nach ›neuen Horizonten‹, aber bis jetzt sind sie noch immer überstimmt worden. Aber . . . hm.« MacTeague kniff die Augen zusammen. »Wenn Sie sich draußen bei Canopus herumgetrieben haben, Hal, dann muß da Geld zu holen sein.«

Die Halle der Kapitäne stand am Rand eines steilen Abhangs. Als die Nomaden vor mehr als zwei Jahrhunderten Rendezvous entdeckt und zu ihrem Treffpunkt erkoren hatten, hatten sie die Halle gebaut. Zweihundert Jahre Regen, Wind und Sonnenlicht waren vergangen, und die Halle stand immer noch. Vielleicht würde sie auch noch stehen, wenn alle Nomaden den Weg in die Dunkelheit gegangen waren.

Der Mensch war ein kleines, stets von Eile getriebenes Ding; seine Raumschiffe durchmaßen Lichtjahre, und seine fieberhafte, von der Drohung des Todes angestachelte Energie ließ Tausende von Welten vom Ruhm seiner Taten widerhallen. Aber das alte, ewige Dunkel reichte weiter, als er es sich vorstellen konnte.

Auch die anderen Kapitäne kamen jetzt an – ein Rausch von Farben, ein Gewirr von Stimmen. Nur etwa dreißig erschienen zu diesem Treffen – vier Schiffe hatten gemeldet, daß sie nicht kommen würden, und dann gab es noch die vermißten Schiffe. Die Kapitäne hatten ihre Jugend durchwegs hinter sich, und manche von ihnen waren schon alt.

Die Bemannung jedes Nomadenschiffes bestand aus einem Clan – einer exogamen Gruppe, die sich von gemeinsamen Vorfahren herleitete. Durchschnittlich waren etwa fünfzehnhundert Menschen aller Altersstufen auf jedem Schiff, wobei die Frauen in die Schiffe ihrer Männer einheirateten. Das Kapitänsamt war erblich; jeder Nachfolger wurde aus den Männern dieser Familie gewählt, falls einer qualifiziert war.

Aber die selben Namen fanden sich in all diesen Schiffen wieder. Nur sechzehn Familien waren in der *Traveler I,* in welcher die ganze Nomadenkultur begonnen hatte, und durch Adoption waren nicht viel mehr hinzugekommen. Von Zeit zu Zeit, wenn einem Schiff Überfüllung drohte, taten die jüngeren Leute sich zusammen und gaben sich einen neuen Namen, und alle Nomaden halfen ihnen beim Bau eines Schiffes. Auf diese Weise hatte sich die Flotte vergrößert. Präsident des Rates aber war auf dem Wege der Erbschaft stets der Kapitän der *Traveler* – der dritten dieses Namens in den dreihundert Jahren, seit die ewige Reise begonnen hatte – und er war immer ein Thorkild.

Wanderer, Gypsy, Hobo, Voyageur, Bedouin, Swagman, Trekker, Explorer, Troubadour, Adventurer, Sundower, Migrant – Joachim sah, wie die Kapitäne die Halle betraten, und fragte sich im stillen, welchen Namen sich das nächste Schiff geben würde. Die Tradition verlangte, daß er aus einer menschlichen Sprache stamme.

Als alle anderen hineingegangen waren, trat Joachim selbst auf die Veranda und schritt in die Halle. Es war ein großes und schönes Gebäude; Säulen und Wände waren aufs feinste verziert und mit polierten Metallreliefs und Gobelins geschmückt. Was immer man gegen die Nomaden sagen konnte, man mußte zugeben, daß sie gute Handwerker waren.

Joachim ging zum Tisch, sank in seinen Sessel, schlug die Beine übereinander und suchte nach seiner Pfeife. Er hatte sie eben angezündet und begann gerade, fröhlich blaue Rauchwölkchen auszustoßen, als Traveler Thorkild Helmuth das Wort an die Versammlung richtete. Thorkild war ein hochgewachsener Mann; Haar und Bart waren weiß. Seine Miene wirkte düster und streng. Aufrecht und steif saß er auf seinem geschnitzten Sessel.

»Im Namen des Kosmos, Rendezvous«, begann er formell. Joachim achtete kaum auf das Ritual, das dann folgte.

»Bis auf fünf sind alle Schiffe anwesend oder entschuldigt«, schloß Thorkild, »und somit eröffne ich diese Sitzung. Sie soll der Diskussion von Fakten und der Festlegung unserer Politik dienen und den Wählern Vorschläge unterbreiten. Wer wünscht das Wort?«

Mehrere der Anwesenden meldeten sich, wie gewöhnlich, doch ging es um nichts von besonderer Wichtigkeit. Die *Romany* wünschten, daß ein Gebiet im Umkreis von fünfzig Lichtjahren um Thossa herum als ihr Eigentum anerkannt werde. Das bedeutete, daß kein anderes Nomadenschiff ohne ihre Genehmigung dort forschen, Handel treiben, bauen oder sich anderweitig betätigen durfte. Die *Romany* hatte in diesem Gebiet den größten Teil der Erschließungsarbeit geleistet, lautete die Begründung. Dem Antrag wurde nach kurzer Diskussion stattgegeben.

Die *Adventurer* berichtete, daß der Shan von Barjaz-Kaui auf Davenigo, auch bekannt als Ettalume IV, eine neue Handelssteuer erhebe. Da der Plan dem Koordinationsdienst bekannt war, war es den Nomaden nicht möglich, den Shan mit Gewalt zu vertreiben. Doch konnte man vielleicht mit etwas Hilfe seine Regierung unterwandern und auf diese Weise einen freundlicheren Fürsten bekommen. War irgend jemand interessiert? Nun, vielleicht die *Bedouin*. Die Sache konnte später besprochen werden.

Die *Stroller* hatte unmittelbarere Schwierigkeiten mit den Cordys. Wie es schien, hatte das Schiff einer Rasse Schußwaffen verkauft, die für eine solche Technologie wohl noch nicht reif waren, und der Koordinationsdienst hatte Wind von der Sache bekommen. Es war angezeigt, daß alle Nomaden sich im Hinblick darauf für einige Zeit besondere Vorsicht auferlegten.

Die *Fiddlefoot* plante eine Fahrt zu Spica, wo sie mit Solar-Produkten Tauschhandel treiben wollte. Sie wünschte zu wissen, ob jemand beabsichtigte, sich an ihrem Unternehmen zu beteiligen. Von Sol bezogene Güter waren sehr teuer.

So ging es weiter – Antrag, Debatte, Argument, Gegenrede, Entscheidung. Joachim gähnte und kratzte sich. Schließlich war die Reihe an ihm, und er hob die Hand. »Kapitän Peregrine Joachim«, wandte sich Thorkild an ihn. »Sprechen Sie für Ihr Schiff?«

»Für mich selbst und ein paar andere«, sagte Joachim, »aber mein Schiff steht in dieser Sache hinter mir. Ich habe einen Bericht zu machen.«

»Sie haben das Wort.«

Die Augen der Männer am langen Ratstisch wandten sich ihm zu.

Joachim stopfte sich eine neue Pfeife. »Gewisse Vorfälle in den letzten Jahren haben mich ein wenig neugierig gemacht«, sagte er, »und ich habe meine Augen offengehalten. Ich habe das Verbrechen auf eine Weise rekonstruiert, daß man annehmen könnte, ich sei ein Cordy. Ich muß nämlich annehmen, daß es sich um ein Verbrechen handelt, vielleicht sogar um einen Krieg. Um einen stillen, aber um so erbarmungsloseren Krieg.« Er legte eine Pause ein, um den Tabak anzuzünden. »In den letzten zehn Jahren haben wir fünf Schiffe verloren. Nie mehr haben sie sich gemeldet. Was hat dies zu bedeuten? Ein- oder zweimal kann so etwas durch reinen Zufall passieren. Aber Sie wissen, wie sorgfältig wir verfahren, wenn es um Unbekanntes geht. Fünf Schiffe verloren – das ist einfach zu viel. Vor allem, wenn wir sie alle im selben Gebiet verlieren.«

»Einen Augenblick, Kapitän Peregrine«, sagte Thorkild. »Das trifft nicht zu. Diese Schiffe verschwanden in der Richtung von Sagittarius – aber das ist ein ungeheuer großes Gebiet. Der Kurs der einzelnen Schiffe verlief in völlig verschiedenen Bahnen.«

»J-ja. Vielleicht. Dennoch, das Gebiet der Union ist noch größer als der Raum, in dem unsere Leute verschwanden.«

»Wollen Sie damit sagen ... Nein, das ist lächerlich. Eine Anzahl anderer Schiffe hat dieses Gebiet unbehelligt durchflogen, und sie berichten, daß es völlig unzivilisiert ist. Planeten, mit denen wir in nähere Berührung kamen, haben sich als absolut rückständig erwiesen. Kein einziger davon hat das Stadium der Mechanisierung erreicht.«

»Gewiß.« Joachim nickte. »Aber ist das nicht eigentümlich? In einem derart gewaltigen Raum müßte es doch eigentlich eine Rasse geben, die wenigstens im Besitz der Dampfmaschine ist.«

»Nun, wir sind gelandet auf ... hm.« Thorkild strich sich über den Bart.

Romany Ortega Pedro, der ein geradezu photographisches Gedächtnis hatte, meldete sich zu Wort. »Das Volumen des Raums, in dem diese Schiffe verschwunden sind, beträgt überschlägig zwanzig bis dreißig Millionen Kubik-Lichtjahre. Dieser Raum enthält vielleicht vier Millionen Sonnen, die durchwegs Planeten haben müssen. Es ist ein nicht sehr vielversprechendes Gebiet, eben weil es so sehr zurückgeblieben ist, und nur wenige Schiffe haben es angelaufen. Soviel ich weiß, sind die Nomaden in diesem Bereich auf weniger als tausend Sternen gelandet. Glauben Sie also nicht auch, Joachim, daß Ihre Behauptung einer ausreichenden Grundlage entbehrt?«

»Nein. Ich habe das nur als kleinen – sagen wir: Hinweis – genannt. Aber ich wiederhole: Ich kann mir nicht vorstellen, daß in zehn Jahren fünf Schiffe durch unbekannte Krankheiten, verräterische Eingeborene, Gravitationswirbel oder ähnliches verlorengegangen sein könnten. So töricht waren die Kapitäne dieser Schiffe nicht.

Ich habe mit Nomaden gesprochen, die dort waren, und auch mit Außenseitern – mit Forschern, Händlern, Scouts, die neue Kolonien gründen wollten, mit allen, oder besser gesagt mit allem, denn ich hatte auch Kontakt mit einigen Anderlingen« – er meinte nicht-menschliche Raumfahrer – »die dort durchgekommen waren. Es ist mir sogar gelungen, Zugang zum Cordy-Amt auf Nerthus zu erlangen und dort die Galaktischen Dokumente einzusehen.

Der Weltraum ist zu groß. Selbst dieser kleine Ableger der Galaxis, den Menschen durchmessen haben, ist größer, als wir es uns vorstellen können – und wir haben unser ganzes Leben im Weltraum verbracht. Dreißigtausend Lichtjahre sind es bis zum Zentrum der Galaxie. Sie hat etwa hundert Milliarden Sonnen! Der Mensch wird sich so etwas nie richtig vorstellen können. Es übersteigt einfach sein Begriffsvermögen.

Nun liegt in Form von isolierten Fakten eine Menge von Information herum, und niemand macht den Versuch, das alles zu koordinieren und dann zu sehen, was die Fakten bedeuten. Selbst der Koordinationsdienst kann es nicht tun – er hat mit der Führung der Union schon zu viele Probleme, als daß er sich noch um Grenzgebiete und das, was jenseits davon liegt, kümmern könnte. Als ich mit meinen Nachforschungen begann, mußte ich feststellen, daß ich der erste war, der überhaupt an so etwas dachte.«

»Und was«, fragte Thorkild ruhig, »haben Sie herausgefunden?«

»Nicht allzu viel, aber es ist verdammt aufschlußreich. Auch Anderling-Schiffe sind in diesem Gebiet verschwunden. Bei den Schiffen des Koordinations- oder des Beobachtungs-Departements hingegen hat es nie Schwierigkeiten gegeben. Wenn ihren Schiffen etwas passiert wäre, hätten sie so blitzschnell Aufklärer hinausgeschickt, daß die bei der Rückkehr sich selbst begegnet wären. Verstehen Sie, was das heißt? Irgend jemand weiß eine Menge über unsere Zivilisation – genug jedenfalls, um zu wissen, wen man gefahrlos attackieren kann.

Dann gibt es jede Menge von E-Planeten – was auch zu erwarten ist –, und auf nicht allzu vielen von ihnen scheinen Eingeborene zu leben – was man wiederum nicht erwarten würde. Sie – nun, mindestens ein Dutzend davon erinnert einen an Rendezvous . . . schöne, grüne Welten ohne eine Straße oder ein Haus.«

»Vielleicht sind sie ängstlich, wie hier auf diesem Planeten«, sagte Vagabond MacTeague. »Fünfzig Jahre waren wir hier, bevor wir wußten, daß es Eingeborene gibt. Und einen ähnlichen Fall gab es auf Nerthus, wenn Sie sich erinnern.«

»Die Nerthusier haben eine ungewöhnliche Kultur«, sagte Romany Ortega nachdenklich. »Nein, sehr wahrscheinlich sind diese Welten, von denen Sie da sprechen, wirklich unbewohnt.«

»Nun gut«, sagte Joachim. »Das ist noch nicht alles. In einigen

Fällen wiesen E-Planeten das auf, was wir normale Kultur nennen würden: Häuser, Farmen und so weiter. In all diesen Fällen war die Kontaktaufnahme ziemlich einfach, und meistens schien der Anblick von Raumschiffen für die Eingeborenen nichts Neues zu sein. Aber als ich die Berichte miteinander verglich, stellte ich fest, daß keiner dieser Planeten je zuvor Besuch aus *unserer* Zivilisation erhalten hatte.«

»Einen Augenblick«, begann Thorkild. »Wollen Sie damit sagen . . .«

»Mehr noch«, unterbrach ihn Joachim. »Unglücklicherweise sind wenige wissenschaftlich ausgerichtete Expeditionen in der X-Region gewesen, so daß wir keine genaue Beschreibung der Flora und Fauna haben. Allerdings war einigen von meinen Gesprächspartnern aufgefallen, daß es auf mehreren dieser für unbewohnt gehaltenen Planeten bemerkenswert ähnliche Pflanzen und Bäume gibt. Bei der Galaktischen Beobachtungsstelle erhielt ich darüber nützliche Informationen. Sie hatte festgestellt, daß es sich nicht nur um Ähnlichkeit handelte – ein gutes Dutzend Pflanzenarten auf sechs unbewohnten Welten war völlig identisch. Dafür gibt es doch nur die Erklärung . . .«

»Wie haben denn die Leute von der Beobachtung das erklärt?« unterbrach ihn Fiddlefoot Kogama.

»Überhaupt nicht. Hatten zuviel anderes zu tun. Ihre Robot-Dokumentation unterstellte eine gewisse Wahrscheinlichkeit, daß die Ähnlichkeit auf – möglicherweise zufällige – Transplantation durch eine Tiunranische Expedition zurückzuführen sei.«

»Tiunra? Ich kann mich nicht entsinnen, davon jemals etwas . . .«

»Wäre auch sehr verwunderlich. Es sind Bewohner eines M-Planeten auf der anderen Seite der Wega. Seltsame Kultur – schon gut fünfhundert Jahre, ehe der Mensch Sol verließ, kannten sie die Raumfahrt, waren aber nie an Kolonisierung interessiert. Soviel ich weiß, haben sie auch heute noch nicht viel mit der Union zu tun. Sind einfach uninteressiert.

Jedenfalls machte ich mir die Mühe, Tiunra anzuschreiben. Vor etwas über zwei Jahren schickte ich den Brief von Nerthus ab. Ich fragte die zuständige Stelle nach ihren Feststellungen über das X-Gebiet. Hatten sie dort draußen irgend etwas getan? Oder hatte man ihnen etwas getan?

Als wir vor sechs Monaten auf Nerthus waren, bekam ich Antwort. Sehr höflich; sie hatten sogar in menschlicher Basisschrift geschrieben. Ja, ihre Schiffe hatten vor etwa vier Jahrhunderten das X-Gebiet durchflogen. Von dem, was ich vorhin erwähnte, hatten sie aber nichts bemerkt. Waren auch sicher, weder zufällig noch absichtlich irgendwelche Transplantationen vorgenommen zu haben. Und sie hatten vier Schiffe verloren.

So.« Joachim lehnte sich zurück, streckte seine Beine unter dem Tisch aus und blies eine Reihe von Rauchringen in die Luft. »Das wäre es, meine Herren. Machen Sie damit, was Sie wollen.«

Stille trat ein. Durch das offene Portal hindurch kam der Wind und strich an den Wandbehängen entlang. Ein leichtes Metallrelief gab einen Ton wie ein kleiner Gong von sich.

Endlich meldete sich Ortega zu Wort: »Und die Tiunraner unternahmen nichts wegen ihrer verlorengegangenen Schiffe?«

»Nein. Sie mieden nur fortan diesen Teil des Weltraums«, sagte Joachim.

»Und sie haben die Koordinationsstelle nicht informiert?«

»Nicht, daß ich wüßte. Allerdings wurden sie von der Koordination auch niemals gefragt.«

»Eine ernste Angelegenheit«, sagte Thorkild mit finsterer Miene. – »Das kann man wohl ohne Übertreibung sagen«, entgegnete Joachim.

»Sie haben keine hundertprozentig schlüssigen Beweise.«

»Vielleicht nicht. Aber untersuchen müßte man die Sache.«

»Also gut. Unterstellen wir die Richtigkeit Ihrer Vermutung. Das X-Gebiet, vielleicht das ganze Große Kreuz, wird beherrscht von einer uns unbekannten, feindlichen Zivilisation, die technologisch der unseren gleichwertig oder möglicherweise sogar überlegen ist. Trotzdem kann ich mir nicht vorstellen, wie man eine derartige Technologie geheimhalten sollte. Denken Sie nur an die Neutrino-Emission eines großen Atomkraftwerkes. Selbst wenn er viele Lichtjahre entfernt ist, finden Sie mit Hilfe eines Neutrino-Detektors einen Planeten, auf dem nukleare Energie erzeugt wird. Nun, vielleicht haben sie irgendeine Art von Abschirmung.« Thorkild klopfte mit seinem knochigen Zeigefinger auf den Tisch. »Also: Die mögen uns nicht und haben uns auch schon ein wenig ausspioniert. Welche Folgerungen müßten wir daraus ziehen?«

»Invasion – daß sie die Union erobern wollen?« fragte MacTeague.

Trekker Petroff sagte: »Vielleicht wollen sie nur in Ruhe gelassen werden.«

»Welchen Vorteil sollten sie sich denn von einem Krieg erhoffen?« protestierte Ortega.

»Über irgendwelche Motive kann ich nichts sagen«, erklärte Joachim. »Aber es können wohl nur nichtmenschliche Wesen sein. Wir müssen zunächst einmal annehmen, daß sie uns feindlich gesinnt sind.«

»Gut«, sagte Thorkild. »Sie haben am meisten über die Angelegenheit nachgedacht. Folgerungen?«

»Nun, sehen Sie sich doch die Karte an«, sagte Joachim mild. »Sowohl als kulturelle sowie als semi-politische Einheit dehnt sich die Union in Richtung auf Sagittarius, das galaktische Zentrum, aus. Das X-Reich liegt der Union genau im Wege. X, so friedlich es auch sein mag, könnte Gegenmaßnahmen für angebracht halten.

Und wo sind wir? An der saggitarius-seitigen Grenze der Union – und wir expandieren in die nicht kartographierten Regionen jenseits dieser Grenze. Genau in das Gebiet zwischen der Union und X. Der Koordinationsdienst der Union mag Nomaden nicht sehr, und X hat schon zu erkennen gegeben, was es von uns hält. Wir sind die Barbaren – mitten drin zwischen dem oberen und dem unteren Mühlstein!«

Wieder trat Schweigen ein. Der individuelle Tod schreckte sie nicht. Daß aber ihre ganze Sippe ausgelöscht werden könnte, war eine furchtbare Vorstellung; die ganze Geschichte der Nomaden war eine einzige lange Flucht vor kultureller Absorption gewesen.

Mehr als dreißig Schiffe mit etwa fünfzigtausend Menschen – *was ist zu tun?*

Joachim beantwortete die unausgesprochene Frage mit einigen langsamen, nachdrücklichen Worten:

»Ich denke schon eine Zeitlang über diese Dinge nach, meine Freunde, und ich glaube auch, eine Art Antwort zu haben. Das erste Erfordernis für jede Art von Aktion ist Wissen, und wir wissen nicht einmal, ob X wirklich eine Bedrohung darstellt.

Hier ist mein Vorschlag. Unternehmen wir im Augenblick nichts. Natürlich wird kein Schiff in das Große Kreuz einfahren, doch ansonsten machen wir weiter wie bisher. Ich aber werde die *Peregrinus* zu einem Scout-Schiff machen. Und dann werden wir uns Kenntnisse über diese unbekannten Wesen verschaffen.«

»Was?« Thorkild blinzelte ihn an.

»Sicher! Dem größten Teil meiner Mannschaft werde ich zunächst erklären, daß es sich um eine Erkundungsfahrt handelt.

Wir werden herumschnüffeln wie sonst auch, und ich werde die Schnüffelei so gestalten, wie ich es für am nützlichsten halte. Kämpfen können wir, wenn wir müssen, und bei Anwendung des Hyperdrive können wir ohnehin nicht verfolgt oder beschossen werden.«

»Nun, das klingt ... sehr gut«, sagte Thorkild.

»Natürlich«, lächelte Joachim, »dürfen wir bei unserer Arbeit in keiner Weise behindert werden. Ich brauche eine formelle Ermächtigung, die es mir und meiner Mannschaft erlaubt, jedes Gesetz der Nomaden, der Union oder irgendeiner sonstigen Autorität nötigenfalls zu umgehen oder zu brechen.«

»Hmmm ... Ich kann mir schon denken, worauf das hinausläuft«, sagte MacTeague.

»Außerdem«, sagte Joachim ungerührt, »wird sich die *Peregrinus* in einem primitiven – möglicherweise sogar feindlichen – Gebiet aufhalten und nicht die normalen Möglichkeiten der Finanzbeschaffung haben. Wir brauchen einen Anteil von sagen wir – zwanzig Prozent von allen bis zum nächsten Treffen anfallenden Profiten.«

»*Zwanzig Prozent!*« prustete Ortega.

»Sicher. Schließlich riskieren wir unser ganzes Schiff, oder?«

3 Ilaloa

Peregrine Thorkild Sean konnte das Mädchen nicht vergessen, das auf Nerthus zurückgeblieben war. Allein war sie in die Stadt Stellamont gegangen und war nicht zurückgekehrt. Nach einer Weile hatte er einen Aircar genommen und war die zwölfhundert Kilometer zum Haus ihres Vaters geflogen. Es gab keine Hoffnung – sie konnte das Nomadenleben nicht aushalten.

Zwei Jahre sind manchmal eine lange Zeit, und die Erinnerung schwindet. Thorkild Sean ging durch das Nomadencamp unter dem Himmel von Rendezvous und wußte, wie weit Nerthus entfernt war.

Dunkelheit hatte sich auf das Tal gesenkt – nicht der stille Schatten von Nerthus, eines Planeten, der fast wie die Erde war, sondern die lebendige, schimmernde Nacht von Rendezvous. Hohe Feuer brannten, und das Camp war ein einziges Babel. Der Handel war weitergegangen, bis auch das letzte Geschäft getätigt war. Der Kapitänsrat war zusammengetreten, und die Männer auf den Schiffen hatten über seine Vorschläge abgestimmt. Jetzt war es Zeit für den Höhepunkt: die »Meuterei«. Unverheirateten Frauen war es nicht gestattet, diesen dreitägigen Saturnalien beizuwohnen – hinsichtlich ihrer Jungfrauen waren die Nomaden sehr streng. Für alle anderen aber würde es eine aufregende Erinnerung sein, die sie mit hinauf zum Himmel nehmen konnten.

Außer für mich, dachte Sean.

Er kam an einem Feuer vorbei, durchschritt den flackernden Flammenschein – ein schlanker, hochgewachsener junger Mann mit heller Haut. Sein Haar war braun, seine Augen blau, sein Gesicht schmal und ausdrucksvoll, seine Bewegungen jedoch eckig und ungelenk.

Jemand rief ihm etwas zu, aber er achtete nicht darauf und ging weiter. Nicht jetzt, nicht jetzt. Bald hatte er das Camp hinter sich gelassen. Er fand den steilen Pfad, den er suchte, und folgte ihm hinaus aus dem Tal. Die Nacht von Rendezvous umfing ihn.

Dies war nicht die Erde und auch nicht Nerthus oder irgendein anderer Planet, auf dem Menschen heimisch geworden waren. Frei konnte er sich hier bewegen, und kein krankheitserregender Keim, kein Giftzahn lauerte im Verborgenen auf ihn. Dennoch – irgendwie hatte Sean das Gefühl, noch niemals auf einer so fremden Welt gewesen zu sein.

Drei Monde standen am Himmel. Einer war weit entfernt – eine kalte, weiße Fläche am samtenen Himmel. Der zweite war ein rötlicher Halbmond, der dritte fast voll. Dieser lief so rasch auf seiner Bahn zwischen den Sternen, daß man seine Bewegung wahrnehmen konnte. Drei Schatten folgten ihm über das lange, flüsternde Gras, und das Licht war so hell, daß die Schatten nicht schwarz waren; sie waren dunkles Blau auf dem kalten Boden. Über ihm waren die Sterne – Konstellationen, die man in der Heimat der Menschheit nicht kannte. Die Milchstraße war noch wie eine Lichtbrücke zu sehen, und er konnte das kalte Funkeln von Spica und Canopus erkennen. Der größte Teil des Himmels aber war fremd.

Auf den Hügeln, durch die er jetzt ging, spielten Mondlicht und Schatten. Auf der einen Seite seines Weges erhob sich ein Wald – hohe, federblättrige Bäume, überwuchert von blühenden Ranken. Auf der anderen Seite war Gras und Gebüsch und niedriges Dikkicht. Dann und wann sah er eines der sechsbeinigen Tiere von Rendezvous.

Da und dort bewegte sich Licht. Phosphoreszierende Insekten

schwangen sich auf feinen Flügeln über glimmende Lampenblumen. Sean nahm die Geräusche der Nacht in sich auf. Die Erinnerung an Früheres erstarb, und neue Kraft entfaltete sich in ihm.

An einen Baum gelehnt, erwartete sie ihn an der vereinbarten Stelle. Seine Schritte wurden schneller und schneller.

Außerhalb der normalen Raumkorridore hatten die Nomaden nach einem erdähnlichen Planeten – einem E-Planeten – gesucht. Er sollte ein Treffpunkt sein, den andere nicht so leicht finden würden. Außerhalb ihres Versammlungsplatzes hatten sie noch nicht viel erforscht. Dennoch war es ein Schock für sie gewesen, als sie fünf Jahre später feststellten, daß entgegen ihrer Annahme doch Eingeborene auf Rendezvous lebten. Die Gesetze der Union hatten nicht viel zu bedeuten. Aber Eingeborene konnten Probleme bringen.

Indessen waren die Wesen, die sie hier angetroffen hatten, angenehm, ja bemerkenswert menschenähnlich. Ihre Kultur allerdings hatte mit keiner je von Menschen geschaffenen etwas Gemeinsames. Sie hatten sich die Neuankömmlinge angesehen, hatten ohne Schwierigkeiten den Dialekt der Nomaden gelernt und viele Fragen gestellt. Über sich selbst hatten sie freilich wenig geäußert. Und nachdem sich herausgestellt hatte, daß diese Wesen nichts zu bieten hatten, was Handel ermöglichte, hatten die Nomaden auch kein sonderliches Interesse gezeigt.

Entgegenkommenderweise hatten die Eingeborenen den Nomaden das Gebiet, das sie sich bereits angeeignet hatten, zur Verfügung gestellt und nur darum gebeten, anderswo nicht belästigt zu werden, was die Menschen noch gesetzlich kodifizierten. Seitdem hatte sich gelegentlich ein Eingeborener bei ihren Versammlungen gezeigt, eine Weile zugehört und war wieder verschwunden – sonst hatte es nichts gegeben in den letzten einhundertfünfzig Jahren.

Blind, dachte Sean. Wir sind blind, wie es der Mensch immer schon gewesen ist. Es gab eine Zeit, wo er sich einbildete, das einzige intelligente Wesen im ganzen Universum zu sein – und er hatte sich nicht sehr verändert.

Der Gedanke ging auf in dem Wunder, das vor ihm stand. Er blieb stehen. Das Blut pochte laut in seinen Schläfen. »Ilaloa.«

Bewegungslos und ohne ein Wort zu sagen, stand sie da und sah ihn an. Ihre Schönheit und Anmut schnürten ihm fast die

Kehle zu. – Sie hätte der menschlichen Rasse angehören können – beinahe – wäre sie nicht so übermenschlich schön gewesen. Die Lorinyaner waren das, was der Mensch vielleicht nach einer Million Jahren positiver Evolution sein würde. Sie war schlank und von fließender Grazie, und ihre Haut war marmorweiß. Ihr silbrigblau schimmerndes Haar fiel seidig um ihre Schultern. Zum ersten Male hatte er Ilaloa gesehen, als die *Peregrinus* auf Rendezvous gelandet war und er einen einsamen Streifzug unternommen hatte, um allein zu sein.

»Ich bin gekommen, Ilaloa«, sagte er und spürte, wie schwerfällig es klang. Ilaloa sagte kein Wort, und er setzte sich seufzend ihr zu Füßen. – Er brauchte nichts zu sagen. Unter den Menschen war er ein einsames, für immer in die Nacht seines eigenen Schädels eingesperrtes Wesen, das seine Artgenossen nie wirklich verstand, nie ihre tröstliche Nähe spürte. Sprache war gleichzeitig Brücke und Barriere; und Sean wußte, daß Menschen sprechen, weil sie Angst vor der Stille haben. Mit Ilaloa aber konnte er still sein; hier gab es Verständnis und keine Einsamkeit.

Laß die eingeborenen Frauen in Frieden! Es war ein Gesetz der Nomaden, das auf anderen Planeten kaum erzwungen zu werden brauchte – wer fühlte sich schon angezogen von etwas, was wie eine Karikatur der Menschen aussah? Aber kein Speer hatte sich in sein Fleisch gebohrt, als er diesem Wesen begegnete, das nicht weniger als eine Frau war, sondern mehr.

Ilaloa ließ sich neben ihm nieder. Er blickte in ihr Gesicht – seine weichen, lieblichen Flächen und Kurven, die geschwungenen Brauen über großen violetten Augen, die kleine Nase, den feinen Mund.

»Wann gehst du fort?« fragte sie. Ihre Stimme war leise, klang aber trotzdem voll.

»In drei Tagen«, sagte er. »Reden wir nicht darüber.«

»Aber das sollten wir«, sagte sie nachdrücklich. »Wo gehst du hin?«

»Fort.« Er machte eine Geste zum sternenübersäten Himmel hinauf. »Von Sonne zu Sonne, ich weiß nicht wohin. Wie ich höre, soll es dieses Mal ein neues Gebiet sein.«

»Dorthin?« Sie deutete auf das Große Kreuz.

»Nun ... ja. In Richtung von Sagittarius. Woher weißt du das?«

Sie lächelte. »Man hört dies und jenes, auch wir im Wald. Wirst du wiederkommen, Sean?«

»Wenn ich bis dahin noch lebe. Zwei Jahre wird es mindestens dauern – ein wenig mehr nach eurer Rechnung. Vier Jahre vielleicht, oder sechs . . . ich weiß es nicht.« Er versuchte zurückzulächeln. »Bis dann, Ilaloa, wirst du . . . du wirst . . . deine eigenen Kinder haben.«

»Hast du keine, Sean?«

Es war die natürlichste Sache der Welt, ihr alles zu erzählen. Sie nickte ernst und legte ihre Hand auf die seine.

»Wie einsam du sein mußt.« In ihrer Stimme war keine Rührseligkeit; es klang beinahe sachlich. Aber sie verstand.

»Ich werde schon damit fertig«, sagte er. Und mit plötzlicher Bitterkeit fügte er hinzu: »Aber ich möchte jetzt nicht davon sprechen, daß ich fort muß. Viel zu bald wird der Augenblick da sein.«

»Wenn du nicht fort willst«, sagte sie, »dann bleibe doch.«

Er schüttelte langsam den Kopf. »Nein. Das ist unmöglich. Ich könnte nicht bleiben, nicht einmal auf einem Planeten meiner eigenen Art. Seit dreihundert Jahren leben die Nomaden zwischen den Sternen. Die wenigen, die es nicht durchstehen konnten, verschwanden, und von den Planeten kamen andere hinzu, die für diese Art Leben geeignet waren. Jetzt ist es mehr als nur Gewohnheit und Kultur, verstehst du. Wir sind für dieses Leben geboren.«

»Ich weiß«, sagte sie. »Ich wollte nur, daß du dir selber darüber klar wirst.«

»Du wirst mir sehr fehlen«, sagte er. »Ich wage gar nicht, daran zu denken, wie sehr du mir fehlen wirst, Ilaloa.«

»Es kommt mir viel länger vor . . . oder kürzer . . . Ich weiß nicht. Mach dir keine Gedanken darüber. Vergiß es. Es gibt Dinge, die ich einfach nicht sagen darf.«

»Vielleicht sagst du sie dennoch«, antwortete sie.

Er wandte sich zu ihr und sah sie an, und die Nacht war plötzlich erfüllt vom wilden Schrei seines Herzens.

4 Trevelyan Micah

»Sie werden sich zur Sagittarius-Grenze der Stellaren Union begeben«, hatte die Maschine gesagt. »Planet Carstens' Stern III, auch Nerthus genannt, wird als Startpunkt empfohlen. Anschließend . . .«

Die Anordnung war allgemein gewesen und hatte dem Agenten fast völlige Eigenständigkeit eingeräumt. Theoretisch konnte er sich auch weigern. Trevelyan Micah wäre aber kein Feldagent des Koordinationsdienstes der Stellar-Union gewesen, wäre ihm so etwas auch nur in den Sinn gekommen.

Die Psychologie des Ganzen war nicht unkompliziert. Die Cordy-Agenten waren keineswegs Aufschneider; Todesfurcht hatten sie oft genug erlebt, um zu wissen, daß nichts Erhebendes oder Großartiges daran war. Sie glaubten an den Wert ihrer Arbeit, waren aber nicht sonderlich altruistisch. Vielleicht konnte man sagen, daß sie diese Arbeit liebten.

Sein Aircar schwebte auf Gravitationsstrahlen über der westlichen Hälfte Nordamerikas. Das Land unter ihm war groß und grün. Verstreute einzelne Häuser, kleine Dörfer leuchteten im Sonnenlicht.

In gewisser Weise war die Erde ja jetzt eine einzige Stadt, dachte er. Wenn Transport- und Kommunikationsmittel jeden Punkt auf dem Planeten im Handumdrehen erreichbar machen und das Ganze eine sozio-ökonomische Einheit ist, ist diese Welt eine Stadt – mit einer halben Milliarde Einwohner!

Am Himmel wimmelte es von Luftfahrzeugen – schimmernden Ovalen unter tiefblauem Himmel. Trevelyan ließ seinen Autopiloten steuern und rauchte nachdenklich eine Zigarette. Auf und über der Erde gab es in diesen Tagen eine Menge Bewegung. Man konnte auch kein seßhaftes Leben führen, wenn man einen Job in Afrika, einen – wahrscheinlich vorübergehenden – Wohnsitz in Südamerika hatte und mit seinen australischen und chinesischen Freunden einen Urlaub in der Arktis plante. Selbst die interstellaren Kolonisten, so bewußt primitiv sie auch blieben, reisten sehr viel auf ihrem Planeten herum. Es hatte keinen wirtschaftlichen Grund für den Drang des Menschen nach draußen gegeben, als der Hyperdrive erfunden worden war. Die Emigrationswelle war eine stumme Revolte von Leuten, die kein Bedürfnis mehr nach herkömmlicher Zivilisation hatten. Sie wollten irgendwie nützlich sein, wollten irgend etwas, das größer sein sollte als sie selbst und dem sie ihr Leben widmen konnten – wenn es nur sie selbst und ihre Kinder ernährte. Die kybernetische Gesellschaft hatte ihnen das weggenommen. Wenn man nicht zu den oberen zehn Prozent gehörte – zu den Wissenschaftlern oder hervorragenden Künstlern – dann konnte man nichts tun, was eine Maschine nicht viel besser gemacht hätte.

Also emigrierten sie. Der Auszug ereignete sich nicht über Nacht und war auch noch nicht zu Ende. Aber die Gewichte hatten sich verschoben, sowohl sozial wie genetisch. Und ein Planet, dessen Bevölkerung in ihrer Mehrzahl kreativ war, hatte notwendigerweise die Faktoren, welche auf lange Sicht die ganze Gesellschaft formen. Es gab wissenschaftliche Forschung; es gab Erziehung, welche das Denken des Menschen formt, und Kunst, das ihm Farbe verleiht. Vor allem gab es Verständnis für den ganzen riesigen turbulenten Prozeß.

Trevelyans Gedanken wurden unterbrochen, als der Autopilot ein Signal gab. Er näherte sich jetzt den Rocky Mountains, und Dianes Heim war nicht mehr weit.

Es war eine kleine Einheit mitten in den gewaltigen weißen Bergen. Als Trevelyan ausstieg, fuhr ihm die Kälte wie ein Messer durch seine dünne Kleidung. Er lief zur Tür, die ihn automatisch überprüfte, bevor sie sich öffnete, und zitterte noch vor Kälte, als er schon eingetreten war.

»Diane!« rief er. »Du suchst dir die unmöglichsten Orte für deine Wohnungen aus. Letztes Jahr war es das Amazonas-Bekken ... Wann ziehst du zum Mars?«

»Sobald ich ihn multiplexieren möchte«, sagte sie. »Hallo, Micah.«

Der Kuß, den sie ihm gab, strafte den beiläufigen Ton ihrer Stimme Lügen. Sie war eine kleine Frau und hatte etwas Junges und doch Nachdenkliches an sich.

»Neues Projekt?«

»Ja. Wird ganz gut, glaube ich. Ich zeige es dir.« Sie drückte auf ein paar Knöpfe des Multiplex, und das Band begann zu laufen. Trevelyan setzte sich und nahm den Strom der Stimuli in sich auf – Farbmuster, Musik, Spuren von Geschmack und verwandten Gerüchen. Es war abstrakt, doch hatte er einen lebhaften Eindruck von Bergen – von allen Bergen, die es jemals gegeben hatte.

»Das ist gut«, sagte er. »Mir kam es vor, als wäre ich in zehn Kilometer Höhe am Rand einer Gletscherspalte.«

»Du nimmst das zu genau«, sagte sie und strich mit der Hand über sein Haar. »Es soll ein generalisierter Eindruck sein. Ich würde gern in richtiger Kälte arbeiten, aber das stört doch zu sehr. Ich muß mich mit Dingen wie eisblauer Farbe und Diskanttönen begnügen.«

»Und du behauptest, keine Ahnung von der kybernetischen

Kunsttheorie zu haben?«

»›Kunst ist eine Kommunikationsform‹«, sagte sie mit komisch leiernder Stimme. »›Kommunikation ist die Übermittlung von Information. Information ist ein Muster in der Raum-Zeit, durch Selektionsregeln unterschieden von der Totalität aller möglichen Arrangements derselben Bestandteile und somit imstande, Bedeutungsträger zu sein. Bedeutung ist der induzierte Zustand des Wahrnehmenden und im Falle der Kunst in erster Linie emotional . . .‹ Gott, was soll das, diese mathematische Logik kann mir gestohlen bleiben. Ich weiß, was funktioniert und was nicht, und das genügt.«

Da hatte sie recht, dachte er. Vielleicht verstand Braganza Diane nicht die synthetisierende Weltsicht der modernen Philosophie, aber das machte nichts. Sie betätigte sich schöpferisch.

»Du hättest mich wissen lassen sollen, daß du kommst, Micah«, sagte sie. »Ich hätte mich darauf eingerichtet.«

»Ich weiß es selbst erst seit kurzem. Man hat mich zurückgerufen. Ich bin gekommen, um Lebewohl zu sagen.«

Für einen langen Augenblick sagte sie nichts. Als sie dann sprach, tat sie es sehr leise und ohne ihn anzusehen: »Das hatte nicht noch Zeit?«

»Ich fürchte nein. Es ist ziemlich dringend.«

»Und wohin geht es?«

»Zur Sagittarius-Grenze. Danach kann alles mögliche passieren.«

»Verdammt«, stieß sie hervor. »Verdammt und noch einmal verdammt!«

»Ich komme wieder«, sagte er.

»Eines Tages«, antwortete sie dünn, »kommst du nicht mehr zurück.« Sie stand auf. »Nehmen wir's nicht zu tragisch. Du kannst doch heute abend bleiben? Gut, dann hol ich uns was zu trinken.«

Sie schenkte Wein in Gläser aus Mondkristall. Er stieß mit ihr an, hörte auf den schwachen, feinen Klang und hob dann sein Glas, bevor er trank. Eine rubinfarbene Flamme glühte in ihm auf.

»Gut«, sagte er anerkennend. »Was gibt's bei dir Neues?«

»Nichts. Bei mir gibt es nie sehr viel Neues, wie? Nun, ich hatte ein Angebot von einem Bewunderer. Er wollte sogar einen Kontrakt.«

»Wenn er der richtige Typ ist«, sagte Trevelyan langsam, »solltest du vielleicht darauf eingehen.«

Sie betrachtete ihn und sah einen großen, schlanken, durchtrainierten Mann. Sein Gesicht war dunkel und hakennasig. Zwischen den grünen Augen war eine tiefe Falte. Die meisten Leute hätten den Blick dieser Augen kalt genannt. Sein Haar war gerade und schwarz und schimmerte im Sonnenlicht etwas rötlich. Er hatte etwas Altersloses, Unerschütterliches an sich.

Die Agenten des Koordinationsdienstes waren jung, wenn sie anfingen. Supermänner waren sie nicht; sie waren noch schwerer zu verstehen als diese.

»Nein«, sagte sie. »Das werde ich nicht tun.«

»Es ist dein Leben.« Er verfolgte die Sache nicht weiter.

Der Anfang ihrer Verbindung lag schon einige Jahre zurück. Für ihn – das wußte sie – war es eine angenehme Abwechslung, nichts weiter; er hatte ihr keinen Kontrakt angeboten, und sie hatte ihn auch nicht darum gebeten.

»Was ist denn dieses Mal deine Direktive?« sagte sie.

»Ich weiß es eigentlich nicht genau. Das ist ja das Schlimme daran.«

»Heißt das, daß die Maschine es dir nicht sagt?«

»Die Maschine wußte es nicht.«

»Aber das ist unmöglich!«

»Nein, das ist es eben nicht. Es ist schon passiert und wird mit zunehmender Häufigkeit wieder geschehen . . .« Trevelyan verzog das Gesicht. »Das wirkliche Problem liegt darin, daß wir ein völlig neues Prinzip finden müssen. Soweit ich das beurteilen kann, könnte es sogar ein philosophisches Prinzip sein.«

»Ich verstehe nicht.«

»Es ist so«, sagte er. »Die Grundlage der Zivilisation ist Kommunikation. Man kann sogar sagen, daß das menschliche Leben auf Kommunikation und Rückkopplung zwischen Organismus und Umwelt beruht, und zwischen Teilen des gleichen Organismus.

Und nun überleg dir einmal, was wir heute haben. Es gibt etwa eine Million Sterne, die der Mensch schon besucht hat, und täglich werden es mehr. Viele von diesen Sternen haben einen oder mehrere Planeten, die von Wesen mit einer der unsrigen vergleichbaren Intelligenz bewohnt werden. Freilich sind ihre Denk- und Handlungsmuster so verschieden von den unseren, daß es eines langen, mühsamen Studiums bedarf, bis man ihre fundamentale Motivation ergründet. Sich voll und ganz in sie einzufühlen, ist unmöglich. Und nun stell' dir vor, daß sie ganz plötzlich mit einer interstellaren Zivilisation konfrontiert werden! Wir müssen genauso mit ihrer Zukunft rechnen wie mit unserer eigenen.

Erinnere dich an eure eigene Geschichte, Diane. Denk daran, was auf der Erde geschah, als noch souveräne Staaten unintegrierte, einander diametral entgegengesetzte Ziele verfolgten.«

»Das brauchst du mir nicht zu erzählen«, sagte sie etwas gekränkt.

»Tut mir leid. Ich versuche ja nur, dir den Hintergrund des Ganzen ins Gedächtnis zu rufen. Er ist geradezu phantastisch kompliziert, und das Problem wird immer noch schlimmer. Es geht darum, daß die Ortsveränderung der Kommunikation davonläuft. Wir müssen alle Komponenten unserer Zivilisation zusammenbringen. Du brauchst dich nur zu erinnern, was etwa im zweiten Mittelalter auf der Erde passierte. Heute könnte das zwischen ganzen Sternsystemen passieren!«

Einen Augenblick lang sagte sie nichts, drückte nur ihre Zigarette aus und zündete sich eine neue an. »Sicher«, sagte sie dann. »Genau um das zu verhindern, hat man ja die Union gegründet. Das ist der Sinn der Cordy-Arbeit.«

»Wir haben verschiedene Typen oder Ausrichtungen von Intelligenz in der Galaxis gefunden«, fuhr er fort, »aber sie unterscheiden sich nicht grundlegend voneinander. Hast du dich schon einmal gefragt, warum es keine Art gibt, deren durchschnittliche Intelligenz wesentlich höher als die des Menschen ist?«

»Ich ... nun, sind nicht alle Planeten etwa gleich alt?«

»Nicht ganz. Ein oder zehn Millionen Jahre bedeuten bei organischem Leben schon einen wesentlichen Unterschied. Nein, Diane, es ist eine Frage der natürlichen Grenzen. Das Nervensystem, speziell das Gehirn, kann nur einen gewissen Grad der Kompliziertheit erreichen. Dann wird das Ganze zu groß, als daß es sich noch selbst unter Kontrolle halten könnte.«

»Ich glaube zu verstehen, worauf du hinauswillst«, sagte sie. »Auch der Kapazität von Computer-Maschinen sind Grenzen gesetzt.«

»Mhm. Auch Systeme, die aus mehreren Maschinen zusammengebaut sind. Diane, wir können nicht so viele Planeten koordinieren, wie wir sie heute in unserem Zivilisationsbereich finden. Und dieser Bereich erweitert sich noch.«

Sie nickte. Ihre Miene war ernst, und ihr Blick verriet eine bange Ahnung, als er den seinen traf. »Du hast recht, aber was hat das mit deiner neuen Mission zu tun?«

»Die Integratoren sind überarbeitet und bei der Auswertung vorhandener Informationen um Jahre zurück«, sagte er. »Dinge können monströse Dimensionen annehmen, bevor die Integratoren etwas davon erfahren. Und wir, die Cordys aus Fleisch und Blut, sind nicht besser dran. Wir führen unsere Aufträge aus, können aber nicht alles überblicken. Der Integrator hat jetzt endlich einige Berichte über verschwundene Schiffe, botanische Anomalien auf scheinbar unbewohnten Sternen und über die Nomaden-Clans bearbeitet. Es könnte sich um ein Phänomen von unabsehbarer Bedeutung handeln.«

»Und was für ein Phänomen . . .?« hauchte sie.

»Ich weiß es nicht«, antwortete er. »Die Maschine meinte, daß möglicherweise die Nomaden etwas im Schilde führen. Ich werde das feststellen.«

»Was habt ihr Cordys nur gegen die armen Nomaden.«

»Sie sind der schlimmste Störfaktor in unserer Zivilisation«, sagte er grimmig. »Sie kreuzen überall auf und tun alles mögliche, ohne an die Konsequenzen zu denken. Für die Erdenmenschen sind die Nomaden romantische Wanderer; für mich sind sie nichts als ein Übel.

Allerdings bezweifle ich, daß sie es sind, die dahinterstecken. Es muß da etwas von wesentlich größerer Bedeutung geben, vermute ich.« Er zündete sich eine Zigarette an. »Als erstes freilich nehmen wir uns einmal die Nomaden vor.«

5 Der Sohn des Nomaden

»Nein!«

Thorkild Sean blickte seinem Vater in die Augen. »Ich sehe nicht ein, was dich das angeht.«

»Bist du wahnsinnig geworden?« Thorkild Elof schüttelte den Kopf wie ein wütender Stier. Bart und Mähne des Schiffsältesten schienen sich zu sträuben. »Ich bin dein *Vater.*«

Und Sean empfand etwas wie innere Bewegung. Ilaloas Finger umschlossen die seinen. Der Blick ihrer großen violetten Augen war voller Angst. Sean dachte daran, wie weit sich Elof und er in den letzten vier Jahren auseinandergelebt hatten. Seine Haltung straffte sich. »Ich bin ein freier Nomade und tue, was mir gefällt.«

»Das werden wir ja sehen!« Elof fuhr herum und hob die Stimme. »Hal! Hal, komm hierher zu mir!«

Joachim Henry sah zu, wie die Insassen seines Schiffes ihre Boote bestiegen. Den Männern sah man die Erregung der »Meuterei« noch an. Die verheirateten Frauen bewegten sich mit gemessener Würde; die meisten von ihnen hielten Babys im Arm. Die jüngeren Mädchen und Männer schauten sehnsüchtig in das Tal zurück.

»Sean«, flüsterte Ilaloa. Er faßte sie fester um die schlanke Taille und spürte ihr Zittern.

Joachim hörte Elofs Ruf. »Was ist denn?« murmelte er. Er zog seinen Kilt zurecht und ging zu den anderen.

»Hallo, Elof, Sean«, sagte er. »Wer ist die ...« Er unterbrach sich. »Die eingeborene Dame?«

»Was gibt's?« Mit dem Stiel seiner Pfeife deutete er zu seinen Leuten hinüber, die Schlange standen, um einsteigen zu können. »Ich habe alle Hände voll zu tun, um sie wieder aufs Schiff zu kriegen. Also mach's kurz.«

»Meinetwegen«, sagte Elof. »Sean möchte diese Eingeborene hier mitnehmen. Er möchte sie *heiraten*!«

»Was?« Mit ungläubiger Miene kniff Joachim die Augen zusammen. »Aber Sean, Sie kennen doch das Gesetz.«

»Wir verstoßen nicht gegen die Vorstellungen der Eingeborenen«, gab der Junge zurück. »Ilaloa steht es frei, mit mir zu kommen, wenn sie es will.«

»Dein Vater?« Joachims Stimme war leise und freundlich. »Dein Stamm? Was sagen denn die dazu?«

»Ich bin frei«, antwortete sie. Schon lange hatte er keine so angenehme Stimme mehr gehört. »Wir haben keine ... Stämme. Jeder von uns ist frei.«

»Nun ...« Joachim rieb sich das Kinn.

»Was ist denn hier los?«

Es war eine dunkle Frauenstimme, und Joachim wandte sich mit einem Gefühl der Erleichterung der Neuangekommenen zu. Wenn sie die Sache unter sich ausmachten, konnte er sich vielleicht aus all dem heraushalten.

Außerdem mochte er Nicki.

Ihr anmutig-wiegender Gang allein wirkte schon fast wie eine Herausforderung. Sie war blond, nicht kleiner als viele Männer und kräftig gebaut. Unter ihrer weichen, goldfarbenen Haut zeichneten sich geschmeidige Muskeln ab. Sie ging zu ihrem

Schwager, dessen Miene Besorgnis verriet. »Was gibt es, Sean?«

Er begrüßte sie mit einem Lächeln. »Es ist Ilaloa«, sagte er. »Wir möchten beide auf dem Schiff mitfahren – zusammen.«

Nickis blaue Augen senkten sich in das tiefe Violett der Augen der Lorinyanerin. Dann lächelte sie und legte ihr die Hand auf die schmale weiße Schulter. »Sei willkommen, Ilaloa«, sagte sie. »Sean braucht jemanden wie dich.«

Wenn es noch eines Beweises bedurft hätte, um das Getuschel über Sean und Nicki zu widerlegen – Joachim wäre jetzt zufrieden gewesen. Landlouper MacTeague Nicki war achtzehn gewesen – das übliche Heiratsalter bei den Nomaden –, als ihr Vater und Elof vereinbart hatten, daß sie Seans jüngeren Bruder Einar heiraten sollte. Die Verbindung war stürmisch gewesen; dann war Einar bei einem Erdrutsch auf Vixen ums Leben gekommen.

Seine Witwe war in einer ungewöhnlichen Lage. Eine Peregrinus und Thorkild durch ihre Heirat, aber ohne Kinder, die sie an die Familie gebunden hätte. Normalerweise würde Elof stellverstretend für ihren Vater gehandelt und einen neuen Gatten für sie gesucht haben, aber schon den bloßen Gedanken hatte sie aufs Allerheftigste zurückgewiesen. Sie lebte fast wie ein Mann, beschäftigte sich mit Weberei und Töpferei und kümmerte sich auf den von ihnen besuchten Planeten sogar selbst um den Verkauf. Und das Irritierendste für die Gemeinschaft war ihr Erfolg.

Nach seiner eigenen Scheidung vor zwei Jahren war Sean mit Nicki zusammengezogen. Sie hatten getrennte Räume, und jeder respektierte das Privatleben des anderen. Das Nomadengesetz verbot ihnen als Insassen desselben Schiffes eine Heirat. Seit dieser Zeit war der Klatsch über sie nicht mehr verstummt.

Elof zog ihn beiseite. »Der Junge ist weich im Kopf, Skipper«, sagte er. »Bestehen Sie auf dem Gesetz. Er wird darüber hinwegkommen.«

»Hm. Ich weiß nicht.« Joachim sah den älteren Thorkild von der Seite her an. »Wie kam es denn zu dieser Geschichte?«

»Nun, Sie wissen, wie er sich in diese nerthusische Schönheit verknallte. Mir war es nicht recht, aber ich wollte ihm auch nicht allzuviel dreinreden. Für einen Settler war sie auch gar nicht so schlecht, bis sie ihn dann verließ. Seitdem aber – na, Sie wissen ja, wie Sean seit dieser Zeit ist. Niemand kommt mit ihm aus außer Nicki, und das ist nicht gut – haben denn beide keinen Sinn für Anstand und Schicklichkeit? Dann verschwindet der Junge bei diesem Treffen, zeigt sich kaum noch, und ich hatte doch schon alles in die Wege geleitet, um ihm eine nette Frau von den Trekker Petroffs zu besorgen. Und jetzt kommt er mit *der* daher!«

»Nun«, sagte Joachim mild, »er war schon verheiratet. Gemäß den Bestimmungen ist er damit erwachsen.«

»Sie kennen das Gesetz, Hal. Und Sie kennen auch die biologische Seite. Verschiedene Arten können sich nicht zusammentun. Es würde keine Kinder geben – nur endlose Probleme.«

Ja, dachte Joachim mißmutig, das wäre das eine. Aber was wissen wir denn eigentlich wirklich von dieser Rasse?

»In Seans und meiner Wohnung gibt es genügend Platz«, sagte Nicki zu Ilaloa. »Wir werden gut miteinander auskommen.«

»Eine Eingeborene kann man nicht heiraten und auch nicht adoptieren«, knurrte Elof.

Seans Gesicht war weiß und starr. »Ilaloa kann sich nützlich machen, Skipper. Ich glaube, ihre Leute sind Telepathen.«

»Wie?« Joachim starrte ihn an. Der Wind trug das Wort mit sich fort, und jemand, der gerade vorüberging, blieb stehen – ging dann wieder weiter.

»Tatsächlich?« fragte der Kapitän die Lorinyanerin.

»Ich weiß nicht«, antwortete sie. Ihr feines Haar wehte um ihr schmales Gesicht, als hätte es eigenes Leben. »Manchmal wissen wir sogar über euch bestimmte Dinge. Ich habe kein Wort dafür, aber wir können – fühlen.«

»Bei unserer Landung waren diesmal keine Eingeborenen da«, sagte Sean eifrig, »aber Ilaloa wußte, daß die *Peregrinus* zum Großen Kreuz kommen würde. Ein Telepath – welchen Grades auch immer – kann eine große Hilfe sein.«

Oder ein großes Problem, dachte Joachim. Er erweckte die Glut seiner Pfeife wieder zum Leben und ließ seine Augen auf den Thorkilds ruhen. Ilaloa interessierte ihn. Wenn das, was sie sagte, stimmte – daß ihre Leute wegen ihres Weggangs keine Schwierigkeiten machen würden – und das mußte er annehmen, dann konnte sie vielleicht wirklich von Nutzen sein. Neurosensibilität jeglichen Grades war ein keineswegs zu verachtendes Talent.

»Wir müssen vernünftig sein«, sagte er. »Wir wollen keinen Bruch in der Familie, Elof.«

»Der Kapitän ist der Richter«, antwortete der ältere Mann kühl, »aber Sie haben das Gesetz auch schon früher zur Genüge gebeugt.«

»Nun, Sean«, sagte Joachim, »natürlich kannst du sie nicht heiraten. Das Gesetz ist da ganz eindeutig. Andererseits gibt es keine

Bestimmung, die dir verböte« – er grinste verschmitzt – »eine Art Schoßtier zu halten.«

Er hatte gedacht, daß Ilaloa beleidigt sein würde, aber sie lachte nur fröhlich und legte den Arm um Sean. »Danke«, sagte sie. »Ich danke Ihnen.«

Sean schaute verlegen drein, aber Nicki lachte nur leise.

»Keinerlei Ursache«, sagte Joachim. »Ich interpretiere nur das Gesetz.«

»Vater . . .« sagte Sean schüchtern. »Vater, wenn du sie erst einmal kennengelernt hast . . .«

»Schon gut.« Thorkild Elof wandte sich ab und ging mit hoch aufgerichtetem Haupt davon. Joachim sah ihm mit einer Anwandlung von Mitleid nach. Für den alten Mann war es ein harter Schlag. Seine Frau war tot, seine Töchter verheiratet, der eine Sohn war verunglückt. Und nun errichtete der andere eine Mauer zwischen ihnen. Ich weiß, wie einsam ein Mann werden kann, dachte Joachim.

»Das wäre dann wohl erledigt«, sagte der Captain. »Alsdann, an die Arbeit, Sean. Wir haben einiges aufzuladen.« Er schlenderte zum Schiff zurück.

»Das hat er gut gemacht«, sagte Nicki. »Und noch einmal willkommen, Ilaloa.«

Sean und Ilaloa sahen einander an. »Du kannst mit mir kommen«, sagte der Mann zögernd, als könne er es noch nicht recht glauben. »Du wirst doch mitkommen?«

»Ja«, sagte sie.

Ihr Blick schweifte über das Tal; es war, als lauschte sie dem Rauschen der Bäume und dem entfernten Wellenschlag der See. Ein Schaudern durchlief sie, und sie bedeckte kurz das Gesicht mit den Händen. Dann wandte sie sich wieder Sean zu, und ihre Stimme schien aus weiter Ferne zu kommen: »Gehen wir also.«

Einen Augenblick lang schloß er sie in die Arme. Dann gingen sie Hand in Hand zu den Booten hinüber.

6 Ein unbesonnener Agent

Die Wirtschaft der Grenzplaneten und damit auch ihre Produkte sind so verschieden von denen der Erde wie der Rest ihrer Zivilisation. Wie die meisten im Laufe der Menschheitsgeschichte neu entdeckten Gebiete lassen sie eine Rückkehr zu älteren, primitiveren Gesellschaftsstrukturen erkennen. Freilich handelt es sich nicht um eine Rekonstruktion der Vergangenheit.

Selbst mit den schnellsten Hyperdrive-Schiffen dauerte die Fahrt von Sol zur nur vage definierten Sagittarius-Grenze der Union zwei Monate. Für die Bedürfnisse der Solarier war in ihrer Heimat ausreichend gesorgt. Sie hatten eigentlich keinen Grund, sich Güter von den Sternen zu holen. Die interstellaren Kolonisten andererseits mußten für sich selbst sorgen.

Die Kolonisten verstreuten sich über viele Planeten. Mit ihren Televisoren und Gravitations-Flugkörpern waren sie nicht isoliert, wohnten aber weit voneinander entfernt. Ein nicht allzu umfangreicher, aber lebhafter Handel entwickelte sich zwischen den Sternen dieses Sektors, durchgeführt von Frachtschiffen oder solchen Nomaden, die nicht unterwegs hinaus in die Unendlichkeit jenseits der Grenzen waren. In gewissem Umfang fanden auch Güter von Sol selbst oder anderen hochzivilisierten Systemen ihren Weg bis zur Grenze. Das bedeutete Raumhäfen, Lagerhäuser, Depots, Service- und Reparaturwerkstätten, Geschäfte – und damit auch lokale Roboterfabriken, Verwaltungszentren und nicht zuletzt Unterhaltungsindustrie. Die Stadt, ein vergessenes Phänomen der Solar-Geschichte, wurde geboren. Eine auf jedem Planeten oder sogar eine pro System genügte meistens. Die Stadt auf Carstens Stern III, Nerthus, hieß Stellamont. Joachim wollte dorthin, um Vorräte aller Art sowie Munition an Bord zu nehmen.

Die Fahrt dauerte etwa drei Wochen.

Die *Peregrinus* nahm Verbindung mit dem Robot-Monitor von Nerthus auf und erhielt eine Kreisbahn um diese Welt zugewiesen. Ihr Besuch sollte nur kurz sein, und so blieben die meisten Besatzungsmitglieder an Bord. Joachim und ein paar Helfer gingen in mehreren Fahrzeugen »hinunter«, um Tauschhandel zu treiben, und ein weiteres Boot enthielt einige Schiffsinsassen, die durch Losentscheid Landeurlaub bekommen hatten. Die anderen fluchten vor sich hin und fuhren mit ihren gewöhnlichen Verrichtungen fort. Unter anderem gab es im Haupt-Gesellschaftsraum der *Peregrinus* ein Poker- und ein Würfelspiel, die, mit Unterbrechungen, beide schon so lange gedauert hatten – nämlich etwa ein Jahrhundert –, daß ihre Fortsetzung beinahe zu einem Fetisch geworden war.

Joachims Erfolg als Kapitän basierte auf einer Anzahl von Tricks, zu denen auch die edle Kunst des Losschwindelns gehörte. Diejenigen Mitglieder der Mannschaft, die seiner Ansicht nach den Ausgang am meisten brauchten, bekamen ihn auch. Dieses Mal waren Sean und Ilaloa darunter. Das Mädchen von Lorinya hatte sich in der letzten Zeit nicht sehr wohl gefühlt. Vielleicht würde ihr ein wenig blauer Himmel helfen.

Als er festen Boden betreten hatte, zog Sean eine Lunge voll Nerthus-Luft ein und lächelte auf Ilaloa hinunter. »Ist das besser, Liebling?«

»Ja.« Ihre leise Stimme war über den Lärm des Raumhafens hinweg kaum zu vernehmen.

Sean schüttelte ein wenig bitter den Kopf. »Du wirst dich dran gewöhnen«, sagte er. »Eine derartige Umstellung dauert natürlich einige Zeit.«

»Ich bin glücklich«, beharrte sie.

Die Erinnerung an ein anderes Gesicht und eine andere Stimme stand plötzlich vor ihm. Er kniff die Lippen zusammen und verließ mit langen Schritten den Raumhafen.

Sie ließen die Betonfläche des Raumhafens hinter sich und betraten eine breite Avenue. Es war eine geschäftige Szene; Menschen und nichtmenschliche Wesen eilten hin und her, Autos und Lastwagen füllten die Straße mit lautem Gedröhn, Luftfahrzeuge flogen darüber hinweg. Ilaloa preßte die Hände gegen die Ohren. Sie lächelte ihn entschuldigend an, aber ihr Blick war traurig.

Selbst in dieser weltstädtischen Menge fielen sie auf. Sean trug die Kleidung der Nomaden – Kilt, Halbstiefel, weites Hemd und eng anliegende Hosen, Umhang und Mütze. Ilaloa hatte trotz ihres Widerwillens gegen Kleider eine leichte, lose hängende Abart der Frauenkleidung angelegt. Vom dunklen Blau und Rot dieser Kleidung hob sich ihre hellhäutige Schönheit eindrucksvoll ab. Beide trugen Pistolen, wie sie es, außer auf Rendezvous, allgemein taten.

»Sean, Sean, laß mich gehen.«

Er zog Ilaloa in einen Hauseingang. Als er ihr in die Augen sah, war ihr Blick leer.

»Laß mich ein wenig allein, Sean. Und wäre es nur für ganz kurze Zeit. Oh Sean, ich brauche die Bäume, die Sonne!«

Sean war erschreckt – wußte nicht mehr, was er sagen sollte. Endlich begriff er: Ilaloa konnte die Stadt nicht ertragen. Sie brauchte Ruhe.

»Aber . . . selbstverständlich«, sagte er. »Natürlich. Wir fahren . . .«

»Nein, Sean, allein. Ich möchte ... nachdenken? Ich komme wieder.«

»Aber natürlich, wenn du das möchtest.« Er lächelte, aber seine Lippen wollten nicht mitmachen. »Also komm.«

Er führte sie zu einer öffentlichen Aircar-Station, holte eine seiner Unions-Kreditnoten hervor und erklärte Ilaloa, wie das Fahrzeug zu steuern sei. Bis zum nächsten völlig unbewohnten Gebiet war es nicht allzu weit; an der Station würden sie sich wieder treffen. – Sie küßte ihn, lachte laut und schlüpfte in den Aircar.

Sie ist eben ein Naturkind, dachte er. Er wagte nicht, daran zu denken, ob es mit Ilaloa genauso gehen würde wie mit seiner ersten Frau.

Ich werde mich betrinken, dachte er.

Mit weit ausgreifenden Schritten ging er zum alten Teil der Stadt. Hier bestand niemand auf dem Gesetz. Dies war das Viertel der Eingeborenen, weniger auf Grund von Diskriminierung als durch ihre freie Wahl. Die Eingeborenen waren durchaus freundlich, fühlten sich aber in einem von Menschen bewohnten Gebiet nicht wohl. Große zweibeinige, vierarmige Wesen mit grünlichem Pelz beobachteten ihn mit ausdruckslosen goldenen Augen, während er unter Bäumen und durch blühende Weinstöcke dahinschritt. Bis auf einen hölzernen, von einem der sechsbeinigen »Ponies« von Nerthus gezogenen Karren waren keine mechanischen Apparate zu sehen.

Die *Comet Bar* stand am Rande des Viertels, wo Gras und Pflaster sich trafen. Sean betrat das niedrige Gebäude. Ein paar Kolonisten tranken an einem Ecktisch Bier; ansonsten war die Bar leer. Sean tippte auf der Wählkonsole Whisky-Ersatz ein und setzte sich. Er wollte jetzt keine Stille.

Die Tür öffnete sich für einen Neuankömmling und ließ einen kurzen Sonnenstrahl in das Zwielicht des Raumes. Sean besah sich den Mann. Daß er von Sol war, verriet seine Kleidung: Knie-Breeches und weites Hemd, leichte Schuhe und leichter Mantel mit Kapuze, alles in blassen Blau- und Grautönen. Was am meisten an ihm auffiel, war freilich seine geschmeidige Kraft.

Er fing Seans Blick auf, und nachdem er sich einen Drink aus dem Automaten geholt hatte, kam er herüber und setzte sich neben den Nomaden. »Hallo«, sagte er. Sein Akzent war unverkennbar. »Von euch sieht man hier nicht sehr viele.«

»Wir schauen hin und wieder vorbei«, knurrte Sean.

»Ich war ein paar Wochen in Stellamont«, sagte der Fremde.

»Hatte hier einiges zu erledigen. Aber jetzt ist alles geschafft, und ich möchte ein bißchen feiern. Ob Sie mir wohl irgend etwas empfehlen können, wo es ein bißchen locker zugeht?«

»Was könnte ein Sol-Mensch hier zu erledigen haben?« fragte Sean.

»Forschung«, sagte der andere. »Ja, so könnten Sie es nennen.« Er lachte in sich hinein und hielt ihm eine Packung Zigaretten hin. »Rauchen Sie?«

»Mmm . . . danke.« Sean nahm eine Zigarette und zündete sie an. Tabak war teuer an der Grenze; nur derjenige, der von der Erde kam, schien den richtigen Geschmack zu haben.

Sean fragte sich, ob das, was man über die übertriebenen Vorstellungen der Solarier von Privatsphäre sagte, der Wahrheit entsprach. »Wie heißen Sie?« fragte er. »Ich kann Sie ja nicht nur Sol-Mensch nennen.«

»Oh, von mir aus können Sie das, wenn Sie wollen. Aber mein Name ist Trevelyan Micah. Und Ihrer?« Seine schwarzen Brauen hoben sich.

»Peregrine Thorkild Sean. Die ersten beiden Namen könnten Sie auf meiner Kleidung lesen, wenn Sie mit den Symbolen vertraut wären. Darunter steht mein Dienstrang: Leutnant. Ich bin Pilot und Schütze.«

»Ich wußte nicht, daß die Nomaden so streng organisiert sind.«

»Es hat nur dann etwas zu bedeuten, wenn es zu einem Konflikt kommt.« Sean leerte sein Glas, warf es in den nächsten Abfallschacht und wählte ein neues. Trevelyan hatte noch kaum an seinem genippt. »Zum Beispiel, wenn wir auf feindselige Eingeborene treffen oder auf ein Anderling-Schiff, das uns nicht gewogen ist. Dann hat der Dienstrang seine Bedeutung.«

»Ich verstehe. Interessant. Normalerweise sind Sie aber doch Kaufleute?«

»Wir sind alles und jedes, mein Freund. Wir können nicht alles, was wir brauchen oder möchten, selbst herstellen; wir fahren also herum, kaufen hier etwas Billiges, tauschen es dort gegen etwas anderes ein und verkaufen schließlich das, was wir haben, gegen Unions-Kreditnoten. Oder aber wir beuten eine Zeitlang selbst eine Mine aus, obwohl wir gewöhnlich die Eingeborenen dort für uns arbeiten lassen.«

Trevelyan lächelte. »Erlauben Sie.« Er ließ dem Nomaden einen weiteren Drink kommen. »Erzählen Sie doch weiter. Ich habe mich oft gefragt, warum Ihre Leute ein so hartes, unstetes Leben führen.«

»Warum? Weil wir Nomaden sind, das genügt.«

»Mmmmm-hm.« Trevelyan lächelte. »Das erinnert mich an einen Aufenthalt im Sirus-System ...« Er erzählte eine Anekdote, und sie begannen, Erfahrungen auszutauschen. Trevelyan trank mäßig; dennoch wurde seine Zunge allmählich schwer.

»Wie wär's zur Abwechslung mit etwas solidem Stoff?« schlug er schließlich vor.

»Sie sind ja schon ganz schön in Fahrt«, sagte Sean, der noch nicht die geringsten Sprachschwierigkeiten hatte. »Aber meinetwegen, gehen wir wo hin, wo was los ist.«

»Wunderbar«, meinte Trevelyan freundlich.

Sie aßen in einer kleinen, lauten Taverne, die sich bei Sonnenuntergang mehr und mehr füllte. Trevelyan versuchte auf plumpe Art, sich an die Besitzerin heranzumachen. Beinahe kam es zu einer Schlägerei, bevor man sie eisig des Lokales verwies.

»Sie sind ein netter Bursche«, sagte Sean lachend. »Ein richtiger Kerl, Micah.«

»Elektronenhüllen«, sagte Trevelyan rätselhaft. »Wir sind nur ein paar kleine Elektronen und hüpfen von Hülle zu Hülle.«

Sie gingen die Straßen hinunter und machten Halt in den meisten der Bars, die sie säumten. Sie waren in einem dunklen, rauchigen Kellerraum, als Trevelyan den Kopf auf die Arme legte, töricht zu kichern begann und dann zusammensackte. Sean überlegte einen Moment, ohne recht zu wissen, was er nun tun sollte.

»Das macht vier Credits sechzig«, sagte eine Stimme von oben. Sean sah einen bärtigen Riesen, mit dem offensichtlich nicht zu spaßen war. »Das haben Sie jetzt beisammen. Außer, Sie wollen noch was anderes.«

»Äh ... nein.« Sean suchte in seiner Tasche. Leer.

»Vier Credits sechzig«, sagte der Riese.

»Das ... das muß mein Freund da haben.« Sean schüttelte den Solarier, der sich nicht mehr gerührt hatte. Die Schulter des anderen war hart unter seinen Fingern, aber der dunkle Kopf bewegte sich schlaff auf den verschränkten Armen. Sean starrte die verschwommene Gestalt des Barkeepers an, überlegte angestrengt und fand dann endlich die Lösung des Problems.

Er beugte sich über den Tisch und suchte in der Hüfttasche des Solariers, bis er seine Brieftasche fand. Er öffnete sie, schaute hinein.

Lumineszierend strahlten ihm die Worte auf einer Karte entgegen:

TREVELYAN MICAH
Agent A-1392-zx-843
KOORDINATIONSDIENST STELLARUNION

Und dazu der von einem Ring umgebene Stern, der mit kaltem Feuer zu brennen und sich vor ihm im Raum zu drehen schien ...

Ein Cordy!

Langsam und mühsam bezahlte Sean die Zeche und steckte dann die Brieftasche wieder dahin, wo er sie gefunden hatte. Er konnte nicht mehr klar denken; er brauchte jetzt schnell eine Ernüchterungspille. Vielleicht hatte dies nichts zu bedeuten, aber ...

»Trevelyan! Trevelyan Micah!« sagte Sean. »Ich bin der Distriktchef. Wasssiss Ihre Misschion auf Nerthus? Wachen Sie auf, Trevelyan! Wasssiss Ihre Misschion?«

»Nomaden«, murmelte die Stimme. »Soll ein Nomaden-Schiff kapern, Schschef. Lassensiemich ... schlafen.«

7 Gefangener der Nomaden

Der Kopf schmerzte ihm ein wenig im Rauch und Lärm der Bar, und Trevelyan widerstand nur mit Mühe der Versuchung, einen Blick zu riskieren, zu schauen, was um ihn herum vorging. Den Barkeeper hatte er kräftig geschmiert, und der hatte seine Rolle sehr gut gespielt.

Seans auf ihm ruhenden Blick konnte er regelrecht fühlen. Der Nomade hatte sich eine Nüchternheitspille gekauft und dann eine Viertelstunde in einer Kommunikatorzelle verbracht. Jetzt saß er da, eine Hand auf dem Pistolengriff, und starrte ihn an.

Bis hierher war alles glänzend gegangen. Trevelyan ließ seinen Gedanken freien Lauf. Die Zivilisation war überaus kompliziert und aufs feinste ausgewogen; die Kultur hingegen war nichts Physisches – sie war ein Prozeß. Die Zivilisation bestand nicht aus materieller Technik, sondern aus Denkmustern und Verständnis. Plötzlich unterbrach eine Stimme seine Gedanken.

»Also, Sean, wozu haben Sie mich aus dem Bett gerissen? Allein schon in Ihrem Interesse hoffe ich, daß an der Sache was dran ist.«

Die Stimme war tief, die Schritte des Mannes schwer. Trevelyans Muskeln spannten sich.

»Ein C-Cordy, Hal. Er ist ein Cordy. Wir f-fingen zu trinken an, und dann sch-schlief er ein, und in seiner Brieftasche ...« Trevelyan hörte den jungen Nomaden aufstehen und mühsam um den Tisch herumgehen. »Hier, s-sehen Sie selbst.«

»Hm. Seit wann tragen Cordys sowas mit sich 'rum? Oder besaufen sich im Dienst?«

Der andere war nicht dumm, dachte Trevelyan. In der Tat war sein Trick ziemlich kindisch gewesen. Er hörte zu, wie Sean seinen Bericht über den Verlauf des Abends stammelte.

»Ach so. Für meine Begriffe sind Sie hereingelegt worden, mein Freund. Und jetzt wollen wir sehen, warum.« Eine grobe Faust packte Trevelyans Haar und riß seinen Kopf hoch.

»Dieser Mann ist genausowenig betrunken wie ich. Also, Freund, Sie können aufhören, Theater zu spielen.«

Trevelyan öffnete die Augen. Einen Augenblick lang erfreute er sich an Seans maßlos verblüffter Miene. Dann schaute er den anderen Mann an. Er war in den mittleren Jahren und kräftig gebaut. Bis auf einen Umhang, Schuhe und ein Pistolenhalfter war sein haariger Körper unbekleidet – offenbar war er aus dem Schlaf gerissen worden und auf der Stelle gekommen.

Trevelyan räkelte sich und lehnte sich dann zurück.

»Danke«, sagte er. »Ich war schon etwas müde vom langen Warten.«

»Sie sind ein Sol-Mensch«, sagte der Nomade, »und ich wäre nicht im geringsten überrascht, wenn Sie wirklich ein Cordy wären. Wollen Sie etwas sagen?«

Trevelyan zögerte einen Augenblick. »Nein. Tut mir leid, daß Sie meinetwegen aufgeweckt worden sind. Wie wär's, wenn ich 'ne Runde bezahle – und dann reden wir nicht mehr davon?«

»Die Runde können Sie springen lassen«, sagte der Nomade und ließ sich auf seinen Stuhl plumpsen. »Was das andere anbelangt, bin ich da nicht so sicher.«

Trevelyan gab dem Barmann ein Zeichen. »Niemand ist irgend etwas Böses geschehen«, beharrte er. »Ich bin nicht hinter Ihren Leuten her, falls Sie sich deswegen Gedanken machen. Das war ein ... sagen wir, ein Experiment.«

»Das müssen Sie schon genauer erklären.«

»Wenn Sie darauf bestehen, erkläre ich alles. Aber Sie würden ja trotzdem nicht wissen, ob meine Erklärung stimmt oder nicht.

Also, wozu das Ganze?«

»Ja, ja«, sagte der Nomade. Seine Miene war ausdruckslos geworden.

Der bärtige Mann nahm ihre Bestellung auf. Schweigend saßen sie da und warteten.

Seans Stimme sprengte die Stille. »Was machen wir, Hal?« Die Worte zwängten sich aus seiner heiseren Kehle. »Was ist überhaupt los?«

»Das werden wir sehen.« Die Worte waren ebenso ausdruckslos wie sein Gesicht.

»Tut mir . . .« Sean schluckte. Sein Gesicht war verkniffen und zuckte dann und wann. »Tut mir leid wegen der Sache, Hal.«

»Schon gut. Wären Sie's nicht gewesen, dann eben ein anderer. Sie hatten wenigstens Grips genug, mich zu rufen.« Seine Augen blickten kalt in Trevelyans Augen, und als er lächelte, wirkte es verschlagen. »Nur um Ihnen zu zeigen, daß wir Wert auf Manieren legen: Ich bin Peregrinus Joachim Henry – Dienstrang: Kapitän.«

Trevelyan nickte. »Hallo«, sagte er höflich. »Kapitän Joachim, ich möchte Sie vor übereifrigen Handlungen warnen.« Die Worte waren sorgfältig gewählt und entsprachen seiner Einschätzung von Joachims Charakter. Der melodramatische Klang sollte ihn sowohl irritieren als auch dazu verleiten, seinen Gegner zu unterschätzen – nur ein wenig natürlich, aber diese Dinge summierten sich.

»Ich versichere Ihnen«, fuhr Trevelyan fort, »daß Sie nichts zu befürchten haben.« Er lächelte. »Sie scheinen zu wissen, daß Koordinatoren nicht wie irgendwelche Romanhelden mit Ausweiskarten herumlaufen. Woher also wissen Sie denn, daß ich überhaupt einer bin? Das Ganze kann doch ein Scherz sein.«

»Irgendwie stinkt die Sache«, sagte Joachim düster.

Die Drinks wurden gebracht. Sie stießen an, und Joachim stürzte sein Glas auf einen Zug hinunter. Sein Gesicht nahm einen entschlossenen Ausdruck an. »Also gut«, sagte er. »Sie kommen mit uns, mein Freund, und bloß kein weiterer fauler Trick. Sean bringt Sie zur *Peregrinus*«; er wandte sich dem jüngeren Nomaden zu. »Ich habe das Nötige in die Wege geleitet. Morgen wird alles geladen sein, und wir können um etwa achtzehn Uhr starten. Wenn dieser Mann hier Freunde hat, die nach ihm suchen, dann werden sie wahrscheinlich erst an uns denken, wenn wir schon längst das System verlassen haben.«

»Moment mal . . .« begann Trevelyan.

»Das ist alles. Wir müssen Näheres über Sie wissen, und auf einer schönen langen Reise geht das am besten. Wenn Sie in Ordnung sind, wird Ihnen nichts passieren, und wir lassen Sie wieder frei.«

Trevelyans Augen verengten sich. »Ich will ja nicht von Kidnapping reden«, murmelte er, »aber sind Sie denn sicher, daß ich *nicht* an Bord Ihres Schiffes will?«

Joachim lachte belustigt. »Na, das würde mich nicht im mindesten wundern«, entgegnete er. »In diesem Fall wünsche ich Ihnen viel Vergnügen. Also, Freunde, trinken wir aus und machen uns auf die Socken.«

Gefügig ging Trevelyan zwischen den beiden Nomaden. Er dachte nicht an die vielen Tage der Vorbereitung – Studium der Dokumente der Koordination und der Polizei in Stellamont, minuziös ausgearbeitete psychologische Wahrscheinlichkeitsberechnungen, Studium der Stadt und Einübung seiner Rolle. All das lag jetzt hinter ihm. Und für das, was folgte, hatte er keine Daten, keine Vorhersagen . . .

Als sie nach einer guten halben Stunde und ohne ein Wort zu sprechen zum Raumhafen kamen, wurden sie vom automatischen Tor überprüft, bevor es sich öffnete. Zwischen den dunklen Silhouetten abgestellter Raumschiffe hindurch gingen sie zu einem Hangar. Hier standen ein paar kleinere Fahrzeuge, und Sean öffnete bei einem davon die Luftschleuse. Im spartanisch einfach eingerichteten Inneren ging das Licht an und drang heraus in die Dunkelheit des Gebäudes. Trevelyan sah, daß die Flugkörper vorn eine schwere, einziehbare Kanone und in den Steuerflossen Maschinengewehre und Raketenrohre hatten.

Auf der Erde glaubte man, der Friede sei eingekehrt, dachte er sich, und jetzt geht der Kampf von neuem los, nur zwischen den Sternen.

Er stieg ein und setzte sich gefügig auf einen der rückstoßdämpfenden Sitze. Joachim band ihn mit Draht darauf fest. »Ich kehre jetzt wieder in mein Quartier zurück«, sagte er gähnend. »Sehen Sie zu, daß der Junge auf dem Schiff unter Bewachung gestellt wird, Sean. Dann können auch Sie wieder zurückkommen, wenn Sie wollen.«

Damit stieg er aus, und Sean bediente mit der Routine des erfahrenen Piloten die Steuerhebel. Flüsternd ließen sich die Maschinen vernehmen, und auf der Konsole leuchtete das Starterlaubnissignal des Raumhafen-Roboters auf.

Der Beschleunigungsschuß preßte Trevelyan in seinen Sitz. In Minuten hatten sie die Atmosphäre unter sich gelassen und waren im Weltraum.

Trevelyan hatte dieses Schauspiel schon öfter miterlebt, als er sich erinnern konnte, und jedes Mal machte es wieder denselben, kalten, großartigen Eindruck auf ihn. Die Dunkelheit war wie kristallklares, unvorstellbar grenzenloses Schwarz. Die Sterne davor strahlten weiß und fast schmerzend in die endlose Nacht.

»*Die Himmel rühmen des Ewigen Ehre*«, flüsterte er.

Sean warf ihm einen erstaunten Blick zu. »Was ist das?«

»Aus einem terrestrischen Buch«, sagte Trevelyan. »Es ist sehr alt.«

Sean zuckte die Achseln und drückte auf die Computer-Tasten. Das Fahrzeug schwenkte auf die errechnete Position der *Peregrinus* ein.

Dann kam das Nomadenschiff in Sicht. Es war ein großes Cylindroid, von der stumpfen Nase bis zu den Gravitations-Fokusierungsstrahlern im Heck zweihundertvierzig Meter lang und vierzig Meter im Durchmesser. Drei aus je sechs Fahrzeughangars bestehende Ringe umgaben es, die mit jeweils einem Geschützturm versehen waren und sowohl Raumboote als auch Aircars enthielten. Zwischen den Hangars waren abwechselnd Geschützstände und Raketenrohre angeordnet. Die großen Luftschleusen, die zu den Laderäumen führten, befanden sich zwischen den Ringen. Die Flanke des Schiffes schimmerte in matt-metallischem Glanz. Als sie näherkamen, sah Trevelyan, daß die Außenhaut an vielen Stellen eingedellt, versengt und geflickt war.

Sean legte gekonnt an einem der Hangars an und machte fest. Trevelyan merkte, daß er jetzt wieder normales Erdgewicht hatte.

»So.« Sean befreite den Gefangenen. »Kommen Sie.«

Ein gelangweilt wirkender Nomade auf Posten schien wach zu werden, als er den Neuankömmling sah. »Wer ist das, Sean?«

»Ein Schnüffler«, erwiderte Sean kurz angebunden. »Hal hat angeordnet, daß wir ihn einbuchten.«

Der Wachtposten drückte auf einen Intercom-Knopf, um Hilfe zu holen. Trevelyan lehnte sich gegen die metallene Wand und verschränkte die Arme. »Nicht notwendig«, sagte er lächelnd. »Ich bin ganz friedlich.«

»Sagen Sie . . .« Die Augen des Postens weiteten sich. »Sie sind doch kein *Sol-Mann*?«

»Natürlich bin ich einer. Und?«

»Oh – ich habe nur noch nie 'nen Sol-Mann gesehen, das ist alles. Hoffentlich machen die Sie nicht fertig, bevor ich Ihnen noch zwei oder drei Fragen stellen kann.«

Ein paar bewaffnete Männer kamen hinzu. Abgesehen von ihren Ohrringen und Tätowierungen sahen sie ganz gewöhnlich aus. Trevelyan gab abwesend-nichtssagende Antworten auf ihre Fragen und wurde zu einem Arrestraum gebracht.

Über fast die ganze Länge des Schiffes verlief ein fünf Meter tiefer Raum. Auf Befragen erfuhr Trevelyan, daß er öffentliche Versorgungseinrichtungen enthielt: die Lebensmittelfabrik und Werkstätten sowie Erholungs- und Versammlungsgebiete. Durch diesen Ring hindurch gelangte die Gruppe in die nächste konzentrische Sektion von drei Metern Höhe, welche die Wohnräume enthielt. Im Rest des Schiffes befanden sich die Steueraggregate und die großen Vorrats- und Frachträume. Trevelyan wurde im Wohnteil durch eine große Halle geführt.

Interessiert sah er sich um. Die zahlreichen Quergänge hatten etwa drei Meter Durchmesser. Von ihnen aus führten Türen zu den einzelnen Appartments. Der Fußboden war mit einem dunkelgrünen, federnd-weichen Material belegt, das wahrscheinlich aus irgendeiner der Union unbekannten Welt stammte. Die Wände waren holzgetäfelt und mit Gemälden geschmückt. Auch die meisten Türen bestanden aus Holz, einzelne aus Plastik. Alle trugen Ornamente aus gehämmertem Metall. Vor vielen Appartments standen kleine mit Erde gefüllte Kästen, in denen Blumen blühten, wie man sie auf Terra niemals gesehen hatte.

Eine regelrechte Prozession von Nomaden – Männer, Frauen und Kinder – hatte sich ihnen angeschlossen; viele sahen hochintelligent aus. Plötzlich fiel sein Blick auf eine Frau, die eben aus einer Tür trat.

Sie war jung und größer als die meisten anderen Frauen, und in ihren Bewegungen lag große Anmut. Ihr schulterlanges Haar war tiefblond, der Blick ihrer blauen Augen offen und aufrichtig.

»Hallo, wen habt ihr denn da?« fragte sie. »Seit wann adoptieren wir Sol-Männer?«

Ein paar von den Wächtern warfen ihr ungehaltene Blicke zu. Trevelyan erinnerte sich, daß die Frauen in der Nomadengesellschaft genau umrissene Rechte hatten, sich aber im Hintergrund halten sollten. Einer der jüngeren Männer lächelte ihr allerdings zu. »Frag ihn doch, Nicki. Sean hat ihn gebracht, wollte aber nicht sagen, warum. Und er selbst sagt auch nichts.«

»Wer sind Sie, Sol-Mann?« fragte die Frau, die jetzt neben ihm herging. Er bemerkte, daß ihre Hände mit Lehm beschmiert waren und daß sie in einer ein Töpferinstrument hielt. »Sean ist mein Schwager, wissen Sie.«

Der archaische Terminus rief ihm ins Gedächtnis zurück, daß die Nomaden eine ziemlich genau definierte Sexualethik hatten – zumindest auf dem Schiff. Lächelnd sagte er seinen Namen. »Ihr Kapitän glaubt, daß ich ein Koordinator bin. Deshalb hat man mich hierher gebracht – für eine . . . Untersuchung.«

»Es scheint Ihnen nicht viel auszumachen.«

Trevelyan zuckte die Achseln. »Da hat man mich nicht lange gefragt.«

»Sie sind sehr ruhig und beherrscht. Ich glaube, Sie sind wirklich ein Cordy.«

Seine Wächter schienen zusammenzuzucken, und die Läufe ihrer Schußwaffen hoben sich ein wenig.

»Und wenn?« entgegnete er herausfordernd.

»Ich weiß nicht. Hal wird es entscheiden. Aber wir foltern nicht, falls Ihnen das ein Trost ist.«

»Ist es. Obwohl ich von verschiedenen Seiten das Gegenteil gehört habe.«

Ihre blauen Augen blickten ihn jetzt unverwandt an. »Ich frage mich, ob Sie sich nicht absichtlich gefangennehmen ließen.«

Sie war intelligent – zu intelligent vielleicht. Aber sie war auch gesprächig. Vielleicht konnte er von ihr ein paar nützliche Informationen bekommen. »Warum besuchen Sie mich nicht in meiner Zelle?« lud er sie ein. »Ich bin garantiert harmlos.«

»Eine Pistole auch – bis man abdrückt. Sicher, ich komme vorbei. Lange werden Sie ohnehin nicht dort sein, glaube ich. Wenn Hal Sie verhört hat, wird man Sie wahrscheinlich irgendwo absetzen oder . . .« Sie verstummte.

»Oder töten?« ergänzte Trevelyan leise.

Sie sagte nichts. Aber das war schon Antwort genug.

8 Allianz

Die *Peregrinus* entfernte sich von Nerthus und seinem Stern, bis sie in einem hinreichend schwachen Gravitationsfeld war. Dann riefen die Alarmglocken die Besatzung auf ihre Posten. Für kurze Zeit hatten alle das unbeschreibliche Gefühl, das man empfindet, wenn sich ein Hyperdrive-Feld aufbaut, und das Wummern von Energieimpulsen füllte das Schiff. Seine Pseudo-Geschwindigkeit wuchs schnell bis zum Maximum, und Carstens Stern wurde rasch kleiner und verlor sich dann zwischen den Konstellationen.

Vom Astronauten bis zum Ingenieur machten sich alle an ihre gewohnte Arbeit. Auf einem Nomadenschiff gab es relativ wenig Robot-Maschinerie; vieles, was auf einem Sol-Schiff automatisch geschah, wurde hier manuell erledigt. Zum Teil war dies dem wissenschaftlichen Niedergang der Nomaden zuzuschreiben. Darüber hinaus gab es auch ein echtes Bedürfnis nach Tätigkeit, wenn eine große Anzahl von Leuten, deren fundamentale Motivation eine angeborene Unruhe war, für Wochen oder gar Monate in einem Metallzylinder zusammengesperrt war.

Außerhalb des Dienstes hatten die Nomaden genügend zu tun. Rund um die Uhr fertigten Künstler und Handwerker Arbeiten, die dann zum Tauschhandel dienten. Kinder waren zu versorgen und zu erziehen – eine wichtige Aufgabe. Außerdem gab es verschiedene Unterhaltungs- oder Dienstleistungsunternehmen, darunter drei Tavernen und ein Krankenhaus.

Als Joachim annehmen konnte, daß das Schiff auf dem richtigen Kurs war, wurde Trevelyan in die Kabine des Kapitäns gebracht. Joachim entließ den Wächter und wies Trevelyan freundlich lächelnd den Stuhl auf der gegenüberliegenden Seite seines Schreibtisches an. »Falls Sie rauchen wollen . . . Ich habe genügend Pfeifen da.«

»Das sehe ich.« Trevelyan schaute sich in der Kabine um. Sie war mit durchdachter Raumausnützung eingerichtet: In dieser Ecke befand sich der Schreibtisch und ein Regal mit Astrogationsbüchern und -instrumenten; in einer anderen Ecke befanden sich die Schlafkoje und ein Kleiderschrank. Türen führten zur winzigen Küche, zum Badezimmer und einem abgetrennten Schlafraum. Ein Regal mit Mikrobüchern enthielt eine erstaunliche Vielfalt von Titeln in mehreren Sprachen; nichts davon sah ungelesen aus. An einer Wand hing ein Familienporträt; vor einer anderen stand der übliche Familienaltar. Ein breites Gestell enthielt eine ungewöhnlich gute Sammlung von Pfeifen, viele davon in feinster Schnitzarbeit.

»Die meisten sind von Nomaden gemacht. Ein paar davon sind

auch von mir«, sagte Joachim. »Aber das hier ist etwas Besonderes.« Er stand auf und nahm eine langstielige Hookah aus dem Gestell. »Eine narraconische Todespfeife. Feinde rauchen sie zusammen vor einem Duell – sehen Sie die zwei Mundstücke?«

»Ist das eine Einladung für mich, ein paar Züge zu paffen?« fragte Travelyan freundlich.

»Nun, das kommt darauf an.« Joachim setzte sich auf die Schreibtischecke. »Würden Sie mir ein paar Fragen beantworten?«

»Natürlich.«

Joachim ging zu einem Wandschrank und holte ein kleines Instrument heraus. Trevelyan schrak ein wenig zusammen – er hatte nicht vermutet, daß die Nomaden Lügendetektoren besaßen.

»Den habe ich mir vor ein paar Jahren auf Spica besorgt«, sagte Joachim. »Hin und wieder ganz praktisch. Sie haben doch nichts dagegen?«

»Nein – nein, nur zu.« Trevelyan lehnte sich zurück und konzentrierte sich, um Herzschlag, Hirnstromrhythmus und Schweißsekretion unter Kontrolle zu bekommen.

Joachim befestigte Gehirnstrom- und Herz-Elektroden. Der Damadhva-Lügendetektor reagierte auf die unter der psychischen Belastung einer falschen Aussage entstehenden Frequenzabweichungen, mußte aber auf jeden Probanden neu eingestellt werden. Während er die harmlosen Probefragen beantwortete, unterwarf Trevelyan sein Nervensystem zur Tarnung einem gewollten künstlichen Streß.

»So, das hätten wir. Und nun zur Sache.« Joachim zündete sich eine neue Pfeife an und blickte dann Trevelyan fest in die Augen. »Sind Sie ein Cordy?«

»Ja. Und ich habe mich an Sean herangemacht, um an Bord Ihres Schiffes zu kommen.«

Joachim grinste. »Sie brauchten nur auf den Knopf zu drücken, und wir tanzten für Sie wie Marionetten. Was ist der Grund?«

»Weil es der beste Weg zur Kontaktaufnahme zu sein schien. Wenn ich mich nicht täusche, Joachim, geht es der *Peregrinus* um Informationen, die die Stellar-Union dringend benötigt. Ich möchte bei Ihrer Fahrt dabei sein.«

»Mmmmmm-hm. Und was genau wissen Sie?«

Trevelyan erläuterte ihm, was die Integratoren auf der Erde an Informationen zusammengestellt hatten. »Ich bin ziemlich sicher, daß es in der Gegend des Großen Kreuzes eine weitere Zivilisation gibt«, fuhr er fort, »daß sie von uns weiß und uns gegenüber entweder aktiv feindselig oder jedenfalls nicht freundlich gesinnt ist. Der Grund ist mir nicht bekannt; aber Sie verstehen, daß die Koordinatoren unverzüglich tätig werden müssen. Ich kam zu dem Schluß, die sich mir bietenden Möglichkeiten seien am größten, wenn ich mich Ihnen anschließe. Aber ihr Nomaden verhaltet euch so reserviert gegen alle Zivilisation, daß ich, um an Bord zu kommen, Zuflucht zu einer Manipulation nehmen mußte.«

»Mmmm – na gut. Nur – wie konnten Sie wissen, daß Sie auf das einzige Nomadenschiff, das sich mit dieser Frage beschäftigt, gelangen würden?«

»Gewißheit hatte ich nicht. Doch schien die Annahme, daß es die *Peregrinus* sein würde, nicht abwegig zu sein. Immerhin war es ihr Kapitän, der in Stellamont Untersuchungen durchgeführt hatte.«

»Ich verstehe. Und jetzt?«

»Jetzt möchte ich an Ihrer Fahrt teilnehmen und an Ihren Erfahrungen und Ergebnissen teilhaben. Natürlich werden auch andere Koordinatoren an diesem Problem arbeiten. Aber ich glaube, auf meine Weise am schnellsten zu einem Ergebnis zu kommen. Die Sache ist dringend, Joachim!«

Der Nomade rieb sich das Kinn. »Gut, Sie können an Bord bleiben. Bestimmte Aufgaben werden Sie zu übernehmen haben; ich muß ja zugeben, daß ein ausgebildeter Cordy manchmal sehr nützlich sein kann. Aber nehmen Sie an, wir würden dies oder jenes Unionsgesetz brechen – was durchaus passieren könnte?«

»Wenn die Sache nicht allzu ernst ist, würde es mich nicht bekümmern.«

»Nehmen wir einmal an, wir kommen zurück, und unsere Entscheidung in dieser Sache gefällt Ihnen nicht?«

Trevelyan zuckte die Achseln. »Darüber können wir später reden.«

»Das können wir. Was haben Sie sonst noch vor?«

Bis hierher hatten Trevelyans Aussagen durchaus der Wahrheit entsprochen. Als er jetzt sagte: »Nichts Besonderes, abgesehen davon, daß ich den Integratoren ausführlichen Bericht zu erstatten gedenke«, dehnte er die Wahrheit nicht allzu weit.

Joachim stellte noch ein paar Fragen, nahm ihm dann die Elektroden ab, lehnte sich in seinem Stuhl zurück und legte die Beine auf den Schreibtisch. »In Ordnung«, sagte er. »Betrachten Sie sich also als Gast des Schiffes. Und nun sollten wir das, was wir wissen, miteinander vergleichen.«

Das Bild wurde um einiges klarer. Trevelyan waren die früheren Tiunraner-Fahrten bekannt gewesen, nicht aber ihre Verluste oder die der Nomaden.

»Ich vermute, daß die Fremden die Planeten von Sonnen des G-Typs kolonisieren oder sie zumindest in irgendeiner Weise kontrollieren. Sie könnten sich ohne weiteres genaue Kenntnisse über unsere Zivilisation verschaffen. Heutzutage gibt es so viele Arten, die den Weltraum befahren, daß sich ein Eindringling leicht als Bewohner irgendeines Unionsplaneten ausgeben kann. Aber ihr Argwohn gegen uns muß eine kulturelle Grundlage haben.«

»Inwiefern?« fragte Joachim.

»Auf den ersten Blick scheint die Annahme, sie wollten uns um wirtschaftlichen Gewinns willen erobern, lächerlich. Sie selber müssen wissen, daß auch wir durchaus keine solchen Absichten haben. Trotzdem müssen wir für sie irgendeine Bedrohung darstellen.«

»Und wie?«

»Vielleicht unterscheidet sich unsere Zivilisation von der ihren so sehr, daß ein Kontakt verheerende Folgen haben würde. Stellen Sie sich zum Beispiel vor, daß sie eine sehr konservative, aristokratisch-religiöse Gesellschaftsordnung haben. Ein Kontakt mit unserer Kultur würde zu sozialen Unruhen führen, die ihre herrschende Klasse sich nicht leisten könnte. Das ist natürlich nur eine Vermutung, und wahrscheinlich ist sie auch gar nicht richtig.«

»Ich verstehe.« Joachim schwieg eine Weile, von Zeit zu Zeit an seiner Pfeife ziehend. Dann sagte er: »Nun, wir haben eine lange Reise vor uns und viel Zeit zum Nachdenken.«

»Wohin geht es zuerst?«

Joachim kniff ein wenig die Augen zusammen. »Erulan.«

Trevelyan durchforschte sein Gedächtnis. »Nie davon gehört.«

»War auch kaum zu erwarten. Übrigens werden Sie, während wir dort sind, an Bord bleiben.«

»Der Grund?«

»Es wäre illegal«, sagte Joachim. »Denken wir noch ein wenig über Sie nach. Wenn Sie nicht allzu aufdringlich sind, werden wir ganz gut auskommen. Aber ich schlage vor, daß Sie sich so kleiden, wie es hier an Bord üblich ist. Dann fallen Sie nicht allzusehr auf.«

»Wie soll ich das machen?« Trevelyan verfolgte die Erulan-Frage nicht weiter.

»Nun . . .« Joachim griff in seine Schreibtischschublade. »Hier ist Ihre Brieftasche. Schönes Stück Geld da drinnen. Ich habe Ihnen was zum Anziehen besorgt. Overalls, Shorts, Stiefel und so weiter. Das Ganze für zwanzig Credits.«

»*Zwanzig Credits!* Mehr als fünf ist das Zeug doch nicht wert.«

»Zum Selbstkostenpreis kann ich es Ihnen nicht geben. Fünfzehn.«

»Wenn Sie auch nur sieben für die Sachen bezahlt haben, fresse ich auf der Stelle . . .«

Sie feilschten noch eine Weile und einigten sich schließlich auf zwölf Credits – ein Profit von etwa hundert Prozent. Dann bot Joachim dem Koordinator den separaten Schlafraum für eine nur mäßig wucherische Miete an – zusammen mit von seiner Haushälterin zubereiteten Mahlzeiten gegen Zuschlag. Trevelyan schlüpfte in die Shorts, während Joachim glücklich seinen Gewinn überschlug.

»Jetzt können Sie sich ein wenig auf dem Schiff umsehen«, sagte der Kapitän. Er grinste. »Nicki wohnt Nummer zweihundertvierundsiebzig.«

»Wissen Sie *alles,* was hier geschieht?«

»So ungefähr«, erwiderte Joachim mit leisem Lachen. »Nicki ist ein netter Kerl, aber nicht so, wie's die Klatschbasen wissen wollen. Ich rate Ihnen also, es erst gar nicht bei ihr zu versuchen.«

Die Hände in den Taschen, schlenderte Trevelyan die Korridore entlang. Viele Nomaden starrten ihn neugierig an, doch beschränkten sich ihre Reaktionen auf ein grüßendes Nicken. Offenkundig hatten sie, wenn ihr Kapitän nichts gegen ihn hatte, auch nichts gegen ihn. Schließlich hatte Trevelyan gefunden, was er suchte. Nummer 274.

Die Tür stand offen. Seans Stimme ließ sich vernehmen: »Kommen Sie 'rein, Cordy.«

Trevelyan trat ein. Zu beiden Seiten der Tür lag je ein Schlafzimmer. Der ihr gegenüberliegende Ausgang zur anderen Diele war von Küche und Bad flankiert, so daß das Appartement einen kreuzförmigen Grundriß erhielt. Ein Arm des Kreuzes enthielt Mikrobücher, Tonbänder und ein paar ziemlich gute Bilder; der andere war eine Art Werkstatt. Sean reinigte gerade seinen Raumanzug; zu seinen Füßen saß das Lorinyanermädchen, das Nicki erwähnt hatte. Sie war wirklich das schönste Geschöpf, das er jemals gesehen hatte. Nicki war über den Tisch gebeugt und formte eine Tonvase. Sie sah auf und lächelte. »Du hattest recht, Lo«, sagte sie.

»Sie hat immer recht«, sagte Sean. »Sie weiß solche Dinge.«

»Was wußte sie denn dieses Mal?« fragte Trevelyan. Sean schien guter Stimmung zu sein und trug ihm offenbar nichts nach, und Nicki war freundlich wie zuvor. Ilaloa – da war er nicht sicher.

»Daß Sie kommen würden«, sagte Sean. »Sie spürt das. Stimmt's, Lo?« Seine Hand strich über ihr feines, silbriges Haar.

»Eine Telepathin?« fragte Trevelyan. Seine Stimme klang beiläufig und ließ seine plötzliche innere Anspannung nicht erkennen.

Ihre Stimme klang wie Gesang und war so leise, daß er sie zunächst kaum hören konnte: »O nein, ich kann das nicht . . . Ihr seid zu einsam, zu abgekapselt gegeneinander – und gegen das Wissen. Manchmal spüre ich die kleinen schlauen Gedanken von Tieren. Aber nicht die von Menschen.«

»Wie haben Sie dann . . . Oh, natürlich.« Trevelyan nickte. »Sie nehmen Emissionen auf, und jeder von uns hat sein charakteristisches Emissionsmuster.«

»Ja, so ist es.« Ihre Stimme war ernst. In ihrem Blick lag Besorgnis. »Und Ihres ist – auf andere Weise und stärker verschieden von meinem als das der Nomaden. Sie leben mit dem Kopf und nicht mit dem Körper, und dennoch ist es Ihnen keine seelische Last wie den Leuten von Stellamont, die nicht wissen, was sie sind. *Sie* wissen es und haben es akzeptiert und sind stark dabci – aber noch nie habc ich solche Einsamkeit gespürt wie Ihre.«

Wie durch ihre eigenen Worte erschreckt, verstummte sie und kuschelte sich an Sean. Nicht ohne Vergnügen sah Trevelyan sie einen langen Augenblick an. Ihm war, als liefe ein kleiner Schauder über ihre weiße Haut. Auch sie schien zutiefst bedrückt und verängstigt zu sein. Jetzt umfaßte sie Seans Knie.

Nun, dachte er, es ist ihr Problem. Und wohl auch Seans Problem. Sie ist zu hübsch für meinen Geschmack.

Er ging zu Nicki und beantwortete ihre Fragen über seinen gegenwärtigen Status und seine Absichten. Die Vase, die da Gestalt annahm, hatte die Form von zwei kämpfenden Drachen. »Sehr schön«, sagte er. »Was werden Sie damit tun?«

»Ich gieße sie in Bronze, und dann verkaufe ich sie oder tausche ich sie gegen etwas anderes«, antwortete sie ohne aufzusehen. Sie hatte etwas Starkes, Sinnliches an sich, was sie um Welten von Ilaloa unterschied, dachte er.

»Freut mich, daß Sie hier sind«, fuhr sie fort. »Vielleicht. Was sind Ihre nächsten Pläne?«

»Ich möchte mich hier mit allem vertraut machen und ein bißchen nachdenken. Ich habe die Kunst der Nomaden studiert und bin überzeugt, daß sie etwas ganz Neues darstellt. Auch ihre Literatur ist ganz anders als unsere.«

»Viel haben wir nicht, bis auf die Balladen«, sagte sie.

»Das genügt. Bedenken Sie, wie verschieden amerikanische Folk-Music von europäischer Volksmusik war . . .« Sie sah ihn etwas verständnislos an und nickte dann. »Ich möchte gern einmal so etwas hören, wenn sich Gelegenheit dazu bietet.«

»Nun, die ist schon da«, sagte Sean und legte seinen Raumanzug weg. Er nahm eine Gitarre von der Wand und fuhr mit den Fingern über die Saiten. Dann stimmte er eine Ballade an, das ewig neue Lied von der treulosen Geliebten . . .

– ›Nomade‹, sagte sie zu mir,
Ich kann nicht mit dir gehen.
Die Sterne, die sind kalt und grau,
Und wilde Winde wehn.

Sein ruheloses Wanderlied
Der Sternenwind uns sang,
Blies welke Blätter hoch hinauf.
Mir wurd ums Herz so bang.

Er blies uns fort von dieser Welt,
Hinaus in dunkle Nacht,
Dorthin, wo stumm am Himmel steht
Der Sterne tote Pracht. –

Sean verzog das Gesicht. »Ich hätte nicht gerade dieses Lied singen sollen.«

»Ein andermal«, sagte Nicki. Etwas zu eilig wandte sie sich dem Solarier zu. »Ich wußte nicht, daß Sie sich mit solchen Dingen beschäftigen.«

»Bei meiner Arbeit«, antwortete Trevelyan, »ist alles von Bedeutung, und die Künste sind oft die höchstentwickelte symbolische Form einer Kultur – und damit der Schlüssel zu ihrem Verständnis.«

»Denken Sie ununterbrochen an Ihre Arbeit?« fragte sie.

»Nein, nicht ununterbrochen«, lächelte er. »Gelegentlich muß man auch einmal essen und schlafen.«

»Ich möchte wetten, daß Ihr Gehirn ständig arbeitet«, sagte sie.

Er antwortete nicht. In gewisser Weise hatte sie recht.

Ilaloa stand mit geschmeidiger Bewegung auf.

»Ich bitte um Vergebung«, sagte sie. »Ich glaube, ich gehe jetzt in den Park.«

»Ich komme mit«, sagte Sean. »Ich bin es müde, hier ’rumzusitzen. Wollt ihr beide auch mitkommen? Wir könnten da zusammen ein Bier trinken.«

»Jetzt noch nicht«, sagte Nicki. »Erst muß diese Vase fertig werden.«

»Dann werde ich Ihnen Gesellschaft leisten, wenn ich darf«, sagte Trevelyan.

Sean sah so erleichtert drein, wie es die Höflichkeit noch erlaubte. Hand in Hand gingen er und Ilaloa hinaus. Trevelyan ließ sich in einen Sessel fallen. »Ich möchte nichts tun, woran man hier Anstoß nimmt, Nicki«, sagte er. »Wenn ich Ihren Verhaltenskodex verletze, sagen Sie es mir bitte.«

»Sie haben nichts getan, was anstößig wäre. Das Lied hat Sean und Ilaloa nachdenklich gemacht. Das ist alles.« Nicki erklärte kurz die Einzelheiten.

»Ich verstehe«, nickte er. »So etwas ist vielleicht nicht gut. Selbst wenn man vom sozialen Druck einmal absieht – sie können ja keine Kinder haben. Und in einer Gesellschaft wie Ihrer, deren Grundelement die Familie ist, ist das von ungemein großer Bedeutung.«

»Nun, ich möchte mich da nicht einmischen«, sagte das Mädchen. Ihre Stimme klang bekümmert. »Sean hat sowieso noch nie Kinder gemocht. Und er braucht jetzt einfach etwas, um nicht ständig an diese andere Frau denken zu müssen. Ilaloa – ich weiß nicht. Hier an Bord ist sie nicht glücklich. Doch scheint sie sich mit der Zeit einzugewöhnen. Vom Wesen her scheint sie sehr nett zu sein – ein wenig zurückhaltend, aber nett.«

»Es ist ihr Leben«, stimmte er achselzuckend zu.

Sie sah ihn lange an. »Ich glaube, Ilaloa hat Sie gar nicht so falsch eingeschätzt. Sie ... Sie stehen so verdammt über den Dingen.«

»Die solare Zivilisation hat das Individuum zur Grundlage, nicht die Familie oder den Clan oder den Staat oder sonst irgend etwas«, sagte er. »Unsere Psycho-Entwicklung führt zu einer bestimmten Haltung, die ... aber das ist im Augenblick ohne Bedeutung. Im übrigen bin ich sowieso nicht typisch.«

Sie schob ihre Arbeit beiseite und fuhr sich mit der Hand durch das Haar. »Sie haben wohl alles genau berechnet, wie?« fragte sie vorwurfsvoll. »Sie wissen, wie die verborgene Maschinerie in Ihnen läuft und wann Sie welchen Knopf in Ihrem Inneren drücken müssen. Ja, ich kann schon verstehen, warum Sie alle Einzelgänger sind – und die Cordys am allermeisten.«

»Jeder Individualist ist ein Einzelgänger«, sagte er, »aber in unserer Gesellschaft bringt ihn das nicht in Gegensatz zu anderen oder zu ihm selbst. Für uns ist die Einsamkeit etwas ganz Natürliches.«

Sie zuckte ein wenig zusammen. »Sie haben auch mich schon genau analysiert, nicht wahr?« fragte sie ein wenig zögernd.

»Überhaupt nicht. Und selbst wenn ich könnte, würde ich es nicht tun.«

»Machen wir ein wenig Musik«, sagte sie und ging zu den Tonbändern hinüber. Er sah ihr nach und las einige der Titel. Eine Menge alter terrestrischer Musik war darunter.

Nicki wählte ein Band. »Sie kennen die *Ouverture von 1812*?«

»Natürlich«, antwortete er. – Aus den Tönen klang die Einsamkeit der endlosen Wintersteppe. Nicki wandte sich wieder ihrer Arbeit zu. »Erzählen Sie mir von der Erde. Wie sieht sie aus?«

»Das wäre ein Dauerjob«, lächelte er. Er fragte sich, was er ihr antworten sollte. Konnte er ihr sagen, daß die Erde viel weniger ein Planet mit seiner Bevölkerung war als ein Traum? »Wir sind keine Utopie«, sagte er vorsichtig. »Wir haben unsere Probleme, wenn es auch nicht dieselben sind wie Ihre.«

»Und was tun Sie?« fragte sie. Sie trat einen Schritt zurück, betrachtete prüfend den eben modellierten Drachenkopf und zerknetete ihn dann mit einem Ausruf des Mißfallens wieder. »Was wollen Sie wirklich vom Leben?«

»Das Leben selbst«, erwiderte er. »Und das ist kein Paradoxon. Erfahrung, Verständnis, Harmonie – aber auch Kampf. Das sind die Grundmuster unseres Wesen.«

Er sprach weiter, vermied Abstraktionen, erzählte hauptsächlich von Einzelheiten des Alltaglebens, von Ereignissen und Leuten und von dem Land, wo sie lebten. Nach einer Weile vergaß Nicki ihre Arbeit und hörte ihm wortlos zu.

9 Raumschiff – für wen?

Bei voller Reisegeschwindigkeit waren es etwa drei Wochen bis zu Erulan. Joachim nützte die Zeit. Er mußte seine Mannschaft davon in Kenntnis setzen, daß dies keine gewöhnliche Entdeckungs- oder Handelsreise war. Er setzte gezielte Gerüchte in Umlauf, bis allgemein gekannt war, daß die *Peregrinus* den Auftrag hatte, ein fremdes, vielleicht feindliches Gebiet auszukundschaften. Die Gefahr herunterzuspielen und die Erwartung auf möglicherweise gewaltige Profite zu wecken – all das gehörte zu Joachims Verschleierungstaktik.

Sie waren schon nahe am Ziel, als er bekanntmachte, wegen der Schwierigkeit der bevorstehenden Verhandlungen und der Möglichkeit eines Angriffs von seiten ihrer Gastgeber werde es auf dem Planeten keine Bewegungsfreiheit geben.

Trevelyan war ein schwierigeres Problem. Schon zu Anfang der Fahrt besprach sich Joachim mit dem Koordinator. »Die Wahrheit wird Ihnen nicht gefallen«, erklärte er, »aber wir sollten den Tatsachen ins Gesicht sehen.«

»Ich habe einiges über Erulan gehört.«

»Lassen Sie mich am Anfang beginnen.« Joachim stopfte sich sorgfältig seine Pfeife. »Vor etwa fünfundsiebzig Jahren wurden zwei neue Schiffe gebaut, die *Hadji* und die *Mountain Man*. Es handelte sich um ziemlich ehrgeizige junge Leute, die der Ansicht waren, das normale Nomadenleben sei nicht ergiebig genug für sie. Andererseits hatten sie auch nicht vor, sich auf irgendeinem Kolonie-Planeten niederzulassen. Und nun war da Erulan, diese barbarische Welt. Mit modernen Waffen war es nicht schwierig, sie zu erobern. Jetzt sitzen sie auf Erulan als Machthaber eines Planeten.«

»Eroberung.« Aus Trevelyans Mund klang das Wort bitter, ja obszön.

»Nun, ganz so schlimm ist es auch wieder nicht. Sie haben nur das mit den Eingeborenen gemacht, was die Eingeborenen selbst miteinander machten. Natürlich war den anderen Nomaden klar, daß das Ganze zu großen Schwierigkeiten mit der Union führen konnte, und sie erließen Gesetze gegen ein solches Vorgehen. Aber die Sache mit Erulan war natürlich schon passiert. Wir treiben weiterhin Handel mit dem Planeten, und es gab hier ein paar von den seltenen Fällen, wo ein Nomadenschiff von den Planetenbewohnern übers Ohr gehauen wurde und nicht umgekehrt. Aber wenn man aufpaßt, kann man mit ihnen ganz gute Geschäfte machen.«

»Und was wollen Sie jetzt bei ihnen?« fragte Trevelyan.

»Informationen, mein Freund. Erulan ist ziemlich tief drinnen im Großen Kreuz, und einiges, was ich gehört habe, könnte sogar darauf hindeuten, daß es sich in Kontakt mit X befindet.« Joachim stieß dicke Rauchwolken aus. »Aber regen Sie sich nicht auf; ganz so schlimm wird es schon nicht sein.«

»Gerade so etwas sollte unser Koordinationsdienst verhindern.«

»Eben deswegen begleiten Sie uns nicht hinunter; und solange wir uns in der Nähe des Planeten aufhalten, werden Sie auch an kein Astrogations-Instrument herankommen.« Joachim grinste fröhlich.

Das Schiff näherte sich seinem Ziel, als Joachim nach Sean und Ilaloa schickte. »Sean«, sagte Joachim, »Sie sind ein guter Pilot und sollen mich zu dem Planeten hinunterbringen. Außerdem sehe ich keinen Grund, warum Ilaloa nicht mitkommen sollte.«

Sean zündete sich eine Zigarette an. »Was ist Ihr wirklicher Grund?«

»Ihr Rang ist nicht so hoch, als daß man Ihnen viel Beachtung schenken würde, wenn Sie mit Ihrer Dame die Stadt besichtigen. Und wenn diese Telepathie, oder was immer sie da hat, zufällig irgendwelche Gedanken empfängt – sagen wir mal irgend etwas über X-Leute auf Erulan – oder sogar die Gedanken dieser Anderlinge selbst – das wäre doch ganz interessant, oder?«

»Das hätten Sie auch mit halb so vielen Worten sagen können«, erwiderte Sean. »Also gut, Captain, wenn Ilaloa einverstanden ist.«

»Dies ist auch mein Schiff«, antwortete sie.

Am dreiundzwanzigsten Tag seit Nerthus näherte sich die *Peregrinus* nach Abschaltung des Hyperdrives auf Gravitationsstrahlen der Sonne von Erulan.

Joachim saß in der Brücke und wartete darauf, daß der Kommunikationsmaat Verbindung mit dem Planeten bekam. In der herrschenden Stille war nur die geduldige Stimme des Funkers zu vernehmen. »Nomadenschiff *Peregrinus* ruft Erulan-Station. Bitte kommen, Erulan. Erulan, kommen.«

Ein von Streifen durchzogenes Bild formte sich auf dem Televisor-Schirm.

Der Mann, der schließlich herausschaute, hatte ein hartes Gesicht und trug Pelzwerk und Juwelen eines Aristokraten. Sein Schädel war bis auf eine kleine Stelle am Hinterkopf rasiert, und er sprach mit Akzent. »Was wollen Sie?«

Joachim stellte sich vor dem Schirm auf. »Hier spricht Kapitän Peregrine«, sagte er. »Wir nähern uns Ihrem Planeten. Wir möchten dort landen.«

»Zur Zeit findet kein Handel statt.«

»Wir wollen keine Geschäfte machen. Ich möchte Ihnen lediglich zusammen mit einigen meiner Offiziere einen Besuch abstatten. Können wir auf Umlaufbahn gehen und ein Boot hinunterschicken?«

»Wir empfangen im Augenblick keine Besucher.«

»Haben Sie einen neuen Arkulan?«

»Nein. Hadji Petroff regiert noch. Aber . . .«

»Aber ich bitte Sie«, sagte Joachim, »ich weiß doch, daß Ihr König nicht ungesellig ist. Seit wann hat er *Ihnen* das Recht gegeben, Besucher, die zu ihm wollen, abzuweisen?«

»Ich spreche für Seine Majestät. Und erweisen Sie die nötige Ehrerbietung, Peregrine!«

»Ihnen gegenüber?« grinste Joachim hämisch. »Ich bin ein friedlicher Mensch, doch denken Sie bitte daran, daß die *Peregrinus* nicht unbewaffnet ist. Wenn es uns einfallen sollte, unsere dikken Rohre auf Sie zu richten, dann haben Sie nicht mehr sehr viel zu sagen. Wenn uns der Arkulan nicht sehen will, soll er das selbst erklären – aber bitten Sie Seine Majestät, zu bedenken, daß ich ganz furchtbar enttäuscht wäre, sollte er nein sagen. Also geben Sie mir eine Kreisbahn, und dann ab damit!«

Das stolze Gesicht wurde starr vor Zorn. »Sie riskieren Ihr Leben.«

»Bevor Sie so etwas versuchen, mein Freund«, antwortete Joachim, »sollten Sie ein klein wenig überlegen.« Seine Stimme schwoll zu einem Dröhnen. »Wie lange muß ich mich mit untergeordneten Chargen abgeben? Wenn es irgendeinen Grund gibt, uns die Landeerlaubnis zu verweigern, dann soll es uns der Arkulan sagen. Also los!« Er schaltete den Schirm ab.

»Uff!« Die Zähne Ferenczis, des Ersten Maats, schimmerten

weiß in seinem Bart. »Eine ungewisse Sache, Hal. Wenn Sie ihn wirklich wütend gemacht haben . . .«

»Nein«, sagte Joachim. »Wenn er ein großes Tier wäre, würde er sich nicht auf einen Kommunikator-Anruf hin melden. Er ist es gewöhnt, diejenigen, die unter ihm stehen, zu traktieren und von seinen Vorgesetzten traktiert zu werden. Da er nicht weiß, wo ich hingehöre, ist seine natürliche Reaktion, daß er kuscht. Er wird die Sache einer höheren Stelle vortragen.«

»Aber warum sollten sie Einwände haben?« meinte Ferenczi. »Erulan hat sich Nomaden gegenüber noch niemals feindselig gezeigt.«

»Es hat sich dahin entwickelt, Karl. Ihre Eroberungen sind ihnen ein wenig zu Kopfe gestiegen. Am Ende werden sie jeden Kontakt mit der Außenwelt abbrechen, weil es ihre Idylle stören könnte.« Joachim zog heftig an seiner Pfeife. »Irgend etwas geht hinter dem Rücken des Arkulans vor. Das ist meine Vermutung.«

»Wir sollten den Gefechtsständen Bescheid geben.«

»Ja. Kampfboote 'raus, Detektoren auch – alles, was wir haben. Trotzdem, ich glaube nicht, daß es zu einem Kampf kommen wird. Sie werden versuchen, irgendwie dichtzumachen.«

Alsbald erschien ein Mann der höchsten Rangstufe auf dem Schirm – Mountain Man Thorkild Edward, den Joachim kannte. Mit ihm konversierte der Nomadenkapitän betont freundlich, wobei er mehrmals Andeutungen bezüglich reicher Geschenke fallenließ; indessen war die Härte und Entschlossenheit seiner Stimme nicht zu überhören. Das Ende war eine Entschuldigung wegen des Benehmens des Untergebenen und eine Einladung für die gesamte Besatzung, zu landen. Da sich damit alle den Erulanern in die Hand geben würden, schützte Joachim große Eile vor und nahm nur für sich selbst und ein paar Offiziere an.

Die *Peregrinus* schwenkte in eine niedrige Kreisbahn ein, die so gewählt war, daß das Schiff direkt über Kaukasu blieb. Dies war eine unhöfliche, dafür aber völlig eindeutige Geste. Joachim überließ Ferenczi das Kommando und wählte ein paar jüngere Astronauten und Ingenieure für seine Begleitung aus. Sie würden eine harmlos aussehende Truppe sein. Ein Gefühl des Bedauerns überkam ihn, als er die Gastgeschenke aussuchte – ein kleines Vermögen in Schmuck- und Zierobjekten.

Ein Boot brachte die festlich gekleidete Truppe nach unten. Joachim, der bei Sean saß, sah den Planeten als eine dunkle, von

Stürmen durchtoste Scheibe am Himmel; die kalten Ozeane brandeten gegen steile, zerklüftete Felsküsten, und die nördliche Halbkugel war weitgehend schneebedeckt.

Die Stadt Kaukasu lag auf etwa zwanzig Grad nördlicher Breite, wo Landwirtschaft möglich war. Sie war der Sitz eingeborener Krieger-Könige gewesen, und die neuen Herren hatten nicht viel verändert – man hatte die Paläste mit Klimaanlagen versehen und eine Militärbasis gebaut. Joachim sah neue Gebäude am Stadtrand: eine kleine Werft.

»Seltsam«, murmelte er. »Ich hätte geschworen, daß die Menschen hier die Raumfahrt aufgegeben haben. Was sollte sie ihnen denn nützen?«

Das Boot landete auf dem Feld vor dem Hauptschloß. Dieses befand sich auf einem Hügel mitten in Kaukasu, dessen ringförmig angelegte Terrassen von dicken, altersgrauen Steinmauern umgeben waren. Darunter erstreckte sich die Stadt in einem Chaos von hohen Dächern und Kuppeltürmen hinaus bis zu den Feldern und großen Wäldern. Am Horizont erhob sich eine Bergkette weiß und zerklüftet in den tiefpurpurnen Himmel. In den engen Straßen herrschte lebhaftes Treiben.

Joachim verließ die Luftschleuse und zog, vor Kälte zitternd, seinen Mantel enger um sich. Eine Ehrengarde senkte salutierend die Speere, als ein in Pelze gehüllter Mann erschien.

Die Erulaner waren recht menschenähnlich: kräftig gebaut mit gelb-brauner Haut und flachen, asiatisch wirkenden Gesichtern. Sie hatten nur vier Finger an einer Hand, und ihre Ohren waren groß und spitz. Die Männer waren völlig kahl. Die Augen waren das am wenigsten Menschliche an ihnen: unter schwarzen, geraden Brauen waren sie schräg wie bei Katzen, mit rauchroter Iris und Schlitzpupillen. Die Soldaten trugen lange, blaue Tuniken über Breeches-Hosen und Panzerhemden aus Beryllium-Kupfer, spitze Helme und Krummsäbel an der rechten Seite.

Mountain Man Thorkild blieb ein paar Meter vor den Peregrines stehen und beugte das Haupt mit dem Haarschweif am Hinterkopf, als schmerzte es ihn. »Gruß und Willkommen«, sagte er. Der Wind trug seine Worte über den mit Steinplatten belegten Platz. »Der Arkulan erwartet Sie.«

»Danke«, sagte Joachim. »Also kommt, Jungs.«

Die geschenkbeladenen Männer folgten ihm. Sean und Ilaloa blieben im Boot, teils, um es zu bewachen, und teils, weil es zu unabsehbaren Entwicklungen kommen könnte, wenn Hadji Petroffs

Auge auf das Mädchen fiel. Hinter ihnen marschierte die Wache im Gleichschritt ab. Ein prächtig gewandeter Trompeter stieß ins Horn, als sie zum Schloßtor kamen.

Und ich hatte immer geglaubt, wir vom Schiff legten zu großen Wert auf Zeremoniell! überlegte Joachim.

Aber es war nicht anders möglich. Die Ex-Nomaden hatten ein barbarisches System übernommen; aus der erbarmungslosen Logik der Geschichte folgte, daß auch sie selbst barbarisiert werden mußten.

Jeder männliche Angehörige der menschlichen Rasse gehörte zum hohen Adel, und jeder Erulani war – theoretisch – ein Sklave. Moderne Waffen waren nur der herrschenden Rasse erlaubt; die Eingeborenen befanden sich noch in der frühen Eiszeit. Die Tributleistungen eines ganzen aufgeblähten Imperiums waren nötig, um den Herrschenden ein luxuriöses Leben zu ermöglichen. Äußerlich sah es so aus, als hätten die Hadjis und Mountain Men sich hier etwas Vorzügliches aufgebaut.

Aber, dachte Joachim weiter, sie waren Gefangene ihrer eigenen Schöpfung. Am Hofe herrschten Intrigen und Korruption. Auch ein starker Mann hatte keine ruhige Minute; stets mußte er gewärtig sein, von seinem maßlos ehrgeizigen Untergebenen verraten oder von seinen hinterhältigen Vorgesetzten ermordet zu werden. Menschliche Sprache und Kleidung, menschliche Träume gingen verloren; einer nach dem anderen nahmen die Sieger die Verhaltensweisen ihrer Sklaven an. Ein Zitat kam Peregrine in den Sinn. *Was nützt es dem Menschen, wenn er die ganze Welt gewinnt, an seiner Seele aber Schaden leidet*?

Sie schritten durch hohe, mit Deckengewölben versehene Hallen, bis sie den Audienzsaal erreichten. Das Dach des monströsen Raumes verlor sich in schwindelnden Höhen, und durch die schmalen Fenster stießen die blutigen Lanzen des Sonnenlichts auf die dick übereinanderliegenden Teppiche herunter. Alles schrie vor Gold, Juwelen, Bannern und Gobelins. An den Wänden aufgereiht standen wie zu Säulen erstarrt einheimische Wächter, und ein Schwarm von Sklaven warf sich vor Kaukausus thronenden Nobilitäten zu Boden. Trommelwirbel, Trompetengeschmetter.

Joachim und seine Männer machten einen zeremoniellen Kotau vor dem Arkulan. Er war ein Mann in den Vierzigern, stocksteif in seiner Robe, das gekrönte Haupt arrogant erhoben. Aber er begrüßte sie in korrekter Manier – freundlicher als einige von seinen Baronen, die den Nomaden scheele Blicke zuwarfen. *Aha. Die haben etwas vor, wovon ihr Chef nichts weiß. Und deswegen wollen sie auch keine Besucher.*

Für die Gäste wurden Stühle gebracht. Joachim verteilte seine Geschenke und setzte sich dann und plauderte mit dem Arkulan. Als Wein kredenzt wurde, wurde die Atmosphäre gelockerter, und es war nicht schwierig, vom König die Erlaubnis für einen Sightseeing-Rundgang seiner Männer zu bekommen.

»Aber ich werde versuchen, Sie hier zu unterhalten«, sagte Petroff. »Es ist lange her, daß das letzte Schiff hier bei uns war. Und warum wollen Sie keine Geschäfte machen?«

»Wir haben andere Absichten, Euer Majestät«, sagte Joachim.

»So? Suchen Sie nach neuen Territorien?«

»Nein, nein«, sagte Thorkild. »Es hat sich doch jetzt gezeigt, daß es im Großen Kreuz zu wenig Zivilisation gibt, als daß es der Mühe wert wäre.«

»Na, ich weiß nicht«, warf Joachim ein. »Sie bauen doch neue Schiffe. Wofür denn, wenn nicht für solche Expeditionen?«

»Die lasse ich bauen«, sagte ein anderer Adeliger, Hadji Kogama, »denn ich habe die nötigen Maschinen und Sklaven. Aber ich fahre damit nur zu Sura – kennen Sie den Planeten?«

»N-nein. Niemand kann sich die Namen aller Planeten merken.«

»Es ist eine lange und nicht sehr interessante Geschichte«, sagte Kogama, »jedenfalls ist es ein rückständiges System in Richtung Canopus, das gern eine Raumflotte möchte. Einer meiner Agenten war vor ein paar Jahren auf Thunderhouse und traf zufällig einen von ihnen, der nach einem Unternehmer suchte, welcher Schiffe bauen würde. Ich erklärte mich dazu bereit. Die Schiffe werden nach Sura gebracht und mit Gütern bezahlt. Natürlich wissen die Eingeborenen nicht, wo ihr Schiffsbauer lebt. Aber es ist ihnen auch ganz gleich.«

»Ich verstehe.« *Gar nichts verstehe ich. Seit wann ließen sich die Erulani dazu herbei, Fabrikanten zu werden – oder solch ausführliche Erklärungen ihres Tuns zu geben?*

»Aber was führt Sie denn dann hierher?« beharrte Thorkild.

Joachim erfand einen Planeten. Er bot gute Handelsmöglichkeiten, stellte aber in seiner Sozialstruktur ein ausgesprochenes Feudalsystem mit unglaublich bombastischen Zeremonienbräuchen dar. Jetzt wolle er in Kaukasu Hinweise darauf erhalten, wie die Eingeborenen zu behandeln seien.

»Einen bemerkenswert langen Weg haben Sie für diese Informationen zurückgelegt«, sagte Petroff.

»Ganz so ist es nicht, Euer Majestät«, sagte Joachim. »Wir haben nicht allzuweit von hier einen Planeten gefunden – es ist der Satellit eines J-Planeten – wo es recht reichliche Erzvorkommen gibt. Wir waren auf unserem Weg dorthin, und unser Besuch auf Erulan bedeutet kaum einen Umweg.«

»Wo ist dieses System?« fragte Thorkild.

Joachims Miene nahm einen schmerzlichen Ausdruck an. »Aber ich bitte Sie«, sagte er, »Sie erwarten doch wohl nicht von mir, daß ich Ihnen das verrate?«

Petroff lachte. »Nein, eigentlich nicht.«

Nach Sonnenuntergang gab es ein Bankett. Geistigen Getränken wurde eifrig zugesprochen, und schließlich wurde die Sache so wild wie eine Nomaden-»Meuterei«. Joachim tat es leid, nicht richtig mitmachen zu können, aber er hielt es für angezeigt, vorher eine Nüchternheitspille zu schlucken und sich nur betrunken zu stellen. Bei den anderen war die Trunkenheit echt; aber Verschwiegenheit gegenüber Außenseitern war allen Schiffsinsassen in Fleisch und Blut übergegangen. Er selbst ließ eine oder zwei genau gezielte Bemerkungen fallen und beobachtete Thorkilds Augen. Der Fisch schien bereit, anzubeißen.

Als er schließlich schwankend seinen Schlafraum erreicht hatte, stellte er fest, daß ihm der Arkulan gastfreundschaftlich eine Bedienstete zur Verfügung gestellt hatte.

Das Mädchen rangierte nicht sehr hoch im Harem, kannte aber einigen Klatsch, und Joachim zog ihr die Würmer aus der Nase. Was er hörte, war kein Beweis, daß Thorkild und Kogama zusammen mit anderen eine Verschwörung gegen den Arkulan planten; für seine Zwecke aber war es genug.

Am nächsten Tag durchstreifte er das Schloß, wobei er nicht versäumte, jeweils Fragen zu stellen, die seine Anwesenheit erklärten. Als ihm ein Sklave eine Mitteilung überreichte, daß Thorkild ihn zu sprechen wünsche, war er nicht überrascht. Er folgte dem Eingeborenen durch ein Gewirr von Korridoren und dann über eine Treppe hinauf in einen der Türme. Direkt unter dem Dach lag ein kärglich möbliertes Zimmer, das eher wie ein Büro aussah als wie der Empfangsraum eines Aristokraten. Thorkild saß in Pelze gehüllt hinter seinem Schreibtisch, das kahlrasierte Haupt über Papiere gebeugt.

»Nehmen Sie Platz, Peregrine«, sagte er knapp, ohne aufzusehen.

Joachim nahm sich einen Stuhl, schlug die Beine übereinander und holte seine Pfeife hervor.

Schließlich wandte sich das lange, schmale Gesicht ihm zu. »Haben Sie erfahren, was Sie wissen wollten?« fragte Thorkild.

»Ja, es waren ein paar ganz nützliche Ideen darunter«, sagte Joachim.

»Machen wir uns nichts vor.« Thorkilds Miene war starr und undurchdringlich. »Dieser Raum ist abhörsicher. Wir können ganz offen sprechen. Was meinten Sie gestern abend, als Sie sagten, das Große Kreuz eröffne sehr interessante Möglichkeiten? Und als Sie sagten, es sei schade, daß Hadji Kogama für Sura Schiffe baue, wenn doch ein wirklich ergiebiger Markt direkt vor der Haustür liege?«

»Wissen Sie«, sagte Joachim, »machmal kommen mir ganz niederträchtige Ideen. Zum Beispiel, daß Kogama seine Schiffe gar nicht verkauft, sondern sie nur irgendwo im Hintergrund hält, bis er eine genügend große Flotte beisammen hat, um hier alles an sich zu reißen.«

»Das tut er nicht. Ich weiß es.«

»Weil Sie beide zusammen Erulan beherrschen wollen?«

»Wir sind keine Verräter.« Thorkilds Stimme war kühl.

»Mmmmmm – nein, das habe ich niemals gesagt. Nur . . . Seine Majestät könnte bestimmte Informationen falsch auslegen. Etwa . . .« Joachim erwähnte einen bestochenen Wesir und einen Garde-Captain, dem Versprechungen gemacht worden waren.

»Wenn Sie anfangen, sich in Dinge einzumischen, die Sie nichts angehen«, fuhr Thorkild ihn an, »dann könnte ich vergessen, daß Sie mein Gast sind.«

»Wenn Sie das tun, mein Lieber, würden Sie selbst das erste Opfer sein. Und wenn ich nicht zurückkehre, wird die *Peregrinus* Sie bombardieren.« Mit einem Lächeln fügte er dann hinzu: »Aber wir sollten es nicht auf einen Kampf ankommen lassen, Ed. Wir sind alte Freunde, und ich weiß, daß mich die Sache nichts angeht. Tatsächlich wollte ich Ihnen nur von etwas Mitteilung machen.«

»Wovon?«

»Palastgerücht. Vielleicht hat es etwas zu bedeuten, vielleicht auch nicht.«

»Wie könnten Sie von Geheimnissen erfahren, die mir nicht zu Ohren kommen?«

»Ich bin hier fremd. Die Frauen finden mich interessant – der Harem, in dem Sie sie halten, muß mit der Zeit auch richtig langweilig sein. Sie wissen, daß ich morgen wieder fort sein werde, und in der Zwischenzeit bekommen sie von mir ein paar hübsche Geschenke. Warum sollten sie nicht mit mir reden? Und vor allem: Warum sollten sie nicht intrigieren?«

Thorkild zupfte nervös an seinem Haarschopf. Joachim konnte fast seine Gedanken lesen. Ein Adeliger hatte keine Möglichkeit, Geheimnisse aus den königlichen Konkubinen herauszuholen. »Was haben Sie erfahren?« fragte er schließlich.

»Nun . . .« Joachim sah zur Decke hinauf. »Ich habe Sie immer für meinen Freund gehalten, Ed. Gestern haben Sie von mir ein paar wirklich schöne Dinge bekommen.« Sie feilschten um die Bestechungssumme, bis Joachim einen nicht unbeträchtlichen Teil seiner vorherigen Auslagen wieder hereingeholt hatte. Was er dann sagte, beruhte nicht unbedingt auf Wahrheit, war aber das Ergebnis von scharfsinniger Kombination: »Kogama hat die Verbindungen mit dem Harem und der königlichen Garde, von denen Sie vielleicht nichts wissen. Es gibt Gerüchte. Man munkelt, daß Sie und einige andere an Kogamas Schiffsbau beteiligt sind. Nur, daß diese Schiffe hierbleiben.«

Thorkilds Gesicht erstarrte zu einer Maske. Joachim zog seine Schlüsse daraus. Er trichterte dem Nobelmann ein Gebräu aus Gerüchten und Hinweisen ein, welches darauf hinauslief, daß Kogama sich mit anderen zusammentun wollte, sobald ihr gemeinsamer Plan durchgeführt sein würde. *Möglicherweise verhielt es sich sogar wirklich so!*

Als er geendet hatte, trat Stille ein. Das Kinn auf die Hand gestützt, saß Thorkild da und trommelte mit den Fingern der anderen auf die Schreibtischplatte.

Joachim wartete einen Moment und beugte sich dann zu ihm vor, als hätte er etwas ganz besonders Vertrauliches mitzuteilen. »Ich habe da eine Vermutung, Ed«, murmelte er. »Ich glaube, es gibt noch eine Zivilisation in diesem Teil des Weltraums. Und mir scheint, daß sich die Leute vor den Menschen verstecken; warum, weiß der Kosmos. Aber Sie bauen Schiffe für sie, Sie und Ihre Clique. Die . . . Fremden . . . bezahlen Sie gut, vermutlich in Gold, so daß Sie eine Organisation aufbauen können. Der jetzige Arkulan ist ja ein ziemlich smarter Bursche. Er hat alles so eingerichtet, daß es sehr schwierig ist, ihn zu stürzen. Sie aber glauben, daß es mit Ihrem neuen Reichtum möglich sein wird. Habe ich recht?«

»Und wenn es so wäre – was würden Sie mit Ihrem Wissen anfangen?«

»Ich weiß es nicht. Eine Begegnung mit diesen Fremden könnte recht interessant sein. Vielleicht wäre da Geld zu verdienen. Oder unsere Schiffe sollten – falls die Fremden sich als feindselig erweisen sollten – über sie informiert werden.« Er sah seinem Gegenüber in die Augen. »Aber eines möchte ich Sie fragen, Ed. Wenn um Erulan herum ein mächtiges Anderling-Imperium entsteht, was nützt Ihnen dann der Thron hier?«

»Es sind keine Anderlinge oder Eingeborene.« Thorkilds Stimme klang gepreßt. »Es sind Menschen.«

Menschen!

»Eine seltsame Abart. Sprechen Basic mit wildestem Akzent, tragen keine Kleider, haben keine . . . was weiß ich alles. Sie benehmen sich wie Eingeborene, sind aber Menschen, da bin ich ganz sicher.«

»Was wollen sie?« fragte Peregrine.

»Schiffe. Vor etwa fünf Jahren haben sie Kontakt mit uns aufgenommen. Ja, sie zahlen in Metall, und ich vermute, daß sie von irgendwoher im Großen Kreuz sind. Aber das ist ein riesiges Gebiet, Joachim. Vielleicht sind wir dumm, wenn wir uns mit ihnen einlassen. Aber wer nicht wagt, gewinnt nicht.«

»Nein«, stimmte Joachim zu. »Ganz bestimmt nicht.«

10 Lauernde Angst

Gegen Abend des ersten Tages brachte ein Erulani eine Mitteilung Joachims zum Fährboot. *»Stadtbesichtigung genehmigt, aber entfernt euch nicht zu weit. Wir müssen mit der Notwendigkeit eines schnellen Starts rechnen.«* Einen Augenblick lang stand Sean in der Luftschleuse, bemüht, die Worte im letzten schwachen Tageslicht zu entziffern. Der Wind war scharf und kalt; hinter dem Schloß hoben sich Dächer und Türme dunkel vom Himmel ab.

Ilaloa war schon zu Bett gegangen. Sie richtete sich halb auf, als er den Schlafraum betrat. »Zu spät, um jetzt noch auszugehen«, sagte er. »Morgen früh also. Ist dir das recht?«

Sie nickte.

»Ich verstehe, daß du dir hier eingesperrt vorkommst«, sagte er. »Ich kann dir nicht sagen, wie leid mir das tut.«

»Mach dir doch keine Sorgen. Ich war nur in Gedanken, Sean.«

Er sah sie an. Seine Augen folgten den sanften Rundungen ihres Körpers bis zu ihrem Gesicht und verweilten dort. »Du würdest lieber wieder auf Rendezvous sein, nicht wahr?«

Sie lächelte, und dann lachte sie plötzlich. Es klang, als läuteten Glöckchen. »Armer, dummer Sean. Du denkst zuviel.« Er zog sie an sich, und sie erwiderte seine Umarmung. Sein Mund berührte ihr duftendes Haar und drückte sich dann auf ihre offenen Lippen. – *Ja, sie hat recht. Ich mache mir zu viele Gedanken. Und es bringt mir gar nichts.*

Am nächsten Morgen legte er Nomadentracht an, zog sich aber noch ein dickes Hemd über. Er mußte warten, bis Ilaloa mit dem Duschen fertig war. An Bord des Schiffes badete sie immer sehr lange, als wollte sie irgendeine verborgene Unreinheit wegwaschen.

»Zieh dich dick an, Liebste«, riet er ihr mit der warmen Fürsorge des liebenden Gatten.

Sie rümpfte die Nase. »Muß ich das?«

»Wenn du da draußen nicht erfrieren willst, schon. Was hast du denn eigentlich dagegen?«

»Es ist . . . Man ist so abgeschlossen von Sonne, Regen und Wind«, antwortete sie. »Man trägt eine tote Haut auf dem Körper, die einem den Kontakt mit dem Leben verwehrt, Sean.«

Der Morgen war kühl und neblig; die Steinplatten unter ihren Füßen glänzten naß, als sie zu den äußeren Toren gingen. An hochragenden Türmen vorbei gingen sie den Hügel hinunter.

Die Stadt war bereits erwacht, und ihr Lärm wurde lauter, als sie die Straßen betraten – schrilles Stimmengeschrei, Hufegeklapper, ächzende Räder, Eisengeklirr. Auch der Geruch fehlte nicht. Sean schnaubte und sah Ilaloa an. Aber sie schien ihn nicht zu bemerken. Mit weit aufgerissenen Augen starrte sie Dinge an, die sie nie zuvor in ihrem Leben gesehen hatte.

Die engen Straßen mit dem rutschigen Pflaster wanden sich zwischen den hohen Mauern spitzgiebeliger Häuser. Die schweren Türen hatten Metallbeschläge; die Fenster waren nichts weiter als schmale Schlitze; vorragende Balkone verdeckten den Himmel. An ihrem Fuße befanden sich kleine Stände und Buden mit Töpferwaren, Werkzeugen, Kleidern, Waffen, Teppichen, Lebensmitteln, Wein. Händler priesen mit rauher Stimme ihre Waren an. Da und dort standen Tempel mit Minaretten, grotesk verziert mit blutverschmierten Götterbildern.

Die Menge um sie herum tat alles, um den geheiligten menschlichen Gestalten nicht zu nahe zu kommen, stieß aber dennoch manchmal gegen sie. Es war ein Schauspiel von der Art, wie es nur aus der Entfernung romantisch wirkt. Sean glaubte die um ihn herum lauernde Gewalttätigkeit spüren zu können.

Ilaloa zupfte ihn am Ärmel, und er blieb stehen, um bei diesem Lärm ihre Worte besser zu verstehen. »Kennst du diese Stadt, Sean?«

»Nicht sehr gut«, gestand er. »Ich kann dir ein paar interessante Dinge zeigen, wenn . . .« Er zögerte. »Wenn du möchtest.«

»O ja!«

Vor ihnen erscholl ein Trompetensignal, und die Erulani drückten sich gegen die Mauern. Sean, der wußte, was kommen würde, zog Ilaloa mit sich zur Seite. Eine Schwadron von Gardisten galoppierte in Helm und Rüstung vorbei; Dreck spritzte von den Hufen der Pferde. Der Hornist hatte eine Peitsche, die er nach allen Seiten schwang. In ihrer Mitte war ein Mensch, der Befehlshaber, genauso gekleidet wie sie.

Eine Frau schrie auf, als sie vorbei waren. Ehe die Menge wieder die Straße überflutete, sah Sean, daß sie sich über ein kleines, pelziges Etwas beugte. Ihr Kind war nicht schnell genug gewesen.

Seine Kehle war so zugeschnürt, daß es ihm richtig weh tat. »Hierher, Ilaloa«, sagte er. »Komm mit mir.«

»Der Tod«, sagte Ilaloa ruhig.

»Ja«, antwortete er. »So ist Erulan.«

Sie betraten eine andere Hauptstraße. Ein Sklavenzug näherte sich. Die Männer waren von Hals zu Hals aneinandergekettet. Ihre Füße bluteten. Peitschenschwingende Soldaten trieben sie weiter, aber die Sklaven blickten nicht auf.

Wieder sah Sean Ilaloa an. Sie sah den vorüberziehenden Sklaven nach; irgendwie schien ihr Mitleid nicht sonderlich tief zu gehen.

Die Straße führte auf einen Marktplatz. An einem Galgen baumelten drei Erhängte. Unter ihnen zupfte ein schmuck gekleideter Erulani eine kleine Harfe. Es war eine fröhliche Melodie.

Ilaloas Finger drückten die seinen. »Etwas bekümmert dich, Sean.«

»Es ist dieser verdammte blutige Planet«, antwortete er. »Es ist alles so unnötig!«

Ihr Blick wich nicht von seinen Augen, und ihre Stimme war ernst. »Du bist lange vom Leben abgeschlossen gewesen«, sagte sie. »Du weißt nicht mehr, wie schön der Regen ist oder eine Sommernacht. Es ist eine ... Leere in dir, Sean.«

»Ich versteh den Zusammenhang nicht.«

»Was hier um uns herum ist, ist Leben«, sagte sie. »Du hast vergessen, wie heiß und dunkel und grausam es sein kann. Ihr verbrennt eure Toten und vergeßt, das Fleisch wieder zu Staub wird. Die Erde sollte Staub sein von euren Gebeinen, und wo ihr starbt, sollte alles blühen. Ihr möchtet, daß es immer nur Tag ist; von der Nacht und vom Sturm wollt ihr nichts wissen. Ihr lebt mit Geistern und Träumen in eurer eigenen Finsternis. Das ist falsch, Sean.«

»Aber dies hier!«

»Ja, das Leben ist wild hier und wüst, aber es spielt sich *jetzt* ab, verstehst du? Habt ihr Angst vor dem schneidenden Schmerz der Geburt? Fürchtet ihr euch davor, an das Raubtier zu denken, das bei Nacht Leben erwürgt, um seine Jungen zu füttern? Kennt ihr die Lust, die es bereitet, zu töten und zu beherrschen?«

»Du m-meinst doch nicht, daß das richtig ist, oder?«

»Nein. Und doch ist es richtig. Oh, Sean, du kannst das Leben nicht leben, bis du selbst Leben bist, das ganze Leben, nicht wie es sein sollte, sondern wie es ist: Lachen und Weinen, Liebe und Grausamkeit, mehr als du selbst ... Nein, du verstehst das nicht.«

Sie gingen weiter. Einen Augenblick sagte sie leise: »Oh, die Wirklichkeit kann man verbessern. Der endlose Kampf, das unaufhörliche Leid muß nicht sein. Aber so ist das Leben immer noch ... richtiger ... als das der Stadt Stellamont.«

»Du meinst«, fragte er, »die Vernunft sei ... falsch? Dieser Instinkt ...«

Sie lachte, doch mit einem nachdenklichen Unterton. »Du bist lieb, aber deine Liebe ist so weit ... so weit fort.« Plötzlich kam es dann fast wie ein Aufschrei: »Oh, Sean, könnten wir Kinder haben ...«

Er vergaß das Gedränge um sich herum, zog sie an sich und küßte sie. Irgendwie fühlte er sich erleichtert. Sie hatten versucht, einander kennenzulernen, und selbst in ihrem Scheitern lag noch eine Art Sieg.

Um die Mittagszeit leerten sich die Straßen; die Stadtbevölkerung zog sich zu einer Siesta zurück. Sie schlenderten durch ein

Labyrinth verwinkelter Straßen und verirrten sich schließlich. Schlimm war das nicht; sie brauchten nur die allgemeine Richtung des Schlosses einzuhalten und würden es dann von einem offenen Platz aus sehen können.

Am Ende einer Straße bemerkte Sean einen engen Tunnel zwischen schräg überhängenden Häusern. »Versuchen wir's da einmal?«

Er bekam keine Antwort. Als er sich umwandte, war er zutiefst erschrocken.

Er hatte Liebe in ihrem Gesicht gesehen, Fröhlichkeit, Besorgnis, Kummer, Einsamkeit, Abscheu, Furchtsamkeit und den leeren Ausdruck dessen, der allein für sich sein will. Aber niemals zuvor hatte er sie wirklich verstört gesehen.

»Lo – was ist los?«

Er flüsterte es, und seine Pistole schien von selbst aus ihrem Halfter zu gleiten.

Ihre entsetzten Augen suchten die seinen. Sie hatte die Hand gegen den Mund gepreßt, als wollte sie einen Schrei unterdrükken. »*Amuriho*«, hauchte sie. »*Hualalani amuriho.*«

Er zog sie mit sich zur Seite. Gegen eine Wand gedrückt, starrte er auf die Straße hinaus. Sie war leer.

»Ein Gedanke. Ein Gedanke ... nein, Sean!«

Er sah Ilaloa nicht an. Seine Augen suchten forschend die Straße ab, doch nichts schien sich zu bewegen. »X«, sagte er.

»Es war kein Mensch ... nichts von Erulan«, hauchte sie zitternd. »Es war grausig ... eine schwarze, hohle Nacht voller Sterne ... und kalt, so kalt!«

»Wo?«

»Ganz in der Nähe. Hinter irgendeiner Mauer.«

»Dann müssen wir weg von hier!«

»Wieder – da ist es wieder!« Sie klammerte sich an ihn. Er fühlte, wie sie erschauderte.

»K-kannst du Gedanken lesen?« stammelte er.

»Dunkelheit«, stieß sie hervor. »Dunkelheit und Leere, eine dunkle Leere voller Sterne ... Sterne wie eine Sichel um ein schimmerndes Feld.«

Der Pistolengriff war rutschig in seiner Hand. »Können sie uns wahrnehmen?«

»Ich weiß es nicht.« Ihr Flüstern klang heiser. »Es denkt an Sterne jenseits der Sterne, aber immer ist da dieses Bild einer Sichel, die hineinschneiden will in ein helles Leuchten. Erhabenheit und Verachtung liegt darin, wie Stahl und ...« Ihre Stimme erstarb.

»Jetzt ist es wieder weg«, sagte sie in fast kindlichem Ton. »Jetzt spüre ich es nicht mehr.«

Er fing an zu laufen, hielt ihren Arm in einer Hand und die Pistole in der anderen. »Joachim hatte recht mit seiner Ahnung«, stieß er hervor. »Wir müssen diesen Planeten verlassen!«

11 Konstellation

Niemand konnte behaupten, daß sich eine besonders intellektuelle Gesellschaft an Bord der Schiffe befand. Dennoch war Lesen als Zeitvertreib während der langen Reisen beliebt. Wie ihre Schwesterschiffe hatte die *Peregrinus* eine durchaus ansehnliche Bibliothek. Es war ein langer, mit zwei umlaufenden Galerien versehener Raum im äußeren Ring, ziemlich in der Mitte des Schiffes und nicht sehr weit vom Park entfernt. Seit dem Start von Nerthus hatte Trevelyan zahlreiche Stunden darin verbracht.

Als er jetzt die Bücherei betrat, war sie fast leer bis auf den dösenden Wärter und ein paar alte Männer, die lesend an einem der Tische saßen. An den Wänden standen Regale mit Mikrobüchern von zivilisierten Planeten: Sachbücher, Nachschlagwerke, Philosophie, Poesie, Belletristik – kurz, alles und jedes. Außerdem gab es noch dicke Folianten, verfaßt von den Nomaden selbst oder von den Eingeborenen hundert verschiedener Welten. Er nahm ein Konpendium der Geschichte der Schiffe und öffnete es.

Es begann mit den Memoiren von Thorkild Erling, dem ersten Nomadenkapitän. Die Fakten waren jedem gebildeten Menschen in der Union bekannt: Wie die erste *Traveler,* ein Emigrantenschiff in den frühen Tagen interstellarer Raumfahrt, in einen Gravitationswirbel geriet – ein damals noch völlig unbekanntes Phänomen, für das man bis jetzt keine hinreichende Erklärung gefunden hat – und etwa zweitausend Lichtjahre von ihrem Kurs abgetrieben wurde. Mit den Hyperdrive-Motoren der damaligen Zeit hatte man mehr als zehn Jahre gebraucht, bis wieder ein Gebiet erreicht war, wo die Sternbilder halbwegs vertraut aussahen. Fast ein weiteres Jahrzehnt war das Raumschiff dann noch umhergeirrt. Schließlich fand die Besatzung einen unbewohnten E-Planeten. Sie nannte ihn Harbor und kolonisierte ihn. Die meisten waren froh, die wilde Jagd durch die Tiefen der Ewigkeit vergessen zu können. Einigen freilich gelang es nicht; schließlich gingen sie mit der *Traveler* von neuem auf die Reise.

Das waren die historischen Fakten. Als Trevelyan jetzt Thorkilds Bericht las, teilte sich ihm etwas vom Reiz und der Schönheit jener frühen Jahre mit. Aber Träume verändern sich. Ein Ideal, das Wirklichkeit wird, ist keines mehr. In dem, was Thorkild dann später schrieb, lag ein Unterton von Enttäuschung; seine neue Gesellschaft entwickelte sich nicht so, wie er es sich gewünscht hätte. *»So ist die Menschheit: Niemals imstande, der Logik ihrer eigenen Ideen zu folgen.«*

Eilig durchblätterte Trevelyan das Buch, um vielleicht Hinweise auf die Entwicklung der Nomadenwirtschaft zu finden. Ein Raumschiff kann eine geschlossene ökologische Einheit sein, und die Nomadenschiffe erzeugten in hydroponischen Kulturen ihre eigene Nahrung und waren auch in der Lage, Schiffsbau-, -reparatur- und -wartungsarbeiten durchzuführen. Auf diese Weise konnten sie endlos lang durch den Weltraum treiben. Leichter und lohnender war es jedoch, Planeten anzulaufen und aus Handel mit ihnen Gewinn zu schlagen.

Zuweilen ging man auch über den Handel hinaus. Manchmal betrieben die Nomaden Bergwerke oder andere Industrien. Selbst Raub war nicht unbekannt, wenn man ihn auch nicht gern sah. Das, was sie sich so aneigneten, verwendeten sie zum Teil für ihre eigenen Bedürfnisse; mit dem Rest trieben sie Handel.

Solche Unternehmungen wurden, sobald der Captain die nötigen Voraussetzungen dazu geschaffen hatte, immer von einzelnen oder kleinen Gruppen durchgeführt. Eine geringe Steuer genügte zur Finanzierung der verschiedenen öffentlichen Abgaben.

Die Gesellschaft war demokratisch, wenngleich nur die erwachsenen Männer das Wahlrecht hatten. Politische Fragen von grundsätzlicher Bedeutung wurden bei den Treffen auf Rendezvous geregelt, wobei gewisse Entscheidungen dem Kapitänsrat überlassen waren, andere den ganzen Besatzungen. Die einzelnen Schiffsversammlungen beratschlagten alles, was der Kapitän nicht als Routinefall behandeln konnte, und stimmten darüber ab. Alle Nomaden schienen politisch sehr interessiert zu sein. Der Kapitän hatte weitreichende Befugnisse, und, wenn er ihn richtig benützte, einen noch weiter reichenden Einfluß. Die Tatsache, daß Joachim in eigener Verantwortung derartige Erkundungsfahrten mit der *Peregrinus* durchführen konnte, sprach für sich selbst. Wenn . . .

Plötzlich spürte Trevelyan, wie sein Puls sich beschleunigte, und blickte auf. Nicki war eben hereingekommen.

Sie hatte ein Buch unter dem Arm, das sie wieder an seinen Platz stellte. »Wo sind Sie denn die letzten Tage gewesen?«

»Überall und nirgends«, sagte er vage. »Gibt's etwas Neues?«

Sie schüttelte den Kopf, und das Licht spielte auf ihrem schimmernden Haar. »Ich webe jetzt«, sagte sie. »Ferenczi Mai-Ling – Karls Frau – möchte einen neuen Teppich, und sie kann auch bezahlen.« Sie runzelte die Stirn. »Nie gibt es was wirklich Neues.«

»Und ich dachte, Ihr ganzes Nomadenleben beruhe darauf, daß immer wieder etwas Neues passiert«, sagte er.

»Oh, wir hüpfen von einem Planeten zum nächsten, der noch verrückter ist. Aber was hat das für einen Sinn?«

»Das Leben«, korrigierte er sie lächelnd, »hat keinen äußeren Zweck oder Sinn; es ist nur eine der vielen Erscheinungsformen des Universums. Das gilt auch für jede Gesellschaftsform. Sie ärgern sich nur, daß Sie für sich selbst keinen Lebenssinn finden können.«

Ihre rauchblauen Augen trafen die seinen. »Fangen Sie schon wieder damit an!« rief sie. »Können Sie denn gar nichts sehen oder tun, ohne es als ein ... einen spezifischen Fall eines allgemeinen Gesetzes betrachten zu müssen?«

Was das anbetrifft, dachte Trevelyan, nein.

»Ich habe meinen Spaß«, sagte er gutgelaunt. »Ein Glas Bier mag ich ebenso gern wie jeder andere. Apropos, wie wär's, wenn wir zusammen ...«

»Sie weichen der Antwort aus«, unterbrach sie ihn. »Es ist immer dasselbe. Frauen können nicht denken! Sollen sie in der Küche bei den Kindern bleiben. Das hängt mir allmählich zum Halse heraus!«

»Ich bin Solarier«, erinnerte er sie. »Wir sind die letzten, die sich solche Vorstellungen von männlicher Überlegenheit machen würden.«

»Sol ...« Fast andächtig sprach sie das Wort aus, um gleich darauf wieder abschätzig fortzufahren: »Was hat Sol denn zu bieten? Und was leistet ihr denn dort schon, außer, daß ihr versucht, das Universum mit Hilfe ... mit Hilfe von ein paar Gleichungen zu dirigieren? Aufgrund einer Theorie!«

»Jede Kultur gründet auf einer Theorie«, sagte er. »Die unsere ist halt nur genau formuliert.«

»Es gibt Momente, wo ich Sie hasse«, sagte sie und ballte die Fäuste.

»Ich versuche ja gar nicht, Sie zu belehren«, knurrte er. »Wenn ich Ihnen ein hübsches Gute-Nacht-Märchen erzählen wollte, würden Sie's gar nicht merken. Aber man sollte nicht einfach zurückweisen, was man nicht versteht!«

Sie wich seinem Blick nicht aus. Schließlich, zu seiner Überraschung, lächelte sie. »Also gut, ich gebe mich geschlagen«, sagte sie lachend. »Wollen wir noch dieses Bier miteinander trinken?«

Und ich hatte geglaubt, ein guter Psychologe zu sein, dachte Trevelyan.

Eine Sirene heulte. Nicki zuckte sichtlich zusammen.

»Was ist das?« fragte er.

»Signal«, antwortete sie knapp. »Alarm für die Gefechtsstände. Alles bereit für Hyperdrive.«

»So nahe an diesem Planeten?«

»Vielleicht ist es dringend.« Sie lief hinüber zum »Auge« der Bibliothek.

Überall auf dem Schiff gab es solche Televisor-Schirme. Man konnte sie auf jede der zahlreichen Kameras schalten, die alles, was an Bord von Interesse sein konnte, verfolgten. Hastig betätigte Nicki den Programmwähler. Trevelyan sah ihr über die Schulter.

Geraume Zeit verging, bis das richtige Bild gefunden war. Trevelyan erkannte das Tor eines der Hangars. Joachim kam eben heraus. Sein Gesicht war grimmig. Seine Worte dröhnten aus den Schiffslautsprechern. »Achtung, alle Peregrines! Hier spricht der Kapitän. Wir starten sofort mit Gravitationsantrieb. Verstanden, Maschinenraum? Sofort volle Kraft; Kurs nördlich der Eklipse. Bereithalten zum Übergang auf Hyper, wenn notwendig.« Seine Stimme verlor ein wenig an Schärfe. »Nein, ich glaube nicht, daß wir verfolgt werden oder daß man auf Erulan etwas gegen uns hat. Aber man kann nie wissen. Wir haben einige Informationen erhalten, die sehr wichtig sein können.«

Ein leises Zittern ging durch das Deck. Da die Gravitationsbeschleunigung auf alle Objekte gleichmäßig wirkte, spürte Trevelyan keinen Druck, doch war zu vermuten, daß sie mit gut 50 g himmelwärts schossen.

Joachims Stimme schreckte ihn auf. »Trevelyan Micah – bitte kommen Sie unverzüglich zur Brücke. Ich brauche Ihre Hilfe.«

Nicki zwängte sich durch die Umstehenden. »Was kann das bedeuten?«

»Das werde ich sehr bald wissen«, sagte Trevelyan.

»Ich komme mit.«

Joachim hatte Ferenczi mit dem Kommando betraut und stand vor dem Astrogations-Computer. Neben ihm war Sean, das schmale Gesicht verkniffen. Aber Trevelyans Augen gingen zu Ilaloa. Über das Pult gebeut, saß sie im Astrogatorsessel, und er konnte sehen, wie sich ihr ganzer Körper zusammenkrampfte.

»Was ist denn los?« fragte er.

»Ich bin noch nicht sicher . . .« Joachim sah Nicki an, die ihre Hand auf Ilaloas Kopf gelegt hatte. »Was tun Sie denn hier?«

»Vielleicht etwas dagegen?« erwiderte Nicki.

»Nein . . . nein, gar nicht. Vielleicht können Sie das Mädchen beruhigen. Sie hat einen ziemlichen Schock erlitten.« In kurzen Worten berichtete er, was man auf Erulan in Erfahrung gebracht hatte: Fremdartige menschliche Wesen kauften heimlich Raumschiffe; und Ilaloa hatte einen Gedanken empfangen, der für kein lebendes Wesen erträglich war. »Sie und Sean kamen dahergestürmt, als ich gerade an Aufbruch dachte«, endete er. »Damit war alles klar. Lo ist ein tapferes Mädchen. Sie brach erst zusammen, als wir in Sicherheit waren.«

Trevelyan sah die beiden Frauen an. Ilaloa weinte und schluchzte jetzt an Nickis Brust.

»Ein wirklich fremder Gedanke?« fragte er. »Aber wenn sie unsere Gedanken nicht lesen kann, wie dann diesen?«

»Die Wellenmuster variieren.« Seans Stimme klang barsch. »Dieses war zufällig ihrem eigenen ähnlicher als ein menschliches. Aber der Inhalt war . . . anders.«

»Was sagen Sie dazu, Micah?« fragte Joachim.

»Nun . . . angenommen, es war kein Irrtum oder so etwas . . . hm.« Trevelyan rieb sich das Kinn. »Menschen im einen Fall, fremde Wesen im anderen. Könnten sie unabhängig voneinander operieren – vielleicht ohne voneinander zu wissen?«

»Nun«, sagte Joachim zweifelnd, »das wäre schon möglich. Sehr wahrscheinlich dürfte es allerdings nicht sein.«

»Vielleicht nicht. Aber ich habe eine Idee . . .« Trevelyan sah, daß Ilaloa sich aufrichtete. Sie zitterte immer noch, aber ihre Tränen waren versiegt. Er bemerkte, daß Weinen sie nicht entstellte wie Menschen.

»Gehen Sie sanft mit ihr um«, sagte Nicki ruhig.

»Keine Sorge.« Trevelyan setzte sich auf das Schaltpult. Ihr Blick schien durch ihn hindurchzugehen. »Ilaloa«, fragte er, »möchten Sie darüber sprechen?«

»Nein«, sagte sie. »Aber ich werde es tun, weil es notwendig ist.«

»Gut. Sehr gut!« Trevelyan lächelte. Angesichts seiner warmen, freundlichen Miene fragte sich Nicki, wieviel davon geschauspielert war. »Beschreiben Sie mir jetzt einfach, wie der Gedanke in Kaukasu war. Wie empfanden Sie ihn? Was besagte er?«

»Wenn Sie nie Gedanken empfangen haben, kann ich es Ihnen nicht erklären.«

»Oh, doch, das habe ich. Es kommt ganz plötzlich, nicht wahr? Es gibt etwas wie einen roten Faden, dazu aber alle möglichen Arten von Abzweigungen, Obertönen, Implikationen. Das Ganze bleibt niemals gleich; es verändert sich ständig. Ist es so?«

Sie nickte. »Soweit es sich in Worte fassen läßt, ist es so.«

»Ausgezeichnet. Und nun, Ilaloa: Würden Sie mir, so gut es geht, erklären, wie der Gedanke, den Sie da empfingen, beschaffen war?«

Sie starrte vor sich hin, und ihre schlanken Finger umkrampften die Armlehnen, daß ihre Knöchel weiß hervortraten. »Es kam ganz plötzlich«, flüsterte sie. »Es war, als käme etwas aus dem Wasser herauf und sänke dann zurück in die Dunkelheit.«

Ein Schauder durchlief sie. Sean wollte zu ihr, aber Joachim stieß ihn zurück. »Es ging um Gewalt und Verachtung und Größe«, sagte sie. »Eine Hand wie Eisen packte das Universum. Aber langsam, geduldig, mit Überlegung. Und da war ein Schimmer vor einem schwarzen Himmel, ein Lichtfeld, von Sternen umgeben. Wie eine Sichel war es, die etwas schneiden will. Und ein Stern war heller als alle anderen, hoch und kalt; und dann war da noch eine Lichtspirale, die so weit entfernt war, daß ich fast schreien mußte und ...« Sie schüttelte den Kopf. »Nein«, hauchte sie zitternd. »Nicht mehr.«

»Ich verstehe.« Trevelyan verschränkte die Arme und beugte sich vor, die Ellenbogen auf den Knien. »Glauben Sie, Sie könnten vielleicht ein Bild dieser Sterne zeichnen?«

»Ein ... Bild? Aber ...«

»Ich möchte Sie unter Hypnose stellen, Ilaloa«, sagte er. »Es ist wie ein Schlaf. Es ist nötig, daß Sie sich an alles erinnern. Sie werden es nicht bemerken. Und auf diese Weise kann ich die Angst von Ihnen nehmen.«

Es dauerte nicht lange, bis er sie hypnotisiert hatte. Sean zuckte zusammen, als sie die schrecklichen Augenblicke durchleben mußte. Aber der Friede, der folgte, glich das wieder aus. Trevelyan gab ihr einen Bleistift. Mit sicherer Hand skizzierte sie ein Sternbild und fügte noch einige Nebel und einen Abschnitt der Milchstraße hinzu. Der Koordinator nahm das Papier und löste die Trance. Sie lächelte schläfrig, stand auf und eilte in Seans Arme.

»Ich glaube, die Sache ist in Ordnung«, sagte Trevelyan. »Die Panik ist nun wohl gewichen. Sie rührte von der Fremdheit des Phänomens her, nicht von persönlicher Bedrohung.«

»Und zu welchem Ergebnis sind Sie gekommen?« fragte Joachim.

»Nun«, sagte Trevelyan, »offenbar denken diese X-Wesen in verschiedenen Wellenformen. Ilaloa fing nur solche Bruchstücke auf, die den Mustern ihrer eigenen Rasse ähneln. Die Tatsache könnte uns Rückschlüsse auf den Denker erlauben – aber da bin ich mir noch nicht ganz sicher. Wichtiger ist dieses Sternenbild. Es stellt einen anderen Sektor des Weltraums dar – wahrscheinlich die Heimat von X.«

»Ja, kein Zweifel.« Joachim besah sich die Zeichnung. »Da haben wir also schon einen ganz brauchbaren Hinweis. Sehen wir uns das mal genauer an: Das hier ist natürlich eine helle Gaswolke, und die Spirale dahinten ist wahrscheinlich der Andromedanebel. Angenommen, wir befinden uns im Bereich des Großen Kreuzes: Dann könnte dieser sehr helle Stern nur Canopus sein, und hier ist dieselbe Einbuchtung in der Milchstraße, die man von hier aus sehen kann.« Er deutete auf einen Sichtschirm über ihnen.

»Kurz«, sagte Trevelyan mit einem Unterton des Triumphs, »wir haben eine ziemlich klare Vorstellung davon, wo der Feind sich befindet.«

»Ja. Und ich glaube, wir können noch mehr damit anfangen. He, Manuel!«

Der junge Astrogator sah auf. Joachim faltete das Blatt zu einem Papierflugzeug zusammen und ließ es zu ihm hinüberfliegen. »Stellen Sie so genau wie möglich fest, um welchen Bereich des Weltraums es sich hier handelt«, befahl der Kapitän. »Nehmen Sie alle unsere Sternkarten und Computer zu Hilfe, wenn es sein muß. Aber orten Sie mir die Sache zentimetergenau.«

12 Der Sturm

Es gab keine Zeit mehr.

Im Inneren des Schiffes leuchtete stets kühles Licht in den Hallen und öffentlichen Räumen. Dunkelheit gab es nur, wenn in den Wohnräumen die Beleuchtung abgedreht wurde.

Draußen hingen die Sterne in endloser, ewiger Nacht.

Es gab keine Zeit mehr. Uhrenzeiger drehten sich müde im Kreise, sinnlos Stunden und Tage verkündend. Für die Menschen indes gab es nur noch Wachen und Schlaf, Essen, Arbeit, Müßiggang, Warten. Die Alten träumten von der Vergangenheit, die Jungen von der Zukunft. Aber die Gegenwart war jetzt ewig.

Ein paar Vorfälle hatten sich in Trevelyans Gedächtnis geprägt. Einige seiner Unterhaltungen mit den Nomaden, vor allem mit Joachim, die von ihren Kreuzfahrten durch die Galaxis erzählten. Da waren die Spaziergänge, die er mit Nicki durch die labyrinthischen Korridore des Schiffs gemacht hatte.

Er dachte daran, daß ein dunkler, junger Mann mit unglücklichen Augen namens Abbey Roberto ihn vor Ilaloa gewarnt hatte, die eine Hexe sei. Sean hatte ihm dann gesagt, daß Roberto zufällig etwas von ihren möglicherweise telepathischen Eigenschaften mitbekommen hatte. Es hatte Gemurmel und scheele Blicke gegeben, wenn Ilaloa vorbeikam. Jetzt, da sie ins Unbekannte vorstießen, konnte die steigende Spannung auch emotional stabileren Leuten als den Nomaden zusetzen.

Zumindest hatte die *Peregrinus* jetzt ein ziemlich klar umrissenes Ziel. Der Sektor des Weltraums, von wo aus der Himmel so wie in Ilaloas Vision aussehen mußte, war mit einer möglichen Ungenauigkeit von ein paar Dutzend Lichtjahren identifiziert. Von Erulan aus betrug die Flugdauer bei voller Geschwindigkeit etwa sechs Wochen.

Ein Monat verging. Es hätte ebenso gut eine Woche oder ein Jahrhundert sein können. Nach dem, was die Uhren anzeigten, war es ein Monat.

Sie waren zu viert im Park. Nicki saß neben Trevelyan, die Beine übereinandergeschlagen, und hatte seinen Arm untergefaßt. Ihnen gegenüber saßen Sean und Ilaloa.

Von den Frachträumen abgesehen, war der Park der ausgedehnteste Teil des Schiffes, und nach den Hyper-Maschinen auch der eindrucksvollste. Er nahm auf dem äußersten Deck ein volles Viertel des Schiffsumfangs ein, und seine Länge betrug einhundertundzwanzig Meter. Aber das war notwendig.

In den Tagen der großen Städte waren die Menschen in ihren selbsterbauten Gebirgen aus Stein und Glas eingeschlossen, und es war nicht verwunderlich, daß viele von ihnen allmählich den Verstand verloren. Die gleiche Gefahr bestand natürlich für Menschen, die im interstellaren Raum in eine enge, metallene Hülle eingezwängt waren. Ohne die ausgleichende Wirkung von kühlem Gras, feuchter Erde, raschelnden Blättern und fließendem Wasser wäre das Gefühl der Beengung nicht zu ertragen gewesen.

Bei Versammlungen sprach der Kapitän hier zu den Leuten, die dann vor ihm auf der großen grünen Wiese standen. Jetzt gab es hier nur ein paar ballspielende Kinder. Im übrigen war der Park eine hübsche Anlage aus Bäumen, Hecken, Blumenbeeten, Springbrunnen, gewundenen Wegen und lauschigen Lauben.

Trevelyan und die anderen saßen in einer der Lauben, gegen die Zwergbäume gelehnt, aus denen ihre Wände bestanden. Über ihnen breitete eine Eiche ihre Äste aus; Rosenbüsche und Weiden bildeten eine kleine Grotte.

Ein Sichtschirm gestattete einen Blick nach draußen. Er war senkrecht angeordnet wie ein Fenster. Eingerahmt in grüne Blätter, waren hier die Sterne als funkelnde Punkte zu sehen, die auf die Grenzen des Universums zustürzten. Ilaloa warf keinen Blick auf den Schirm.

Sie sprachen über Zivilisation. Nicki versuchte wie immer, Trevelyan auszuforschen, und er antwortete bereitwillig. Er wollte erreichen, daß die Nomaden die Situation verstünden.

»In gewisser Weise«, erklärte er, »sind wir in derselben Lage wie der Mensch auf der Erde zwischen dem, sagen wir, sechzehnten und dem frühen neunzehnten Jahrhundert. Das war eine Zeit, wo jeder Teil der Welt zugänglich war. Aber die Reisen waren lang und schwierig, und die Nachrichtenverbindungen schlecht. Die Übermittlung von Informationen – Ideen, Entdeckungen, Entwicklungen in der Heimat und in den Kolonien – erfolgte langsam. Koordination war völlig unmöglich – oh, natürlich beeinflußten sie einander, aber nur teilweise. Man bemerkte eigentlich kaum, wie sehr sich die Kolonien dem Mutterlande entfremdeten. Nordamerika war nicht England; das ganze Ethos veränderte sich. Hätte es damals schon das Radio gegeben, die Geschichte der Erde wäre völlig anders verlaufen.

Nun, was haben wir heute? Ein Dutzend oder noch mehr hochzivilisierte Rassen, die über diesen Teil der Galaxis verstreut sind.

Die Kommunikation ist beschränkt auf Raumschiffe, die unter Umständen Wochen brauchen, um von einer Sonne zur nächsten zu kommen. Nicht einmal die starken wirtschaftlichen Beziehungen gibt es, die immerhin Europa und seine Kolonien verbanden. Die Entwicklung geht in völlig verschiedene Richtungen, was eines Tages zum Konflikt führen muß. Dazu ist es schon mehrere Male gekommen – und es bedeutet Vernichtung.«

»Hm – ja.« Sean fuhr sich mit der Hand durch sein struppiges Haar. Den anderen Arm hatte er um Ilaloa gelegt, und er spürte ihre innere Spannung – als ob sie auf etwas wartete.

»Lo hat recht«, sagte Nicki. »Sie denken einfach zuviel, Micah, und in Ihrem Kopf sind Sie sehr einsam.« Sie deutete auf den Sichtschirm. »Sehen Sie da hinaus, Micah. Das ist unser Universum. Wir gehören hierher. Vergessen Sie doch einmal Ihre verdammte Wissenschaft. Dort liegt die Galaxis und wartet darauf, daß wir sie nehmen!«

»Eine große Galaxis«, murmelte er.

»Glauben Sie denn, die Nomaden wissen nicht, wie groß sie ist?« rief sie. »Haben wir denn nicht unser ganzes Leben dort draußen verbracht und Welten auf Welten gesehen und hinter jeder Sonne noch eine neue? Die Sterne wissen nicht, daß es uns gibt, und wenn wir einmal tot sind, werden sie genauso da sein wie immer – als hätten wir nie existiert. Und trotzdem – wir existieren, Micah! Wir sind ein Atom im Universum, aber das sind wir immerhin!«

Ein wenig errötend hielt sie inne. »Ich rede heute wirklich zuviel«, sagte sie. »Daran ist Lo schuld. Die Art, wie sie spricht, ist einfach ansteckend.«

Er lächelte wortlos.

»Aber ich würde so etwas nicht sagen«, flüsterte Ilaloa. »Was mich betrifft, so sehe ich es anders. Micah versteht sich als Teil eines Ideensystems, als Teil von etwas, das so unwirklich ist wie ein Gedanke in seinem Kopf. Und ihr vom Schiff denkt an Metall und Feuer und an die Leere dort draußen; für euch ist das Leben nur eine Bewegung in toter Materie. O nein!« Sie vergrub ihr Gesicht in Seans Schulter.

»Und wie verstehen Sie sich dann?« fragte Trevelyan. »Was ist für Sie Wirklichkeit?«

Sie sah wieder auf. »Das Leben«, sagte sie. »Das Leben zwischen Anfang und Ende von Raum und Zeit, die Kräfte . . . nein, das *Sein* und *Werden.* Es . . .« Hilflos verstummte sie. »Ihr habt keine Worte dafür. Ihr versucht, das Leben zu verstehen, indem ihr es von außen betrachtet wie ein Ausstellungsstück im Museum. Man kann es nicht verstehen, man muß es fühlen . . . erleben. Und das ist unmöglich, wenn man Gefangener seines Körpers ist. Man muß sein wie eine Welle in einem Strom. Sie geht auf und nieder, aber der Strom fließt weiter.«

Sean streichelte ihr über das Haar. »Seltsame Dinge sagst du da, Liebling«, murmelte er. Seine Lippen berührten leicht ihre bleiche Wange.

»Bergson«, sagte Trevelyan.

»Hm?« Nicki runzelte fragend die Stirn.

»Ein Philosoph auf der Erde – vor langer Zeit. Ilaloas Gedanken sind den seinen sehr ähnlich. Aber ich bezweifle, ob er sie so in Wirklichkeit umsetzte, wie sie es könnte. Eines Tages«, fügte er nachdenklich hinzu, »möchte ich von Ihnen mehr über Ihr Volk erfahren, Ilaloa. Ich war so eifrig dabei, mich mit dem Schiff vertraut zu machen, daß ich gar nicht recht mit Ihnen Bekanntschaft schließen konnte. Aber ich glaube, daß Sie mich etwas lehren könnten.«

»Ich will es versuchen.« Ihre Stimme war fast unhörbar.

»Micah«, begann Nicki langsam, »sind wir Nomaden so grundverschieden von Ihnen in der Union?«

Er nickte. »Mehr als wir glauben.«

»Ich meine . . . unsere Lebensformen sind verschieden, ja, aber wir sind trotzdem menschliche Wesen, von Sol bis zum Rande der Galaxis. Und ist unser Denken wirklich so anders?«

»Natürlich. Wir sind alle aus Fleisch und Blut. Worauf wollen Sie denn hinaus?«

»So, wie Sie vorher sprachen, hätte man glauben müssen, daß Sie uns für eine Art feuerspeiender Drachen halten. Da habe ich mich gefragt, wie Sie und ich – das heißt, unsere Völker – jemals miteinander auskommen könnten.«

»Kampf muß nicht sein«, antwortete er. »Aber so lange die beiden Kulturen existieren, kann es zu keiner wirklichen Einheit kommen. Die Dinge, für die wir leben, sind einfach zu anders. Denken Sie nur einmal an Nomaden, die versuchten, sich in einer Kolonie niederzulassen.«

»Ich dachte schon, daß Sie das sagen würden.« Langsam nahm Nicki ihre Hand von der seinen. Er machte keine Bewegung.

»Ich glaube, ich mache einen kleinen Rundgang im Park«, sagte Sean etwas verlegen. »Du kommst doch mit, Lo?«

Ilaloa und er hatten sich bereits erhoben, als alle vier spürten, wie ein kurzes, schmerzliches Pulsieren durch ihren Körper ging.

»Was zum Teufel . . .!« Nicki war aufgesprungen.

»Die Gravitationsfeld-Generatoren . . .« begann Sean.

Eine neue Welle durchfuhr sie. Die Blätter, durch die jetzt ein seltsam stöhnender Luftzug ging, verschwammen vor ihren Augen. Schreie waren zu hören. Jemand fluchte.

»X«, stieß Sean hervor. »Sie greifen uns an!«

Trevelyan stand jetzt hinter Nicki und hatte sie an den Armen gepackt. »Nein!« rief er. »Ein Schiff in Hyperdrive kann man nicht angreifen. Es . . .«

Ilaloa schrie auf.

Als Trevelyan zu ihr hinüberschaute, sah er die Sterne auf dem Sichtschirm erzittern. Ein Blitz, und das Bild war tot. Rauch stieg aus der Röhre empor.

Eine neue Welle warf sie zu Boden. Metall ächzte. Trevelyan sah, wie ein Eichenast quer durch den Park flog. Unsicher kam er wieder auf die Beine. Nicki stolperte gegen ihn, und er nahm sie schützend in seine Arme.

Blitze flammten auf, eine bläulich-weiße Hölle elektrischer Entladungen von Wand zu Wand. Gleich darauf kam dröhnender Donner, der die Schiffshülle widerhallen ließ, als sei sie ein riesiger Gong. Der Boden unter ihnen hob und senkte sich. Das Licht ging aus. Gespenstisch zuckten Entladungen durch die Finsternis.

Durch den Tumult hörte Trevelyan die elektronisch verstärkte Stimme wie einen Ruf aus der Ferne: *»Micah! Trevelyan Micah, können Sie mich hören? Kommen Sie auf die Brücke – ich brauche Sie!«*

Blitze zerrissen das Dunkel, und die Stimme verstummte. Eine Alarmsirene ertönte, absurd und überflüssig. Jemand prallte gegen Trevelyan und warf ihn wieder zu Boden.

»Ein Wirbel!« rief er. »Wir sind in einen Gravitationswirbel geraten!«

13 Am Rande der Katastrophe

Gravitationswirbel: *Ein ausgedehntes, bewegliches Kraftfeld nicht völlig geklärter Art und Herkunft, das als Gravitationsturbulenz mit gyromagnetischen und elektrischen Nebeneffekten auftritt. Der*

Name geht auf den Umstand zurück, daß die Differentialgleichungen, welche die Vorgänge an den Rändern des Phänomens beschreiben, den für einen hydrodynamischen Wirbel geltenden ähneln. Diese Wirbel sind für eine Anzahl von Erscheinungen verantwortlich, unter anderem auch für Planetenbeben. Die von den Wirbeln auf Raumschiffe ausgeübten Kräfte und die von ihnen erzeugten Unregelmäßigkeiten in Hyperdrive-Feldern können erhebliche Folgen haben, wobei es häufig zu einer Zerstörung des Schiffes oder zu starken Kursveränderungen kommt. Vermutlich sind die Wirbel der Grund für die meisten ansonsten unerklärlichen Schiffsverluste. Die bisher beste Erklärung des Gravitationswirbels scheint die von Ramachandra zu sein. Sie besagt, daß lokale Konzentrationen entstehender Masse . . .

Lexikondefinitionen! Hatte der Lexikograph je einen solchen Sturm erlebt?

Immer noch durchzuckten Blitze den Raum, gefolgt von dröhnendem Donner. In ihrem Schein sah Sean, daß ein entwurzelter Baum zu stürzen begann. Gerade noch konnte er sich zur Seite rollen. Die Zweige rissen ihm das Hemd vom Leibe.

»Ilaloa!« schrie er. »Ilaloa!«

Dann spürte er sie in seinen Armen und hielt sie fest. Der Boden erdröhnte von einer gewaltigen Vibration, die durch Fleisch und Bein und Gehirn ging. Ein weiterer Blitz ließ ihn Trevelyan erkennen, der sich, Nicki an der Hand, durch den Park zu tasten schien. Eine Frau schrie auf. Dann ertränkte metallisches Dröhnen die menschlichen Stimmen.

Induzierte Ströme . . . er spürte die Hitze, die zu ihm aufstieg, und roch das Gas, das zu qualmen begann. Hier konnten sie nicht mehr bleiben! Der Boden wankte, fiel plötzlich ab und schlug dann hart gegen seine Rippen. Veränderliche Gravitation . . . »Los, Ilaloa, los!« stieß er hervor.

Sie kamen vom Boden hoch, klammerten sich aneinander. Ein dröhnendes, kreischendes, pfeifendes, krachendes, prasselndes Chaos stürmte in der Dunkelheit auf sie ein. Aus einem vergessenen Winkel seines Gedächtnisses stieg eine Erinnerung hoch. In eine allseitig geschlossene leitende Hülle kann kein elektrisches Feld eindringen. Die Blitzentladungen waren zwischen Nichtleitern, nämlich den Bäumen, hin- und hergegangen, und die waren jetzt alle umgestürzt. Aber sie konnten in Brand geraten!

Ein heftiger Stoß warf ihn fast um. Abgebrochene Zweige rissen seine Haut auf. Er kam wieder hoch, hielt sich an Ilaloa fest –

irgendwie war sie auf den Beinen geblieben. Sie kletterten über den Baum.

Bläuliche, in der Luft schwebende Feuerbälle schufen jetzt etwas Licht. Ilaloas Silhouette hob sich vom Dunkel ab. Angst schien sie nicht zu haben, doch konnte er ihren Gesichtsausdruck nicht erkennen.

Eine Lichtkugel schoß nahe an ihm vorbei. Er fühlte ein Kribbeln in seinen Nerven. Dann prallte jemand gegen ihn. Er sah in das verzerrte Gesicht eines Jungen. *»Haben Sie meine Schwester gesehen?«* Unter dem endlos-metallischen Dröhnen war die Stimme kaum zu verstehen. Hände packten ihn an der Schulter. *»Wo ist Janie?«*

»Komm mit uns ...« Ilaloa wollte den Jungen bei der Hand nehmen, aber er war plötzlich fort. Sean sah noch den Schmerz in ihrem Gesicht, dann wurde es wieder dunkel.

Wie mit einer Riesenfaust packte sie die Gravitation. Er ging in die Knie, glitt an einer heißen, stählernen Fläche entlang. Dann schlug er heftig gegen eine Wand. Ilaloa, die seinen Arm umklammert hatte, war immer noch bei ihm. Wieder schwebte ein Kugelblitz vorbei. Er sah, wie ein Mann sie anstarrte. Sein Mund war weit aufgerissen, sein Gesicht von Schrecken verzerrt.

»Abbey! Abbey Roberto!« Fast ohne sich dessen bewußt zu sein, rief Sean den Namen in das Inferno.

Der Mann stolperte auf ihn zu. In der Hand hielt er ein Messer. Entsetzt fuhr Ilaloa zusammen. Mit einem wütenden Aufschrei stieß Abbey die Klinge nach ihr.

»Hexe! Verdammte Mordhexe, das hast du angerichtet!«

Ilaloa bekam die Hand, die das Messer führte, am Gelenk zu fassen. Roberto schlug mit der freien Hand so heftig nach ihr, daß sie zu Boden stürzte.

Sean sah nur noch rot. Er warf sich auf Abbey, rammte ihm das Knie in den Leib. Mit einem erstickten Laut stieß dieser das Messer nach ihm. Sean fing seinen Arm ab und entwand ihm das Messer. Abbey wollte ihm die Finger in die Augen stoßen. Da stach Sean ihn nieder.

Die entfesselten Kräfte hatten Trevelyan quer durch den Park geschleudert. Nicki hatte sich mit übermenschlicher Kraft an seinem Arm festgehalten. Trevelyans Wille überwand seinen Schmerz.

»Los, komm!« versuchte er das brüllende Chaos zu überschreien. »Los, komm!«

Sie kämpften sich mühsam weiter. Aufflammende Kugelblitze ließen ein Gewirr von zersplitterten Baumstämmen, Ästen und Zweigen und niedergestreckten Körpern erkennen. Einige Male kamen sie an Verletzten vorbei, aber es waren nicht viele. Die Nomaden wurden gut mit der Katastrophe fertig, dachte Trevelyan. Ohne in Panik zu geraten, waren sie unverzüglich auf ihre Posten geeilt.

Das Ende des Parks lag jetzt vor ihnen. Als Nicki stolperte, fing er sie auf und zog sie an sich. Ein Feuerball flammte auf mit höllischem Schein, und er sah ihre Augen und ihre offenen Lippen und ihr im Sturm wehendes Haar.

Ein Donner folgte, als käme der Jüngste Tag. Er küßte sie.

Es dauerte lange, bis sie wieder voneinander ließen. Ohne ganz zu verstehen, was geschehen war, starrten sie einander an, bevor sie weiter auf die Brücke zuliefen.

Über dem Astrogationspult schwebte ein Kugelblitz; der Rest lag im Dunkel. Joachims verwittertes Gesicht war wie eine zerklüftete Mondlandschaft aus Lichtern und Schatten. Seine Stimme übertönte den tosenden Lärm: »Endlich – da sind Sie! Was in Kosmos' Namen können wir tun?«

Im Sol-System war seit fast hundert Jahren einiges über die Gravitationswirbel bekannt, entsann sich Trevelyan. »Lassen Sie mich die Instrumente sehen«, rief er.

Die Sichtschirme waren tot, doch die Schiffsinstrumente zeigten noch an. Zeiger zuckten wie irrwitzig über Skalen. Elektrische und Gravitationspotentiale, Magnetismus, Drehbewegungen, Frequenzen und Amplituden – mit einem einzigen Blick nahm er alles auf.

»Wir sind immer noch am Rand des Wirbels!« rief er. »Aber wir müssen uns frei machen. Teilfrequenzen der Vibration entsprechen der Eigenschwingungsfrequenz des Schiffes. Die rütteln uns zu Atomen!«

»Wenn es uns gelingt, das Schiff als Ganzes phasengleich in die Hauptschwingung zu bringen ... Können Sie den Maschinenraum noch erreichen?«

Joachim nickte.

»Gut. Lassen Sie den Hyperdrive pulsieren ... Sinusschwingung ... Hier, ich gebe Ihnen die Zahlen.« Er kritzelte etwas in das Logbuch. Joachim riß die Seite heraus und gab die Daten über den Notfernschreiber weiter.

Das Schiff heulte auf! Unter Trevelyan sackte der Boden weg, schien ins Nichts zu stürzen. Trevelyan schwebte frei in endlosem Fall durch die Dunkelheit. Dann packte ihn eine Titanenfaust und warf ihn gegen die Wand. Ein eingedrillter Reflex ermöglichte es ihm, auf den Füßen zu landen. Schlag auf Schlag erschütterte das Schiff. Unter ihnen bog sich der Boden. Er hörte das Krachen von Spanten.

»Nicki! Nicki!« rief er hinaus in die siedende Finsternis.

Apokalyptische Gewalten schienen das Schiff zu zermalmen. Infernalisches Tosen erfüllte sein Universum.

Und erstarb!

Langsam, ganz langsam wurde das Dröhnen des vibrierenden Metalls leiser. Bedeutete das den Tod? Er schien in unendlichem Raum, in endloser Zeit zu schweben. Unsicher, ob er etwa blind war, tastete er sich in dunkle Nacht. Dann hörte er die Rufe von Männern um ihn herum.

»Nicki!« schluchzte er.

»Wir sind frei.« Joachims ruhige Stimme kam wie aus weiter Ferne. »Wir haben uns aus dem Wirbel befreit.«

Der Hyperdrive ging aus. Joachim mußte das Signal dazu gegeben haben. Sie schwebten im freien Raum. Die ausgebrannten Bildschirme funktionierten jetzt wie gewöhnliche Sichtluken, und Trevelyan sah die Sterne.

Joachim starrte hinaus. »Wo sind wir?« fragte er.

»Die Konstellationen sehen immer noch völlig gleich aus! Nein, Augenblick mal, ein wenig sind sie doch anders.« Ferenczi war bei einer anderen Luke, sein Körper hob sich schwarz vor der Milchstraße ab. »Diese ausgebuchtete Stelle war vorher nicht da.«

Joachim wies auf das fahle Sternbild des Canopus. »Wir sind noch im selben Bereich«, sagte er. »Andere Schiffe sind von solchen Wirbeln schon . . . himmelweit geschleudert worden.«

»Da ist eine Sonne – nicht allzu weit von uns. Hier herüben.«

Joachim ging zu dem jungen Petroff Manuel hinüber, der durch eine Luke zu seinen Füßen starrte. Ja, dieser schmerzhaft rot leuchtende Stern war vielleicht nur Lichtstunden entfernt.

Joachim wandte sich ab, ließ seinen Blick durch das angenehme Halbdunkel der Brücke schweifen. Durch eine gravitationsmäßig über ihnen gelegene Luke glitzerten Sterne. Er sah hinaus und erstarrte.

»Donner und Doria!« stieß er hervor. »Jungs, kommt mal her. Wir sind da!«

Die Blicke der anderen folgten ihm, sahen die Konstellation am Himmel. In sichelartiger Kurve umgab ein Dutzend heller Sterne eine schimmernde, annähernd runde Fläche. »Der Nebel!« rief Joachim. »Der Wirbel hat uns genau dahin verschlagen, wohin wir sowieso wollten!«

Joachim wandte sich wieder seinen Leuten zu. »Also ... machen wir uns an die Arbeit, Jungs.«

Bei einer der Luken sah er Trevelyan und Nicki. Hand in Hand standen sie da und sahen sich in die Augen. Joachim lächelte. Das Leben ging weiter. Was auch immer geschah, das Leben ging weiter.

»Jetzt aber Schluß dort drüben!« rief er. »Spart euch das für später auf.«

»Schon gut!« In Nickis Stimme war Lachen und Schluchzen zugleich.

Trevelyan ging langsam zum Kapitän hinüber. Nicki folgte ihm, und die Hände, mit denen sie ihr zerzaustes Haar ordnete, zitterten ein wenig. Joachim meldete sich bereits über Intercom. Das Kommunikationssystem des Schiffes war teilweise ausgefallen, doch konnte er die Mehrzahl der Stationen erreichen. Die meisten Antworten klangen unsicher; die Männer konnten noch nicht ganz an die Rettung glauben.

»So.« Joachim wandte sich seinen Offizieren zu. »Das Schiff ist zwar ganz schön aus dem Leim gegangen, scheint aber noch funktionsfähig zu sein. Karl, Sie übernehmen hier oben, und wenn Befehle notwendig sind, geben Sie sie. Ansonsten bringen Sie ein wenig Ordnung in dieses Tohuwabohu. Stellen Sie mit größtmöglicher Genauigkeit fest, wo wir sind, und untersuchen Sie diese rote Sonne. Ich werde jetzt einen kleinen Rundgang machen. Kommen Sie mit, Micah?«

»Ja, natürlich. Hier kann ich wohl nicht mehr viel tun.«

»Sie haben genug getan, mein Freund. Wären Sie nicht gewesen, dieses Schiff wäre wie eine Streichholzschachtel zerknickt.«

»Nun ...« Trevelyans aufgeschlagene Lippen verzogen sich zur Andeutung eines Lächelns. »Manchmal sind Koordinatoren wirklich von Nutzen.«

»Manchmal sind sie auch sonst ganz nett, was?« sagte Joachim mit einem Seitenblick auf Nicki.

Nicki, damit beschäftigt, das Blut aus einer Schnittwunde in Trevelyans Gesicht zu wischen, gab keine Antwort.

Sie gingen den Hauptkorridor hinunter. Er war jetzt S-förmig gekrümmt. Was im Licht ihrer weitwinkeligen Lampen sichtbar wurde, war ein einziges Chaos. Der Park war nur noch ein Haufen von entwurzelten Bäumen, verschütteten Springbrunnen und schwärzlichem Gras. Bewegungslos hing dünner Rauch in der Luft.

»Die Ventilation hier ist hin«, bemerkte Joachim. »Gehört zum ersten, was repariert werden muß.«

Sie arbeiteten sich weiter voran. Bei der Zwergeiche lag ein Mann mit blind hervortretenden Augen und verdrehtem Genick. Dann sahen sie eine Frau mit einem gebrochenen Bein, um die sich jedoch schon jemand kümmerte. Insgesamt war es sehr ruhig hier.

»Ihre Leute halten sich wirklich gut«, sagte Trevelyan. »Keinerlei Panik.«

»Eine Frage der Erfahrung«, sagte Joachim achselzuckend. »Hallo, da scheint jemand nicht ganz glücklich zu sein«, fügte er dann hinzu.

Sich seinen Weg durch eine zerfetzte Hecke bahnend, ging er voran. Ilaloa lag hier, immer noch bebend vor Angst. Sean kauerte neben ihr nieder. Unweit von ihnen lag ein Toter mit einem Messer im Leib.

Joachim beugte sich über die Leiche. »Abbey Roberto«, murmelte er.

»Er hat versucht, Ilaloa zu töten«, sagte Sean tonlos.

»Hm, ja, manchmal hatte er recht merkwürdige Ideen. Das gleiche trifft übrigens für unsere Richter zu. Allerdings . . .« – Joachim zog das Messer heraus – ». . . muß Roberto durch einen unglücklichen Sturz ums Leben gekommen sein.« Er wischte das Messer ab und steckte es wieder in die Scheide an Abbcys Gürtel.

»Danke«, sagte Sean.

»Vergessen Sie es, mein Freund. Die Dinge sind sowieso schon schwierig genug.«

Sie gingen durch das gesamte Schiff, um sich ein Bild von dem angerichteten Schaden machen zu können. Es hatte nur ein paar Tote gegeben; ein gutes Dutzend Leute war schwer verletzt, die anderen allenfalls leicht. An den empfindlicheren Teilen des Schiffes war starker Schaden entstanden; irreparabel war er jedoch in keinem Fall, und die Grundstruktur war noch völlig intakt. Überall, wo er vorbeikam, organisierte Joachim Arbeitsgruppen.

»In ein paar Stunden sollten wir wieder fahrbereit sein«, erklärte er; »bis wir wieder kampfbereit sind, wird es allerdings länger dauern. Wir müssen einen Ort finden, wo wir für eine Weile sicher sind, bis wir die nötigen Reparaturen vollständig durchgeführt haben.«

»Es braucht aber kein Planet zu sein, oder?« fragte Trevelyan.

»Doch, eigentlich schon. Und wenn es nur wegen der zusätzlichen Masse für den Konverter wäre, die wir noch brauchen – Sie wissen ja, wieviel ein Hyperdrive-Schiff davon benötigt. Einige Tonnen davon brauchten wir schon, vielleicht ein paar Meteore. Im übrigen sind unsere Gewächshäuser beschädigt. Wenn es sein muß, können wir von Konserven leben. Aber grünes Gemüse von einem E-Planeten würde die allgemeine Moral aufmöbeln, bis wir wieder auf unsere Eigenproduktion zurückgreifen können. Auch unsere Instrumente müssen neu eingestellt werden. Denen hat der Sturm sicher ziemlich übel mitgespielt. Dazu sind Vergleichsmessungen innerhalb eines planetarischen Systems notwendig. Und . . .«

»Schon gut, ich verstehe. Leiten Sie also das Nötige in die Wege. Nicki und ich werden noch hier helfen.«

»Also bis später.« Joachim stapfte zur Brücke. Die Beleuchtung funktionierte jetzt wieder, und seine gedrungene Gestalt wirkte merkwürdig einsam, als er auf das Ende der langen metallenen Halle zuging.

Nicki wandte sich Trevelyan zu. »Es ist einfach nicht möglich«, sagte sie leise.

»Was denn?« – »Daß ich so glücklich bin.«

Lächelnd küßte er sie und nahm sich Zeit dabei. Einen kurzen Moment lang dachte er an Diane, die auf der Erde zurückgeblieben war, und hoffte, sie würde nicht lange allein bleiben.

Das Schiff war in einen Wirbel geraten – warum? Natürlich passierten solche Dinge, aber . . . Schirmte sich X durch einen solchen Wirbel gegen die Außenwelt ab? Nein, das war wohl nicht möglich. Ein Gravitationswirbel bewegte sich mit hoher Geschwindigkeit; daß die Sonne von X genau das Tempo einer solchen Turbulenz aufweisen sollte, war vollkommen unwahrscheinlich.

Konnte der »Denker« in Kaukasu Ilaloa absichtlich ein Gedankenmuster zugespielt haben? Der direkte Weg zu dem betreffenden Sektor mußte die *Peregrinus* zwangsläufig in den Wirbel leiten.

Er überließ die Daten seinem Unterbewußten und wandte sich den manuellen Reparaturarbeiten zu. Den Nomaden stak das Erlebnis noch in den Knochen, aber sie erholten sich bereits.

Schließlich hatte er sich ein paar Stunden Ruhe redlich verdient. Trevelyan begleitete Nicki zu ihrer Tür, ging aber nicht mit hinein, sondern kehrte zu seinem eigenen Raum zurück und warf sich aufs Bett.

Sirenengeheul weckte ihn wieder auf.

»Huuu-uuu-uuu . . . Huu-huu . . . huu-uu . . . huu-oo . . . hoo-uu-uuu huu-huu-huu. Alle Mann auf Gefechtsstation! Fremdes Raumschiff entdeckt, wo kein Raumschiff etwas zu suchen hat.«

14 Planet vom E-Typ

Auf der Brücke, wohin ihn Joachim unverzüglich gebeten hatte, blickte Trevelyan auf einen großen Sternenhaufen und einen einzelnen Planeten hinaus. Die Sonne war eine rötliche Scheibe; durch den Filter der jetzt wiederhergestellten Sichtschirme konnte er die dunklen Flecken ihrer Photosphäre erkennen. Wie die meisten Riesensterne hatte sie eine große Planetenfamilie.

Der Planet war ein Koloß vom J-Typ, dessen Atmosphäre ein Brodem aus Wasserstoff, Metan, Ammoniak und anderen, weniger bekannten Bestandteilen war. Wunderschön anzusehen, hing er im Raum – eine abgeplattete, bernsteinfarben schimmernde Kugel mit grünen, blauen und grauen Flecken und einem, der aussah wie ein Meer von Blut. Drei Monde waren zu erkennen, die den Planeten in relativ geringem Abstand umkreisten.

»Das kann doch einfach nicht stimmen!« Joachim starrte auf die Instrumente, die anzeigten, daß sich ein Raumschiff in der Nähe befand. Sie registrierten die von seinen Maschinen abgegebenen Neutrinos und die durch den Antrieb verursachten Gravitationsturbulenzen, ja sogar die schwache Anziehungskraft seiner Masse. Sicher zeigten die Instrumente der *Peregrinus* jetzt nicht mehr völlig genau an. Dennoch gab es an dieser Anzeige keinen Zweifel.

»Das kann doch einfach nicht stimmen!« wiederholte Joachim. »Wir wissen, daß es hier niemanden gibt, der über Atomkraft verfügt.«

»X«, sagte Trevelyan. »Angenommen, sie hätten ein Patrouillenboot in jedem System ihres Imperiums – oder zumindest in vielen Systemen jenes Bereiches, den sie als ihnen gehörig betrachten. Wenn sie Detektoren um diesen Planeten kreisen lassen, erfahren sie automatisch von unserem Kommen. Dann könnte ein Schiff mit Höchstgeschwindigkeit unterwegs sein, um uns abzufangen.«

»Ja, ja, das wäre möglich.« Joachim zündete sich eine Pfeife an und zog heftig daran. »Und wir sind mehr oder weniger kampfunfähig. Sollen wir lieber umkehren?«

»Wir sind hierher gekommen, um die Wesen im Großen Kreuz zu studieren.«

»Mhm. Notfalls bleibt uns immer noch der Hyperraum. Also gut, warten wir.«

In freiem Fall kurvte die *Peregrinus* auf den J-Planeten zu. Auf der Brücke war es ganz still. Nur das gedämpfte Summen der in Bereitschaft laufenden Maschinen war zu vernehmen. Auf dem ganzen Schiff standen Männer hinter Geschützen und Raketenrohren. Im Abstand von wenigen Metern schwebten bewaffnete Boote neben dem Schiff. Sicher saß Sean in einem von ihnen am Steuer, dachte Trevelyan.

Der Kommunikationsmann sah von seiner Konsole auf. »Ich habe das ganze Band durchprobiert«, sagte er. »Nicht die Andeutung eines Signals. Soll ich sie rufen?«

»Nein«, sagte Joachim. »Sie wissen, daß wir hier sind.«

Er ging unruhig auf der Brücke hin und her und kam dann zu Trevelyan zurück. »Der Zweck Ihrer Union ist der Friede«, sagte er. »Und wenn wir mit diesen Anderlingen kämpfen müssen?«

Ruhig erwiderten die grünen Augen des Koordinators seinen Blick. »Werden wir angegriffen, ohne Anlaß dazu gegeben zu haben, dann dürfen wir uns verteidigen. Aber wir müssen herausfinden, *warum* der Angriff erfolgt. Subjektiv können sie durchaus stichhaltige Gründe haben.«

»Und auf meinem Grabstein wird stehen: *›Hier liegt ein gesetzestreuer Bürger!‹*«

Petroff Manuels Ausruf zerschnitt die Stille. »Jetzt kann ich sie sehen!«

Sie eilten zu seinem Sichtschirm und starrten hinaus in die Dunkelheit. Ein kleiner, zunehmend größer werdender roter Lichtpunkt bewegte sich schnell zwischen den Sternen hindurch. Joachim stellte den Schirm auf volle Vergrößerung ein. Es entstand das Bild eines Raumschiffes.

Es hatte die typische Form des zur Aufnahme der Feldgeneratoren vorn und achtern verlängerten Hyperdrive-Schiffes. Aber es sah nicht aus wie ein von Menschen gebautes Schiff. Der Rumpf schien in flache Ebenen aufgeteilt zu sein; das Heck war ausgebaut, die Nase wies eine Art Speerspitze auf. Die Kupferlegierung, aus der sie zu bestehen schien, leuchtete rötlich im grellen Sonnenlicht, und wie sie jetzt sehen konnten, wies die Schiffshaut viele ausgebesserte Stellen auf. Es war alt.

Hörbar zog Trevelyan die Luft zwischen den Zähnen ein. Joachim starrte ihn nachdenklich an.

»Kennen Sie diesen Bautyp?« fragte Trevelyan.

»Tiunran.«

»Wie?«

»Ich habe Bilder von ihren Schiffen gesehen.«

»Die gleichen Anderlinge, die vor vierhundert Jahren hier im Großen Kreuz Schiffe verloren . . .«

»X gehört zu den Tiunranern?« murmelte Ferenczi.

»Das ist doch nicht logisch«, erwiderte Trevelyan unsicher. »Die Tiunraner waren Forscher und Wissenschaftler. Weder physisch noch von ihrer Kultur her waren sie für Eroberungen geeignet. Und wenn sie das technische Niveau des interstellaren Antriebs erreicht haben, brauchen sie kein Imperium.«

»X«, sagte Joachim, »hat eines.« Das Schiff kam näher, glich seine Geschwindigkeit der ihren an. Joachim nahm die Vergrößerung zurück.

»Vielleicht!« stieß der Koordinator hervor. »Bis jetzt aber wissen wir es noch nicht.«

Auch dem unbewaffneten Auge bereits als Lichtpunkt erkennbar, befand sich das fremde Schiff noch etwa hundert Kilometer von ihnen entfernt. In der Vergrößerung der Sichtschirme sah es wie eine groteske Spindel am Himmel aus. Joachim hämmerte Signale in den Kommunikator.

Der Zeiger eines der Instrumente machte einen Sprung. Ein Alarmsignal ertönte. Computer erteilten den Robot-Piloten Befehle. Joachim las die Signale. »Das ist eine selbststeuernde Rakete«, sagte er. »Keine Verhandlungen, keine Warnung, kein Garnichts – einfach eine Atomrakete, die auf uns zufliegt. Wollen Sie noch immer den Friedensengel spielen, Cordy?«

Trevelyan antwortete nicht. Er starrte hinaus zu dem Schiff und fragte sich, was für eine Besatzung es wohl hatte. Sie konnten alles mögliche sein; was, das war jetzt nicht festzustellen. Und wenigen den Weltraum bevölkernden Wesen war es gegeben, durch vordergründige Häßlichkeit, Fremdartigkeit, ja Feindseligkeit hindurch die Urverwandtschaft jeglichen Lebens zu erkennen und zu begreifen. *Etwas Fremdes – ein Feind – töte es!*

Lautlos flammte Feuerschein auf. Die Computer der *Peregrinus* hatten der Rakete ein Abfanggeschoß entgegengeschickt. Eine weitere folgte; sie wurde mittels eines Gravitationsstrahls gegen den Absender zurückgelenkt. Und jetzt zuckten um das andere Schiff herum grelle Blitze auf; die *Peregrinus* hatte begonnen, das Feuer zu erwidern.

Die Konstellationen auf den Sichtschirmen hüpften und zitterten, als die *Peregrinus* einer geballten Breitseite auswich. Die Mannschaft spürte es nicht; die Gravitationsgeneratoren des Schiffes glichen die Beschleunigung automatisch aus. Aber die Besatzung hatte ohnehin nur die Instrumente im Auge oder lud Kanonen und Raketenwerfer nach. Ein Roboter kämpfte für sie; Fleisch und Blut und das menschliche Gehirn waren für eine solche Schlacht nicht schnell und nicht schlagkräftig genug.

Seltsamer Kampf, dachte Trevelyan. Es war ein flackerndes Feuerwerk, von Maschinen gespieltes Schach, bei dem die Menschen nur zusahen. Zu hören war nichts außer dem unregelmäßigen Summen der Gravitationsantriebe und dem schwachen Schwirren der Ventilatoren.

Aber war da nicht noch etwas? Er hörte ein anderes Geräusch – ein Knacken und Ächzen in den Spanten des Schiffes. Nach der Überbeanspruchung durch den Gravitationswirbel hatte man noch keine Zeit gefunden, sie wieder instand zu setzen, und jetzt drohten sie, unter der Belastung durch die abrupten Manöver des Schiffes nachzugeben.

Und Ferenczis Miene war grimmig, als er von seinen Computer-Skalen aufsah. »Wir kommen nicht mehr mit«, sagte er. »Unsere Detektoren und Rechner sind nicht schnell und genau genug. Ich fürchte, daß uns bald eines dieser Geschosse treffen könnte.«

»Wundern würde es mich auch nicht.« Joachim sprang zum Kommunikatorpult. »Alle Boote zurück!« rief er in das Mikrophon. »Alle Boote zurück zum Schiff!«

Dies war ein höchst gefährlicher Moment. Um wieder in den Wirkungsbereich des Antriebsfeldes zu kommen, mußten die kleinen Fahrzeuge in die Hangare zurück. Zur Vermeidung von Kollisonen war es aber erforderlich, daß die *Peregrinus* währenddessen nur sparsamen Gebrauch von ihrer Wendigkeit machte. In diesen Augenblicken konnte der Feind ...

Joachim studierte die Detektorskalen. »Sie scheinen eine Pause zu machen. Es kommt nicht mehr viel. Warum?«

Trevelyan warf ihm einen nachdenklichen Blick zu. »Vielleicht, sagte er leise, »wollen sie uns nicht vernichten.«

»Wie?« Joachim war verblüfft. »Aber was ...«

»Sie haben nichts mehr zu uns herübergeschickt, als wir abwehren konnten. Und genau jetzt, wo jeder halbwegs fähige Kommandeur aus allen Rohren auf uns losdonnern würde, nehmen sie ihr Feuer zurück. Wollen sie uns nur warnen?«

Ein Summton unterbrach ihn. »Alles wieder zu Hause«, sagte Joachim. Er gab dem Maschinenraum ein Signal. »Bis später, mein Freund.«

In so geringer Entfernung von Stern und Planet baute sich das Hyperdrive-Feld überaus unregelmäßig auf. An einen Tisch geklammert, kämpfte Trevelyan mit seinem Magen. Zehn Minuten, dann war es vorbei. Die rote Sonne entfernte sich achtern. Die Kälte des Weltraums umfing sie wieder.

Joachim wischte sich den Schweiß von der Stirn. »Das möchte ich nicht noch einmal durchmachen!«

Ferenczi kam hinzu. »Wir haben jetzt die astronomischen Daten dieses ganzen Gebietes. Es gibt einen Sol-Typ-Stern etwa zehn Lichtjahre von hier.«

»Wenn die anderen auch dort sind ...« begann Petroff.

Joachim zuckte die Achseln. »Irgendwo müssen wir hin. Also, Karl, geben Sie mir einen Kurs zu dieser Sonne.«

»Die Fremden, wenn es die gleichen wie X sind, wissen, daß wir GO-Zwergsterne bevorzugen«, sagte Trevelyan. »Haben Sie schon einmal daran gedacht, Hal, daß man uns vielleicht irgendwo hindirigieren könnte?«

»Das ist eine Möglichkeit«, erwiderte Joachim mit einem seltsamen Blick. »Aber allzuviel Wahl bleibt uns ja nicht, oder?«

Trevelyan verließ die Brücke und kehrte in seine Kabine zurück. Gebadet und umgezogen hielt er dann Ausschau nach Nicki. Er fand sie wartend vor der Tür ihres Appartements. Einen Augenblick lang hielt er inne und sah sie bloß an; dann kam sie auf ihn zu, und er zog sie an sich.

»Gehen wir zu einem der Bootshangare«, sagte sie schließlich. »Der einzige Ort, wo wir ein wenig allein sein können. Überall im Park wird gearbeitet. Ich selbst habe im Augenblick frei.«

Als er zum Appartement wollte, zog sie ihn weg. »Sean und Lo sind da drin«, erklärte sie ihm. »Er war eben noch draußen, um Raketen abzuwehren, und sein Boot hat weder die Kraft noch die Computer, die nötig sind, um einem solchen Geschoß zu entgehen. Ich glaubte schon, Lo würde den Verstand verlieren.«

Sie gingen den Korridor entlang. Ihre Finger umklammerten die seinen. »Ich glaubte schon, es sei aus mit uns«, stieß sie plötzlich hervor. »Ich wußte, daß wir einen ernsthaften Angriff nicht abwehren können, und du warst auf der Brücke, und ich konnte nicht dort sein . . .«

»Jetzt ist alles vorbei. Niemand wurde verletzt.«

»Wenn dir etwas zustößt«, sagte sie, »dann stehle ich mir ein Schiff und lasse nicht nach, bis ich den Mörder gefunden habe.«

»Du solltest versuchen, den Umständen abzuhelfen, die meinen Tod überhaupt möglich machten, das wäre viel besser.«

»Du bist viel zu zivilisiert«, sagte sie bitter.

Der alte Kampf, dachte er. Das immerwährende Ringen der Intelligenz um Beherrschung ihrer selbst. Nicki könnte nie auf der Erde leben. Als hätte sie seine Gedanken gelesen, sagte sie langsam: »Sollten wir hier mit heiler Haut davonkommen, müssen wir einige Entscheidungen treffen.«

»Ja.«

»Besteht denn gar keine Möglichkeit für dich, auf dem Schiff zu bleiben?« fragte sie drängend. »Könntest du dich nicht adoptieren lassen?«

»Ich weiß nicht. Es widerspräche meinem ganzen Wesen. Leben – für mich ist das mehr, als von einem Stern zum anderen zu hüpfen und Geschäfte zu machen. Ich kann einfach nicht aus meiner Haut heraus.«

»Aber du mußt bei deiner Arbeit viel reisen«, sagte sie. »Ich könnte mitkommen. Brauchst du denn keinen . . . Assistenten?«

»Wenn das der Fall ist, bekomme ich einen – einen Koordinator, meistens einen Anderling. Aber . . . wir werden sehen, Nicki.«

Über einen Seitengang erreichten sie einen der Hangare. Viel Platz hatten sie nicht, aber sie waren allein. Von einem Bildschirm leuchteten die Sterne.

»Du bist klüger als ich«, sagte sie plötzlich. »Du weißt viel besser, wie diese Geschichte enden wird. Nur . . . ich werde dich nicht freigeben. Niemals.«

»Wenn wir das Schiff verließen«, fragte er, »würdest du es nie vermissen?«

»Doch«, sagte sie nach einer kurzen Weile. »Manchmal sind die Leute hier dumm, engstirnig und gemein. Dennoch – es ist mein Volk. Trotzdem würde ich es tun. Und ich würde es nie bereuen.«

»Nein«, stimmte er zu, »was du dir einmal in den Kopf gesetzt hast, das führst du auch aus.« Er blickte auf die hart und kalt leuchtenden Sterne. »Wir werden sehen.«

Die *Peregrinus* zog weiter ihre Bahn. Die Mannschaft arbeitete hart, um die angerichteten Schäden zu beseitigen. Joachim trieb sie unbarmherzig an, weniger, um die Arbeit zu beschleunigen, als ihre Gedanken von der Gefahr abzulenken. Denn was sie am Ende ihres Weges erwartete, wußte niemand.

Am dritten Tage schalteten sie den Hyperdrive ab. Die Instrumente analysierten das Sternensystem. Acht Welten wurden entdeckt. Eine von ihnen umkreiste ihr Zentralgestirn im Abstand von etwas über einer Astronomischen Einheit. Das Schiff nahm Kurs darauf, wobei es seine Geschwindigkeit derjenigen des Zielobjekts anglich. Teleskope, Spektroskope und Gravitometer erkundeten den Himmelskörper. Es gab keine Anzeichen von Atomenergie. Und als die *Peregrinus* in eine Kreisbahn um den Planeten einschwenkte, fand sie kein anderes Schiff. Die Mannschaft versammelte sich vor den Sichtschirmen, um einen Blick auf den Planeten zu werfen.

In vielen Punkten schien er dem Erd-Typ zu entsprechen. Je mehr sie sich näherten, desto schöner, friedvoller wurde der Anblick.

Joachim steuerte eine Kreisbahn von etwa tausend Kilometer Höhe an und benutzte dann den Gravitationsantrieb, um über einer bestimmten Stelle zu bleiben. »Sieht wirklich hübsch aus«, sagte er. »Wir schicken ein Boot mit Scouts hinunter. Ilaloa sollte dabeisein, glaube ich. Mit ihrer Telepathie – oder was immer es ist – kann sie sich vielleicht nützlich machen. Natürlich muß Sean dann auch mit. Und Sie, Micah; Sie sind ja Experte, wenn es darum geht, Fremdlinge aufzuspüren.«

»Ich bin gern dazu bereit«, sagte der Koordinator, »aber wenn ich mitgehe, müßt Ihr Nicki in Fesseln legen, um sie an Bord zu halten.«

»Solange wir sie nicht knebeln, würde das auch nicht viel nützen. Also gut, sie kommt mit.«

15 Die Falle

Die Landung auf einem Planeten dieser Art war beinahe ein Ritual, und Trevelyan verfolgte es mit Interesse. Die Prozedur entsprach weitgehend der von der Koordinatorschiffen geübten. Allerdings waren die verwendeten Geräte nicht ebenso hoch entwikkelt, und manche Einzelheiten des Vorgangs schienen rein ritueller Natur zu sein.

Zwei Zwei-Mann-Boote bildeten die Vorhut. Blitzartig schossen sie aus dem Himmel auf das ausgewählte Gebiet hinab – eine bewaldete, hügelige Insel von etwa eintausend mal dreihundert Kilometern. Eine gute halbe Stunde kreuzten die Fahrzeuge knapp über den Baumwipfeln, und die Männer erkundeten alles visuell und mit Hilfe von Sonden. Nichts deutete darauf hin, daß die Gegend bewohnt sein könnte: kein Metall, keine Gebäude, keine Landwirtschaft. Geosonische Prüfungen ergaben, daß die Bodenstruktur der normalen Schichtung von Erde auf Fels und Wasser entsprach. Keine auffällig großen Tiere waren zu sehen, nicht einmal größere Herden. Eine sichere Landung schien gewährleistet zu sein.

Das größere Boot mit seinen zwanzig Besatzungsmitgliedern folgte in geringerem Tempo und setzte dann sanft auf den Boden auf. Die beiden kleineren Fahrzeuge landeten neben ihm. Männer warteten kampfbereit in ihren Gefechtsständen, doch schien dies hier überflüssig. Der Anblick, der sich ihnen jetzt bot, konnte nicht friedlicher sein.

»Im Namen des Kosmos«, sagte Kogama Iwao, der Kapitän des Aufklärungsboots, förmlich. »Alsdann, Jungs, hinein ins Vergnügen.«

Zehn Männer in Raumanzügen machten ihre Helme fest und gingen zur Luftschleuse. Die innere Tür schloß sich hinter ihnen, und ein hoher, durchdringend heulender Ton signalisierte, daß die Kammer unter sterilisierender Strahlung stand, während die äußere Tür sich öffnete. Im gleißenden Sonnenlicht wirkte Ilaloas Haar wie geschmolzenes Silber. »Da draußen ist alles frei und gut«, sagte sie. »Warum versteckt ihr euch hinter totem Stahl?«

»Und wenn alles noch so schön aussieht«, entgegnete Nicki, »man kann nie wissen. Es könnte Keime und Viren geben und Tod in hundertfacher Gestalt. Diese Blätter könnten schon bei Berührung giftig wirken. Vor hungrigen Ungeheuern haben wir keine Angst, Lo. Mit denen sind wir noch immer fertig geworden.

Aber etwas, was dich von innen her packt ...«

»Aber es besteht doch keine Gefahr«, sagte die Lorinyanerin. Immer noch klang Verwunderung aus ihrer Stimme. »Dies ist ein Hort des Friedens.«

»Das werden wir feststellen«, sagte Kogama brüsk. »Wie steht's mit der Atmosphäre, Phil?«

Levi warf einen Blick auf seinen Molekular-Analysator, der eine Luftprobe untersucht hatte. »Keinerlei Giftgas-Gehalt, bis auf die üblichen Spuren von Ozon«, antwortete er. »Ein paar Bakterien und Sporen natürlich. Darüber werde ich gleich Genaueres sagen können.«

Leise summend untersuchte der Analysator die Organstruktur des eingefangenen mikroskopischen Lebens. Eine nach der anderen wurden die verschiedenen Arten registriert, bis das Ergebnis feststand: In dieser Atmosphäre war nichts, was Menschen gefährlich werden konnte.

Jetzt kam auch die kleine Expedition zurück und brachte neben Boden-, Pflanzen- und Wasserproben sogar ein paar Insekten. Bevor sie ins Schiff zurückkehrten, wurden sie in der Luftschleuse antiseptisch gemacht. Die prophylaktische Maßnahme war so bemessen, daß sie nur auf die Außenseite der Proben einwirkte. Levis Mannschaft ging mit Routine ans Werk. Die Analysen ergaben Leben vom Terry-Typ bis hin zu den meisten Enzymen, Hormonen und Vitaminen. Krankheitserreger waren nirgends enthalten. Menschen, die hierher verschlagen wurden, hatten offenbar nichts zu befürchten.

»Alles bestens.« Kogama rieb sich die Hände. »Dann können wir uns ja wohl mal ein wenig umsehen.«

»Sicherlich ist Ihnen klar, daß Sie bis jetzt nur einen ganz geringen Teil der Lebensformen des Planeten kennen?« meinte Trevelyan.

»Aber sicher; es mag schon Dinge geben, die gefährlich für uns sind – giftige Pflanzen zum Beispiel. Aber damit werden wir fertig.«

Trevelyan nickte. »Was steht als nächstes auf dem Programm?«

»Mehrere Gruppen gehen jetzt auf Erkundung. Wie sieht es aus?« Kogama blickte durch die westliche Luke hinaus. »Sagen wir, fünf Stunden bis Sonnenuntergang. Zeit genug, um sich mit den Verhältnissen hier einigermaßen vertraut zu machen. Wollen Sie mitgehen, Micah?«

»Natürlich.«

»Ein paar Leute werden für alle Fälle bei den Booten bleiben müssen. Zu denen werde wohl auch ich gehören. Ich bin etwas müde.« Eine Serie energischer Befehle schien Kogamas Gähnen allerdings Lügen zu strafen. Vier Vierergruppen erhielten jeweils den Auftrag, in eine bestimmte Richtung zu gehen und auf einem anderen Wege vor Sonnenuntergang wieder zurückzukommen. Vor der Landung angefertigte Geländeskizzen wurden verteilt, die von den Gruppen so gut wie möglich zu ergänzen waren. Außerdem sollte von allem, was irgendwie ungewöhnlich war, Proben mitgebracht werden.

Trevelyan bildete mit Sean, Nicki und Ilaloa eine der Gruppen. Ilaloa lehnte es ab, besondere Kleidung für den Erkundungsgang anzulegen. Die drei anderen rüsteten sich mit Overalls, Stiefeln, Handschuhen, Armband-Funksprechgeräten, Pistolen, Verbandszeug und Metalldosen für die Verwahrung von Proben aus.

»Laßt Ilaloa nur machen«, sagte Kogama. »Kommt sie mit etwas Giftigem in Berührung, dann wissen wir wenigstens gleich, was gefährlich ist.«

»Nichts ist gefährlich«, beharrte Ilaloa. Sie sprang aus der Luftschleuse auf den Grasboden und schauderte fast vor Wonne. Langsam die Arme hebend, wandte sie ihr Gesicht der Sonne zu.

Nicki betrachtete die schlanke, weiße Gestalt mit einem Anflug von Neid. »Ich wollte, ich wäre genauso mutig wie sie – oder genauso unvorsichtig«, sagte sie. Tief Atem holend sah sie sich um und fügte hinzu: »Wunderschön ist es hier. Nicht weniger schön als auf Rendezvous. Daß es zwei solche Planeten geben könnte, hätte ich nie gedacht.«

Trevelyan pflichtete ihr bei. Hier ließ es sich leben.

Als sie auf den Wald zugingen, wurde Trevelyan seiner Laute und Stimmen gewahr. Das Zirpen und Flüstern war dem auf der Erde gewohnten nicht unähnlich, doch vermißte er die Geräusche von Heuschrecken und den Gesang der Lerche. Auch das Rauschen des Windes in den Blättern klang anders.

Lachend und singend tanzte Ilaloa vor den anderen her. Wie eine Waldnymphe, dachte Trevelyan – und jeden Moment konnte Pan mit seiner Flöte aus dem Gebüsch treten.

Die vier stiegen einen Abhang hinauf. Ein vom Boot aus versorgter Gyrokompaß diente ihnen zur Orientierung.

»Sieht aus wie ein Park«, sagte Nicki nach langem Schweigen.

Trevelyan zuckte zusammen. Irgend etwas an der Landschaft

war ihm merkwürdig vorgekommen. Jetzt hatte er plötzlich flaues Gefühl im Magen. »Und wer«, fragte er langsam, »ist hier der Gärtner?«

»Aber« – Nicki sah ihn verwirrt an – »niemand. Ich habe es einfach so gesagt.«

»Es könnte so sein«, antwortete er mit gepreßter Stimme, »aber gewöhnlich ist das Leben ein Kampf um Raum. Das hier sieht – künstlich angelegt aus!«

»Aber das ist doch albern, Micah. Niemand lebt hier. Nicht einmal X würde einen Park aus einer ganzen Welt machen, die er gar nicht bewohnt.«

Trevelyan sah sich um. Ilaloa stand bei einem Baum, dessen Zweige schwer von dunkelfarbigen Früchten waren. Als sie eine davon pflückte, versuchte Sean, sie davon abzuhalten, aber sie lachte nur und biß einfach hinein.

»Das ist wirklich sehr unvorsichtig«, sagte Trevelyan. Nicki, die Arm in Arm mit ihm ging, spürte, wie er erstarrte.

Sean protestierte immer noch, als die beiden zu ihnen traten. Ilaloa hielt ihm die Frucht hin. »Schmeckt gut«, sagte sie.

»Aber . . .«

»Versuch doch, Liebster.« Ihre Stimme klang schmeichelnd. »Würde ich dir etwas geben, was nicht gut für dich ist?«

»Nein. Nein, natürlich nicht. Also meinetwegen.« Sean nahm die Frucht und kostete sie. Ein Ausdruck des Entzückens ging über sein schmales Gesicht.

»Wunderbar!« rief er den anderen zu. »Das müßt ihr versuchen.«

»Nein, danke«, sagte Trevelyan. »Mit Dingen, die noch nicht ausreichend analysiert sind, sollte man keine Experimente machen. Selbst wenn man nicht gleich etwas spürt, könnte es Nachwirkungen geben.«

Sie erreichten eine offene Wiese. Trevelyan erlegte ein Tier, einen kleinen Vierbeiner. Seine grüne Farbe hatte es von in seinem Pelz lebenden grünen Algen.

»He«, rief Sean. »He, seht einmal her!«

Trevelyan folgte ihm zu einem Baum am Rande der Wiese. Er sah anmutig aus, einer Pappel nicht unähnlich, und wiegte sich leise im Wind. Aber die Blätter hatten hervortretende Adern und . . .

Und sie würden im Dunkeln leuchten, wußte Trevelyan. In Forschungsberichten war von dieser Spezies die Rede gewesen, die unerklärlicherweise auf einem halben Dutzend verschiedener Welten zu finden war. Und die Stücke der Puzzles paßten zusammen.

»Ein Fackelbaum!« rief Sean aus. »Ein Fackelbaum, genau wie auf Rendezvous ...«

»X«, flüsterte Nicki. »X ist auch auf unserem Planeten gewesen.« Verstohlen ging ihre Hand zu ihrer Pistole.

In die Stille drang plötzlich die blecherne Stimme der Funkgeräte: »Achtung, an alle Gruppen! Achtung! Hier spricht Kogama. Eingeborene nähern sich!«

Trevelyan sah Ilaloa an. Auf ihrem Gesicht lag kein Triumph. Ihre Miene verriet eher plötzlichen Kummer. »Ja«, sagte sie.

»Sie sind alle humanoid.« Kogamas Stimme übertönte das Rauschen des Windes. »Weiße Haut, bläulich-weißes Haar, männlich, bartlos – alle nackt und unbewaffnet – kommen langsam aus dem Wald heraus ... *nein*!« Es war wie ein Aufschrei. »Sie können nicht ...! Achtung, alle Gruppen, Achtung! Das sind ...«

Kogamas Stimme erstarb, und dann herrschte Stille.

Trevelyans Hand ruhte auf dem Griff seiner Waffe, aber er zog sie nicht. »Was ist geschehen, Ilaloa?« fragte er dann ganz ruhig.

»Ein Schlafgas.« Ihre Stimme war tonlos. »Es ist ihnen nichts geschehen. Sie schlafen nur.«

»Ilaloa ...« Sean griff nach seiner Waffe. »Ilaloa ...«

In nur wenigen Metern Entfernung standen die Eingeborenen am Rande der Wiese vor ihnen. Sie müssen uns gefolgt sein, ohne daß wir es bemerkten, dachte Trevelyan. Er sah sie von oben bis unten an – sechs nackte Männer von vollkommener Schönheit des Körperbaus, weiße, zum Leben erwachte Marmorstatuen. Ihre Gesichter erinnerten an Skulpturen griechischer Götter, und ihr silbriges Haar fiel herab bis auf ihre breiten Schultern. Einer von ihnen trug etwas, was wie ein großes, graues Ei aussah. Insektengleich schwebten metallisch glitzernde Punkte darum herum.

»Halt!« Sean hatte seine Waffe gezogen und richtete sie mit unsicherer Hand auf die Fremden. Sein Schrei klang wie der eines Tieres. »Zurück, oder ich schieße!«

Ein Lächeln ging über die Gesichter der Männer. Der mit dem Ei sprach menschliche Basic-Stimme, nicht ohne Akzent, aber fließend, und seine Stimme klang wie Musik: »Wenn ich den Bewohnern dieses Nestes befehle, Sie zu Tode zu stechen, dann tun sie es. Oder wenn ich das Nest fallen lasse, dann tun sie es. Nehmen Sie Ihre Waffe weg und hören Sie zu.«

Nicki warf hochmütig den Kopf zurück. »Vorher durchlöchern wir Sie wie ein Sieb.«

»Ihr versteht nicht.« Ilaloa trat vor die Menschen hin. »Ihr habt die Beziehung zum Leben verloren – tragt Todesfurcht und Todessehnsucht in euch. Wir kennen das nicht. Werft eure Waffen weg.«

Trevelyan fühlte in diesem Augenblick nichts als bleierne Müdigkeit. »Tut, was sie sagt«, befahl er. »Wenn wir uns töten lassen, macht das die Sache nicht besser. Außerdem wissen wir nicht, wie viele von . . . diesen da . . . uns noch belauern. Werft eure Waffen weg, Sean, Nicki.« Er selbst ließ seine Pistole fallen.

Der Fremde mit dem Todesei nickte. »So ist es gut.«

16 Gefangene des Großen Kreuzes

Eigentümlicherweise war es Ilaloa, an der Trevelyans Blick haften blieb. Von ihrem Stolz von ehedem war jetzt nichts mehr zu bemerken. Mit ausgestreckten Armen ging sie auf Sean zu.

Der Nomade wandte sich ab, stieß einen erstickten Schrei aus. Er ging zu Nicki, als wäre sie seine Mutter, und sie nahm ihn in ihre Arme. Eine kurze Weile sah Ilaloa die beiden unschlüssig an. Dann huschte sie fort und verschwand zwischen den Bäumen.

Sie weiß immer noch intuitiv, was sie zu tun hat, dachte Trevelyan. Und jetzt ist nicht ihre Stunde.

Langsam wandte er sich wieder dem Fremden zu, der gesprochen hatte. Der setzte gerade das Nest vorsichtig in eine Astgabel. Dann lächelte er, und es verlieh seiner Miene einen Ausdruck der Wärme. »Willkommen.«

Trevelyan verschränkte die Arme und sah den anderen mit ausdruckslosen Augen an. »Klingt schon ein wenig seltsam, Sie das sagen zu hören.«

»Aber es ist aufrichtig gemeint«, entgegnete der Fremde freundlich. »Sie sind hier Gäste. Das ist nicht nur eine Floskel. Wir sind wirklich erfreut über Ihr Kommen.«

»Wären Sie auch erfreut über unser Gehen?« fragte Trevelyan.

»Im Augenblick noch nicht, nein. Erst sollen Sie etwas mehr über uns wissen.« Er neigte das ebenmäßig geformte Haupt. »Darf ich die Vorstellung übernehmen? Wir nennen diesen Planeten Loaluani, und wir sind die Alori. Das Wort hat nicht ganz die gleiche Bedeutung wie Ihr Wort ›Menschen‹, doch können wir es für den Augenblick bei dieser Entsprechung bewenden lassen. Mein Name ist Esperero.«

Trevelyan stellte die beiden anderen Mitglieder seiner Gruppe vor und fügte hinzu: »Wir sind vom Nomadenschiff *Peregrinus* ...«

»Ja. Soviel wissen wir bereits.«

»Aber Ilaloa hat nicht gesagt ... Sind Sie Telepathen?«

»Nicht in dem Sinn, wie Sie es meinen. Aber wir haben die *Peregrinus* erwartet.«

»Und was haben Sie in bezug auf uns für Absichten?«

»Friedliche. Wir – das heißt ein paar von uns, die die entsprechenden Kenntnisse haben – werden Ihr Boot zum Schiff zurückbringen. Es schwebt zu hoch, als daß die Mannschaft das Geschehen hier unten mit Teleskopen beobachten könnte, und nachdem sie keinen Funkalarm erhalten hat, wird sie auch keinen Verdacht hegen. Sobald wir im Bootshangar sind, lassen wir das Schlafgas ausströmen, das sich durch die Ventilation sehr rasch verteilen wird. Alle Nomaden werden in Landungsbooten heruntergebracht. Aber niemandem wird ein Leid geschehen.

Wollen Sie jetzt mit uns kommen? Unser Ziel ist jener Teil der Insel, wo Sie sich nach unserer Meinung am wohlsten fühlen werden. Auch die anderen Mitglieder Ihrer Besatzung werden dort landen.«

»Ja – ja, natürlich.«

Nicki ging ein paar Schritte hinter Trevelyan, eine Hand auf Seans Schulter. Der Nomade bewegte sich wie ein Blinder. Trevelyan blieb neben Esperero, und die anderen Alori schwebten an ihrer Seite. *Schwebten* – ihm fiel kein anderes Wort ein für die leichte, lautlose Anmut ihrer Bewegungen. Der Wald nahm sie auf.

»Fragen Sie, was immer Sie wollen«, sagte Esperero. »Sie sind hier, um zu lernen.«

»Wie haben Sie uns hierher dirigiert? Und woher wußten Sie .. ?«

»Was Lorinya anbelangt oder Rendezvous, wie Sie es nennen«, sagte Esperero, »so hatten wir es bereits etwa fünfzig Jahre lang kolonisiert, als die Nomaden kamen, und wir beobachteten sie dann lange Zeit. Manchen von uns war ihre Sprache bereits bekannt, und wir hatten Mittel, sie auch dann zu studieren, wenn keine Alori anwesend waren.« Als Trevelyan die Augenbrauen hochzog, sagte der Fremde nur: »Die Bäume haben zu unseren Leuten gesprochen.«

Nach einer kurzen Weile fuhr er fort: »Vor vier Jahren äußerte Kapitän Joachim den Verdacht, den er in bezug auf diesen Sektor des Weltraumes hatte. Es war nur logisch, daß er früher oder später der Frage nachgehen würde, und wir beschlossen, einen Agenten an Bord seines Schiffes zu schleusen. Ilaloa wurde ausgewählt und geschult. Als die *Peregrinus* in diesem Jahr zurückkam, fiel es ihr nicht schwer, mit Hilfe der emphatischen Fähigkeiten unseres Volkes jemanden zu finden, der sie mitnehmen würde. Was sie im einzelnen zur Beeinflussung und zum Verlauf Ihrer Reise tat, weiß ich noch nicht . . .«

»Das kann ich Ihnen sagen.« Trevelyan berichtete über die Geschehnisse in Kaukasu. »Offenkundig hat sie dort gar keine fremden Gedanken aufgefangen. Sie ist eine hervorragende Schauspielerin.«

»Ja. Durch die Konstellation, die Ilaloa Ihnen angab, sorgte sie dafür, daß Sie auf Ihrem direkten Kurs hierher in den Gravitationswirbel geraten mußten.«

»Mhm. Und wie ich vermute, haben Sie bei ihr Hypnoseblokkierungen vorgenommen, so daß sie sich selbst im Falle hypnotischer Einwirkung wie vorgesehen verhielt?«

»Haben Sie das versucht? Ja, natürlich wurde an alle Eventualitäten gedacht.«

»Bis auf den Wirbel«, sagte Trevelyan grimmig. »Der hätte uns fast vernichtet.«

»In diesem Falle«, sagte Esperero, »hätten wir zumindest einen potentiellen Feind weniger.«

In seinem Ton war etwas Fremdartiges. Es war nicht zynische Gleichgültigkeit, sondern etwas anderes – die Hinnahme eines Geschickes?

»Alles haben Sie überlebt«, fuhr der Alorianer fort. »Unsere Idee war, Sie zu einer Kolonie zu locken, um Sie gefangenzunehmen. Auf einem halben Dutzend gleich wahrscheinlicher Kolonien war man auf Ihre Ankunft vorbereitet. Zufällig bin ich derjenige, den Sie . . . soll ich sagen: auswählten?« Sein Lächeln war hintergründig, und auch Trevelyan konnte sich eines leichten Grinsens nicht ganz erwehren.

»Ich hätte es wissen sollen«, sagte er dann bedrückt. »Hätte ich daran gedacht, Ilaloa ein wenig zu durchleuchten, dann hätte ich gemerkt, was wirklich gespielt wird.«

»Sie sind kein Nomade, oder?«

»Nein. Die Nomaden hielten sich nicht lange mit Analysen und Überlegungen auf, und ich hatte zu viel anderes zu tun. Aber wenn ich gewußt hätte, daß man die Lorinyaner einfach für eine Art wilden Volksstamm hielt ...

Ilaloa sprach fast perfektes Basic, und das mit einem selbst für Menschen ungewöhnlichen Vokabular. Sie kannte kaum mehr gebräuchliche Wörter wie ›Sichel‹, die sie nur in Nachschlagewerken gefunden haben konnte – und während der Reise las sie wenig, wenn überhaupt. Und wenn wir über philosophische Fragen diskutierten, machte sie oft sehr kluge Bemerkungen. Ich vermutete, daß sie einer ziemlich hochstehenden Kultur entstammte, die zu derjenigen der Nomaden in einer gewissen Beziehung stehen mußte.«

»Da haben Sie durchaus recht«, sagte Esperero.

»Ja, aber für die Nomaden waren die Lorinyaner Primitive. Sie ... Aber lassen wir das.« Trevelyan seufzte. Jedesmal, wenn man glaubte, die Realität in einem System zum Ausdruck gebracht zu haben, stolperte man über eine neue Tatsache. Der Intelligente muß wachsam sein und darf seinem eigenen Wissen nicht trauen.

»Es wird Ihnen kein Leid geschehen«, sagte Esperero. Die Sonne ging langsam unter. Überall sah Trevelyan wimmelndes Leben – Tiere, die am Boden krochen, Bäume erkletterten oder auf Flügeln dem Himmel entgegenstrebten. Er hörte das lebhafte Zwitschern und Trillern eines Vogels, und die Alori lauschten, und einer von ihnen pfiff in den gleichen Tönen zurück. Der Vogel antwortete mit anderen Tönen. Es war fast, als sprächen sie miteinander.

Dann stand ein großes Säugetier an ihrem Weg, das aussah wie eine anmutige Antilope mit blauem Fell. Aus der Mitte des Kopfes wuchs ein spiraliges Horn. Das Tier betrachtete sie mit ruhigen Augen. War Jagd etwas, was es bei den Alori nicht gab?

»Micah«, sagte Nicki, die hinter Trevelyan ging, »wir Nomaden hätten erkennen müssen, daß die Lorinyaner nicht auf Rendezvous zu Hause waren. Jedes andere Wirbeltier dort hat sechs Beine.«

Trevelyan wandte sich wieder Esperero zu. »Wo kamen Sie ursprünglich her?«

»Von Alori. Es ist ein Planet, der – jedenfalls nach astronomischen Maßstäben – nicht allzu weit von hier entfernt ist. Aber er ist ganz anders als Ihre Erde. Deswegen hat sich unsere Zivilisation auch so verschieden von der Ihren entwickelt, daß . . .« Esperero hielt inne.

»Daß eine die andere vernichten muß?« ergänzte Trevelyan ruhig.

»Ja, so ist es. Allerdings bedeutet das nicht die physische Vernichtung der Wesen, die diese Kultur haben.«

»Psychisch werden Sie bei mir gar nichts ausrichten!« fauchte Nicki.

Esperero lächelte. »Niemand wird versuchen, Sie zu irgend etwas zu zwingen. Wir möchten nur, daß Sie Ihre eigenen Schlüsse ziehen.«

»In welcher Hinsicht sind Sie so verschieden von uns?« fragte Trevelyan.

»Das zu erklären, würde sehr lange dauern«, sagte Esperero. »Auf eine kurze Formel gebracht ließe sich sagen, daß Ihre Zivilisation auf einer mechanischen Grundlage fußt, die unsere hingegen auf einer biologischen. Oder daß Sie die Natur zu beherrschen versuchen, während unser Bestreben nur ist, als ein Teil von ihr zu leben.«

»Lassen wir mal die Unterschiede«, sagte Trevelyan. »Wenn Sie nichts von schöpferischem Ingenium halten – jedenfalls auf dem Gebiet des Mechanischen –, wie konnten Sie dann Ihren Heimatplaneten verlassen?«

»Es gab da ein Schiff, das vor langer Zeit landete – ein Erkundungsschiff von Tiundra mit seltsamen, haarigen kleinen Wesen darin . . .«

»Ja, ich weiß.«

»Die Alori haben eine einheitliche Kultur. Sie entwickelten sich einheitlich, Sie aber nicht. Auch das ist ein Ausdruck der tiefen Verschiedenheit zwischen uns. Unser Volk hatte bereits die Berge erklommen, die über Aloris schützende Wolkendecke hinausragten. Es hatte die Sterne gesehen, und – mit Methoden, die anders waren als Ihre – etwas darüber gelernt. Sie machten die Tiunraner zu ihren Gefangenen und kamen zu dem Schluß, daß sie sich verteidigen mußten.«

»Aber diese Tiunraner hatten Ihnen doch nichts getan?« meinte Sean.

»Nein. Aber . . . Sie müssen noch warten, müssen viel mehr von unserem Leben sehen. Erst dann können Sie verstehen . . . Die

Alori nahmen das Schiff und begaben sich damit in den Weltraum. Viele von ihnen wurden geistig oder seelisch krank in dieser fremden Umgebung und mußten zur Heilung zurückgebracht werden. Aber die anderen verfolgten weiter ihren Weg. Sie begegneten noch anderen Tiunranerschiffen – und kaperten drei davon.

Dann kam kein Schiff von Tiunra mehr, doch wurde klar, daß viele Rassen den Weltraum befahren mußten. Manche davon würden zwangsläufig auch zu uns kommen. Und schon die bloße Tatsache, daß sie Raumschiffe bauten, bewies, daß auch sie von jener anderen Art sein mußten. Wir fingen an, bewohnbare Planeten in diesem Gebiet zu kolonisieren. Nicht viele davon waren wie Alori, der ein ungewöhnlicher Planetentyp ist. Aber auch in Welten wie dieser fanden wir Schönheit. Wir verbreiteten unser Leben im Universum, und das Universum war nicht mehr so kalt.«

Esperero verstummte. Die Sonne näherte sich dem Horizont; die Tage auf diesem Planeten schienen etwa zwanzig Stunden zu dauern. »Ich glaube«, sagte er, »daß wir bald ein Lager aufschlagen sollten. Wir könnten zwar leicht auch während der Nacht weitergehen, aber Sie werden der Ruhe bedürfen.«

»Bitte fahren Sie fort mit Ihrer Geschichte«, drängte Trevelyan.

»Ach ja.« Ein Schatten ging über sein Gesicht. »Wie Sie wollen. Unsere Erkundungen zeigten, daß unsere Spezies beinahe einmalig war. Sie werden verstehen, daß dies unsere Unruhe bezüglich der Zukunft nur vergrößern konnte. Wir kolonisierten alle für uns bewohnbaren, noch unbelebten Planeten, wobei wir die ursprüngliche Ökologie nur soweit wie nötig veränderten. Ein paar andere Planeten . . .« Er zögerte.

»Ja?« Trevelyan ließ nicht locker.

»Wir rotteten die Eingeborenen aus. Es geschah auf schonende Art. Sie bemerkten wohl kaum etwas davon. Aber es war nötig. Wir brauchten diese Welten, konnten aber die Eingeborenen nicht dazu bewegen, mit uns zusammenzuarbeiten.«

»Und Sie sagen, der Mensch sei gefährlich!«

»Ich habe Sie nie beschuldigt, grausam und unbarmherzig zu sein.« Esperero schüttelte den Kopf. »Vielleicht werden Sie später einmal verstehen, wie das ist.«

Trevelyans Wille war stärker als seine Gefühle. Die Vergangenheit des Menschen war blutig gewesen. Heute respektierte er intelligente Lebensformen. Aber das hatten ihn erst Feuer und

Schwert und die Galgen der Tyrannen gelehrt.

»Vielleicht haben Sie recht«, sagte er. »Und weiter?«

»Bis zum heutigen Tag haben wir etwa fünfzig Planeten kolonisiert«, fuhr Esperero fort. »Kein großes Imperium. Allerdings sind unsere Planeten weit verstreut, weswegen es sich über nicht unbeträchtlichen Raum erstreckt. Wir selbst können keine Maschinen bauen. Dadurch würde genau das zerstört, was wir zu erhalten suchen.

Wir verfolgten den Aufstieg der Union. Ich brauche Ihnen wohl nicht im einzelnen zu erläutern, wie wir sie beobachteten. Bei einer solch großen Anzahl von Rassen konnten wir uns leicht als Mitglieder einer weiteren ausgeben. Ich selbst habe Jahre damit verbracht, ihre Territorien zu durchstreifen und sie in jeder Hinsicht zu untersuchen. Wir haben ihre allmähliche Ausdehnung in Richtung auf uns erkannt und wußten, daß sie früher oder später unsere Existenz entdecken würden. Für diesen Tag haben wir uns gewappnet. Wir haben uns Raumschiffe angeeignet, die unsere Flotte verstärken. In Erulan kaufen wir sogar welche.«

»Der Mann dort«, sagte Trevelyan langsam, »erklärte uns, daß Menschen diese Schiffe für Gold kaufen. Er war ganz sicher, daß es sich um Menschen handelte.«

»Ja. Andere Rassen haben sich uns angeschlossen und unsere Lebensart übernommen. Darunter waren Insassen von Raumschiffen, die wir kaperten, und ihre Nachkommen.«

»Und Sie erwarten von uns, daß wir ...« flüsterte Nicki verstört.

»Zwang werden wir nicht auf Sie ausüben«, sagte Esperero.

Sie hatten den Kamm eines Hügels erreicht und blickten über tiefe Täler hinweg bis zum Horizont. Die Sonne ging mit flammendem Farbenspiel unter.

»Hier wollen wir rasten«, sagte Esperero.

Wortlos machte sich sein Gefolge an die Arbeit. Ein paar der Männer verschwanden zwischen den Bäumen und kamen gleich darauf mit Früchten, Nüssen und Beeren zurück. Andere trugen hohle Kürbisse und große, weiche Blätter herbei.

Neugierig betastete Trevelyan einen der Kürbisse. Für den Zweck, dem er hier zugeführt wurde, war er ausgezeichnet geeignet: Ein Einschnitt in der Schale erlaubte, ihn ohne Mühe zu öffnen, und den Stiel an der Unterseite konnte man in den Boden stecken. Sogar eine Art Henkel war vorhanden. »Wachsen die auf natürliche Weise?«

Esperero lachte ein wenig. »Ja, aber das mußten wir ihnen erst beibringen.«

»Suchen wir uns jetzt einen Unterschlupf für die Nacht?«

»Das wird nicht nötig sein. Wir haben zwar Baumhäuser, können aber auch im Freien schlafen. Ziehen Sie es denn wirklich vor, sich mit Ihrem eigenen Schweiß und Atem einzuschließen?«

»N-nein, eigentlich nicht. Wenn es nicht regnet.«

»Regenwasser ist sauber. Aber das werden Sie später verstehen.«

Im Zwielicht überzog sich der Himmel mit dunkel-seidigem Blau. Die Alori saßen im Kreise. Einer von ihnen sagte etwas, und die anderen antworteten. Es war etwas Rituelles daran wie an allem, was sie taten – selbst das Austeilen der Nahrung geschah mit zeremonieller Gebärde.

Trevelyan saß bei Nicki. Er hatte eine Milch enthaltende Nuß in Händen und stieß lächelnd mit ihr an. »Auf dein Wohl, Liebling.«

»Sie können ohne Besorgnis essen und trinken«, erklärte Esperero. »Es gibt keine Angst auf diesem Planeten – kein Gift, keine wilden Tiere, keinen in Keimen und Viren verborgenen Tod. Hier ist das Ende allen Kampfes.«

Trevelyan kostete, was man ihm anbot. Es schmeckte vorzüglich. Nicki war ebenso begeistert wie er.

Sean lehnte an einem Baum und blickte über das mondüberflutete Tal. Er fühlte sich innerlich leer, als existierte keine echte Wirklichkeit mehr.

Plötzlich sah er, daß Ilaloa zu ihm kam. Ihre weiße Gestalt näherte sich ihm, bis er sie hätte berühren können. Er blickte sie nicht an, sondern schaute vielmehr weiter auf das Tal hinaus. Aus der Dunkelheit leuchteten da und dort die Fackelbäume wie feurige Speere herauf.

»Sean«, sagte sie.

»Geh«, antwortete er.

»Sean, kann ich mit dir sprechen?«

»Nein«, entgegnete er. »Geh weg, sage ich dir.«

»Ich tat, was ich tun mußte, Sean. Dies ist mein Volk. Aber ich wollte dir sagen, daß ich dich liebe.«

»Den Hals könnte ich dir umdrehen«, sagte er.

»Wenn das dein Wunsch ist, Sean, dann tu es.«

»Nein. Du bist mir die Mühe nicht wert.«

Sie schüttelte den Kopf. »Ich kann das nicht ganz verstehen. Ich glaube nicht, daß irgendein anderer Alori jemals so empfunden hat wie ich. Wir lieben einander doch, du und ich.«

Er wollte ihr widersprechen. Aber Worte schienen jetzt so bedeutungslos zu sein.

»Ich werde warten, Sean«, sagte sie. »Ich werde immer auf dich warten.«

17 Das Fest

Man hatte die Nomaden in ein von Hügeln umgebenes, zur See hin offenes Tal an der Nordwestküste der Insel gebracht. Als Trevelyans Gruppe dort eintraf, war die anfängliche Verwirrung vorbei. Fünfzehnhundert Menschen harrten beinahe apathisch dessen, was da kommen sollte.

Joachim empfing sie am Eingang des Tales. »Ich habe auf euch gewartet. Einer der Eingeborenen sagte mir, daß ihr auf diesem Weg kommen würdet.«

»Woher wußten sie das?« fragte Nicki. Espereros Männer hatten sie schon vor einigen Kilometern verlassen, nachdem sie ihnen die einzuschlagende Richtung gewiesen hatten.

»Ich weiß nicht«, sagte Joachim achselzuckend. »Telepathie?«

»Nein«, antwortete Trevelyan. »So unglaublich das auch scheinen mag: Allmählich glaube ich, daß der Wald selbst hier ein Kommunikationsnetz darstellt.«

»Der Original-Holztelegraph, wie? Na, lassen wir das. Bei uns gab es am Anfang ein wenig Ärger, aber die Jungs wissen schon, was sie tun.« Joachim schnalzte anerkennend mit der Zunge. »Wo unser Judo aufhört, fängt das ihre erst an. Zum Glück ist nichts Ernstes passiert, und unsere Leute haben sich inzwischen wieder beruhigt.«

»Hat man Ihnen Quartier gestellt?«

»Ja. Von Eingeborenen, die Basic sprechen, erfuhren wir, daß sie diese Baumhäuser hier für uns geräumt haben. Sie sagten, sie wollten mit uns Freundschaft schließen, wenn sie uns auch nicht mehr von hier fortlassen könnten, weil wir sonst die gesamte menschliche Rasse auf sie hetzen würden. Seitdem hat sich keiner mehr blicken lassen. Taktvoll. Und wenn ich Sie wäre, mein Junge«, flüsterte Joachim, zu Sean gewandt, hinzu, »dann würde ich mich während der nächsten paar Tage auch nicht unbedingt zeigen.«

»Ich verstehe«, sagte Sean.

»Die anderen werden allmählich verstehen, daß es nicht Ihre Schuld war, und sich wieder beruhigen; aber ich wollte Sie dennoch warnen. In einiger Entfernung vom Hauptdorf weiß ich ein paar Bäume, da können Sie bleiben.« Der Kapitän wandte sich dem Koordinator zu. »Haben Sie irgendeine Vorstellung, was wir tun sollen?«

»Wir halten uns erst mal ruhig. Verschaffen uns erst einmal einen Überblick, bevor wir uns zu irgend etwas entschließen.«

»Mhm. Ziehen mir das Schiff einfach unter dem Hintern weg! Mich zu verpflanzen wie einen Blumenstock! Da kann man sich ja das Trinken abgewöhnen.«

Trevelyan besah sich die Häuser der Alori mit mehr als beiläufigem Interesse. Sie erinnerten ihn an die hohlen Bäume, in denen die Eingeborenen von Nerthus wohnten, schienen aber bedeutend weiter entwickelt zu sein. Jeder Baumstamm umschloß einen luftigen, runden Raum von gut sieben Metern Durchmesser. Das Holz war hart und überaus schön gemasert. Die Fenster konnten mit transparentem Gewebe verschlossen werden, das Teil der Bäume war. In ähnlicher, schwerer Form diente es als Tür. Der Boden war von einer federnden, warmen Art Moos bedeckt.

Außer als Tisch dienenden Brettern gab es kein weiteres Mobiliar, doch bildete der weiche und warme Boden ein einladendes Ruhebett. Den Baum umrankende Kletterpflanzen streckten ihre Blätter nach innen, die in der Dunkelheit mit kühlem, gelbem Licht leuchteten. Man konnte sie »ausschalten«, indem man ihre eigenen losen Hülsen über sie zog. Ein hohler, nach innen wachsender Ast spendete klares Wasser, wenn man ihn drückte. Darunter war ein natürlicher Abfluß. In der Nähe des Baumes wuchs ein Busch, dessen wachsige Früchte als Seife dienten. Den anderen Bedürfnissen des Körpers konnte man im tiefen Wald Sorge tragen.

Trevelyan bezog einen isoliert stehenden Baum, Sean und Nicki seine Nachbarn. Da er nicht allzu anspruchsvoll war, vermißte er die gewohnten Gerätschaften kaum.

Das Dorf, stellte er fest, war eigentlich eine ausgedehnte Siedlung von etwa fünfhundert Einheiten – mehr als genug für die Peregrines, da man ja ebensogut im Freien leben konnte. Der Tau erforderte einige Gewöhnung, aber bald kamen ihm sogar die

Baumhäuser dumpf und beengend vor.

Auch die Tiere des Schiffes waren hierher gebracht worden. Es war seltsam, einen Terrier ein in allen Regenbogenfarben schimmerndes Insekt anbellen oder im Schatten einer halbmeterbreiten Blume schlafen zu sehen. Nach einer gewissen Zeit erschienen einige der Alori und machten höflich das Anerbieten, von der *Peregrinus* herunterzuholen, was immer man wünschte. Das Schiff hielt jetzt eine Kreisbahn am Rande der Atmosphäre. Joachim stellte eine Liste zusammen, die hauptsächlich Werkzeuge enthielt. Das schien die Alori zu amüsieren, doch brachten sie das Gewünschte. Auch Joachims Whisky, sein Tabak und ein paar Pfeifen waren darunter.

Die Stimmung der Nomaden hatte sich jetzt entspannt. Es schien erwiesen, daß die Fremdlinge keine Gewalt anzuwenden gedachten, sondern vielmehr damit zufrieden waren, die Peregrines sich selbst zu überlassen.

Trevelyan traf sich öfters mit Aloris. Er ging häufig im Wald spazieren, allein oder mit Nicki. Hatte er das Bedürfnis, mit einem der – Eingeborenen – zu reden, dann dauerte es gewöhnlich nicht lange, bis einer erschien. Esperero schien sein besonderer Mentor zu sein.

»Was haben Sie jetzt mit uns vor?« fragte der Koordinator.

Esperero lächelte. »Wie ich schon sagte, wollen wir keinen Zwang auf Sie ausüben – jedenfalls keinen direkten. Doch sind Sie ein ruheloses Volk. Die meisten von Ihnen werden sich bald wieder nach dem offenen Weltraum sehnen.«

»Und . . .?«

»Infolgedessen nehme ich an, daß es zu zwanghaften Handlungen bei Ihnen kommen könnte. Zum Beispiel werden Sie wieder handwerkliche Tätigkeit aufnehmen. Der Wald eröffnet dem kreativen Geist zahlreiche Möglichkeiten, und unsere Leute werden Ihnen zur Seite stehen, wenn nötig. Das wird dazu beitragen, Ihre Ressentiments gegen uns abzubauen.«

»Einiges von dem, was wir tun, wird Ihnen vielleicht nicht gefallen«, sagte Nicki.

»Ich weiß. Zum Beispiel werden die Menschen beginnen, an die Jagd zu denken. Sie werden Bogen und andere Waffen anfertigen. Aber dann werden sie feststellen, daß es keine Tiere mehr gibt. In ähnlicher Weise werden sie auch in ihren anderen unangebrachten Ambitionen frustriert werden.«

»Und wenn sie sich gegen Sie wenden?« fragte Trevelyan.

»Sie sind doch zu klug, um sich auf eine Auseinandersetzung mit einem ganzen Planeten einzulassen. Überdies ist wie jede andere Kultur auch die der Nomaden ein Produkt der Umwelt und ihrer Notwendigkeiten. Hier ist ihr physischer Lebensbereich, der offene Weltraum, nicht mehr vorhanden. Der Planet wird sie absorbieren.

Sie werden keine Alori werden. Diese Generation wird nicht voll und ganz absorbiert werden, und auch nicht die nächste und übernächste. Aber schließlich werden sie soweit sein: Sie werden wieder den Weltraum befahren – für uns.« Esperero nickte lächelnd. »So war es auch mit unseren anderen Raumfahrergästen.«

Ihr Plan war auf lange Sicht angelegt, das wußte Trevelyan; dennoch überraschte ihn das Maß ihrer Geduld. Und welcher Art waren ihre Regulative? Jede Kultur bedurfte solcher die absolute Handlungsfreiheit des Individuums einschränkender Faktoren. Die moderne solarische Gesellschaft versuchte, den einzelnen gewisse Verhaltens- und Reaktionsmuster einzupflanzen – Ethik und Weltanschauung. Technisch gesehen war dies eine Schuld-Kultur. Die Nomaden mit ihrer Betonung von persönlicher Ehre und Prestige, Reichtum und Konsum hatten eine Scham-Kultur. Und die Alori?

Allmählich dämmerte ihm, daß die Kultur der Alori auf einer den ganzen Planeten umfassenden Symbiose beruhte. Die Zugehörigkeit zu einem organischen Ganzen war ihre Lebensgrundlage – eine modifizierte Angst-Kultur.

Espereros Vorhersage erwies sich als richtig. Die hierher verschlagenen Nomaden wandten sich wieder handwerklichen Tätigkeiten zu. Webstuhl, Amboß und Töpferdrehscheibe waren immer häufiger zu sehen.

Trevelyan begegnete ihm eines Tages, und der Alorianer fragte ihn, ob er einem Festival beiwohnen wolle.

»Natürlich«, sagte der Koordinator. »Wann?«

Esperero zuckte die Achseln. »Wenn alle da sind. Wollen wir gehen?«

So einfach war das. Trevelyan lud auch noch Nicki und Sean ein, mitzukommen. Der Mann weigerte sich strikt, doch Nicki war gleich dabei.

Gemächlich gingen sie über Berg und Tal mit ein paar Alori nach Süden. Es regnete fast die ganze Zeit, doch machte das niemandem etwas aus. Gegen Ende des zweiten Tages kamen sie zum Ort des Festivals.

Es war ein kleines, kesselförmiges Tal mit einer Grasfläche in der Mitte. Die Bäume, die sie umstanden, hatte Trevelyan vorher noch nie gesehen. Gut hundert Alori hatten sich schon versammelt. Sie schritten gemessen einher, und Freund begrüßte Freund mit gravitätischem Zeremoniell. Alles war Teil eines harmonischen Rituals. Trevelyan wurde willkommen geheißen und fand Gelegenheit, seine Sprachkenntnisse anzuwenden. Nicki, die keine besonderen linguistischen Fähigkeiten besaß, blieb still; aber sie lächelte. Seit einem Monat war sie von bemerkenswert heiterer Gemütsverfassung.

Beide Monde würden in dieser Nacht voll sein. Als sich die tiefblaue Dämmerung über das Tal senkte, gesellten sich die beiden zu den um die Wiese sitzenden Alori. Eine Weile herrschte Schweigen.

Ein Ton wurde hörbar. Überrascht sah sich Trevelyan um, wo er herkommen konnte. Der Ton wurde lauter, schwoll triumphierend an, und andere kamen hinzu in Intervallen, die ihm fremdartig, aber von eigentümlicher Schönheit erschienen. Erst überrascht, dann von einem ruhigen Glücksgefühl erfüllt, stellte er fest, daß es der Wald war, der da sang.

Es wurde Nacht. Der bleiche Bogen der Milchstraße wölbte sich über das durchsichtige Dunkel. Die aufgehenden Monde verwandelten das Gelände in einen Traum aus silbrigem Glanz und Schatten, und die ersten Tautropfen reflektierten glitzernd ihr Licht wie kleine, vom Himmel gefallene Planeten.

Die Musik wurde lauter. Es war die Stimme des Waldes: das Rauschen des Windes in den Zweigen, kristallen plätscherndes Wasser, Vogelgezwitscher, Tierlaute, begleitet von einem regelmäßigen Pochen, als schlage hier ein lebendes Herz. Und jetzt kamen die Tänzerinnen, wirbelten heraus aus dem Schatten in das unwirkliche Mondlicht, schwebten, als hätten sie Flügel. Vor und zurück – hin und her – und wie kleine Feuerkugeln schossen Vögel mit leuchtenden Federn zwischen ihren beschwingt schwebenden Gestalten einher. Die Musik sang vom Frühling.

Jetzt kam der Sommer, die Zeit von Wachstum und Kraft. Prasselnder Regen fiel; dann öffneten sich die Wolken, und das Sonnenlicht brach hindurch und spiegelte sich auf der Unendlichkeit eines Meeres. Land ragte grün aus den Wassern, und die Brandung schäumte weiß gegen seine Klippen. Ein brüllendes Tier reckte sich in kraftvoller Anmut. Der Tanz war ekstatisch geworden.

Dann verlangsamte sich sein Rhythmus. Zweige wurden schwer von Frucht, und das Land färbte sich golden: die Zeit der Ernte. Hoch droben zog ein Vogelschwarm südwärts, und sein Schrei klang wie ein einsames Wanderlied.

Trevelyan fragte sich, was die Musik wohl für die Alori bedeutete. Für ihn war sie wie die Erde, die rasch verfliegenden Jahre, nach denen man zurücksinkt in ihren Schoß. Er drückte Nicki fest an sich.

Winter. Die Tänzerinnen zerstreuten sich wie Blätter im Wind. Kaltes Mondlicht fiel auf die Leere, und der Ton der Musik war jetzt scharf wie ein hungriger Wind. Kälte erfaßte die Erde; das Tageslicht war wie Stahl, die Nacht voll bitterer Sterne, treibenden Schnee und ächzenden Gletschern. Ein Anflug von Morgenröte überzog das Antlitz des Himmels. Eine der Tänzerinnen trat vor und stand für einen Augenblick still wie in Ratlosigkeit. Dann stampfte sie auf, einmal, zweimal, und begann, das Ende der Dinge zu tanzen. Trevelyan sah, daß es Ilaloa war.

Erst tanzte sie langsam, und es sah aus, als tastete sie sich durch Nebel und wehenden Schnee. Dann beschleunigte sich der Rhythmus der Musik; und sie tanzte schneller, floh, verbarg sich, und es war wie das Flattern gebrochener Flügel, Hunger und Elend, Kälte und Tod und Vergessen. Ihr Tanz war so wild und verzweifelt, daß es ihn krank machte. Die Musik war wie das Bersten gigantischer Gletscher, die krachend auf liebliche Seen und Wälder stürzten. Sie war wie das Wüten von Winterstürmen, wie das Dröhnen kalbender Eisberge und das Heulen von Wirbelwinden. Die Welt stöhnte auf unter ihrer Wucht.

Und dann war der Sturm erstorben. Die Tänzerin entfernte sich langsam, langsam wie ein sterbendes Leben. Dann war da nur noch das schwere, tote Donnern von Eis und Meer, das Jammern des Windes und das Sengen der Sonne. Es war vorbei.

Und trotzdem lag Erfüllung darin. Leben hatte gelebt, hatte gekämpft und war dann gestorben. Wirklichkeit hatte sich *ereignet* – kein Mensch brauchte mehr.

Als Stille und Mondlicht wieder einkehrten, machten die Alori keine Bewegung. Lange saßen sie da, ohne einen Laut von sich zu geben. Dann stand einer nach dem anderen auf und verschwand in den Schatten. Das Festival war vorbei.

Nickis Gesicht war weiß unter den Monden. Trevelyan bemerkte überrascht, daß sie sanken. War dies nur eine einzige

Nacht gewesen?

Als sie zum Nomaden-Camp zurückkamen, nahm Joachim die Trauungszeremonie für sie vor. Dann gab es ein fröhliches Fest. Aber Trevelyan und Nicki blieben nicht lange.

18 Unvermeidlicher Konflikt

Allein verließen die beiden die Niederlassung und wanderten über die Insel. Es hatte keine Eile. Wenn sie eine Stelle fanden, die ihnen besonders zusagte – eine sandige Bucht, ein verborgenes Tal, einsame Bergeshöhen – dann blieben sie, bis eine vage Unruhe sie weitertrieb.

Trevelyan wollte mehr über die Zivilisation der Alori erfahren. Aber um sie kennenzulernen, mußte er sie studieren.

In den Wäldern begegneten sie oft Aloris; auch in ihre Dörfer kamen sie häufig. Stets hieß man sie willkommen und beantwortete freimütig ihre Fragen. Als er mit der Sprache besser vertraut war, begann er, in ihr zu denken. Die Sprache seiner eigenen Zivilisation reichte für die neuen Begriffsinhalte nicht aus.

Insoweit die Alori-Kultur überhaupt mit menschlichen Gesellschaftsformen vergleichbar war, war sie apollinisch – gemäßigt und ausgeglichen, ordentlich und geregelt. Aggressive Individuen hatten in ihr keinen Platz; nichtsdestoweniger konnte sich jedes Individuum voll entfalten und innerhalb des vorgegebenen Rahmens frei entwickeln.

Selbst nach ihren eigenen Wertmaßstäben war dies keine vollkommene Gesellschaft. Utopia ist ein Widerspruch in sich selbst. Auch hier gab es Leid, wie überall sonst im Universum; doch war die Erfahrung des Kummers ein Teil des Lebens.

Umgekehrt war das Große Kreuz auch keine Welt gedankenloser Zufriedenheit. Es gab dort eine eigenständige Kultur, die der von Sol durchaus vergleichbar war. Aber ihr theoretisches Fundament war völlig andersartig. Die Alori waren keine Analytiker; sie betrachteten das ganze Problem als eine unteilbare Einheit. War eine Frage in sich unvollständig? Ein Mensch würde dann sagen, nicht alle relevanten Daten seien in Betracht gezogen worden. Ein Alorianer hingegen würde meinen, daß der ganze Kontext nicht richtig aussehe (wirke? zu sein scheine? In der menschlichen Basic-Sprache gibt es kein entsprechendes Wort).

Andererseits stellten sich die Alori geradezu tölpelhaft an, wenn es um einfachste technische Dinge ging. Selbst die Intelligentesten unter ihnen waren nicht imstande, einfache Prinzipien der Fernmeldetechnik zu verstehen, und als Astronauten verließen sie sich nur auf ihre Intuition. Von Atomen hatten sie nur eine ganz nebelhafte Vorstellung, vom Atomkern gar keine. Die Allgemeine Feldtheorie war ihnen so fremd, daß sie sie regelrecht widerlich fanden.

Mehr und mehr wurde Trevelyan klar, welch tiefe Abneigung dieses Volk empfand – nicht gegen den Kontakt mit seiner Zivilisation, sondern gegen diese Zivilisation selbst.

»Wenn sie fürchten, im Wettbewerb nicht standhalten zu können«, sagte er einmal, »sollte ihnen ihre eigene Philosophie deutlich machen, daß eine solche Existenzform nicht lebenstüchtig genug ist und untergehen muß. Aber sie können das Problem meistern, wenn sie müssen. Sie haben Kenntnisse, die uns unendlich viel wert wären. Außerdem kann oder könnte sich jedes planetarische System eigenständig erhalten, dann aber gäbe es gar keine Konkurrenz im üblichen Sinne.«

»Ich weiß nicht«, meinte Nicki. »Ist das wirklich so wichtig?«

Er warf ihr einen scharfen Blick zu. »Ja«, sagte er schließlich. »Es ist wirklich sehr wichtig.«

Sie standen auf einem Felskap an der Südküste. Vor ihnen lag die See; ein feuchter und dennoch frischer Wind wehte durch Nickis blondes Haar.

»Fast kommt es mir vor, als seien sie Fanatiker – wie früher auf der Erde die Anhänger militanter Religionen oder die Gefolgsleute von Tyrannen.«

»So wird eben eine Lebensform von der anderen abgelöst«, sagte Nicki. »Muß man sich deswegen gegenseitig umbringen?«

»Es ist mehr als das. Krieg korrumpiert genauso wie Macht. Erinnerst du dich, daß ich dir einmal sagte, es gebe keinen Grund für einen interstellar ausgedehnten Herrschaftsbereich? Eine Möglichkeit erwähnte ich damals nicht, da ich nicht glaubte, daß es sie noch gebe. Ein Imperium ist eine Art Verteidigungsbollwerk. Werden sie aus ideologischen Gründen angegriffen, dann brauchen die attackierten Planeten eine gut durchorganisierte Struktur, um sich des Angriffs erwehren zu können.«

»Aber müßte solch ein Imperium ... müßte die Union wirklich kämpfen? Wäre es nicht leichter und besser, nachzugeben?«

»Es geht nicht darum, ob die Union kämpfen müßte oder nicht. Tatsache ist, daß sie kämpfen würde. Jede Gesellschaft hat ein Bedürfnis nach Eigenständigkeit, vor allem gegenüber Druck von außen.« Trevelyan legte seiner Frau die Hand auf die Schulter. »Im übrigen wundere ich mich, Liebling. So etwas sieht dir doch gar nicht ähnlich. Früher warst du doch ein richtiger feuerspeiender Drache.«

»Damals war ich nicht glücklich«, sagte sie. »Aber hier ist alles so . . . so ruhig und schön, Micah. Es . . .« Sie verlor sich in ihren Gedanken.

»Möchtest du wieder auf Raumfahrt gehen?«

»O ja. Irgendwann einmal. Und warum dann nicht für die Alori?«

»Weil wir letzten Endes Menschen sind, Nicki. Der Mensch ist schon immer ein Kämpfer gewesen. Wir können uns nehmen, was wir brauchen, aber es muß auf unsere eigene Weise geschehen.«

»Du hast doch auf alles eine Antwort, wie?«

Er lächelte. Nicki war wirklich nicht ohne.

Später befragte er ganz offen die Alori selbst und fügte ihre zurückhaltenden aber höflichen Antworten Stück für Stück zu einem Gesamtbild zusammen. Sie sahen das Universum als ein organisches Ganzes, in das sich alles *zwangsläufig* einfügen mußte. Aufsplitterung war Wahnsinn.

Die mechanistische Zivilisation der Union war ihnen ein Greuel.

Trotz alledem hätten sie die Union in Frieden lassen können; aber die Alori standen nun einmal dem Expansionsbestreben der Union im Wege. Ihre Kenntnisse freilich waren für die Menschen von unschätzbarem Wert; und der Mensch verlangte nach Wissen.

Eines stand fest: Kam es zu einer Auscinandersetzung zwischen diesen Kulturcn, dann mußte sie für die Alori tödlich enden. Ein friedlicher Kontakt würde beide Kulturen verändern. Veränderung aber war für die Alori verderblich.

»Ich kann es verstehen«, sagte Nicki leise. »Angenommen, jemand bringt mich in seine Gewalt und unterzieht mich einer Behandlung mit einer dieser Persönlichkeitsmaschinen, damit ich dich nicht mehr liebe. Wenn es vorüber wäre, würde alles in Ordnung sein – das würde ich wissen. Du würdest mir dann nichts mehr bedeuten. Und doch würde ich mich mit Zähnen und Klauen dagegen wehren.«

Trevelyan küßte sie.

Der Gedanke, die Union würde Verständnis zeigen und die Eigenständigkeit des Großen Kreuzes respektieren, begegnete höflicher Skepsis. Und Trevelyan mußte zugeben, daß diese Zweifel berechtigt waren. Solche Isolation konnte nur eine vorübergehende Lösung sein. Früher oder später würde es, aus welchen Gründen auch immer, zu Kontakten kommen. Bis dahin aber würde die Union ein übermächtiger Widersacher sein. Die Alori gedachten sofort zu handeln, ja, sie handelten schon seit geraumer Zeit.

Blieben sie Sieger, dann eröffneten sich erträgliche Perspektiven. Zur Katastrophe hingegen mußte es kommen, wenn sie scheiterten. Es würde das Ende beider Zivilisationen bedeuten.

Trevelyan mußte sich eingestehen, daß ihm seine eigene Zivilisation näher stand als die andere. Seine Rasse hatte etwas Einzigartiges geschaffen, und er wollte nicht, daß es der Zerstörung anheim fiel.

Die Alori haßte er nicht – ja, mehr und mehr fand er sie sogar sympathisch. Wurde das, was sie geleistet hatten, zerstört, dann war das Universum zweifellos ärmer. Das Ganzheitsprinzip war etwas, was im Denken der Union niemals richtig formuliert worden war. Es mußte möglich sein, Integratoren zu schaffen, die nicht nur isolierte Daten miteinander in Beziehung brachten, sondern einen örtlichen Komplex – eine Gesellschaft mit ihren Bedürfnissen, ihrer natürlichen Umwelt und ihren wissenschaftlichen Gesetzen – in seiner Gesamtheit betrachteten. Was die Alori über Bau und Funktion des Nervensystems wußten, konnte ein wichtiger Beitrag zum Bau eines solchen Computers sein.

Er saß mit Nicki auf einem Riff, zu dem sie geschwommen waren. Man konnte nie sicher sein, ob der Wald nicht mithörte.

»Wir müssen fliehen«, sagte er. »Wir müssen die Union vor dem warnen, was sich hier zusammenbraut, und ihr mitteilen, daß die Antwort auf ihre größte Frage bekannt ist.«

»Und was dann?« Sie sagte es so leise, daß ihre Worte im heftigen Wind kaum hörbar waren.

»Vollendete Tatsachen werden die Alori akzeptieren«, antwortete er. »Sie werden nachgeben und das Bestmögliche aus der Geschichte machen. Schließlich wollen wir sie ja nicht versklaven.«

»Aber wir haben zu all dem kein Recht«, flüsterte sie.

»Und was haben die Alori mit uns vor?«

»Ja, ich weiß – aber ergibt zweimal Unrecht dann Recht?«

»Nein«, sagte er. »Aber dies ist keine Frage der Moral. Wir

werden unsere Freiheit bewahren – nur darum geht es.« Sein Blick war herausfordernd. »Möchtest du denn wirklich nicht mehr hinaus zu den Sternen? Nicht mit einer Mission, nicht mit einem bestimmten Zweck – sondern weil es dein Leben ist, das du frei gestaltest?«

Sie senkte den Blick. Ein Vogel flog über sie hinweg. Er gehörte einer der ursprünglich auf dem Planeten beheimateten Arten an und nahm noch nicht an der Symbiose teil. Er war auf der Jagd und suchte nach Beute, um sie zu töten.

»Die Welt ist so, wie sie nun einmal ist«, sagte er. »In ihr müssen wir leben – und nicht in einer Welt, wie sie nach unserer Ansicht sein *sollte.*«

Sie nickte langsam.

19 Joachims Plan

Dort, wo sich das Tal zur See hin öffnete, fiel eine breite Bucht, deren innere Begrenzung grasbewachsene Dünen bildeten, zum Ufer ab. Joachims Gruppe suchte sich eine geeignete Stelle und ließ sich dann im Halbkreis nieder, dem Landesinneren zugewandt. Stämmig, behaart und sonnengebräunt stand Joachim vor ihnen, die kalte Pfeife in seiner Hand. Langsam ging sein Blick von einem der Leute zum anderen.

Außer ihm selbst und Trevelyan waren etwa fünfundzwanzig Nomaden anwesend. Der Koordinator saß neben dem Kapitän, den Arm um Nicki gelegt. Sie schmiegte sich an ihn, doch ihre Miene verriet, wie unglücklich sie war. Die anderen sahen erwartungsvoll Joachim an. Auch Sean war hier, in dumpfes Brüten versunken, wie stets seit seiner Ankunft auf Loaluani.

Joachim räusperte sich. »So«, sagte er. »Ich glaube, hier können wir unbesorgt sprechen. Hier gibt es keine großen, dicken Bäume, die uns belauschen. Also: Ich habe mich umgehört und dabei festgestellt, daß ihr alle hier so ziemlich derselben Meinung seid. Dann kam Micah und machte mir Feuer unterm Hintern. Deswegen habe ich dieses Picknick angesetzt. Ich nehme an, wir verstehen uns.« Er hielt inne und sah jedem einzelnen in die Augen. »Ich möchte hier weg«, sagte er dann. »Kommt jemand mit?«

Eine Bewegung ging durch die Reihe; Gemurmel war zu hören, ein unterdrückter Fluch wurde laut, Fäuste ballten sich. »Es ist kein schlechtes Leben hier«, fuhr Joachim fort, »aber es hat seine Nachteile. Jeder empfindet sie, wenn sie vielleicht auch für jeden einzelnen anders aussehen.«

»Ganz klar«, sagte Petroff Dushan. »Ich möchte wieder auf Raumfahrt gehen. Dieser Planet ist . . . langweilig!«

»Ja«, knurrte Ortega. »Nichts als ein Park. Jeden Morgen sehe ich nach, ob mir nicht schon Moos auf der Haut wächst.«

»Erinnert ihr euch an Hralfar?« fragte Petroff Manuel wehmütig. »Dort gab es Schnee. Man konnte die Kälte spüren, als wäre die Luft flüssig. Man bekam richtig Lust zu hüpfen und zu schreien; und jeden Laut konnte man kilometerweit hören, so ruhig war es.«

»Ich brauch 'ne Stadt«, sagte Levy. »Lichter und Bars, und Lärm und 'n Mädchen und ab und zu mal 'ne richtige Keilerei. Wenn ich mal wieder im ›Half Moon‹ auf Thunderhouse sitzen könnte, beim Großen Kanal . . .!«

»Irgendwas, wo was los ist«, sagte MacTeague. »Die fliegende Stadt auf Ausgil IV mit ihrem Krieg zwischen den Vögeln und den Centauren. Irgendwas Neues!«

»Sobald wir uns einmal an dieses Alori-Leben gewöhnt haben«, sagte Joachim, »dürfen wir wieder in den Weltraum – für *sie.*«

»Ja. Aber aus uns werden niemals Alori werden, so viel steht fest«, sagte Kogama. »Hat man jemals gehört, daß Nomaden für jemand anders auf Fahrt gehen? Wir tun, was wir wollen.«

»Schon gut, schon gut«, sagte Joachim. »Ich kann euch verstehen.«

Thorkild Elof kniff mißvergnügt die Lippen zusammen. »Zum Schluß heiraten wir noch innerhalb unseres eigenen Schiffes«, sagte er. »Ich habe schon festgestellt, daß unsere Jungen und Mädchen miteinander gehen, weil sonst niemand da ist. Wirklich obszön.«

»Es kommt noch so weit, daß sie Alori aus uns machen«, rief Ferenczi. »Auch anderen ist es schon so gegangen. *Roamer, Rover, Tramp, Tzigani, Soldier of Fortune* – diese Schiffe gibt es nicht mehr! Ihre Besatzungen sind keine Nomaden.«

»Ja«, nickte Joachim. Sein Gesichtsausdruck wurde hart. »Und jetzt haben sie mein Schiff und meine Mannschaft. Das müssen wir ihnen heimzahlen.«

»Augenblick mal«, schaltete sich Trevelyan ein. »Ich habe erklärt . . .«

»Sicher, sicher. Sollen sich die Cordys um die Alori kümmern. Ich möchte nur meine Freiheit wieder.« Joachim drehte die Pfeife in seinen Fingern. »Ich habe meinen ganzen Tabak verraucht und alle meine Flaschen geleert. Die Alori trinken und rauchen nicht.«

»Alles ganz schön und recht«, sagte Elof ungeduldig. »Aber wir sind hier unten, und die *Peregrinus* ist dort oben. Was können wir denn da machen?«

»Einiges.« Joachim setzte sich mit gekreuzten Beinen. »Ich habe euch zusammengerufen, um sicherzugehen, daß ihr alle der gleichen Meinung seid.« Er zog heftig an der leeren Pfeife. »Ich habe mich unter den Alori umgehört. Sie sind sehr höflich und aufrichtig, das muß man ihnen ja lassen. Sie wissen, daß es mir hier nicht gefällt; aber sie wissen ebensogut, daß ich nicht einfach aus dem Stand in den Weltraum hüpfen kann. Deshalb beantworten sie auch meine Fragen.

Nun, die *Peregrinus* ist weit und breit das einzige Schiff. Die Boote befinden sich auf einer kleinen Insel etwa zwanzig Kilometer nordwestlich von hier. Die Alori brauchen sie nicht und haben sie deshalb dort abgestellt. Es gibt eine Art Wache – Pflanzen oder Tiere oder irgend etwas anderes, was jedem Menschen den Zutritt verweigert – außer, ein Alorianer erlaubt es.«

»Moment mal!« rief Petroff Dushan. »Sie meinen doch nicht, wir sollten uns einen Alorianer schnappen und ihn zwingen . . .«

»Würde nichts nützen«, sagte Ferenczi. »Diese Eingeborenen fürchten den Tod nicht. Außerdem glaube ich nicht, daß wir einen gefangennehmen können, ohne daß die ganzen verdammten Wälder es wissen und uns die gesamte Insel auf den Hals hetzen.«

»Bitte«, sagte Joachim. »Ich sehe eine etwas elegantere Lösung.« Mit einem Blick auf Sean fuhr er ruhig fort: »Ilaloa war ein paarmal bei uns.«

Der junge Mann wurde rot im Gesicht. Er spuckte aus.

»Seien Sie nicht so hart zu dem armen Mädchen«, sagte Joachim. »Sie tat nur ihre Pflicht. Ich bin ihr ein paarmal begegnet und habe noch nie jemanden so elend und unglücklich gesehen. Wir wechselten ein paar Worte, und dann schüttete sie mir ihr Herz aus. Sie liebt Sie, Sean.«

»So?« knurrte Sean sarkastisch.

»Nein, nein, das ist Tatsache. Sie gehört zwar zu den Alori, aber sie liebt Sie und weiß, wie unglücklich Sie jetzt sind. Und mir scheint, sie ist auch ein bißchen von uns . . . korrumpiert. Sie hat ein wenig von uns Nomaden im Blut. Armes Ding.«

»Also, was soll ich tun?« fragte Sean mit sichtlicher Überwindung.

»Gehen Sie zu ihr. Und irgendwo, wo niemand es hören kann, bitten Sie sie, uns zur Flucht zu verhelfen.«

Sean schüttelte ungläubig den Kopf. »Das würde sie niemals tun.«

»Nun, versuchen kann man es immerhin. Die einzige Alternative für Ilaloa ist, daß sie sich einer psychologischen Behandlung unterzieht, um Sie aus dem Kopf zu bekommen. Aber das will sie nicht.«

»Ich verstehe«, murmelte Nicki.

»A-aber, sie wird wissen, daß ich lüge!« protestierte Sean.

»Werden Sie lügen? Sie sagen, daß Sie sie immer noch lieben und sie mitnehmen wollen, wenn sie uns hilft. Das ist doch die Wahrheit.«

Lange Zeit sagte Sean kein Wort. »Glauben Sie?« fragte er schließlich.

Joachim nickte. Langsam sagte er dann: »Eines dürfen Sie nicht vergessen. Wenn wir wirklich hier wegkommen, endet diese ganze Geschichte überaus günstig. Eine Bedrohung wird abgewehrt, und statt dessen eröffnen sich ungemein profitable Möglichkeiten. Das wird die Leute sehr für Lo einnehmen.«

»Nun . . . ich . . .«

»Also gehen Sie schon, Junge.«

Sean stand auf, wandte sich ab und ging steifbeinig davon. Niemand sah ihm nach.

Schweigen trat ein. Nur den Wind, die Brandung und das Geschrei der Vögel konnte man hören.

Dann sagte Ferenczi: »Nur diejenigen von uns, die jetzt hier sind, versuchen die Flucht, oder?«

»Ja. Sonst wäre es ein zu großes Risiko. Wir können das Schiff zurück zu Nerthus fliegen. Das bedeutet harte Arbeit und knappe Rationen, aber wir können es schaffen.«

»Ich dachte mehr an die anderen. Sie werden hier Geiseln sein.«

»Ich habe Lo deswegen gefragt, und was sie sagte, bestätigte meine Vermutung. Die Alori tun nichts, was zwecklos ist. Sie werden unsere Leute nicht schlecht behandeln, sobald das Spiel einmal verloren ist.« Joachim stand auf und streckte sich. »Sonst noch Fragen? Wenn nicht, ist die Zusammenkunft bis auf weiteres vertagt. Erst müssen wir noch genauer wissen, wo wir stehen. Und geht den Eingeborenen aus dem Weg. Sie spüren eure Erregung. Wie wär's jetzt mit etwas Volleyball zur Beruhigung?«

Den Arm um Nicki gelegt, ließ Trevelyan seinen Blick über die Küste streifen. Ein paar hundert Meter weiter begannen die anderen zu spielen.

»Woran denkst du, Micah?«

Er lächelte. »An dich«, sagte er. »Und an dein Volk.«

»An mein Volk?«

»Du weißt, daß der Koordinationsdienst die Nomaden nicht sonderlich liebt. Man glaubt, sie übten einen zersetzenden Einfluß auf eine ohnehin instabile Zivilisation aus. Mir selbst hingegen scheint mehr und mehr, daß eine gesunde Kultur so einen Teufel braucht.«

»Sind wir Nomaden denn wirklich so schlimm?«

»Nein, das kann man nicht sagen. Ihr seid zu niemandem unnötig grausam. Meiner Meinung nach habt ihr den Planeten, auf denen ihr landet, ebenso viel Gutes wie weniger Gutes gebracht.«

Seine Lippen berührten ihr Haar, und er roch dessen zarten Duft. »Ich muß mich wieder zu Hause melden«, sagte er, »und du möchtest ohnehin Sol besuchen. Aber danach ... Nicki, ganz sicher bin ich noch nicht ... aber ich glaube, ich werde dann selbst Nomade werden.«

»Micah! Liebster!« Sie schlang ihre Arme um ihn.

»Peregrine Trevelyan«, murmelte er, und seine Gedanken eilten weiter voraus. Dies war seine Antwort. Das abschließende Urteil mußten die Integratoren fällen. Aber er glaubte, die Lösung gefunden zu haben. Ein echter Nomade? Nein – aber mit seinen Fähigkeiten würde er sicher eine Autorität werden und beeinflussen können, was die Nomaden taten. Und noch mehr Koordinatoren würden den Weg zu den Nomaden finden.

Sie würden den Nomaden Richtung und Ziel geben. Und sie weise Beschränkung lehren, ohne ihren freiheitsdurstigen, abenteuerlustigen Geist zu zerstören.

Sean stapfte die Küste entlang, bis er um sich herum nichts mehr sah als Wald und Meer. Er kletterte auf eine Düne und blickte hinaus in die unendliche Einsamkeit. An seinen bloßen Beinen spürte er das dünne, scharfblättrige Gras. Er hielt sich eine Hand über die Augen, um sie vor der Sonne zu schützen, und spähte landeinwärts, dorthin, wo Bäume und Gras sich trafen.

Und dann sah er sie. Zögernd trat sie aus dem Wald heraus. Ein paar hundert Meter von ihm entfernt blieb sie stehen, fluchtbereit, als hätte er eine Waffe. Sean sah sie nur hilflos an. Und dann lief sie, rannte zu ihm, so schnell sie konnte.

Und er nahm sie in seine Arme und murmelte unverständliche Worte, streichelte ihr im Winde wehendes Haar und ihre samtene Haut. Und sie weinte sich bei ihm aus. Jetzt erst küßte er sie mit unendlicher Zärtlichkeit. »Ilaloa«, flüsterte er. »Ich liebe dich, Ilaloa.«

Tränenblind starrten ihre Augen ihn an. »Du kannst nicht hier bleiben? Du mußt fort von hier?«

»Wir müssen fort von hier«, sagte er.

Sie wandte die Augen von ihm ab. »Dies ist mein Volk.«

»Deinen Leuten soll nichts geschehen«, sagte er. »Auch ich habe mein Volk. Und es ist auch deines.«

»Ich kann mich behandeln ... mich von dir heilen lassen.«

Er ließ sie los. »Dann tu es doch«, sagte er bitter.

»Nein.« Ihre Lippen waren geöffnet, als hätte sie Mühe, zu atmen. »Nein, auch das wäre ein Vergehen gegen das Leben. Ich kann es nicht.«

»Ist euer Leben denn so viel besser als unseres, daß es uns zerstören muß?« fragte er.

»Nein.« Ihre Finger waren ineinander gekrampft. »Ich glaube, du hast recht, Sean. Diese Welt – das Universum ist dunkel und leer. Wir müssen versuchen, Wärme zu finden.«

Sie richtete sich auf und sah ihn an. Ihre Stimme klang plötzlich klar. »Wenn ich kann, will ich dir helfen.«

20 Zurück zu den Sternen

Zwei Nächte später ging ein Sturm von der See in nordwestlicher Richtung über das Land und wieder hinaus auf das Meer. Trevelyans Auge ruhte auf Nicki, die im warmgelben Licht seines Heims ganz nahe bei ihm war.

Sie lächelte, und er dachte erschaudernd daran, daß sie bei dem Fluchtversuch umkommen könnte. Aber sie hatte darauf bestanden, bei ihm zu bleiben.

Der Baum war heimelig wie ein Herdfeuer in endloser, stürmischer Nacht. Auf dem moosigen Boden sitzend, spürte er das Zittern des Baumes im Wind. Nicki fuhr ein wenig zusammen, als der Türvorhang zur Seite gezogen wurde und knatternd im Luftzug flatterte. Joachim stand in der Tür, den Mantel eng um seine hünenhafte Gestalt gezogen. In seinen Augen war eine Entschlossenheit, die sie niemals zuvor bemerkt hatte.

»Es ist soweit«, sagte er. »Geht hinunter zur Küste. Ich gebe den anderen Bescheid.« Er nickte ihnen kurz zu; dann hatte ihn die Dunkelheit wieder verschlungen.

Nicki stand langsam auf. Ein Schauder durchlief sie, und der Blick ihrer blauen Augen war tief bekümmert. Sie versuchte zu lächeln und strich mit einer Hand über die glatte Wand ihres Heims. Dann schüttelte sie den Kopf, daß ihre blonden Locken flogen: »Also, Micah, dann gehen wir.«

Trevelyan stieg über das Brett, auf dem verstaubt ihre Habe lag.

»Ehe wir gehen«, sagte er, wandte sich Nicki zu und küßte sie.

Als sie Hand in Hand in die Nacht hinaustraten, umfing sie das Dunkel wie ein gewaltiger schwarzer Vorhang. Heulend fuhr der Wind durch die Bäume, die unter seiner Gewalt ächzten und stöhnten.

Sie stolperten hinunter zur Küste. Als sie endlich dort anlangten, traf sie der Wind wie ein Schlag ins Gesicht. Die Wolken rissen kurz auf, und ein Halbmond wurde für Augenblicke sichtbar. Dahinter standen die fernen Sterne.

Die meisten von Joachims Gruppe hatten sich bereits eingefunden. Während der langen Tage ihres Aufenthalts angefertigte Messer und Speerspitzen schimmerten fahl im Mondlicht.

Sie standen in einer feuchten Senke bei einer Flußmündung. Ilaloa hatte aus den Wäldern ein Boot heruntergebracht. Trevelyan befühlte bewundernd den Rumpf.

Das einmastige Boot war lang und schmal. Es war mit einem Steuerruder versehen und hatte eine kleine Kabine. Micah sah jetzt, daß es ein lebender Baum war, der seine Nahrung aus im Bootsboden ausgebreiteter Erde und aus der See bezog.

Ilaloa saß an der Ruderpinne. Sie klammerte sich an Sean, als sei sie schon in Gefahr, zu ertrinken.

»Jetzt sind wohl alle da.« Der Sturm wehte Joachims Worte davon. »Dann geht es los. Die Zeit ist kostbar. Wer weiß, ob die Alori nicht doch irgendwie Wind von der Sache bekommen haben.«

Das Boot mußte durch die Brandung hindurch. Trevelyan schob es im seichten Wasser des Flusses voran und verwünschte die Nomaden, die er kaum sehen konnte. Das Holz des Bootes war kalt und rutschig.

Knirschend fuhr der Kiel in eine Sandbank an der Flußmündung. Und – hoch! Über die Sandbank hinein in die Brandung! Er watete in rasch tiefer werdendes Wasser. Wegen des landauswärts gerichteten Windes herrschte nur mäßiger Wellengang, doch zerrte eine unangenehme Unterströmung an Trevelyans Beinen.

»Schiebt es durch«, dröhnte Joachim. »Schiebt es durch!«

Trevelyan stemmte sich gegen das Boot. Seine Füße suchten nach einem Halt und fanden ihn nicht; er klammerte sich an den Bootsrand. Dann war es, als hebe ein riesiger Arm ihn empor. Über seinem Kopf schlug das Wasser zusammen, hämmerte donnernd auf seinen Schädel. Jetzt waren sie in der wirklichen Brandung.

Das Boot hüpfte und schlingerte. Trevelyan krallte sich fest, daß es ihm die Finger aus den Gelenken zu reißen drohte. Eine neue Woge stieg ihm den Kopf gegen die Bordwand. Das salzige Wasser in seinen Atemwegen bereitete ihm brennenden Schmerz. Aber er arbeitete mit den Beinen, was seine Kräfte hergaben, und schob das Boot weiter.

Immer noch lagen sie in schwerer, schäumender See. Eine Hand packte Trevelyan beim Schopf, und der Schmerz brachte ihn wieder zu vollem Bewußtsein. Er zog sich an der Bordwand heran, stemmte sich hinauf. Sobald er Boden unter den Füßen hatte, wandte er sich um, um den nächsten hineinzuhelfen.

Das Mondlicht kam wieder durch und ließ die sich überschlagenden Wogen erkennen. Das Land hob sich schwarz von den fahlen Wolken ab. Joachim stand breitbeinig und aufrecht im Boot und zählte die kauernden Gestalten.

»Einer fehlt.« Er starrte in die dunkel sich türmenden Wassermassen. »MacTeague Alan. Er war ein guter Junge.«

Langsam wandte er sich Ilaloa zu, die immer noch bei der Ruderpinne saß. Er hob die Hand und senkte sie wieder. Ilaloa nickte und sagte etwas zu Sean. Er und ein paar andere zogen mit Mühe die Segel hoch.

Das Boot machte förmlich einen Satz! Es holte derart über, daß Trevelyan Angst hatte, es möchte kentern. Am Bug gischtete das Wasser eisig-weiß auf, und hinter ihnen blieb eine Furche schäumender Wirbel. Das Boot flitzte dahin!

Ungläubig schüttelte Trevelyan den Kopf. »Wir haben's geschafft«, keuchte er. Er konnte es noch kaum fassen. »Wir haben's geschafft.«

Wortlos umarmte ihn Nicki. Über die anderen hinweg krochen sie zum Bug, von wo sie nach vorn sehen konnten. Gischt schlug ihnen ins Gesicht. Aber sie schauten hinaus auf die See und waren glücklich.

Die Wolken teilten sich jetzt, und ein Halbmond, kaum kleiner als Luna bei voller Rundung, schien in blendender Helle herab. Trevelyan und Nicki aber hatten keinen Blick für ihn übrig. Sie starrten unverwandt nach Nordwesten, dorthin, wo die Raumboote liegen mußten.

Joachim kam jetzt nach vorn, sah die beiden dort sitzen und lächelte. Auf dem Rückweg zum Heck zählte er seine Leute. Niemand fehlte bis jetzt, ausgenommen der arme Alan. Joachim fragte sich, wie er dem Vater des Jungen die furchtbare Nachricht mitteilen sollte.

Im Bootsheck angekommen, sah er Sean und Ilaloa, die einander beim Steuern halfen. Erstaunlich, wie das Mädchen auch ohne Kompaß die Richtung hielt. Die Küste war schon nicht mehr in Sicht; rundherum war nichts als aufgewühlte, schäumende See. Die Ruderpinne schlug aus wie ein sich aufbäumendes Tier. Schulter an Schulter sitzend, hatten Sean und Ilaloa sie in die Mitte genommen, die Hände darum geklammert. Die Anstrengung hatte das Gesicht des Mannes gezeichnet. Dennoch – selten hatte der Kapitän einen solchen Ausdruck inneren Glücks gesehen.

Sich an der Reeling festhaltend, beugte er sich zu ihnen, damit sie ihn besser verstehen konnten. »Wie geht's?« Der Sturm übertönte fast seine Worte.

»Ganz gut«, antwortete Sean. »Wir müßten jetzt bald die Insel erreichen. Bei Tageslicht könnte man sie schon sehen.«

Joachim lehnte sich an die schwankende Brüstung und blickte am Boot entlang. Seltsam, daß kein Wasser hereinschwappte – nein, das Wasser schlug doch über die Bordwand, wurde aber im Bootsinneren aufgesogen und wieder hinausgedrückt – von den Seiten sprühte feiner Gischt zurück in die See.

Er blickte über die Wogen, als stünde er auf einem Berg. Über ihm leuchteten zwischen Wolkenfetzen glitzernde Sterne. Unter ihm war die stampfende, schäumende, brüllende See. Und überall raste der Sturm. Dann – so nebelhaft, als sei es Lichtjahre weg, sah er – das andere Boot.

So heftig packte er Ilaloas Schulter, daß sie mit einem Schmerzensschrei aufsprang. Langsam deutete er hinüber, und ihre und Seans Augen folgten der Richtung. Sekundenlang stand Ilaloa bewegungslos da. Einmal hatte er einen Mann gesehen, der eben eine Kugel ins Herz bekommen hatte. Er hatte ebenso dagestanden, als wüßte er noch nicht, daß er tot sei.

Joachim beugte sich zu ihr und schrie ihr ins Ohr: »Würde irgendein Alori bei solchem Wetter auslaufen?« Sie schüttelte den Kopf.

»Dann«, stieß er zwischen den Zähnen hervor, »haltet euren Kopf fest, Jungs. Jetzt geht es um Sein oder Nichtsein.«

Von einem Wellenberg aus sah er die Insel. Es war nicht leicht, die Entfernung zu schätzen, doch konnte sie nicht mehr allzu groß sein. Auch das andere Boot war jetzt wieder zu sehen.

Es kam rasch näher. Kein Segelboot, wie sich jetzt zeigte. Die Alori hatten ihnen eine richtige Pinasse nachgeschickt. Sie war groß, hochbordig und ohne Mast, und wurde von etwas gezogen, das schwamm. Er konnte nur einen gewaltigen, aus dem Wasser ragenden Rücken erkennen und dann und wann eine wild schlagende Schwanzflosse.

Kannst du den Leviathan mit einem Haken an Land ziehen?... Wird er ein Bündnis mit dir schließen?

Ilaloa sagte etwas zu Sean, der nickte und eine Geste zu Joachim machte. Ein paar Wortfetzen drangen an das Ohr des Kapitäns: »... das Ruder nehmen ... Riff ...« Joachim sprang hin und packte die wild hin- und herschlagende Pinne. Sean arbeitete sich zu den Segelfallen. Die felsige, von gischtenden Brechern umtoste Insel war jetzt schon ganz nahe. Zweifellos mußten sie sie umfahren. Aber kreuzen – bei diesem Wetter?

Knatternd killte das Segel. Das Boot machte eine ungeschickte Wende. Ilaloa konnte das eigentlich besser, aber sie hatte unerfahrene Helfer. Sie verloren stark an Geschwindigkeit. Das Schiff der Alori kam näher – war jetzt vielleicht noch hundert Meter entfernt. Joachim sah die Männer, die vorn am Bug standen. Er glaubte, in einem von ihnen Esperero zu erkennen, war sich aber nicht sicher.

Hoch wie ein Berg ragte die Insel jetzt vor ihnen auf. Eine gewaltige Brandung rollte gegen den Fels. Joachims Herzschlag stockte. Das Aloriboot hatte jetzt fast mit ihnen gleichgezogen und war nur noch fünfzig Meter seitlich entfernt. Joachim starrte auf den Rücken des Seeungeheuers und den heftig rudernden Schwanz.

Nein – beim Himmel, noch nicht! Das Boot machte einen Satz nach vorn. Eine hohe Welle kam auf es zu, schüttelte es durch. Wasser schlug über den Bug, schoß wirbelnd und schäumend nach hinten. Dann stieß der Kiel gegen ein Riff.

Ilaloa gestikulierte wild. *Spring! Spring!* Einen Augenblick lang stand er wie erstarrt. Das lebende Segel zerriß, dann auch das Tauwerk. Er ließ sich über Bord gleiten.

Das Wasser war nur noch ganz seicht, einen Meter tief.

Und plötzlich überkam es ihn wie Triumph: Hier konnte das Seeungeheuer nicht schwimmen!

Trevelyan und Nicki folgten ihm nach. Eine Frau wurde von den Wellen hochgehoben, ging unter. Trevelyan packte sie am Arm, Nicki am Kleid, und zusammen kämpften sie sich durch bis zur Küste.

Die meisten der Bootsinsassen standen schon wartend am Fuße eines steilen Pfades, der die Felswand hinaufführte.

Trevelyan warf einen Blick zurück auf das tobende Meer. Das Boot der Alorianer bewegte sich am Rande des Riffes entlang, wo es abrupt und steil abfiel. Und sie waren hier, und ihre Raumboote nur noch Meter entfernt...

Er riß sich zusammen. Und jetzt stieg auch Joachim prustend und grunzend aus den Fluten – sie waren wieder alle beisammen.

Er sah, daß sich die Nomaden in Bewegung gesetzt hatten, und schloß sich ihnen an. Nicki hielt sich an seinem Gürtel fest. Ilaloa mußte sie jetzt hinaufführen, an den Wächtern der Insel vorbei. Aber die Alori...

Er sah nach unten, konnte jedoch nichts erkennen. Sicher hatten die Alori sie verfolgt – aber bei diesem Sturm mußten ihr Gas und wahrscheinlich auch ihre giftigen Insekten wirkungslos bleiben. Dort unten, wo Joachim und ein paar andere die Nachhut bildeten, ging es vielleicht hart Mann gegen Mann. Trevelyan fluchte; er wollte zurück und den anderen helfen. Aber der Pfad war zu eng, zu rutschig.

Sie erreichten das Hochplateau der Insel. Es war mit Gestrüpp und windschiefen Bäumen bestanden. Im Halbdunkel konnte er erkennen, daß die Bäume von dornentragenden Schlingpflanzen umrankt waren. Manchmal glaubte er, Augen zu sehen. Er wußte nicht, mit was für einer Art von Beobachtern sie es zu tun hatten, aber Ilaloa hatte sie weitergetrieben.

Rutschend, stolpernd und stürzend kämpfte er sich mit den anderen Nomaden durch Unterholz und Gestrüpp. Schließlich erreichten sie eine Lichtung. Die Boote!

Eisgrau im Mondlicht schimmernd, standen sie wie sprungbereit da. Sean war schon bei einem davon, suchte nach einem Hebel am Landegestell. Er warf ihn herum. Über das Brausen des Sturmes hinweg hörte Trevelyan den Motor aufheulen. Die Luftschleuse öffnete sich, und die Gangway-Leiter kam herunter – alptraumhaft langsam.

Hinter ihnen hatte jetzt Joachim mit der Nachhut die Lichtung erreicht, verfolgt von den ersten Alori. Sie sprinteten zur Leiter, als wären sämtliche Teufel hinter ihnen her. Rasch kletterte einer nach dem anderen ins Boot. Trevelyan ließ Sean, Ilaloa und Nicki an sich vorbei und wartete.

Jetzt hatten auch die anderen Alori die Lichtung erreicht. Joachim bedeutete Trevelyan, die Leiter hinaufzusteigen, und folgte ihm dann mit dem Rücken zum Boot. Esperero – er erkannte ihn jetzt – kletterte ihm nach, gefolgt von den anderen.

Kurz vor der Luftschleuse blieb der Kapitän stehen, drohend mit dem Stiefel ausholend. Er mußte schreien, um sich verständlich zu machen, war aber innerlich ganz ruhig: »Ein Schritt noch, Junge, und du verschluckst dein Gebiß.«

Esperero hielt inne. Ein seltsamer Ton lag in dem, was er sagte – Mitleid? Kummer? »Warum fliehen Sie denn? Wir wollten Ihnen nichts antun. Wir wollten nur Ihre Freunde sein.«

»Das«, sagte Joachim, »ist ja eben das Problem, glaube ich.«

Esperero nickte langsam. Ein hintergründiges Lächeln ging über sein Gesicht. »Ihr Menschen habt eine bestimmte Geste«, sagte er. »Darf ich Ihnen die Hand schütteln?«

»Hm?« Joachim stutzte. Es konnte ein Trick sein. Allerdings – was sollte der andere davon haben, wenn er ihn allein in seine Gewalt bekam? »Natürlich. Bitte.« Espereros Hand war klein, ihr Druck warm und kräftig.

»Leben Sie wohl, mein Freund«, sagte der Alorianer.

Er stieg die Leiter hinunter. Der Nomade starrte ihm nach, zuckte dann die Achseln und kletterte weiter hinauf. Trevelyan drückte auf einen Knopf, und die Leiter wurde eingezogen, worauf sich die äußere Tür schloß. Das Heulen des Windes verstummte. Trevelyan blockierte den Motor, die Tür konnte jetzt nur noch von innen geöffnet werden.

Blaß und frierend stand Ilaloa neben ihm, die Augen geweitet von neu auflebender Angst. »Schnell«, sagte sie. »Starten wir schnell. Da sind doch die anderen Boote – ebenfalls flugbereit. Und sie sind bewaffnet!«

Joachim sprang zum nächsten Sichtschirm, konnte aber nur Dunkelheit und jagende Wolken sehen. Er betätigte den Intercom-Schalter. »Besetzt die Gefechtsstände! Alles alarmbereit! Start!«

Es war keine eingespielte Besatzung, aber alle Männer waren für Notfälle ausgebildet. Rasch verteilten sie sich auf die wichtigsten Posten. Das Boot hatte Geschütze und Raketenrohre in den Gleitflossen sowie direkt bei den Gravitationsantrieben, außerdem eine schwere Kanone im Bug. Joachim blieb bei der zentral gelegenen Luftschleuse. Trevelyan sprang in den Gravitationsschacht und machte sich auf den Weg zur Spitze des Bootes. Ilaloa folgte ihm nicht, obwohl Sean Pilot war. Vielmehr blieb sie beim Kapitän, wobei sie sich so ängstlich in eine Ecke drängte, als wolle sie am liebsten unsichtbar werden.

Trevelyan sah unterwegs Nicki in einem der Schlafräume und grüßte sie kurz. Sie winkte zurück. Sie half bei der Versorgung einer Frau, die bei der Landung verletzt worden war. In der Bugkanzel angekommen, sah er Sean im Pilotensessel sitzen. Er schaute durch den vorderen Sichtschirm hinaus, während seine Finger Hebel und Tasten bedienten. Lachend wandte sich der Nomade ihm zu. »Gut, daß Sie da sind, Micah! Können Sie eines von diesen Dingern bedienen?«

»Sicher. Aber sehen Sie zu, daß wir hier wegkommen, Sean!« Trevelyan klemmte sich in den Schützensitz. Die »Long John« wurde automatisch geladen und abgefeuert, doch waren zwei Männer nötig, um die Roboter zu dirigieren. Petroff Dushan war der andere. Aus seinem immer noch nassen, feuerroten Bart tropfte es auf das Steuerpult. Kogama Iwao hatte im Sessel des Ko-Piloten Platz genommen, und Ferenczi saß im Hintergrund.

»Ich kriege das Boot schon hoch«, sagte Sean.

Seltsam, dachte Trevelyan, daß gerade tiefes Glücksempfinden zu einer Haltung der Todesverachtung führen konnte.

Ein Zittern ging durch das Boot. Trevelyan bemerkte nicht gleich, daß sie sich schon himmelwärts bewegten, so weich war der Start gewesen. Himmelwärts, aufwärts, sternwärts – die Worte klangen für ihn wie Musik.

Die Daten der Umlaufbahn der *Peregrinus* hatten sie nicht, doch würde es nicht allzu schwer sein, das Schiff zu finden. Und danach . . .

»Sie schießen, Sean«, sagte Kogama.

Sean warf einen Blick auf die Detektorskalen. Ein Beinahe-Treffer, abgefangen durch eigenes Gegenfeuer, erschütterte das Schiff. »Ja«, sagte er, »und . . . oh!« Er sprach in das Intercom. »Pilot an Kapitän. Sie verfolgen uns mit einem der anderen Boote. Neutrino-Emission.«

»Augenblick . . . muß erst meinen Schirm einstellen«, antwortete Joachim. »Mhm, jetzt sehe ich es. Brüder, das ist aber gar nicht gut!«

Sean stellte die Skalen seines eigenen Hilfsschirmes ein, bis der Planet unter ihnen als riesiger, allmählich ein wenig kleiner werdender schwarzer Kreis sichtbar wurde. Ein stählern schimmernder Gegenstand folgte ihnen.

»Können wir ihnen entwischen?« fragte Ferenczi.

»Nein«, sagte Sean. »Sie sind zu schnell. Am besten, wir wenden, um unsere schweren Waffen in Position zu bringen.«

Joachims Stimme schepperte aus dem Intercom. »Kapitän an Besatzung. Kapitän an Besatzung. Möglicherweise kommt es zum Kampf. Alles festschnallen.«

Abgesehen vom Gravitationsschacht hatte das Boot kein inneres Schwerkraftfeld. Trevelyan schnallte sich fest und spähte dann wieder in die Nacht hinaus. Seine Hände glitten über die polierten Steuerhebel der tödlichen »Long John«. Ich hatte gehofft, daß es nicht dazu kommen würde, ging es ihm durch den Kopf.

Er wurde in seine Gurte gepreßt, als Sean das Boot herumzog. Das andere Boot stieg immer höher. Feuerschein flammte auf, wenn abgefangene Geschosse explodierten. Einmal flogen ein paar Splitter gegen den Bug. Es dröhnte wie ein großer Gong.

»Miserabel gesteuert«, sagte Sean. »Für uns kein Problem.«

»Müssen wir es tun?« Erstaunlicherweise war es Ferenczi, der das sagte. »Können wir ihn nicht einfach abhängen?«

»Um uns von hinten zusammenschießen zu lassen? Wenn dieser Idiot nicht merkt, daß wir die Stärkeren sind, dann muß man es ihm eben zeigen.« Sean biß sich auf die Lippen. In ganz verändertem Ton sagte er dann: »Aber ich tu das gar nicht gern!«

Esperero, dachte Trevelyan dumpf, ist mein Freund.

Einen Augenblick lang schien seine Lebensphilosophie erschüttert. Wie lange noch müssen wir die Welt so hinnehmen, wie sie ist? Wie lange noch sehen wir untätig zu, wenn Unrecht geschieht?

Wie ein Habicht stieß das Nomadenboot urplötzlich auf seinen Gegner hinab. Der Alori-Pilot versuchte ein ungeschicktes Ausweichmanöver. In wenigen hundert Metern Abstand schoß Sean an seinem Gegner vorbei. Feuer flammte über den Himmel, und dann war das andere Boot nur noch ein Regen glühenden und geschmolzenen Metalls.

Es war nicht recht! Das hätte man ihnen nicht antun dürfen!

Das Boot ging wieder auf vertikalen Kurs; Trevelyan sah jetzt die Sonne über dem Rand des Planeten.

»Wir haben's geschafft!« Sean warf plötzlich den Kopf zurück und lachte. »Wir haben's geschafft! Wir sind wieder frei!«

Über das Intercom hörte Trevelyan einen Schrei – es war Joachims Stimme, die plötzlich verstummte. Danach kam etwas wie heulender Wind.

»Was zum Teufel . . .?« Sean beugte sich über sein Mikrophon. »Was ist los, Skipper?«

Der Wind heulte. Ein kalter Zug kam den Gravitationsschacht herauf. »Ich gehe«, sagte Trevelyan. Seine Stimme hörte sich an, als käme sie gar nicht von ihm. »Ich sehe nach, was es ist.«

Trevelyan löste die Gurte, rannte über das Deck, trat in den Schacht. Er hörte Joachim über die Lautsprecher: »Alles in Ordnung. Nur ein kleiner Unfall. Kapitän an Besatzung: Alles bleibt auf Gefechtsstand.«

Trevelyan erreichte die Luftschleusen-Vorkammer. Die äußere Tür stand offen. Der Himmel draußen leuchtete in intensivem Blau. Joachim stand da, gebeugt wie ein Greis. Langsam wandte sich sein zerfurchtes Gesicht Trevelyan zu. Joachim weinte. Weinte so herzzerreißend, daß ihn der ganze Jammer der Welt zu schütteln schien wie ein kleines Kind. »Wie soll ich's ihm sagen, Micah? Wie soll ich's dem Jungen sagen?«

»Sie ist . . . gesprungen?«

»Ich verfolgte die Vorgänge auf dem Schirm. Ich sah, wie das Boot explodierte, und blieb dann noch eine Minute. Dann hörte ich den Motor der Luftschleuse. Die Tür war erst im Begriff, sich zu öffnen. Ilaloa stand davor. Ich sprang hin . . . wollte sie packen . . . Aber die Tür war gerade weit genug offen, daß sie hinausspringen konnte.«

Joachim schüttelte verzweifelt den Kopf. »Mein Gott, wie soll ich das Sean sagen?«

Trevelyan gab keine Antwort. Er sah Ilaloa vor sich, wie sie vom Himmel hinunter auf ihren Wald stürzte, und fragte sich, was sie in dieser Zeit wohl gedacht haben mochte. Er drückte auf den Knopf, und die Tür schloß sich.

Dann legte er Joachim behutsam die Hand auf die Schulter. »Schon gut«, sagte er. »Sean ist stärker, als Sie glauben. Aber wir sollten es ihm erst ein wenig später sagen.«

Der Himmel um sie herum wurde dunkler.

Die Sterne begannen zu leuchten.

Space Opera 2

Die fremden Sterne

1

Als der Superdrive abgestellt wurde, materialisierte das Raumschiff und schwebte in einem unermeßlichen schwarzen Raum, in dessen Tiefen unzählige Sterne strahlten. Einen Augenblick lang herrschte Schweigen, dann: »Wo ist die Sonne?«

Edward Langley wirbelte seinen Pilotensessel herum. Es war sehr still in der Kabine. Nur das Wispern der Ventilatoren ließ sich vernehmen, und er konnte sein Herz pochen hören. In Schweiß gebadet saß er da; die Luft war heiß und drückend.

»Ich ... weiß es nicht«, sagte er endlich. Die Worte klangen hart und leer. Die Schirme auf der Instrumententafel zeigten ihm den ganzen Himmel rings um das Schiff. Er sah Andromeda, das Südliche Kreuz und das mächtige Bild des Orion, aber nirgendwo in dieser kristallenen Schwärze fand er den strahlenden Punkt, den er suchte.

»Wir befinden uns im richtigen Gebiet, so weit stimmt alles«, fuhr er nach einer Minute fort. »Die Konstallationen sind die gleichen, mehr oder weniger. Aber ...« Seine Stimme erstarb.

Vier Augenpaare hingen mit intensiver Spannung an den Schirmen. Schließlich ergriff Matsumoto das Wort. »Dort, im Sternbild Leo, der hellste aller sichtbaren Sterne.«

Sie starrten auf den strahlend gelben Punkt. »Hat die richtige Farbe, glaube ich«, sagte Blaustein. »Ist aber enorm weit entfernt.«

Nach einer weiteren Pause räusperte er sich und beugte sich in seinem Sitz zum Spektroskop hinüber. Er stellte es sorgfältig auf den Stern ein, schob ein Strukturmuster des Sonnenspektrums in das Gerät und drückte auf einen Knopf der Vergleichsapparatur. Es leuchtete kein rotes Lämpchen auf.

»Stimmt genau überein, bis hinunter zu den Fraunhoferschen Linien«, erklärte er. »Gleiche Intensität jeder Linie bis auf wenige Quanta. Das dort ist entweder Sol selbst, oder sein Zwillingsbruder.«

»Aber wie weit entfernt?« flüsterte Matsumoto.

Blaustein brachte den fotoelektrischen Analysator mit dem Spektroskop in Übereinstimmung, las das Ergebnis von einer Skala ab und griff zu einem Rechenschieber. »Ungefähr ein Drittel Lichtjahr«, sagte er endlich. »Nicht allzu weit.«

»Ein ganz verdammtes Stück zu weit«, schimpfte Matsumoto. »Wir hätten in einer Entfernung von weniger als einer Astronomischen Einheit aus dem Superdrive heraustreten müssen. Sag bloß nicht, der verdammte Antrieb hat wieder verrückt gespielt.«

»Sieht aber so aus«, murmelte Langley. Seine Hände legten sich auf die Kontrollhebel. »Soll ich versuchen, näher heranzuspringen?«

»Nein«, sagte Matsumoto. »Wenn unser Entfernungsfehler derart groß ist, könnte uns ein weiterer Sprung mitten in die Sonne selbst hineintragen.«

»Was einer Landung in der Hölle gleichkommen würde«, meinte Langley. Er grinste, obgleich eine lähmende Übelkeit seine Kehle zuschnürte. »Okay, Jungs, ihr könnt euch ruhig auf die Socken machen und anfangen, das Antriebsaggregat zu überholen. Je eher ihr den Schaden am Entfernungsregler behebt, desto schneller können wir nach Hause.«

Sie nickten, lösten ihre Gurte und schoben sich schwebend aus der Pilotenkabine. Langley seufzte.

»Es bleibt uns nichts zu tun übrig, als zu warten, Saris«, meinte er.

Der Holatier antwortete nicht. Er sprach niemals unnötige Worte. Sein riesiger, mit einem weichen Fell bedeckter Körper lag bewegungslos auf der Beschleunigungsliege, die sie für ihn aufgestellt hatten, aber seine Augen waren wachsam.

Langleys Gedanken wanderten: ein Drittel Lichtjahr. Das ist nicht allzu viel. Ich komme nach Hause, Peggy – auch wenn ich den ganzen Weg auf dem Bauch kriechen muß.

Um das Schiff vor der Kollision mit einem Meteor zu schützen, schaltete er es auf Automatik und erhob sich aus seinem Sessel. »Sie werden bald damit fertig sein«, sagte er. »Die ewige Auseinandernehmerei dieses Schrotthaufens dort hinten hat sich bei ihnen schon zu einer Wissenschaft entwickelt. Wie wär's in der Zwischenzeit mit einer Partie Schach?«

»Nein, danke sehr.« Die Fangzähne schimmerten schneeweiß, als Mund und Kehle eine Sprache formten, für die sie niemals bestimmt gewesen waren. »Ich lieber möchte überdenken diese neue und überraschende Entwicklung.«

Langley zuckte die Achseln. Selbst nach vielen Wochen stetigen Zusammenlebens hatte er sich noch nicht an den holatischen Charakter gewöhnen können. Das gleiche Raubtier, das mit der Nase dicht über der Fährte auf Urwaldpfaden entlanggehuscht war, saß stundenlang mit verträumten Augen und einem Kopf voll unverständlicher Philosophie unbeweglich da. Aber er wunderte sich inzwischen nicht mehr darüber.

»Okay«, sagte er. »Dann werde ich halt das Logbuch nachtragen.« Er stieß sich mit einem Bein an der Wand ab und schwebte durch die Tür hinaus und einen engen Korridor entlang. An seinem Ende bremste er seinen Flug mit einer geübten Handbewegung, schwang sich um einen Türpfosten herum in einen winzigen Raum hinein und klammerte sich mit den Beinen an einem leichten Stuhl fest, der vor einem Schreibtisch festgeschraubt war.

Das Logbuch lag offen, von dem Magnetismus des dünnen, eisernen Rückenstreifens auf der Tischplatte festgehalten.

Langley überflog die Aufzeichnungen des vergangenen Jahres, – die erratischen Sprünge von Stern zu Stern. Ein bis ins Letzte erforschtes Planetensystem nach dem anderen, jedes von ihnen ein wenig besser als das vorherige, und schließlich der Sprung von Holat zurück zur Erde. Es waren die Philosophen von Holat gewesen, deren unmenschliche Gehirne – das Problem von einem völlig anderen Gesichtspunkt betrachtend – die endgültigen, ausschlaggebenden Verbesserungen vorgeschlagen hatten. Und jetzt kehrte die *Explorer* zurück, um der Menschheit ein Universum zu übergeben.

Langleys Gedanken schweiften wieder zurück zu den Welten, die er gesehen hatte, zurück zu Wundern und Schönheit, Anstrengungen und Tod, und zu dem erhebenden Gefühl, etwas Besonderes vollbracht zu haben. Dann kam er zur letzten Seite. Er öffnete einen Schreibstift und notierte:

»19. Juli 2048, 16.30 Uhr. In einer Entfernung von ungefähr 0,3 Lichtjahren von Sol Superdrive ausgefallen. Der Fehler ist zweifellos einer unvorhergesehenen Komplikation in den Motoren zuzuschreiben. Bemühungen zur Behebung derselben sind im Gang. Position . . .« Er fluchte über seine Vergeßlichkeit und kehrte zum Pilotenraum zurück, um die Positionswerte aufzunehmen.

Blausteins lange, dünne Gestalt kam durch die Tür geschossen, als er gerade damit fertig wurde. Das hagere, scharfgeschnittene Gesicht war mit Öl verschmiert, und sein Haar sah noch verwühlter aus als gewöhnlich. »Nichts zu finden«, berichtete er. »Wir haben den Antrieb mit allem durchleuchtet, was wir besitzen, angefangen von Wheatstoneschen Meßbrücken bis zum Computertest. Haben selbst die gyromagnetische Zelle geöffnet – nichts gefunden. Sollen wir das ganze Ding auseinandernehmen?«

Langley überlegte. »Nein«, sagte er schließlich. »Wir wollen es vorher doch noch einmal ausprobieren.«

Matsumotos massige, untersetzte Gestalt erschien. Er grinste und stieß einen sehr angebrachten Fluch aus. »Möglicherweise hat sie nur Bauchschmerzen«, meinte er. »Je komplizierter eine Maschine wird, desto mehr benimmt sie sich, als ob sie einen eigenen Verstand besäße.«

»Ja«, brummte Langley. »Einen brillanten Verstand, der es nur darauf anlegt, seine Konstrukteure an der Nase herumzuführen.« Er hatte jetzt seine Koordinaten. Die Ephemeride gab ihm die Position der Erde an, und er stellte die Steuerkontrolle des Superdrive ein. Das Schiff würde sich in einem einzigen Sprung der Sonne bis auf eine der Sicherheitsgrenze entsprechende Entfernung nähern. »Schnallt euch an und haltet eure Hüte fest, Leute.«

Nicht das geringste Gefühl machte sich bemerkbar, als er den Hauptschalter umlegte. Da der Prozeß von der Zeit unabhängig war, konnten die Männer seine Auswirkungen nicht spüren. Aber plötzlich hatte sich der strahlende Punkt von Sol zu einer stumpfpurpurnen Scheibe ausgedehnt, als sich der Schirm zur Abwehr ihrer Lichtfülle polarisierte.

Ein Kälteschauer lief Langleys Rücken hinunter. »Seht euch die Sonnenscheibe an. Sie ist nicht groß genug. Wir sollten etwa eine astronomische Einheit von ihr entfernt sein. Tatsächlich jedoch beträgt die Entfernung ungefähr eine und ein Drittel A. E.«

»Verdammt noch mal«, sagte Matsumoto.

Blausteins Lippen zuckten nervös. »Das ist nicht allzu schlimm«, meinte er. »Wir können von hier aus mit dem Raketenantrieb weiterfliegen.«

»Was ist nur mit dem Mistmotor los?« wunderte sich Langley. »Wir hatten ... wir dachten, wir hätten die Steuerung bis auf einen maximalen Entfernungsfehler von weniger als einem Prozent genau eingestellt. Wir haben sie doch noch sorgfältig im System von Holats Sonne überprüft! Warum funktioniert sie nicht ebensogut in unserem System?«

»Ich frage mich ...« Matsumotos Gesicht wurde nachdenklich. »Nähern wir uns etwa asymptotisch?«

Die Vorstellung, durch die Ewigkeit zu kriechen und der Erde immer näher zu kommen, ohne sie jedoch jemals zu erreichen, war beängstigend. Langley zuckte die Achseln und griff nach seinen Instrumenten, um eine neue Positionsbestimmung vorzunehmen.

Sie befanden sich in der ekliptischen Ebene, und mit Hilfe eines dem Tierkreis entlanggeführten Teleskops ließ sich Jupiter sehr rasch identifizieren. Und dann verzeichneten die Tabellen, daß sich Mars dort drüben befinden müßte, und daß Venus in jener Richtung sichtbar sein sollte – aber keiner der Planeten befand sich an der für ihn angegebenen Stelle.

Nach einiger Zeit warf Langley unmutig seine Geräte beiseite und blickte mit angespanntem Gesichtsausdruck auf. »Die Planetenpositionen stimmen nicht«, sagte er. »Ich glaube, ich habe den Mars gefunden . . . aber er ist grün.«

»Bist du betrunken?« fragte Blaustein.

»Das Glück habe ich leider nicht«, meinte Langley. »Sieh ihn dir im Skop nur selber an. Das dort ist eine Planetenscheibe, und in Anbetracht unserer Entfernung von der Sonne und ihrer Stellung kann sie sich nur auf dem Bahnkreis des Mars befinden. Aber sie ist nicht etwa rot – nein, Mann! Sie ist grün.«

Sie saßen schweigend da und starrten sich an.

»Irgendwelche Ideen, Saris?« fragte Blaustein niedergeschlagen.

»Ich lieber nicht sagen will.« Die tiefe Stimme war vollkommen ausdruckslos, aber die Augen funkelten, und das bedeutete bei Saris angestrengtes Nachdenken.

»Zum Teufel damit!« Langley jagte das Schiff rücksichtslos quer über den Bahnkreis der Planetenscheibe. Die Sonne sprang auf den Schirmen vorüber.

»Die Erde!« flüsterte Blaustein. »Ich würde sie überall wiedererkennen.« Der Planet schwebte blau und glänzend vor dem schwarzen Hintergrund der Nacht, ihr Mond strahlend wie ein Tropfen kühlen Goldes. Tränen brannten in Langleys Augen.

Er beugte sich wieder über seine Instrumente und bestimmte die Positionswerte. Sie befanden sich noch immer etwa eine halbe Astronomische Einheit von ihrem Ziel entfernt. Der Gedanke, den verdammten Superdrive in Ruhe zu lassen und das letzte Stück des Heimweges mit den normalen Raketen zurückzulegen, lockte ihn mit verführerischer Eindringlichkeit, aber das würde zu lange dauern, und Peggy wartete auf ihn. Er stellte die Kontrollen auf eine Weite von 800 Kilometer ein. Sprung!

»Wir sind schon bedeutend näher«, stellte Matsumoto überflüssigerweise fest, »aber geschafft haben wir es noch nicht.«

Einen Augenblick lang erfüllte Langley eine rasende Wut auf den Superdrive. Er schluckte sie hinunter und langte nach seinen Instrumenten. Entfernung noch etwa 70000 Kilometer. Eine neue

Berechnung, die diesmal sehr exakt sein mußte, um die Fortbewegung des Planeten zu berücksichtigen. Als der Sekundenzeiger der Uhr den von ihm festgesetzten Zeitpunkt erreichte, warf er den Hebel um.

»Wir haben's geschafft!«

Dort schwebte sie, eine riesenhafte Scheibe, umgürtet von Wolken, geschmückt mit Kontinenten – ein einziger strahlender Stern, wo die gewölbten Ozeane das Sonnenlicht spiegelten. Langleys Hände zitterten, als er eine Radarmessung vornahm.

Die Raketen spuckten Feuer und preßten die Männer in ihre Sitze zurück, als er das Schiff vorwärts trieb.

Sie stachen in die Atmosphäre hinunter, – zu aufgeregt, um mit Hilfe einer Bremsellipse Treibstoff zu sparen, und sanken heckvoran auf einem Flammenstrahl abwärts. Das Schiff brüllte und donnerte.

Bald gingen sie im Gleitflug in eine lange Spirale über, die sie halb um den Erdball herumtragen würde, bevor sie landen konnten. Die durchschnittene Luft strich mit einem dumpfen Pfeifen an der Außenhaut der *Explorer* entlang.

Langley war zu sehr mit der Steuerung beschäftigt, um die Aussicht genießen zu können, aber Blaustein, Matsumoto und selbst Saris Hronna hielten ihre Augen wie gebannt auf die Sehschirme gerichtet. Es war der Holatier, der zuerst das Wort ergriff: »Isst dass dort die Sstadt New York, von der ihr gesprochen habt sso oft?«

»Nein . . . wir befinden uns über dem Nahen Osten, glaube ich.« Blaustein blickte hinunter auf die nachtverhüllte Erdoberfläche und auf eine Ansammlung funkelnder Lichter. »Wie heißt sie denn nun wirklich?«

»Hmm . . . hol's der Teufel! . . . habe noch niemals in dieser Gegend eine Stadt gesehen, die sich selbst aus dieser Höhe ohne Teleskop erkennen läßt«, sagte Matsumoto. »Ankara? Heute nacht muß ungewöhnlich klare Sicht herrschen.«

Die Minuten tickten vorüber. »Das sind die Alpen«, meinte Blaustein. »Seht ihr das Mondlicht auf den Gipfeln? Nur . . .« Plötzlich rief er: »Bob, ich weiß verdammt genau, daß sich dort keine Stadt von dieser Größe befindet!«

»Gott! Mindestens so groß wie Chicago.« Matsumoto machte eine Pause. Als er wieder das Wort ergriff, klang seine Stimme seltsam gespannt. »Jim, hast du dir die Erde genauer angesehen, als wir in die Atmosphäre eintauchten?«

»Mehr oder weniger. Warum?«

»Es fällt mir erst jetzt auf. Ich habe keine Polarkappen gesehen.«

»Äh? Was ... was ...«

»Denke zurück. Hast du sie gesehen? Wir waren zu erregt, um Einzelheiten feststellen zu können, aber ich habe Nordamerika ebenso deutlich gesehen, wie ich dich sehe, und – ich hätte auch die arktische Eiskappe erkennen müssen. Ich habe sie schon millionenmal aus dem Weltraum erblickt. Diesmal jedoch waren dort nur ein paar dunkle Flecken: Inseln. Nicht der geringste Schnee!«

Schweigen. Dann sagte Blaustein mühsam: »Schalte das Funkgerät ein.«

Sie überquerten Europa und den Atlantik, noch immer mit einer Geschwindigkeit, die die Kabine in einen Backofen verwandelte. Da und dort auf der Wasserfläche erhoben sich weitere funkelnde Juwelen von Lichthaufen über dem Horizont, schwimmende Städte, die vorher noch nicht dagewesen waren.

Matsumoto drehte langsam die Knöpfe. Worte sprangen ihnen entgegen, die sie nicht verstehen konnten, ein Geplapper, das nicht den geringsten Sinn ergab. »Was, zum Teufel?« grollte er. »Was für eine Sprache ist das?«

»Keine europäische, das ist sicher«, meinte Blaustein. »Noch nicht einmal russisch. Vielleicht orientalisch?«

»Weder chinesisch noch japanisch. Ich werde es auf einer anderen Wellenlänge versuchen.«

Bei aufgehender Sonne schoß das Schiff schräg auf Nordamerika herunter. Sie sahen die Küste und erkannten, wie sehr sie sich verändert hatte. Ab und zu betätigte Langley Gyroskope und Hilfsraketen, um das Schiff zu steuern. In seinem Mund spürte er einen kalten bitteren Geschmack.

Die unbekannte Sprache knatterte auf allen Frequenzen. Tief unten dehnte sich das grüne Land aus, riesige, wellenförmige Flächen von Feldern und Wäldern. Wo waren die Städte und Dörfer und Farmen, wo waren die Straßen, wo war die Welt?

Ohne die geringsten Landmarken als Anhaltspunkte versuchte Langley den Raumflughafen in New Mexiko anzusteuern. Er befand sich noch immer hoch genug, um durch die Wolken hindurch einen guten Gesamtüberblick zu erhalten. Er sah den Mississippi, und dann, weit davon entfernt, glaubte er den Plate River wiederzuerkennen. Er orientierte sich fast mechanisch.

Eine Stadt glitt unten vorüber. Sie war zu weit entfernt, um Einzelheiten erkennen zu lassen, aber sie sah keiner Stadt ähnlich, die er kannte. Die neumexikanische Wüste hatte sich in eine grüne Ebene verwandelt, gesäumt und durchzogen von schnurgeraden Bewässerungskanälen.

»Was ist denn da los?« Blaustein stieß die Wortes hervor wie ein Mann, dem man einen Schlag vor den Magen versetzt hatte. »Was ist geschehen? Um Himmels willen, was ist geschehen?«

Etwas trat in ihr Gesichtsfeld – ein langer, schwarzer Körper von der Form einer Zigarre, der sich ihrer Geschwindigkeit mit unmöglicher Leichtigkeit anpaßte. Nicht das geringste Antriebsmittel ließ sich an ihm feststellen, kein Zeichen von Turbotriebwerken oder Raketen oder Propellern oder ... irgend etwas anderem. Er schoß nahe heran, und Langley schätzte, daß er etwa dreimal so lang wie die *Explorer* war. Er erkannte auf ihm flache Geschütztürme.

Er dachte eine Sekunde lang an Invasionen aus dem Weltraum, an Ungeheuer von den Sternen, die über die Erde hergefallen waren und sie in einem einzigen Schreckensjahr umgewandelt hatten. Dann blitzte kurz vor dem Schiff eine scharfe, blauweiße Stichflamme auf, die seine Augen schmerzen ließen. Er spürte, wie das Schiff erbebte.

»Sie haben uns einen Schuß vor den Bug gesetzt«, sagte er mit ausdrucksloser Stimme. »Wir landen besser.«

Tief unter ihnen erstreckte sich ein ausgedehnter Komplex riesiger Gebäude und offener Flächen. Alles schien aus Beton und Metall hergestellt zu sein. Schwarze Flugmaschinen schwärmten über der Stadt, die von hohen Mauerwällen umgeben war. Langley kippte die *Explorer* abwärts und steuerte sie zur Oberfläche hinunter.

Als er die Raketen abschaltete, erfüllte eine lähmende Stille das Schiff. Er saß einen Augenblick bewegungslos, löste dann die Haltegurte und erhob sich.

Langley war ein großer Mann, und als er hochaufgerichtet in der Pilotenkabine stand, schien alles an ihm grau zu sein: graue Uniform, graue Augen, schwarzes Haar, das vorzeitig von grauen Strähnen durchzogen war, ein langes hakennasiges Gesicht, dunkelgebrannt vom Lichte unzähliger ferner Sonnen. Und als er sprach, erschien auch seine Stimme grau zu sein.

»Kommt, Jungs. Wir müssen hinausgehen und nachsehen, was sie von uns wollen.«

2

Lord Brannoch dhu Crombar, Dritter Admiral der Flotte, Hochadliger von Thor, Gesandter der Liga des Alpha Centauri beim Solaren Technat auf dem Planeten Erde, sah nicht wie der Würdenträger einer zivilisierten Macht aus. Er war von gigantischer Gestalt, ein Meter fünfundneunzig groß, und so breit in den Schultern, daß er beinahe viereckig gebaut zu sein schien. Die gelbe Mähne eines Thorischen Fürsten fiel über seine Ohren, in denen juwelenbesetzte Ringe glitzerten, bis auf die massigen Schlüsselbeine hinunter. Seine Augen funkelten blau und vergnügt unter einem Urwald von Brauen, und das derbe, schwere und sonnengebräunte Gesicht war von alten Narben durchzogen. Der Pyjama, den er in seinen Privatgemächern trug, besaß centaurischen Schnitt, komplett mit Hosen, und war überreich an Farben; ein Diamantreif umgab seinen Hals. Er war nicht nur als der Gesandte der Liga bekannt, sondern auch als großer Sportsmann, Jäger, Duellant, feuriger Liebhaber und – ganz allgemein – als mächtiger Polterer, der eine unübertroffene Kenntnis sämtlicher Spelunken auf einem Dutzend Planeten besaß. Die Wohnung, die sein riesenhafter Körper völlig auszufüllen schien, war überladen von Farbe, Ornament und Trophäen. Bücherspulen konnte man darin jedoch kaum entdecken.

Alle diese Ausschmückungen paßten durchaus zu seinem Charakter, aber sie bildeten daneben auch eine Tarnung für eines der scharfsinnigsten Gehirne im bekannten Universum.

Man hätte bemerken können, daß der Drink, den er in seiner Hand hielt, als er es sich auf dem Balkon bequem machte, nicht der scharfe Fusel seines Heimatplaneten war, sondern einer der besten venusischen Weine – und daß er ihn mit genießerischem Wohlbehagen schlürfte. Es war jedoch niemand da, der es hätte sehen können – außer vier Ungeheuern in einem Tank –, aber die kümmerten sich nicht darum.

Der helle Schein der Morgensonne umgab ihn und vergoldete die luftigen Turmspitzen und flexiblen Hochstraßen gegen einen grauen Himmel. Seine Gemächer befanden sich, wie es seinem Range zustand, in den oberen Stockwerken der Stadt. Ihre Geräusche drangen als ein Flüstern zu ihm herauf – der ferne Gesang von Maschinen, die ihr Herz, Gehirn, Nerv und Muskel bildeten. Nur an einer Stelle in seinem Sichtbereich fand die sanfte Harmonie von Metall und gefärbtem Kunststoff ein schroffes Ende, das

Gebiet, wo die Stadt klippenartig zwölfhundert Meter zu den Parks abfiel, die sie an ihrem Fuß umgaben. Die vereinzelten menschlichen Gestalten auf den Startplattformen und Hochstraßen waren so klein wie Ameisen und aus dieser Entfernung kaum zu erkennen. Ein Dienstroboter rollte an ihnen vorüber, einer Arbeit zueilend, die für einen menschlichen Sklaven zu komplex war.

Brannoch fühlte sich entspannt und friedlich. Die Dinge entwickelten sich ausgezeichnet. Seine Informationsquellen arbeiteten reibungslos. Er wußte bereits eine ganze Menge über Sol und die Erde – und das würde von großem Wert sein, wenn der Krieg begann. Er hatte in Minister Tanaracs afrikanischem Schutzgebiet einen feuerspeienden Drachen erlegt, er hatte bei seinem letzten Besuch im Lunaren Casino eine beträchtliche Summe gewonnen, er hatte vor wenigen Tagen ein sehr zufriedenstellendes Mädchen gekauft; mit dem letzten Postschiff von Centauri war Nachricht eingetroffen, daß seine Rittergüter auf Freyja eine Rekordernte abwarfen – eine Nachricht, die zwar mehr als vier Jahre alt, aber dennoch willkommen war. Das Leben hätte schlimmer sein können.

Das verhaltene Summen des Robophons unterbrach seine Gedankengänge. Zu träge, um sich zu erheben, lenkte er den Liegestuhl zu dem Gerät hinüber. Jemand rief an, der seine streng private Nummer kannte, aber in diese Kategorie fielen zahlreiche Leute. Er betätigte den Schalter, und ein unbekanntes Gesicht blickte ihn an. Der Fremde verbeugte sich feierlich, indem er seine Augen bedeckte, und sagte demütig: »Ich bitte um Audienz bei Euch, mein Lord.«

»Jetzt?« fragte Brannoch.

»S-s-sofort, mein Lord, wenn p-passend.« Das Stottern würde als die normale Nervosität eines Untergeordneten einem solch erhabenen Würdenträger gegenüber ausgelegt werden – falls diese geheime Robophonleitung abgehört wurde – was, wie Brannoch wußte, tatsächlich zutraf. In Wirklichkeit jedoch bildeten die mehrmals wiederholten Konsonanten ein Erkennungszeichen. Der Mann war Varis t'u Hayem, ein kleiner Minister und Hauptmann im Solaren Militechnischen Nachrichtenkorps. Er trug Zivilkleidung und eine Gesichtsmaske. Nur im Falle einer sehr dringenden Angelegenheit würde er persönlich mit Brannoch in Verbindung treten. Brannoch ließ ihn routinemäßig seinen angenommenen Namen und Beruf angeben, gestattete ihm, heraufzukommen, und schaltete dann das Gerät aus. Erst jetzt runzelte er nachdenklich die Stirn.

Er erhob sich und überprüfte sorgfältig die verborgenen Strahler und den Nadler, den er unter seiner Tunika trug. Es könnte ein Attentatsversuch sein, falls Chanthavars Gegenspione genug über ihn erfahren hatten. Es konnte jedoch auch ...

Er rief sich kurz t'u Hayems Vergangenheit ins Gedächtnis zurück, und ein hartes Grinsen verzerrte seinen Mund. Es war so leicht, so schrecklich leicht, einen Mann zu zerbrechen.

Du bist diesem stolzen, ehrgeizigen Aristokraten, dessen einzige ernstlichen Fehler Jugend und Unerfahrenheit bildeten, auf einer Reihe von Empfängen begegnet und hast ihn geblendet mit dem Glanz deiner eigenen Abstammung und deines Ranges. Deine Agenten in seinem Korps beschafften dir seinen Psychobericht, und du entschiedest, daß er dir nützlich sein könnte. Du zogst einen oder zwei Drähte für ihn. Du führtest ihn in die wirklich beste Gesellschaft ein. Du ließest ihn ahnen, daß er an Plänen mitarbeiten dürfte, die die Sterne erschüttern würden ... Natürlich tat er dir dafür manchen Gefallen.

Du nahmst ihn mit zu Vergnügungshäusern, die mit wirklich phantasievollen Ideen arbeiten. Du führtest ihn ins Glücksspiel ein, und zunächst gewann er unglaubliche Summen. Dann holtest du zum großen Schlag aus.

Innerhalb weniger Tage hatte er sein Vermögen verloren und war stark verschuldet. Seine Vorgesetzten schöpften wegen seines häufigen Zusammenseins mit dir Verdacht, und seine Gläubiger (die in Wirklichkeit deine Leute waren, was er aber nicht ahnte) konfiszierten seinen Besitz und seine Frau. Da hattest du ihn, wo du ihn haben wolltest. Und seit rund drei Jahren war er nun dein Spion in seinem eigenen Korps, weil ihn nur du und deine Organisation stützten und weil es dir eine winzigkleine Illegalität, die er für dich begangen hatte, möglich machte, ihn zu erpressen. Eines Tages, wenn er dir etwas wirklich Wertvolles mitteilen würde, könntest du sogar seine Frau kaufen (in die dieser Narr doch tatsächlich verliebt war) und sie ihm zurückgeben oder sie ihm wenigstens auf Bedingungsbasis ausleihen.

Sehr einfach. Brannoch verspürte weder Vergnügen noch Unbehagen dabei, ein Werkzeug aus dem zu machen, was einst ein Mann gewesen war. Das war ein Teil seiner Aufgaben. Wenn er tatsächlich manchmal ein Gefühl für seine Mitarbeiter empfand, so war es tiefste Verachtung. Verachtung darüber, daß sie sich als so leicht verwundbar erwiesen hatten.

Die äußere Tür der Wohnung unterzog t'u Hayems Finger und Retinae einer genauen Prüfung und öffnete sich dann für ihn. Er trat ein und verbeugte sich mit den gebräuchlichen Begrüßungsworten. Brannoch lud ihn nicht ein, Platz zu nehmen. »Nun?« fragte er.

»Strahlendster Lord, ich habe eine Nachricht, die für Euch von Interesse sein wird. Ich dachte, ich überbringe sie Euch besser persönlich.«

Brannoch wartete. Das Pseudogesicht vor ihm zuckte mit einem Diensteifer, den ein anderer vielleicht pathetisch gefunden hätte.

»Mein Lord, wie Ihr wißt, bin ich in Mesko Field stationiert. Vorgestern trat ein fremdes Raumschiff in die Erdatmosphäre ein und wurde bei meiner Garnison zur Landung gezwungen.« T'u Hayem suchte in seiner Tunika und zog eine Spule hervor, die er in einen Bildgeber einlegte. Seine Hände zitterten. »Hier ist eine Wiedergabe davon.«

Der Bildgeber warf ein dreidimensionales Bild auf die Tischplatte. Brannoch pfiff durch die Zähne. »Donnerschlag! Was für ein Schiffstyp ist das?«

»Unglaublich altertümlich, mein Lord. Seht, sie verwenden sogar Raketen und als Energielieferanten einen Uran-Fissionsbrenner. Die Reaktionsmasse wird in Form von Ionen ausgestoßen.«

Brannoch vergrößerte das Bild und betrachtete es. »Hm, ja. Woher kommt es?«

»Ich weiß nicht, mein Lord. Wir legten diese Frage dem Technon selbst vor – Archivabteilung – und erhielten die Antwort, daß Konstruktion und Bauart des Raumschiffes in den frühesten Tagen der Raumfahrt gebräuchlich waren – lange bevor der Gravitationsantrieb entdeckt wurde. Möglicherweise stammt es von einer der ältesten der verschollenen Kolonien.«

»Hmmm. Ich kann mir keine Forscher vorstellen, die in den Weltraum vorstoßen, obwohl sie wissen, daß sie vielleicht erst nach Tausenden von Jahren zurückkehren werden. Was ist mit der Besatzung?« Brannoch drehte an einem Knopf, und das nächste Bild erschien. Es zeigte drei menschliche Gestalten in veralteten grauen Uniformen, glattrasiert und das Haar kurz geschnitten. »Sind das alle?«

»Nein, mein Lord. Wenn das alle wären, hätte ich die Angelegenheit nicht für so wichtig gehalten. Aber es befand sich ein Nichtmensch bei ihnen, ein Wesen einer Rasse, die jedem von uns unbekannt ist – eingeschlossen der Archivabteilung des Technons. Es gelang uns, ein Bild aufzunehmen.«

Das Bild zeigte das außerirdische Wesen in raschem Lauf. Es war ein riesiges Tier – zwei Meter fünfzig lang bis zur Spitze des dicken Schwanzes. Es besaß zwei Beine und lief aufrecht in vorwärtsgeneigter Haltung. Seine beiden muskulösen Arme endeten in vierfingrigen Händen. Man konnte sehen, daß es männlichen Geschlechts war und wahrscheinlich ein Säugetier – jedenfalls trug es ein glattes, mahagonifarbenes Haarkleid. Sein Kopf erinnerte an den eines Hasen: rund, stumpfnasig, Ohren weit oben, um das Maul herum und über den langen gelben Augen behaart.

»Mein Lord«, sagte t'u Hayem fast flüsternd, »sie kamen heraus und wurden in Haft genommen, um einer Untersuchung zugeführt zu werden. Plötzlich brach das Wesen aus. Es ist unermeßlich stärker als ein Mensch, trampelte drei Männer nieder, die in seinem Weg standen, und jagte schneller davon, als man sich vorstellen kann. Anästhetische Gewehre schossen hinter ihm her – das heißt, sie hätten es tun sollen, versagten jedoch. Sie funktionierten nicht! Ich selbst feuerte mit meiner Strahlpistole auf ihn – aber der Stromkreis in der Waffe blieb tot – nichts geschah. Zahlreiche andere versuchten es ebenfalls. Eine kleine Robotgranate wurde hinter ihm hergeschickt, erreichte aber ihr Ziel nicht. Ein Aufklärungsflugzeug stach herunter, und der Pilot betätigte die Bordkanonen – aber sie schwiegen. Die Kontrollstromkreise wurden unterbrochen, und das Flugzeug stürzte ab – ebenso wie die Robotgranate. Das nächstliegende Torgatter war geschlossen, öffnete sich aber für das Wesen, als es sich ihm näherte. Ein Mann, der sich in der Nähe befand, richtete einen Neutronen-Spurensucher auf ihn. Das Gerät arbeitete jedoch nicht, bis sich der Fremde außerhalb seiner Reichweite befand.

Seit diesem Augenblick bemühen wir uns, ihn zur Strecke zu bringen. Patrouillen durchkämmen das ganze Land, aber bisher hat man noch keine Spur entdeckt. Mein Lord, das kann einfach nicht möglich sein!«

Brannochs Gesicht hätte aus schwarzem Holz geschnitzt sein können. »So«, murmelte er. Seine Augen ruhten auf dem Bild erstarrter Bewegung. »Und vollkommen nackt. Keine Waffe, keinen künstlichen Gegenstand. Liegen bereits Schätzungen über die Reichweite seiner . . . Kraft vor?«

»Rund 500 Meter, mein Lord. Das war ungefähr die Entfernung, innerhalb der unsere Instrumente versagten. Er bewegte sich zu rasch, als daß wir in den paar Sekunden, die uns zur Verfügung standen, Waffen mit längerer Reichweite hätten auffahren können.«

»Und die menschlichen Wesen?«

»Sie schienen ebenso überrascht zu sein wir wir, mein Lord. Sie waren unbewaffnet und unternahmen keinen Versuch, sich zur Wehr zu setzen. Ihre Sprache ist unbekannt. Zur Zeit befinden sie sich unter Psychostudium, welches – wie ich mir denke – einen Lehrgang in Solarisch einschließt. Ich habe jetzt keinen Zutritt zu ihnen. Wie uns die Archivabteilung nach dem Studium der an Bord gefundenen Dokumente mitteilt, ist ihre Sprache ...« T'u Hayem suchte einen Augenblick in seinem Gedächtnis, »... Alt-Amerikanisch. Die Dokumente werden zur Zeit übersetzt, aber ich habe bisher noch nicht erfahren, ob irgendwelche Entdeckungen gemacht worden sind.«

Alt-Amerikanisch! dachte Brannoch. Wie alt ist denn dieses Schiff eigentlich? Laut sagte er: »Welche weiteren Unterlagen haben Sie?«

»Fotokopien sämtlicher Dokumente, Bilder und andere Schriftstücke, die an Bord gefunden wurden. Ferner Fotografien von Geräten und Ausrüstungsgegenständen. Es ... es war nicht leicht, sie zu bekommen.«

Brannoch brummte gelangweilt: »Ist das alles?«

T'u Hayem öffnete verblüfft den Mund. »Alles, mein Lord? Was hätte ich sonst noch tun können?«

»Viel«, entgegnete Brannoch barsch. »Unter anderem wünsche ich einen vollständigen Bericht über die Einzelheiten, die beim Verhör zutage treten – am besten eine wörtliche Niederschrift. Ebenso die genauen Dispositionen, die in dieser Angelegenheit getroffen werden. Ferner tägliche Bulletins über den Fortgang der Jagd nach dem außerirdischen Wesen – ja, sehr viel.«

»Mein Lord, ich besitze nicht die Autorität, um ...«

Brannoch gab ihm einen Zettel mit einem Namen und einer Adresse. »Gehen Sie zu diesem Mann und erklären Sie ihm das Problem ... sofort. Er wird Ihnen sagen, mit wem Sie draußen Fühlung aufnehmen müssen und wie Sie den richtigen Druck dahinter setzen können.«

»Mein Lord« – T'u Hayem rang die Hände – »ich dachte, vielleicht ... mein Lord ... Ihr wißt, m-meine Frau ...«

»Ich werde Ihnen das normale Honorar zugestehen und auf Ihre Schulden umrechnen«, meinte Brannoch. »Wenn es sich herausstellt, daß Ihre Informationen von Wert sind, werde ich eine Sonderprämie in Betracht ziehen. Sie können gehen.«

Schweigend verneigte sich t'u Hayem und wich mit dem Rükken voran zur Tür zurück.

Als er gegangen war, lag Brannoch eine Zeitlang bewegungslos in seinem Stuhl und überlegte. Dann richtete er seine Aufmerksamkeit auf den Stapel Fotokopien. Es waren gute Wiedergaben, Seite um Seite mit Schrift bedeckt, deren Sprache, ja selbst deren Alphabet ihm unbekannt war. Muß dies übersetzen lassen, dachte er, und dann fiel ihm der Name eines Gelehrten ein, der es tun würde, ohne darüber zu sprechen.

Er blieb noch eine Zeitlang in seinem Stuhl liegen, erhob sich dann und schritt zur nördlichen Wand des Raumes. Sie wies ein rasch wechselndes Stereo-Muster auf, wirklich sehr konventionell, aber dahinter stand ein Tank mit Wasserstoff, Methan und Ammoniak, unter einem Druck von tausend Atmosphären und einer Temperatur von minus hundert Grad. Er besaß ferner Hör-, Seh- und Sprechapparaturen.

»Hallo, ihr Thrymkaner«, sagte er freundlich. »Habt ihr zugesehen?«

»Ich habe es«, antwortete die mechanische Stimme. Ob es Thrymkaner 1, 2, 3 oder 4 war, der da sprach, wußte Brannoch nicht. Aber es machte auch nichts aus. »Wir befinden uns jetzt alle in Verbindung.«

»Was ist eure Meinung?«

»Offensichtlich besitzt dieses außerirdische Wesen telekinetische Kräfte«, sagten die Monster ausdruckslos. »Wir vermuten, daß sie nur auf elektronische Ströme einwirken, da man festgestellt hat, daß alles, was das Wesen außer Tätigkeit setzte, Elektronentransistoren enthielt. Nur eine sehr geringe Menge telekinetischer Energie wäre dazu nötig, die Ströme in den Schaltkreisen nach Belieben zu beeinflussen und dadurch das ganze Gerät.

Dies bedeutet mit großer Wahrscheinlichkeit, daß der Fremde zu einem gewissen Grad telepathisch ist – das heißt, er kann elektrische und andere neurogene Stoßströme spüren und ist in der Lage, derartige Ströme in den Nervensystemen anderer Individuen zu induzieren. Jedoch wird er schwerlich die Gedanken seiner Wächter gelesen haben können. Es liegt deshalb nahe, daß er mit seiner Flucht bezweckt, so lange in Freiheit zu bleiben, bis er die Lage übersehen und Gegenmaßnahmen planen kann. Was er dann tun wird, ist jedoch nicht voraussagbar, solange nicht mehr über seine Psychologie bekannt ist.«

»Ja. Das habe ich mir auch überlegt«, sann Brannoch. »Und was ist mit dem Schiff – irgendwelche Ideen?«

»Bestätigung kann erst nach der Übersetzung jener Dokumente erfolgen, aber es scheint, daß das Schiff nicht von einer verschollenen Kolonie stammt, sondern von der Erde selbst – aus der fernen Vergangenheit. Im Laufe seiner Fahrten landete es durch Zufall auf dem Planeten dieses fremdartigen Wesens und nahm es mit. Die Entfernung des besagten Planeten läßt sich erst bestimmen, wenn das Alter des Schiffes bekannt ist, aber da es aus einer Zeit zu stammen scheint, die 5000 Jahre in der Vergangenheit liegt, kann der Planet nicht weiter als 2500 Lichtjahre entfernt sein.«

»Weit genug«, meinte Brannoch. »Das bekannte Universum umfaßt nur wenige hundert Lichtjahre.«

Er schritt im Raum auf und ab, die Hände hinter dem Rücken verschlungen. »Ich glaube nicht, daß die drei Menschen besonders wichtig sind«, sagte er. »Vor allem, wenn sie tatsächlich von der Erde selbst stammen. Sie besitzen dann nur geschichtlichen Wert. Aber dieser Außerirdische ... Dieser Elektronenkontrolleffekt ist ein neues Phänomen. Man stelle sich nur die Waffe vor, die man damit bauen könnte!« Seine Augen funkelten. »Setzt die feindlichen Geschütze außer Tätigkeit, richtet sie sogar gegen ihre eigenen Besitzer – legt selbst den Technon lahm!«

»Der gleiche Gedanke ist zweifellos auch den solaren Behörden gekommen«, bemerkten die Thrymkaner.

»Ja. Deshalb suchen sie auch so intensiv nach dem Biest. Wenn sie es nicht erwischen, wissen vielleicht seine drei Freunde, wie man es fangen kann. Es könnte sich auch dann noch von seinen Mannschaftskameraden beeinflussen lassen, wenn man es eingesperrt hat. Das bedeutet, daß die drei Burschen doch wichtiger sind, als ich zuerst dachte.« Brannoch schritt auf und ab und erwog die Lage in seinen Gedanken.

Ganz plötzlich fühlte er sich sehr einsam. Er hatte seine Ratgeber, seine Leibwache, seine Agenten, seinen Spionagering – aber es war eine unscheinbare Truppe. Es dauerte fast viereinhalb Jahre, eine Nachricht nach Hause zu schicken – und es würde mindestens ebensoviel Zeit verstreichen, bis die Flotte hier eintraf.

Seine Mission auf der Erde hatte sich urplötzlich zugespitzt. Er mußte dieses außerirdische Wesen für Centauri sicherstellen, so daß die Wissenschaftler zu Hause seine geheimnisvollen Kräfte untersuchen und sie zu einer Waffe nachkonstruieren konnten. Sollte das Unternehmen fehlschlagen, so war es seine Pflicht, die Wissenschaftler der Erde daran zu hindern, diese Erkenntnis zu gewinnen, indem er, wenn nötig, die Kreatur aus dem Weg räumte. Er sah von dem Vorhaben ab, sich der Jagd nach ihr mit seinen eigenen Agenten anzuschließen. Die Gefahr eines Verrats war zu groß und die Chance eines Erfolges zu gering. Nein, es wäre besser, jene menschlichen Gefangenen als Werkzeug zu benützen.

Aber wie konnte er Männer an sich binden, deren Welt schon seit 5000 Jahren im Grabe lag?

Er kehrte zu dem Bildbetrachter zurück und sah sich noch einmal die Spule an. Einige der Darstellungen zeigten Fotografien und andere Objekte, die rein persönlicher Natur sein mußten. Da war ein Bild einer Fau, das sich durch besondere Anschaulichkeit auszeichnete.

Eine Idee schoß durch seinen Kopf. Er kehrte auf den Balkon zurück, hob sein Weinglas hoch und brachte mit vergnügtem Schmunzeln einen Toast auf den Morgen aus. O ja, es war ein wunderbarer Tag.

3

Langley setzte sich erschrocken auf und blickte sich um. Er war allein. Einen Moment lang saß er unbeweglich und ließ Gedächtnis und Gedanken langsam in sein Bewußtsein zurücktröpfeln. Die ganze Angelegenheit war zu ungeheuerlich, um sofort verstanden zu werden.

Die Erde beinahe bis zur Unkenntlichkeit verändert – keine Polarkappen mehr, die Meere an jeder Küste meilenweit ins Land vordrängend, unbekannte Städte, eine unbekannte Sprache, unbekannte Menschen. Es gab nur eine einzige Antwort – aber er wies sie mit einem Gefühl aufdämmernder Panik von sich.

Er erinnerte sich an die Landung, an Saris Hronnas überraschend schnelle Flucht (warum?) und an die fremden Männer, die ihn und seine Gefährten voneinander getrennt hatten. Es waren Männer in Blau, die in einem Raum voll rätselhafter Apparate zu ihm sprachen. Die Geräte surrten und klickten und blinkten. Eines war eingeschaltet worden, und tiefste Dunkelheit hatte sich über den Raum gelegt. An mehr konnte er sich nicht erinnern – es sei denn, daß das traumhafte Durcheinander undeutlicher Stimmen etwas bedeutete. Und jetzt war er wieder wach und nackt und allein.

Langsam sah er sich in der Zelle um. Sie war klein und völlig leer, außer der Pritsche und einem Waschtisch, der aus dem grüngefärbten, weichen und gummiartigen Boden gewachsen zu sein schien. In der Wand befand sich ein winziges Ventilatorgitter, aber keine Tür, soweit er erkennen konnte.

Er fühlte, wie sein ganzer Körper heftig zitterte, und versuchte, sich zur Ruhe zu zwingen. Es drängte ihn danach, zu weinen, aber er spürte nur eine trockene Leere in sich. Peggy, dachte er. Sie hätten mir wenigstens dein Bild lassen können. Es ist alles, was ich nun jemals von dir haben werde.

Ein Sprung erschien in der entferntesten Wand, vergrößerte sich, bis er zu einer Türöffnung geworden war, und drei Männer traten ein. Sie gehörten einer anderen Zivilisation an. Ihre Kleider, Körper – ja selbst ihr Gesichtsausdruck bildeten etwas Neues, Unbekanntes.

Zwei von ihnen waren Giganten – fast zwei Meter zehn groß, die muskelbepackten Körper in enganliegende schwarze Uniformen gekleidet, die Köpfe kahlrasiert. Es dauerte eine Weile, bis Langley feststellte, daß die breiten Gesichter identisch waren. Zwillinge?

Den dritten konnte man eher klein nennen, geschmeidig und zierlich gebaut. Er trug eine weiße Tunika, einen tiefblauen Umhängemantel, an seinen Füßen weiche Kothurne – und kaum mehr. Das Abzeichen auf seiner Brust jedoch – eine von flammenden Strahlen umgebene Sonnenscheibe mit einem Auge – war das gleiche wie das der zwei riesigen Männer hinter ihn. Ebenso wie sie, besaß er eine glatte Haut, hohe Backenknochen und schwach schräggeneigte Augen. Kahlrasiert war er jedoch nicht. Schwarzes Haar bedeckte glatt und sorgfältig geordnet seinen Kopf, und das Gesicht sah anziehend aus: breite niedrige Stirn, glühendschwarze Augen, stumpfe Nase, kräftiges Kinn, breiter, voller Mund. Auf dem Ganzen lag eine nervöse Beweglichkeit.

Alle drei trugen Handfeuerwaffen in Halftern.

Langley fühlte sich hilflos und degradiert, als er nackt vor ihnen stand. Er zwang sich zu einem Pokergesicht und zu lässiger Haltung, bezweifelte jedoch, daß es ihm gelang. Ein großer Klumpen wie von unvergossenen Tränen saß in seinem Hals und schnürte seine Kehle zu.

Der Anführer neigte leicht den Kopf. »Kapitän Edward Langley«, sagte er, die Worte mit einem starken Akzent aussprechend. Seine Stimme war tief und nachhallend.

»Ja.«

»Ich nehme an, das heißt *sya.*« Der Fremde bediente sich jetzt der Langley unbekannten Sprache, und Langley verstand sie, als ob sie seine eigene gewesen wäre. Unter dem Eindruck des bisher Erlebten empfand Langley nur geringe Überraschung über seine plötzliche Kenntnis dieser Sprache – und eine gewisse Erleichterung darüber, sie nicht mühsam lernen zu müssen. »Erlauben Sie, daß ich mich vorstelle. Ich bin Minister Chanthavar Tang vo Lurin, Chef-Feldstratege des Solaren Militechnischen Nachrichtenkorps und – wie ich hoffe – Ihr Freund.«

»Danke, Sir«, antwortete Langley förmlich.

»Sie müssen die Unhöflichkeit entschuldigen, die wir Ihnen haben zuteil werden lassen«, sagte Chanthavar mit einem eigenartig gewinnenden Lächeln. »Ihre Kameraden sind wohlauf, und sie werden bald wieder bei Ihnen sein. Da Sie ein Raumfahrer sind, werden Sie jedoch verstehen, daß wir bei einem uns vollkommen fremden Schiff kein Risiko eingehen durften.«

Er gab einem der Leibwächter ein Zeichen, der daraufhin einen kleinen Packen Kleidungsstücke auf die Pritsche legte. Sie waren Chanthavars Kleidung sehr ähnlich, wenn sie auch nicht das militärische Abzeichen und den juwelenbesetzten Stern aufwiesen, den er trug. »Legen Sie diese Kleidung an, Captain. Es ist die Standardkleidung des Freigeborenen, und ich fürchte, Sie werden sich in Ihrer eigenen etwas sehr auffällig vorkommen.«

Langley gehorchte. Das Material war weich und angenehm. Chanthavar zeigte ihm, wie er die Schließvorrichtungen befestigen mußte, die eine Art von abgeändertem Reißverschluß zu sein schienen. Dann ließ er sich auf dem Bett nieder und winkte Langley gesellig, es ihm gleichzutun. Die Leibwächter blieben unbeweglich neben der Tür stehen.

»Wissen Sie, was Ihnen zugestoßen ist?« fragte er.

»Ich . . . glaube«, entgegnete Langley dumpf.

»Ich bedaure es wirklich sehr, Ihnen dies sagen zu müsen.« Chanthavars Stimme war weich. »Ihr Logbuch ist übersetzt worden, und daher weiß ich, daß Sie in Wirklichkeit keine Ahnung hatten, wie der Superdrive eigentlich funktionierte. Seltsam, daß Sie es nicht wußten, da Sie ihn doch konstruieren konnten.«

»Es gab eine entsprechende Theorie«, sagte Langley müde. »Sie besagte, daß sich das Schiff durch den Hyperraum krümmen würde.«

»So etwas gibt es gar nicht. Diese Theorie war falsch, wie man sehr bald festgestellt hat. Das Schiff wird in Wirklichkeit in Form von Energiewellen projiziert und nimmt am Bestimmungsort wieder seine ursprüngliche Gestalt an. Es kommt darauf an, in den elektronischen Wellenzügen harmonische Schwingungen zu erzeugen, die an einem anderen Punkt des Raum-Zeit-Kontinuums die ursprünglichen Bedingungen rekonstruieren. So etwa haben es mir die Spezialisten erklärt. Ich gebe nicht vor, die grundlegende Mathematik begreifen zu können. Wie dem auch sei – für die Leute an Bord gibt es keine Zeitspanne. Die Reise findet für sie augenblicklich statt. Für einen Beobachter jedoch, der sich außerhalb des Schiffes befindet, entspricht die Reisegeschwindigkeit desselben genau der Lichtgeschwindigkeit. Man hat bis heute kein besseres System gefunden, und ich bezweifle es sehr, daß man jemals eins entdecken wird. Der nächste Stern, Alpha Centauri, ist noch immer viereinhalb Lichtjahre entfernt.«

»Wir wären damals bei den Entwicklungsarbeiten am Superdrive selbst darauf gekommen«, sagte Langley bitter, »wenn nicht der Ärger mit den Positionsbestimmungen im Raum alles verzögert hätte. Es dauerte deshalb immer eine ziemlich lange Zeit, bis wir unsere Versuchsschiffe wiedergefunden hatten, und wir hatten keinen Anhaltspunkt, festzustellen, daß schon während des Fluges meßbare Zeit verstrichen war. Auch auf unserer eigenen Reise fiel uns der Zeitverlust überhaupt nicht auf. Kein Wunder, daß wir solche Mühe hatten, uns bei der Rückkehr der Erde zu nähern. Wir haben einen Weg von etwa 5000 Lichtjahren zurückgelegt. Es müssen also seit unserem Start ebenso viele Jahre verstrichen sein.«

Chanthavar nickte.

Langley fragte müde: »Was ist in dieser Zeit passiert?«

Chanthavar zuckte die Achseln. »Das Übliche. Übervölkerung, versiegende Rohstoffquellen, Krieg, Hungersnot, Pestilenz, Entvölkerung, Zusammenbruch – und dann begann der Zyklus wieder von vorn. Ich glaube nicht, daß Ihnen die Menschen von heute sehr verschieden von denen vor 5000 Jahren vorkommen werden.«

»Könnten Sie mir das nicht auch beigebracht haben . . .?«

»Wie die Sprache? Nein. Das war ein normaler Hypnoseprozeß, der vollständig automatisch ablief und die höhergestellten Gehirnzentren nicht berührte. Sie wurden in diesem Stadium auch verhört. Aber was die etwas mehr komplexen Kenntnisse anbetrifft, so eignen Sie sich diese besser nach und nach an.«

Langley fühlte sich innerlich wie abgestorben – es war eine gähnende Leere in ihm, die nichts als Gleichgültigkeit hervorbringen konnte. Er versuchte seine Gedanken auf eine Einzelheit zu konzentrieren – auf irgend etwas, wenn es nur unpersönlich genug war. »Wie ist die Welt heute? Und was kann ich hier tun?«

Chanthavar beugte sich vor, stützte die Ellbogen auf seine Knie und sah den anderen an. »Wollen mal sehen. Die interstellare Völkerwanderung begann ungefähr zu Ihrer Zeit, Captain – zuerst nur in sehr geringem Umfang, wegen der beschränkten Leistungsfähigkeit des Superdrives einerseits und der relativen Seltenheit besiedelbarer Planeten andererseits. Während späteren Unruheperioden erfolgte diese Auswanderung in immer stärker aufeinanderfolgenden Wellen, aber die meisten Auswanderer waren Unzufriedene und Flüchtlinge, die sich weit von Sol entfernen wollten, damit man sie später nicht finden konnte. Ihre Spuren verwehten bald, und keiner wußte, wohin sie sich gewandt hatten. Wir nehmen an, daß noch zahlreiche dieser verschollenen Kolonien existieren, daß sie in der ganzen Milchstraße verstreut liegen und daß sich manche von ihnen zu grundweg verschiedenen Zivilisationen entwickelt haben. Aber das Universum, über das wir tatsächlich etwas wissen und mit dem wir in direktem Kontakt stehen, reicht nur einige hundert Lichtjahre weit. Wer hätte einen Grund, eine noch größere Entfernung zu durchforschen?

Der ... warten Sie, ich glaube, es war der achtundzwanzigste Weltkrieg, der das Solarsystem fast in die Barbarei zurückwarf und die Kolonien auf den näherliegenden Sternen dem Erdboden gleichmachte. Der Wiederaufbau dauerte sehr lange, aber vor etwa zweitausend Jahren wurde das ganze Solarsystem unter dem Technat zu einer Einheit zusammengefaßt, und dies ist bis heute so geblieben. Die Kolonisation wurde wieder aufgenommen, allerdings unter der Einschränkung, die Kolonisten nicht allzu weit vom Heimatplaneten entfernt anzusiedeln und sie so unter Kontrolle zu halten, während die Auswanderung das Sicherheitsventil dafür bilden würde, diejenigen loszuwerden, die sich den neuen Anordnungen nicht anpaßten.

Natürlich funktionierte das nicht. Die Entfernungen waren noch immer zu groß. Veränderte Umgebungen rufen unvermeidlich veränderte Zivilisationen hervor, andere Lebens- und Denkungsarten. Vor etwa tausend Jahren schlugen die Kolonien zu, und nach einem harten Krieg mußten wir ihre Unabhängigkeit anerkennen. Es gibt jetzt etwa ein Dutzend solcher Staaten, mit denen wir ziemlich engen Kontakt haben. Die Liga von Alpha Centauri ist weitaus der mächtigste von ihnen.

Wenn Sie noch mehr über die Situation im äußeren Weltraum wissen wollen, können Sie sich mit einem Mitglied der Kommerziellen Gesellschaft unterhalten. Im Augenblick jedoch würde ich mich an Ihrer Stelle noch nicht damit abgeben – so lange jedenfalls nicht, bis Sie sich etwas besser an die moderne Erde gewöhnt haben.«

»Ja, wie steht es damit?« fragt Langley. »Wie ist dieses Technat-System eigentlich aufgebaut?«

»Der Technon ist nichts anderes als ein gigantisches soziomathematisches Elektronengehirn, das pausenlos mit allen verfügbaren Einzelheiten, Angaben, Geschehnissen – kurz, mit sämtlichen greifbaren Daten – gefüttert wird und welches politische Entscheidungen trifft. Eine Maschine ist weniger fehlbar, weniger selbstsüchtig und weniger bestechlich als ein Mensch.« Chanthavar lächelte. »Ferner erspart es den Menschen die Mühe, selbst denken zu müssen.«

»Ich habe den Eindruck, es gibt hier eine Aristokratie.«

»Oh, nun, wenn Sie es so nennen wollen. Jemand hat die Pflicht zu übernehmen, die politischen Entscheidungen des Technons in die Tat umzusetzen und die kleinen, täglich anfallenden Probleme zu lösen. Zu diesem Zweck existiert die Klasse der Minister. Unter ihnen stehen die Gewöhnlichen. Das Ministeramt ist erblich; jedoch sind die Bestimmungen nicht so streng, daß nicht von Zeit zu Zeit Nachwuchs aus der Klasse der Gewöhnlichen in den Ministerstand erhoben werden kann.«

»Dort, wo ich herkomme«, sagte Langley langsam, »hatten wir aus Erfahrung gelernt, daß es besser war, den Posten des Staatsoberhauptes nicht dem Zufall zu überlassen – und die Erbfolge schließt einen ganz erheblichen Prozentsatz von Zufälligkeit ein.«

»Aber nicht genug, um heutzutage eine Rolle zu spielen. Habe ich Ihnen noch nicht erzählt, daß wir genetische Kontrollen durchführen?«

»Was können wir – meine Freunde und ich – tun?« Langley fühlte sich etwas unangenehm berührt, als er die Anspannung in seiner Stimme vernahm.

»Ihr Status ist ein wenig ungewöhnlich, nicht wahr? Ich ernenne mich selbst zu Ihrem Patron, und Sie werden eine Art quasi-ministeriellen Rang einnehmen und vorläufig eigenes Kapital erhalten. Kein Almosen, nebenbei. Das Technat besitzt einen speziellen Fonds für unvorhergesehene Ausgaben. Nach und nach werden wir schon etwas finden, aber machen Sie sich keine Sorgen darüber, zu den Gewöhnlichen geschickt zu werden. Wenn nichts anderes, so wird Sie Ihre Kenntnis der Vergangenheit für den Rest Ihres Lebens zu einem Quell des Wissens für die Historiker machen. Dies gilt selbstverständlich auch für Ihre beiden Gefährten.«

Langley nickte. Was man auch immer mit ihm vorhaben mochte – es interessierte ihn kaum. Peggy war tot. Er würde sie niemals wiedersehen. Und das Kind war Staub, und seine Freunde waren Staub.

Er senkte den Kopf, und die Tränen stiegen in seine Augen, aber er kämpfte sie zurück. Er war ja nicht allein.

»Es gibt da eine Sache, bei der Sie mir helfen könnten«, sagte Chanthavar. »Das ist auch der Grund dafür, daß ich hierher gekommen bin, um Sie zu sehen, anstatt Sie in mein Büro bitten zu lassen. Hier hören uns weniger Ohren.«

Langley berührte seine Lippen und erinnerte sich daran, wie er damals, vor fünfzig Jahrhunderten, Peggy geküßt hatte.

»Es handelt sich um das außerirdische Wesen, das Sie mitgebracht haben – Saris Hronna. War dies der Name, den Sie in ihrem Bericht erwähnten?«

»Mehr oder weniger. Was ist mit ihm?«

»Wie Sie wissen, ist er uns entflohen. Wir haben ihn noch nicht wiedergefunden. Ist es gefährlich?«

»Ich glaube nicht – solange er nicht allzu verärgert ist. Sein Volk besitzt einen scharfen, ausgeprägten Jagdinstinkt, aber gewöhnlich sind es friedfertige Wesen, die uns mit der größten Freundlichkeit behandelten. Saris kam mit uns, um die Erde anzusehen, und als eine Art Gesandter. Ich glaube, er floh nur deshalb, um die Lage in Freiheit überdenken zu können. Er mußte die Möglichkeit, in einen Käfig gesperrt zu werden, wie die Pest gescheut haben.«

»Er kann elektronische und magnetronische Impulse steuern. Wußten Sie das?«

»Natürlich. Das hat uns anfangs auch sehr überrascht. Seine

Rasse ist nicht telepathisch im gewöhnlichen Sinn, aber sie ist sensitiv auf Nervenströme – ganz besonders Emotionen – und kann dieselben bei anderen Individuen hervorrufen. Ich weiß aber wirklich nicht, ob er menschliche Gedanken lesen kann oder nicht.«

»Wir müssen ihn finden«, sagte Chanthavar. »Haben Sie irgendeine Ahnung, wohin er geflüchtet sein, was er tun könnte?«

»Ich . . . muß es mir überlegen. Aber ich bin sicher, daß er nicht gefährlich ist.« Langley wußte genau, daß er nicht sicher sein konnte.

»Sie verzeichnen in Ihrem Bericht, daß sich sein Planet einige tausend Lichtjahre von Sol entfernt befindet. Er ist uns natürlich unbekannt. Wir beabsichtigen nicht, diesem fremdartigen Lebewesen Schaden zuzufügen, aber wir müssen es finden.«

Langley blickte auf. Chanthavar schien unter der ruhelosen, lächelnden Maske seines Gesichtes beinahe zu fiebern. Die Jagdbegierde brannte wie ein Feuer in seinen Augen. »Warum ist die Sache eigentlich so verdammt eilig?« fragte der Raumfahrer.

»Aus verschiedenen Gründen. In erster Linie besteht die Möglichkeit, daß Saris Hronna irgendwelche Keime und Bazillen mit sich trägt, gegen die der Mensch nicht immun ist. Wir haben schon öfters derartige Seuchen erlebt.«

»Wir haben uns einige Monate lang auf Holat aufgehalten. Ich war niemals in meinem Leben gesünder.«

»Es muß trotzdem überprüft werden. Ferner – wie wird er sich ernähren, wenn nicht durch Räuberei? Das geht natürlich auch nicht. Haben Sie keine Idee, wohin er sich gewendet haben könnte?«

Langley schüttelte den Kopf. »Ich werde angestrengt darüber nachdenken«, sagte er vorsichtig. »Vielleicht werde ich eine Antwort ausknobeln, aber versprechen kann ich jetzt noch nichts.«

»Nun«, meinte Chanthavar unglücklich, »dann muß das für jetzt genügen. Kommen Sie, wir wollen zum Essen gehen.«

Er erhob sich, und Langley folgte ihm hinaus. Die beiden Leibwächter schlossen sich ihnen im Gleichschritt an. Der Raumfahrer zollte den Hallen und den Antigravitations-Steigschächten, an denen er entlangging, wenig Aufmerksamkeit. Er war mit seiner eigenen Lage beschäftigt.

4

Tiefe Dunkelheit umgab Saris Hronna, und er preßte sich dichter gegen den Boden. Der feuchte Wind, der vom Kanal her blies, brachte tausend verschiedene Gerüche des Unbekannten. Die Nacht war voll Angst. Er lag zwischen den Strandgräsern im Schlamm des Kanalufers, schmiegte seinen Bauch an den Boden und lauschte auf diejenigen, die ihn jagten.

Der Mond war noch nicht aufgegangen, aber die Sterne standen hoch am Himmel und leuchteten klar. Ein weit entfernter pulsierender Schein am Horizont verriet, daß dort eine Stadt lag. Er blickte an der geraden Linie des Kanals entlang. Etwa fünf Kilometer entfernt erkannte er die dunklen Umrisse einer Scheune oder Hütte. Seine Nüstern sogen die kühle, feuchte Luft ein und nahmen den Geruch von Grünwuchs und umherhuschendem Kleinwild wahr. Er hörte das langsame, leichte Schleifen des Windes, das entfernte Rufen eines Nachtvogels, das unglaublich schwache Summen eines Luftschiffes viele Kilometer über ihm. Seine Nerven nahmen gierig die Wirbel und Pulse anderer Nervenzellen auf.

Unter seiner Geduld und Furcht lag Besorgnis. Irgendwie hatte er sowohl Raum als auch Zeit durchquert – irgendwie lag der Planet, den er kannte, und auf dem seine Angehörigen, seine Gefährtin, seine Jungen lebten, Tausende von Jahren hinter ihm. Er fühlte sich so unsagbar allein, wie es noch nie einer seiner Rasse gewesen war.

Seine Hundezähne blitzten weiß, als sich die Lippen zurückzogen. Es gab auch jetzt etwas, wofür es sich zu leben lohnte – trotz allem. Etwas, wofür man auch töten konnte.

Wenn er zurückkehren könnte ... Es war ein schwacher Gedanke, der wie eine trübe Kerze in einer stürmischen Nacht flakkerte.

Etwas rührte sich weit über ihm am Himmel. Saris Hronna preßte sich gegen den Boden, als ob er sich in den Schlamm wühlen wollte. Seine Augen verengten sich zu gelben Schlitzen, als er seine geistigen Wahrnehmungssinne konzentrierte und sie auf die Suche nach der Erscheinung in den Himmel schickte.

Ja, Ströme – keine tierischen, sondern der kalte Wirbel von Eletronen in Vakuum und Gas – ein lebendiges und doch lebloses Pulsieren, das wie eine Säge über seine Nerven kratzte. Es war eine kleine Flugmaschine. Sie beschrieb langsam große Kreise und durchtastete die Umgebung mit Detektoren. Sie suchte ihn.

Vielleicht hätte er sich ergeben sollen. Die drei Explorer-Menschen waren anständig. Für Langley empfand er sogar eine wachsende Zuneigung. Vielleicht waren diese fernen Nachkommen seiner drei Freunde ebenfalls vernünftig. Nein! Das Risiko war zu groß. Er mußte an seine eigene Rasse denken.

Auf Holat besaß man nicht diese ungeheuer entwickelte Technik, die den Weg zu den Sternen ebnete. Sein Volk arbeitete noch immer mit Werkzeugen aus Knochen und Flintstein, legte größere Strecken zu Fuß oder in Einbäumen mit Segeln und Rudern zurück und gewann seine Nahrung durch Jagen und Fischen und durch die Aufzucht von riesigen Herden fleischliefernder Tiere, die sie durch telethymische Kontrolle halb zähmten und zu Haustieren machten. Ein einziger Holatier zu Fuß vermochte ein Dutzend dieser Menschen aufzuspüren und sie in der grünen Stille der Wälder zu töten. Ein einziges menschliches Raumschiff dagegen konnte im Himmel schweben und einen ganzen Planeten vernichten.

Die Flugmaschine über ihm entfernte sich. Saris Hronna schnappte nach Luft und füllte aufatmend seine Lungen.

Was war zu tun, wohin sollte er gehen, wie konnte er weiter fliehen?

Das Fluggerät kehrte zurück. Sein Kurs bildete eine Spirale. Wie viele von ihnen durchkämmten heute nacht die Lufträume? Über wie vielen Quadratkilometern irdischer Nacht zogen sie ihre Bahnen?

Das Ding über ihm kam näher. Saris' Muskeln strafften sich und in seinem Herzen brannte ein Feuer. Soll es nur innerhalb seiner Reichweite kommen! Er würde es unter seine Kontrolle nehmen und auf dem Boden zerschellen lassen!

Er war durch seine Vergangenheit auf diesen Kampf gut vorbereitet.

Die Flugmaschine schwebte jetzt bewegungslos, wie ein Raubvogel kurz vor dem Sturzflug. Noch immer nicht innerhalb seiner Reichweite ... Aller Wahrscheinlichkeit nach hatte sie Detektoren an Bord, – vielleicht auf Infrarot-Basis. Er wagte sich nicht zu rühren.

Das sicherste für sie wäre, eine Bombe abzuwerfen. Langley hatte ihm von Bomben erzählt. Und das würde das Ende sein: ein Blitz und ein Krach, den er nicht mehr wahrnahm, und dann Auflösung und Dunkelheit für immer.

Nein, nein! Er zwang seine Gedanken zur Klarheit. Er konnte nicht sterben – noch nicht! Nicht, bevor er mehr wußte. Nicht, bevor er nicht wußte, daß Holat vor diesen bleichen, haarlosen Ungeheuern sicher war und wie er seinen Planeten warnen und verteidigen konnte. Seine Muskeln zuckten und drängten danach, seinen schweren Körper in die Höhe zu werfen und in langen Sätzen davonzutragen.

Die Flugmaschine sank mit einer Geschwindigkeit herab, die ihn erschreckte. Er griff mit den Kraftfeldern seines Gehirns aus, um die wirbelnden elektrischen und magnetischen Ströme im Inneren des Schiffes zu erfassen – und zuckte zurück. Nein. Warte! Vielleicht gab es eine bessere Methode.

Das Flugschiff landete in einer Entfernung von etwa hundert Metern. Saris zog die Arme und Beine sprungbereit unter sich. Wieviel von ihnen waren es?

Drei. Zwei von ihnen kletterten aus dem Schiff, während der dritte im Innern zurückblieb. Er konnte durch die hohen Halme des Dünengrases nicht erkennen, aber er fühlte, daß einer der beiden ein Instrument bei sich hatte, das keine Waffe war. Ein Detektor, sehr wahrscheinlich. In der Finsternis mit Blindheit geschlagen, konnten sie ihn damit trotzdem aufspüren.

Natürlich wußten sie nicht bestimmt, daß er es war. Ihr Instrument konnte genauso gut irgendein streunendes Tier oder einen Menschen registrieren. Er spürte den scharfen Adrenalingestank ihrer Furcht.

Mit einem einzigen gewaltigen Sprung setzte Saris Hronna auf die Uferbank hinauf und rannte auf allen vieren durch das Gras. Jemand schrie. Ein Energiestrahl flammte auf, und das Gras brannte funkensprühend. Ozon prickelte in seinen Nüstern. Er konnte seine telekinetischen Kräfte jetzt nicht auf die Waffen konzentrieren, da er sie bereits auf den Motor und das Nachrichtengerät des Schiffes gerichtet hatte.

Er spürte den Strahl kaum, der an seinen Rippen entlangzischte und einen Striemen verbrannten Fleisches zurückließ. Mit seinem nächsten Satz war er über dem ersten Mann. Die Gestalt sank zu Boden. Seine Hände rissen ihre Kehle heraus, und er schnellte zur Seite, als der andere Gegner feuerte.

Jemand schrie auf – ein dünner, entsetzter Schrei in der Dunkelheit. Eine Schußwaffe, die einen Hagel Bleigeschosse ausspie, begann am Bug des Schiffes zu rattern. Saris sprang und landete auf dem Dach der Flugmaschine. Der Mann, der noch in der

Dunkelheit stand, versuchte ihn mit einem Lichtkegel zu erfassen. Kalt schätzte der Holatier die Entfernung. Zu weit.

Er stieß ein lautes Heulen aus und glitt im gleichen Moment wieder auf den Erdboden hinunter. Der Lichtkegel und ein Energiestrahl stachen gleichzeitig nach der Stelle, wo er eben noch gewesen war. Saris legte die Entfernung mit drei riesigen Sätzen zurück. Sich auf seine Beine erhebend, schlug er kräftig zu und fühlte, wie unter seiner Hand Nackenknochen zerbrachen.

Jetzt ... das Schiff! Saris schnüffelte an der Eingangsluke. Sie war fest verschlossen, und das Schloß erwies sich als rein mechanisch. Die geringe Menge Energie, die sein Gehirn erzeugte, konnte hier nichts ausrichten. Er fühlte das Entsetzen des Mannes, der sich hinter der Luke zusammenkauerte.

Er hob eine der niedergefallenen Strahlenpistolen auf. Einen Augenblick lang betrachtete er sie abwägend, indem er sich des Prinzips ersann, daß die Funktion eines Gerätes seine Form bestimmt. Die Hand legte sich um den Griff, ein Finger drückte den Abzug, aus dem anderen Ende würde der Feuerstrahl kommen, und diese Einstellschraube an der Mündung mußte die Weite und Streuung des Strahls regulieren. Er machte einen Versuch, und seine Vermutungen erwiesen sich zu seiner Befriedigung als richtig. Er kehrte zum Schiff zurück und zerschmolz das Lukenschloß.

Der Mann im Innern war bis zur entferntesten Wand zurückgewichen. Er hielt eine Pistole in der Hand und wartete mit einem trockenen Schrei in der Kehle auf das Eindringen des Teufels. Saris erfühlte seinen Standort telepathisch. Im Hinterteil des Flugkörpers – gut! Er öffnete die Luke einen Spalt, so daß er gerade seine Hand hindurchschieben konnte, und feuerte um die Ecke. Es war schwer, dic Pistole in dieser verkrampften Haltung abzuschießen, aber ein Strahl genügte.

Der Geruch verbrannten Fleisches erfüllte die Luft. Er mußte jetzt flink arbeiten; wahrscheinlich befanden sich andere Flugmaschinen in der Umgebung. Nachdem er rasch alle verfügbaren Waffen eingesammelt hatte, kauerte er sich über den Pilotensessel – er war viel zu klein für ihn – und betrachtete die Kontrolltafel.

Das hier angewandte Prinzip war ihm unbekannt. Auch verstand er die Symbole auf den Steuerhebeln nicht. Aber nach einer Weile tiefster Konzentration, während der die Kraftfelder seines Gehirns den elektrischen Strömen und gyromagnetischen Feldern der Anlage nachspürten, begann er genug zu begreifen, um das

Gerät bedienen zu können.

Es erhob sich schwerfällig, als er die Schalter und Hebel bediente, aber er gewann rasch größere Fertigkeit. Bald schoß das Boot in großer Höhe dahin, und die Dunkelheit zog an ihm vorüber. Ein Leuchtschirm zeigte eine Landkarte, auf der sich ein roter Punkt bewegte. Das mußte sein eigener Standort sein. Sehr nützlich.

Er durfte nicht allzu lange in dieser Maschine bleiben. Man würde sie bald orten und abschießen. Er mußte sich mit ihrer Hilfe Proviant beschaffen und noch vor dem Morgengrauen ein Versteck finden. Danach würde er das Boot auf automatischen Kurs setzen und es westwärts fliegen lassen, damit es über dem Ozean abstürzte.

Aber wohin sollte er sich wenden? Was konnte er tun?

5

Im Haus von Minister Yulien, Hochkommissar für Metallurgie, fand eine Party statt. Die Creme der solaren und ausländischen Gesellschaft war gekommen, und Chanthavar brachte die *Explorer*-Besatzung mit.

Langley begleitete den Sicherheitsagenten durch hohe, säulengeschmückte Passagen, wo die Luft in sanftem Licht glühte und rasch wechselnde farbige Muster über die leuchtenden Wände glitten. Hinter ihnen folgten ein halbes Dutzend Leibwächter. Chanthavar hatte erklärt, daß sie seine persönlichen Sklaven seien und das Resultat von Chromosomenduplikation in einem Exogenetis-Tank. Sie hatten etwas an sich, das nicht menschlich genannt werden konnte.

Der Raumfahrer begann sich allmählich an seine Umgebung zu gewöhnen, auch wenn er sich nicht vorstellen konnte, daß er mit seinen behaarten Beinen, die unten aus seiner Tunika hervorkamen, besonders elegant aussah. Seit dem Tag ihrer Freilassung hatten er, Blaustein und Matsumoto ihre Palastwohnung kaum verlassen. Sie hatten herumgesessen, wenig gesprochen und dann und wann vor sich hingeflucht. Der Wechsel war noch immer zu neu, zu überwältigend. Sie nahmen Chanthavars Einladung ohne großes Interesse an. Was hatten drei Gespenster auf einer Party verloren?

Ihre Wohnung war erstaunlich luxuriös: Mobiliar, das sich ihren Körperformen anpaßte und herankam, wenn man es rief, ein Apparat, der einen wusch und bürstete und enthaarte und massierte und seine Arbeit damit beendete, daß er einen feinen Duft auf den geschrubbten Körper blies. Weichheit und Wärme und Pastellfarben, wo man auch hinblickte.

»Chanthavar«, fragte Langley plötzlich, »gibt es noch Pferde?« Es gab ein Wort für Pferde in dieser neuen Erdsprache, die sie ihn gelehrt hatten – vielleicht also ...?

»Nun, ich weiß es nicht.« Der Agent sah ein wenig überrascht aus. »Habe noch niemals eins gesehen, soweit ich mich erinnern kann, abgesehen von historischen Darstellungen. Ich glaube, es gibt welche auf ... ja, auf Thor, zum Amüsement. Lord Brannoch hat oft genug seine Gäste damit gelangweilt, daß er von Pferden und Hunden erzählte.«

Langley seufzte.

»Wenn es keine mehr im Solarsystem gibt, könnten Sie eines synthetisch herstellen lassen«, schlug Chanthavar ihm vor. »Sie stellen recht gute Tiere auf Bestellung her. Hätten Sie Lust, mal einen feuerspeienden Drachen zu jagen?«

»Nicht unbedingt«, sagte Langley.

»Es werden heute abend eine Menge wichtiger Leute anwesend sein«, meinte Chanthavar. »Wenn Sie einen von ihnen lange genug unterhalten können, ist Ihr Glück gemacht. Halten Sie sich von Lady Halin fern. Ihr Gemahl ist sehr eifersüchtig, und Sie würden sich im Handumdrehen als Sklave wiederfinden, dessen Bewußtsein und Willen abgetötet sind, wenn ich es nicht auf eine große Auseinandersetzung ankommen lasse. Sie brauchen sich nicht allzu sehr von dem beeindruckt zu zeigen, was Sie sehen. Eine ganze Menge vor allem junger Intellektueller verlegt sich mit wahrer Begeisterung darauf, die moderne Gesellschaft zu verspotten; sie könnten fast staatsgefährlich genannt werden. Im übrigen – tun Sie, was Sie wollen, und amüsieren Sie sich gut.«

Langleys erster Eindruck war der einer ungeheuren Raumtiefe. Der Saal mußte im Durchmesser mindestens achthundert Meter messen und war angefüllt mit leuchtenden Farben und einigen tausend Gästen. Er schien kein Dach zu besitzen und dem samtigen Nachthimmel mit seinen Sternen und dem Mond freien Zutritt zu gewähren. Aber in Wirklichkeit, so entschied Langley, mußte sich dort oben eine unsichtbare Kuppel aus einem unbekannten Material über die Halle spannen.

In der Luft lag ein feines Parfüm, eine Andeutung von angenehmer Süße. Aus verborgenen Quellen drang Musik. Langley versuchte zuzuhören, aber das Stimmengewirr war zu laut.

Chanthavar stellte sie ihrem Gastgeber vor, der unglaublich dick und rot war, was jedoch eine gewisse Energie in seinen kleinen schwarzen Augen nicht zu verdecken vermochte. Langley erinnerte sich rechtzeitig der Förmlichkeiten, mit denen ein Klient eines Ministers einen anderen Minister begrüßte und ehrte.

»Mann aus der Vergangenheit, äh?« Yulien räusperte sich. »Int'ressant, sehr int'ressant. Muß mich mal länger mit Ihnen unterhalten. Hramph! Wie g'fällt's Ihnen hier?«

»Es ist äußerst beeindruckend, mein Lord«, sagte Matsumoto mit unbewegtem Pokergesicht.

»H'm. Ha. Ja. Fortschritt. Veränderung.«

»Je mehr sich die Dinge verändern, mein Lord«, wagte Langley zu sagen, »desto mehr bleiben sie dieselben.«

Eine ziemlich gut aussehende Frau mit leicht hervorstehenden Augen ergriff seinen Arm und erklärte ihm, wie aufregend es sei, einen Mann aus der Vergangenheit zu sehen, und sie sei davon überzeugt, daß es eine interessante Epoche gewesen sein mußte, als die Männer noch so viril waren. Langley atmete auf, als sie von einem älteren Mann mit einem scharfgeschnittenen Gesicht gerufen wurde und schmollend davonrauschte. Offensichtlich nahmen die Frauen im Technat eine untergeordnete Stellung ein.

Er schritt in trüber Stimmung zum Büfett, wo er sich ein paar recht schmackhafte Speisen und einen ausgezeichneten Wein aussuchte. Wie lange sollte denn diese Farce eigentlich noch weitergehen? Am liebsten wäre er allein gewesen.

Eine schlottrige Person, die ein wenig zuviel getrunken hatte, legte einen Arm um seinen Hals, hieß ihn willkommen und begann ihn über die Schlafzimmertechniken seiner Zeit auszufragen. Langley befreite sich und ballte einen Augenblick wütend die Fäuste. Dann öffnete er sie langsam wieder.

»Wollen Sie 'n paar Mädchen? Min'ster Yulien sehr gastfreundlich ... kommen Sie nur mit ... bißchen amüsieren, bevor uns die Centaurier in Fetzen schießen.«

»Das stimmt«, rief ein jüngerer Mann. »Das ist der Grund, warum uns das Fell über die Ohren gezogen werden wird. Leute wie Sie. Konnten die Leute Ihrer Zeit kämpfen, Captain?«

»Ziemlich gut, wenn sie dazu gezwungen waren«, entgegnete der Amerikaner.

»Das dachte ich mir. Durchhaltetypen. Ihr habt die Sterne erobert, weil ihr keine Angst davor hattet, dem Nachbarn einen Tritt zu geben. Wir jedoch haben Angst davor. Wir sind weich und zart geworden, hier in unserem Solarsystem. Haben seit tausend Jahren in keinem ernstzunehmenden Krieg mehr gekämpft, und jetzt, wo einer vor der Tür steht, wissen wir nicht mehr wie.«

»Sind Sie in der Armee?« fragte Langley.

»Ich?« Der junge Mann machte ein verdutztes Gesicht. »Die solaren Streitkräfte bestehen nur aus Sklaven. Für diesen Zweck gezüchtet und trainiert, sind sie Eigentum der Öffentlichkeit. Die höheren Offiziere sind zwar Minister, aber . . .«

»Nun, würden Sie sich dafür einsetzen, daß Ihre eigene Klasse zum Militärdienst eingezogen wird?«

»Das hätte keinen Zweck. Sie sind völlig unvorbereitet. Sie könnten den Sklaven, die Kampfspezialisten sind, niemals ebenbürtig sein. Die Centaurier jedoch, die ziehen ihre Freigeborenen ein, und sie lieben den Kampf. Wenn wir dies auch lernen könnten . . .«

»Junger Mann«, sagte Langley brutal, »haben Sie jemals Männer mit gespaltenen Schädeln gesehen, mit hervorquellenden Eingeweiden und zerbrochenen Rippen, die aus der Haut herausragten? Jemals einem Mann gegenübergestanden, der darauf aus ist, Sie umzubringen?«

»Nein . . . nein, natürlich nicht. Aber . . .«

Langley zuckte die Achseln. Er war diesem Typ schon oft begegnet – in seiner Heimat.

Er murmelte eine Entschuldigung und entfernte sich. Blaustein gesellte sich zu ihm. »Wo ist Bob?« fragte Langley.

Blaustein grinste vielsagend. »Als ich ihn das letzte Mal sah, verschwand er gerade mit einer der jungen Künstlerinnen von der Bühne. Sah sehr nett aus, das kleine Mädchen. Vielleicht hat er die richtige Idee.«

»Für ihn«, meinte Langley.

»Ich kann es nicht. Wenigstens nicht jetzt.« Blaustein sah unglücklich aus. »Weißt du, ich habe immer gedacht, daß die menschliche Rasse etwas Vernunft lernen wird, wenn all das, was wir kannten, verschwunden sein würde. Ich war Pazifist, verstehst du, intellektueller Pazifist, nur weil ich erkennen konnte, was für eine verrückte, hirnlose Farce der ganze Rummel war.« Auch Blaustein schien etwas zuviel getrunken zu haben. »Und die Lösung ist so einfach! Sie starrt dir mitten ins Gesicht: eine universelle Regierung mit Zähnen. Das ist alles. Keine Kriege mehr. Es werden keine Männer mehr totgeschossen und keine Rohstoffquellen mehr geplündert und keine kleinen Kinder mehr lebendig verbrannt. Ich dachte, daß selbst unsere schwachsinnige Rasse in 5000 Jahren ihre Lektion lernen würde. Aber nein! Erinnerst du dich, daß auf Holat noch nie ein Krieg stattgefunden hat, solange die Geschichte dort zurückreicht? Sind wir denn so verdammt viel blöder?«

»Ich glaube, es wäre sehr schwer, einen interstellaren Krieg auszutragen«, sagte Langley. »Man benötigt ja Jahre, bis überhaupt eine Feindberührung stattfindet.«

»Uh-huh. Ferner kann die Kriegsursache nie ökonomisch bedingt sein. Wenn ein Planet überhaupt kolonisiert werden kann, dann wird er sich auch selbst erhalten können. Diese beiden Gründe erklären die Tatsache, daß seit der Loslösung der Kolonien vor tausend Jahren kein wirklicher Krieg mehr stattgefunden hat.«

Blaustein kam etwas näher und schwankte ein wenig auf seinen Füßen. »Aber jetzt ist einer im Entstehen. Durchaus möglich, daß wir ihn noch erleben. Auf den Planeten des Sirius liegen reiche Mineralvorkommen, und die dortige Regierung ist schwach, wogegen Sol und Centauri stark sind. Beide wollen diese Planeten kassieren. Niemand von ihnen kann sie dem anderen überlassen – dafür ist ihr Besitz zu vorteilhaft. Ich habe eben mit einem Offizier gesprochen, der fast die gleichen Worte benützte und ferner noch hinzufügte, daß die Centaurier schmutzige Barbaren wären.«

»Aber ich möchte noch immer gern wissen, wie du einen Krieg über eine Entfernung von viereinhalb Lichtjahren führen willst?« sagte Langley.

»Man sendet eine Kriegsflotte, komplett mit Transportern voll Nachschub. Man begegnet der Feindflotte und trägt die Schlacht im Weltraum aus. Dann bombardiert man die feindlichen Planeten aus dem Raum. Hast du gewußt, daß sie heutzutage jede Art von Materie vollständig zerstören können? Neun mal zehn hoch zwanzig Erg pro Gramm. Und sie haben Waffen wie synthetische Viren und radioaktiven Staub. Man zerschmettert die Zivilisation auf jenen Planeten, landet und tut, was man mag. Simpel. Die einzige Gewißheit, die man allerdings haben muß, ist die, daß die Feindflotte einem keinen Schlag versetzen kann, denn die eigenen Planeten liegen ja völlig schutzlos da. Sol und Centauri haben jetzt seit Dekaden gegeneinander Ränke geschmiedet und intrigiert. Sobald einer von ihnen einen klaren Vorteil erhält – Päng!

Feuerwerk.« Blaustein kippte seinen Wein hinunter und langte wieder nach der Flasche.

»Natürlich«, sagte er mit einem Gesicht wie eine Eule, »besteht immer die Chance, daß selbst wenn du die Feindflotte geschlagen hast, genug von ihren Schiffen entfliehen, um dein Heimatsystem zu erreichen, die planetaren Verteidigungsanlagen k.o. zu schlagen und dann mit der Bombardiererei zu beginnen. In diesem Fall bleiben zwei Systeme übrig, die in die Steinzeit und in die Höhlen zurückgeworfen worden sind. Aber wann hat diese Aussicht jemals einen Politiker davon abgehalten, weiterzuwursteln? Oder psychotechnische Administratoren oder so ähnlich, glaube ich, nennt man sie heute. Laß mich in Ruhe. Ich will mir einen anzwitschern.«

Chanthavar fand Langley einige Minuten später und nahm ihn beim Arm. »Kommen Sie«, sagte er. »Seine Fidelität, der Chef der Technon-Diener, möchte Sie kennenlernen. Seine Fidelität ist ein sehr wichtiger Mann von großem Einfluß ... Erhabener Sulon, darf ich Euch Kapitän Edward Langley vorstellen?«

Er war ein hochgewachsener und hagerer alter Mann in einer einfachen blauen Robe mit Kapuze. Sein gefurchtes Gesicht ließ auf eine überragende Intelligenz schließen, der Zug um seinen Mund herum jedoch hatte etwas Humorloses und Fanatisches an sich. »Das ist sehr interessant«, sagte er mit rauher Stimme. »Wie ich gehört habe, sind Sie im Weltraum weit herumgekommen, Captain.«

»Ja, mein Lord.«

»Ihre Dokumente sind bereits dem Technon vorgelegt worden. Jedes winzige Stück Information besitzt Wert, ganz gleich, wie wertlos es zunächst erscheinen mag. Denn nur mit Hilfe sicherer Kenntnisse sämtlicher Fakten kann die Maschine vernünftige Entscheidungen treffen. Sie würden sich wundern, wenn Sie wüßten, wie viele Agenten nur die einzige Aufgabe haben, pausenlos Daten und Unterlagen zu sammeln. Der Staat dankt Ihnen für Ihren Dienst.«

»Es ist nicht der Rede wert, mein Lord«, sagte Langley mit der gebührenden Ehrerbietung.

»Es könnte sich als sehr wertvoll erweisen«, meinte Sulon. »Der Technon ist die Grundlage der solaren Zivilisation. Ohne ihn wären wir verloren. Sein Standort ist niemandem bekannt, außer den höchsten Rangstufen von meiner Ordnung. Für dieses Amt werden wir geboren und aufgezogen, und für dieses Amt verzichten wir auf alle familiären Bindungen und weltlichen Vergnügen. Wir sind so konditioniert, daß wir automatisch und ohne unser Zutun sterben, sobald jemand versucht, uns unsere Geheimnisse zu entreißen und es keinen Ausweg mehr gibt. Ich sage Ihnen dies, damit Sie einen Eindruck darüber gewinnen, was der Technon bedeutet.«

Langley wußte keine Erwiderung. Sulon war ein Beweis dafür, daß Sol noch nicht alle Vitalität verloren hatte, aber es lag etwas Unmenschliches in seinem Wesen.

»Ich habe erfahren, daß ein Außerirdischer von einer unbekannten Rasse zu Ihrer Mannschaft gehört hat und entflohen ist«, fuhr der alte Mann fort. »Ich sehe die Angelegenheit von einer sehr ernsten Seite. Das Wesen stellt einen vollkommen undurchsichtigen Faktor dar. Ihr eigenes Logbuch liefert nur wenig Informationen.«

»Ich bin davon überzeugt, daß Saris harmlos ist, mein Lord«, antwortete Langley.

»Das wird man noch festzustellen haben. Der Technon selbst befiehlt, ihn entweder bald zu finden oder ihn sofort zu töten. Haben Sie, als ein Freund von ihm, irgendeine Ahnung, wo er sich aufhalten könnte?«

Da war es wieder. Langley fühlte, wie ihn Eiseskälte überlief. Das Problem Saris Hronna versetzte sie alle in Angst und Schrekken. Und ein geängstigter Mann konnte ein sehr skrupelloser, grausamer Mann sein.

»Bisher sind wir nach dem Standardsuchprinzip vorgegangen, aber ohne Erfolg«, schaltete sich Chanthavar ein. »Ich sage Ihnen nur so viel, obwohl es geheim ist: Er hat drei meiner Männer umgebracht und ist in ihrer Flugmaschine entkommen. Wo ist er hin?«

»Ich . . . ich weiß es nicht. Ich muß darüber nachdenken«, stammelte Langley. »Das Ganze ist sehr unglücklich, mein Lord. Glaubt mir, ich werde mein Äußerstes tun.«

Langley wurde von einer dicken, behaarten Hand beiseitegezogen. Sie gehörte einem großen, spitzbäuchigen Mann in fremdartig aussehender Kleidung. Sein Kopf war massiv, wies eine ungeheure Nase, unordentliches feuerrotes Haar und den allerersten Bart auf, den Langley in diesem Zeitalter gesehen hatte. Der Mann besaß überraschend lebendige helle Augen. Seine etwas hohe Stimme war akzentuiert und sprach mit einer seltsamen Betonung. »Seien Sie gegrüßt, Sir. Es hat mich sehr danach verlangt,

Sie kennenzulernen. Goltam Valti ist der Name.«

»Ihr Diener, mein Lord«, sagte Langley.

»Nein, nein. Ich besitze keinen Titel. Der arme alte schmutzige Speichellecker Goltam Valti ist nicht in Farben geboren. Ich bin von der Kommerziellen Gesellschaft, und wir haben keine Adligen. Können sie uns nicht leisten. Schwer genug, in diesen Tagen seinen ehrlichen Lebensunterhalt zu verdienen, wenn einem sowohl von Käufern, als auch von Verkäufern der kleine Profit, von dem man leben muß, mißgönnt werden. Ich stamme ursprünglich vom Planeten Ammon im Tau-Ceti-System. Ein süßer kleiner Planet.«

Langley fühlte, wie sich in ihm Interesse zu regen begann. Er hatte schon etwas von der Kommerziellen Gesellschaft gehört, aber nicht genug. Valti führte ihn zu einem Diwan, und sie ließen sich nieder und pfiffen einem vorüberrollenden Tisch zu, damit er ihnen Erfrischungen auffuhr.

»Ich bin Chef-Faktor im Solarsystem«, fuhr Valti fort. »Sie müssen mich einmal besuchen kommen und unser Gebäude ansehen. Haben dort Andenken von mehr als hundert Planeten, und ich bin davon überzeugt, daß Sie sie sehr interessant finden werden. Aber eine Wanderung, die 5000 Jahre gedauert hat – das ist selbst für einen Handelsmann zuviel. Sie müssen eine Menge gesehen haben, Captain, eine ganze Menge. Ah, wenn ich noch mal jung wäre . . .«

Langley legte seine Zurückhaltung ab und stellte einige Fragen. Um von Valti Informationen zu erhalten, war große Geduld erforderlich. Man mußte zunächst einen langen Vortrag voller Selbstbemitleidung anhören, um einen Satz aufzufangen, der einigen Wert besaß. Aber nach und nach formte sich ein Bild. Die Kommerzielle Gesellschaft existierte seit tausend oder mehr Jahren und erhielt ihre Rekruten von allen bekannten Planeten, selbst von nicht menschlichen Rassen. Sie hatte den ganzen interstellaren Handel unter sich und vertrieb Waren, die nicht selten von Welten stammten, die in dieser winzigen Sektion der Milchstraße völlig unbekannt waren. Die Heimat des Gesellschaftspersonals bildeten die großen Raumschiffe, in denen sie – Männer, Frauen und Kinder – ihr Leben verbrachten. Sie besaßen ihre eigenen Gesetze, Sitten – ja selbst ihre eigene Sprache. Sie waren niemandem in der Galaxis Rechenschaft schuldig.

»Haben Sie keine Hauptstadt, keine Regierung?«

»Details, mein Freund, Details, die wir später besprechen können. Kommen Sie mich doch einmal besuchen. Ich bin ein einsamer alter Mann. Vielleicht kann ich Ihnen einen kleinen netten Zeitvertreib verschaffen. Sind Sie vielleicht zufällig im Tau-Ceti-System zwischengelandet? Nicht? Das ist schade. Es hätte Sie interessiert! Das doppelte Ringsystem des Osiris und die Eingeborenen von Horus, und die lieblichen, lieblichen Täler des Ammon. Ja, ja.« Die ursprünglichen Namen der Planeten hatten sich zwar verändert, aber nicht so sehr, daß Langley nicht erkennen konnte, an welche mythischen Figuren die Entdecker gedacht hatten, als sie sie tauften. Valti tischte jetzt seine Erinnerungen an Welten auf, die er in den beklagenswerterweise verlorenen Tagen seiner Jugend gesehen hatte, und Langley genoß die Unterhaltung.

»Ho – ihr da!«

Valti sprang auf und verneigte sich eifrig. »Mein Lord! Ihr ehrt mich mehr, als ich verdiene. Es ist lange her, daß ich Euch gesehen habe.«

»Ganze zwei Wochen«, grinste der blonde Riese in schreiend rotem Jackett und blauen Hosen. Er hielt einen Weinpokal in einer mächtigen Hand, während die andere die Fußgelenke einer kleinen, ausgesucht hübschen Tänzerin umfaßte, die auf seiner Schulter saß und vor Lachen quiekte. »Sie benützten unser damaliges Zusammensein dazu, mich um tausend Solars zu prellen, Sie mit Ihren Trickwürfeln.«

»Erhabenster Lord, auch über meinem häßlichen Haupt muß ab und zu das Glück lächeln. Die Wahrscheinlichkeit verlangt es.« Valti rieb sich die Hände. »Vielleicht möchte mein Lord an irgendeinem Abend der nächsten Woche Revanche nehmen?«

»Könnte sein. Hoppla!« Der Riese ließ das Mädchen auf den Boden hinuntergleiten und schickte es mit einem scherzhaften Klaps weg. »Lauf ein wenig herum, Thura, Kolin, oder wie du auch immer heißt. Werde dich später sehen.« Seine Augen waren sehr hell und blau, als sie sich jetzt auf Langley richteten. »Ist dies der Morgendämmerungsmann, von dem ich vernommen habe?«

»Ja. Mein Lord, darf ich Euch Kapitän Edward Langley vorstellen. Lord Brannoch dhu Crombar, der centaurische Gesandte.«

Dies also war einer der gehaßten und gefürchteten Männer von Thor. Er und Valti stellten die ersten klar erkennbaren kaukasischen Typen dar, die der Amerikaner bisher in diesem Zeitalter gesehen hatte. Wahrscheinlich waren ihre Eltern von der Erde aufgebrochen, bevor sich die Rassen hier zu der beinahe uniformen Mischung vermengten, und möglicherweise hatten bestimmte Umgebungsfaktoren das ihrige dazu beigetragen, die deutlichen Gesichtsmerkmale noch zu verstärken.

Brannoch grinste jovial, ließ sich nieder und erzählte eine schockierend unanständige Geschichte. Langley konterte mit der Story vom Cowboy, der drei Wünsche tun durfte. Brannochs brüllendes Lachen ließ die Gläser erzittern.

»Sie haben also noch immer Pferde verwendet?« fragte er danach.

»Ja, mein Lord. Ich wuchs in einem Pferdezuchtgebiet auf. Ich war . . . ich wollte eines Tages selbst welche züchten.«

Brannoch schien den Schmerz in der Stimme des Raumfahrers zu bemerken und ging mit überraschendem Taktgefühl dazu über, seinen Marstall zu Hause zu beschreiben. »Ich glaube, Thor würde Ihnen gut gefallen, Captain«, schloß er. »Wir besitzen noch immer Ellenbogenfreiheit. Wie die Leute hier mit zwanzig Milliarden fetten Fleischklumpen im Solarsystem überhaupt noch atmen können, wird mir stets ein Rätsel bleiben. Wie wär's, wenn Sie uns eines Tages mal besuchen?«

»Das würde ich sehr gern tun, mein Lord«, sagte Langley und fühlte, daß es nur halb gelogen war.

Brannoch lehnte sich zurück und streckte seine langen Beine aus. »Ich selbst bin auch ein wenig herumgekommen«, erzählte er. »Mußte das System vor einiger Zeit verlassen. Verbrachte hundert Jahre externer Zeit damit, daß ich mich herumtrieb, bis ich Gelegenheit erhielt, zurückzukehren. Ich habe eine Art Hobby, und zwar Planetographie. Das ist übrigens der einzige Grund, warum ich Ihre Einladung annehme, Valti, Sie spitzbäuchiger alter Schwindler. Sagen Sie, Captain, sind Sie jemals auf Procyon zwischengelandet?«

Eine halbe Stunde lang bewegte sich die Konversation in den Tiefen des Weltraums umher, auf Sternen und Planeten. Langley fühlte sich innerlich entspannter. Das Gewicht, das in ihm lag, verschwand allmählich. Die Vision des vielgesichtigen Unbekannten, das durch die endlose Schwärze des Weltraums wirbelte, war atemberaubend und ließ das Herz schneller klopfen.

»Übrigens«, sagte Brannoch, »habe ich Gerüchte über einen Außerirdischen gehört, den Sie mitgebracht haben sollen und der dann ausbrach. Wieviel Wahres ist daran?«

»Ah, ja«, murmelte Valti in seinen zerwühlten Bart. »Habe mich auch darüber gewundert. Ja, er scheint von einer ganz außerordentlichen Rasse zu stammen. Warum mag er wohl solch eine verzweifelte Aktion unternommen haben?«

Langley erstarrte. Was hatte Chanthavar gesagt? War die ganze Angelegenheit nicht streng geheim?

Brannoch würde natürlich seine Spione haben. Allem Anschein nach galt dies auch für Valti. Der Amerikaner hatte einen Augenblick lang den lähmenden Eindruck ungeheurer, miteinander ringender Mächte – einer Maschine, die im Begriffe stand, durchzudrehen. Und er befand sich mitten zwischen den rasenden Zahnrädern.

»Am liebsten möchte ich ihn meiner Sammlung einverleiben«, meinte Brannoch lässig. »Das heißt, ihm keinen Schaden zufügen, sondern ihn nur mal kennenlernen. Wenn er tatsächlich ein echter Telepath ist, wäre er einmalig.«

»Die Kommerzielle Gesellschaft besäße ebenfalls Interesse an dieser Angelegenheit«, murmelte Valti und betrachtete den Inhalt seines Glases. »Vielleicht besitzt der Heimatplanet dieses Wesens Handelsgüter, für die sich solch eine lange Reise lohnen würde.«

Nach einer kurzen Pause fügte er verträumt hinzu: »Ich glaube, die Entschädigung für eine entsprechende Information würde mehr als reichlich ausfallen, Captain. Die Gesellschaft hat ihre kleinen Ticks – und der Wunsch, eine neue Rasse kennenzulernen, ist ein solcher. Ja, damit wäre eine Menge Geld zu verdienen.«

»Vielleicht wage ich auch einen kleinen Wurf«, sagte Brannoch. »Ein paar Millionen Solars – und meinen Schutz. Wir leben in unruhigen Zeiten, Kapitän. Ein mächtiger Beschützer ist nicht zu verachten.«

»Die Gesellschaft«, bemerkte Valti, »besitzt exterritoriale Rechte. Sie vermag sowohl Freistatt zu bieten, als auch Abschied von der Erde, die sich langsam zu einem recht ungesunden Lebensraum entwickelt. Und natürlich monetäre Entschädigungen – drei Millionen Solars, als Investierung in neue Kenntnisse?«

»Hier ist kaum der Ort, an dem sich über Geschäfte sprechen läßt«, sagte Brannoch. »Aber ich erwähnte vorhin, Thor würde Ihnen bestimmt gefallen. Oder wir könnten Ihnen irgendwo anders ein neues Leben einrichten, wo es Ihnen am besten gefällt. Dreiundeinehalbe Million.«

»Die Gesellschaft«, bedeutete Valti, »umspannt das ganze bekannte Universum, Captain. Sie würden sich auf Ammon im Tau-

Ceti-System wie zu Hause fühlen. Natürlich steht es Ihnen frei, sich irgendeinen der zahllosen anderen zauberhaften Planeten auszusuchen, die im Einflußbereich der Gesellschaft liegen. Dreiunddreiviertel Millionen.«

»Sie können sich ohne weiteres«, meinte Brannoch, »wieder der Pferdezucht zuwenden, wie Sie es ursprünglich vorhatten. Pferdezucht wird auf Thor großgeschrieben. Aber Sie brauchen den Planeten nur zu nennen, auf dem Sie sich ansiedeln wollen. Vier Millionen.«

Valti stöhnte. »Mein Lord, wollt Ihr mich der Armut anheimfallen lassen? Ich habe eine Familie zu ernähren.«

»Ja. Eine auf jedem Planeten«, lachte Brannoch.

Langley saß noch immer wie versteinert da. Er glaubte jetzt zu wissen, warum sie alle Saris Hronna haben wollten. Aber was konnte er in dieser Sache tun?

Chanthavars kurze, drahtige Gestalt löste sich aus der Menge. »Oh, hier sind Sie ja«, sagte er. Er verbeugte sich nachlässig vor Brannoch und Valti. »Ihr Diener, mein Lord und guter Herr.«

»Danke, Channy«, meinte Brannoch. »Setz dich hin.«

»Nein. Jemand anders möchte gern den Kapitän kennenlernen. Entschuldigen Sie uns.«

Als sie sich in der Menge in Sicherheit befanden, zog Chanthavar Langley beiseite. »Jene beiden Männer wollten wohl von Ihnen, daß Sie ihnen Saris Hronna ausliefern?« fragte er. Ein seltsamer Ausdruck lag auf seinem Gesicht.

»Ja«, entgegnete Langley müde.

»Das dachte ich mir. Die solare Regierung ist durchsetzt von solchen Agenten. Na ja – tun Sie es nicht.«

In Langley stieg die Wut hoch. »Hör mal, mein Junge«, sagte er und richtete sich kerzengerade auf, bis sich Chanthavars Augen etwa auf der Höhe seiner Schultern befanden. »Ich bin keiner Partei von heute etwas schuldig – am allerwenigsten aber, wenn man mir so unlogisch kommt. Wann hören Sie endlich damit auf, mich wie ein Kind zu behandeln?«

»Ich werde Sie nicht unter Hausarrest stellen, um Sie aus dem Verkehr zu nehmen«, sagte Chanthavar nachdenklich, »obgleich ich es könnte. Es ist der Mühe nicht wert, weil wir den Flüchtling bis dahin bestimmt haben werden. Ich warne Sie jedoch, daß es Ihnen leid tun wird, wenn er in andere Hände als meine fallen sollte.«

»Haben Sie nicht noch einen weiteren Grund, daß Sie mich

nicht einsperren wollen?«

»Hmm, ja. Sie würden dann Ihre Gedanken nicht mehr anstrengen, und ich möchte, daß Sie Pläne machen, wenn meine eigene Suche erfolglos bleiben sollte. Und zudem ist es zu grob.« Chanthavar legte eine Pause ein und sagte dann mit eigenartiger Intensität: »Wissen Sie, warum ich dieses Spiel, das sich mit Politik und Krieg befaßt, zu Ende spiele? Glauben Sie etwa, ich wollte für mich selbst Macht gewinnen? Das ist etwas für Narren, die danach streben, andere Narren herumzukommandieren. Aber es bereitet Vergnügen, derart zu spielen. Es ist eine Lust, mich mit Brannoch und diesem schleimigen Rotkopf zu messen. Gewinnen, verlieren oder unentschieden – es ist amüsant. Ich beabsichtige jedoch, zu gewinnen.«

»Jemals an einen . . . Kompromiß gedacht?«

»Lassen Sie sich von Brannoch nicht bluffen. Er ist einer der kaltblütigsten und scharfsinnigsten Köpfe in der ganzen Galaxis. Ein netter Kerl . . . Wird mir ein wenig leid tun, wenn ich ihn eines Tages töten muß, aber . . . ach, tut nichts zur Sache!«

Chanthavar wandte sich ab. »Kommen Sie – wenden wir uns jetzt dem ernsten Geschäft zu, uns zu betrinken.«

6

Langleys Erfrischungsroboter verscheuchte am nächsten Morgen den Kater. Der Dienstroboter ließ das Frühstück auf einer Gleitbahn auf den Tisch rutschen und entfernte es wieder, als Langley fertig war. Aber danach kam ein langer Tag, an dem er nichts anderes tun konnte, als herumzusitzen und zu brüten.

Es wäre so einfach, klein beizugeben, mit Chanthavar zusammenzuarbeiten und sich vom Strom treiben zu lassen. Woher wußte er denn, daß es nicht das Richtige war? Das Technat schien gewissermaßen Ordnung, Zivilisation und Gerechtigkeit zu repräsentieren. Es stand ihm nicht an, sich gegen zwanzig Milliarden Menschen und 5000 Jahre Geschichte zu stellen.

Chanthavar besuchte die drei Männer am Nachmittag. Er gähnte noch immer herzhaft. »Diese verdammte Frühaufsteherei!« klagte er. »Vor Sonnenuntergang ist das Leben einfach nicht den Aufwand wert. Nun, wollen wir gehen?«

Als sie die Wohnung verließen, wurden sie von einem halben Dutzend seiner Leibwächter in die Mitte genommen. »Wozu sind die eigentlich da?« wollte Langley wissen. »Schutz vor den Gewöhnlichen?«

»Ich möchte mal den Gewöhnlichen sehen, der auch nur daran denkt, Unruhe zu stiften«, sagte Chanthavar. »Wenn er überhaupt denken kann – was ich manchmal bezweifle. Nein, ich benötige diese Burschen zum Schutz gegen meine Rivalen. Brannoch, zum Beispiel, würde mich mit größtem Vergnügen um die Ecke bringen, nur um mein Amt an einen unfähigen Nachfolger übergehen zu sehen. Ich habe eine ganze Menge seiner Agenten aufgespürt. Und dann gibt es noch Gegner innerhalb des Technats. Nachdem sie entdeckt haben, daß Bestechung und Intrigen mich nicht aus dem Sattel werfen können, ist es ihnen durchaus zuzutrauen, daß sie eine etwas handgreiflichere Methode ausprobieren.«

»Was würde es ihnen denn eintragen, Sie zu ... ermorden?« fragte Blaustein.

»Macht, Stellung, vielleicht einige meiner Besitztümer. Oder sie könnten auch nur aus reinem Haß handeln. Während meines eigenen Aufstiegs mußte ich auf einc Menge Zehen treten.«

Sie kamen auf eine Hochstraße und ließen sich von dem Rollband in schwindelnder Höhe über der Stadt entlangtragen. Aus dieser Höhe konnte Langley erkennen, daß Lora als eine einzige integrierte Einheit erbaut war. Kein Gebäude stand allein. Alle waren sie miteinander verbunden, und eine solide Decke spannte sich über die unteren Stockwerke.

Chanthavar deutete zum dunstigen Horizont, wo sich ein einzelner riesiger Turm erhob. »Wetterkontrollstation«, erklärte er. »Der größte Teil des Gebietes draußen gehört zur Stadt. Es ist der ministerielle öffentliche Park. Dort drüben jedoch, in dieser Richtung, vcrläuft die Grenze eines Besitztums, welches Tarahoe gehört. Er hat dort Gras angebaut, da er einer von jenen verrückten Zurück-zur-Natur-Burschen ist.«

»Gibt es hier keine Landgüter?« fragte Langley.

»Jupiter, nein!« Chanthavar sah äußerst überrascht aus. »Sie haben welche auf den centaurischen Planeten, aber ich kann mir kein unwirtschaftlicheres System vorstellen. Ein Teil unserer Nahrung wird synthetisch hergestellt; der Rest wird auf ministeriellem Land angebaut.«

In einem Terrassenrestaurant aßen sie etwas. Eilig hastende Maschinen bedienten hier eine fröhlich gekleidete, im übrigen jedoch recht steife Kundschaft von Aristokraten. Chanthavar zahlte die Rechnung mit einem Achselzucken. »Es fällt mir schwer, Geld in die Börse von Minister Agaz zu werfen – er ist auf meinen Kopf aus – aber Sie müssen zugeben, daß er einen guten Küchenchef hat.«

Die Leibwächter aßen nicht. Sie waren auf spärliche Diät und unermüdliche Wachsamkeit trainiert.

»Hier in den oberen Stockwerken gibt es eine Menge zu sehen«, meinte Chanthavar. Er wies auf das diskrete Glühzeichen eines Vergnügungshauses. »Ist aber mehr oder weniger alles das gleiche. Kommen Sie zur Abwechslung mal mit hinunter.«

In einem Gravitationsschacht glitten sie sechshundert Meter hinab und traten hinaus in eine andere Welt.

Hier gab es keine Sonne, keinen Himmel. Die Wände und die Decke bestanden aus Metall, die Fußböden waren weich und federnd, und eine liniengerade Eintönigkeit füllte Langleys Gesichtsfeld aus. Die Luft war zwar angenehm frisch, aber sie pulste und vibrierte mit einem Geräusch, welches niemals aufhörte; Pumpen, Hämmern, Vibrieren – der tiefe, stetige Herzschlag dieser riesenhaften Maschine, die man Stadt nannte. Die Korridore – die Straßen dieses Stadtteils – waren überfüllt; sie wimmelten von Leben und hallten von schrillen Stimmen wider.

Dies also waren die Gewöhnlichen. Langley blieb einen Augenblick im Schachtausgang stehen und betrachtete sie. Was er erwartet hatte, wußte er nicht – vielleicht graugekleidete Zombies. Aber er wurde überrascht. Das ungeordnete Gewühl der Masse erinnerte an Städte, die er in Asien gesehen hatte.

Die Kleidung war eine billige Kopie der der Minister – Tuniken für die Männer, lange Kleider für die Frauen. Es gab anscheinend eine Anzahl von Klassen, da Langley verschiedene Einheitsfarben erkennen konnte: Grün, Blau und Rot. Die Köpfe der Männer waren kahlrasiert, und die Gesichter spiegelten die Rassenmischung wider, zu der sich der Mensch in den vergangenen Jahrtausenden entwickelt hatte. Eine unglaubliche Menge nackter Kinder spielte mitten im Gewühl und unter den Füßen der Vorübereilenden. Die Geschlechtertrennung, auf die in den oberen Stockwerken streng geachtet wurde, galt hier nicht.

Chanthavar reichte Zigaretten herum, zündete sich selbst eine an und schritt dann mit den drei Raumfahrern hinter seinen Leibwächtern durch die Menge. Die Leute wichen zur Seite, verneigten sich respektvoll und gingen dann wieder ihren Arbeiten nach. »Wir werden zu Fuß gehen müssen«, sagte der Agent. »Hier unten gibt es keine Gleitwege.«

»Was bedeuten die verschiedenen Farben?« fragte Blaustein.

»Verschiedene Berufe: Metallarbeiter, Nahrungstechniker und so weiter. Es gibt ein gut organisiertes Zunftsystem, eine siebenjährige Lehrzeit, und zwischen den einzelnen Zünften herrscht eine ganz gehörige Rivalität. Solange die Gewöhnlichen ihre Arbeit verrichten und nicht über die Stränge schlagen, lassen wir sie ganz für sich. Die Polizei – stadteigene Sklaven – hält sie im Zaum, wenn mal eine ernstliche Unruhe ausbrechen sollte.« Chanthavar wies auf einen breitschultrigen, schwarzgekleideten Mann mit einem Stahlhelm. »Es spielt keine große Rolle, was hier passiert. Sie besitzen weder die Waffen noch die Ausbildung, irgend etwas in Gefahr zu bringen. Und der Unterricht, der ihnen zuteil wird, betont nur noch, wie sie sich dem grundliegenden System anzupassen haben.«

»Wer ist denn das?« Matsumoto deutete auf einen Mann in einem enganliegenden, scharlachroten Trikot, der sich mit maskiertem Gesicht und einem langen Dolch in seinem Gürtel durch die Menge wand, die keine Anstalten traf, ihn daran zu hindern.

»Die Mörderzunft. Meistens jedoch stellen sie sich nur für Einbrüche und Prügeleien zur Verfügung. Die Gewöhnlichen sind keine Roboter, und wir ermutigen sie, sich auszutoben und Wagnisse einzugehen. Sie dürfen keine Feuerwaffen tragen, und so ist die ganze Sache ziemlich harmlos und erheitert die anderen.«

Nach dem Abendessen, welches in einem von wohlhabenden Kaufleuten frequentierten Restaurant eingenommen wurde, lächelte Chanthavar. »Habe meine Beine heute reichlich strapaziert«, sagte er. »Wie wärs mit ein wenig Ringelpietz? Man kennt eine Stadt nur dann, wenn man ihre Laster kennt.«

»Nun, gut«, meinte Langley. Er war ein wenig beschwipst. Das starke Bier der unteren Stockwerke summte in seinem Kopf. »Wohin?«

»Zum Traumhaus«, sagte Chanthavar, indem er sie hinausführte. »Es ist ein beliebter Aufenthaltsort für alle Klassen.«

Der Eingang war ein wolkiges Blau, das sich in zahlreiche kleine Räume öffnete. Sie betraten einen von ihnen, zogen Masken über ihre Gesichter – lebendes synthetisches Fleisch, welches kurz auf dem Gesicht brannte, als es sich mit den Nervenenden in der Haut verband und dann ein Teil des Körpers selbst wurde. »Jedermann ist hier gleichgestellt, jeder ist anonym«, erklärte Chanthavar. »Erfrischend.«

»Was ist Ihr Wunsch, meine Herren?« Die Stimme kam aus dem Nichts – kühl und irgendwie unmenschlich.

»Allgemeiner Rundgang«, erwiderte Chanthavar. »Das Übliche. Hier, jeder von euch muß hundert Solars in diesen Schlitz werfen. Die Angelegenheit ist teuer, aber ein toller Spaß.«

Sie ließen sich auf einer – wie es schien – trockenen, flockigen Wolke nieder und schwebten empor. Die Leibwächter folgten ein kurzes Stück hinter ihnen. Türen öffneten sich vor ihnen. Sie hingen unter einem parfümierten Himmel mit surrealistischen Sternen und Monden und blickten hinunter. Unten breitete sich eine öde Landschaft aus.

»Zum Teil Illusion, zum Teil Wirklichkeit«, erklärte Chanthavar. »Für einen entsprechenden Preis können Sie hier alles erleben, was Ihnen vorschwebt. Sehen Sie...«

Die Wolke trieb durch einen Regen, der aus blauem und rotem und goldenem Feuer bestand und angenehm prickelte, als er ihre Körper berührte. Mächtige Musikakkorde brausten um sie auf. Durch die wirbelnden Flammen hindurch erhaschte Langley einen Schimmer von unwahrscheinlich lieblichen Mädchen, die in der Luft tanzten.

Dann befanden sie sich unter Wasser – wie es schien. Tropische Fische schwammen durch die grüne Transluzenz, während Korallen und wehende Schlingpflanzen unter ihnen lagen. Dann waren sie plötzlich in einer rot erleuchteten Grotte, wie die Hölle, in der die Musik mit heißem Pulsschlag ins Blut drang. Dann kamen sie in eine riesige fröhliche Gesellschaft ausgelassener Leute. Sie sangen und lachten und tanzten. Ein junges Mädchen lachte und zog an Langleys Arm. Er schwankte einen kurzen Augenblick. Dann sagte er: »Hau ab!«

Sie wirbelten einen brüllenden Wasserfall hinunter, schwebten durch Luft, die so dick war, daß man darin schwimmen konnte, und die sich trotzdem atmen ließ, glitten an Grotten und Schluchten vorüber, in denen man die Hand nicht vor Augen sehen konnte – und dann hielten sie an, in einer triefend feuchten Stille, die die Ungeheuerlichkeit des Alls selbst zu verbergen schien.

Chanthavars schattenhafte Gestalt winkte, und in seiner gedämpften Stimme lag ein eigenartig gespannter Ton: »Möchten Sie gern Schöpfer spielen? Ich werde es Ihnen zeigen...« Ein Ball wütenden Feuers lag in seinen Händen, und aus ihm formte er Sterne und verstreute sie in der undurchsichtigen Unendlichkeit. »Sonnen, Planeten, Monde, Völker, Zivilisationen – alles können Sie hier erschaffen, wie es Ihnen gefällt.« Zwei Sterne zerschmetterten und verschmolzen. »Sie können sich mit Ihrem Willen dazu zwingen, eine Welt wachsen zu sehen – jede Kleinigkeit, mag sie auch noch so winzig sein. Eine Million Jahre in einer Minute, oder eine Minute über eine Million Jahre ausgedehnt – es steht in Ihrer Macht. Sie können Ihre Welt mit einem Donnerknall strafen und dann zusehen, wie die Kreaturen knien und Sie anbeten.« Die Sonne in Chanthavars Hand glühte matt durch die Nebel. Winzige Funken umkreisten sie – die Planeten. »Ich will den Nebel klären. Es werde Licht!«

Etwas bewegte sich in der feuchten rauchigen Luft. Langley sah einen Schatten zwischen zwei neugebornen Konstellationen hindurchschreiten – tausend Lichtjahre groß. Eine Hand packte seinen Arm, und undeutlich bemerkte er das Pseudogesicht dahinter.

Er entwand sich dem Griff und stieß eine Warnung aus, als die andere Hand nach seinem Hals griff. Eine Drahtschlinge schnellte hervor und legte sich um seine Handgelenke. Zwei Männer waren es jetzt, die ihn zwischen sich zu nehmen suchten. Er warf sich zurück, und seine Faust landete krachend auf einer Wange, aus der künstliches Blut zu quellen begann.

»Chanthavar!«

Eine Strahlpistole zischte – erschreckend laut und scharf. Langley schleuderte eine riesige rote Sonne in eines der Gesichter, die neben ihm aus dem Nebel auftauchten. Während er sich aus dem Griff eines Armes befreite, der seine Hüfte umklammerte, stieß er der undeutlichen Gestalt sein Knie in den Magen und vernahm einen Schmerzenslaut.

»Licht!« brüllte Chanthavar. »Fort mit diesem Nebel!«

Der Dunst löste sich langsam und fetzenförmig auf. Eine tiefe, klare Schwärze wurde sichtbar – die Schwärze absoluten Vakuums, in der die Sterne wie Glühwürmchen schwammen. Dann strahlte die Beleuchtung auf.

Ein Mann lag tot neben Chanthavar auf dem Boden, sein Bauch von einem Energiestrahl aufgerissen. Die Leibwächter drängten sich unruhig durcheinander. Im übrigen waren sie völlig allein. Der von einem kalten Licht erhellte Raum enthielt nicht den geringsten Gegenstand.

Einen endlosen Augenblick lang starrten sich Langley und der Agent sprachlos an. Blaustein und Matsumoto waren verschwunden.

»Gehört ... dies ... mit zum Spaß?« fragte Langley gepreßt durch die Zähne.

»Nein.« Die Besessenheit des Jägers flackerte in Chanthavars Augen. Er lachte. »Prima Arbeit! Ich wollte, ich hätte diese Burschen in meinen Reihen. Ihre beiden Freunde sind unter meinen eigenen Augen betäubt und entführt worden. Kommen Sie!«

7

Einige Minuten lang herrschte ein tosendes Durcheinander, als Chanthavar mit abgehackter Stimme Befehle in ein Visiphon brüllte und die Verfolgung organisierte. Dann wirbelte er herum und blickte Langley an. »Ich werde natürlich diese Bude hier durchsuchen lassen«, sagte er. »Aber ich glaube nicht, daß sich die Kidnapper noch in der Nähe versteckt halten. Sind inzwischen über alle Berge. Die Roboter sind nicht dafür eingestellt, darauf zu achten, wer das Gebäude unter welchen Umständen verläßt – sind uns also keine Hilfe. Ich glaube auch nicht, daß wir den Angestellten dieses Vergnügungshauses finden werden, der den Entführern geholfen hat. Ich habe jedoch die Organisation in Alarmbereitschaft versetzt. Innerhalb einer halben Stunde wird hier eine Großfahndung stattfinden. Brannochs Gemächer stehen bereits unter Beobachtung.«

»Brannoch?« wiederholte Langley. Sein Gehirn schien weit entfernt zu liegen – schien das eines Fremden zu sein. Er konnte die Wirkung der in der Luft enthaltenen Drogen nicht so rasch abschütteln wie der Agent.

»Aber sicher! Wer denn sonst? Hätte niemals gedacht, daß er eine so tüchtige Bande auf der Erde besitzt. Natürlich bringen sie Ihre Freunde nicht direkt zu ihm. Irgendwo in den unteren Stockwerken wird es ein Versteck geben. Keine große Chance, es unter fünfzehn Millionen Gewöhnlichen zu finden, aber wir werden es versuchen. Wir werden es versuchen!«

Ein Polizist eilte mit einem kleinen metallumgebenen Gegenstand auf sie zu, und Chanthavar ergriff ihn. »Schälen Sie sich die Maske ab. Dies hier ist ein elektronischer Geruchfinder. Wir werden der Spur der Pseudogesichter folgen. Sie besitzen einen ganz eigenen Geruch, und ich glaube nicht, daß die Kidnapper ihre Masken im Traumhaus zurückgelassen haben. Jemand hätte ja sonst erkennen können, wie sie wirklich aussehen. Vorwärts!«

Etwa zwanzig Männer in schwarzen Uniformen, schwerbewaffnet und schweigend, umringten sie. Chanthavar strebte dem Hauptausgang zu. Er hatte plötzlich etwas von einem Bluthund an sich. Der Ästhet, der Hedonist und der gelegentliche Philosoph in ihm waren plötzlich wie weggewischt, und an ihrer Stelle stand der kalte Menschenjäger. In dem Instrument glühte ein Licht. »Tatsächlich, eine Fährte«, sagte er. »Wenn sie nur nicht allzu schnell kalt wird. Verdammt noch mal, warum müssen sie auch die unteren Stockwerke so gut durchlüften?« Er begann zu laufen, und seine Männer hielten mit ihm Schritt. Das Gewühl der Menschen wich zur Seite.

Langley war zu verwirrt, um denken zu können. Die Geschehnisse folgten so rasch aufeinander, daß er nicht mehr mitkam – und die Drogen des Traumhauses wirkten noch immer in seinem Blut und ließen die Welt als unwirklich erscheinen. Bob, Jim ... die große Dunkelheit hatte jetzt auch sie aufgenommen. Würde er sie jemals wiedersehen?

Wie fallendes Herbstlaub glitten sie einen Gravitationsschacht hinunter, wobei Chanthavar jeden einzelnen Ausgang überprüfte. Das nie endende Brummen der Maschinen wurde lauter. Langley schüttelte energisch den Kopf, um klarer sehen und denken zu können. Es war wie ein Traum. Willenlos trieb er zwischen schwarzgekleideten Phantomen dahin.

Er mußte fliehen. Er mußte allein sein und die Dinge in Ruhe überdenken. Die Idee wurde zu einem Zwang und verdrängte alles andere aus seinen Gedanken. Er befand sich in einem Alptraum und wollte aufwachen. Naßkalter Schweiß bedeckte seine Haut.

Das Licht flackerte schwach. »Diese Richtung!« Chanthavar eilte aus dem Portal. »Die Fährte wird undeutlicher, aber vielleicht ...«

Die Leibwächter folgten dicht hinter ihm. Langley blieb etwas zurück, ließ sich noch ein weiteres Stockwerk hinabsinken und trat dann ins Freie. Er war allein.

Er befand sich in einem schmutzigen, kaum erleuchteten Stadtteil, dessen Straßen nahezu ausgestorben schienen. Geschlossene Türen reihten sich in den Wänden zu beiden Seiten aneinander. Unter seinen Füßen lag Abfall, und das Stampfen und Brummen der Maschinen dröhnte lauter als zuvor. Er schritt rasch aus, bog um einige Ecken und suchte nach einem Versteck.

Langsam klärte sich sein Gehirn. Neben einer Tür saß ein alter

Mann in schmutzigen Lumpen und blickte ihn aus verschwommenen Augen schweigend an. Eine abgezehrte Frau huschte auf ihn zu, entblößte mechanisch grinsend schlechte Zähne und blieb zurück. Ein hochgewachsener junger Mann, zerlumpt und unrasiert, lehnte an der Wand und folgte seinen Bewegungen mit gleichgültigen Augen. Dies waren die Slums, das älteste und elendste Viertel, arm und vernachlässigt – die letzte Zuflucht. Dies war das Viertel, in das diejenigen flohen, die am harten Leben der oberen Stockwerke zerbrochen waren. Hier erwarteten sie das Ende. Für den Technon waren sie wertlos.

Langley blieb heftig atmend stehen. Eine Hand langte verstohlen aus einer engen Gasse nach der Börse an seinem Gürtel. Er schlug zu, und die nackten Füße des Kindes patschten in die Dunkelheit davon.

Verdammt blöde, was ich da getan habe, dachte er. Die bringen mich noch wegen meiner paar Kröten um.

Er eilte die Straße hinunter. Ein beinloser Bettler murmelte ihm etwas zu, aber er wagte es nicht, sein Geld zu zeigen. Der Mann hätte sich neue Beine wachsen lassen können, aber das war ein teurer Spaß. Weit hinten folgten ihm zwei zerlumpte Gestalten. Wo zum Teufel war ein Polizist? Kümmerte sich denn niemand darum, was hier unten vor sich ging? Eine ungeheuerliche Gestalt bog um eine Ecke. Sie besaß vier Beine und einen Torso mit Armen und einem nichtmenschlichen Kopf. Langley rief: »Wie komme ich hier heraus? Wo befindet sich der nächste Steigschacht? Ich habe mich verlaufen.«

Der Außerirdische sah ihn ausdruckslos an und setzte seinen Weg fort. Langley schlug die Richtung ein, aus der der Fremde gekommen war. Seine Verfolger rückten rasch näher.

Aus einer offenen Tür wimmerte Musik. Dort befand sich eine Bar und eine Menschenmenge – aber nicht von der Art, die er um Hilfe angehen würde. Als die Wirkung der Drogen endlich vollständig überwunden war, erkannte Langley, daß er sich in einer ernsten Lage befand.

Zwei Männer traten aus einer Gasse. Breitschultrig und kräftig gebaut, trugen sie bessere Kleidung, als man bei Gewöhnlichen zu bemerken pflegte. Einer von ihnen verneigte sich. »Kann ich Ihnen zu Diensten sein, mein Herr?«

Langley blieb stehen und fühlte die Kälte seines eigenen Schweißes. »Ja«, sagte er mühsam. »Ja, danke sehr. Wie komme ich aus diesem Viertel heraus?«

»Ein Fremder, mein Herr?« Sie nahmen ihn in die Mitte. »Wir werden Sie führen. Hier geht's entlang.«

Zu gefällig! »Was tun Sie denn hier unten?« fragte Langley.

»Wir sehen uns nur mal um, Sir.«

Ihre Sprache war zu kultiviert, zu höflich. Diese beiden sind genauso wenig Gewöhnliche, wie ich es bin!

»Bitte bemühen Sie sich nicht. Ich . . . ich möchte Sie nicht aufhalten. Es genügt, wenn Sie mir die Richtung angeben.«

»Oh, nein, mein Herr. Das wäre gefährlich. Sie befinden sich in einer sehr unsicheren Gegend.« Eine große Hand legte sich auf seinen Arm.

»Nein!« Langley blieb stehen.

»Wir müssen darauf bestehen, fürchte ich.« Ein Stoß, und er wurde halb mitgeschleift. »Es geschieht Ihnen nichts, mein Herr. Entspannen Sie sich. Völlig harmlos.«

Die riesige Gestalt eines Polizistensklaven tauchte in einer Seitenstraße auf. Langleys Atem rasselte in seiner Kehle. »Lassen Sie mich los«, sagte er rauh. »Lassen Sie mich los, oder . . .«

Finger schlossen sich um seinen Nacken – ganz unauffällig, aber er zuckte vor Schmerz zusammen. Als er wieder aufatmen konnte, war der Polizist verschwunden.

Wie betäubt folgte er den beiden Männern. Das Portal eines Gravitationsschachtes gähnte vor ihnen. Sie haben mir nachgespürt, dachte er bitter.

Drei Männer erschienen wie aus dem Nichts. Sie trugen die grauen Roben der Kommerziellen Gesellschaft. »Ah«, sagte einer. »Ihr habt ihn also gefunden. Das ist schön. Danke vielmals.«

»Was soll das bedeuten?« Langleys Begleiter wichen zurück. »Wer sind Sie? Was wollen Sie?«

»Den Kapitän nach Hause begleiten«, antwortete einer der Fremden. Sein Gesicht mit dem sorgfältig gestutzten Bart lächelte freundlich, und eine schwere Pistole sprang wie von selbst in seine Hand.

»Das ist illegal . . . diese Waffe . . .«

»Möglich. Ihr werdet jedoch sehr tot sein, wenn ihr nicht . . . so ist es bedeutend besser. Schließen Sie sich uns an, Kapitän, wenn Sie nichts dagegen haben.«

Langley betrat den Schacht zusammen mit seinen neuen Begleitern. Eine andere Möglichkeit schien es im Augenblick nicht zu geben.

Die Fremden sprachen kein Wort, trieben ihn aber zu größerer Eile an. Sie schienen sämtliche leeren Gassen und Abkürzungen zu kennen. Sehr rasch gewannen sie an Höhe, ohne jemandem zu begegnen. Langley versuchte, sich zu entspannen. Er hatte das Gefühl, von einem dunklen und unwiderstehlichen Strudel mitgerissen zu werden.

Und dann waren sie in der oberen Stadt, deren glänzende Spitzen und Bögen diamantenen Lichts sich von der Nacht und den Sternen abhoben. Die Luft drang warm und süß in seine Lungen, aber er fragte sich, wie lange er sie noch genießen durfte. Nicht weit vom Schachtausgang entfernt ragte ein massiver, achteckiger Turm aus dem übrigen Komplex in die Höhe. Über seiner Spitze lag ein strahlender Schein wie eine Wolke. Sie war von Buchstaben durchzogen, die die Worte KOMMERZIELLE GESELLSCHAFT bildeten. Die vier Männer traten auf das Rollband einer Brückenstraße und wurden zu einer Plattform auf halber Höhe des Turmgebäudes emporgetragen.

Als sie das Rollband verließen und über die Plattform schritten, landete eine kleine schwarze Flugmaschine geräuschlos neben ihnen. »Bleiben Sie stehen«, kam eine Stimme, so gewaltig und verstärkt, daß sie dröhnte. »Polizei.«

Polizei! Langleys Knie schienen plötzlich weich zu werden. Er hätte es sich denken können: Chanthavar würde dieses Gebäude nicht unbeobachtet lassen. Als der Raumfahrer vermißt wurde, hatte er Alarm gegeben. Die Organisation verstand ihr Handwerk, und jetzt war er gerettet!

Die drei Händler standen unbeweglich; ihre Gesichter schienen aus Holz geschnitzt zu sein. Plötzlich öffnete sich eine Tür, und ein weiterer Mann trat aus dem Gebäude auf die Plattform heraus, als fünf schwarzgekleidete Sklaven und ein ministerieller Offizier aus dem Boot kletterten. Es war Goltam Valti. Er wartete bei seinen Leuten, indem er sich nervös die Hände rieb.

Der Offizier verbeugte sich lässig. »Guten Abend, Sir. Ich bin hocherfreut, feststellen zu können, daß Sie den Kapitän gefunden haben. Wir können Ihnen nur danken.«

»Danke sehr, mein Lord.« Valti verneigte sich. Seine Stimme war schrill, beinahe spitz. Er blies seine dicken Backen auf und nickte mit seinem zottigen Kopf. »Es ist sehr nett von Euch, mein Lord, hierher zu kommen, aber Eure Hilfe wird nicht benötigt.«

»Wir werden ihn nach Hause bringen«, entgegnete der Offizier.

»Oh, Sir, Ihr werdet mir gewiß gestatten, diesem unglücklichen Fremden, dem das Schicksal hart zugesetzt hat, meine armselige Gastfreundlichkeit anzubieten. Es ist eine feste Regel in der Gesellschaft: Ein Gast darf sich niemals entfernen, ohne bewirtet worden zu sein.«

»Es tut mir leid, Sir, aber er muß.« Langley sah in dem schwachen flackernden Licht, daß der Offizier die Stirn runzelte. In seiner Stimme lag ein scharfer Ton: »Später, vielleicht. Jetzt muß er mit uns kommen. Ich habe meine Befehle.«

Valti verneigte sich tief. »Ihr habt alle meine Sympathien, Sir, und diese trüben Augen weinen bei dem Gedanken, daß zwischen Eurer Eminenz und mir ein Konflikt entstehen könnte, aber als der arme, alte und hilflose Wurm, der ich bin«, – das Winseln wurde zu einem butterweichen Schnurren – »fühle ich mich nichtsdestoweniger gezwungen, Euch sehr gegen meinen Willen, der einzig und allein für ein angenehmes Verhältnis zwischen uns ist, daran zu erinnern, daß Ihr Euch außerhalb Eurer Jurisdiktion befindet. Durch den Vertrag von Luna stehen der Gesellschaft exterritoriale Rechte zu. Erhabener Lord, ich flehe Euch an, mich nicht zu zwingen, Euren Ausweis zu verlangen.«

Der Offizier bewegte sich nicht. »Ich sage Ihnen, ich habe meine Befehle«, erklärte er schneidend.

Die breite Gestalt des Händlers hob sich plötzlich riesenhaft gegen den Himmel ab. Sein Bart sträubte sich. Aber seine Stimme blieb sanft: »Sir, meine Nase blutet vor Mitleid mit Euch. Aber seid bitte so gut und erinnert Euch daran, daß dieses Gebäude bewaffnet und gepanzert ist. Zwölf schwere Waffen sind zur Zeit auf Euch gerichtet, und ich muß Euch leider zum Nachgeben zwingen. Der Kapitän wird mit mir zusammen einige Erfrischungen einnehmen. Danach wird er nach Hause begleitet werden, aber zur Zeit ist es höchst ungastlich, ihn noch länger in dieser feuchten Luft stehenzulassen. Guten Abend, mein Lord.« Er ergriff Langleys Arm und führte ihn zur Tür. Die drei anderen folgten, und die Öffnung schloß sich hinter ihnen.

»Ich nehme an«, sagte der Raumfahrer langsam, »daß meine eigenen Wünsche keine Rolle spielen.«

»Ich hatte nicht gehofft, so bald schon die Ehre zu haben, privat mit Ihnen sprechen zu können, Captain«, antwortete Valti. »Auch glaube ich nicht, daß Sie einen kleinen Schwatz über einem Becher guten Ammoniter Weins bereuen werden. Zwar leidet er ein wenig durch den Transport, und ein so feiner Gaumen wie der Ihre wird das auch feststellen, aber ich behaupte doch untertänig, daß er gewisse Spitzenvorzüge beibehält.«

Sie waren einen Korridor hinuntergegangen, und jetzt öffnete sich eine Tür. »Mein Studio, Kapitän«, meinte Valti mit einer einladenden Verneigung. »Bitte treten Sie ein.«

Es war ein großer, niedriger, matt erleuchteter Raum, umgeben von Regalen, auf denen nicht nur Mikrospulen standen, sondern auch einige authentische Folio-Bände. Die Sessel waren alt und schäbig und bequem und der Schreibtisch groß und mit Schriftstücken bedeckt. Der Geruch starken Tabaks lag in der etwas muffigen Luft.

Ein Servierbrett auf seinen dünnen Armen, trat ein Wesen von der Größe eines Affen ein. Es besaß einen harten Schnabel und seltsam glühende Augen. Langley ließ sich in einem Sessel nieder und nahm eine Schale heißen, gewürzten Weins und einen Teller mit Kuchenstücken entgegen. Valti schnaubte und genehmigte sich einen tiefen Schluck. »Ah! Das tut den alten rheumatischen Knochen gut. Ich fürchte, die Medizin wird sich dem menschlichen Körper niemals anpassen können, der die genialsten neuen Wege findet, in Unordnung zu geraten. Aber ein guter Wein, Sir – guter Wein und ein flottes Mädchen und die weiten, hellen Hügel von Ammon – das ist die beste Medizin, die jemals erfunden wurde. Bring uns bitte Zigarren, Thakt.«

Das Affenwesen sprang auf den Tisch zu und hielt ein Kistchen in die Höhe. Beide Männer nahmen sich eine, und Langley fand, daß seine Zigarre ausgezeichnet schmeckte. Der Außerirdische saß währenddessen auf Valtis Schulter, kratzte sein grünes Fell und kicherte. Seine Augen wichen nicht von dem Raumfahrer.

»Nun –« Nach all dem, was in den letzten Stunden geschehen war, fühlte sich Langley erschöpft. Er besaß keine Energie mehr. Er entspannte seine Muskeln und ließ seine Müdigkeit durch den Körper rinnen. Aber sein Kopf war abnormal klar. »Nun, Mr. Valti, welchen Zweck hatte dieses Geplänkel?«

Der Händler blies einen Rauchring in die Luft und lehnte sich zurück, seine mächtigen Beine übereinanderschlagend. »Die Dinge beginnen sich mit einem recht unangenehmen Tempo zu entwickeln«, sagte er mit ruhiger Stimme. »Ich bin froh, sehr froh, daß ich diese Chance erhalten habe, mit Ihnen reden zu können.«

»Jene Polizisten machten den Eindruck, als ob sie gerade dies verhindern wollten.«

»Natürlich.« Die tiefliegenden kleinen Augen zwinkerten. »Sie werden jedoch einige Zeit brauchen, um die Reflexe zu ordnen, die sie Gehirn nennen, und sich zum Angriff auf mich zu entschließen. Dann werden Sie sich aber bereits wieder zu Hause befinden, da ich Sie nicht lange aufhalten will. Der gute Chanthavar andererseits – der würde nicht lange zögern. Glücklicherweise ist er jedoch anderswo beschäftigt.«

»Ja – er versucht, meine Freunde zu finden.« Langley fühlte einen dumpfen Schmerz. »Wissen Sie, daß man sie entführt hat?«

»Ja, das weiß ich.« In der Stimme lag ehrliches Mitgefühl. »Ich besitze meine eigenen Agenten in den solaren Streitkräften und weiß mehr oder weniger über alles Bescheid, was heute passiert ist.«

»Wo sind sie? Wie geht es ihnen?«

Der unter dem Bart halbverborgene Mund verzerrte sich. »Ich fürchte das Schlimmste für sie, Captain. Sie befinden sich aller Wahrscheinlichkeit in Lord Brannochs Gewalt. Vielleicht werden sie freigelassen. Ich weiß es nicht«, Valti seufzte. »In seiner Organisation habe ich keine Spione – noch besitzt er welche in meiner ... hoffe ich.«

»Sind Sie sicher, daß Brannoch ...«

»Wer sonst? Soviel ich erkennen kann, hat Chanthavar keine Veranlassung, solch eine Sache selber zu inszenieren. Er hätte Sie alle jederzeit nach Belieben einsperren lassen können. Von den anderen fremden Staaten ist keiner in die Affäre verwickelt; sie sind zu schwach. Von Brannoch weiß man, daß er die centaurische militärische Spionageabteilung leitet, obgleich er bis jetzt schlau genug war, keine Beweise aufkommen zu lassen, die seine Ausweisung herbeiführen würden. Nein, die einzige Mächtc, die in diesem Teil der Galaxis zählen, sind Sol, Centauri und die Gesellschaft.«

»Und warum«, fragte Langley nachdenklich, »hat Brannoch meine Leute entführt?«

»Leuchtet Ihnen das nicht ein? Das fremde Wesen – Saris Hronna wird es, glaube ich, genannt. Sie könnten wissen, wo es sich aufhält. Sie haben ja keine Ahnung, was für ein Fieber Saris Hronna bei uns allen hervorgerufen hat. Sie sind in jeder Minute von Agenten aller drei Mächte beobachtet worden. Ich selbst spielte mit der Idee, Sie entführen zu lassen, aber die Gesellschaft ist zu friedfertig, um bei solch einem Unternehmen besonders leistungsfähig zu sein. Jedenfalls ist uns Brannoch zuvorgekommen.

Als ich hörte, was geschehen war, sandte ich augenblicklich hundert Agenten aus, um Sie aufzuspüren. Glücklicherweise hatte eine Gruppe dann auch Erfolg.«

»Um ein Haar wäre es ihnen aber nicht gelungen«, meinte Langley. »Sie mußten mich zwei anderen Leuten abnehmen – Centaurier, vermute ich.«

»Natürlich. Ich glaube nicht, daß Brannoch versuchen wird, diese Festung hier anzugreifen, besonders deshalb, weil er sich mit der Hoffnung trägt, die Informationen von Ihren beiden Freunden zu bekommen. Halten Sie es für möglich, daß sie ihm irgend etwas mitteilen werden?«

»Das hängt davon ab.« Langley verengte die Lider und zog an der Zigarre. »Ich bezweifle es jedoch. Sie haben sich mit Saris nie näher befaßt. Im Gegensatz zu mir – wir pflegten uns manchmal stundenlang zu unterhalten –, obgleich ich noch immer nicht behaupten kann, sein Wesen vollständig begriffen zu haben.«

»Ah, so.« Valti schlürfte geräuschvoll seinen Wein. Sein Gesicht war bar jeden Ausdrucks. »Wissen Sie, warum er so bedeutungsvoll ist?«

»Ja, ich glaube. Der militärische Wert seiner Fähigkeit, elektronische Ströme auszulöschen oder zu steuern und so weiter. Aber ich bin erstaunt, daß Sie noch keine Maschinen besitzen, die das tun können.«

»Die Wissenschaft ist vor langer Zeit verkümmert«, sagte Valti. »Ich, der ich Welten gesehen habe, die in fortschreitender Entwicklung standen, obwohl sie gegenüber uns noch im Rückstand waren, kenne den Unterschied zwischen einer lebendigen Wissenschaft und einer toten. Der Geist einer aufgeschlossenen Forschungslust starb in den bekannten menschlichen Zivilisationen schon vor einer ganzen Weile aus.«

Valti blickte ihn unter schweren Lidern hervor an. »Es gibt natürlich Wege, einen Mann zum Sprechen zu zwingen«, sagte er. »Keine Folter – nichts derartig Rohes. Aber Drogen, welche die Zunge lösen. Chanthavar hat bisher gezögert, sie bei Ihnen anzuwenden. Wenn Sie tatsächlich keine Ahnung haben sollten, wo sich Saris befindet, könnte dieser ziemlich unangenehme Prozeß in Ihrem Unterbewußtsein einen Psychoblock errichten, der es Ihnen unmöglich macht, in Zukunft über dieses Problem nachzudenken. Nun – wahrscheinlich befindet er sich jetzt in einer so verzweifelten Lage, daß er es tun wird. Er wird es jedoch ganz sicher in dem Augenblick tun, in dem er glaubt, Sie wären auf eine

Idee gekommen. Sind Sie das schon?«

»Warum sollte ich Ihnen das sagen, Mister?«

Valti sah sehr geduldig aus. »Weil man eine so ungeheuere Waffe nur der Gesellschaft anvertrauen kann.«

»Das behaupten die anderen Mächte von sich auch«, entgegnete Langley trocken.

»Bedenken Sie«, sagte Valti. Seine Stimme blieb leidenschaftslos. »Sol ist eine erstarrte Zivilisation – einzig und allein daran interessiert, ihren Status quo zu erhalten. Die Centaurier prahlen mit ihrem sogenannten Pioniergeist, aber zwischen den Ohren sind sie genauso tot wie die Solarier. Keinen Grips. Wenn sie gewinnen würden, könnten wir eine Orgie der Zerstörung erleben, auf die aber bald das gleiche Muster folgen wird, das schon vorher da war. Außer dem Wechsel der Oberhäupter würde sich nicht das geringste verändern. Wenn eine Macht von der anderen vermutet, daß sie Saris in ihrer Gewalt hat, wird sie augenblicklich angreifen und den vernichtendsten Krieg in seiner Geschichte beginnen, die bereits Vernichtung in einem Umfang gesehen hat, den Sie sich nicht vorstellen können. Die anderen kleineren Staaten sind auch nicht besser – auch wenn sie in der Lage wären, die Waffe wirksam einzusetzen.«

»Nun gut«, entgegnete Langley. »Vielleicht haben Sie recht. Aber welche Ansprüche kann Ihre Gesellschaft stellen? Wer sagt mir, ob ihr wirklich eine Rasse von . . .« Er hielt inne, erkannte, daß es in der Erdsprache kein Wort für Heiliger oder Engel gab, und schloß kraftlos: »Warum sind Sie solch einer Sache würdig?«

»Wir sind nicht am Imperialismus interessiert«, sagte Valti. »Wir beschränken uns auf den Handel zwischen den Sternen . . .«

»Und stecken dabei wahrscheinlich ganz gehörige Summen ein.«

»Nun, ein ehrlicher Händler muß ja auch leben. Wir haben jedoch keinen Planeten und sind nicht daran interessiert, einen zu besitzen; denn unsere Heimat ist der Weltraum selbst. Wir töten nicht, außer in Notwehr. Gewöhnlich vermeiden wir einen Konflikt, indem wir uns zurückziehen. Es gibt stets genügend Raum für alle im Universum, und ein langer Sprung macht es uns so leicht, unsere Feinde zu überwinden, indem wir sie einfach überleben. Wir sind ein Volk für uns selbst, mit unserer eigenen Geschichte, eigenen Traditionen und Gesetzen – die einzige humane und neutrale Macht in der bekannten Milchstraße.«

»Erzählen Sie mir mehr«, sagte Langley leise. »Bis jetzt habe ich nur Ihr Wort. Sie müssen irgendeine zentrale Regierung besitzen, irgend jemanden, der die Entscheidungen trifft und die Gesellschaft koordiniert. Wo sind sie? Und wer sind sie?«

»Ich will ganz ehrlich mit Ihnen sein, Kapitän«, meinte Valti mit leiser Stimme. »Ich weiß es nicht.«

»Äh?«

»Niemand weiß es. Jedes Schiff ist in der Lage, normale Angelegenheiten selbst zu regeln. Wir hinterlegen unsere Berichte in den planetaren Büros und zahlen dort unsere Steuern. Wohin die Berichte und Gelder dann jedoch gehen, wissen weder die Angestellten in den Faktureien, noch weiß ich es. Es besteht eine Übermittlungskette, eine zellenartige, geheime Bürokratie. Es ist unmöglich, ihr selbst durch Dekaden von Lichtjahren nachzuspüren. Ich selbst nehme einen hohen Posten ein, leite zur Zeit die Büros im Solarsystem und kann die meisten Entscheidungen selbständig treffen. Dann und wann jedoch erhalte ich spezielle Befehle durch einen absolut dichten Kanal. Wenigstens einer der Oberhäupter muß sich hier auf der Erde aufhalten, aber wo und wer – oder was –, könnte ich nicht sagen.«

»Wie hält euch diese ... Regierung ... bei der Stange?«

»Wir gehorchen«, antwortete Valti. »Die Schiffsdisziplin ist angeboren und bestimmt die Handlungen jedes einzelnen der Gesellschaft, selbst derjenigen, die – wie ich – nicht im Weltraum geboren sind, sondern von einem Planeten stammen. Wir haben die Rituale, die Eide – Konditionierung, wenn Sie wollen. Ich habe noch nie von einem Fall gehört, daß ein Befehl absichtlich verweigert wurde. Aber wir sind ein freies Volk. Es gibt keine Sklaverei bei uns – und keine Aristokratie.«

»Außer Ihren Oberen«, murmelte Langley. »Woher wissen Sie, daß sie für Ihr Wohl arbeiten?«

»Sie dürfen aus einer Sicherheitspolitik keine hintergründigen und melodramatischen Folgerungen herauslesen, Captain. Wenn jedermann wüßte, wo das Hauptquartier der Oberhäupter liegt, und wie sie aussehen, dann wären sie einem Angriff und einer raschen Vernichtung hilflos ausgeliefert. Eine Beförderung zur Übermittlungskette schließt ein, daß der Betreffende vollständig verschwindet. Wahrscheinlich wird er chirurgisch verändert und erhält ein neues Aussehen. Ich würde das Angebot sofort annehmen, wenn es mir eines Tages gestellt würde.

Unter ihren Oberen, wie Sie sie nennen, hat die Gesellschaft in den tausend Jahren seit ihrer Gründung prosperiert. Wir bilden eine Macht, mit der man rechnen muß. Sie selbst haben gesehen, wie ich in der Lage war, den Offizier einzuschüchtern.«

Valti holte tief Luft und stürzte sich ins Geschäft: »Ich habe jedoch bisher noch keine Befehle bezüglich Saris erhalten. Wenn man angeordnet hätte, Sie gefangenzunehmen, seien Sie überzeugt, daß Sie hier nicht mehr 'rauskämen. Aber so, wie die Dinge stehen, besitze ich noch beträchtliche Freiheit.

Hier ist mein Angebot. Auf der Erde sind da und dort kleine interplanetare Boote versteckt. Sie können jederzeit aufbrechen. In einiger Entfernung von der Erde befindet sich ein bewaffneter Lichtgeschwindigkeits-Kreuzer – in den Tiefen des Raumes wohlverborgen, falls man nicht seinen Bahnkreis kennt. Wenn Sie mir helfen, Saris zu finden, werde ich Sie beide in Sicherheit bringen und mein Äußerstes tun, Ihre Freunde zu befreien. Saris wird untersucht werden, aber er wird keinen Schaden irgendwelcher Art erleiden. Wenn er es wünscht, kann er später zu seiner Heimatwelt zurückkehren. Sie selbst können der Gesellschaft beitreten oder auf einem von Menschen kolonisierten Planeten, der außerhalb des Einflußbereichs von Sol als auch Centauri liegt, ein neues Leben beginnen. Es gibt dort draußen viele zauberhafte Welten, eine umfangreiche, kulturelle Auswahl. Welten, in denen Sie sich wieder wie zu Hause fühlen können. Ihre monetäre Entschädigung wird Ihnen eine gute Anfangsgrundlage geben.

Ich glaube nicht, daß Ihnen die Erde noch gefallen wird, Captain. Ich glaube auch nicht, daß Sie die Schuld daran tragen wollen, daß ein Krieg entbrennen und die Planeten vernichten wird. Ich bin davon überzeugt, daß Sie mit uns am besten fahren.«

Langley starrte zu Boden. Die Müdigkeit war nahe daran, ihn zu überwältigen. Er wollte nach Hause, zurückkriechen über Lichtjahre und Jahrhunderte, bis er Peggy wiederfand. Wie ein Schrei hallte es in ihm nach.

»Ich weiß nicht«, murmelte er. »Woher soll ich wissen, daß Sie mich nicht belügen? Übrigens weiß ich auch nicht, wo sich Saris aufhält. Ich bezweifle, daß ich ihn allein finden kann.«

Valti hob skeptisch eine Augenbraue, sagte aber nichts.

»Ich brauche Zeit, um es mir zu überlegen«, bat Langley. »Lassen Sie es mich überschlafen.«

»Wenn Sie es wünschen.« Valti erhob sich und suchte in einer Schublade. »Aber vergessen Sie nicht, daß Sie von Chanthavar bald dieser Wahl enthoben werden können. Ihre Entscheidung, – wenn es Ihre eigene sein soll – muß bald getroffen werden.«

Er zog ein kleines flaches Kunststoffkästchen aus der Schublade und reichte es ihm. »Das ist ein Kommunikator, auf eine Frequenz eingestellt, die sich dauernd verändert. Er kann nur durch einen darauf abgestimmten zweiten Apparat entdeckt werden, der sich in meinem Besitz befindet. Wenn Sie mit mir sprechen wollen, drücken Sie auf diesen Knopf. Sie brauchen ihn nicht an den Mund zu halten. Hier . . . befestigen Sie ihn direkt auf Ihrer Haut, unter der Kleidung. Er haftet von selbst und ist für Spionstrahlen transparent.«

Langley erhob sich. »Danke«, murmelte er. »Anständig von Ihnen, mich gehen zu lassen.« Oder ist das auch nur ein Trick, um mich zu täuschen? dachte er dabei.

»Gern geschehen, Kapitän.« Valti ging voraus zur äußeren Plattform. Eine gepanzerte Polizeimaschine schwebte dicht neben ihrem Rand. »Wie ich sehe, wartet das Taxi schon auf Sie. Gute Nacht, Sir.«

8

Die Wetterkontrolle hatte heute für dieses Gebiet Regen verordnet. Die höchsten Türme der Stadt verschwanden in den Wolken. Als Brannoch aus dem Fenster blickte, sah er nur einen feuchten Schimmer von Metall, der in kurzer Entfernung im strömenden Regen verschwand. Dann und wann zuckte ein Blitz über den Himmel, und als er dem Fenster befahl, sich zu öffnen, streifte eine kalte, feuchte Brise sein Gesicht.

Er fühlte sich eingeengt. Er schritt im Raum auf und ab und umher, und in seinem Innern kochte er vor Wut. Er sprach mit abgehackter Stimme, als ob er jedes einzelne Wort abbeißen und ausspucken mußte.

»Nichts«, sagte er. »Nicht das Geringste. Sie wußten es nicht. Sie hatten keine Ahnung, wo sich das Biest aufhalten könnte. Wir erforschten ihre Erinnerungen bis zur Zellenebene hinunter, fanden aber nichts, was wir verwenden konnten.«

»Besitzt Chanthavar irgendeinen Anhaltspunkt?« fragte die mechanische Stimme.

»Nein. Der letzte Bericht meines Mesko-Agenten teilte mit, daß jemand in der gleichen Nacht, in der die Flugmaschine gestohlen wurde, in ein Lagerhaus eingebrochen ist und einige Kisten mit Weltraumverpflegung mitgenommen hat. Alles, was das Wesen danach zu tun brauchte, bestand darin, die Vorräte in sein Versteck zu bringen, die Flugmaschine auf automatischen Kurs zu setzen und fortzuschicken, und sich dann niederzulassen und zu warten. Was es anscheinend bis jetzt auch getan hat.«

»Es wäre seltsam, wenn sich der Außerirdische ausschließlich menschlicher Nahrung bedienen könnte«, sagte Thrymka. »Die Wahrscheinlichkeitsberechnungen weisen stark darauf hin, daß sich seine diätetischen Bedürfnisse wenigstens etwas von den Ihren unterscheiden. Es werden eine kumulative Mangelkrankheit oder Vergiftung auftreten. Allmählich wird er daran eingehen.«

»Das könnte Wochen dauern«, sagte Brannoch, »und in der Zwischenzeit gerät er vielleicht in die Lage, sich das zu verschaffen, was ihm fehlt. Es könnte nur ein Spurenelement sein, Titan oder alles mögliche. Oder er könnte mit einer der nach ihm suchenden Parteien in Verbindung treten. Ich betone noch einmal: es ist keine Zeit zu verlieren!«

»Wir sind dessen durchaus gewahr«, antworteten die Thrymkaner. »Haben Sie Ihre Agenten dafür bestraft, daß es ihnen nicht gelang, auch Langley festzunehmen?«

»Nein. Sie haben ihr Bestes getan und hatten Pech. Er befand sich fast schon in ihren Händen – unten in der Alten Stadt –, aber dann wurde er von bewaffneten Mitgliedern der Gesellschaft befreit. Wäre es möglich, daß ihn Valti bestochen hat? Vielleicht würde es sich lohnen, diesen alten Fettsack umzulegen.«

»Nein.«

»Aber . . .«

»Nein. Die Politik des Rates verbietet den Mord eines Gesellschaftsmitgliedes.«

Brannoch zuckte die Achseln. »Aus Angst, sie könnten aufhören, mit Centauri Handel zu treiben? Wir sollten unsere eigenen Handelsschiffe bauen. Wir sollten unabhängig von jedem sein. Der Tag wird kommen, an dem der Rat einsieht . . .«

»Nachdem Sie eine neue Dynastie gegründet haben, die über eine centaurische interstellare Hegemonie herrscht? Vielleicht!« Eine kaum merkbare Andeutung von Sarkasmus lag in der künstlichen Stimme. »Aber fahren Sie mit Ihrem Bericht fort. Sie wissen, daß wir eine mündliche Kommunikation vorziehen. Besaßen Blaustein und Matsumoto überhaupt keine verwendbaren Informationen?«

»Nun ... ja. Sie sagten, wenn jemand in der Lage sei, über den Aufenthaltsort und die Handlungen von Saris Hronna Auskunft zu geben, dann Langley. Reines Pech, daß gerade er derjenige war, den wir nicht entführen konnten. Chanthavar hat ihn jetzt mit einer starken Wache umgeben, so daß ein zweiter Versuch zum Scheitern verurteilt ist.«

Brannoch strich mit einer Hand über seine gelbe Mähne. »Natürlich habe ich eine gleiche Anzahl meiner eigenen Leute ausgeschickt, um ihn zu beobachten. Sie werden es Chanthavar wenigstens nicht ganz einfach machen, ihn verschwinden zu lassen. Zur Zeit stehen wir auf einem toten Punkt.«

»Welche Entscheidung wurde bezüglich der beiden Gefangenen getroffen?«

»Nun ... sie befinden sich noch immer im Versteck, unten in der Alten Stadt. Anästhesiert. Ich habe gedacht, ich werde ihnen die Erinnerung an die Geschehnisse auslöschen und sie dann gehen lassen. Sie sind nicht wichtig.«

»Das könnte sein«, sagte das Ungeheuer – oder die Ungeheuer. »Wenn man sie jedoch zu Chanthavar zurückschickt, stellen sie zwei Geiseln dar, mit deren Hilfe er möglicherweise Langleys Mitarbeit gewinnen kann. Sie bei uns gefangenzuhalten, macht viel Arbeit und ist gefährlich. Lassen Sie sie töten und ihre Körper vernichten.«

Brannoch verhielt seinen Schritt. Nach einiger Zeit, während der das Geräusch des Regens vor dem Fenster überwältigend laut schien, schüttelte er den Kopf. »Nein.«

»Warum nicht?«

»Ein Mord im Interesse unserer Angelegenheit ist vertretbar. Aber wir töten keine hilflosen Gefangenen auf Thor.«

»Ihre Begründung ist logisch gesehen unzulänglich. Erteilen Sie den Befehl.«

Brannoch stand unbeweglich. Das Wandmuster, hinter dem sich der Tank verbarg, wirbelte langsam vor seinen Augen; ihm gegenüber lief der Regen wie flüssiges Silber an der großen Glasscheibe hinunter.

Es fiel ihm plötzlich ein, daß er noch niemals einen Thrymkaner gesehen hatte. Es gab Stereographien, aber unter dem ungeheuren Gewicht von Thrymka – einem Planeten von 80000 Kilometer Durchmesser und einer dreifachen Erdbeschleunigung – konnte kein Mensch leben. Es war eine Welt, in der Eis mächtige Berge und Gebirge bildete, wo Ströme und Meere flüssigen Ammoniaks von Stürmen umtost wurden, die die ganze Erde zu verschlingen vermocht hätten, wo die Chemie des Lebens auf Wasserstoff und Ammoniak basierte, anstatt auf Sauerstoff und Wasser, wo gigantische Gasexplosionen mit roten Flammen in der sturmdurchpeitschten Dunkelheit loderten. Die Bevölkerungszahl der vorherrschenden Rasse wurde auf fünfzig Milliarden geschätzt, und eine Million Jahre aufgezeichneter Geschichte hatte sie zu einer einzigen riesigen unmenschlichen Zivilisation vereint. Es war keine Welt für einen Menschen, und Bannoch wünschte manchmal, sie hätten niemals ihre Roboter hinuntergesandt, um mit den Thrymkanern Verbindung aufzunehmen.

Er stellte sich den Inhalt des Tanks in Gedanken bildlich vor: vier dicke Scheiben, einen Meter achtzig Durchmesser, von schiefergrauer Farbe. Jede von ihnen stand auf sechs kurzen Beinen mit klauenbewehrten Füßen; jeweils zwischen einem Beinpaar befand sich ein Arm, der in einer dreifingerigen Hand von phantastischer Kraft endete. Eine Ausbauchung in der Mitte der Scheibe war der Kopf, der sich nicht bewegen konnte. Er besaß vier Augen, die um einen rüsselartigen Fühler auf dem Oberteil des Kopfes herum angeordnet waren. Dieser wies einige Membranen auf, welche die Funktion von Hörorganen erfüllten. Am unteren Teil des Kopfes lag der Mund und ein zweiter Rüssel, der gleichzeitig zum Riechen und zur Nahrungsaufnahme diente. Die Thrymkaner unterschieden sich in nichts voneinander – weder durch Aussehen noch durch Handlung. Es war egal, ob Thrymkaner 1 oder Thrymkaner 2 sprach.

»Sie überlegen, ob Sie sich weigern sollen«, sagte die Mikrofonstimme. »Sie sind nicht besonders gut auf uns zu sprechen.«

Auf kurze Entfernung konnte ein Thrymkaner die Gedanken seines Gegenübers lesen. Nichts konnte man denken oder planen, ohne daß er es nicht sofort wußte. Es bildete den einen Grund dafür, daß sie wertvolle Ratgeber darstellten. Der andere Grund hing mit dem ersten zusammen: indem sie ihre Fühler zusammenbrachten, konnten sie sich – ohne sich der mündlichen Sprache zu bedienen – direkt mit Hilfe von Gedanken unterhalten, eine Nerv-zu-Nerv-Verbindung, in der jegliche Individualität aufgehoben war und wobei die einzelnen intelligenten, hochspezialisierten Entitäten zu einem einzigen Gehirn von unvorstellbarer Leistungsfähigkeit verschmolzen. Die aus solchen Multigehirnen bestehenden Ratgeber hatten nicht wenig Anteil daran, daß die Liga des Alpha Centauri ihre gegenwärtige Stärke besaß.

Aber sie waren nicht menschlich. Sie waren dem menschlichen Wesen noch nicht einmal entfernt ähnlich. Sie hatten mit dem Menschen beinahe gar nichts gemein. Sie trieben innerhalb der Liga Handel, wenn man den Austausch von wertvollen Rohstoffen so nennen wollte. Sie hatten Sitze im Rat und nahmen hohe Stellungen ein. Ihre Zusammenschlußfähigkeit machte ihre Gehirne quasi-unsterblich und gänzlich fremdartig. Nichts war über ihre Kultur, ihre Kunst und ihre Ziele bekannt. Wenn sie tatsächlich Gefühle besaßen, dann waren sie so eigenartig, daß die einzig mögliche Verständigung mit einem Menschen nur auf der Basis kalter Logik erfolgen konnte.

Und verdammt noch mal, ein Mann war mehr als eine logisch funktionierende Maschine.

»Ihr Denkprozeß ist unklar«, sagte Thrymka. »Sie können ihn klären, indem Sie Ihre Einwände mündlich vorbringen.«

»Ich werde diese Männer nicht ermorden lassen«, sagte Brannoch. »Es ist eine Frage der Ethik. Ich könnte niemals vergessen, was ich getan habe.«

»Ihre Gesellschaftsform hat Sie entlang recht willkürlicher Linien konditioniert«, entgegneten die Thrymkaner. »Wie die meisten Ihrer Verwandtschafts-Konzeptionen ist es sinnlos und wider die Selbsterhaltung. Innerhalb einer vereinigten Zivilisation – die der Mensch nicht besitzt – könnte solch eine Ethik gerechtfertigt sein, aber nicht angesichts der vorliegenden Bedingungen. Es wird Ihnen befohlen, jene Männer töten zu lassen.«

»Und wenn ich es nicht tue?« fragte Brannoch sanft.

»Wenn der Rat von Ihrer Weigerung erfährt, werden Sie entfernt und verlieren die Chance, das Ihnen vorschwebende Ziel zu erreichen.«

»Der Rat braucht es gar nicht zu erfahren. Ich könnte einfach ein Leck in den Tank schlagen. Sie würden wie Tiefseefische explodieren. Ein sehr bedauerlicher Unfall nach außen hin.«

»Das werden Sie nicht tun. Sie können uns nicht entbehren. Ferner würden sämtliche Thrymkaner im Rat von Ihrem Verbrechen erfahren, sobald Sie vor ihn treten.«

Brannochs goß sich einen starken Drink ein. Dann schaltete er das Robophon ein. »Hier spricht Yantri. Stellen Sie die beiden Motoren ab. Demontieren Sie die Teile. Sofort. Das ist alles.«

Der Regen fiel endlos. Brannoch starrte hinaus. Nun ... das wär's. Ich habe es wenigstens versucht, dachte er.

Er schüttelte sich und vertrieb die letzten Bedenken. Es gab noch viel zu tun. »Ich nehme an«, sagte er, »daß Sie von Langleys bevorstehendem Besuch wissen.«

»Wir haben es in Ihren Gedanken gelesen. Wir wissen jedoch nicht genau, aus welchem Grund Chanthavar ihm das gestattet.«

»Um mich auszuhorchen, natürlich. Um eine Ahnung von meinen Plänen zu bekommen. Ferner würde er übergeordnete Autoritäten verärgern, von denen einige von mir bestochen sind und die angeordnet haben, daß Langley vorläufig soviel Freiheit haben solle, wie es nur geht. Die Überlegungen der Technat-Leute über diesen Mann aus der Vergangenheit werden von einer ganzen Menge Sentimentalität beeinflußt. Chanthavar würde sich natürlich über sie hinwegsetzen, wenn er genau wüßte, daß er damit etwas gewinnen könnte – aber zur Zeit will er Langley als Köder benützen.«

Brannoch grinste. »Und ich werde mitspielen. Habe nichts dagegen einzuwenden, daß er mir ein wenig in meine Karten sieht, denn er kann vorläufig doch nichts Ernstes gegen mich unternehmen. Ich habe Langley eingeladen, zwecks einer Unterredung zu mir zu kommen. Wenn er wissen sollte, wo sich Saris befindet, können Sie es in seinen Gedanken lesen. Ich werde die Konversation in diese Richtung lenken. Wenn er es nicht weiß, habe ich einen Plan, wie ich den Zeitpunkt erfahren kann, an dem er das Problem gelöst hat, und wie die Antworts lautet.«

»Das Gleichgewicht der Kräfte ist sehr labil«, sagten die Thrymkaner. »Sobald Chanthavar vermutet, daß wir die Antwort wissen, wird er gegen uns vorgehen.«

»Ich weiß. Ich werde jedoch die gesamte Organisation in Aktion setzen – Spionage, Sabotage, Aufwiegelung der Massen. Das wird ihn beschäftigt halten und ihn veranlassen, so lange von Langleys Festnahme und Verhör abzusehen, bis er sicher ist, daß der Bursche etwas weiß. In der Zwischenzeit können wir ...« Eine Glocke schlug an. »Das muß er sein!«

Langley trat langsam ein und blieb stehen. Er sah sehr müde aus. Seine konventionelle Kleidung konnte nicht verhüllen, daß er nicht in diese Welt gehörte.

Lächelnd trat der Centaurier vor. Der feuerrote Umhang bauschte sich über seinen mächtigen Schultern. »Guten Tag, Kapitän. Es ist sehr freundlich von Ihnen, daß Sie gekommen sind. Ich wollte schon lange mit Ihnen sprechen.«

»Ich kann nur kurze Zeit bleiben«, sagte Langley.

Brannoch warf einen Blick zum Fenster. Ein Kampfschiff schwebte unbeweglich dort draußen. Überall würden Männer postiert sein, Spionstrahlen und Waffen in Bereitschaft. Es hatte keinen Zweck, ihn dieses Mal entführen zu wollen. »Nehmen Sie bitte Platz. Möchten Sie einen Drink? Bedienen Sie sich nur.« Er warf sich in einen Sessel und fuhr fort: »Wahrscheinlich haben Sie bis zum Hals genug von den blöden Fragen über Ihre Zeit und wie es Ihnen hier gefällt. Ich möchte Sie in dieser Richtung nicht belästigen. Aber ich wollte Sie etwas bezüglich der Planeten fragen, auf denen Sie während Ihrer langen Reise zwischengelandet sind.«

Langleys hageres Gesicht spannte sich. »Passen Sie mal auf«, sagte er langsam, »der einzige Grund, warum ich hierhergekommen bin, ist der, daß ich von Ihnen verlangen wollte, meine Freunde freizulassen.«

Brannoch zuckte die Achseln. »Es tut mir wirklich leid.« Seine Stimme war weich. »Aber sehen Sie, ich habe sie gar nicht. Ich gebe zu, so etwas geplant zu haben, aber jemand ist mir zuvorgekommen.« Brannoch nippte an seinem Drink. »Sehen Sie, ich kann es Ihnen nicht beweisen. Ich verstehe Sie durchaus, wenn Sie argwöhnisch sind. Warum aber geben Sie ausgerechnet mir die Schuld? Es gibt andere, die mindestens ebensoviel Geld hätten. Die Kommerzielle Gesellschaft zum Beispiel.«

»Sie ...«

»Ich weiß. Die haben Sie vor einigen Nächten auf der Straße aufgelesen, sozusagen. Neuigkeiten machen die Runde. Wahrscheinlich hat man Sie ganz schön einzuseifen versucht. Woher wollen Sie wissen, ob man Ihnen die Wahrheit gesagt hat? Goltam Valti ist ein sehr durchtriebener und unehrlicher Mann. Er gefällt sich in der Rolle eines Netzflechters, und ich gebe zu, er versteht sein Handwerk.«

Langley blickte ihn mit gequältem Ausdruck an. »Haben Sie meine Männer gefangengenommen oder nicht?« fragte er rauh.

»Bei meiner Ehre, nein«, Brannoch empfand keine Skrupel, wenn es sich um Diplomatie handelte. »Ich hatte mit den Geschehnissen neulich nachts nicht das geringste zu tun.«

»Es waren zwei Gruppen verwickelt. Eine war die Gesellschaft. Und die andere?«

»Vielleicht ebenfalls Valtis Agenten. Er könnte es als nützlich erachtet haben, wenn Sie in ihm Ihren Befreier erblicken würden. Oder ... hier ist eine andere Möglichkeit: Chanthavar selbst inszenierte die Entführung. Er wollte Ihre Freunde verhören, Sie jedoch als Reserve im Hintergrund behalten. Als Sie ihm entkamen, könnte Valtis Bande die Gelegenheit beim Schopf ergriffen haben. Oder vielleicht arbeitet Valti selbst mit Chanthavar zusammen – oder, so phantastisch es auch klingen mag, Chanthavar mit Valti. Die Permutationen der Bestechung . . .« Brannoch lächelte. »Ich kann mir vorstellen, daß Sie eine ganz nette Standpauke zu hören bekommen haben, als Sie zu Ihrem Freund Channy zurückkehrten.«

»Ja. Ich bedeutete ihm auch, was er damit tun könne. Ich habe mich lange genug herumkommandieren lassen.« Langley nahm einen tiefen Schluck aus seinem Glas.

»Ich werde mich der Sache annehmen«, sagte Brannoch. »Ich muß selbst Gewißheit erhalten. Bisher ist es mir noch nicht gelungen, etwas herauszufinden.«

Langleys Finger bewegten sich nervös. »Halten Sie es für möglich, daß ich die Jungs jemals wiedersehen werde?« fragte er.

»Das ist schwer zu sagen. Aber setzen Sie Ihre Hoffnungen nicht zu hoch und gehen Sie nicht darauf ein, wenn jemand versuchen sollte, ihre Leben gegen Ihre Informationen einzuhandeln.«

»Das werde ich auch nicht. Es steht zuviel auf dem Spiel.«

»Nein«, murmelte Brannoch. »Ich glaube nicht, daß Sie es tun würden.«

Er lehnte sich noch weiter zurück und sprach lässig die wichtigste Frage aus: »Wissen Sie, wo sich Saris Hronna aufhält?«

»Nein.«

»Keine Idee? Gibt es keinen Ort, der Ihnen logisch erscheint?«

»Ich weiß es nicht.«

»Nun, ich habe versprochen, Sie nicht zu quälen. Entspannen Sie sich, Kapitän. Nehmen Sie noch einen Drink.«

Die Unterhaltung erstreckte sich noch über eine ganze Stunde und reichte bis zu weitentfernten Sternen und Planeten. Brannoch bot seinen ganzen Charme auf und war der Überzeugung, daß es nicht ohne Erfolg blieb.

»Ich muß gehen«, sagte Langley schließlich. »Meine Babysitter werden sich schon Sorgen machen.«

»Wie Sie wünschen. Sie können mich jederzeit wieder besuchen.« Brannoch führte ihn zur Tür. »Oh, nebenbei. Wenn Sie zu Hause eintreffen, wird Sie dort ein kleines Geschenk erwarten.

Ich glaube, es wird Ihnen gut gefallen.«

»Huh?« Langley starrte ihn verwundert an.

»Keine Bestechung. Keine Bedingungen daran geknüpft. Kleine Aufmerksamkeit. Völlig harmlos. Wenn Sie es nicht behalten, wäre ich sehr beleidigt. Aber ich überlege mir, wieso all die Leute, die Sie als Werkzeug zu verwenden trachten, nie auf die Idee kamen, daß Sie ja ein Mann sind. Ein Mann von altem Schrot und Korn.« Brannoch klopfte ihm auf die Schulter. »Machen Sie's gut. Viel Glück!«

Als er gegangen war, wirbelte der Thorer herum. In seinen Augen brannte ein wildes Feuer. »Haben Sie es?« fragte er. »Konnten Sie irgendeinen Gedanken erwischen?«

»Nein«, sagte die Stimme. »Wir konnten seine Gedanken überhaupt nicht lesen.«

»Was?«

»Nur Kauderwelsch. Nichts davon war verständlich. Jetzt hängt alles von Ihrem Plan ab.«

Brannoch warf sich in einen Sessel. Einen kurzen Augenblick lang fühlte er sich niedergeschlagen. Warum? Hatte die langsame Anhäufung der durch die kosmische Strahlung verursachten Mutationen das menschliche Gehirn dermaßen verändert? Er wußte es nicht. Die Thrymkaner hatten noch niemals irgend jemandem erklärt, wie ihre Telepathie arbeitete.

Aber ... nun, Langley war trotzdem ein Mann. Es bestand noch immer eine Möglichkeit. Eine sehr gute Möglichkeit. Brannoch seufzte und versuchte, die Spannung in seinem Inneren zu lösen.

9

Die Polizeieskorte begleitete ihn bis zur Haustür. Und dort würden andere stehen, verborgen in den Menschenschlangen auf den Brückenstraßen, versteckt hinter dem Regen, der in wahren Bächen von den transparenten Dachkuppeln rann. Kein Friede mehr, kein Privatleben ... wenn er nicht klein beigab und ihnen sagte, was er wußte.

Er müßte es tun, sonst würde man bald die Geduld verlieren und sein Gedächtnis aufreißen und seine Kenntnis herauspicken. Bisher, so überlegte Langley, war es ihm ausgezeichnet gelungen, sich zu verstellen. Es war nicht allzu schwer. Er stammte aus einer Zivilisation aus der Vergangenheit, und die Nuancen seines Tonfalls, seiner Bewegungen und seiner Stimme konnten selbst von den erfahrensten Psychologen der Gegenwart nicht interpretiert werden. Ferner war er stets ein guter Pokerspieler gewesen.

Aber wer? Chanthavar, Brannoch, Valti? Besaß denn Saris keinerlei Rechte in dieser Angelegenheit? Sie könnten ihn alle angelogen haben. Langley schüttelte den Kopf. Er mußte sich entscheiden, und zwar rasch.

Er trat hinaus, ging durch eine Halle zum Gravitationsschacht und schwebte zu seinem Stockwerk empor. Vier Leibwächter folgten ihm. Aber sie würden wenigstens vor der Tür stehenbleiben und ihn allein lassen.

Langley blieb stehen, damit ihn die elektronischen Augen der Tür abstrahlen konnten. »Sesam, öffne dich«, sagte er mit müder Stimme, und das unsichtbare Mikrofon hörte ihn. Er trat ein, und die Tür schloß sich hinter ihm.

Und dann dröhnte einen Augenblick lang eine Explosion in seinem Kopf, die ihn bis zu den tiefsten Gehirnzellen erschütterte, und prickelnde Dunkelheit senkte sich kurz über ihn.

Sie verschwand wieder. Er schwankte auf den Füßen, wagte sich nicht zu rühren, fühlte die Tränen über seine Wangen rinnen. »Peggy«, flüsterte er mit erstickter Stimme.

Sie kam mit ihren langen Beinen auf ihn zu. Das einfache weiße Kleid war um die schlanke Taille gegürtet, und das rötliche Haar fiel in reicher Fülle auf ihre Schultern. Ihre Augen waren groß und grün, ihr Mund zärtlich und weich, ihre Stupsnase die gleiche, die er früher so oft geküßt hatte – und selbst die kleinen Sommersprossen fehlten nicht. Als sie vor ihm stand, beugte sie ehrfurchtsvoll ihr Knie. Er sah, wie das Licht über ihr glänzendes Haar glitt.

Er streckte die Hand aus, als ob er sie berühren wollte, hielt aber auf halbem Weg inne. Plötzlich bissen seine Zähne aufeinander, als er seine Kinnmuskeln krampfartig spannte, und das Blut rann eiskalt durch seine Adern. Er wandte sich ab.

»Du bist nicht Peggy«, preßte er hervor. »Du bist es nicht.«

Sie verstand sein Englisch nicht, mußte aber die Bedeutung seiner Worte erraten haben. Ihre Stimme klang rauchig, wie die der echten Peggy – aber doch nicht ganz gleich. »Sir, ich werde Marin genannt. Ich wurde Ihnen als Geschenk von Lord Brannoch dhu Crombar gesandt. Es wird mir ein Vergnügen sein, Ihnen dienen zu dürfen.«

Wenigstens, dachte Langley, hat dieser Hundesohn soviel Verstand bewiesen, ihr einen anderen Namen zu geben.

Sein Herz begann einige Schläge zu überspringen und ruckartig zu pochen. Er schnappte nach Luft. Langsam tastete er sich zum Dienstroboter hinüber. »Gib mir ein Beruhigungsmittel«, sagte er. »Ich möchte bei Bewußtsein bleiben, aber ruhig werden.« Seine Stimme klang fremd in seinen Ohren.

Als er die Flüssigkeit getrunken hatte, fühlte er eine lähmende Dunkelheit aufsteigen. Seine Hände prickelten, als die Wärme zurückkehrte. Sein Herz verlangsamte seinen Schlag, die Lungen dehnten sich wieder aus, die schwitzende Haut zitterte und entspannte sich. Sein Inneres befand sich wieder im Gleichgewicht.

Er betrachtete das Mädchen, und sie lächelte ihm ängstlich zu. Nein – nicht Peggy. Das Gesicht und die Figur, ja, aber keine Frau seiner Zeit hatte jemals so gelächelt.

»Wo kommst du her?« fragte er sanft, ein wenig erstaunt über seinen ruhigen Tonfall. »Erzähl mir von dir.«

»Ich bin eine Sklavin der Klasse 8, Sir«, entgegnete sie demütig, jedoch ohne die geringste Befangenheit. »Wir werden speziell zu intelligenten, angenehmen Gesellschafterinnen ausgebildet. Ich bin zwanzig Jahre alt und Jungfrau. Lord Brannoch hat mich vor wenigen Tagen gekauft und nach einigen chirurgischen Änderungen und psychologischer Konditionierung Ihnen als Geschenk übersandt. Ich stehe zu Ihren Diensten, Sir.«

»Alles erlaubt, wie?«

»Ja, Sir.« Ein kleiner Funke Angst flackerte in ihren Augen. Geschichten über perverse und sadistische Besitzer mußten in den Erziehungs- und Trainingszentren die Runde gemacht haben. Aber ihm gefiel die Tapferkeit, mit der sie ihm antwortete.

»Tut nichts zur Sache«, sagte er. »Ich werde überhaupt nichts unternehmen. Du mußt zu Lord Brannoch zurückkehren und ihm ausrichten, daß er ein ringelschwänziger Bastard ist und sich durch diesen faulen Trick die letzte Chance verdorben hat, meine Mitarbeit zu gewinnen. Du kannst mich wörtlich zitieren.«

Sie errötete, und ihre Augen füllten sich mit Tränen. Sie besaß wenigstens Stolz. Nun ja, Brannoch wußte genau, daß Langley an einer Marionette kein Interesse gehabt hätte. Es mußte sie nicht wenig Anstrengung kosten, ihre Antwort im Zaum zu halten: »Dann wollen Sie mich also nicht, Sir?«

»Nein. Du sollst diese Nachricht übermitteln. Hau ab.«

Sie verneigte sich und wandte sich zum Gehen. Langley lehnte sich mit geballten Fäusten an die Wand.

»Einen Augenblick!« Es war, als ob jemand anderes gesprochen hätte. Sie blieb stehen.

»Ja, Sir?«

»Sag mir . . . was wird jetzt mit dir geschehen?«

»Ich weiß nicht, Sir. Lord Brannoch wird mich bestra-«

Sie brach ab und schüttelte den Kopf mit einer eigenartigen hartnäckigen Ehrlichkeit, die nicht im geringsten zu einer Sklavin paßte. Aber Peggy war genauso gewesen. »Nein, Sir. Er wird einsehen, daß es nicht meine Schuld ist. Vielleicht behält er mich eine Zeitlang, oder verkauft mich an jemand anderes. Ich weiß es nicht.«

Langley fühlte, wie sich seine Kehle zuschnürte. Der fette Minister Yulien vielleicht – schnaufend neben diesem Mädchen, das Peggy so ähnlich sah!

»Nein.« Er lächelte, und das Lächeln tat seinem Mund weh. »Es tut mir leid. Du . . . hast mich verwirrt. Geh nicht weg. Setz dich hin.«

Er ließ sich selbst in einen Sessel sinken, und sie zog ihre langen schlanken Beine unter sich, um zu seinen Füßen zu kauern. Er berührte ihr Haar mit großer Zärtlichkeit. »Weißt du, wer ich bin?« fragte er.

»Ja, Sir. Lord Brannoch sagte, Sie seien ein Raumfahrer aus einer Zeit, die weit zurückliegt, und hätten sich zu uns verirrt, wo Sie sich sehr einsam fühlen. Und er sagte, daß ich jetzt wie Ihre Frau aussehe. Ich nehme an, er benützte Bilder, um die Kopie herzustellen. Er sagte, er glaube, Sie würden jemanden, der wie sie aussieht, sehr gern haben.«

»Und was noch? Was solltest du tun? Mich dazu überreden, ihm zu helfen? Er benötigt meine Hilfe in einer sehr wichtigen Angelegenheit.«

»Nein, Sir.« Sie erwiderte seinen Blick offen. »Ich sollte nur Ihren Befehlen und Wünschen gehorchen. Vielleicht . . .« Ihr kleines Stirnrunzeln sah Peggy so ähnlich, daß er sich auf die Zunge beißen mußte, um nicht aufzuschreien. »Vielleicht rechnet er mit Ihrer Dankbarkeit?«

»Da kann er lange warten!« Langley zwang seine Gedanken zur Klarheit. Es sah Brannoch, der ein zynischer Realist sein mußte, nicht ähnlich, anzunehmen, daß dieses Geschenk den Raumfahrer veranlassen würde, geifernd bei ihm angelaufen zu kommen. Oder? Manche grundlegenden Charakterzüge der menschlichen Natur hatten sich mit der Umbildung der Gesellschaftsformen geändert. Vielleicht würde ein Erdenbewohner von heute tatsächlich so reagieren.

»Erwartest du von mir, daß ich mich ihm verpflichtet zeige?« fragte er langsam.

»Nein, Sir. Warum sollten Sie? Ich bin kein sehr teures Geschenk.«

Langley sehnte sich nach seiner alten Pfeife. Er müßte sich in den nächsten Tagen speziell für sie etwas Tabak schneiden lassen, dachte er vage. Niemand rauchte heutzutage noch Pfeife. Er streichelte ihr bronzenes Haar mit einer Hand, die unter der Einwirkung der Beruhigungsdroge aufgehört hatte zu zittern.

»Erzähl mir noch ein wenig über dich, Marin«, sagte er. »Wie spielt sich dein Leben ab?«

Sie beschrieb es, erschöpfend und ohne Groll, aber nicht ohne Humor.

In der von der Droge in ihm erzeugten Gelöstheit erkannte Langley, daß Marin ihm sehr nützlich sein konnte. Er stellte einige Fragen über Geschichte und aktuelle Geschehnisse, und sie gab ihm intelligente Antworten. Vielleicht halfen ihm ihre Kenntnisse, zu entscheiden, was er tun sollte.

»Marin«, fragte er, »bist du jemals auf einem Pferd geritten?«

»Nein, Sir. Ich kann einen Wagen oder ein Flugzeug steuern, aber ich habe noch nie auf einem Tier gesessen. Es wäre ein Spaß, es einmal zu versuchen.« Sie lächelte, jetzt völlig ihrer Scheu enthoben. »Sie sind . . . nett«, sagte sie. »Ich habe großes Glück gehabt.«

»Den Teufel hast du. Hör zu, ich behalte dich hier, weil ich es nicht übers Herz bringe, dich 'rauszuwerfen. Aber du könntest großer Gefahr ausgesetzt sein. Ich stecke mitten in einem interstellaren Pokerspiel und – ich werde versuchen, dich in Sicherheit zu bringen, wenn es hier zu knallen beginnt, aber ich könnte dazu nicht mehr in der Lage sein. Sag mir ehrlich: kannst du der Aussicht, getötet oder – oder . . . na ja, mißhandelt zu werden, ins Gesicht sehen?«

»Ja. Ich wurde ausgebildet, großen Mut zu zeigen.«

»Ich wünschte, du würdest nicht so reden«, sagte er düster. »Aber ich schätze, du kannst nichts dafür. Innerlich mögen die Leute immer noch die gleichen sein, aber sie denken heute anders. Nun . . .«

»Worin besteht die Gefahr? Kann ich Ihnen helfen?« Sie legte eine Hand auf seine Knie. Es war eine schlanke Hand, jedoch mit starken Fingern, genau wie ... »Ich möchte Ihnen wirklich helfen!«

»Uh-uh«, brummte er und schüttelte den Kopf. »Ich werde dir nicht mehr erzählen, als ich unbedingt muß; denn wenn man auf die Idee kommen sollte, daß du etwas von der Sache weißt, dann wirst du zu einem Pokerchip. Und die werden kassiert.« Er mußte den englischen Namen des Kartenspiels verwenden. Von allen Spielen, die er kannte, hatte nur das Schachspiel die Jahrtausende überlebt. Aber sie erriet die Bedeutung. »Und versuche bloß nicht, dir die Dinge an den Fingern abzuzählen. Ich sage dir, es ist gefährlich.«

Es lag keine Berechnung in der Art und Weise, wie sie sich erhob, sich über ihn beugte und mit einer Hand über seine Wange strich. »Es tut mir leid«, flüsterte sie. »Es muß fürchterlich für Sie sein.«

»Ich werde am Leben bleiben. Ich mag dich, befinde mich aber zur Zeit unter dem Einfluß einer Beruhigungsdroge. Es war ein gewaltiger Schock, dich zu sehen – und es wird noch eine ganze Weile lang ein Schock bleiben. Halte dich im Hintergrund, Marin. Duck dich hinter einen Sessel, wenn ich anfange, mit Gegenständen um mich zu schmeißen. Versuche nicht, Mitleid zu zeigen. Laß mich einfach in Ruhe. Verstanden?«

Sie nickte stumm.

Trotz der Drogen wurde seine Stimme leidenschaftlich. »Du kannst im Nebenzimmer schlafen. Du gefällst mir, aber ich will deinen Körper nicht. Nicht ... nicht unter diesen Bedingungen.«

»In Ordnung«, sagte sie ruhig. »Ich verstehe. Wenn Sie es sich anders überlegen, werde ich auch das verstehen.« Nach einem Moment fuhr sie fort: »Sie können mein Äußeres noch einmal ändern lassen.«

Er antwortete nicht, sondern saß schweigend in seinem Sessel.

Als er allein war, zog Langley einen Pyjama an und kroch ins Bett. Er schloß seine Augen und versuchte, sich das Bild von Peggy ins Bewußtsein zu rufen. Sie lebte nicht mehr, sie war vor so langer Zeit gestorben, daß sich ihr eigenes Blut inzwischen über die gesamte Rasse verteilt und verdünnt hatte. Durchaus möglich, daß jeder, der ihm begegnet war, Chanthavar und Brannoch und Valti und Marin und Yulien und die gesichtslosen Gewöhnlichen, die sich in den unteren Stockwerken zusammendrängten, der unvergessenen Nacht entstammten, die er mit ihr verbracht hatte. Es war ein eigenartiger Gedanke. Er fragte sich, ob sie wohl wieder geheiratet hatte.

Es mochte einige Stunden später sein, als er die Detonation vernahm. Er setzte sich aufrecht und starrte aus blicklosen Augen in die Dunkelheit. Das war eine Strahlpistole gewesen!

Ein zweites Krachen ertönte und dann das Dröhnen schwerer Stiefel auf dem Fußboden. Langley sprang aus dem Bett. Ein bewaffneter Angriff – ein echter Entführungsversuch diesmal, trotz aller Wächter! Ein weiterer Energiestrahl flammte irgendwo draußen im Freien auf, und er vernahm eine tiefe Stimme, die einen Fluch ausstieß.

Er preßte sich mit geballten Fäusten gegen die entfernteste Wand. Kein Licht. Wenn sie hinter ihm her waren, sollten sie ihn nur suchen und herausholen.

Tumult entstand im Wohnzimmer. Dann hörte er Marin schreien.

Er rannte zur Tür. »Mach auf, verdammt noch mal!« Die Tür gehorchte und wich zur Seite. Ein metallumhüllter Arm riß ihn zurück und auf den Boden hinunter.

»Bleiben Sie, wo Sie sind, Sir.« Es war ein rauhes Keuchen aus einem maskenartigen Kampfhelm. »Sie sind eingebrochen . . .«

»Lassen Sie mich los!« Langley stemmte sich gegen die gigantische Gestalt des Solarpolizisten. Nichts zu machen; der Sklave stand wie ein Fels.

»Tut mir leid, Sir, meine Befehle . . .«

Ein blau-weißer Strahl schoß durch sein Blickfeld. Langley erhaschte einen Schimmer einer in einen Raumanzug gehüllten Gestalt, die sich gerade aus dem Fenster warf. In ihren Armen wand sich Marin. Riesige Polizisten sprangen wild feuernd hinterher.

Dann kam langsam die Stille.

Der Leibwächter verneigte sich. »Jetzt sind sie weg. Sie können herauskommen, wenn Sie wollen.«

Langley trat in das Chaos seines Wohnzimmers. Dichter Rauch und der Gestank verbrannten Kunststoffes und beißenden Ozons erfüllte dieLuft.

»Was ist geschehen?« rief er.

»Beruhigen Sie sich bitte, Sir.« Der untersetzte Kommandant warf seinen Helm zurück. Sein kahlrasierter Kopf, der aus dem Metall und Gewebe seines Panzers hervorragte, sah unscheinbar klein aus. »Alles in Ordnung. Möchten Sie ein Beruhigungsmittel haben?«

»Ich habe Sie gefragt, was geschehen ist!« Langley fühlte sich versucht, seine Faust in dieses unbewegliche Gesicht zu schmettern. »Los, sagen Sie es mir – ich befehle es Ihnen!«

»Sehr wohl, Sir. Zwei kleine Raumschiffe haben uns soeben angegriffen.« Der Kommandant deutete auf das Fenster. »Während das eine unsere Boote zurückhielt, setzte das andere Männer in Raumanzügen mit Antigrav-Fluggeräten ab, die in das Appartement einbrachen. Einige von ihnen hielten unsere Leute zurück, die durch die Tür drangen, während die anderen Ihre Sklavin ergriffen. Dann gingen wir zum Angriff über. Weitere Leute kamen dazu, und sie zogen sich zurück. Keine Toten auf beiden Seiten, glaube ich. Es war ein sehr kurzes Feuergefecht. Glücklicherweise haben sie Sie nicht erwischt, Sir.« – »Wer war es?«

»Ich weiß nicht, Sir. Ihre Ausrüstung gehörte keiner bekannten Militär- oder Polizeimacht an. Ich glaube, daß eine unserer Flugmaschinen einen Suchstrahl hinter ihnen herschickte, aber wir können ihnen nicht in den luftleeren Raum folgen – und dorthin entflohen sie zweifellos. Aber entspannen Sie sich, Sir. Sie sind in Sicherheit.«

Ja. In Sicherheit. Langley schluckte schwer und wandte sich ab. Alle Energie schien aus ihm entwichen zu sein.

Chanthavar erschien noch in derselben Stunde. Sein Gesicht blieb unbewegt, als er den Kampfplatz überblickte. »Sie sind entkommen, das stimmt«, sagte er. »Macht jedoch nichts, da sie nichts ausgerichtet haben.«

»Wer war es – wissen Sie es?« fragte Langley düster.

»Nein, ich könnte es nicht sagen. Vielleicht Centaurier, vielleicht die Gesellschaft. Wird natürlich untersucht werden.« Chanthavar zündete sich eine Zigarette an. »In gewisser Beziehung ist es ein gutes Zeichen. Wenn ein Spion derart brutale Methoden anzuwenden beginnt, ist er gewöhnlich verzweifelt und am Ende seines Einmaleins.«

»Hören Sie.« Langley packte seinen Arm. »Wir müssen sie finden. Wir müssen das Mädchen zurückholen.«

Chanthavar zog tief an seiner Zigarette. »Sie bedeutet Ihnen also bereits so viel?« fragte er.

»Nein! Ach, verdammt noch mal, es ist reine Anständigkeit! Sie können es nicht zulassen, daß sie von den Leuten auseinandergerissen und nach etwas durchsucht wird, was sie nicht weiß.«

»Sie ist nur eine Sklavin«, meinte Chanthavar achselzuckend. »Anscheinend wurde sie ganz zufällig mitgenommen, als die Männer aus Ihrer Wohnung fliehen mußten. Es bedeutet nicht das geringste. Ich werde Ihnen ein Duplikat von ihr machen lassen, wenn sie Ihnen so wichtig ist.« – »Nein!«

»Gut, wie Sie wollen. Aber wenn Sie versuchen, Informationen gegen sie einzuhandeln . . .«

»Das werde ich nicht«, sagte Langley. Die Lüge war bereits ein mechanischer Reflex. »Ich habe nichts, was ich einhandeln könnte – jedenfalls jetzt noch nicht.«

»Ich werde alles tun, was in meinen Kräften steht«, versprach Chantavar. Er klopfte Langley mit überraschender Freundlichkeit auf die Schulter. »Sie gehen jetzt wieder ins Bett. Ich verschreibe Ihnen eine Schlafdroge, die zwölf Stunden vorhält.«

Langley nahm sie ohne Protest. Es war gut, dem niedergeschlagenen Gefühl seiner eigenen Hilflosigkeit zu entfliehen. Er sank in einen Abgrund, der keine Träume und keine Erinnerungen enthielt.

Am Nachmittag kam ein Anruf. Er eilte zum Robophon, stolperte, stürzte zu Boden und erhob sich fluchend. Die Hand, die das Gerät einschaltete, zitterte heftig.

Chanthavars Gesicht lächelte ihn mit ungewöhnlicher Wärme an. »Ich bringe Ihnen eine gute Nachricht, Kapitän«, sagte er. »Wir haben das Mädchen gefunden.«

Einen kurzen Augenblick lang zögerte sein Gehirn, die Worte zu akzeptieren. Die Grube seiner Enttäuschungen und Verzweiflung war so tief ausgehoben, daß er nicht aus ihr herausklettern konnte. Er starrte mit offenen Mund auf das Gesicht des Agenten und vernahm die Worte nur undeutlich, als ob sie aus weiter Ferne kamen.

»Als man sie fand, saß sie ziemlich verwirrt auf einer Brückenstraße. Post-anästhetische Reaktion. Kommt aber jetzt gerade wieder zu sich. Ich bin sicher, daß man keine tiefgehende Gedächtnissondierung an ihr vorgenommen hat – vielleicht nur eine milde Narkosynthese. Soviel ich sehen kann, hat sie keinen Schaden erlitten. War während der ganzen Zeit bewußtlos. Erinnert sich an nichts. Ich schicke sie jetzt zu Ihnen hinüber.« Chathavar lächelte. »Amüsieren Sie sich gut!«

Die Erkenntnis tröpfelte langsam durch die Barrieren des Wahnsinns. Langley kniete nieder – im Verlangen, zu weinen oder zu beten, oder beides zu tun. Aber nichts wollte hervorkommen. Dann begann er zu lachen.

Als sie eintrat, hatte er seinen hysterischen Anfall bereits überwunden. Es war das Natürlichste auf der Welt, sie zu umarmen. Sie klammerte sich an ihn, noch immer zitternd.

Schließlich setzten sie sich zusammen auf eine Couch und hielten ihre Hände. Sie erzählte ihm, was sie wußte. »Ich wurde ergriffen und in das Schiff gebracht. Jemand richtete einen Lähmungsstrahler auf mich, und was dann geschah, weiß ich nicht. Das nächste, woran ich mich erinnern kann, ist die Sitzbank auf der Brückenstraße. Ich fühlte mich schwindelig. Dann kam ein Polizist und brachte mich zum Büro von Minister Chanthavar Tang vo Lurin. Er stellte mir einige Fragen, ließ mich von seinen Ärzten untersuchen und sagte, daß alles in Ordnung wäre. Und dann schickte er mich hierher.«

»Ich verstehe das nicht«, brummte Langley. »Ich verstehe das einfach nicht.«

»Minister Chanthavar meinte, daß man mich wahrscheinlich in der Annahme mitgenommen habe, etwas von mir erfahren zu können – als es ihnen nicht gelang, Sie zu entführen. Ich war die ganze Zeit über bewußtlos, so daß ich mich an niemanden erinnern kann. Wahrscheinlich fragte man mich unter Narkose ein wenig aus und ließ mich dann frei, als es klar war, daß ich nichts wußte.« Sie seufzte und lächelte ihm etwas unsicher zu. »Ich bin froh, daß sie mich gehen gelassen haben.« Langley wußte, daß sie dabei nicht nur an sich selbst dachte.

Er kippte den Drink hinunter, den er sich eingegossen hatte, und saß einen Augenblick schweigend auf dem Sofa. Seine Gedanken schienen seltsamerweise klar zu sein – aber darunter lag der Alptraum der vergangenen Stunden.

Das war es, was er gesucht hatte. Das war es, wofür sich Sol und Centauri einsetzten: ein herzloses Machtspiel, in welchem niemand zählte und kein Akt zu gemein war. Sobald die eine Seite sich im Vorteil wähnte, würde sie über die andere herfallen. Der Krieg wäre unvorstellbar vernichtend und würde die Planeten bis auf die Grundmauern verwüsten. Das war also, was er gutheißen und unterstützen sollte.

Er wußte noch nicht viel über die Kommerzielle Gesellschaft. Sie bestand gewiß nicht aus einer Ansammlung herzensguter, seelenreiner Altruisten. Es schien aber tatsächlich so, daß sie neutral waren – daß sie keine Wahnsinnsideen über Macht und Reich wälzten. Sie wußten mehr über die Milchstraße als die anderen, und sie konnten ihn auf eine junge Welt bringen, auf der er ein neues Leben anfangen und wieder Mensch sein konnte. Seine Entscheidung war gefallen. Sie würde ihn durch eine Tonleiter des Todes führen – aber es gab schlimmere Dinge als die eigentliche Vernichtung.

10

Neben den Ohren konnten genauso gut auch Augen in den Wänden versteckt liegen. Langley ging bald nach Einbruch der Dunkelheit ins Bett. Spionstrahlen durchdrangen den Kommunikator, als ob er überhaupt nicht dagewesen wäre, hatte Valti gesagt, aber er zog seinen Pyjama trotzdem darüber. Dann schaltete er Musik ein. Das Geräusch würde eine leise geführte Unterhaltung ohne weiteres übertönen.

Indem er sich kratzte, als ob es ihn juckte, drückte er auf den Knopf des Kunststoffkästchens. Dann zündete er eine Zigarette an und lag wartend in der Dunkelheit.

Die winzige Stimme war wie eine Vibration in seinem Innern. Wahrscheinlich Schallwellen, die heterodyn auf seine Schädelknochen gerichtet waren. Sie klang etwas verzerrt, aber er hätte Valtis Formulierung überall erkannt.

»Ah, Kapitän Langley. Sie ehren mich beispiellos. Es ist ein Vergnügen, selbst aus einem warmen Bett gerissen zu werden, um Sie zu hören. Darf ich Ihnen raten, mit geschlossenen Lippen zu sprechen? Die Übermittlung wird deutlich genug sein.«

»In Ordnung.« Es gab eine Frage, die keine Hoffnung zuließ, aber trotzdem gestellt werden mußte. »Ich bin bereit, mit Ihnen zu arbeiten – aber haben Sie Blaustein und Matsumoto?«

»Ich habe sie nicht, Kapitän. Glauben Sie meinem Wort?«

»Ich . . . glaube, ja. Okay. Ich werde Ihnen sagen, wo sich Saris aufhält – aber ich betone, daß es nur eine Vermutung ist. Und ich werde Ihnen helfen, ihn – wenn möglich – zu finden. Als Entschädigung dafür möchte ich, daß Sie Ihr Äußerstes tun, meine Freunde zu befreien – und die mir von Ihnen vorgeschlagenen Dinge – das Geld, Ihren Schutz und das Schiff – zur Verfügung zu stellen, und zwar sowohl für mich, als auch für jemand anderes – ein Sklavenmädchen, das zur Zeit bei mir in meinem Appartement lebt.«

Es war schwer, festzustellen, ob das Frohlocken, das jenen riesenhaften Mann bei diesen Worten erfüllen mußte, in der Stimme mitschwang: »In Ordnung, Kapitän. Ich versichere Ihnen, daß Sie dies nicht bereuen werden. Und jetzt zu praktischen Überlegungen. Sie müssen spurlos verschwinden.«

»Ich bin nicht ganz sicher, wie diese Kleinigkeit durchgeführt werden kann, Valti. Ich stehe mehr oder weniger unter Hausarrest.«

»Sie sollen nichtsdestoweniger heute nacht noch ’rauskommen. Lassen Sie mich überlegen ... In genau zwei Stunden werden Sie und das Mädchen auf den Balkon hinaustreten. Und achten Sie um Himmels willen darauf, daß es unverdächtig und harmlos aussieht! Bleiben Sie dort stehen, so daß Sie von oben her deutlich gesehen werden können – ganz gleich, was geschehen mag.«

»In Ordnung. Zwei Stunden ... 23 Uhr 47 auf meiner Uhr. Stimmt's? Bis nachher!«

Jetzt mußte er warten. Langley nahm sich eine neue Zigarette und entspannte sich, als ob er der Musik lauschen würde. Zwei Stunden! Bis die um sind, werde ich ein grauhaariges Wrack sein.

Die Zeit kroch langsam dahin. Es dauerte eine Ewigkeit, bis eine Minute verstrichen war. Langley fluchte, ging ins Wohnzimmer und stellte auf der Wählscheibe ein Buch ein. Grundlagen der modernen Physik. Er wurde plötzlich gewahr, daß er seit einer Viertelstunde auf ein und dieselbe Buchseite starrte. Eilig wählte er die nächste. Auch wenn er nichts davon begriff, so mußte er doch so tun als ob.

Er blickte auf die Uhr und fühlte, wie sich seine Bauchmuskeln zusammenkrampften. Noch zwanzig Minuten.

Er mußte Marin mit hinausnehmen. Er konnte sie nicht in dieser Hölle zurücklassen, und er mußte es auf eine Art und Weise tun, die den Beobachtern als das Natürlichste auf der Welt erscheinen würde. Er überlegte eine Weile angestrengt. Die einzige Methode war eine, die ihm nicht gefiel.

Er ging zur Tür ihres Zimmers. Sie öffnete sich vor ihm, und er stand an ihrem Bett und sah auf sie herunter. Sie lag in tiefem Schlaf. Das kupferrote Haar umgab in weichen Wellen ein Gesicht, auf dem ein Ausdruck des Friedens ruhte. Er bemühte sich, nicht an Peggy zu denken, und berührte ihren Arm.

Sie setzte sich auf. »Oh ... Edwy.« Sie blinzelte mit den Augen.

»Was gibt es?«

»Tut mir leid, dich aufzuwecken«, sagte er. »Ich konnte nicht schlafen. Fühle mich elend. Willst du dich mit mir ein wenig unterhalten?«

Sie blickte ihn an. »Ja«, sagte sie endlich. »Ja, natürlich.« Sie warf einen Umhang über und folgte ihm auf den Balkon hinaus.

Über ihnen funkelten die Sterne. Vor dem entfernten Schein der Stadtlichter schwamm die schwarze Haifischform eines Patrouillenkreuzers. Ein sanfter Wind bewegte sein Haar.

Marin lehnte sich an ihn, und er legte den Arm auf ihre Hüfte. Das schwache Licht zeigte ihm ihren Mund, der ihm etwas unsicher zulächelte.

»Es ist schön hier draußen«, sagte er banal.

»Ja . . .« Sie wartete auf etwas. Er wußte, was es war – und Chanthavars Beobachter wußten es auch. Gott, wenn er nur nicht in diese Augen blicken müßte!

Er merkte, daß er sie küßte. Sie erwiderte seinen Kuß zart und noch ein wenig unsicher. Dann sah er sie lange Zeit an und konnte nichts sagen.

»Es tut mir leid«, murmelte er schließlich.

Wie lange noch? Fünf Minuten? Zehn?

»Warum?« fragte sie.

»Ich habe kein Recht . . .«

»Sie haben jedes Recht. Ich gehöre Ihnen, das wissen Sie. Dafür bin ich ja da.«

»Schweig«, krächzte er. »Ich meine ein moralisches Recht.« Er fühlte ein Hämmern in seinen Schläfen.

»Kommen Sie«, sagte sie und ergriff seine Hand. »Kommen Sie mit hinein.«

»Nein . . . noch nicht.«

Sie wartete. Und da es nichts anderes zu tun zu geben schien, küßte er sie wieder.

Fünf Minuten? Drei? Zwei? Eine?

»Komm«, hauchte sie. »Komm jetzt mit mir.«

Er verharrte bewegungslos. »Warte . . . warte . . .«

»Sie fürchten sich doch nicht vor mir. Was ist es dann? Etwas Eigenartiges . . .«

»Halt den Mund!« sagte er erschrocken.

Feuer blühte am Himmel auf. Einen Augenblick später fühlte Langley den Luftstoß wie eine Faust gegen sich prallen. Er sprang zurück und sah ein Raumschiff vorüberrasen, das aus allen Rohren auf das Patrouillenschiff feuerte. Die Luft brüllte.

»Verstecken Sie sich, Edwy!« Marin wich zurück, den Schutz des Wohnzimmers suchend. Er ergriff sie beim Haar, riß sie an sich und stand im Freien. Das angreifende Schiff raste weiter und war in der nächsten Sekunde verschwunden.

Und gleichzeitig fühlte sich Langley von einer ungeheuren Kraft ergriffen und emporgerissen.

Traktorstrahl, dachte er vage, ein gesteuerter Gravitationsstrahl. Dann gähnte etwas Schwarzes vor ihm – und ein klaffendes Portal wurde sichtbar. Er schwebte hinein, und es schloß sich hinter ihm.

Das Pochen ungeheurer Maschinen erfüllte die Luft, als er sich vom Boden aufrichtete. Marin kauerte zu seinen Füßen. Er zog sie in die Höhe, und sie zitterte in seinen Armen. »Es ist alles in Ordnung«, sagte er beruhigend. »Alles in Ordnung. Wir sind entkommen. Vielleicht.«

Ein Mann in grauer Arbeits-Kombination betrat die kleine Stahlschleusenkammer. »Gut gemacht, Sir!« sagte er. »Ich glaube, es gelingt. Wollen Sie mir bitte folgen?«

»Was bedeutet das?« fragte Marin erregt. »Wohin bringt man uns?«

»Ich habe mit der Kommerziellen Gesellschaft eine Vereinbarung getroffen«, sagte Langley. »Sie werden uns aus dem Solarsystem bringen. Und dann sind wir frei – wir beide.«

In Gedanken fragte er sich, wie weit seine Worte der Wahrheit entsprachen.

Sie schritten einen engen Gang hinunter. Das Schiff pochte und dröhnte. Am Ende des Korridors gelangten sie in einen kleinen Raum, der von Instrumenten glitzerte. Ein großer Sehschirm zeigte die kalt leuchtenden Sterne des Alls.

Goltam Valti schoß aus seinem Sessel empor, um Langley mit voller Kraft auf die Schulter zu schlagen, seine Hand zu zerquetschen und Begrüßungsworte zu brüllen. »Wunderbar, Captain! Ausgezeichnet! Eine schöne Arbeit – wenn Sie meine Unhöflichkeit entschuldigen.«

Langley fühlte sich von Schwäche übermannt. Er ließ sich nieder und zog Marin auf seinen Schoß, ohne es sich bewußt zu werden. »Wie haben Sie das eigentlich gemacht?«

»Ich schlüpfte mit einigen anderen aus dem Turm der Gesellschaft«, erzählte Valti. »Wir begaben uns mit einem Luftschiff zum Grundstück eines ... wohlgesinnten ... Ministers, wo wir eine kleine Bastion besitzen. Wir benötigten zwei Raumschiffe – eines, um eine Ablenkungsmanöver zu inszenieren, und dieses hier, um Sie beide hochzuziehen und in dem Durcheinander zu entkommen.«

»Was ist mit dem anderen Schiff? Werden sie es nicht einholen?«

»Das ist bereits arrangiert. Ein glücklicher Treffer wird es abstürzen lassen – natürlich eine an Bord untergebrachte Bombe. Es wird von Robotern gelenkt und besitzt keinerlei Merkmale, an denen man den Besitzer erkennen könnte – außer ein oder zwei Spuren, die Chanthavar auf centaurischen Ursprung schließen lassen könnten.« Valti verzog sein Gesicht. »Jammerschade, solch ein gutes Schiff verlieren zu müssen. Kostet eine gute halbe Million Solars. Es ist schwer, heutzutage große Profite einzustecken, glauben Sie mir, Sir.«

»Sobald Chanthavar nachforscht und entdeckt, daß Sie nicht da sind ...«

»Mein guter Captain!« Valti sah verletzt aus. »Ein solcher Stümper bin ich nun auch wieder nicht. Mein Doppelgänger liegt bereits friedlich in meinem Bett und schläft den Schlaf des Gerechten.«

»Natürlich«, fügte er nach einer kurzen Pause nachdenklich hinzu, »könnte es für mich erforderlich werden, Sol für immer zu verlassen, wenn wir Saris finden. Sollte dies zutreffen, dann hoffe ich, daß mein Nachfolger den Handel mit der Venus aufrechterhalten kann. Die Sache ist recht kompliziert und könnte leicht ins Auge gehen.«

»In Ordnung«, sagte Langley. »Es ist geschehen. Ich bin Ihnen ausgeliefert. Wie werden Sie vorgehen?«

»Das hängt davon ab, wo er sich aufhält und welche Methoden erforderlich sein werden, mit ihm in Verbindung zu treten. Aber diese Maschine hier ist schnell, geräuschlos und gegen Strahlung abgeschirmt. Sie ist schwer bewaffnet, und an Bord befinden sich dreißig ausgerüstete Männer. Glauben Sie, daß das genügen wird?«

»Ich ... halte es für ausreichend. Geben Sie mir doch bitte ein paar Landkarten des Mesko-Gebietes.«

Valti nickte dem kleinen grünbepelzten Wesen Thakt zu, welches in einer Ecke saß. Es kicherte und huschte hinaus.

»Entzückende junge Dame«, verneigte sich Valti. »Darf ich Ihren Namen erfahren?«

»Marin«, entgegnete sie mit schwacher Stimme. Sie erhob sich von Langleys Schoß und stellte sich mit dem Rücken an die Wand.

»Es ist alles in Ordnung«, sagte der Raumfahrer. »Hab keine Angst.«

»Ich fürchte mich nicht«, sagte sie und versuchte zu lächeln. »Aber ich bin verwirrt.«

Thakt kehrte mit einem Stoß Papierblätter zurück. Langley breitete sie aus und betrachtete sie stirnrunzelnd. Es war schwer, sich in der veränderten Geographie zurechtzufinden. »Als wir noch auf Holat waren«, sagte er, »hatten Saris und ich uns eines Tages freigenommen, um angeln zu gehen. Er zeigte mir eine Reihe von Höhlen. Ich erzählte ihm von den Carlsbad-Kavernen in New Mexico, und er war sehr interessiert. Später erwähnte er sie noch einmal, kurz bevor wir Holat verließen, und ich versprach, ihn dorthin zu führen. Als wir mit einigen holatischen Philosophen die Landkarten der Erde durchgingen, zeigte ich ihm, wo sie liegen. Wenn er sich Karten der modernen Welt beschaffen konnte, wäre es für ihn eine Kleinigkeit, die Kavernen wiederzufinden. Sie sind ja nicht sehr weit entfernt, und er weiß, daß sie ein noch völlig unerforschtes Gebiet bildeten. Natürlich können sie inzwischen besiedelt oder umgebaut oder überhaupt zerstört worden sein – aber das weiß ich nicht.«

Valti folgte seinem Finger mit den Blicken. »Ja . . . ich glaube, ich habe von dem Ort gehört«, sagte er erregt. »Conrad-Kavernen – ja, hier. Ist das die Örtlichkeit?«

Langley griff nach einer Karte großen Maßstabes, um sich zu orientieren. »Ja, ich glaube.«

»Ah, dann weiß ich Bescheid. Das Gebiet gehört zum Besitztum von Minister Ranull, der den Größtteil seines Grundstücks in unverändertem, urzeitlichem Aussehen als Park unterhält. Eine brillante Idee, Kapitän! Meinen Glückwunsch!«

»Wenn Sie nicht zutrifft«, sagte Langley, »dann weiß ich genauso viel wie Sie.«

»Wir werden es versuchen. Sie werden Ihre Belohnung trotz allem erhalten.« Valti sprach in einen Kommunikator. »Wir brechen sofort auf. Keine Zeit mehr zu verlieren.«

11

Es war ein schönes Gefühl gewesen, wieder Raumfahrerkombination, Stiefel, Helm und eine Pistole zu tragen. Langley hatte nie völlig begriffen, wie sehr Kleider Leute machen konnten.

Die Kavernen waren kilometerweit mit Lichtröhren versehen, aber er durfte es nicht wagen, sie einzuschalten. Sie leisteten ihm jedoch einen Dienst: Überall dort, wo es sie gab, würde sich Saris bestimmt nicht aufhalten, und die Suche konnte deshalb auf ein relativ kleines Gebiet beschränkt werden. Sechs Männer schritten neben Langley. Ihre angespannten Gesichter leuchteten gespenstisch im reflektierten Schein der Taschenlampen. Es waren Besatzungsmitglieder und ihm völlig unbekannt. Valti hatte erklärt, daß er zu alt und feige wäre, um die Höhlen zu betreten. Auch Marin war im Schiff geblieben, da Langley ihr nicht gestattet hatte, ihn zu begleiten.

Eine groteske Phantasielandschaft aus Kalkstein, großen klobigen Pfeilern und Steinknollen sprang ihnen aus der Dunkelheit entgegen, als die Taschenlampen umherleuchteten. Hier konnte sich nicht viel verändert haben, dachte Langley. In fünftausend Jahren würde das langsam tropfende und verdunstende Wasser hier und dort Ablagerungen hinzugefügt haben, aber die Erde war alt und geduldig. Es hatte den Anschein, als ob die Zeit selbst irgendwo in diesen ausgedehnten Tiefen begraben lag.

Der Mann, der den Neurosucher trug, blickte auf. »Noch keinen Schimmer«, sagte er. Ganz unbewußt sprach er flüsternd, als ob die Stille wie ein großes Gewicht auf seiner Stimme lag. »Wie tief sind wir schon eingedrungen? Sehr weit – und es gibt so viele Abzweigungen. Auch wenn er sich hier aufhält, könnten wir eine Ewigkeit suchen und würden ihn doch nicht finden.«

Langley schritt weiter. Es blieb ihm nichts anderes übrig. Er hielt es für unwahrscheinlich, daß Saris tiefer hineingegangen war, als unbedingt erforderlich. Die Holatier waren nicht gerade klaustrophisch veranlagt, liebten aber das offene Land und den Himmel. Es widersprach ihren Instinkten, lange eingeschlossen zu bleiben.

Vielleicht konnte Logik helfen. Saris besaß keine Karte der Höhlen. Er würde wie Langley und seine Leute durch den Haupteingang eingedrungen sein, da er nicht wissen konnte, wo sich die anderen Zugänge befanden. Dann würde er einen Ort gesucht haben, um dort sein Lager einzurichten. Die Grotte müßte mehrere

Ausgänge und eine Quelle haben. Langley wandte sich dem Mann mit dem Suchgerät zu. »Gibt es hier einen Teich oder Fluß?«

»Ja. Wasser in dieser Richtung. Sollen wir es versuchen?«

»Ja.« Langley tastete sich zum nächsten Gang weiter. Eine hohe Steinschwelle lag im Weg, und er stieß schmerzhaft dagegen. Dahinter senkte sich die Tunneldecke rasch, so daß er bald auf dem Bauch kriechen mußte.

»Das könnte es sein«, sagte er. Die Echos umgaben seine Worte. »Saris hätte hier leicht durchschlüpfen können. Er kann jederzeit vierfüßig laufen – für einen Menschen ist das recht schwierig.«

»Warten Sie! Hier, nehmen Sie den Sucher, Kapitän«, sagte jemand hinter ihm. »Ich glaube, es hat ausgeschlagen, aber unsere Leute erzeugen zuviel Interferenz.«

Langley zwängte sich herum, um das Gerät entgegenzunehmen. Er richtete es in die Dunkelheit vor ihm und betrachtete die grün glühende Skala mit zusammengekniffenen Augen. Es reagierte über kurze Entfernungen auf Impulse eines Nervensystems und – ja, bei Gott, die Nadel schlug viel weiter aus, als es die Norm zugelassen hätte.

Erregt kroch er weiter, und die rauhe Steindecke kratzte gegen seinen Rücken. Sein Lichtstrahl bildete eine einzelne weiße Lanze, die in die Dunkelheit vor ihm stach. Sein Atem kam keuchend.

Plötzlich erreichte er das Ende und wäre beinahe hinuntergestürzt. Der Tunnel kam einige Meter über dem Boden aus der Wand. »Saris?« rief er. Der Widerhall klang vor und zurück, und es dauerte eine Ewigkeit, bis er verstummte. Dies mußte ein ungeheures Gewölbe sein. Irgendwo hörte er Wasser fließen. »Saris Hronna! Bist du da?«

Ein Energiestrahl schoß durch die Dunkelheit und schlug neben ihm ein. Sein Feuer blendete seine Augen, und noch Minuten danach sah er leuchtende Flecken vor sich in der Schwärze tanzen. Die Sekundärstrahlung prickelte auf seinem Gesicht. Er knipste die Lampe aus und sprang hinunter – in der Hoffnung, daß die Entfernung bis zum Boden nicht zu groß war. Etwas kratzte an seinem Bein entlang und zog eine tiefe Furche ins Fleisch. Der Aufprall ließ seine Zähne aufeinanderschlagen, und er fiel auf den unsichtbaren Felsboden.

Wieder schoß ein Feuerstrahl zur Tunnelmündung hinauf. Langley fühlte seine Wade heiß und klebrig werden. Blut. Der

Holatier wußte genau, wo sich die Öffnung befand. »Saris! Ich bin es ... Edward Langley. Ich, dein Freund!«

Die Echos lachten ihn aus und tanzten in der Nacht um ihn herum. Freund ... Freund ... Freund ... Freund. Der unterirdische Fluß raunte mit kalter, erregter Stimme in der Dunkelheit.

Wenn der Außerirdische vor Angst und Einsamkeit wahnsinnig geworden war, oder wenn er in kalter Vernunft beschlossen hatte, jeden Menschen zu töten, der in seine Nähe geriet, dann war Langley verloren. Der glühende Pfeil eines Energiestrahls oder die ungeheuren, mit scharfen Zähnen bewehrten Kinnbacken, die sich jeden Augenblick um seinen Hals schließen konnten, wären dann das Letzte, was er in diesem Leben fühlen würde. Er mußte es versuchen. Langley preßte sich flach gegen den Felsboden. »Saris! Ich bin gekommen, um dich hier herauszuholen! Ich möchte dich nach Hause bringen!«

Die Antwort grollte aus der Dunkelheit, aber die Echos machten es unmmöglich, ihren Ursprung zu bestimmen: »Ess du bisst? Wass du wollen?«

»Ich habe die Angelegenheit geordnet ... Du kannst nach Holat zurückkehren!« Langley rief in englischer Sprache, denn nur so konnte ihn Saris verstehen. Die holatischen Dialekte waren denen des Menschen zu unähnlich, als daß er mehr als ein paar Ausdrücke hätte lernen können. »Wir sind deine Freunde – die einzigen, die du hast.«

»Sso.« Er konnte dem Tonfall der Stimme keinen Hinweis entnehmen. Er glaubte die Vibrationen eines schweren Körpers wahrzunehmen, der auf geräuschlosen Füßen durch die Dunkelheit glitt. »Ich nicht ssein kann ssicher. Bitte erkläre die gegenwärtige Lage mit Ehrlichkeit.«

Langley kleidete sie in wenige Worte. Der Felsen unter seinem Bauch war feucht und kalt. Er nieste. »Es ist die einzige Chance für uns alle«, schloß er. »Wenn du nicht mitmachst, mußt du hier bleiben, bis du stirbst oder herausgezerrt wirst.«

Einen Augenblick lang herrschte Stille, dann dröhnte die Stimme: »Dir ich vertraue – ich dich kennen. Aber ess nicht möglich ssein, daß die anderen haben getäuscht dich?«

»Ich – was? Oh. Du meinst, daß die Gesellschaft mich vielleicht auch an der Nase herumführt? Ja. Könnte natürlich sein. Aber ich glaube es nicht.«

»Ich nicht sspüren Verlangen nach Vivissektion«, sagte der Holatier.

»Man wird dir nichts tun. Sie wollen dich studieren und feststellen, wie du deine besonderen Kräfte anwendest. Du hast mir erzählt, daß eure Denker zu Hause ziemlich genau wissen, wie es funktioniert.«

»Ja. Nichts könnte werden gelernt von der Anatomie meiness Gehirnss. Ich glaube, ssolch eine Maschine, wie ssie deine ... Freunde ... wünschen, kann gebaut werden ssehr leicht.« Saris zögerte und fuhr dann fort: »Nun gut. Ich muß eingehen dass Rissiko – ganz gleich, wass geschieht. Sso ssoll ess sssein. Ihr dürft alle kommen herein.«

Als ihn die Lampen in der Dunkelheit erfaßten, stand er hocherhoben und stolz da und wartete mit der Würde seiner Rasse zwischen den Vorratskisten, die das einzige gewesen waren, was er hier besaß. Er ergriff Langleys Hände und schmiegte seine Schnauze an die Wange des Mannes. »Isst gut, zu ssehen wieder dich«, sagte er.

»Es tut mir leid ... daß all dies geschehen mußte«, murmelte Langley. »Ich hatte keine Ahnung ...«

»Nein. Dass Universum voller Überraschungen isst. Macht nichtss, wenn ich nur kann kehren nach Hause zurück.«

Die Raumfahrer nahmen ihn fast gleichgültig in ihrer Mitte auf. Sie waren nichtmenschliche Intelligenzwesen gewöhnt. Nachdem sie Langleys Verletzung verbunden hatten, bildeten sie einen Kordon und kehrten zurück. Valti ließ das Schiff sofort starten, nachdem alle an Bord gegangen waren, und unterhielt sich mit ihnen. »Gibt es irgend etwas, was Sie benötigen, Saris Hronna?« fragte er, Langley als Dolmetscher benützend.

»Ja. Zwei Vitamine, die nicht ssein enthalten in Chemie der Erde.« Saris zeichnete Diagramme auf ein Blatt Papier. »Diess ssein die Strukturformel in Langleys Ssymbolik.«

Der Raumfahrer übertrug sie in moderne Begriffe, und Valti nickte. »Sie können sehr leicht synthetisch hergestellt werden. Ich habe einen Molekülfertiger in meinem Versteck.« Er zog an seinem Bart. »Wir müssen nämlich dort zwischenlanden, um die letzten Reisevorbereitungen zu treffen. Ich habe einen Lichtgeschwindigkeitskreuzer, der die Erde auf einer geheimen Bahnelipse umkreist. Sie werden dorthin gebracht werden und von dort zu unserer Basis im System 61 Cygni fliegen. Es befindet sich weit genug von den solaren und centaurischen Einflußbereichen entfernt. Dann kann Ihre Fähigkeit in aller Ruhe studiert werden, Sir. Und Sie erhalten Ihre Belohnung, Captain Langley.«

Saris ergriff das Wort. Er hatte seine eigenen Bedingungen vorzubringen. Er erklärte sich zur Mitarbeit bereit, wenn er später mit einer Mannschaft von Technikern und ausreichenden Hilfsmitteln und Vorräten nach Holat zurückgebracht würde. Seine Welt lag zu weit entfernt, um von den Sternen in diesem Bereich direkt gefährdet zu werden, aber eines Tages könnte eine Gruppe von Konquistadoren dort landen – und Holat besaß keine Verteidigungsanlagen gegen eine Bombardierung aus dem Weltraum. Dieser Mangel mußte behoben werden. Bewaffnete Robotsatelliten würden eine Invasionsflotte nicht aufhalten können – niemand vermochte das, außer vielleicht einer anderen Flotte –, aber sie erhielten die Möglichkeit, sich der kleinen plündernden Gruppen zu erwehren, die das einzige waren, worüber sich Holat Sorgen zu machen brauchte.

Langley begab sich zur Krankenstation des Schiffes. Eine Klammer, um die Wundränder aneinanderzudrücken, und eine Spritze künstliche Enzyme, um die Regeneration anzuregen. Innerhalb weniger Stunden konnte so der radikalste chirurgische Eingriff vollständig und narbenlos geheilt werden.

Langley fand Marin im Schiffssalon. Er ließ sich neben ihr nieder und ergriff ihre Hand. »Es wird jetzt nicht mehr lange dauern«, sagte er. »Ich glaube, wir haben das einzig Richtige getan – Saris und seine Kraft von dem Ort zu entfernen, wo sie nur Zerstörung verursachen wird. Auch das einzig Richtige für Sol. Und jetzt machen wir uns bald auf unseren eigenen Weg.«

»Ja.« Sie sah ihn nicht an. Ihr Gesicht war weiß, und ein angespannter Ausdruck lag auf ihm.

»Was ist mit dir?« fragte er besorgt. »Fühlst du dich nicht gut?«

»Ich ... ich weiß nicht, Edwy. Alles scheint so eigenartig, – als ob es ein Traum wäre.« Mit trüben Augen starrte sie vor sich hin. »Ist es einer? Schlafe ich vielleicht und ...«

»Nein. Worin besteht das Gefühl? Kannst du es nicht beschreiben?«

Sie schüttelte den Kopf. »Es ist, als ob jemand mein Gehirn mit mir teilt, als ob er irgendwo da drinnen sitzt und wartet. Es überfiel mich ganz plötzlich. Die Anstrengung, vermute ich. Es wird wohl bald wieder vorbei sein.«

Langley runzelte die Stirn. Die Sorge nagte in ihm. Wenn sie krank werden sollte ...

Aber warum bedeutete sie ihm eigentlich so viel? War er dabei, sich in sie zu verlieben? Es würde nicht schwer sein. Ganz abgesehen von ihrem Aussehen, besaß sie Mut, Intelligenz und Humor. Er wußte, daß er mit ihr in Zufriedenheit zusammenleben könnte.

Peggy ... Jim ... Bob ... Nein, nicht sie auch noch. Nicht sie, Gott, nicht noch einmal!

Ein schwacher Ruck erschütterte das Schiff, und das Dröhnen des Antriebs erstarb. Saris Hronna schob seinen bärtigen Kopf durch die Tür. »Wir isst gelandet«, gab er bekannt. »Kommt herauss.«

Das Schiff lag auf einem Landegestell in einer strahlend hell erleuchteten Höhle. Hinter ihm befand sich eine ungeheure Betontür, die zur Bergflanke hinausführen mußte. Die Landschaft draußen würde wild und zerklüftet sein – das Dach der Welt. Ein Ort, wo sich Menschen jahrelang verbergen konnten, ohne jemals gefunden zu werden. Eine kalte, leere Gegend mit Schneefeldern und Gletschern, über die der schneidende Wind pfiff.

»Besitzen Sie irgendwelche Verteidigungsmittel?« fragte Langley, als sie mit Valti durch die Höhle schritten.

»Nein. Warum sollten wir? Sie würden nur noch mehr Metall bedeuten, das von oben entdeckt werden kann. So jedoch besteht hier jeder einzelne Gegenstand aus Kunststoff oder Stein. Ich bin ein friedfertiger Mensch, Captain, und verlasse mich mehr auf meinen Zerebralkortex als auf meine Geschütze. Fünf Dekaden sind verstrichen, ohne daß dieser Unterschlupf entdeckt wurde.«

Sie betraten eine Halle, in die zahlreiche Türen mündeten. Langley erkannte, daß es sich zweifellos um einen Funkraum handelte, der wahrscheinlich nur im Notfall benützt wurde. Valtis Männer entfernten sich, um ihre eigenen Quartiere aufzusuchen.

Marin zuckte zusammen, und ihre Augen öffneten sich weit. »Was ist?« fragte Langley. Seine Stimme klang brüchig und rauh.

»Ich ... ich weiß nicht.« Sie war bemüht, nicht in Tränen auszubrechen. »Ich fühle mich so eigenartig.« Ihre Augen waren trübe, bemerkte er, und sie bewegte sich wie eine Schlafwandlerin.

»Valti! Was ist mit ihr los?«

»Ich fürchte, ich weiß es nicht, Captain. Vielleicht die Reaktion. Es war reichlich anstrengend für jemanden, der nicht an Kampf und Spannung gewöhnt ist. Wir wollen sie zu Bett bringen, und ich werde den Schiffsarzt rufen, damit er sie sich mal ansieht.«

Langleys Sieg zerkrümelte in seinen Händen.

»Kommen Sie, Captain«, sagte Valti und ergriff ihn am Arm. »Gehen wir Saris Hronnas Vitamintabletten herstellen, und nachher könnten Sie wahrscheinlich auch ein wenig Schlaf vertragen. In vierundzwanzig Stunden befinden Sie sich außerhalb des Solarsystems. Stellen Sie sich das vor!«

Sie arbeiteten im Laboratorium, als sich Saris lauschend aufrichtete. »Ssie ist geht vorüber«, sagte er. »Ssie isst gewandelt herum und ihr Geisst fühlt ssich an ssehr merkwürdig.«

Langley rannte auf den Korridor hinaus. Marin stand vor ihm und sah ihn an. Ihr Blick wurde klar. »Wo bin ich?« fragte sie schwach.

»Komm mit«, entgegnete er. »Zurück ins Bett mit dir.«

»Es geht mir besser«, teilte sie ihm mit. »Ich fühlte plötzlich einen Druck in meinem Kopf, und dann wurde alles schwarz. Und jetzt stehe ich hier ... Aber ich bin wieder völlig in Ordnung.«

Das Glas mit dem Schlafmittel stand unberührt neben ihrer Koje. »Schluck das 'runter«, befahl Langley. Sie gehorchte, lächelte ihm zu und schlief ein. Er unterdrückte das Verlangen, sie zu küssen.

Als er zurückkehrte, schob Saris gerade eine Flasche mit Tabletten in eine Tasche, die um seinen Hals hing. Valti war verschwunden, um seine Berichte zu schreiben. Sie befanden sich allein zwischen den Maschinen.

»Ich habe gesspürt, wie ssich klärte ihr Geist – noch während ich ... lauschte«, brummte Saris. »Hat deine Rasse oft ssolche Verssager?«

»Ab und zu«, meinte Langley. »Kupplungen rutschen. Schrauben lösen sich. Ich fürchte, wir sind nicht ganz so sorgfältig durchkonstruiert wie dein Volk.«

»Ihr aber ssein könntet. Wir töten die Schwächlinge jung.«

»Das hat man auch bei uns dann und wann getan, aber die Sitte währte niemals sehr lange. Unsere Natur scheint es uns zu verbieten.«

»Und doch ihr können zerstören eine Welt auss Habgier und Ehrgeiz. Ich niemalss werde verstehen euch.«

»Ich bezweifle, daß wir uns gegenseitig jemals verstehen werden.« Langley rieb seinen Nacken und gähnte. Sein Körper schmerzte vor Müdigkeit, jetzt, da das Anregungsmittel seine Wirkung erschöpft hatte. »Der Teufel hol den ganzen Kram! Ich werde mich in die Falle hauen.«

Er wurde Stunden später durch den Krach einer gewaltigen Explosion aus dem Schlaf geschreckt. Als er sich schlaftrunken aufrichtete, hörte er Strahlpistolen feuern.

12

Eine neue Sprengung erschütterte die Wände. Jemand schrie lauthals, ein anderer fluchte pausenlos, und durch die Korridore polterten dröhnende Schritte. Als er sich in seine Kleider warf und seine Energiepistole herausriß, war er nahe daran, sich zu übergeben. Auf irgendeine Art und Weise war ihr Unternehmen mißglückt.

Er preßte sich flach gegen die altertümliche, manuell zu bedienende Tür des Raumes, den man ihm zugewiesen hatte, und öffnete sie einen Spalt. Der Gestank verbrannten Fleisches drang von draußen herein. Zwei graugekleidete Leichen lagen im Gang, aber der Kampf hatte sich entfernt. Langley trat hinaus.

Von der Montagehalle her kam ein Geräusch. Er rannte in diese Richtung, mit der vagen Idee, den Angreifern in den Rücken zu fallen. Ein bitterkalter Wind trieb den Rauch davon. Das große Eingangsportal mußte gesprengt worden sein, und jetzt strömte die dünne Höhenluft herein.

Jetzt! Er sprang in die Halle und drückte auf den Abzug seines Strahlers. Er spürte keinen Rückschlag, aber der Strahl zischte weit neben seinem Ziel vorbei. Er wußte nicht, wie man mit einer modernen Waffe zielte. Er begann die Technik erst zu begreifen, als jemand herumwirbelte und mit dem anderen Fuß zielsicher nach seiner Hand trat. Langleys Strahler löste sich aus seinen Fingern, polterte zu Boden, – und er blickte in ein Dutzend wartender Mündungen.

Valtis Mannschaft umgab Saris Hronna in tiefgestaffelten Reihen. Sie hielten die Hände in die Höhe. Sie waren im Kampf überwältigt worden und ergaben sich. Der Holatier kauerte auf allen vieren, seine Augen gelbe Feuerlohen.

Brannoch dhu Crombar stieß ein brüllendes Gelächter aus. »Da sind Sie ja!« rief er. »Willkommen, Kapitän Langley!« Er überragte seine Leute. Das narbenbedeckte Gesicht leuchtete vor guter Laune. »Kommen Sie, schließen Sie sich dem Vergnügen an.«

»Saris ...« stöhnte der Amerikaner.

»Bitte.« Brannoch bahnte sich mit seinen Ellbogen einen Weg zu ihm herüber. »Trauen Sie mir ruhig auch ein wenig Verstand zu. Ich habe vor einigen Tagen für die Hälfte meiner Mannschaft spezielle Waffen anfertigen lassen, die rein mechanisch funktionieren. Zündhütchen aus Knallquecksilber. Sie lösen eine chemische Explosion aus. Verdammt schwer, mit ihnen zu treffen, aber auf kurze Entfernung können wir euch alle mit Blei spicken – und er vermag nichts dagegen zu tun.«

»Ich verstehe.« Langley fühlte seine letzten Hoffnungen schwinden. Er mußte aufgeben. Alles war aus. »Aber wie haben Sie uns gefunden?«

Marin erschien im Türrahmen und blickte herüber. Ihr Gesicht schien zu einer Maske erstarrt zu sein. Das Gesicht einer Sklavin.

Brannoch schwenkte einen Daumen in ihre Richtung. »Das Mädchen, natürlich«, sagte er. »Sie hat es uns mitgeteilt.«

Ihre Ruhe zerbröckelte. »Nein!« stammelte sie. »Ich habe nie ...«

»Nicht bewußt, mein Liebes«, grinste Brannoch. »Aber während die letzten chirurgischen Änderungen an dir vorgenommen wurden, hämmerte eine Maschine einen posthypnotischen Befehl in dein Gehirn. Solch ein Befehl ist sehr mächtig – unmöglich zu überhören. Wir gaben dir den Auftrag, uns – sobald Saris gefunden war – bei der ersten sich bietenden Gelegenheit die Umstände mitzuteilen. Was du, wie ich sehe, auch getan hast.«

Sie blickte ihn in stummem Entsetzen an. Langley vernahm ein dumpfes Dröhnen in seinem Kopf.

Wie aus weiter Ferne hörte er den Centaurier: »Sie können es jetzt ruhig erfahren, Kapitän. Ich war es, der Ihre Freunde gefangengenommen hat. Sie konnten mir nichts mitteilen, und so mußte sie gegen meinen Willen ... sterben. Es tut mir leid.«

Langley wandte sich ab. Marin brach in Tränen aus.

Valti räusperte sich. »Ein kluges Manöver, mein Lord. Sehr gut ausgeführt. Nur habt Ihr den Fehler begangen, einige meiner Leute zu erschießen. Ich fürchte, die Gesellschaft kann so etwas nicht dulden. Ihr werdet dafür Ersatz leisten müssen.«

»Womit Sie Saris Hronna meinen?« Brannoch grinste ohne Humor.

»Natürlich. Und Reparationen entsprechend der vertragsmäßig festgesetzten Werttabelle. Anderenfalls wäre die Gesellschaft gezwungen, gegen Euer System vorzugehen.«

»Indem sie ihre Handelsbeziehungen löst?« schnaubte Brannoch. »Wir brauchen Ihre Waren nicht. Und versuchen Sie nur, mit Waffengewalt vorzugehen!«

»Oh, nein, mein Lord«, meinte Valti sanft. »Wir sind ein humanes, friedfertiges Volk. Aber wir besitzen einen großen Anteil am Wirtschaftsleben jedes Planeten, auf dem wir unsere Faktureien haben, – Investierungen, Firmen, die uns gehören, und so weiter. Wenn erforderlich, könnten wir Eurer Wirtschaft schwere Schäden zufügen. Ihr wißt, daß sie nicht so starr ist wie die von Sol. Ich bezweifle, daß Euer Volk in aller Gemütsruhe eine ... sagen wir ... katastrophale Inflation über sich ergehen lassen wird, wenn wir einige Tonnen Praseodym, welches unsere Zahlungsbasis darstellt, auf den Markt werfen, – vor allem, wenn ihr eine Depression und Arbeitslosigkeit größten Umfangs folgen wird. Eine Anzahl von Spitzenfirmen würde sich dann gezwungen sehen, sich aus dem Geschäftsleben zurückzuziehen.«

»Ich verstehe«, sagte Brannoch unbeeindruckt. »Ich habe nicht beabsichtigt, mehr Gewalt gegen Sie anzuwenden, als unbedingt erforderlich ist, aber Sie zwingen mich dazu. Wenn Ihr ganzes Personal hier spurlos verschwinden würde ... ich muß mir das einmal überlegen. Es täte mir leid, auf unsere Würfelspiele verzichten zu müssen.«

»Ich habe bereits einen Bericht an meine Vorgesetzten abgesandt, mein Lord. Ich erwarte nur noch ihre letzte Anordnungen. Man weiß, wo ich mich befinde.«

»Aber wissen Ihre Vorgesetzten auch, wer Sie überfallen hat? Es könnte arrangiert werden, daß der Verdacht auf Chanthavar fällt ... Ja. Eine ausgezeichnete Idee.«

Brannoch wandte sich wieder Langley zu. Er mußte den Raumfahrer an der Schulter ergreifen, um seine Aufmerksamkeit auf sich zu ziehen. »Passen Sie auf«, sagte er, »spricht Ihr Tier irgendeine moderne Sprache?«

»Nein«, entgegnete Langley, »und wenn Sie glauben, Sie könnten mich als Dolmetscher einsetzen, dann steht Ihnen eine große Überraschung bevor.«

Das breite Gesicht verzog sich schmerzlich. »Ich wünschte, Sie würden aufhören, in mir einen Feind zu sehen, Captain. Ich erfülle nur meine Pflicht. Ich verüble Ihnen nicht, daß Sie versucht haben, mir zu entfliehen. Wenn Sie mir behilflich sind, gilt mein Angebot noch immer. Wenn nicht – nun, dann müßte ich Sie hinrichten lassen, und niemand hätte etwas gewonnen. Wir werden

Saris unsere Sprache beibringen und auf jeden Fall mit ihm arbeiten. Alles, was Sie erreichen würden, bestünde darin, uns etwas aufzuhalten.« Er legte eine Pause ein. »Ich möchte Sie jedoch warnen. Wenn Sie versuchen sollten, das Projekt zu sabotieren, wird die Strafe sehr hart ausfallen.«

»Dann fangen Sie schon an«, murmelte Langley. Es war ihm jetzt alles gleich. »Was wollen Sie ihm sagen?«

»Wir möchten ihn nach Thor bringen, wo er uns helfen soll, das neue Gerät zu bauen. Wenn er irgend etwas unternimmt, das den Fortgang des Projekts stört oder unterbricht, muß er sterben, und einige Robotschiffe werden seinen Planeten bombardieren. Es wird tausend Jahre dauern, bis sie dort eintreffen, aber sie werden trotzdem abgeschickt werden. Wenn er uns andererseits hilft, versprechen wir, ihn nach Hause zu bringen.« Brannoch zuckte die Achseln. »Warum sollte er ein Interesse daran haben, welche Seite gewinnt? Wir sind ja nicht seine Rasse.«

Langley übersetzte die Sätze fast Wort für Wort ins Englische. Saris stand einige Minuten lang schweigend und bewegungslos da. Dann sagte er: »Isst Gram in dir, mein Freund.«

»Ja«, brummte Langley. »Schätze wohl. Was willst du tun?«

Der Holatier blickte ihn nachdenklich an. »Isst schwer zu ssagen. Ich habe keine Wahl augenblicklich. Und doch isst nicht gut, zu helfen Sol oder Centauri – ssoweit ich kenne dass heutige Universum.«

»Brannoch hat nicht unrecht«, sagte Langley. »Wir sind eine andere Rasse. Ausgenommen die Tatsache, daß dir die Gesellschaft ein weitaus besseres Angebot gemacht hat, kann es deinem Volk im Grunde gleich sein.«

»Aber ess nicht isst. Dass Unrecht einer Lebenssform bleibt Unrecht überall im Universum. Bessteht zum Beisspiel die Möglichkeit, daß jemand erfindet eine Methode, um zu reissen schneller als Licht. Dann eine Rasse, wass ssich befindet auf falschem Weg, isst eine Gefahr für alle Lebewesen. Auch für ssich sselbst, da andere erzürnte Planeten könnten vereinigen ssich, um ssie zu löschen aus.«

»Nun . . . was sollen wir tun, außer uns in einem Anfall von falschem Heldentum umbringen zu lassen?«

»Nein, ich nicht ssehen Aussweg. Dass nicht bedeuten, daß ess gibt keinen. Wir am bessten folgen dem aussgelegten Geruch, – und schnüffeln nach neuer Fährte währenddessen.«

Langley nickte gleichgültig. Ihm war zu elend, um sich besonders für die Angelegenheit zu interessieren. Sollten die Centaurier ruhig gewinnen. Sie waren auch nicht schlechter als die anderen. »In Ordnung, Brannoch«, sagte er. »Wir machen mit.«

»Ausgezeichnet!« Der Riese reckte die Schultern und strahlte über das ganze Gesicht.

»Sie begreifen natürlich«, sagte Valti, »daß dies Krieg bedeutet.«

»Was sonst?« fragte Brannoch ehrlich erstaunt.

»Einen Krieg, der mit oder ohne neue Geräte die Zivilisationen beider Systeme zerstören kann. Was würden Sie zum Beispiel sagen, wenn die Procyoniten herüberkommen und sich in den radioaktiven Ruinen von Thor niederlassen würden?«

»Das ganze Leben ist ein Glücksspiel«, grinste Brannoch. »Wenn Sie nicht Ihre Würfel fälschen und Ihre Karten zinken würden – ich weiß verdammt genau, daß Sie das tun! –, dann würden Sie dies erkennen. Bis jetzt war das Kräftegleichgewicht verhältnismäßig stabil und ausgeglichen. Und jetzt haben wir das neue Gerät. Wenn wir es richtig anwenden, könnte es den Waagebalken recht beträchtlich auf unsere Seite senken. Es ist keine endgültige Waffe, aber sie genügt vollauf.« Er warf seinen Kopf zurück und schüttelte sich in geräuschlosem Lachen.

Dann brummte er. »In Ordnung. Ich besitze ein kleines Versteck in Afrika. Wir werden uns zuerst dorthin begeben, um die Vorbereitungen zu treffen, unter anderem einen überzeugenden, synthetischen Doppelgänger von Saris schaffen, dessen Leiche Chanthavar finden soll. Ich kann die Erde noch nicht sofort verlassen, da er sonst Verdacht schöpfen würde. Meine Aufgabe besteht darin, mich so aufzuführen, daß ich Persona non grata erklärt werde und in Ungnaden verschwinden muß – um mit einer mächtigen Flotte zurückzukehren!«

Langley und die anderen wurden hinausgetrieben, wo der Schnee unter ihren Füßen knarrte und der Himmel ein schwarzes Sternengewölbe war. Die Luft war dünn, scharf und kalt, und sein Körper zitterte. Marin drückte sich an ihn, wie um seine Wärme zu suchen.

Ein Raumschiff schwebte dicht über dem Boden. Langley kletterte die Leiter hinauf, ließ sich im Salon in einen Sessel nieder und versuchte, seine Gedanken völlig auszuschalten. Zwei bewaffnete Wächter lehnten an der Tür. Saris hatte man woanders hingebracht.

Das Gebirge wich unter ihnen zurück. Mit lautem Tosen zerteilte das Schiff die Luft und verließ kurz danach die Atmosphäre, um den Planeten zu umkreisen und in Zentralafrika niederzugehen.

Die Zeit verstrich. Brannochs Schiff setzte zur Landung an, obwohl sich Afrika zur Zeit auf der Tagseite der Erde befand. Langley vermutete, daß es mit Hilfe von gefälschten Erkennungszeichen und Funksignalen die Luftpatrouillen täuschte. Vor ihm befand sich ein großer Sichtschirm. Er betrachtete den breiten Fluß. Das mußte der Kongo sein. Riesige Plantagen erstreckten sich dort unten in geordneten Quadraten, soweit sein Auge zu blicken vermochte. Über den ganzen Kontinent verstreut lagen zahlreiche mittelgroße Städte. Das Schiff näherte sich tieffliegend einer kleinen Anhäufung kuppelförmiger Gebäude.

»Ah«, sagte Valti. »Ein Plantagen-Verwaltungszentrum – und vollkommen echt, zweifellos. Aber darunter verborgen . . . hm.«

Eine Sektion des staubigen Bodens öffnete metallene Lippen, und das Schiff sank in einen Hangar hinab. Langley folgte den anderen hinaus und in die kahlen Räume, die in den Hangar mündeten. Schließlich erreichten sie eine geräumige Halle. Sie wies eine Büroeinrichtung und einen Tank auf.

Langley betrachtete den Tank mit neuerwachtem Interesse. Es war ein großer Stahlkasten, sechs Meter im Quadrat und fünfzehn Meter lang, der auf einem Antigravitationsschlitten stand. Er besaß Reservegasflaschen, Pumpen, Motoren und Meßinstrumente. Eines von ihnen verzeichnete auf einer Skala einen Innendruck, der mehr als tausend Atmosphären betrug. Der ganze Apparat war eine riesige, selbstgesteuerte Maschine und kauerte wie ein sprungbereites Lebewesen in der Ecke.

Brannoch trat vor und winkte. Sein Triumph strahlte aus seinen Augen, sprach aus seiner Stimme. »Hier sind sie, ihr Thrymkaner«, rief er. »Wir haben alle erwischt!«

13

Die ausdruckslose Mikrofonstimme antwortete kalt: »Ja. Und sind Sie sicher, daß man Ihnen keine Falle gestellt hat, daß Sie nicht verfolgt werden und daß alles in Ordnung ist?«

»Natürlich!« Brannochs Freude schien auf einmal verflogen zu sein. Er machte ein verdrossenes Gesicht. »Sofern man euch nicht gesehen hat, als ihr euren Tank herüberflogt.«

»Das ist nicht der Fall. Aber nach unserer Ankunft nahmen wir eine Inspektion vor. Die Nachlässigkeit des Plantagen-Oberaufsehers – und das bedeutet Ihre – war erstaunlich und betrüblich. In der vergangenen Woche hat er zwei neue Farmarbeiter gekauft und versäumt, ihrem Gedächtnis die Fähigkeit zu nehmen, sich an uns und unsere Aktionen jemals erinnern zu können.«

»Oh, na ja – Plantagensklaven! Sie werden diese Quartiere hier niemals zu sehen bekommen.«

»Die Wahrscheinlichkeit ist gering, aber sie existiert, und man kann sich dagegen schützen. Der Fehler ist inzwischen behoben worden, aber Sie werden anordnen, daß der Oberaufseher mit einem fünf Minuten langen Nervenschock bestraft wird.«

»Moment mal –« Brannochs Lippen zogen sich zurück und entblößten seine Zähne. »Mujara steht seit fünf Jahren in meinen Diensten und hat mir stets mit Treue gedient. Ein Verweis genügt vollkommen. Ich will nicht . . .«

»Sie werden doch!«

Einen Augenblick lang starrte der große Mann den Tank trotzig an, als ob er einen Feind vor sich hatte. Dann schien sich etwas in ihm zu beugen, und er zuckte die Achseln und lächelte mit einem Anflug von Bitterkeit. »Nun gut. Zwecklos, sich darüber zu streiten. Haben genug anderes zu tun.«

Langleys Gedanken begannen sich langsam wieder zu bewegen. Noch immer fühlte er sich leer und erschöpft, aber er konnte denken – und seine Überlegungen waren nicht erfreulich.

Was streben diese Wesen im Überdruckbehälter an? Warum gaben sie sich solche Mühe? Warum stiften sie einen Krieg an, und was könnten sie dadurch gewinnen? Die Thorer brauchen mehr Land – mehr Lebensraum –, aber für einen Wasserstoffatmer ist ein Planet vom Typ der Erde nicht gerade empfehlenswert.

»Komm näher, Fremder«, sagte die Maschinenstimme. »Wir wollen dich etwas genauer betrachten.«

Saris ging unter den drohenden Mündungen der Waffen nach vorn. Seine schlanke braune Gestalt kauerte dicht am Boden, völlig unbeweglich, außer dem äußersten Ende seines Schwanzes, welches angriffslustig zuckte. Mit kalten Augen sah er den Tank an.

»Ja«, meinten die Thrymkaner nach einer langen Pause. »Ja, er hat etwas an sich. Wir haben noch niemals zuvor diese partikulären Lebensströme festgestellt – bei keiner einzigen von hundert verschiedenen Rassen. Es ist durchaus möglich, daß er gefährlich ist.«

»Er wird uns sehr nützlich sein«, brummte Brannoch.

»Nur, wenn dieser Effekt mechanisch nachvollzogen werden kann, mein Lord«, unterbrach ihn Valti mit seiner öligen Stimme. »Seid Ihr Eurer Sache völlig sicher? Könnte es nicht sein, daß nur ein lebendes Nervensystem seines Typs jenes Feld erzeugen oder es steuern kann? Ihr wißt, daß die Beeinflussung solch eines Feldes ein sehr komplexes Problem darstellt. Vielleicht benötigt man dazu so etwas wie ein echtes Gehirn, und das hat noch keine bekannte Wissenschaft künstlich herstellen können.«

»Das müßte zuerst noch untersucht werden«, sagte Brannoch. »Das ist Sache der Wissenschaftler.«

»Und wenn es Euren Wissenschaftlern nicht gelingt? Habt Ihr an diese Möglichkeit gedacht? Dann hättet Ihr einen Krieg angezettelt, ohne den Vorteil zu besitzen, den Ihr erhofft habt. Die Streitkräfte von Sol sind stärker und besser koordiniert als Eure, mein Lord. Sie würden gewinnen, und in verhältnismäßig kurzer Zeit.«

Langley mußte die resolute Art bewundern, mit der Brannoch einer Idee ins Auge sah, an die er bisher noch nicht gedacht hatte. Er stand eine Zeitlang unbeweglich da, blickte nachdenklich auf seine Füße hinunter, und seine Hände öffneten und schlossen sich krampfartig. »Ich weiß nicht«, sagte er schließlich ruhig. »Ich selbst bin kein Wissenschaftler. Wie steht's damit, Thrymka? Halten Sie es für möglich, daß es getan werden kann?«

»Die Wahrscheinlichkeit, daß das Unternehmen unausführbar ist, wurde von uns bereits in Betracht gezogen«, antwortete der Tank. »Sie besitzt eine endliche Probabilität.«

»Nun ... vielleicht wäre es dann das beste, ihn zu vernichten. Unser Spiel ist wahrscheinlich etwas zu gewagt; ich glaube nicht, daß ich Chanthavar lange an der Nase herumführen kann. Vielleicht sollten wir noch einige Jahre warten und unsere bisherigen Waffen verbessern ...«

»Nein«, sagten die Ungeheuer. »Die Faktoren sind erwogen worden. Der optimale Termin für einen Krieg steht kurz bevor, mit oder ohne das elektronische Spezialgerät.«

»Sind Sie sicher?«

»Stellen Sie keine sinnlosen Fragen. Sie würden Wochen dazu brauchen, die Einzelheiten unserer Analyse verstehen zu können. Machen Sie weiter, gemäß Plan.«

»Nun ... in Ordnung!« Brannoch schien aufzuatmen, als auf

diese Weise die Entscheidung für ihn getroffen wurde. Er stürzte sich mit Eifer in die Aktion. Die Gefangenen wurden in Zellen geführt. Langley erspähte flüchtig Marin, als sie vorüberging; dann wurden er und Saris zusammen in einem Raum geworfen. Eine vergitterte Tür schwang hinter ihnen ins Schloß, und zwei Thorer blieben mit Gewehren davor stehen.

Der Raum war klein, leer und fensterlos. Außer einer sanitären Anlage und zwei Pritschen enthielt er nichts. Langley ließ sich nieder und grinste Saris zu, als sich der Holatier zu seinen Füßen zusammenrollte. »Ich möchte wissen, warum sie uns zusammen in einen Raum gesperrt haben.«

»Weil wir können ssprechen miteinander«, sagte Saris.

»Oh, du hast festgestellt, daß in den Wänden Mikrofone und Aufnahmegeräte eingebaut sind? Aber wir sprechen doch englisch.«

»Zweifelloss ssie ssind . . . ssie haben Übersetzungsmaschinen. Unssere Unterhaltung wird aufgenommen und vielleicht übersetzt morgen.«

»Hm, ja, es gibt jedenfalls nichts Wichtiges, worüber wir uns unterhalten können.«

»Oh, aber wir haben zu besprechen ssehr viel, mein Freund. Ich werde festhalten die Aufnahmegeräte, wenn wir kommen zu wichtigen Einzelheiten.«

Langley lachte kurz und hart. »Prima! Und diese Vögel vor der Tür verstehen kein Englisch.«

»Ich will ordnen meine Gedanken«, meinte der Holatier. »In Zwischenzeit du verssuchen, ob du ssie kannst verwickeln in Konverssation. Ess isst ganz bessonderss wichtig, zu erfahren die Motive der Thrymkaner.«

»So? Ich glaube, du solltest mehr daran interessiert sein, was aus dir wird. Sie sprachen vorhin darüber, dich umzubringen, wenn du es noch nicht wissen solltest.«

»Isst nicht sso wichtig, wie du denksst.« Saris schloß die Augen.

Langley starrte ihn verwundert an. Dann ging er zur Zellentür.

Einer der beiden Wächter hob sein Gewehr. Es sah recht ungewöhnlich aus, besaß wahrscheinlich einen gezogenen Lauf und war nur für diesen einen Zweck hergestellt worden. »Immer mit der Ruhe«, sagte Langley. »Ich beiße nicht . . . oft.«

»Wir haben strikte Befehle«, antwortete der Thorer. Er war jung, ein wenig ängstlich und sprach mit einem Akzent. »Wenn irgend etwas schiefgeht – ob es nun Ihre Schuld ist oder nicht –, werden Sie beide erschossen. Bedenken Sie das.«

»Ihr geht kein Risiko ein, wie? Nun, es wird schon nichts passieren.« Langley lehnte sich an die Gitterstäbe. Es war nicht schwer, sich entspannt und umgänglich zu geben, jetzt, wo alles verloren war. »Ich habe mich nur gefragt, was ihr Jungs eigentlich von der ganzen Angelegenheit habt.«

»Wie meinen Sie das?«

»Nun, ich nehme an, ihr seid mit der diplomatischen Mission hierhergekommen – oder vielleicht mit einem späteren Schiff. Wann seid ihr auf der Erde gelandet?«

»Vor drei Jahren«, meinte der andere Wächter. »Der Dienst auf äußeren Planeten dauert gewöhnlich vier Jahre.«

»Aber das schließt nicht die Reisezeit ein«, sagte Langley. »Alles in allem werdet ihr an die dreizehn Jahre von zu Hause weg sein. Eure Eltern sind alt geworden und vielleicht schon gestorben. Eure Freundin hat jemand anders geheiratet . . . Dort, wo ich herkomme, werden dreizehn Jahre als eine verdammt lange Zeit angesehen.«

»Schweigen Sie!« Die Antwort war ein wenig zu steif und prompt.

»Tut mir leid«, meinte Langley. »Habe nicht beabsichtigt, zu sticheln. Ich bin nur neugierig, das ist alles. Es sieht so aus, als ob Centauri alle anderen Systeme in den Schatten stellen wird – und deshalb muß ich doch versuchen, möglichst viel über euch zu lernen. Aber warum steht Thrymka auf eurer Seite?«

»Thrymka gehört zur Liga«, erklärte einer der Männer. Langley entging nicht der Widerwillen in seiner Stimme. »Sie unterstützen uns . . . sie müssen es.«

»Aber sie besitzen doch das Stimmrecht, nicht wahr? Sie hätten sich gegen dieses Abenteuer aussprechen können. Oder hat man ihnen Jupiter zur Kolonisation versprochen?«

»Dazu wären sie nicht in der Lage«, entgegnete der Wächter. »Die Atmosphäre ist nicht die gleiche – ich glaube, zu wenig Ammoniak. Es gibt in diesem System keinen Planeten, den sie verwenden könnten.«

»Warum sind sie dann daran interessiert, Sol zu erobern? Warum unterstützen sie euch? Sol hat ihnen niemals etwas getan, aber Thor hat vor noch nicht langer Zeit gegen sie gekämpft.«

»Sie wurden besiegt«, antwortete der Wächter steif.

»Unsinn! Man kann keinen geeinigten Planeten besiegen, der

größer ist als alle anderen zusammengenommen. Der Krieg war ein Unentschieden, und ihr wißt das ganz genau! Das Beste, was die Erde und Thor tun könnten, besteht darin, über Thrymka Wache zu halten und die Eingeborenen zu zwingen, dort zu bleiben, wo sie hingehören. Thor allein könnte nur einen Kompromiß eingehen – und würde dann trotz allem am kürzeren Hebelarm sitzen. Die Thrymkaner haben das erreicht, was sie wollten; es gibt keine menschlichen Kolonien auf den Planeten von Proxima. Deshalb habe ich mich gefragt, warum Thrymka wohl an dem Rummel interessiert ist.«

»Ich möchte nicht mehr darüber sprechen«, sagte der Wächter verärgert. »Gehen Sie zu Ihrer Pritsche zurück.«

Langley blieb noch einen Augenblick stehen und überdachte die Situation. Außer diesen beiden Männern hielten sich keine Soldaten in dem Zellenblock auf. Die Tür war mit einem elektronischen Schloß verriegelt. Saris konnte es mit Leichtigkeit öffnen. Aber die beiden jungen Männer waren bis zu einem fast hysterischen Grad erregt. Beim geringsten Zeichen von etwas Unvorhergesehenem würden sie auf ihre Gefangenen das Feuer eröffnen. Anscheinend gab es hier keine Fluchtmöglichkeit.

Er kehrte zu Saris zurück. »Hast du deine Gedanken inzwischen entwirrt?« fragte er.

»Gewissermaßen.« Der Holatier blickte ihn schläfrig an. »Du wirst ssein ersstaunt über manche Dinge, die ich dir habe zu ssagen.«

»Fang an.«

»Ich nicht kann lessen menschliche Gedanken, aber ich fühle ihre Gegenwart und ihren emotionellen Zustand. Wenn ich hätte Zeit, ich könnte erreichen mehr, aber bisher nicht war Gelegenheit, zu lernen. Jedoch die Thrymkaner haben gehabt ssehr lange Zeit, in welcher ssie sstudieren deine Rasse.«

»Sie können also unsere Gedanken lesen, wie? Hmmm ... ich wette, Chanthavar weiß das nicht. Demnach haben sie jene Inspektion, von der sie sprachen, über die Gedanken des Oberaufsehers vorgenommen, schätze ich. Aber bist du sicher?«

»Ja. Ess ssein Gewißheit. Laß mich erklären.«

Die Ausführungen waren kurz und treffend. Die thrymkanische Telepathie vermochte Gedanken zu lesen, konnte sie aber nicht beeinflussen – außer mit Hilfe der Nervenenden in den miteinander verbundenen Fühlern der Thrymkaner.

Um die Gedanken eines anderen Wesens lesen zu können,

mußten sie zuerst die Sprache dieses Individuums kennen. Und Saris und Langley dachten in einer Sprache, die ihnen unbekannt war. Was sie also hören konnten, stellte für sie ein Kauderwelsch dar.

»Ich ... verstehe.« Der Mann nickte ernst. »Klingt einleuchtend.« Er lächelte grimmig. »Es ist tröstlich, zu wissen, daß wir wenigstens geistig noch ein Privatleben haben.«

»Dass noch nicht ssein alless«, erwiderte der Holatier. »Ich muß dir geben eine Warnung. Ess wird bald sstattfinden ein Angriff.«

»Was?«

»Zeige nicht deine Erregung. Aber die Frau, die du hasst bei dir – Marin isst ihr Name? In ihr ich habe entdeckt einen elektronischen Sstromkreiss.«

»Was?« Langley hielt den Atem an. Ein eigenartiges Prickeln lief ihm den Rücken hinunter. »Aber sie ...«

»In ssie isst chirurgisch eingessetzt ein Ding, welchess ich halte für einen Ssender mit variabler Frequenz. Mit sseiner Hilfe ssie kann nachgespürt werden. Ich hätte ess gessagt Valti, aber ich noch nicht war vertraut mit dem menschlichen Nervensystem. Ich habe gedacht, daß ess ssein normal für eure Frauen – genau wie dass der unssrigen ssein verschieden von Nervensystem der Männer. Aber jetzt, wo ich habe gessehen mehr von dir, ich erkenne die Wahrheit.«

Langley merkte, daß er am ganzen Körper zitterte. Marin ... schon wieder! Aber wie?

Dann verstand er. Damals, als sie entführt und dann wieder freigelassen worden war. Es war demnach doch zu einem bestimmten Zweck geschehen. Ihr – nicht Langley – hatte der Überfall gegolten. Ein automatischer Kommunikator, ähnlich demjenigen, den er von Valti erhalten hatte, mit Hilfe der heutigen Chirurgie in ihren Körper eingesetzt – ja. Solch ein Gerät besaß nur geringe Reichweite, so daß ihr nur ein System von Detektoren folgen konnte, die um den ganzen Planeten verteilt waren. Und nur Chanthavar befand sich im Besitz solch eines Systems, das die Erde umspannte.

14

Eine Sirene heulte auf. Als ihr Echo den langen Korridor entlanghallte, wirbelten die Wachtposten herum und standen einen kurzen Augenblick lang wie erstarrt.

Die Tür sprang auf, und Saris Hronna war auf dem Gang. Sein tigerhafter Sprung schleuderte einen Mann gegen die entfernte Wand. Der andere drehte sich einige Male um sich selbst, um dann einen Meter entfernt niederzufallen. Er umklammerte noch immer seine Waffe. Er erhob sich rasch wieder und brachte das Gewehr in Anschlag, als Langley über ihn herfiel.

Der Raumfahrer war weder ein Boxer noch ein Ringer. Er packte den Gewehrlauf, riß ihn zur Seite und landete die andere Faust krachend auf der Kinnlade des Gegners. Der Thorer spuckte Blut, brach aber nicht zusammen. Sein schwerer Stiefel traf Langleys Knöchel mit ungeheurer Wucht. Der Amerikaner taumelte seitwärts, und der Schmerz bohrte sich wie eine Lanze in ihn. Der Centaurier trat zurück und hob den Karabiner, als Saris den Kapitän zur Seite wischte und den Mann mit einem einzigen Schlag zu Boden schmetterte.

»Isst du in Ordnung?« fragte er, herumwirbelnd. »Isst verletzt?«

»Bin noch immer auf Deck.« Langley schüttelte den Kopf, und die Enttäuschung der Niederlage brannte in ihm stärker als der Schmerz. »Los, komm! Öffne die anderen Türen. Vielleicht können wir während des Aufruhrs entkommen.«

Schüsse und Detonationen krachten in den anderen Räumen. Valti tauchte im Korridor auf, den mächtigen Kopf mit dem roten Haar wie ein Stier gesenkt. »Hierher!« brüllte er. »Mir nach! Es muß hier einen Hinterausgang geben.«

Die Gefangenen drängten hinter ihm her. Sie eilten den Korridor entlang und erreichten eine Tür, die Saris ohne weiteres öffnen konnte. Eine Rampe führte zur ebenen Erde hinauf. Saris kauerte sich zusammen. Draußen konnten schußbereite Waffen auf sie warten. Aber es gab keine Alternative. Der getarnte Eingang sprang vor ihm auf, und er warf sich mit einem weiten Satz ins helle Tageslicht hinaus.

Schwarze Patrouillenschiffe schwärmten über dem Gebiet wie wütende Hornissen. In der Nähe eines der Gebäude lag eine verlassene Flugmaschine. Mit riesigen Sätzen eilte Saris darauf zu. Er hatte sie fast erreicht, als ein blau-weißer Strahl aus dem Himmel herunterstach und das Fluggerät in zwei Hälften zerschnitt.

Der Holatier wirbelte fauchend herum und blieb einen Augenblick lang bewegungslos stehen. Plötzlich scherte ein Polizeischiff aus und stieß mit einem anderen zusammen. Beide stürzten brennend ab. Saris eilte auf die Umzäunung zu – die Menschen keuchend hinter ihm her. Ein Vorhang lodernden Feuers legte sich über seinen Weg. Valti rief etwas und deutete nach hinten. Schwarzgekleidete Soldatensklaven stürmten aus den unterirdischen Anlagen hervor.

»Setz ihre Waffen außer Gefecht!« schrie Langley. Er hielt einen der Karabiner in seinen Händen und hob ihn jetzt an die Wange. Ein Mann drehte sich einige Male um sich selbst und stürzte zu Boden.

»Zu viele.« Saris legte sich keuchend auf die Erde nieder. »Isst mehr, alss ich kann handhaben. Ich von Anfang an hatte wenig Hoffnung auf Erfolg.«

Langley fluchte und warf das Gewehr weg.

Die Soldaten umringten sie, die Waffen schußbereit auf sie gerichtet. »Meine Herren, Sie stehen alle unter Arrest«, sagte der Anführer ruhig. »Bitte folgen Sie uns.«

Marin weinte, als sie sich ihnen anschloß.

Chanthavar befand sich im Büro der Plantage. Die Wände waren mit langen Reihen von Wachtposten besetzt, und Brannoch stand niedergeschlagen im Hintergrund. Der Solarier sah sehr gepflegt aus und ließ sich seine Freude über den Sieg kaum anmerken.

»Wie geht es Ihnen, Captain Langley?« fragte er. »Und Ihnen, Herr Goltam Valti? Offensichtlich bin ich gerade noch rechtzeitig gekommen.«

»Machen Sie's kurz«, entgegnete der Raumfahrer. »Erschießen Sie uns und bereinigen Sie die Angelegenheit.«

Chanthavar zog seine Augenbrauen in die Höhe. »Warum so dramatisch?« fragte er sanft.

Ein Offizier betrat den Raum, verneigte sich und rasselte seinen Report herunter. Das Versteck war eingenommen, das gesamte Personal tot oder unter Arrest, und die Solartruppen hatten sechs Tote und zehn Verwundete zu verzeichnen. Chanthavar bellte einen Befehl, und Saris wurde in einen eigens für ihn angefertigten Käfig getrieben und hinausgefahren.

»Falls Sie sich über mein Erscheinen wundern, Kapitän«, meinte der Agent, »so will ich es Ihnen gern erklären . . .«

»Ich weiß«, entgegnete der Raumfahrer.

»Oh? Oh . . . ja, natürlich. Saris hat es entdeckt. Habe bei dieser Angelegenheit mein Glück herausgefordert. Natürlich standen noch einige andere Nachspürmethoden in Bereitschaft, aber als die von uns eingesetzte funktionierte, erübrigten sie sich.« Chanthavars Lippen formten sich zu dem ihm eigenen gewinnenden Lächeln. »Ich hege keinen Groll gegen Sie, Captain. Ich bin davon überzeugt, daß Sie das zu tun versuchten, was nach Ihrer Meinung das Beste war.«

»Und wie steht es mit uns?« fragte Brannoch.

»Nun, mein Lord, Eure sofortige Verbannung ist unvermeidlich.«

»In Ordnung. Dann wollen wir gleich gehen. Ich habe ein Schiff.«

»Oh, nein, mein Lord. So unhöflich sind wir beileibe nicht. Das Technat wird Euch Transportmöglichkeit stellen. Das dauert natürlich eine kleine Weile – vielleicht einige Monate . . .«

»Zweifellos bis Sie die Forschungsarbeiten an dem neuen elektronischen Prozeß soweit vorangetrieben haben, daß Ihr Vorsprung nicht mehr aufzuholen ist.«

»In der Zwischenzeit werdet Ihr und Euer Stab bitte in Euren eigenen Quartieren bleiben. Ich werde Wachtposten aufstellen, um sicherzugehen, daß Ihr nicht . . . gestört werdet.«

»In Ordnung.« Brannoch zwang seinen Mund zu einem säuerlichen Grinsen. »Ich nehme an, ich muß Ihnen dafür meinen Dank aussprechen. An Ihrer Stelle hätte ich mich ohne weiteres erschießen lassen.«

»Eines Tages, mein Lord, wird Euer Tod vielleicht erforderlich werden«, sagte Chanthavar freundlich. »Zur Zeit jedoch schulde ich Euch etwas. Die Angelegenheit hier wird sich natürlich in erheblichem Umfang auf meine eigene Person auswirken, versteht sich. Es gibt höhere Posten als mein gegenwärtiger, und sie werden mir sehr bald offenstehen.«

Er wandte sich an Langley. »Ich habe bereits verschiedene Vorbereitungen für Sie getroffen, Kapitän. Ihre Dienste werden nicht länger in Anspruch genommen. Wir haben ein paar Gelehrte gefunden, die Alt-Amerikanisch sprechen können. Zusammen mit ihnen und den hypnotischen Maschinen werden wir Saris innerhalb weniger Tage so weit bringen, daß er die moderne Sprache vollkommen beherrscht. Für Sie jedoch haben wir eine Stellung und eine Wohnung an der Universität von Lora eingerichtet. Die

Historiker, Archäologen und Planetographen warten mit Ungeduld auf Sie. Das Gehalt ist zwar gering, aber Sie werden den Rang eines Freigeborenen beibehalten.«

Langley antwortete nicht. Man nahm ihn also jetzt schon aus dem Spiel. Das war das Ende.

Valti räusperte sich und wölbte seinen mächtigen Brustkasten. »Mein Lord«, sagte er gewichtig, »ich muß Sie daran erinnern, daß die Gesellschaft . . .«

Chanthavar warf ihm aus zusammengekniffenen Augen einen langen Blick zu. Sein glattes Gesicht war plötzlich bar jeden Ausdrucks. »Sie haben wiederholt gegen die Gesetze von Sol verstoßen«, sagte er finster.

»Exterritorialität . . .«

»Das trifft hier nicht zu. Bestenfalls können Sie Deportation erwarten.« Chanthavar schien sich zu sammeln. »Ich werde Sie jedoch auf freien Fuß setzen. Sammeln Sie Ihre Leute, nehmen Sie eine der Plantagen-Flugmaschinen und kehren Sie nach Lora zurück.«

»Mein Lord ist sehr gnädig«, entgegnete Valti. »Darf ich fragen, warum?«

»Nein, Sie dürfen nicht. Scheren Sie sich weg.«

»Mein Lord, ich bin ein Verbrecher. Ich gestehe es. Ich verlange eine faire Aburteilung durch ein gemischtes Tribunal, wie es der Artikel VIII, Abschnitt 4 des Vertrages von Luna fordert.«

Chanthavars Augen waren hart und kalt. »Gehen Sie, oder ich lasse Sie hinauswerfen.«

»Ich verlange, unter Arrest gesetzt zu werden!« brüllte Valti mit Donnerstimme. »Ich bestehe auf meinem Recht und Privileg, mein Gewissen erleichtern zu dürfen. Wenn Sie mich nicht einsperren, werde ich beim Technon selbst Beschwerde einlegen.«

»Nun gut!« Chanthavar spie die Worte aus. »Der Technon selbst hat mir den Befehl erteilt, Sie unbestraft gehen zu lassen. Warum, weiß ich nicht. Aber es ist ein Befehl. Er kam fast sofort, nachdem ich ihm den Bericht über die Lage und meine Angriffspläne vorgelegt hatte. Genügt Ihnen das?«

»Ja, mein Lord«, entgegnete Valti sanft. »Ich danke Ihnen für Ihre Güte. Guten Tag, meine Herren.« Er verneigte sich linkisch und stampfte hinaus.

Chanthavar brach in Gelächter aus. »Unverschämter alter Käfer! Ich wollte es ihm nicht sagen, aber er hätte es doch im Laufe der Zeit erfahren. Jetzt soll er sich ruhig zusammen mit uns anderen darüber wundern. Der Technon handelt ab und zu recht mysteriös. Ich nehme an, daß dies ein Privileg eines Gehirns ist, welches tausend Jahre im voraus plant.« Er stand auf und reckte sich. »Machen wir uns auf die Beine. Vielleicht schaffe ich es noch zum Konzert in Salma heute abend.«

15

Die Männer in der Universität verhielten sich dem Mann aus der Vergangenheit gegenüber rücksichtsvoll und höflich, aber ohne viel Formalität. Langley erinnerte sich an seine eigenen Universitätstage. Er war Assistent gewesen und kannte das Fakultätsleben gut. Hier gab es nicht den Klatsch, die kleinen Intrigen, an die er sich so gut erinnerte, aber andererseits fand er auch nicht den Geist des Forschungsdranges und intellektuellen Abenteuers vor, der das wissenschaftliche Leben seiner Zeit gekennzeichnet hatte. Über alles wußte man Bescheid, nichts hing in der Schwebe, und es gab keine Unklarheiten und unbekannten Größen mehr.

Nichtsdestoweniger fühlte sich Langley im Kreise dieser ergrauten, braun-berobten Männer wohl. Ein Historiker im besonderen, ein kleiner, eingeschrumpfter Mann mit einem großen kahlen Kopf, Jant Mardos, wurde bald zu seinem Freund. Der Bursche war von erstaunlicher Gelehrsamkeit und besaß eine erfrischend sarkastische Einstellung. Sie verbrachten lange Stunden in angeregter Unterhaltung, die von einem Aufnahmegerät für die spätere Auswertung festgehalten wurde.

Am schlimmsten waren für Langley die Nächte.

»Die gegenwärtige Situation war natürlich unvermeidbar«, sann Mardos. »Wenn eine Gesellschaftsform nicht erstarren soll, muß sie sich erneuern, wie es die Ihre getan hat. Früher oder später jedoch erreicht man einen Punkt, an dem eine weitere Erneuerung unpraktisch wird – und dann setzt die Erstarrung doch ein.«

»Mir scheint, Sie können Ihre Gesellschaftsform noch immer verändern«, meinte der Raumfahrer. »Wenigstens auf politischem Gebiet.«

»Die Kommerzielle Gesellschaft hat den Raum in einem Umkreis von Hunderten von Lichtjahren erforscht und nichts gefunden, was Ihrem Traum entsprechen würde.«

»Gewiß nicht. Eine Gruppe, die eine von ihr als verworfen betrachtete Zivilisation verändern will, würde noch viel weiter gehen, als es mir vorschwebt. Und da ist noch die Idee, daß etwas hinter den Grenzen verborgen liegt . . .«

»Unreife!«

»Natürlich. Vergessen Sie nicht, daß der unreife Mensch – oder die Gesellschaftsform – im Begriff steht, aufzuwachsen und die Reife zu erlangen . . . Aber da wir gerade von der Gesellschaftsform sprachen – ich möchte mehr darüber erfahren. Ich habe da einen Verdacht . . .«

»Wir wissen nicht besonders viel über diese Leute. Sie halten gewöhnlich ihre Aktionen geheim. Man nimmt als Gewißheit an, daß die Gesellschaft vor tausend oder mehr Jahren hier auf der Erde entstanden ist, aber die Geschichte äußert sich nur sehr unklar darüber.«

»Das sollte sie eigentlich nicht«, meinte Langley stirnrunzelnd. »Ist nicht der Technon dazu da, komplette Daten und Berichte über sämtliche wichtigen Vorkommnisse festzuhalten? Und wir sind uns ja wohl darüber einig, daß die Gesellschaft wichtig ist. Es war ohne weiteres vorauszusehen, daß sie sich zu einem Hauptfaktor entwickeln würde.«

»Es steht Ihnen nichts im Wege.« Mardos zuckte die Achsel. »Sie können unsere Bücherei benützen, solange es Ihnen Spaß macht.«

Langley suchte sich einen Tisch und ließ sich eine Bibliographie geben. Sie war überraschend klein. Zum Vergleich legte er ein entsprechendes Werk über Tau-Ceti IV daneben, einen öden, kleinen Planeten von geringem Wert. Es war drei- oder viermal so groß wie das erste.

Er lehnte sich in dem Sessel zurück und dachte einige Minuten lang über die Auswirkungen einer statischen Kultur nach. Die geringere Menge der Informationen über die Erde bedeutete offensichtlich, daß hier eine Verschleierungstaktik am Werk war. Aber die sogenannten Gelehrten, in deren Mitte er sich befand, stellten bloß fest, daß nur wenige Bücher und Schriften zur Verfügung standen, wandten sich dann wieder der Tagesordnung zu und vergaßen es bald.

Er stürzte sich verbissen in die Aufgabe, alles zu lesen, was er über dieses Thema finden konnte: Wirtschaftsstatistiken, Fälle, in denen die Kommerzielle Gesellschaft in die Lokalpolitik des einen oder anderen Planeten eingegriffen hatte, um sich zu schützen. Abhandlungen über die Psychologie von Menschen, die ein ganzes Leben lang an Bord eines Schiffes verbrachten, und eine Notiz, die vor 1097 Jahren niedergeschrieben worden war und besagte, daß ein gewisser Hardis Sanj als Repräsentant einer Gruppe interstellarer Händler (Namensliste beigefügt) den Wunsch nach einem speziellen Frei- und Schutzbrief vorgebracht hätte, der ihm auch gewährt worden war. Langley las die Charta aufmerksam durch. Es war ein umfassendes Dokument, und seine einfache Sprache enthielt eine Kraft, um die es mancher Minister beneiden konnte. Dreihundert Jahre später verzeichnete der Technon die Anerkennung der Gesellschaft als unabhängigen Staat. Andere Planeten hatten dies bereits getan, und die übrigen folgten bald ihrem Beispiel. Von da ab hatte man Verträge geschlossen und –

Langley richtete sich kerzengerade auf und saß einen Augenblick lang starr – vier Tage, nachdem er seine Nachforschungen begonnen hatte. Die Lösung lag plötzlich deutlich vor ihm.

Item: Der Technon hatte die Kommerzielle Gesellschaft ohne den geringsten Einwand gewähren lassen, obgleich seine grundlegende Politik andererseits deutlich darauf hinzielte, die zugängliche Galaxis zu vereinigen.

Item: Die Gesellschaft besaß zur Zeit einige hundert Millionen Mitglieder, eingeschlossen das Personal von zahlreichen nichtmenschlichen Planeten. Nicht ein einziges Mitglied davon kannte mehr als einen verschwindend kleinen Bruchteil der anderen.

Item: Die Mitglieder der Gesellschaft, bis hinauf zu den Schiffsoffizieren, wußten nicht, wer ihre obersten Herrscher waren; jedoch hatte man sie zu unbedingtem Gehorsam und einem eigenartigen Mangel an Neugier ihnen gegenüber konditioniert.

Item: Der Technon selbst hatte Chanthavar befohlen, Valti ohne Bestrafung auf freien Fuß zu setzen.

Item: Die ökonomischen Daten zeigten, daß über lange Zeitperioden immer mehr und mehr Planeten wegen des einen oder anderen lebenswichtigen Elements ihrer Industrie von der Gesellschaft abhängig wurden. Es erwies sich als bequemer und billiger, mit den Nomaden Handel zu treiben, als hinauszugehen und sich die Güter selbst zu beschaffen. Und die Gesellschaft war schließlich durchaus neutral ...

Einen Dreck war sie!

Langley wunderte sich darüber, daß noch niemand anders die Wahrheit vermutet zu haben schien. Chanthavar vielleicht, aber auch Chanthavar – wie intelligent er auch immer sein mochte –

war konditioniert. Seine Aufgabe bestand einzig darin, die vom Computer festgesetzte Politik auszuführen und nicht allzu tief nachzuforschen. Natürlich durfte kein Minister etwas davon erfahren, und diejenigen, die von Zeit zu Zeit über die Fakten stolperten, mußten verschwinden. Denn wenn irgendeine unbefugte Person davon Wind bekäme, könnte das Geheimnis nicht mehr gewahrt bleiben. Es würde sich wie ein Lauffeuer zwischen den Sternen ausbreiten – und damit würde die Nützlichkeit der Gesellschaft enden – die Nützlichkeit für den Technon.

Natürlich! Die Gesellschaft war kurz nach dem Abfall der Kolonien gegründet worden. Es bestand keine Hoffnung, die Kolonien in absehbarer Zeit wieder an den Mutterstaat anzugliedern. Aber eine Macht, die überall hinkam und ihre Berichte an eine unbekannte Zentralstelle lieferte – eine Macht, von der jeder, selbst ihr eigenes Personal, annahm, daß sie desinteressiert und nicht aggressiv wäre – das war der vollkommene Geheimagent, der die anderen Planeten überwachen und sie allmählich beherrschen konnte.

Welch eine Maschine mußte der Technon sein! Welch herrliches Monument, diese größte und letzte Errungenschaft einer alternden Wissenschaft! Ihre Erbauer hatten mehr geleistet, als sie ahnen konnten. Ihr Kind war aufgewachsen und fähig geworden, Tausende von Jahre vorauszudenken, bis es schließlich die Zivilisation selbst bildete. Langley verspürte plötzlich den irrationalen Wunsch, diese unfaßbare Maschine einmal zu sehen. Aber das war unmöglich.

War dieses Ding aus Metall und Energie wirklich ein lebendes bewußtes Gehirn? Nein ... Valti hatte gesagt – und die Bibliothek bestätigte seine Worte –, daß der lebendige Verstand in allen seinen fast undenklichen Fähigkeiten niemals künstlich nachgebildet worden war. Daß der Technon innerhalb der Grenzen seiner eigenen Funktion vernunftmäßig dachte, stand außer Zweifel. Um ganze Planeten zu leiten und Pläne wie diese Gesellschaft zu ersinnen und auszuarbeiten, benötigte man ein gewisses Äquivalent schöpferischer Phantasie. Aber er war trotz allem ein Robotgehirn – eine Super-Rechenmaschine. Seine Entscheidungen wurden noch immer strikt auf der Basis der ihm mitgeteilten Dinge und Angaben getroffen. Und wenn die Daten falsch waren, dann beging er die gleichen Fehler wie jede andere Maschine.

Es war ein Kind – ein großes, fast omnipotentes, humorloses Kind, welches das Schicksal einer Rasse bestimmte, die ihre eigenen Verpflichtungen abgelegt hatte. Der Gedanke war nicht erfreulich.

Langley zündete sich eine Zigarette an und lehnte sich zurück. Er hatte eine Entdeckung gemacht, die ein Weltreich in den Grundfesten erschüttern konnte. Und nur, weil er aus einem anderen Zeitalter kam und eine andere Lebens- und Denkungsart besaß. Er hatte den unbeugsamen Instinkt des Freigeborenen, jedoch ohne geistige Scheuklappen.

Aber was konnte er mit seiner Entdeckung anfangen? Er verspürte kurz das nihilistische Verlangen, Valti und Chanthavar zu rufen und sie aufzuklären. Das würde das Weltreich in tausend Fetzen reißen. Aber nein – wer war er denn, daß er einen Karren umwerfen durfte, in welchem Milliarden von Lebewesen saßen – und dabei wahrscheinlich getötet würden? Er konnte sich kein Urteil erlauben, er war nicht Gott. Sein Wunsch stellte einzig einen Reflex machtloser Wut dar.

Ich halte wohl besser meinen Mund. Wenn jemals der Verdacht entstehen würde, daß ich das Geheimnis kenne, hätte ich keine Minute mehr zu leben. Eine Zeitlang hat man mich für sehr wichtig gehalten – und was jetzt? Feierabend.

Allein in seiner Wohnung an jenem Abend, betrachtete er sich im Spiegel. Sein Gesicht war schmal geworden und hatte seine braune Tönung zum Teil verloren. Die grauen Strähnen in seinem Haar waren zahlreicher geworden. Er fühlte sich alt und müde. Bittere Reue nagte in ihm. Er gehörte hier einfach nicht her. Marin . . . Was tat sie? Lebte sie überhaupt noch? Oder konnte man es Leben nennen – dort unten in den unteren Stockwerken? Er war davon überzeugt, daß sie sich nicht verkaufen würde. In ihrem Stolz, den er so gut kannte, würde sie eher verhungern. Aber in der Alten Stadt war alles möglich.

Er befahl dem Fenster, sich zu öffnen. Einen Balkon gab es hier nicht, aber er lehnte sich hinaus und atmete tief. Die Nachtluft war warm und feucht. Selbst in dieser Höhe vermochte er den Geruch von Erde und Pflanzenwuchs zu spüren. Die Sterne funkelten über ihm und winkten ihm aus endloser Ferne lockend zu.

Etwas bewegte sich draußen – ein verschwommener Schatten. Er näherte sich rasch, und Langley erkannte, daß es ein Mann in einem Raumanzug war. Er flog mit einem eigenen Antigravitationsgerät, Polizeimodell. Hinter wem waren sie jetzt wieder her?

Die schwarze Rüstung schoß auf ihn zu. Langley sprang erschrocken zurück, als sie durch das Fenster kam. Sie landete mit einem Aufprall, der den Boden erschütterte.

»Was, zum Teufel ...« Langley trat näher. Eine metallene Hand langte hinauf, löste den klobigen Helm und warf ihn zurück. Aus einem Gewirr von roten Haaren sah eine mächtige Nase hervor.

»Valti!«

»In Fleisch und Blut«, lächelte der Händler. »Ganze Menge Fleisch, häh?« Er befahl dem Fenster, sich zu schließen, und polarisierte es. »Wie geht es Ihnen, Kapitän? Sie sehen recht abgearbeitet aus.«

»Ich ... bin es auch.« Der Raumfahrer fühlte, wie sein Herz seinen Schlag beschleunigte. Seine Nerven und Muskeln spannten sich wie elektrisiert. »Was wollen Sie?«

»Bloß eine kleine private Unterhaltung mit Ihnen, Captain. Glücklicherweise besitzen wir einige nützliche Ausrüstungsgegenstände in unserem Büro ... Chanthavars Leute beginnen sich höllisch für unsere Aktionen zu interessieren. Es wird immer schwerer, ihnen zu entkommen. Ich nehme an, wir können ungestört sprechen?«

»Ja-a-a, ich glaube. Aber ...«

»Keine Erfrischungen, danke sehr. Ich darf mich nicht lange aufhalten. Der Rummel geht wieder los – und diesmal werden Funken sprühen.« Valti lachte leise in seinen Bart und rieb sich zufrieden die Hände. »Ja, in der Tat. Ich habe niemals bezweifelt, daß die Gesellschaft ihre Fangarme auch in den höchsten Stellen hat, aber ich wußte nicht, daß unser Einfluß so groß ist.«

»K-k-k« Langley hielt inne, holte tief Luft und zwang sich zur Ruhe. »Kommen Sie zur Sache, bitte. Was wollen Sie?«

»Sicher sein. Kapitän, gefällt es Ihnen nicht? Haben Sie Ihren Wunsch, auf einem anderen Planeten neu zu beginnen, völlig aufgegeben?«

»Jetzt wird mir also dies wieder angeboten. Warum?«

»Ah ... meine Chefs haben beschlossen, daß Saris Hronna und sein elektronischer Effekt nicht ohne Kampf aufgegeben werden sollen. Ich habe den Befehl erhalten, ihn zu befreien. Ob Sie es glauben oder nicht – meine Befehle waren von authentischen, unfälschbaren Beglaubigungen begleitet, die vom Technon selbst stammen. Offensichtlich sitzen einige besonders geschickte Agenten von uns hoch oben in der Regierung von Sol. Es muß ihnen gelungen sein, die Maschine mit falschen Daten zu füttern, so daß sie automatisch daraus folgerte, daß es das beste wäre, Saris zu entführen und aus Chanthavars Machtbereich zu entfernen.«

Langley ging zum Dienstroboter hinüber und ließ sich einen starken Drink bereiten. Erst nachdem er ihn hinuntergekippt hatte, traute er es sich zu, zu sprechen. »Und Sie benötigen mich«, stellte er fest.

»Ja, Captain. Das Unternehmen ist auf jeden Fall sehr gewagt. Wenn Chanthavar dahinterkommt, wird er natürlich zuerst einmal alles stoppen, um erst nachher den Technon zu befragen. Und dann ist es passiert. Denn im Licht dieser neuen Daten und Angaben wird die Maschine eine Untersuchung anordnen und auf die Wahrheit stoßen. Wir müssen deshalb rasch handeln. Sie werden benötigt, da Sie Saris' Freund sind, dem er vertraut und mit dem er sich in einer unbekannten Sprache unterhalten kann – obwohl er unsere Sprache inzwischen zweifellos gelernt hat. Sie werden ihm klarmachen, was wir beabsichtigen, so daß er kooperiert.«

Der Technon! Langleys Gedanken wirbelten durcheinander. Welchen phantastischen neuen Plan hatte die Maschine jetzt wieder ausgebrütet?

»Ich nehme an«, meinte er langsam, »daß wir zuerst 61 Cygni aufsuchen, wie ursprünglich beabsichtigt.«

»Nein.« Das breite Gesicht des Händlers spannte sich, und plötzlich lag ein leichtes Beben in seiner Stimme. »Ich verstehe die Sache nicht ganz. Wir haben den Befehl, Saris an die Centaurier auszuliefern.«

16

Langley antwortete nicht. Es schien nichts zu geben, was er hätte sagen können.

»Ich weiß nicht, warum«, bedeutete ihm Valti. »Ich habe oft den Eindruck, daß wir, die Gesellschaft, einen eigenen Technon besitzen. Die Entscheidungen sind für mich manchmal völlig unverständlich, obwohl sie sich später stets als richtig erwiesen haben. Es bedeutet Krieg, wenn eine Seite das elektronische Gerät in die Hand bekommt . . . und warum sollten ausgerechnet die centaurischen Barbaren den Vorteil erhalten?«

»Ja, warum?« flüsterte Langley. Die Nacht umgab sie mit tiefer Stille.

»Ich kann mir nur vorstellen, daß . . . daß Sol auf längere Sicht eine Gefahr für uns bedeutet. Vielleicht ist es vom Standpunkt der

Geschichte aus besser, wenn die Centaurier für eine Weile das Ruder übernehmen.«

»Ja«, murmelte Langley.

Das stürzte seine sämtlichen Entdeckungen und Gedanken um. Anscheinend war der Technon nicht der Boss der Nomaden. Und doch . . .

»Ich sage Ihnen dies alles offen und ehrlich«, erklärte Valti eindringlich. »Es wäre leichter gewesen, Sie in Unkenntnis der Dinge zu lassen – aber das stellte ein Risiko dar. Wenn Sie herausgefunden hätten, was wir vorhaben, könnten Sie und Saris uns die Sache recht schwermachen. Es ist besser, von Anfang an Ihre Zustimmung zu haben.

Sie selbst, Captain, werden ein bemanntes Raumschiff erhalten, mit dessen Hilfe Sie sich einen Planeten aussuchen können, wenn Ihnen keiner von denen gefällt, die wir kennen. Auch brauchen Sie nicht zu glauben, daß Sie Saris verraten. Es wird ihm auf Thor nicht schlechter ergehen, als auf der Erde. Sie werden im Gegenteil eine Position einnehmen, die es Ihnen ermöglicht, Forderungen zu stellen und gute Behandlung für ihn zu verlangen. Aber Sie müssen sich jetzt entscheiden.«

Langley schüttelte den Kopf. Das war zu viel, zu plötzlich. »Ich möchte es mir überlegen. Was ist mit Brannochs Bande? Sind sie mit Ihnen in Verbindung getreten?«

»Nein. Ich weiß nur, daß wir sie aus dem Botschaftsturm befreien müssen, wo sie unter Hausarrest gehalten werden. Ferner haben wir sie nach Thor zu bringen. Der Technon hat mir Papiere zukommen lassen, die mir in jedem Turm Einlaß verschaffen werden, wenn wir sie richtig verwenden.«

»Hat Brannoch mit niemandem Kontakt aufgenommen?«

Der starre Raumanzug verbarg jede Bewegung, aber Valti mußte die Achseln gezuckt haben. »Offiziell nicht. Ganz sicher nicht mit uns. Tatsächlich jedoch werden die Thrymkaner Kommunikatoren von veränderlicher Frequenz in ihrem Tank versteckt halten, wo die menschlichen Polizisten kaum nachforschen können. Sie müssen mittels dieser Methode mit ihren Agenten auf der Erde gesprochen haben, obgleich ich nicht weiß, was gesagt wurde. Chanthavar vermutete dies ebenfalls, kann jedoch nichts dagegen unternehmen, außer vielleicht die Thrymkaner umbringen – und das verstößt gegen den Kodex. Diese hochbestallten Lords der verschiedenen Staaten respektieren gegenseitig ihre Rechte. Sie können niemals sicher sein, daß sie sich nicht eines

Tages in der gleichen Zwangslage befinden.«

»So.« Langley stand unbeweglich, aber die Erkenntnis wuchs in ihm an, und er fühlte sich versucht, sie laut hinauszuschreien.

Er hatte sich nicht geirrt. Der Technon herrschte tatsächlich über die Gesellschaft. Aber da mußte noch eine zusätzliche Komponente vorhanden sein, und er glaubte, ihr Wesen erkannt zu haben.

»Ich frage Sie noch einmal, Captain«, sagte Valti. »Werden Sie uns helfen?«

»Wenn nicht«, entgegnete der Raumfahrer trocken, »dann würde Ihre Enttäuschung – wie ich annehme – recht gewalttätiger Natur sein. Nicht wahr?«

»Ich würde es unendlich bedauern«, murmelte Valti und berührte die Strahlpistole an seiner Hüfte. »Einige Geheimnisse sind jedoch undenkbar wichtig und müssen bewahrt werden.« Seine kleinen hellen Augen betrachteten den anderen prüfend. »Ich werde aber Ihr Wort gelten lassen, wenn Sie uns helfen wollen. Sie sind dieser Typ von einem Mann. Auch könnten Sie durch einen Verrat an uns wenig oder gar nichts gewinnen.«

Langley entschied sich. Es war ein Sprung in tiefe Dunkelheit, aber plötzlich fühlte er, wie Gelassenheit und Ruhe in ihm aufstieg – eine Gewißheit und Sicherheit, die wie eine stützende Hand war. Er hatte wieder ein Ziel vor Augen, er schritt wieder vorwärts. Vielleicht führte ihn sein Weg über den Rand eines Abgrundes, aber er verließ den Irrgarten und bewegte sich wieder vorwärts.

»Ja«, erklärte er, »ich mache mit.«

Valti wartete.

»Gleiche Bedingungen wie vorher. Das Mädchen wird uns begleiten. Zuerst jedoch muß ich sie finden. Ich habe sie freigelassen, und sie befindet sich irgendwo in den unteren Stockwerken. Wenn sie wieder hier bei mir ist, bin ich bereit, mich Ihnen anzuschließen.«

»Captain, es dauert vielleicht Tage, bis . . .«

»Das ist sehr traurig. Geben Sie mir eine Handvoll Geld, und ich werde selbst versuchen, sie zu finden.«

»Das Unternehmen ist für morgen abend geplant. Schaffen Sie es bis dahin?«

»Ich glaube schon – wenn ich genug Geld habe.«

Valti stieß ein Stöhnen aus, suchte jedoch in seinem Anzug. Schließlich förderte er eine prall gefüllte Börse zutage. Langley befestigte sie schmunzelnd an seinem Gürtel. Dann verlangte er noch eine kleine Strahlpistole, die er unter seinem Umhang verbarg.

»Nun gut, Kapitän«, meinte der Händler. »Viel Glück. Ich erwarte Sie morgen abend um neun Uhr in den ›Zwillingsmonden‹. Wenn nicht . . .«

»Ich weiß.« Langley zog einen Finger quer über seine Kehle. »Ich werde dort sein.«

Valti verneigte sich, klappte seinen Helm herunter und verließ den Raum auf dem gleichen Weg, auf dem er gekommen war.

Langley hätte vor reiner Aufregung weinen und lachen können – aber dazu war jetzt keine Zeit. Er eilte aus der Wohnung und die Korridore hinunter. Sie waren zu dieser Stunde völlig ausgestorben. Die Brückenstraße jedoch war noch immer von Menschenmassen überfüllt, aber als er in einem Gravitationsschacht hinuntersank, befand er sich bald allein.

In den unteren Stockwerken kochte und brodelte es. Er mußte sich durch die dahinströmenden Menschenschlangen drängen, und in seinen Ohren hallten Rufe und das Getöse unzähliger Stimmen. Man zeigte seiner eintönigen Universitätskleidung gegenüber wenig Respekt, und er mußte sich mühsam seinen Weg bahnen.

Er betrat eine Taverne. Ihre Gäste gehörten zum größten Teil einer schuppigen, zweibeinigen Rasse mit langer Schnauze an, die keine speziellen Temperatur- oder atmosphärischen Bedingungen benötigten. Sie ignorierten ihn völlig, als er sich seinen Weg durch den beklemmenden Irrgarten feuchter Schwammsofas suchte, deren sie sich als Sitzgelegenheit bedienten. Das Licht war dumpfrot, und er konnte kaum die Umrisse der Gestalten erkennen.

Langley näherte sich einer Ecke, wo einige Männer in der Livree bezahlter Diener saßen und tranken. Sie starrten ihn an. Wahrscheinlich war es das erste Mal, daß ein Professor dieses Lokal betreten hatte.

»Darf ich Platz nehmen?« fragte er.

»Ist schon ziemlich eng hier«, schnappte ein mürrisch aussehender Mann.

»Hm, das ist aber schade. Wollte eine Runde bezahlen, aber . . .«

»Oh, das ist etwas anderes. Setzen Sie sich nur.«

Langley machte sich nichts aus dem etwas befangenen Schweigen, das sich über die Leute legte. Es paßte ihm großartig. »Ich suche nach einer Frau«, sagte er.

»Vier Türen weiter.«

»Nein ... eine ganz bestimmte Frau. Groß, dunkelrotes Haar. Akzent der oberen Stockwerke. Ich glaube, sie muß etwa vor zwei Wochen hierher gekommen sein. Hat sie jemand gesehen?«

»Nein.«

»Ich setze eine Belohnung für die Information aus. Hundert Solars.«

Ihre Augen weiteten sich. In einigen von ihnen sah Langley Habgier aufglühen, und er warf mit einer lässigen Handbewegung seinen Umhang zurück, um seine Waffe zu zeigen. Ihr Besitz war ein ernstliches Vergehen, aber niemand schien danach zu neigen, die Polizei zu rufen. »Nun, wenn Sie mir nicht helfen können, muß ich es anderswo versuchen.«

»Nein ... warten Sie eine Minute, mein Herr. Lassen Sie sich Zeit. Vielleicht schaffen wir es.« Der mürrische Mann blickte um den Tisch herum. »Kennt sie jemand? Nein? Man könnte jedoch nachforschen.«

»Gewiß.« Langley schälte zehn Zehnsolarscheine von seinem Geldpaket. »Das hier können Sie verwenden, um einige Leute zu mieten. Die Belohnung geht extra. Sie kommt jedoch nicht zur Auszahlung, wenn die Frau nicht innerhalb ... hm ... drei Stunden gefunden wird.«

Die Männer waren in Sekundenschnelle verschwunden. Er ließ sich nieder, bestellte einen zweiten Drink und versuchte, seine Ungeduld zu bezähmen.

Die Zeit schleppte sich langsam vorüber. Wieviel Lebenszeit verbrachte man allein mit Warten!

Ein Mädchen näherte sich ihm und lächelte ihm verheißungsvoll zu. Er schickte sie ebenfalls auf die Suche. Er rührte sein Glas kaum an. Jetzt galt es, wie niemals zuvor, einen klaren Kopf zu behalten.

Nach zwei Stunden und achtzehn Minuten schoß ein atemloser kleiner Mann keuchend auf seinen Tisch zu. »Ich habe sie gefunden!«

Langleys Herz vollführte einen Sprung. Er erhob sich und zwang sich zur Ruhe. »Haben Sie sie gesehen?«

»Uh, nein. Aber ein Schleimer – ein Händler von Srinis, meine ich – hat vor genau elf Tagen ein neues Dienstmädchen eingestellt, das der Beschreibung entspricht. Die Köchin hat es mir mitgeteilt.«

Der Raumfahrer nickte. Seine Vermutung traf zu: Die Dienerklasse wußte noch immer mehr Klatsch und Tratsch, als ein ganzes Polizeiregiment jemals prüfen konnte. Die Menschen hatten sich demnach doch nicht allzu sehr verändert. »Gehen wir«, sagte er und verließ die Taverne.

»Wie steht's mit meiner Belohnung?«

»Die kriegen Sie, wenn ich sie mit eigenen Augen gesehen habe. Bezähmen Sie Ihre Ungeduld.«

Sie eilten eine breite Straße hinunter, die nicht so aussah, als ob sie sich auf der Erde befand. Die fremden Wesen von anderen, unbekannten Planeten hatten ihr Aussehen im Laufe der Zeit verändert und zu einem Bild geprägt, wie man es in seinen wildesten Träumen nicht sah. Der kleine Mann blieb vor einer Haustür stehen. »Hier ist es. Ich weiß jedoch nicht, wie wir hineinkommen.«

Langley drückte auf den Klingelknopf. Kurz darauf öffnete sich die Tür, und vor ihnen stand ein menschlicher Butler von wahrhaft gigantischem Körperbau. Der Amerikaner war durchaus bereit, sich seinen Weg an ihm vorbei hineinzukämpfen, wenn es nötig sein sollte.

»Entschuldigen Sie bitte«, sagte Langley. »Haben Sie ein neues Dienstmädchen – eine große Rothaarige?«

»Sir, mein Arbeitgeber legt bedeutenden Wert auf sein Privatleben.«

Langley raschelte mit einem Bündel großer Geldscheine. »Zu schade. Sie bedeutet mir sehr viel. Ich möchte nur mit ihr sprechen.«

Der Butler gab den Weg frei und ließ ihn hinein, während der kleine Mann draußen blieb und von einem Bein aufs andere hüpfte. Die Luft war dick und feucht, das Licht ein flutendes grünliches Gelb, das seinen Augen weh tat. Die Außerirdischen stellten lebende Diener wahrscheinlich aus Prestigegründen ein, mußten sie aber überdurchschnittlich gut bezahlen. Der Gedanke, daß er Marin in diesen künstlichen Sumpf getrieben hatte, nagte wie ein scharfer Zahn an seiner Seele.

Sie stand in einem Raum, der mit dichtem Nebel gefüllt war. Schimmernde Wassertröpfchen hatten sich auf ihrem Haar auskondensiert. Ihre Augen blickten ihn ernst und bar jeder Überraschung an.

»Ich bin gekommen«, flüsterte er.

»Ich habe es gewußt.«

»Ich bin ... kann ich sagen, wie sehr es mir leid tut?«

»Das brauchen Sie nicht, Edwy. Vergessen Sie es.«

Sie kehrten auf die Straße zurück. Langley zahlte seinen Führer aus und erfragte die Adresse eines Hotels. Er schritt neben ihr dorthin und hielt ihre Hand, sagte aber nichts, bis sie allein waren.

Dann küßte er sie mit der Befürchtung, daß sie ihn zurückstoßen würde. Aber sie kam ihm mit plötzlichem Hunger entgegen. »Ich liebe dich«, sagte er. Es war eine neue und überraschende Erkenntnis.

Sie lächelte. »Das beruht auf Gegenseitigkeit, glaube ich.«

Später erzählte er ihr, was geschehen war. In ihren Augen schien ein Licht aufzuflammen. »Und wir können weg?« fragte sie leise. »Wir können wirklich von vorn beginnen? Wenn du wüßtest, wie sehr ich davon geträumt habe, seit . . .«

»Nicht so schnell.« Der Ernst der Situation kehrte zurück. Er verlieh seiner Stimme einen scharfen Klang, und er krümmte seine Finger nervös. »Wir befinden uns in einer recht komplizierten Lage. Ich glaube, ich weiß, was dahintersteckt. Vielleicht kannst du die leeren Stellen ausfüllen helfen.« Er schwieg einen Augenblick und fuhr dann fort: »Ich bin fest davon überzeugt, daß der Technon die Gesellschaft gegründet hat und sie als einen Spion und ökonomischen Infiltrationsagenten benützt. Er liegt jedoch irgendwo in einer Höhle versteckt. Er kann nicht herauskommen und selbst die Initiative ergreifen, sondern muß sich auf die Informationen verlassen, die ihm von seinen Agenten zugestellt werden. Einige dieser Agenten sind offiziell und gehören zur Solaren Regierung. Andere von ihnen sind halboffiziell und gehören der Kommerziellen Gesellschaft an, und wieder andere schließlich sind streng inoffiziell, – Spione auf anderen Planeten.

Es gibt noch eine andere Rasse, deren Mentalität ungefähr der des Technons entspricht – ein kalter, unpersönlicher Massenverstand, der Jahrhunderte im voraus plant und in der Lage ist, unbegrenzt lange darauf zu warten, daß ein kleiner Keimling ausschlägt. Das ist die Rasse auf Thrymka. Ihre Methode, ihre individuellen Gehirne miteinander zu verbinden und aneinanderzuschalten, befähigt sie dazu. Das Individuum allein zählt bei ihnen nicht, denn jedes Individuum ist im wahrsten Sinn des Wortes nur eine Zelle in einer ungeheuren Einheit. Du kannst ihre Arbeitsweise am Beispiel der Liga sehen, in der sie stillschweigend sämtliche Schlüsselstellungen eingenommen und sich so langsam und allmählich zu den wirklichen Führern gemacht haben, daß sich die Thorer selbst heute noch nicht darüber im klaren sind.«

»Und du glaubst, daß sie auch die Gesellschaft infiltriert haben?« fragte sie.

»Ich weiß es ziemlich sicher. Es gibt keine andere Möglichkeit. Die Gesellschaft würde Saris niemals an Brannoch ausliefern, wenn sie wirklich unabhängig wäre. Valti bemühte sich angestrengt, einen vernünftigen Grund dahinter zu sehen, aber ich weiß mehr als er. Ich weiß, daß der Technon die Gesellschaft noch immer in seinem Besitz glaubt und daß er Centauri niemals einen Vorteil zukommen lassen würde.«

»Aber er hat es getan, wie du selbst sagst«, protestierte sie.

»Uh-huh. Und hier ist die Erklärung, wie ich sie sehe. Die Gesellschaft umfaßt zahlreiche Rassen. Eine von ihnen ist thrymkanisch. Wahrscheinlich stammt sie offiziell nicht von Thrymka. Sie können sich auf einer ähnlichen Welt niedergelassen und – vielleicht nach einigen chirurgischen Änderungen ihres Aussehens – vorgegeben haben, die ursprünglichen Eingeborenen zu sein. Durch den normalen Beförderungsprozeß gelang es ihnen dann, einige ihrer Leute in die Nomadenbürokratie vorzuschieben, und diese Mitglieder, die sehr tüchtig sind, errangen nach und nach Stellungen, die hoch genug waren, um sie die Wahrheit erkennen zu lassen: daß der Technon hinter dem Ganzen steht.

Welch eine Erleichterung für sie! Sie mußten die Gesellschaft nach allgemeinen Prinzipien infiltriert haben, um die Herrschaft über eine weitere menschliche Gruppe an sich zu reißen, entdeckten aber nun, daß sie Zugang zum Technon selbst hatten. Sie können jetzt die Berichte fälschen, die er von der Gesellschaft erhält, zwar nicht jeden Bericht, aber genug. Diese Möglichkeit muß für besondere Gelegenheiten aufgespart werden, weil die Maschine die Fähigkeit besitzt, die ihr mitgeteilten Daten miteinander zu vergleichen. Um ihre Aufgabe richtig erfüllen zu können, muß sie in der Lage sein, ›Verdacht‹ schöpfen zu können. Dies jedoch ist eine solch besondere Gelegenheit.

Chanthavar, Brannoch und Valti arbeiteten alle gegeneinander, da keine Zeit gewesen war, den Technon zu Rate zu ziehen. Er hätte normalerweise Valti befohlen, die Finger aus der Affäre zu lassen oder wenigstens mit Chanthavar zusammenzuarbeiten. Als man ihn schließlich informierte, ordnete er sofort Valtis Freilassung an.

Aber dann wurden die Thrymkaner emsig. Obwohl sie sich in

Gefangenschaft befanden, mußten sie mit ihren Agenten draußen und einigen hochbestallten Thrymkanern in der Gesellschaft in Verbindung getreten sein.

Ich weiß natürlich nicht genau, welches Märchen man dem Technon auf die Nase gebunden hat. Ich vermute jedoch folgende Geschichte: Ein Kauffahrteischiff sei gerade mit Nachricht über einen neuentdeckten Planeten zurückgekehrt, auf dem eine Rasse lebt, die Saris' Fähigkeiten besitzt. Man hätte die Lebewesen studiert und herausgefunden, daß es keine Methode gibt, den elektronischen Effekt künstlich nachzubilden. Die Thrymkaner sind durchaus in der Lage, solch einen Bericht zusammenzustellen, komplett mit quantitativen Daten und mathematischer Theorie, möchte ich wetten.

Dieser Report erreicht nun den Technon, anscheinend von seiner eigenen guten verläßlichen Gesellschaft stammend. Er fällt eine durchaus vernünftige Entscheidung. Mögen die Centaurier Saris ruhig haben. Sollen sie ihre Zeit damit vergeuden, in einer Sackgasse nachzuforschen. Es muß echt aussehen, damit Brannoch keinen Verdacht schöpft. Deshalb wird Valti herangezogen, ohne daß Chanthavar unterrichtet wird.

So ... das Ergebnis ist, daß Centauri tatsächlich das Geheimnis erhält! Und der Technon wird erst dann davon erfahren, wenn die Invasionsflotte eintrifft, die in der Lage ist, jedes einzelne Schiff im Solarsystem und den Technon selbst außer Gefecht zu setzen!«

Marin schwieg eine Weile. Dann nickte sie. »Das klingt logisch«, meinte sie. »Verdammt logisch. Ich erinnere mich jetzt. Als ich bei Brannoch war – kurz bevor er mich zu dir schickte –, sprach er mit jenem Tank. Er sagte, daß Valti allmählich lästig würde und aus dem Weg geräumt werden müßte. Der Tank untersagte es ihm jedoch. Sollen wir es Chanthavar berichten?«

»Nein«, entgegnete Langley.

»Aber willst du denn, daß die Centaurier gewinnen?«

»Unter keinen Umständen. Ich möchte überhaupt keinen Krieg, und wenn wir diese Informationen vorzeitig bekanntgeben, wird ganz sicher einer ausbrechen.

Die Tatsache, daß Brannoch selbst keine Ahnung hat, daß er nicht das geringste über diese ungeheuer wichtige Gesellschafts-Angelegenheit weiß, läßt vermuten, daß Thrymka auch die Interessen der Liga nicht im Auge hat. Die Liga ist ihnen nur ein Mittel zu einem weitaus größeren und tödlicheren Zweck.«

Er hob den Kopf. »Bis jetzt, Liebling, waren meine Versuche, in diesem Spiel mitzuwirken, klägliche Versager. Ich riskiere unser beider Leben für etwas, was meiner Meinung nach die Zukunft der menschlichen Rasse ist. Das klingt ziemlich blöde, nicht? Ein kleiner Mann glaubt, ganz mutterseelenallein die Geschichte verändern zu können. Eine ganze Menge Ärger hat diese Verblendung schon hervorgerufen.

Ich versuche es trotzdem, weil ich darauf setze, daß es diesmal gelingt, daß ich diesmal einen Erfolg verzeichnen werde. Glaubst du, daß ich richtig handle? Glaubst du, daß ich das Recht besitze, es zu versuchen?«

Sie kam auf ihn zu und legte ihre Wange an die seine. »Ja«, flüsterte sie. »Ja, mein Liebster.«

17

Das Lokal »Zu den Zwillingsmonden« war eine ziemlich gutbesuchte Taverne von der etwas zweifelhaften Sorte und lag auf dem Dach über den unteren Stockwerken direkt unter dem gigantischen Metallklotz des Turmgebäudes der »Interplanetaren Unternehmungen«-Gesellschaft. Er trat ein und fand sich unversehens in einer Marslandschaft wieder: tief grünlich-blauer Himmel, ein moderner Kanal und ein uraltes Stück roter Wüste. Ein Schleier duftenden Rauches lag in der Luft, und die Molltöne eines marsianischen Volksliedes drangen an sein Ohr. An einer Wand entlang zogen sich mehrere Einzelnischen, die das Aussehen felsiger Höhlen in einer lohfarbenen Bergflanke hatten. Ihnen gegenüber befand sich die Bar und eine Bühne, auf der sich ein Mädchen im Rhythmus der Musik bewegte. Das zeitlose Gemurmel und Geklapper eines gutbesuchten Lokals bildete einen stetigen Hintergrund, vor dem sich die Musik kaum abhob.

20 Uhr 45. Langley bahnte sich mit den Ellenbogen einen Weg zur Bar. »Zwei Biere«, bestellte er. Der Roboter streckte einen Arm mit Gläsern aus, füllte sie aus dem Arm selbst und schob eine metallene Hand vor, um das Geld entgegenzunehmen.

Ein Mann mit der sonnengeschwärzten Haut und der hageren Gestalt eines Marsianers nickte ihm zu. »Man sieht nicht viele Professoren in so einem Lokal«, bemerkte er.

»Haben heute unseren freien Abend«, entgegnete Langley unbefangen.

»Ich auch, schätze ich. Kann es jedoch kaum noch erwarten, wieder nach Hause zu kommen. Dieser Planet ist zu verdammt schwer. Natürlich ist auch Mars heutzutage überlaufen. Haben einmal das ganze Solarsystem beherrscht. Das waren gute alte Tage. Aber jetzt sind wir nichts anderes als die braven, gehorsamen Kinder des Technons, wie jeder andere auch.«

Eine schwarze Uniform schob sich heran. Der Marsianer schloß hastig seinen Mund und bemühte sich, unschuldig auszusehen.

»Entschuldigen Sie, mein Herr«, sagte der Polizist. Er klopfte auf Langleys Schulter. »Sie werden erwartet.«

Für einen kurzen Augenblick schien Langleys Welt in ihm zusammenbrechen zu wollen. Dann erkannte er das jetzt bartlose Gesicht unter dem Helm. Es war der Mann, der unten in den Slums Brannochs Agenten mit der Strahlpistole entgegengetreten war. Es schien schon eine Ewigkeit zurückzuliegen.

»Natürlich«, sagte er und folgte dem Mann. Marin bildete den Abschluß. Sie betraten eine Seitennische.

Sie war voller Uniformen. Eine breitschultrige, mächtige Gestalt trug einen leichten Kampfpanzer; aus dem Helm kam Valtis Stimme. »Guten Abend, Captain – gnädige Frau. Ist alles in Ordnung?«

»Ja. Alles klar, glaube ich.«

»Dann kommen Sie. Hier entlang. Der Wirt ist mein Freund.« Valti legte seinen Finger auf eine bestimmte Stelle der Wanddekoration. Die Rückwand der Nische öffnete sich, und eine Treppe – die erste, die Langley in diesem Zeitalter gesehen hatte – führte hinauf zu einem winzigen Raum, wo zwei Uniformen ministerieller Militäroffiziere bereitlagen. »Ziehen Sie die an, bitte«, sagte Valti. »Ich glaube, Sie können besser einen Aristokraten spielen als einen Sklaven. Aber lassen Sie mich die Unterhaltungen führen, außer mit Saris.«

Marin warf ihre Robe ab und legte ohne das geringste Zeichen von Verlegenheit die Tunika ab. Als ihr Haar unter einer leichten Stahlhaube verborgen war und der Umhang lässig von ihren Schultern fiel und den Körper lose verhüllte, konnte man sie für einen jungen Minister halten, der einen sehr raschen Aufstieg hinter sich hatte.

Valti erläuterte seinen Plan und führte sie dann wieder hinunter, aus der Einzelnische und auf die Straße hinaus. Sie zählten zusammen zwanzig. Eine verschwindend kleine Gruppe, die es mit der ungeheuren Macht von Sol aufnehmen wollte.

Niemand sprach ein Wort, als sie von den Rollbändern der Brückenstraßen zum militärischen Forschungszentrum am Westrand der Stadt getragen wurden. Langley wollte Marins Hand halten, aber das ging jetzt nicht. Er saß allein und wälzte seine Gedanken.

Ihr Ziel bildete ein mächtiger Turm, der auf der klippenartigen senkrechten Westwand der Stadt in die Höhe ragte. Er stand etwas abseits von den benachbarten Gebäuden und besaß aller Wahrscheinlichkeit nach Geschütze und dicke Panzerung hinter seiner glatten Kunststoff-Fassade. Als Valtis Gruppe vom Rollband auf eine zentrale Plattform trat und auf den Eingang zuschritt, erschienen drei Wächtersklaven aus einer abseits gelegenen Nische. Sie verneigten sich gemeinsam und erkundigten sich nach dem Zweck des Besuches.

»Sonderauftrag und dringend«, sagte Valti. Der mächtige Helm über seinem Kopf dämpfte seinen Akzent. »Wir sollen ein gewisses Studienobjekt in Empfang nehmen und im Schutze der Nacht zu einem sicheren Ort bringen. Hier sind die Papiere.«

Einer der Wächter schob einen Tisch aus der Nische, auf dem zahlreiche Instrumente standen. Die Dokumente wurden mikroskopisch untersucht. Langley vermutete, daß die Technondokumente eine unsichtbare Codenummer aufwiesen, die täglich gewechselt wurde. Andere Geräte tasteten die Netzhautcharakteristiken einiger Männer ab und verglichen sie mit denjenigen, die auf den Papieren verzeichnet waren. Dann nickte der Leutnant der Wachabteilung. »In Ordnung, mein Herr. Benötigen Sie Hilfe?«

»Ja«, entgegnete Valti. »Bringen Sie einen Polizeitransporter für uns hierher. Wir werden uns nicht lange aufhalten. Und lassen Sie niemanden hinein, bis wir uns entfernt haben.«

Langley dachte an die automatischen Geschütze, die in den Wänden verborgen lagen. Aber die Tür wich vor ihnen zurück, und er folgte Valti. Sie schritten an einigen Bunkerräumen vorüber, deren Personal sich nicht um sie kümmerte, und mußten sich dann bei einer zweiten Wachabteilung erneut ausweisen. Danach eilten sie weiter. Die Papiere enthielten einen Lageplan und zeigten ihnen, in welchem Teil des Gebäudes sich Saris' Gefängnis befand.

Der Holatier lag auf einer Couch hinter Gittern. Der übrige Raum war ein beklemmendes Gewirr von Laboratoriumsapparaturen. An den Wänden standen Wachtposten, die sowohl mit mechanischen, als auch mit Energiestrahlen ausgerüstet waren. Zwei Techniker arbeiteten an einem Tisch. Sie mußten zuerst ihren Chef anrufen, bevor sie den Gefangenen ausliefern durften.

Langley hatte sich dem Käfig genähert. Saris rührte sich nicht und ließ sich nichts anmerken. »Hallo«, sagte der Raumfahrer leise auf englisch. »Alles in Ordnung?«

»Ja. Biss jetzt ssie haben nur gemacht elektrische und andere Messungen. Aber ess ssein schwer, zu liegen hinter Gittern.«

»Hat man dir die moderne Sprache beigebracht?«

»Ja. Ich ssie können besser alss Englisch.«

Langley fühlte sich schwach vor Erleichterung. Sein ganzer unsicherer Plan basierte auf dieser einen Aufnahme und auf der erstaunlichen linguistischen Begabung des Holatiers.

»Ich bin gekommen, um dich herauszuholen«, sagte er. »Aber es wird alles andere als leicht sein. Du wirst mir helfen und deinen Hals riskieren müssen.«

Bitterkeit lag in der weichen Baßstimme: »Mein Leben? Isst alles? Isst nicht viel . . . jetzt.«

»Marin weiß Bescheid und kennt meinen Plan. Ich muß ihn jetzt dir erklären. Aber wir sind nur drei gegen alle die anderen.« Rasch teilte er ihm seine Entdeckungen mit und erläuterte seinen Plan.

Die goldenen Augen flammten plötzlich, und die mächtigen Muskeln ballten sich unter dem glatten Fell. Aber die Stimme sagte nur: »Isst gut. Wir ess werden verssuchen.« Sein Tonfall drückte Langeweile und Hoffnungslosigkeit aus.

Valti konnte den Oberaufseher schließlich überzeugen. Ein langer Metallkasten mit Luftlöchern wurde auf einem Antigravitationsschlitten hereingeschoben. Die Techniker trieben Saris hinein, und der Kasten schloß sich über ihm. »Gehen wir, mein Lord?« fragte Valti.

»Ja«, entgegnete der Amerikaner. »Es ist alles arrangiert.«

Einige Männer schoben den schwebenden Kasten die Korridore hinunter. Obgleich er kein Gewicht besaß, so war doch seine träge Masse ganz erheblich, und die Betätigung des Antriebsaggregats konnte automatische Alarmanlagen auslösen. Sie durften nicht wagen, es einzuschalten. Als sie wieder die Plattform erreichten, wartete bereits ein großes schwarzes Schiff auf sie. Saris' Kasten wurde in den hinteren Raum gebracht. Nachdem die Männer hineingeklettert waren, steuerte Valti die Flugmaschine zur centaurischen Botschaft.

Erleichtert warf er seinen ungefügen Helm zurück, um frische Luft zu schöpfen, und enthüllte ein schweißtriefendes Gesicht. »Die Sache wird von Minute zu Minute kitzliger«, klagte er.

Langley überlegte, ob er seinen Plan jetzt ausführen sollte, bevor sie sich mit dem nächsten Gegner einließen. Wie wäre es, wenn er Brannoch völlig überging? Nein. Dazu war jetzt keine Zeit mehr. Und Saris lag beinahe hilflos hinter einem mechanischen Schloß. Langley biß sich auf die Lippe und schwieg.

Der Lufttransporter hielt in der Nähe des Botschaftsturmes an, in welchem die Liga das obere Drittel als Wohnung und Büroräume benützte. Valti führte die Hälfte seine Truppe an und schritt auf den Haupteingang zu. Wieder mußte er seine Papiere vorzeigen und warten, bis sie untersucht worden waren. Chanthavar hielt das Gebäude unter schwerer Bewachung. Dieses Mal lauteten seine vorgeblichen Befehle, gewisse wichtige Centaurier abzuholen. Er ließ durchblicken, daß sie auf einen Flug mitgenommen werden sollten, von dem es für sie keine Rückkehr gab, und der Anführer der Wachabteilung grinste.

»Bringen Sie den Kasten hinein«, mahnte Langley.

»Was?« fragte Valti erstaunt. »Warum, mein Lord?«

»Sie könnten einen Angriff versuchen. Man kann nie wissen. Es wird ein tüchtiger Schock für sie sein. Wir tun besser daran, gewappnet zu sein.«

»Aber wird die . . . Vorrichtung . . . richtig funktionieren, mein Lord?«

»Sie wird. Ich habe sie getestet.«

Valti schwankte einen Augenblick am Rande der Entscheidung, und Langley fühlte, wie der Schweiß auf seine Handflächen trat. Wenn der Händler nein sagte . . .!

»In Ordnung, mein Lord. Ist vielleicht keine schlechte Idee.«

Der Kasten schwebte langsam durch ein geöffnetes Portal. Kein Mensch befand sich in der Nähe; die meisten Leute des Wachpersonals schliefen wahrscheinlich in ihren Quartieren. Brannochs Privattür lag vor ihnen. Sie öffnete sich, als sie näherkamen, und der Thorer füllte ihren Rahmen mit seiner riesigen Gestalt fast aus.

»Was bedeutet das?« fragte er kalt. Sein mächtiger Körper krümmte sich unter dem schreiend bunten Pyjama zusammen, bereit, mit einem letzten verzweifelten Sprung ihre Pistolen zu unterlaufen. »Ich habe Sie nicht hergebeten.«

Valti warf seinen Helm zurück. »Es wird Euch nicht leid tun, daß wir Euch aus dem Schlaf gerissen haben, mein Lord«, sagte er.

»Oh, Sie! Und Langley auch. Kommen Sie herein!« Der Riese führte sie in sein Wohnzimmer. »Was soll das Ganze?«

Valti erklärte. Der Triumph, der in seinem Gesicht aufleuchtete, ließ Brannoch beinahe unmenschlich erscheinen.

Langley stand neben dem schwebenden Metallbehälter. Er konnte nicht zu Saris sprechen, konnte ihn weder warnen, noch ihm zurufen: »Jetzt.« Der Holatier lag blind in tiefster Dunkelheit, die nur seine besonderen Sinne und Kräfte zu durchdringen vermochten.

»Habt ihr das gehört, Thrymka?« rief Brannoch. »Los, gehen wir! Ich werde die Leute rufen . . .«

»Nein!«

Brannoch verhielt seinen Schritt und stand starr. »Was . . . was gibt's?«

»Rufen Sie sie nicht«, sagte die künstliche Stimme. »Wir haben dies erwartet. Wir wissen, was zu tun ist. Sie gehen mit ihnen – allein. Wir werden bald auf unserem Schlitten folgen.«

»Was in Dreiteufelsnamen . . .«

»Beeilen Sie sich! Es steht mehr auf dem Spiel, als Sie ahnen. Chanthavar kann jeden Augenblick kommen, und wir haben noch sehr viel zu tun.«

Brannoch schwankte. Langley hielt den Atem an und wagte sich nicht zu rühren. Wenn der Centaurier einen Augenblick Zeit hätte, nachzudenken, würde er sich an Saris' Fähigkeiten erinnern und den plötzlichen leichten Akzent seiner Thrymkaner bemerken. Aber er war eben erst aus tiefem Schlaf aufgeschreckt, und er war es gewöhnt, ihren Befehlen unbedingt zu gehorchen . . .

Valti schob ihn vorwärts. Die Erleichterung lag sichtbar auf seinem strahlenden Gesicht. »Sie haben recht, mein Lord. Es wäre verteufelt schwer, ihren Tank unauffällig hinauszubringen, und es würde Minuten dauern, bis Ihr Eure Leute versammelt hättet. Wir müssen weg!«

Brannoch nickte, zog sich ein Paar Schuhe an und schritt vor Valti und den anderen zur Tür hinaus. Langley warf Marin einen verstohlenen Blick zu. Ihr Gesicht war weiß vor Anstrengung. Er hoffte, daß man das irrsinnige Pochen seines Herzens nicht hörte.

So weit, so gut. Der Zwischenhalt an der Botschaft hätte sich nicht vermeiden lassen, aber die zusätzliche Opposition, die sie hier auflasen, war nun auf einen einzigen Mann beschränkt worden – einen Mann, der, wie Langleys Gewissen befahl, die Wahrheit erfahren mußte.

Saris hatte nicht nur beabsichtigt, die Kontrolle über die thrymkanischen Mikrophone zu ergreifen, sondern auch die Stromkreise ihres Antigravitationsschlittens kurzzuschließen, so daß sie hilflos zurückbleiben mußten. War es ihm gelungen? Vielleicht!

Es schien jedoch kaum einleuchtend, daß jene listigen und argwöhnischen Wesen mit einer Anordnung zufrieden waren, die sie jedem Versagen ihres Tanks als hilflose Gefangene ausliefern würde. Sie mußten Mittel besitzen, die es ihnen erlaubten, die Apparatur zu reparieren. Robotwerkzeuge, die vom Inneren des Tanks aus gesteuert wurden. Sie waren ganz gewiß in der Lage, den gesamten centaurischen Spionage- und Sabotagering auf den Plan zu rufen.

Die Thrymkaner würden entkommen. Es gab nichts, womit sich dies verhindern ließ. Wahrscheinlich würden sie Valtis Schiff verfolgen. Und auch Canthavar würde nicht länger friedlich in seinem Bett liegen. Die Frage war, ob Valtis Kreuzer den Wirkungsbereich der automatischen Bahnverfolgungsgeräte verlassen konnte, bevor die eine oder andere Gruppe in Aktion trat.

Es wird interessant sein, dies herauszufinden, dachte Langley.

18

Der Lufttransporter glitt rasch über die Nachtseite des Planeten. Lora schrumpfte zusammen, wurde ein strahlender Sternhaufen am Horizont und war dann verschwunden. Die Nacht umhüllte das Schiff und strich pfeifend an ihm entlang. Langley bezweifelte, daß er jene Stadt jemals wiedersehen würde. Er hatte einige Wochen lang in ihr gelebt, aber schon jetzt war es, als ob weder sie, noch ihre Millionen überhaupt existierten. Er begann Valtis Philosophie zu verstehen. Es leuchtete ihm ein, daß man das Wesen aller Dinge in der Unbeständigkeit sehen konnte, – in dem Schicksal, von vornherein zum Zerfall bestimmt zu sein.

Brannochs sehniges Gesicht hob sich in der schwachen Beleuchtung der Armaturentafel geisterhaft aus der Dunkelheit ab. »Haben Sie eine Ahnung, warum die Gesellschaft beschlossen hat, uns zu helfen?« fragte er.

»Nein, ich weiß es nicht, mein Lord«, entgegnete der Händler.

»Da steckt Geld dahinter. Eine Menge Geld. Falls Sie nicht Verrat planen ...« Einen Augenblick lang schimmerten weiße Zähne in der Nacht. Dann lachte der Thorer. »Nein. Warum sollten Sie sich überhaupt mit mir abgeben, wenn nicht aus dem Grund, den Sie mir genannt haben?«

»Natürlich, mein Lord, wird die Liga meine Anstrengungen nicht mit Undank würdigen.«

»Oh, ja, ja. Sie bekommen Ihren Anteil, keine Sorge. Ich werde es mir wieder von der Erde zurückholen. Sie wissen, daß der Krieg jetzt unvermeidlich ist. Aber wenn ich jene dickbäuchigen Minister richtig einschätze, werden sie ihre Flotte in ihrer Nähe behalten, um ihr eigenes kostbares Leben zu schützen – lange genug, um uns die Möglichkeit zu geben, den elektronischen Apparat zu bauen. Wir werden ein paar schwere Überfälle durchführen, nur um sie in Angst und Schrecken zu versetzen.« Brannoch starrte düster vor sich hin. »Ich möchte nur wissen, warum die Thrymkaner zurückbleiben wollten. Ich frage mich, wie groß das Netz eigentlich ist, das sie geknüpft haben. Eines Tages, so hoffe ich, werde ich mich auch mit ihnen etwas näher befassen ... diese verdammten Spinnen!«

Der Transporter schoß schräg hinunter und landete neben einem dichten Wäldchen. Valti eilte hinaus. »Ich habe meinen Flitzer hier. Wenn Sie mir bitte folgen wollen, meine Herren!«

Eine Strahlpistole zerschnitt das Schloß an Saris' Kasten. Der Holatier sprang mit einem tigerhaften Satz heraus, und die Gruppe tastete sich zwischen den Bäumen vorwärts.

»Ssie isst alle mit Energiewaffen hier«, murmelte Saris auf englisch. »Alle außer einem – der große Bursche dort. Kannsst du übernehmen ihn?«

»Es wird mir nichts anderes übrigbleiben«, gab Langley ebenso leise zurück.

Der Flitzer ragte in einer Mulde turmhoch empor, wie ein Pfeiler aus Dunkelheit und Schweigen. »Wo ist der Rest Ihrer Bande?« fragte Brannoch, als er die Leiter zur Luftschleuse hinaufkletterte.

»Gemütlich im Bett, mein Lord«, antwortete Valti. Seine Stimme klang laut und flach in der ungeheuren Stille. Irgendwo in der Ferne zirpten Grillen. Es war wahrscheinlich das letzte Mal, daß er Grillen hörte, dachte Langley. Er mußte zwanzig Männer überwältigen.

Das Beiboot war mehr im Hinblick auf Geschwindigkeit gebaut worden, als auf Bequemlichkeit. Ein einzelner langer Raum enthielt die Sessel für die Passagiere und den Pilotensitz. Valti legte schnaufend seinen Panzer ab, zwängte seinen mächtigen Körper in den Kontrollsessel und ließ seine dicken Finger in einem erstaunlichen graziösen Tanz über das Instrumentenbrett gleiten. Das Boot erbebte, brüllte auf und schoß in den Himmel.

Die Atmosphäre blieb bald zurück. Ungeheuer groß und zauberhaft drehte sich die Erde vor einem Hintergrund strahlender Sterne. Langley blickte auf den Planeten zurück, und ein eigenartiges Gefühl krampfte sein Inneres zusammen. Leb wohl, Erde. Lebt wohl, ihr Hügel und Wälder, Bergriesen, windbestrichenen Ebenen und Meere, die unter dem Zug des Mondes rollen. Leb wohl, Peggy.

Ein Rechengehirn klickte leise vor sich hin. Farbige Lämpchen blinkten auf dem Kontrollpunkt. Valti legte einen Hebel um und arretierte ihn, seufzte geräuschvoll und drehte sich um. »In Ordnung«, gab er bekannt. »Habe jetzt die Automatik eingeschaltet, eine Höchstbeschleunigungsbahn. Wir werden in einer halben Stunde bei unserem Raumschiff sein. Sie können sich in der Zwischenzeit ausruhen.«

»Leichter gesagt als getan«, brummte Brannoch.

Es wurde still in der schmalen Metallkabine.

Langley warf Saris einen Blick zu. Der Holatier nickte unmerklich. Marin sah die Geste und senkte ebenfalls zustimmend den Kopf. Es war soweit.

Langley stellte sich in der Nähe der Kontrollhebel mit dem Rücken gegen die Wand. Er zog seine Strahlpistole. »Keine Bewegung«, sagte er ruhig.

Jemand fluchte. Eine Pistole sprang mit fabelhafter Geschwindigkeit empor. Sie feuerte nicht.

»Saris hat jede Waffe unter seiner Kontrolle, ausgenommen meine und Marins«, erklärte Langley kalt. »Sie sitzen besser still und hören zu. Ich möchte niemanden verletzen. Aber es steht unfaßbar viel auf dem Spiel. Werden Sie mir die Chance geben, zu erklären?«

»Kapitän ...« Valti schob sich näher. Marin winkte ihn mit einer Bewegung zurück. Saris kauerte vor Anstrengung zitternd am anderen Ende des Raums.

»Hören Sie mich an.« Langley fühlte einen leichten Verdruß in sich aufsteigen. Mußte seine Stimme denn so flehend klingen?

War er nicht der Mann mit der Pistole, der allen anderen seinen Willen aufzwingen konnte? Aber Valtis kleine Augen schweiften unruhig hin und her; sie suchten nach einer Chance. Und Brannochs Beine spannten sich sprungbereit. Die Händler fletschten wütend die Zähne und sammelten ihren Mut, um sich auf ihn zu stürzen und ihn zu überwältigen.

»Ich möchte Ihnen nur einige Fakten mitteilen«, sagte Langley. »Sie alle sind einem der größten und unverschämtesten Schwindel der Weltgeschichte aufgesessen. Sie glauben, für Ihr eigenes Wohl zu wirken und zu arbeiten – Valti, Brannoch –, aber ich werde Ihnen das Gegenteil beweisen. Sie haben sowieso eine halbe Stunde Zeit, so daß Sie mich ohne weiteres anhören können.«

»Legen Sie los«, brummte Brannoch unwillig.

Der Amerikaner holte bebend Luft und begann seine Darlegungen: der Umsturz der Liga, des Technats und der Kommerziellen Gesellschaft durch eine fremde und feindliche Macht, die ihre eigenen Ziele verfolgte. Er warf Valti die Spule zu, die er in seiner Börse mitgebracht hatte, und der Mann legte sie in einen Betrachter ein und studierte sie mit nerventötender Bedachtsamkeit. Langsam vergingen die Minuten, und die Erde wich hinter dem Boot immer weiter zurück. Im Raum war es brütend heiß und totenstill.

Valti blickte auf. »Was werden Sie tun, wenn ich nicht mitmache?« fragte er.

»Sie dazu zwingen.« Langley strich über seine Pistole.

Der riesenhafte Mann schüttelte den Kopf. »Nein, es tut mir leid, Captain, aber es wird Ihnen nicht gelingen. Sie können ein modernes Raumschiff nicht steuern. Sie wissen nicht wie, und mein altes Gerippe bedeutet mir nicht so viel, daß ich es für Sie tun würde.«

Brannoch sagte nichts, aber seine Augen waren Splitter blauen Steines.

»Ja, begreifen Sie denn nicht, Mann?« rief Langley wütend. »Können Sie nicht denken?«

»Ihr Beweismaterial ist sehr schwach, Captain. Sämtliche Fakten lassen auch andere Interpretationen zu.«

»Wenn sich zwei Hypothesen widersprechen, wähle man die einfachere«, sagte Marin unerwarteterweise.

Valti ließ sich nieder. Er stützte sein Kinn auf eine Faust, schloß die Augen und sah plötzlich alt und müde aus.

»Sie könnten recht haben«, knurrte Brannoch. »Ich habe diese lebenden Pfannkuchen schon sehr lange im Verdacht. Aber wir werden uns später mit ihnen befassen – wenn Thor eine stärkere Position einnimmt.«

»Nein!« brüllte Langley. »Sie blinder Narr, sehen Sie es denn nicht? Dieser ganze Krieg wird von den anderen in die Wege geleitet. Sie betrachten die Menschen als gefährliches Gewürm. Sie selbst können uns nicht besiegen, aber sie können uns gegeneinander aufstacheln, so daß wir uns gegenseitig die Köpfe einrennen und verbluten. Und dann machen sie den Aufwasch!«

Eine Glocke schlug an. Langley wandte den Kopf und wirbelte gleich darauf wieder herum, als Marin aufschrie. Brannoch war fast über ihm. Er winkte den Centaurier, der ihm unverschämt zugrinste, mit der Waffe zurück, ließ Valti jedoch aufstehen und zu den Apparaturen eilen.

Der Händler wandte sich um und verkündete ruhig: »Jemand hat einen Suchstrahl auf uns gerichtet. Wir werden verfolgt.«

»Wer? Wie weit? Wie schnell?« Brannoch spie die Worte aus.

»Ich weiß nicht. Es können unsere Freunde von Thrymka sein, oder Chanthavar.« Valti drehte an einigen Knöpfen und las stirnrunzelnd die Anzeigen der Meßskalen ab. »Mächtiges Schiff. Holt enorm auf, aber wir werden unseren Kreuzer etwa zehn Minuten vor ihm erreichen. Es dauert eine Weile, bis die Generatoren für einen interstellaren Sprung warm genug sind. Wir müssen während dieser Zeit wahrscheinlich kämpfen.« Seine Augen ruhten nachdenklich auf Langley. »Wenn der gute Kapitän dies gestattet.«

Der Amerikaner holte bebend Luft. »Nein. Lieber lasse ich uns von ihnen in tausend Stücke sprengen.«

Valti lachte leise in seinen Bart. »Wissen Sie, Captain, ich glaube Ihnen ... und Ihrer reichlich phantastischen Hypothese.«

»Das müssen Sie mir zuerst beweisen«, gab Langley unbewegt zurück.

»Werde ich auch. Leute, werft bitte eure Waffen herüber. Der Captain kann ruhig über uns Wache stehen, wenn es ihm nicht zu langweilig wird.«

»Einen Augenblick!« Ein Nomade schnellte empor. »Mißachten Sie die Befehle des Chefs?«

»Ich trete für das Wohl der Gesellschaft ein.«

»Ich mache nicht mit!«

Valtis Antwort knallte wie ein Pistolenschuß durch den Raum. »Doch, das werden Sie, sonst breche ich Ihnen persönlich Ihren Rücken über meinem Knie. Auf diesem Flug bin ich Ihr Käpt'n.«

Die Strahlenpistolen fielen dröhnend vor Langleys Füßen nieder. Saris kauerte sich zitternd vor Erschöpfung hin.

»Binden Sie Brannoch fest«, sagte der Amerikaner.

»Selbstverständlich ... Ihr gestattet, mein Lord? Wir werden Euch hier im Flitzer zurücklassen. Ihr könnt Euch befreien und abbrausen.«

Brannochs Augen funkelten, aber er unterwarf sich.

»Sind Sie zufrieden, Captain?« fragte Valti.

»Vielleicht. Warum glauben Sie mir jetzt plötzlich?«

»Einerseits wegen des von Ihnen vorgelegten Beweismaterials, andererseits wegen Ihrer Aufrichtigkeit. Sie sind von der Richtigkeit Ihrer Entdeckung derart überzeugt, daß Sie bereit sind, dafür zu sterben. Das genügt mir. Ich respektiere Ihre Intelligenz, Kapitän.«

Langley schob seine Strahlpistole ins Schulterhalfter zurück. »Okay!«

Es war eine gewagte Handlung, aber Valti nickte nur und ließ sich wieder im Pilotensessel nieder. »Wir sind gleich da«, gab er bekannt. »Es wird Zeit, die Bremsen zu zünden und die Geschwindigkeit anzugleichen.«

Das Raumschiff wuchs ungeheuer schnell vor ihnen. Es war ein riesenhafter schwarzer Zylinder, der durch eine Wildnis von Sternen seine Bahn zog. Langley sah seine massiven Geschütztürme, die sich deutlich gegen die Milchstraße abhoben. Ein sanfter Ruck erschütterte das Schiff, Metall klang auf Metall, als die Verbindung hergestellt wurde, und dann lagen die Luftschleusen der beiden Schiffe aufeinander.

»Kampfstationen!« brüllte Valti. »Sie können mit mir nach vorn kommen, Captain.« Er stürzte auf den Ausgang zu.

Langley blieb vor Brannoch stehen. Der Riese begegnete seinem Blick und grinste ihm zu. »Gute Arbeit«, sagte er in ehrlicher Anerkennung.

»Hören Sie«, antwortete der Raumfahrer eindringlich, »wenn Sie sich befreit haben, schauen Sie, daß Sie so schnell wie möglich abhauen – aber nicht zu weit. Schalten Sie das Funkgerät ein und hören Sie sich eine etwaige Unterhaltung an. Denken Sie darüber nach, was ich Ihnen gesagt habe. Und dann, wenn Sie klug sind, setzen Sie sich am besten mit Chanthavar in Verbindung.«

»Ich . . . vielleicht.«

»Gott helfe Ihnen, wenn Sie es nicht tun. Leben Sie wohl, Brannoch.«

Langley eilte durch die Luftschleuse. Er war der letzte Mann, und die äußere Luke des Schiffes knallte hinter ihm zu. Das Beiboot löste sich vom Rumpf und blieb schnell in den Tiefen des Raums zurück, als der Kreuzer aus seiner Bahnellipse ausscherte. Langley kannte das Innere des Schiffes nicht, folgte aber seinem Instinkt, als er die Korridore hinunterlief. Das Heulen mächtiger Maschinen umbrandete ihn; das Schiff bereitete sich auf den Kampf vor.

Er fand den Hauptkontrollraum nach wenigen Minuten. Valti saß in einem Pilotensessel, während Marin und Saris im Hintergrund kauerten. Das Schiff mußte beinahe vollkommen automatisch sein, wenn es von einem einzigen Mann bedient werden konnte.

Ein Sternenglobus stellte die kalte, sternenbesäte Dunkelheit draußen dar. Valti lokalisierte auf ihm einen winzigen Punkt, der sich langsam bewegte, und schaltete einen Teleschirm auf stärkste Vergrößerung. Das herankommende Schiff war eine stählerne Kugel.

»Thrymkanisches Modell«, meinte Valti. »Diese Linienführung würde ich überall erkennen. Wollen mal sehen, was sie zu sagen haben.« Er betätigte die Knöpfe des Funkgeräts.

Die Thrymkaner! Sie mußten geflohen sein. Wahrscheinlich hatten sie sich mit den Geschützen, die ohne Zweifel in ihrem Tank verborgen lagen, durchgekämpft und ein verborgenes Schlachtschiff erreicht, um dann mit fast unmöglicher Geschwindigkeit in den Raum hinauszuschießen. Den Bahnkreis von Valtis Raumkreuzer mußten sie vom Technon erfahren haben. Langley erschauerte, und Marin drängte sich eng an ihn.

»Hallo, Thrymka.« Valti sprach fast wie beiläufig in sein Gerät. Seine Augen und Hände bewegten sich noch immer mit erstaunlicher Geschwindigkeit, drückten auf Knöpfe, stellten Skalen ein, beobachteten die roten Lämpchen, die nacheinander auf seiner Kontrolltafel aufflammten und die Bereitschaft jeder einzelnen Sektion seines riesigen Schiffes meldeten.

Die Maschinenstimme knatterte zurück: »Sie werden verfolgt. Wenn Sie klug sind, ergeben Sie sich uns sofort. Die solaren Patrouillen haben einen Suchstrahl auf uns geheftet. Sie folgen dicht hinter uns, und wir werden lieber alles zerstören, als Sie ihnen überlassen.«

Solar! Langley pfiff durch die Zähne. Chanthavar war auch ziemlich rasch am Drücker gewesen, schien es. Aber natürlich würde ihn die gewaltsame Flucht der Thrymkaner alarmiert haben, wenn nichts anderes.

Valti warf einen Hebel herum. Die stählerne Kugel reflektierte winzige Lichtpunkte, die in Wirklichkeit erderschütternde Explosionen sein mußten.

»Die Schiffe kämpfen automatisch«, bemerkte er gelassen. »Unsere Mannschaft hat nichts anderes zu tun, als an den manuellen Notkontrollanlagen bereitzustehen. Erst wenn wir ernstlich getroffen werden, treten sie in Aktion.«

Die beiden Schiffe manövrierten in Stellung, indem sie ihre Tonnagen mit der Leichtigkeit eines tänzelnden Fechters durch den Raum schleuderten. Nukleare Geschosse rasten hinaus, um von Abwehrgeschossen aufgehalten und zu Staubwolken zersprengt zu werden. Langstrecken-Energiestrahlen durchschlugen den Raum mit ihren zuckenden Blitzen. Alles, was Langley von der Schlacht merkte, war jedoch nur das Heulen der Generatoren, der irrsinnige Tanz der Funken auf der Kugel und das emsige Klicken des Robotgehirns des Schiffes.

Die Wände erbebten, und die Luft roch stark nach Ozon. Eine Stimme kam gepreßt aus der Bodensprechanlage: »Treffer bei Sieben, Sir. Äußere Platten durchschlagen, radioaktive Strahlung, bis jetzt noch kein Luftverlust.«

»Weitermachen«, sagte Valti.

Selbst eine Atomexplosion konnte im Vakuum dcs Raums nur wenig Schaden anrichten, wenn sie nicht sehr nahe stattfand. Aber eine einzige Granate, die das Schiff berührte, bevor sie losging, konnte es in einen Regen geschmolzenen Metalls verwandeln.

»Da kommt Chanthavar«, verkündete Valti. »Ich habe eine tolle Idee. Er wird am Funkgerät sitzen, deshalb . . .« Er betätigte die Knöpfe. »Hallo, Thrymka. Hallo. Die Solarier werden in einer Minute hier sein. Ich liebe sie noch weniger als euch. Wie wär's, wenn wir deshalb unsere eigenen Differenzen später bereinigen und uns für einige Augenblicke zusammentun, um uns ihrer anzunehmen?«

Es kam keine Antwort. Die Thrymkaner verschwendeten niemals unnütze Worte und mußten den groben Schwindel sofort durchschaut haben.

Aber zwei solare Kreuzer rasten heran, und sie hatten zugehört. Der erste wendete in einem eleganten Bogen, der ohne den Gravitationsantrieb unmöglich gewesen wäre, und eröffnete das Feuer auf das thrymkanische Schiff. Valti jubelte auf und jagte sein eigenes Schiff unter brüllendem Gelächter vorwärts. Er schoß aus allen Rohren. Ein einziges Raumschiff konnte niemals dem Angriff von zwei anderen standhalten.

Die Sichtschirme zeigten die ungeheure Detonation nicht. Sie wiesen die Überbelastung zurück und erloschen. Als sie wenige Sekunden später wieder aufleuchteten, war das thrymkanische Schiff verschwunden, und an seiner Stelle dehnte sich eine riesige Gaswolke mit rasender Geschwindigkeit aus.

Die beiden solaren Schlachtschiffe kreisten argwöhnisch und tasteten das Nomadenschiff mit einigen Granaten und Energieschlägen ab. Eine Sirene heulte schrill auf. Valti brüllte vor Lachen und schlug sich vor Vergnügen auf die dicken Schenkel. »Der Superdrive ist bereit. Jetzt können wir abhauen.«

»Warten Sie«, entgegnete Langley schnell. »Stellen Sie eine Verbindung mit ihnen her. Ich möchte mit ihnen sprechen.«

»Aber sie könnten über uns herfallen, während wir uns mit langen Palavern abgeben ...«

»Verdammt noch mal, Mann, die Erde hat ein Recht darauf, es auch zu erfahren! Rufen Sie sie!«

Chanthavar kam ihnen zuvor. Seine Stimme drang aus dem Kommunikator: »Hallo, Gesellschaft. Halten Sie an und drehen Sie bei, um Entermannschaft an Bord zu nehmen!«

»Nicht so schnell, mein Lieber.« Langley beugte sich über Valtis Schulter und näherte seinen Mund dem Mikrofon. »Wir können einen kleinen Hebel umlegen und im nächsten Augenblick zehn Lichtjahre entfernt sein, während Sie indessen zehn Jahre älter werden. Aber ich muß Ihnen etwas mitteilen.«

»Oh ... Sie.« Chanthavars Stimme klang etwas belustigt. »Schon wieder Sie! Mein Respekt vor Amateuren ist seit heute abend enorm gestiegen. Ich möchte Sie gern in meinem Stab haben.«

»Glaube ich. Hören Sie jetzt zu.« Langley rasselte seine Darlegungen so schnell herunter, wie es ihm möglich war.

Einen Moment lang war außer dem Summen des Gerätes nichts zu hören. Dann sagte Chanthavar langsam: »Können Sie das beweisen?«

»Sie können es selbst beweisen. Studieren Sie die gleichen Dokumente, die ich mir angesehen habe. Knöpfen Sie sich sämtliche centaurischen Agenten vor, die Sie finden können, und verhören Sie sie. Die Thrymkaner mußten einige Menschen in ihrem Dienst gehabt haben. Legen Sie die Tatsachen und die Hypothese dem Technon vor und verlangen Sie eine Neuauswertung. Er muß in der Lage sein, zwei und zwei zu addieren!«

»Sie ... haben vielleicht recht, Langley. Sie haben vielleicht recht.«

»Nicht nur vielleicht. Die Thrymkaner haben an uns keinen Nutzen. Wir sind für sie ebensolche Ungeheuer, wie sie für uns – und der Krieg, den sie gegen die Centaurier kämpfen mußten, überzeugte sie davon, daß wir zudem noch gefährlich sind. Sie bezwecken deshalb nicht weniger als die totale Ausrottung der gesamten menschlichen Rasse. Vielleicht irre ich mich – aber können Sie es sich leisten, hier ein Risiko einzugehen?«

»Nein«, entgegnete Chanthavar ruhig.

»Dann schnappen Sie sich Brannoch. Er schwebt hier irgendwo in dieser Gegend herum. Sie und er und die Gesellschaft – alle Planeten – werdet eure eigenen kleinen Ambitionen begraben müssen. Wenn ihr es nicht tut, seid ihr erledigt – so gut wie tot. Gemeinsam jedoch kann euch nichts passieren.«

»Wir werden jenen elektronischen Effekt benötigen ...«

»Nein, das werdet ihr nicht. Ihr könnt einen Planeten von der Größe von Thrymka nicht erobern, aber ihr könnt seine Bewohner zurückjagen und zwingen, dort zu bleiben, wo sie hingehören, aber nur, wenn ihr alle Kräfte vereinigt. Es kann sich dann später als sehr gesund für euch erweisen, daß ihr wißt, daß es irgendwo in der Galaxis einen Planeten mit freien Menschen gibt, die eine Waffe besitzen, gegen die ihr machtlos seid. Vielleicht gibt es euch auch einige Ideen, wie ihr euch selbst befreien könnt ... Leben Sie wohl, Chanthavar. Ich wünsche Ihnen viel Glück!«

Er schaltete ab und richtete sich auf. Er spürte, wie ihn plötzlich eine unbeschreibliche Ruhe erfüllte. »Okay«, sagte er. »Machen wir uns auf die Reise.«

»Würde es euch etwas ausmachen, wenn ich mitkomme?« flüsterte Valti in seinen feuerroten Bart.

Marin ergriff Langleys Hand. Sie sahen sich an, und ihre Umgebung rückte in unwirkliche Fernen. Sie lächelten sich zu. Als sie sich wieder umblickten, stand eine neue Sonne am Himmel.

Space Opera 3

Feind aus dem All

Die Abenddämmerung war kurz. Die Nacht kam schnell vom Atlantik herein und hüllte die Welt in Finsternis. Nur wenige Lichter brannten in der City. Der größte Teil der Stadt blieb dunkel. Die Sterne gingen auf und strahlten heller als alles andere.

Seine Exzellenz, der Oberste Souverän des Sonnensystems, öffnete das Fenster, lehnte sich hinaus und ließ den Blick über den gestirnten Himmel schweifen. Tief atmete er die milde Luft ein, die aus den endlosen Urwäldern Brasiliens zu ihm heraufwehte. Eine schöne Welt, dachte er, ein fruchtbarer und lieblicher Planet, diese Erde – ein Himmelskörper, um den es zu kämpfen lohnte – wie um einen lieben Menschen.

Er konnte unbesorgt ans Fenster treten. Der mächtige Bau, in dem sich sein geheimes Büro befand, ragte so hoch über Sao Paolo auf, daß kein Laut bis zu ihm heraufdrang.

Nur der sanfte Wind war hier zu hören, der unaufhörlich und leise rauschend um das Gebäude strich.

Als die Lampen mit fortschreitender Dämmerung automatisch heller wurden, wandte er sich seufzend wieder dem Raum zu. Schwer lastete die Müdigkeit auf seinen Schultern.

Die Verfolgung war vorüber, das letzte Kapitel abgeschlossen – wirklich? Und was kam nun? So viele Aufgaben und so wenige Arbeitskräfte. Er selbst, der erwählte Führer seines Volkes, war ein Sklave des Sieges. Welchen Schlag mußten sie nächstes abwehren und wann würde er kommen? Wann würde endlich Frieden unter den Gestirnen geschlossen werden?

Er ließ sich hinter dem Schreibtisch nieder und verscheuchte gewaltsam die trüben Gedanken. Überarbeitung und Nervenüberreizung sind daran schuld, dachte er mißmutig. Aber in dieser harten Zeit war kein Platz für Gefühlsregungen. Er nahm einige Papiere, Berichte vom Mars, und begann zu lesen.

Ein Glockenspiel ertönte. Er fuhr unwillig auf. Würden sie ihn jemals in Ruhe lassen? »Herein«, sagte er. Der Telesprecher übertrug seine Stimme in den Vorraum. Die Tür öffnete sich.

Der Oberste Souverän sah dem eintretenden Unteroffizier entgegen. »Sie wünschen?« fragte er. »Fassen Sie sich kurz, ich habe zu tun.«

Der Unteroffizier stand stramm und machte eine linkische Ehrenbezeigung. »Es betrifft den Fall Arnfeld, Exzellenz«, sagte er. »Mir wurde soeben neues Material für Sie übergeben.«

»Na schön, geben Sie schon her. Stehen Sie nicht rum. Verdammt, das war der schwierigste Fall, seit wir die Heimat verließen.«

Der Unteroffizier kam schüchtern näher und legte ein Heft auf den Schreibtisch. »Als das Blockhaus abgerissen wurde, fanden sie es, Exzellenz«, sagte er. »Offenbar war das ein letzter Versuch Arnfelds, seinem Volk einen Bericht zu hinterlassen – er verbarg das Heft unter den Dielenbrettern.«

»In gewisser Weise empfinde ich für diesen Arnfeld und seine Freunde sogar Bewunderung«, sagte der Oberste Souverän nachdenklich. »Es war eine tapfere kleine Schar. Sogar die Frau, die sie am Ende verriet, hatte selbstlose Gründe für ihr Tun.«

Das kalte Licht der Leuchtstofflampen spiegelte sich auf seinem kahlen Schädel, als er sich über die Fragmente beugte. Es war ein Schulheft, eingerissen und schmutzig, und die ersten Seiten waren mit kindlichem Gekritzel ausgefüllt. Einige Rechenaufgaben standen darin und eine ungelenke Zeichnung. Dann folgten Eintragungen von der Hand eines Erwachsenen. Der Rest des Heftes war mit ihnen ausgefüllt.

»Ziemlich lang«, sagte er. »Arnfeld muß etliche Tage gebraucht haben, um das zu vollenden.«

»Die Gruppe verteidigte sich ein paar Tage in dem Blockhaus, nicht wahr?« fragte der Unteroffizier.

»Ja, ich glaube schon.« Der Blick der farblosen Augen überflog die ersten Sätze:

Die folgenden Aufzeichnungen stammen von David Mark Arnfeld, Staatsangehöriger der Vereinigten Staaten von Amerika, Planet Erde, begonnen am 21. August 2034. Ich bin geistig und körperlich gesund, und aus meinen Personalakten geht hervor, daß ich nicht an Wahnvorstellungen leide, wie man mir nachsagt. Ich beabsichtige im folgenden wichtige Tatsachen zu berichten, die unsere Rasse und die des Mars angehen.

»Hm.« Der Oberste Souverän blickte nachdenklich auf. »Wir werden diese Aufzeichnungen abändern müssen, falls jemand auf die Idee kommt, sie nachzuprüfen.« Er lächelte leicht. »Ich muß Mr. Arnfeld dankbar sein, daß er mich daran erinnert hat.«

»Es scheint ein Bericht über die –«

»Das werde ich schon selbst sehen. Übrigens, lassen Sie die Frau vorführen, ich möchte sie über das Tagebuch ausfragen.«

»Jawohl, Exzellenz. Sofort.« Der Unteroffizier verließ den Raum.

Der Oberste Souverän fuhr mit der Lektüre fort.

Damit ich keine Einzelheiten auslasse, mit denen man die Rich-

tigkeit der Aufzeichnungen kontrollieren kann, werde ich alle Ereignisse bis zu den winzigsten Kleinigkeiten wie Gesprächen und unmittelbaren persönlichen Eindrücken und Empfindungen schildern, natürlich nur insoweit ich sie aus dem Gedächtnis rekonstruieren kann. Wenn deshalb mein Tagebuch wie Phantasterei erscheint, so bedauere ich das zwar, bitte aber trotzdem jeden Leser, die Aufzeichnungen geheimzuhalten und Rafael Torreos zu überbringen, der früher Colonel der UN-Inspektionsgruppe war und zur Zeit in Sao Paolo, Brasilien, wohnt. Das Schriftstück soll nur ihm persönlich ausgehändigt werden.

Wenn ich im folgenden etwas weitschweifig in meiner Schilderung bin, möge man mir verzeihen. Früher hatte ich einmal die Absicht, Romane zu schreiben. Vermutlich ist dies hier die letzte Gelegenheit für mich, schriftstellerisch tätig zu sein. Deshalb werde ich in epischer Breite ganz nach meinem Geschmack den Hergang der Ereignisse schildern.

»Torreos«, sann der Oberste Souverän. »Die Frau hat seinen Namen nicht erwähnt . . . Ach ja. Er arbeitete mit den Marsbewohnern zusammen . . . Hm, wir lassen ihn am besten gleich festnehmen, für alle Fälle.«

Das Glockenspiel ertönte wieder. Die Tür öffnete sich, und diesmal befand sich der Unteroffizier in Begleitung zweier Wachsoldaten, zwischen denen eine Frau ging. Normalerweise hätte sie bestimmt gut ausgesehen, sogar jetzt noch schien ihr blondes Haar aus goldenen Fäden gewoben zu sein, die das Licht tausendfach reflektierten. Doch ihr Gesicht war bleich, ihre Augen gerötet, und sie zitterte unablässig.

»Christine Hawthorne«, fragte der Oberste Souverän ohne Umschweife, »haben Sie dieses Heft hier schon einmal gesehen?« Seine Stimme war ruhig und beherrscht, und er bemühte sich, akzentfrei zu sprechen.

»Wo ist mein Kind?« fragte sie verzweifelt. »Was haben sie mit ihm gemacht?«

»Dem Kind geht es gut«, sagte er. »Man wird es Ihnen bald zurückgeben, wenn Sie loyal mit uns zusammenarbeiten.«

»Habe ich noch nicht genug Opfer gebracht?« fragte sie dumpf. »Genügt es nicht, daß ich David und Reggy verriet und damit unser ganzes Volk?«

»Sie scheinen nicht zu begreifen, daß unser Sieg endgültig ist«, sagte der Oberste Souverän mit eisiger Stimme. »David Arnfeld, Regelin und Coruthan sind tot. Ihren Nachlaß haben wir beschlagnahmt. Immerhin waren Sie es, die ihren Untergang heraufbeschworen hat, nicht wahr?«

»Ich weiß«, sagte sie.

»Ihre phantastische Geschichte, soweit sie überhaupt bekannt wurde, ist inzwischen längst widerlegt, berichtigt, begraben und vergessen. Sie als letzte Überlebende sind unsere Gefangene – und offiziell genauso tot wie Ihre Mitverschwörer. Niemals werden wir Sie wieder freilassen. Verhalten Sie sich dementsprechend! Nun, haben Sie dieses Heft jemals zu Gesicht bekommen?«

Sie kam näher und betrachtete es genauer. »Ja«, sagte sie schließlich. »Es lag in der Blockhütte, als wir hinkamen. David schrieb jeden Tag darin, und später versteckte er es, kurz vor dem Ende. Er sagte weder mir noch Reggy, wo er es verborgen hatte, damit wir das Versteck nicht verraten konnten, wenn man uns gefangennahm.«

»Er hätte sich denken können, daß wir alles genau durchsuchen würden. Immerhin, er hatte nichts zu verlieren.« Der Oberste Souverän schnippte mit den Fingern. »Führt sie ab.« Als die Gruppe die Tür erreichte, fügte er, einer freundlichen Regung folgend hinzu: »Sie können ihr das Kind schon jetzt zurückgeben.«

»Danke«, flüsterte sie.

Die Tür schloß sich hinter ihnen. Der Oberste Souverän seufzte und lehnte sich zurück. Wieder überfiel ihn die Müdigkeit. Die Jagd hatte lange gedauert.

Nun, er las vielleicht doch besser diese Aufzeichnungen selbst. Ein ausführlicher Bericht der wichtigen Zeitspanne aus Sicht des Feindes konnte ihm wertvolle Hinweise vermitteln.

Er überflog kurz den Abschnitt, der den Lebenslauf Arnfelds betraf. Verschiedene Einzelheiten kannte er schon. David Arnfeld wurde im Jahre 2017 im nördlichen Teil New Yorks als Sohn reicher Eltern geboren. Er war fünf Jahre alt, als der Krieg ausbrach, mit zwölf wurde er zur Raumkriegsschule abkommandiert, mit sechzehn trat er in den Dienst der Raumstreitkräfte ein, und seitdem hatte er die meiste Zeit auf verschiedenen Raumkreuzern und interplanetarischen Stützpunkten zugebracht. Mit fünfundzwanzig war er stellvertretender Kommandant des Stützpunktes auf Pallas geworden, und da war der Krieg aus. Er kehrte heim.

Der Oberste Souverän beugte sich über das Heft, wobei er über die kleine Schrift halblaut fluchte, und begann mit erhöhtem Interesse zu lesen.

1

Wir erhielten die Nachricht durch ein Kurierschiff, nachdem schon einige Wochen vergangen waren, weil die Verbindung über Funk nicht klappte. Mit unserer Niederlage hatten wir gerechnet, denn das Ende war schon abzusehen gewesen, als die Marsier den Erdmond Luna einnahmen; aber trotzdem wirkte die endgültige Nachricht für uns niederschmetternd. Viele kampferprobte Männer weinten. Ich verrichtete meinen Dienst rein mechanisch, weil auch mich die Niederlage schwer getroffen hatte. Am schlimmsten war es während der Schlafenszeit, wenn ich im Dunkeln allein lag und ins Nichts starrte.

Es gab viel zu tun, und ich war froh darüber. So kam ich nicht zum Nachdenken. Ich war praktisch der Kommandant der Asteroiden, weil der Alte völlig apathisch geworden war und sich kaum blicken ließ. Ich mußte mich um den Papierkrieg kümmern, und der blühte nach wie vor; ich mußte die Ingenieurteams überwachen und war besonders dafür verantwortlich, daß sie keine Sabotagen verübten. Einmal erwischte ich einen Mann, als er gerade die Sicherungsvorrichtungen unseres Hauptatomreaktors blockieren wollte. Dadurch wäre der Meiler über kurz oder lang hochgegangen. Als ich ihn mir vorknöpfte, wurde er wild. »Sollen wir wirklich alles den Marties übergeben?« fragte er störrisch. »Ist es tatsächlich so, daß wir ihnen alles in tadellosem Zustand präsentieren müssen und außerdem noch ihre dürren Pfoten küssen dürfen?«

»Die korrekte Anrede eines Vorgesetzten lautet ›Sir‹«, antwortete ich müde. »Wir erhalten unsere Befehle vom Hauptquartier, und das führt wiederum nur die Bestimmungen des Waffenstillstandes durch, nach denen wir den Stützpunkt in funktionsfähigem Zustand zu übergeben haben. Und ich bin dafür verantwortlich, daß das auch geschieht.« Dann fügte ich etwas weniger streng hinzu: »Mars hat uns an der Gurgel. Wenn wir ihnen nicht aufs Wort folgen, geht es der Erde dreckig. Sie haben doch auch eine Familie daheim, nicht wahr?«

»Vielleicht«, sagte er. »Vielleicht auch nicht, wenn sie beim Bombenangriff umkamen.«

»Wir lieferten ihnen einen guten Kampf«, sagte ich. »Zwanzig Jahre lang. Vielleicht gelingt es uns später, Rache zu nehmen, aber bis dahin wird noch viel Wasser den Mississippi hinunterfließen. Und in der Zwischenzeit werden wir den Marsiern nötigenfalls auch die Pfoten küssen, wenn wir auf diese Weise bis dahin durchhalten können.«

Ich verpaßte ihm zehn Tage Bau, erließ aber einen geharnischten Tagesbefehl, in dem stand, daß der nächste Verstoß durch ein Kriegsgerichtsverfahren geahndet werden würde. Im großen und ganzen billigten die Männer meine Handlungsweise. Sie wußten, daß wir geschlagen waren, und viele hatte der Kampfgeist verlassen. Das schnitt ins Herz. Ich führte Arbeiten, Spiele und Leibesübungen ein, um sie abzulenken, aber der Erfolg war nur langsam zu verspüren.

Ohne eine Nachricht vom Hauptquartier mußten wir vier Monate ausharren. Ich begann mir Sorgen zu machen, denn wir hatten schon lange unsere Rationen gekürzt, und jetzt waren unsere Vorräte beängstigend zusammengeschmolzen. Ich dachte allen Ernstes daran, selbst die Bestimmungen zu brechen, eine Rakete zu bemannen und auf eigene Faust unserem Stützpunkt zu helfen. Wenn man in astronomischen Größen denkt, war zu jener Zeit Hiltons Planetoid nicht weit weg, und dort befanden sich große hydroponische Tanks sowie Gärbottiche mit nahrhaften Hefekulturen als Verpflegungsreserven.

Unser Asteroid bewegte sich mit hoher Geschwindigkeit durch die große kalte Dunkelheit, mitten durch Millionen von kaltglitzernden Sternen und den leuchtenden Gürtel der Milchstraße.

Die Sonne war fern, eine winzige wärmelose Scheibe, deren Licht nur schwach den grausam gezackten, steinigen Himmelskörper beschien. Außerhalb des Stützpunktes herrschte ewige Stille, nur der Atem rauschte schwer innerhalb des Raumhelms, wenn wir unsere Runden gingen.

Endlich erschien ohne jede Vorankündigung die Ablösung: vier große Truppentransporter, die uns mit feuersprühenden Düsen umkreisten. Ein schlanker schwarzer Marskreuzer kam als Begleitschutz mit. Wir traten so zackig wie möglich an und empfingen die Offiziere mit allen vorgeschriebenen Ehrenbezeigungen. Immerhin waren wir der Pallas-Stützpunkt und hatten drei mörderische Angriffe innerhalb eines Jahres erfolgreich abgeschlagen und das zermürbende Warten dazwischen auch durchgestanden.

Ich glaube, der marsische Kommandeur fühlte sich durch unseren Empfang geehrt. Er bot uns zwar keinen Händedruck an, und das war taktvoll von ihm, doch verbeugte er sich in seiner ganzen Größe von zwei Metern, indem er sich nach bester Manier ihrer militärischen Führerschicht steif in der Hüfte einwinkelte.

»Sind Sie für den Stützpunkt verantwortlich, Commander?« fragte er. Er sprach portugiesisch, und das besser als ich. Der brasilianische Dialekt mag die verbreitetste Sprache der Erde sein, aber wir waren in der Mehrzahl Briten und Nordamerikaner und hatten englisch gesprochen.

»Im Augenblick ja, Sevni«, antwortete ich förmlich. »Captain Roberts ist unpäßlich.« In Wirklichkeit lag der Alte mit einer Schnapsflasche in der Koje und schluchzte hemmungslos, wie häufig in jenen Tagen, aber es gab keinen Grund, das den Marsiern auf die Nase zu binden.

»Ich bedauere außerordentlich, daß wir Sie erst so spät ablösen«, sagte der Marsier. »Es gab jedoch sehr viel zu erledigen, wie Sie verstehen werden. Unsere Leute werden sofort die Schiffe verlassen. Dann können Sie an Bord gehen und zur Erde zurückkehren. Sie werden in Quito abgesetzt, wo Sie weitere Reisegenehmigungen nach den nächsten größeren Städten in der Nachbarschaft ihrer Heimatorte erhalten.«

»Das ist sehr erfreulich«, sagte ich.

»Oh, bitte sehr.« Der Marsier winkte mit einer mageren Hand. Ich wurde immer wieder von der seltsamen Tatsache beeindruckt, daß es durchaus nicht der sechste Finger oder das zusätzliche Fingerglied ist, wodurch mir die Marsier so menschenunähnlich erscheinen, sondern daß es die seltsam viereckigen Fingernägel sind. »Es ist genug Blut vergossen worden. Es ist Zeit, daß unsere Völker Freunde werden«, fügte er hinzu.

Freunde? dachte ich. Nach all dem, was ihr der Erde angetan habt?

Wir schifften uns ein und bereiteten uns auf die lange Reise in die Heimat vor. Die meiste Zeit bewegten wir uns im freien Fall, und ich hielt die Leute an, regelmäßig Gymnastik zu treiben. Nach den langen Jahren auf dem Asteroiden mit seiner geringen Anziehungskraft und den vielen Wochen völliger Schwerelosigkeit bei der Heimreise mußten wir uns auf unser Erdgewicht vorbereiten. Ich glaube, es gelang mir, alle in leidlich gute körperliche Verfassung zu bringen, zwar unterernährt, aber hart und geschmeidig, dazu braungebrannt vom ungeschwächten Sonnenlicht.

Die Besatzung des Raumschiffes bestand aus Marsiern, die jedoch für sich blieben. Wir bekamen sie kaum zu Gesicht. Die Fahrt verlief ohne Zwischenfall. Gegen Ende nahm die Teilnahmslosigkeit unter meinen Leuten ab, und mir ging es ebenso.

Besiegt oder nicht, es ging jedenfalls heim! Die alten abgegriffenen Fotografien wurden hervorgeholt, und die Stimmen wurden wieder lauter. Man diskutierte, man tauschte Erinnerungen aus, und es wurde gesungen. Die Leute schmiedeten Pläne für ein alljährliches Treffen, und trotz meiner Bitterkeit merkte ich, daß wir doch eine schöne Zeit in all den verlorenen Jahren gemeinsam verlebt hatten.

Wir gingen auf eine Kreisbahn um die Erde, und ich verbrachte lange Stunden am Bullauge, um unsere Heimat zu betrachten, die sich blau und wunderschön vor dem gestirnten Himmel langsam drehte. Auf ihrem heiteren Antlitz war nichts von den Narben des Kriegs zu sehen – Menschen und Marsier waren kleine Wichte, wenn man es recht betrachtete, und Raum und Zeit waren unendlich.

Zubringerboote brachten uns nacheinander nach Quito hinunter. Es war schwer bombardiert worden und immer noch eine wüste Trümmerlandschaft aus Eisenschrott und verrotteten Menschenknochen, aber die Radioaktivität hatte inzwischen nachgelassen, und die Berge erschienen mir lieblicher denn je. Man hatte einen neuen Raumhafen errichtet, um den sich Baracken scharten, aus denen möglicherweise einmal die Stadt wiedererstehen könnte. Ich kniete nicht nieder, um die Erde zu küssen, wie es manche taten, aber ich stemmte meine Muskeln gegen die mächtige Anziehungskraft von Mutter Erde, und ich zog die reine klare Luft tief in meine Lungen ein, und vor meinen Augen flimmerte es eine Weile.

Verbindungsoffiziere meldeten sich bei mir, und ich brauchte zwei Tage, um die Auflösung meiner Einheit abzuwickeln. Die Leute erhielten ihre Fahrausweise, dazu den restlichen Sold zuzüglich eines Aufschlags als Ausgleich für die Inflation, die als scharfes Messer im Körper unserer sterbenden Wirtschaft wirkte. Wir erhielten Lebensmittelkarten, die in dem Gebiet gültig waren, in das wir reisten, und ein gedrucktes Flugblatt mit den neuen Gesetzen und der Mahnung zum Gehorsam gegenüber den neuen Machthabern. Auch erhielten wir unsere Entlassungspapiere, aber infolge der Textilknappheit durften wir alle unsere Uniformen behalten, ohne die Abzeichen natürlich. Ich schaute mir den geflügelten Stern lange an, nachdem ich ihn von der Uniform getrennt hatte. Dann wickelte ich ihn sorgfältig ein und steckte ihn in meine Hosentasche.

Der Gebietskommandeur, ein Erdbürger namens Gonzales,

brachte mich zum Flughafen. »Wollen Sie nicht noch eine Weile hierblieben?« lud er mich ein. »Ich rate Ihnen, nicht nach New York zu gehen. Es wurde schwer getroffen. Die Lebensbedingungen sind dort schwierig.«

»Das ist überall so, Señor«, antwortete ich.

»Sie haben recht. Wir sind auf eine primitive Zivilisationsstufe zurückgeworfen worden, auf der wir unsere Bevölkerung nicht versorgen können.« Er schnitt eine Grimasse. »Sie können von Glück reden, daß Sie erst nach einem Jahr zurückgekehrt sind. Der letzte Winter und Frühling – schrecklich!«

»Hungersnot?«

»Und Seuchen. Die Marsier konnten uns kaum helfen, obwohl ich zugebe, daß sie alle Anstrengungen unternahmen. Aber Millionen sind tot, und das Sterben geht weiter.« Er blickte mit grauem Gesicht über den Flugplatz. Unsere Flagge mit dem Globus und dem Ölzweig flatterte noch im Wind, aber das Marsbanner mit den doppelten Halbmonden war darübergesetzt. »Mit der Unabhängigkeit der Erde ist es vorbei«, sagte er. »Von jetzt an sind wir nichts als Sklaven.«

»Wir kommen wieder hoch«, sagte ich. »Man soll uns nur zwanzig Jahre geben, damit wir unsere Wirtschaft in Ordnung bringen können. Dann werden wir wieder aufrüsten und –«

Er zuckte zusammen. »Ich glaube, da ist mir die Herrschaft der Marsier lieber als diese Art von Faschismus, die die Wiedererstarkung notwendigerweise begleiten müßte, Commander«, sagte er. »Die Marsier werden es jedoch gar nicht erst zu solch einem Vorhaben kommen lassen. Unsere Industrie wird demontiert, und die Erde verwandelt sich in eine Welt des Ackerbaus und der Viehzucht. Und so wird es in alle Ewigkeit bleiben – Sie kennen ja den Charakter der Marsier. Sie sind rachsüchtig, aber vorsichtig, vorausberechnend und geduldig.«

Das war eine drakonische Maßnahme. Unsere Bevölkerung würde auf die Hälfte zusammenschrumpfen, bis die Agrarwirtschaft sich eingespielt hatte – und dann würden die endlosen Jahrhunderte folgen, wo Menschen nur noch als Bauern dahinlebten, als Handwerker, Fischer und Holzfäller. Im günstigsten Fall konnten wir eine untergeordnete Kolonie im marsianischen Imperium werden, weiter nichts. Und auf diese Weise würden wir absichtlich unwissend gehalten werden und verrotten, während Industrie, Wissenschaft und Forschung Privilegien des Mars blieben.

Zugegeben, ich hätte es an ihrer Stelle genauso gemacht. Unsere Lage war manchmal so günstig, wir waren zeitweise so nahe daran gewesen, sie restlos zu vernichten – ach, wenn es nur ein paar kluge Köpfe im Generalstab gegeben hätte, wir hätten den Mars nach fünf Jahren Krieg besetzen können! Stattdessen begingen wir einen haarsträubenden Fehler nach dem andern, und nur dem Umstand, daß die Marsier genau solchen Blödsinn verzapften, verdankten wir es, daß wir so lange aushielten. Allerdings war das der erste Raumkrieg der Geschichte, und man konnte unmöglich erwarten, daß die Kriegsführung jede Möglichkeit voraussah; trotzdem war es merkwürdig, welch grobe Schnitzer beide Seiten machten. Auf diese Weise wurde ein scharfer kurzer Schlag zu einem zwanzig Jahre währenden zermürbenden Krieg ausgewalzt.

Aber nun war es zu spät. Zu spät für immer.

»Leben Sie wohl, Commander«, sagte Gonzales. »Ich wünsche Ihnen alles Gute.«

»Ich Ihnen auch«, erwiderte ich und schüttelte ihm die Hand. »Oder auch uns allen.«

»Wir können's alle brauchen, Commander«, sagte er.

Der Raketenflug nach New York verlief ohne besondere Ereignisse. Meine Reisegefährten, alles Erdbewohner, alle schäbig gekleidet und mit einem bitteren Zug um den Mund, bestürmten mich mit Fragen über den Krieg im Weltraum, und ich war genauso scharf, herauszukriegen, was sich in der Zwischenzeit auf der Erde ereignet hatte. Ich war fünf Jahre von zu Hause fortgewesen. Schön, die letzten Monate war es verheerend zugegangen, Bombenteppiche, Atombomben aus dem Weltraum, Kapitulation, Hungersnot und Seuchen. Unser Transportwesen sowie die Versorgungszentren hatte man nachhaltig zerstört, so daß es unmöglich geworden war, die vorwiegend städtische Bevölkerung ausreichend zu versorgen. Man konnte sich überhaupt nicht um sie kümmern. Kriminalität und Anarchie breiteten sich aus und wüteten immer noch in allen Teilen des Planeten, obwohl die Marsstreitkräfte jetzt mit der UN und den örtlich zuständigen Polizeieinheiten zusammenarbeiteten, um die Ordnung wiederherzustellen.

»Und es wird noch schlimmer kommen«, sagte ein Amerikaner düster. »Vor uns liegen noch viele Jahre, in denen es nicht genügend zu essen geben wird, ehe schließlich die Bevölkerung so weit zurückgegangen ist, daß es für die Übriggebliebenen reicht. Wir können auch den Gesundungsprozeß nicht beschleunigen. Die

Marties demontieren systematisch jeden Rest von Industrie, der vom Krieg verschont geblieben ist. In fünf Jahren gibt es überhaupt keine Fabriken mehr. Wir werden wieder zu Pferd oder im Segelboot reisen. Alle Raketentransporter werden in ein paar Monaten ebenfalls beschlagnahmt, wenn die letzten Pflichttransporte erledigt sind.«

»Wir müssen kämpfen«, sagte ein anderer Mann. »Es sind gar nicht so viele Feinde. Vielleicht fünf Millionen Marties, die über die ganze Erde verteilt sind. Die Erdanziehung macht ihnen zusätzlich zu schaffen. Wir müßten uns zusammentun und sie rausschmeißen.«

»Womit?« fragte ich dumpf. »Mit Jagdflinten und Küchenmessern? Gegen Artillerie, Maschinengewehre, Flammenwerfer, Panzer, Flugzeuge? Und vergessen Sie vor allem die Stützpunkte auf dem Mond nicht. Jedesmal, wenn wir aufmucken, können sie uns mit ein paar Raketen gefügig machen.«

»Haben Sie auch kapituliert, Raumfahrer?« Eine junge Frau, deren harter Blick nicht zu ihrem Alter paßte, warf mir einen geringschätzigen Blick zu.

»Ich glaube, ja«, sagte ich tonlos. »Wenn Sie es so bezeichnen wollen.«

2

Wir kamen bei Einbruch der Abenddämmerung an, und ich kletterte in den provisorisch zusammengenagelten Kontrollturm des Flughafens, um einen langen Blick auf die City zu werfen. Man hatte mir zwar erzählt, daß es New York schlimm erwischt hatte, aber daß es so schlimm war, hatte ich doch nicht gedacht.

Die stolze Silhouette Manhattans war ein wüster Trümmerhaufen aus verbogenen Stahlskeletten, die in den Himmel ragten. Einige Gebäude hatten, wie aus einer Laune des Zufalls heraus, nur einen plötzlichen Hitzestoß erhalten und waren wie brüchiger Marzipankuchen zusammengeschmolzen, aus dem hier und da rauchgeschwärzte und verbogene Stahlträger ragten.

Außerhalb des riesigen Hauptkraters gab es nur noch Schutt, eine tote Wüste aus Steinhaufen, über die Staub und Asche vom Wind dahingetrieben wurden. Brooklyn war ein weiterer Ruinehaufen, wenn auch ein paar beschädigte Gebäude noch aufrecht standen. Dunst und die hereinbrechende Dämmerung versperrten mir die Aussicht über die übrigen Stadtviertel, aber ich sah nirgendwo Lichter blinken, an keiner einzigen Stelle.

Der Flughafenkommandant, ein Erdbewohner, hatte mir die Erlaubnis erteilt, heraufkommen zu dürfen. Als ich hinabkletterte, nickte er mir wehmütig zu. »Ich habe Sie gewarnt, hinaufzugehen, Commander«, sagte er mit müder Stimme und schaute mich aus eingesunkenen und fiebrig glänzenden Augen an. »Es – es ist ungeheuerlich.«

»Wieviel Einwohner leben dort?« fragte ich.

Er zuckte mit den Schultern. »Vielleicht eine Million. Wer konnte, floh aufs Land, ehe Hungersnot und Krankheiten um sich griffen; dabei lieferten sich Bauern und der Mob erbitterte Kämpfe. Jetzt fahren wir wenigstens mit Lastwagen einige Lebensmittel an und setzen die Leute zur Enttrümmerung ein. Dadurch sind die Lebensbedingungen erträglicher geworden. Nicht sehr, aber ein kleines bißchen – immerhin.«

»Wie komme ich ins Landesinnere?« fragte ich. »Dort bin ich zu Hause.«

»Auf Schusters Rappen, Commander, es sei denn, Sie schaffen es, per Anhalter auf einem der Farmwagen mitgenommen zu werden, die die Stadt versorgen. Die Farmer haben jedoch seit dem letzten Winter verdammt wenig für die Städter übrig.«

»Na gut –« Ich schaute aus dem Fenster. Die Lichter des Flughafens erschienen klein und unbedeutend, verglichen mit der Dunkelheit, die jetzt hereinbrach. »Ich bleibe wohl besser über Nacht hier. Können Sie mir etwas empfehlen?«

»Wieviel Geld haben Sie?«

Ich grinste ohne rechte Freude.

»Restlicher Sold fünfzigtausend UN-Dollar. Inflationsausgleichszuschlag eine Million.«

»Der Zuschlag war vor vier Monaten noch was wert. Jetzt reicht es gerade noch für drei Mahlzeiten und zwei Übernachtungen. Die City muß ihre Arbeiter in Naturalien bezahlen.« Er zupfte sich nervös am Ohrläppchen und vermied es, mir in die Augen zu blicken. »Ich würde Sie gern für eine Nacht aufnehmen, Commander, aber wir sind schon sieben in einem Raum, und Sie begreifen sicher –«

»Ich verstehe. Machen Sie sich kein Kopfzerbrechen, ich finde schon was.«

»Versuchen Sie's mal bei den Benediktinermönchen. Das ist eine kleine Gruppe, die eine Hütte gebaut hat und jeden aufnimmt, der mitzuarbeiten verspricht. Wenn sie keinen Platz mehr haben, kriegen Sie aber wenigstens eine Mahlzeit und müssen dafür leichte Arbeit verrichten.«

»Das ist für mich das Richtige. Ich werde sogar was zu ihrem Aufbauwerk beisteuern, sagen wir, eine halbe Million Dollar.«

»Die nehmen sie dankbar an. Sie pflegen eine Menge Krüppel, die nicht mehr arbeiten können.«

Er beschrieb mir den Weg, es mochten ungefähr fünf Kilometer bis zu den Mönchen sein. »Aber seien Sie bloß vorsichtig«, warnte er mich zum Schluß. »Ein Haufen Gesindel treibt sich herum. Die bringen jeden um, der etwas zu besitzen scheint. In den letzten Monaten sind die Menschen immer verzweifelter geworden.«

Ich schlug gegen meine Magnum Automatik, die ich im Halfter trug. Als Offizier war mir die Pistole gelassen worden. Und die graue Farbe meiner Raumuniform sollte mir eigentlich auch einigen Respekt verschaffen – es sei denn, jemand tötete mich gerade wegen der Uniform.

Die Nacht war schon hereingebrochen, als ich mich auf den Weg machte. Ich schritt forsch aus, und die Schemen der zerfallenen Häuser zogen undeutlich an mir vorbei. Leere Fensterhöhlen und schwarze Toreingänge starrten mich an, und ab und zu kam ich auf der Straße an ausgebrannten Autowracks vorbei. Andere Passanten waren kaum zu sehen. Sie schlichen fast lautlos und mit hoffnungslos hängenden Schultern dahin. Die Stille war vollkommen – tödliche Ruhe, dicht und schwer, in der die Schritte meiner Stiefel und das Sausen des Windes unnatürlich klangen. Ich schritt schneller aus, um bald wieder unter Menschen zu kommen.

Als ich die Hand auf meinem Arm spürte, machte ich einen Satz zur Seite, drehte mich um und hatte auch schon meine Automatik im Anschlag. Dann erkannte ich, daß es eine Frau war, und verfluchte mich wegen meiner überreizten Nerven. Das Herz schlug mir bis zum Halse.

»Hallo, Raumfahrer«, sagte sie.

Ich senkte die Pistole und trat einen Schritt näher. »Was wollen Sie?« fragte ich und versuchte dabei, meine Stimme hart klingen zu lassen.

»Ich wollte – ich wollte –« sie wandte sich von mir ab und duckte sich wieder in den Torweg, aus dem sie herausgekommen war. Ich sah, wie sie tief Atem holte und sich mir von neuem zitternd zuwandte.

»Brauchst du eine Bleibe für die Nacht?« fragte sie.

Ich schaute sie lange an und sagte nichts.

»Du bist gerade aus dem Weltraum zurückgekommen, nicht wahr?« Sie sprach sehr leise, und ihre Stimme schwankte. Aber es war kein Vorstadtdialekt, sie sprach kultiviert.

»Ja«, sagte ich.

Sie mußte erst schlucken, ehe sie das herausbrachte. »Ich habe eine Unterkunft.«

Ich trat ganz nahe an sie heran und musterte sie scharf. Sie war mittelgroß und mußte früher eine gute Figur gehabt haben, aber jetzt war sie schmal, und die Beine unter dem zerschlissenen Kleid sahen erbärmlich mager aus. Dazu noch jung – Anfang zwanzig. Das Gesicht war blaß, die Wangenknochen traten stark hervor, und die Augen blickten verhärmt, aber die Nase zeigte noch vorwitzigen Schwung, und ihr Mund war weich und sanft. Sie zitterte und atmete mühsam, wobei sie immer noch meinem Blick auswich.

»Wie heißt du?« fragte ich.

Ihre Stimme wurde etwas lauter, und sie sagte rauh: »Schau mal, das hat keinen Zweck. Wenn du mein Angebot annimmst, dann sag es. Wenn nicht, dann geh weiter – bitte!«

Ich war nahezu zehn Jahre im Weltraum gewesen und hatte nur selten die Erde oder eine Kolonie der Erde während dieser Zeit besucht. Ich wußte aber immer gleich, wen ich vor mir hatte.

»Die Stadtverwaltung vergibt Arbeit«, sagte ich. »Das hier hast du nicht nötig.«

»Für mich ist die Arbeit zu schwer.« Sie flüsterte jetzt nur noch. »Ich kann keine Ziegelsteine schleppen – ich versuchte es und brach zusammen. Aufs Land kann ich auch nicht, denn die haben keinen Platz für mich. Und außerdem habe ich eine Tochter, um die ich mich kümmern muß.«

Ich schüttelte den Kopf und lächelte mühsam. »Tut mir leid, Kleine. Ich kann dein Angebot nicht annehmen.«

»Wenn du es nicht tust, wird es ein anderer tun«, sagte sie mutlos. »Du wärst mir recht gewesen. Mein Mann war auch bei der Raumwaffe.«

In mir reifte ein Entschluß. »Wieviel verlangst du?«

»Ich . . .?« Ein trockenes Flüstern. »Eine halbe Million. Ist das zuviel?«

»Gut«, sagte ich. »Ich suche eine Unterkunft, und du scheinst eine zu haben. Ich werde eine halbe Million für Übernachtung und Frühstück bezahlen.«

Da begann sie zu weinen. Ich hielt sie in meinen Armen, bis sie sich gefaßt hatte, und streichelte ihr langes blondes Haar, das immer noch wunderschön war. Dabei merkte ich, daß ihr Kleid früher sehr teuer gewesen sein mußte, und auch jetzt war es noch peinlich sauber gehalten. Wie sie das ohne Seife fertiggebracht hatte, war mir ein Rätsel. Vielleicht mit Sand und Wasser.

Wir gingen Hand in Hand zu ihrer Behausung. Sie führte mich flink durch wirre Trümmerhaufen geborstener Steinquader und verbogener Träger, zwischen denen überall Glasscherben und hier und da auch menschliche Knochen verstreut lagen. Es war jetzt fast völlig dunkel, und ich stolperte häufig.

Ein großes Hotel war in sich zusammengerutscht, aber durch ein halbverschüttetes Loch kam man hinein. Den Zugang hatten sie mit zwei geborstenen Türen und ein paar zerzausten Büschen getarnt, die hier und da in der Stadt wuchsen.

Wir krochen durch einen engen Tunnel in einen Hohlraum, der etwa zwei mal zwei Meter maß und schätzungsweise einsdreißig hoch war. Der Raum war so sauber wie ihr Kleid und genauso einfach: ein paar primitive Gebrauchsgegenstände, eine Matratze, eine trüb brennende Öllampe und ein paar Bücher. Ein Kind spielte auf dem Fußboden, eine süße dreijährige Krabbe mit dem Blondhaar ihrer Mutter und großen graublauen Augen. Sie rannte zu ihrer Mutter, die sie aufhob und beruhigend auf sie einsprach.

»Hab ich dir gefehlt, Alice?«

»Ach nein, Mammi, gar nicht. Ich spielte mit Hoppy, und er setzte sich auf den Lampenschirm und putzte sich seine Flügel, und du hast einen Vati mitgebracht, und Hoppy sagte . . .«

Ich setzte mich in eine Ecke. »Du läßt deine Tochter wohl oft allein?« fragte ich.

Sie drehte sich mir mit aufflammendem Zorn zu. »Wenn es dir hier nicht paßt, dann geh doch! Du bist immer prima versorgt worden, du hast stets deine Verpflegung gehabt, dazu deine Arbeit und die Ordnung, wobei alles wie am Schnürchen lief; und wenn du gefallen wärst, hätte dich der Tod schnell und schmerzlos ereilt. Du hast dich nie vor den Verbrecherbanden verstecken müssen, nur um am Leben zu bleiben – nun geh schon endlich und laß mich allein!«

»Es tut mir leid«, sagte ich. »Ich wollte nicht päpstlicher als der

Papst sein. Ein Mann, der dabei war, als Zuneth bombardiert wurde, kann schwerlich auf irgend jemanden herabblicken.«

»Du warst mit dabei?« Ihr Ärger schwand, und sie lächelte. »Das war unser größter Sieg. Damals mußten eine Million Marties dran glauben.«

»Ja, ja«, sagte ich. »Wir beschossen sie aus dem Weltraum, genauso, wie sie es später mit der Erde getan haben. Eine Million lebendiger Wesen! Ich bin nicht stolz darauf.«

Ich durchblätterte die Bücher, die sie aus einer Bibliothek ausgegraben haben mußte, wie ich an der Numerierung sah. Shakespeare, griechische Tragödien, Goethes »Faust« in deutsch, Whitman, Benet und sentimantalerweise Brooke. Jawohl, sie stammte aus gutem Hause. Und nun hauste sie hier in dieser erbärmlichen Höhle und las »Die trojanischen Frauen«. Ich schüttelte den Kopf.

»Wie heißt du?« fragte ich.

»Christine Hawthorne«, antwortete sie. »Meine Freunde nannten mich Kit.« Ich sah, wie sie dabei bis unter die Haarwurzeln rot wurde.

»Danke, Kit«, sagte ich. »Ich heiße Dave Arnfeld.«

Wir unterhielten uns lange. Sie war, wie ich, im Krieg aufgewachsen, aber bis letztes Jahr hatten die Kämpfe fern der Erde getobt, und sie hatte ein recht erträgliches Leben geführt. Ihre Eltern lebten in guten Verhältnissen, sie war viel gereist, hatte dann die Hochschule besucht. Vier Jahre später lernte sie James Hawthorne kennen, einen Leutnant der Raumstreitkräfte – sie zeigte mir ein verblaßtes Bild, aus dem mir ein junges, noch kindliches Gesicht entgegenschaute – und heiratete ihn; aber er fiel in der Schlacht bei Juno, als sie gerade niederkam. Sie ging als Sprachwissenschaftlerin an das Zentralinstitut für Sprachen in New York und lebte dort, als New York zerstört wurde. Nur einem unwahrscheinlichen Zufall verdankte sie, daß sie mit dem Leben davonkam. Dann folgte der übliche tierische Kampf ums Dasein, bis ihr Wille schließlich zerbrach. Nun faßte sie wieder Mut, und ich sah, wie ihre Entschlossenheit zurückkehrte.

Was nützte es aber, wenn das Leben trotzdem aussichtslos war?

»Wohin gehst du?« fragte sie mich.

»Ins Landesinnere«, sagte ich. »Mir gehört ein Landgut in der Nähe von Albany, das ich von meinen Eltern geerbt habe, und niemand von meinen Angehörigen lebt noch. Das Anwesen wird auch zerstört sein, immerhin ist es ein Anfang – ich hoffe es jedenfalls. Ich werde Farmer. Was soll man sonst heutzutage machen?«

Ich wußte, was sie dachte, aber ihr Stolz verbot es ihr, darüber zu sprechen. Sie wechselte das Thema. »Ich dachte immer, dort wohnten gar nicht so viele Deutsche.«

»Wir stammen aus Schweden«, lachte ich. »Obwohl bei uns die meisten Familien aus England und Holland zugewandert sind.«

»Meine Vorfahren haben den Sezessionskrieg durchgemacht, dann den Bürgerkrieg, und nun sind wir mit der Nation zugrunde gegangen.«

»Schau mal«, fuhr ich fort. »Ich brauche eine Haushälterin und überhaupt eine Stütze. Du scheinst zäh zu sein. Warum willst du nicht mitkommen?«

Sie preßte das Kind an sich. »Es ist eine gefährliche Reise«, antwortete sie.

»Okay«, sagte ich, überreizt von Hunger und Müdigkeit. »Dann bleib eben hier.«

Wir stritten uns eine Weile, gaben es endlich auf und legten uns schlafen. Natürlich nahm sie schließlich an. Und ich sparte eine halbe Million Dollar.

Das Frühstück bestand aus einer Viertelbüchse Corned Beef, das mit Wasser vom Fluß verdünnt war. Danach packten wir ihre paar Haushaltungsgegenstände zusammen und brachen auf. Meist trug ich das Kind. Alice war brav und anschmiegsam und folgte ohne Klage. Ihr schien das alles nichts auszumachen, obwohl Kit erzählte, daß das Kind oft nachts im Traum aufschrie.

»Wenn sie älter ist, läßt du besser das Trauma durch einen Psychiater behandeln«, riet ich ihr. Dann fiel mir ein, daß es auf der Erde in Zukunft keine Seelenärzte mehr geben würde. Halb ausgebildete praktische Ärzte war das beste, worauf wir hoffen durften, weil gut ausgebildete Mediziner gegebenenfalls im Bakterienkrieg gegen die Marsier eingesetzt werden könnten.

Wir brauchten einen ganzen Tag, um aus der Stadt herauszukommen, und der Hunger quälte uns sehr. Dank meiner Uniform konnten wir bei einem Farmer im Heu schlafen, der uns außerdem noch eine Tagesration an Nahrungsmitteln zu einem sündhaft teuren Preis verkaufte. Er warnte mich, daß er eine Ausnahme bilde.

»Ich dachte, wir wären alle Brüder im Unglück«, sagte ich.

»Das glaubte ich früher auch«, antwortete er. »Dann kamen

die Banden und der Pöbel aus der Stadt. Ich hatte Glück, deshalb hege ich keinen Groll, aber von Männern, die zusehen mußten, wie ihre Häuser in Flammen aufgingen, ihre Frauen vergewaltigt wurden, und denen ihr Saatgut und das Vieh gestohlen wurde, kann man kaum Freundlichkeiten erwarten. An Städter verkaufen die nichts mehr.«

»Verstehe«, sagte ich.

»Es kann für Sie auch unangenehm werden, weil Sie ein Raumfahrer waren«, fügte er hinzu. »Viele Leute haben alles, was mit Krieg zusammenhängt, gefressen. Man sagt, daß die Erdregierung mit dem Krieg anfing – kann sein, daß die Marties das Gerücht in Umlauf setzten. Ich kann's nicht beurteilen, aber es ist eine Tatsache, daß ihr Raumsoldaten alles verpfuscht habt, so daß die Marties den Mond besetzen und uns zerbomben konnten.«

»Ich bin nicht verantwortlich dafür«, sagte ich. »Aber von Leuten in Ihrer Lage kann man keine Logik erwarten.«

Er hatte recht, und ich wurde somit aus Not zum Räuber. Ich stahl ein Pferd samt Wagen, ferner eine Kuh, damit wir Milch hatten, und dann noch einige Hühner und Gemüse als Proviant. Ich ging einfach in die Höfe und nahm mir das, was ich brauchte, mit vorgehaltener Waffe. Dabei versprach ich, alles zurückzugeben oder eine angemessene Entschädigung zu bezahlen, sobald die Verhältnisse es wieder gestatteten.

Das Gesetz wurde lahm gehandhabt. Die paar überlasteten Polizisten machten uns keine Schwierigkeiten, aber ein paarmal wurde auf uns geschossen. Kit ertrug alles tapfer. Nach all den Strapazen besaß der Tod keinen Schrecken für sie. Allmählich nahm sie sogar etwas zu und bekam wieder Farbe.

Wir fuhren durch die grüne Landschaft, und die Erinnerungen schnitten tief wie Messer ins Bewußtsein ein. Das Dorf hier, jenes Denkmal dort, da der glitzernde Fluß zwischen den Hügeln – ich kannte alles wieder. Oft verfiel ich in Schweigen. Dann lächelte Kit und berührte meine Hand.

Nach zwei Wochen bogen wir von der Hauptstraße ab und fuhren einen geschotterten Feldweg entlang. Das Herz schlug mir heftig in der Brust, und ich stand vom Sitz auf, breitete meine Arme aus und rief: »Das gehört alles uns.«

Kits grüne Augen weiteten sich. »Wirklich alles?«

»Zweihundert Hektar«, sagte ich stolz. Bisher wußte ich gar nicht, welch wurzelloses Leben ich bis dahin geführt hatte, als ich wie ein Geist zwischen den Gestirnen hin- und herhuschte.

Die Felder waren bestellt, und das Korn stand gut. Ich vermutete, daß die Nachbarn unsere Äcker mit bestellt hatten. Prima. Ich würde meinen Anteil übernehmen und nächstes Frühjahr selbst anfangen. Wenn sie Schwierigkeiten machten – meine Hand faßte nach der Automatik. Aber nein, das würde nicht nötig sein, die Schmidts und Rackhams und Challengers waren alte Freunde. Ich war wieder daheim.

Vor dem Tor stand immer noch die kleine Baumgruppe, und ich sah voller Freude, wie am Ende der langen Buchenallee das große weißgestrichene Haus im Kolonialstil auftauchte. Dann aber entfuhr mir ein Fluch, und ich riß meine Pistole heraus. Kit schrie auf und zog Alice heftig an sich.

Der Marsier, der am Tor stand, hob seinen Karabiner und visierte mich an.

»Halt!« sagte er.

3

Da war nichts zu machen. Der Feind hatte beschlossen, hier einen Offizier einzuweisen, und es war ein grausamer Schicksalsschlag, daß ich das nicht ändern konnte.

Wir wurden mit erhobenen Händen zum Haus geführt, und der Offizier erschien persönlich auf der großen von Säulen gestützten Veranda. Das Sonnenlicht fiel durch das Laubwerk und sprenkelte sein fremdartiges Gesicht. Einen Moment stand ich still und studierte seine Erscheinung.

Manche finden die Marsier häßlich, aber das stimmt nicht, auch dann nicht, wenn man irdische Maßstäbe anlegt.

Betrachtet man die langen Beine, die schmalen Arme und Hüften, den mächtigen Brustkasten und die breiten Schultern, so kann man kaum von einer Karikatur des Menschen sprechen. Der Kopf mit seiner haarlosen braunen Haut, mit den vorspringenden Backenknochen, der gewölbten Stirn, dem schmalen Kinn und den langen, spitz zulaufenden Ohren hätte gut von Brancusi modelliert sein können; die kleine flache Nase störte die vollkommene Form keineswegs, und der bewegliche Mund konnte durchaus menschlich wirken, und gewiß waren die großen, goldenen, schräggestellten Augen unter der kleinen graziösen Antenne von berückender Schönheit.

Trotzdem haßte ich ihn, als er plötzlich so unvermutet in seiner abgetragenen schwarzen Uniform mit dem silberbestickten Kragen und dem doppelten Halbmond auf der Brust vor uns stand.

Er wartete teilnahmslos, bis ich zu reden anfing, und betrachtete inzwischen meine staubige Uniform. Die durchscheinenden dritten Lider hatte er über die Augen gezogen, um diese vor der grellen Sonne zu schützen. Dadurch sah er weltentrückt, ja fast blind aus.

Ich raffte meine ganze Würde als Offizier zusammen und sagte betont deutlich: »Mein Name ist Dave Arnfeld, ehemaliger Commander der Raumstreitkräfte der Vereinten Nationen, und mir gehört das Anwesen hier. Darf ich nach dem Grund Ihrer Gegenwart fragen, Sevni?«

Er schaute mich immer noch an. Ich war untersetzt gebaut und besaß verwitterte Gesichtszüge, alles Merkmale, die nach seiner Ansicht bestimmt nicht zu einem Aristokraten paßten. Aber schließlich verbeugte er sich. »Es ist mir eine Ehre«, sagte er. »Im Wohnzimmer hängt ein Bild von Ihnen, und ich war schon gespannt, ob Sie zurückkehren würden.« Er sprach fließend englisch, aber zu korrekt, als daß es natürlich gewirkt hätte. Vannzaru ist eine rauhe Sprache, die Hälfte davon bewegt sich im Ultraschallbereich, wo menschliche Ohren nichts hören. »Darf ich mich vorstellen? Ich bin Sevni Regelin dzu Coruthan, Kommandant des Mars-Archats für diesen Distrikt.«

Sein Gesicht blieb hölzern, aber der Blick seiner Augen ging forschend zu Kit, die dastand und ihn herausfordernd anstarrte.

»Diese junge Dame ist mein Gast«, sagte ich kalt. Ich wollte fortfahren: Und Sie nicht, aber er verstand die Spitze dennoch.

»Bitte treten Sie ein«, sagte er. Mit dem seltsamen gewinnenden Lächeln der Marsier setzte er hinzu: »Oder eigentlich sollte ich besser warten, bis Sie mich einladen.« Dann entließ er den Wachposten mit einem kurzen Befehl.

Wir betraten die kühle und dämmerige Halle. Es war alles so, wie ich es in meiner Erinnerung bewahrt hatte. Gebohnerte Hartholzfußböden, goldfarbene Holztäfelung aus Eiche, poliertes Silberzeug und Gläser. Die alten Bücher und Bilder und die Möbel, es war alles vorhanden. Mir kamen die Tränen. Ich bezwang mich aber und wandte mich an Regelin und forderte von ihm eine Erklärung für seine Anwesenheit. Dabei sprach ich so kalt, daß es schon unverschämt wirkte.

Höflich erklärte er es mir. Der größte Teil der Besatzungstruppen auf der Erde lag in Garnisonen, aber einzelne Offiziere waren darüber hinaus überall als Beobachter verteilt worden, die gleichzeitig noch Verwaltungsbefugnisse besaßen. Ihm selbst unterstand der Distrikt New England. Man hatte ihn und seine Leute – zehn im ganzen – in diesem unbewohnten Haus einquartiert, weil man dadurch niemanden zu belästigen brauchte.

»Ich bedauere sehr, daß das nicht mehr zu ändern ist«, sagte er. »Aber wir werden versuchen, uns möglichst abseits zu halten, und natürlich werden wir Ihnen auch eine angemessene Miete bezahlen.«

»Wirklich sehr freundlich, das muß man sagen«, explodierte Kit. Ihr Haar flog um ihre Schultern, als sie sich nach ihm umdrehte und wütend zu ihm emporstarrte. »Nachdem ihr unsere Häuser zerbomt, unsere Leute umgebracht und den ganzen Planeten verwüstet habt, ist es leicht, höflich zu sein, nicht wahr? Ich glaube gar, Sie bilden sich ein, großzügig zu sein!«

»Kit!« sagte ich. »Kit, bitte!«

»Ich fürchte, die Dame ist überanstrengt«, sagte Regelin. Er wandte mir sein Gesicht zu. »Ich muß Sie warnen, Mr. Arnfeld. Es ist nicht die Absicht des Zentralarchons, uns über Gebühr in die Angelegenheiten der Menschen einzumischen, aber jeder Sabotageakt oder auch nur der Versuch dazu wird schwer bestraft.«

»In Ordnung«, sagte ich. »Ihr habt uns bei den Bremsstäben.«

Etwas wie Sehnsucht huschte über sein Gesicht. »Ich wünschte, wir wären Freunde«, sagte er. »Wir gehören beide den Raumstreitkräften an. Ich war bei der Juno und bei der zweiten Kreisbahn mit dabei, von anderen Gefechten ganz zu schweigen, und ich verlor genauso wie Sie gute Kameraden. Können wir nicht den alten Groll begraben, nun, da der Krieg vorüber ist?«

»Nein«, sagte ich.

»Wie Sie wollen, Mr. Arnfeld.« Er verbeugte sich und verließ mich in aufrechter Haltung.

Die Marsier waren annehmbare Gäste. Sie zogen aus den alten Quartieren aus und belegten den Nordflügel des Hauses, wo sie verschiedene Räume in Büros und Schlafzimmer verwandelten. Die übrigen Teile des Hauses betraten sie nicht, außer zu den Mahlzeiten.

Ein Posten patrouillierte stets am Tor, und noch einer am Nordausgang. Das Stabspersonal fuhr mit kleinen Kurierfahrzeugen ein und aus und überbrachte Meldungen an Regelin, aber sonst wickelte sich alles geräuschlos ab. Oft saßen die Marsier im Garten oder schlenderten durch den Wald, aber wenn man jemanden von ihnen per Zufall traf, sprangen sie auf und verbeugten sich. Wir erwiderten niemals ihren Gruß.

In mancher Beziehung waren sie wirklich ein Gewinn. Sie hatten die Abmachungen mit den Nachbarn wegen der Bestellung meines Landes getroffen, so daß das erledigt war. Sie hatten eine eigene Kraftstation installiert und erzeugten genügend Strom. Dann war von ihnen noch ein älteres Ehepaar namens Hoose als Haushaltshilfe angestellt worden, das in dem Dienstbotenhaus hinter dem Hauptgebäude wohnte. Der gezahlte Mietpreis war großzügig und besserte meine Finanzen beträchtlich auf. Im Grunde genommen hatte ich nichts gegen sie, nur daß sie leider Marsier waren. Die Sieger.

Die Mahlzeiten verliefen recht ungemütlich. Die militärischen Formen schrieben vor, daß Regelin das Speisezimmer benutzen mußte, während seine Untergebenen in der Küche aßen. Nach einigen peinvoll verbrachten Mahlzeiten, bei denen drückende Stille herrschte, trafen wir ein stillschweigendes Übereinkommen. Regelin aß eine Stunde vor Kit, Alice und mir. Danach sahen wir ihn praktisch überhaupt nicht mehr.

Irgendwie taten mir die Marsier leid. Sie waren ihrer Heimat so fern, und die Lebensbedingungen auf der Erde waren für sie kaum erträglich. Das höhere Gewicht, der Luftdruck, die Hitze, Feuchtigkeit, das grelle Sonnenlicht, sogar die aufdringliche Buntheit der Landschaft waren für sie schwer zu ertragen.

»Und trotzdem fällt es ihnen leichter als uns, wenn es umgekehrt wäre«, sagte ich einmal zu Kit.

Sie runzelte ihre klare Stirn, und die Falte, die dabei zwischen den feinen Augenbrauen entstand, fand ich besonders hübsch. »Wieso?« fragte sie.

»Na, ganz einfach. Sie können ohne besondere Vorrichtungen auf der Erde leben, wenn es darauf ankommt«, sagte ich. »Wenn wir uns aber auf dem Mars ohne Raumanzug oder Druckkuppel aufhalten wollten, würden wir sofort ersticken. Außerdem würden wir bestimmt nach Sonnenuntergang in kurzer Zeit erfrieren.«

»Die Marsier atmen überhaupt nicht, nicht wahr?« fragte sie mich.

»O doch«, sagte ich, »aber nicht so wie wir. Die Lungen eines

Marsiers sind von den unseren sehr verschieden. Es sind große schwammige Körperorgane, die den Sauerstoff nicht nur aus der Luft, sondern auch aus Nahrungsmitteln ziehen. Sie schaffen das durch einen symbiotischen Vorgang, mit Hilfe von bestimmten Bakterien. Ihre Körperfunktionen sind sowieso höchst seltsam, allerdings werden sie dasselbe von uns denken.« Ich lehnte mich zurück und griff nach einer Zigarette. Sonnenstrahlen fielen durch das Fenster und ließen Kits Haar aufleuchten. »Sie sind bedeutend zäher als wir, sie ertragen größere Strapazen. Und trotzdem besaßen wir im Krieg einen großen körperlichen Vorteil vor ihnen, wir konnten eine doppelt so große Beschleunigung vertragen wie sie.« Ich dachte nach. »Wenn Admiral Swayne soviel Grips gehabt hätte, diese Tatsache auszunutzen, würden wir die Schlacht beim Planetoiden Troja nicht verloren haben. Und das war die entscheidende Schlacht, ja, man kann wohl sagen, der Wendepunkt des ganzen Krieges.«

»Jetzt ist es zu spät, Dave«, seufzte sie.

Sie widmete den größten Teil ihrer Zeit Alice, der Rest ging für den Haushalt drauf, für Gartenarbeit, Bücherlesen, oder sie hörte stundenlang Musik aus unserer reichhaltigen Bändersammlung. Das Leben verlief ruhig, und Mutter und Tochter blühten dabei auf. Für mich flossen die Stunden träge dahin. Den Nachbarn konnte ich nicht viel helfen, weil ich keinerlei landwirtschaftliche Kenntnisse besaß. Sie versuchten zwar, mir einiges beizubringen, aber meistens hatten sie nicht viel Zeit. Ich unternahm ausgedehnte Spaziergänge, ritt zu Pferde, besuchte alte Freunde und ging ins Dorf oder nach Albany, um mir einen zu genehmigen. Ich versuchte zu schreiben, aber daraus wurde nichts. Worüber sollte man in jenen Tagen schreiben?

Es war pure Langeweile, die mich schließlich dazu trieb, mich mit Regelin zu unterhalten. Ich war vom Haus in den Wald gewandert, wobei ich einem alten ausgetretenen Fußpfad folgte. Hier war es ruhig, nur das Laub raschelte, ab und zu zwitscherten Vögel, und ein Eichhörnchen huschte wie eine rote Flamme einen moosbewachsenen Baumstamm hinauf. Ich dachte bedrückt über viele Dinge nach.

Blicken wir den Tatsachen ins Gesicht, alter Junge, sagte ich mir selbst. Kit bedeutete mir zusehends eine ganze Menge. Nenn es verwandtschaftliche Gefühle, wenn es dir Spaß macht, aber trotzdem ist sie ein anständiges, ehrliches und kluges Mädchen, und es wird sowieso Zeit, daß du irgendwo zur Ruhe kommst. Nur – verdammt – sie schuldet mir zuviel. Bisher hat sie nichts weiter als Freundschaft erkennen lassen. Vermutlich kann sie Jim Hawthorne nicht vergessen. Oder doch? Woher soll ich das wissen? Ich habe zu wenig Frauen bisher gekannt, ich verstehe zu wenig von ihnen. Ich komme mir wie ein weltabgeschiedener Einsiedler vor, der keine Ahnung hat, was in dem Kopf einer Frau vorgehen mag ...

Wenn ich um ihre Hand anhalte, würde sie sicherlich ja sagen, weil sie mir dankbar ist und ihrer Tochter ein Zuhause bieten möchte – aber darauf verzichte ich. Ritterliche Anwandlungen? Zum Teufel, nein, nur männlicher Eigensinn. Aber so bin ich nun mal.

Ich kam zu keinem Ergebnis. Da war es fast eine Erleichterung, als ich um eine Strauchgruppe bog und auf Regelin stieß. Er war allein, groß, schwarz gekleidet und steif, aber sein Gesicht war über einen Busch wilder Rosen gebeugt.

Er drehte sich um, obwohl ich mich leise zurückziehen wollte. Die Marsier besitzen ein äußerst empfindliches Gehör, das in unserer dichten Atmosphäre besonders scharf ist. Ich konnte aus seinen Gesichtszügen nichts entnehmen, aber er lachte rauh und verlegen.

»Wie geht es Ihnen, Mr. Arnfeld«, sagte er. »Es sieht so aus, als ob Sie mich in einer schlechten strategischen Position überrascht hätten.«

Ich lächelte und genoß seine Verlegenheit. »Warum sollten Offiziere nicht an Blumen riechen?« fragte ich.

»Oh, wir haben ganz andere überlieferte Formen«, sagte er rasch. »Sie wissen, daß sich unser Offizierskorps aus den alten Adelsgeschlechtern des Mars rekrutiert, und von deren Mitgliedern erwartet man ästhetisches Gefühl.« Er berührte die zarten Blüten. »Herrlich«, flüsterte er. Dann: »Auf der Erde scheint man mit Männlichkeit die Forderung nach einer gewissen Blindheit diesen Dingen gegenüber zu verbinden.«

Ich lehnte mich gegen einen Baumstamm und schob die Hände in die Hosentaschen. »Ihre Kultur ist älter als unsere«, sagte ich ziemlich brutal. »Manche nannten sie dekadent.«

Er verbeugte sich mit einem eisigen Blick und wollte gehen.

»Nein, warten Sie.« Impulsiv ging ich ihm nach und faßte ihn sogar beim Arm. »Es tut mir leid. Es war in keiner Weise dekadent, wie Sie uns bei Juno besiegten.«

»Vielen Dank für Ihr Wohlwollen«, sagte er. Mit dieser Phrase nahmen die Marsier eine Entschuldigung an.

»Setzen Sie sich doch, wenn Sie es nicht eilig haben«, sagte ich und ließ mich auf einem gestürzten Baumstamm nieder. Nach einem Augenblick folgte er meinem Beispiel. Wir saßen ruhig da, und die Sonne schien durch die Blätter. Schließlich sagte er langsam und ohne mich anzusehen:

»Jawohl, vierzig Jahrtausende geschichtlicher Vergangenheit ist eine lange Zeit. Wir lösten uns aber nie von unserem Planeten, bis ihr kamt. Wir besaßen keinen Sinn fürs Technische und waren noch ein Feudalstaat, als das erste Raumschiff der Erde eintraf. Wir lernten rasch die neue Technik, wir waren gelehrige Schüler, als man uns die Kräfte des Atoms zu entfesseln lehrte. Ihr Ansporn und Beispiel ließen uns zu einem Staat zusammenwachsen, zum Terketh dzu Zenthevu – dem Archat des Mars, wie Sie ihn nennen. Neue Hoffnung und neue Stärke kehrte bei uns ein, und wir wandten unsere Blicke himmelwärts. Die Jüngeren schulten die Älteren. Der Mars verdankt der Erde sehr viel.«

»Aber ihr habt uns vernichtet«, sagte ich. Gerade in diesem Augenblick fühlte ich keinerlei Bitterkeit, es war, als ob wir alte Kameraden wären und Erinnerungen aus längst vergangenen Zeiten austauschten.

»Es war Selbstverteidigung«, sagte er ungewöhnlich leise. »Sie erklärten uns den Krieg.«

»Darüber wollen wir nicht streiten«, sagte ich. »Es wäre eine lange Geschichte. Wachsende wirtschaftliche und militärische Rivalität, säbelrasselnder Imperalismus auf beiden Seiten und steigende Spannungen.«

Regelin schüttelte den Kopf. Das Licht wandelte sich in seiner Iris zu geschmolzenem Gold. »Ich verstehe es einfach nicht«, sagte er. »Ich bin Soldat, kein Botschaftsattaché oder Berufspolitiker. Vielleicht deute ich deshalb wesentliche Tatsachen nicht richtig. Aber warum mußte diese Rivalität entstehen? Warum mußte ein Zwischenfall nach dem andern die angespannten Beziehungen zwischen unseren Planeten verschlechtern? Im Weltraum war doch genug Platz für uns beide?«

»Ich weiß nicht«, sagte ich. »Oft habe ich mich auch darüber gewundert. Natürlich wurde uns gesagt, der Krieg sei eine Folge der marsischen Angriffslust, und Ihnen hat man zweifellos dasselbe über uns erzählt. Nun ist der Propagandateppich so dick, daß wir nie an die echten Tatsachen herankommen werden.«

»Und trotzdem hätte es ein kurzer Krieg sein können«, sagte er, »ein begrenzter Krieg mit begrenzten Zielen, wie sie auf der Erde im fünfzehnten oder achtzehnten Jahrhundert stattfanden.« Ich zuckte zusammen. Ich wußte nicht, daß er sich so sehr mit unserer Geschichte befaßt hatte, und wurde mir bewußt, wie wenig ich über die Geschichte des Mars wußte. »Es hätte nicht zu einer so endlos langen Götterdämmerung ausarten müssen.«

»Schön«, sagte ich. »Das Weltall ist groß. Soweit ich mich erinnere, fand am Anfang immer nur eine Schlacht im Jahre statt.«

»Eine Schlacht hätte den Krieg entscheiden können, wenn jede Seite wirklich verantwortungsbewußte Kommandanten besessen hätte. Es steht mir nicht zu, meine Vorgesetzten zu kritisieren, Mr. Arnfeld, aber Sie werden selbst wissen, wie oft die Chance für einen entscheidenden Sieg leichtfertig aus der Hand gegeben wurde – von beiden Seiten. Wenn wir beispielsweise nach der Schlacht bei Juno nachgestoßen hätten, anstatt nach Hause zu gehen . . .« Seine Hände ballten sich, und seine Stimme wurde scharf. »Zum Donnerwetter! Ich arbeitete damals in der Spionageabteilung. Wir wußten, wir konnten euer drittes Geschwader hinter der Venus erreichen und vernichten. Danach wäre der Krieg praktisch zu Ende gewesen. Aber nein, wir kehrten zum Mars zurück.«

»Nun ja, Sie haben kein Monopol auf haarsträubende Fehler«, sagte ich. »Es kam beinahe zu einer Meuterei, als wir eure Schiffe nach der Schlacht beim zweiten Kreisbogen entkommen ließen, und wenn der Generaladmiral nicht beim Mars den Kopf verloren und sich mit seiner ganzen Streitmacht zurückgezogen hätte, wenn wir das Bombardement fortgesetzt hätten . . .«

»Ihr größter Fehler war die Zerstörung Zuneths«, sagte er ernst. »Bis dahin hätten wir unter sehr milden Bedingungen jeden Friedensvertrag angenommen, selbst nach einem absoluten Sieg unsererseits. Aber als Sie aus unserer größten und ältesten Stadt eine Wüste machten, dem Stolz des gesamten Marsvolkes, nun, danach schrie alles nach Blut. In der anschließenden Sitzung des Archats und des Parlaments wurde beschlossen, die Erde als raumfahrende Nation zu vernichten.«

»Wir hätten das nicht tun sollen«, murmelte ich und machte mir Gedanken darüber, ob er wohl wußte, daß ich dabeigewesen war. »Wenn wir uns schon für Bombenangriffe entschieden, so hätten wir sie konsequent durchführen müssen – aber es war falsch, als erstes damit anzufangen.«

»Und auch dann wären wir noch nicht uferlos in unserer Rache gewesen. Wir hätten uns mit der Entwaffnung und einer Entschädigungszahlung zufriedengegeben, denke ich. Aber eure Flottenführer und Politiker waren zu leichtsinnig. Als wir schließlich bis zum Mond durchbrachen und ihn besetzten, hätten sie wissen müssen, daß der Krieg verloren war. Damals hätten sie auf der Stelle kapitulieren müssen. Aber nein, sie brachten es fertig, die Tatsache vor einem Volk geheimzuhalten, das andernfalls Revolution gemacht hätte. Sie riefen die übrigen Flottenreste zurück und befahlen ihnen, sich zum Kampf zu stellen. Danach hatten wir keine Wahl mehr. Wir besetzten die UN-Raketenstützpunkte und vernichteten alles. Und jetzt ist die Stimmung auf dem Mars so schlecht, daß man der Erde nie wieder eine Chance geben wird.«

»Ich verstehe«, sagte ich.

»Ein Viertel unserer gesamten Bevölkerung ist tot«, sagte er düster. »Unsere Wirtschaft ist als Folge der Kriegsanstrengungen bis in die Grundfesten erschüttert und stöhnt unter den Steuerlasten. Die Bevölkerung ist verarmt, die Entwicklung um Jahrzehnte zurückgeworfen. Wir brauchen hundert Jahre, um uns restlos zu erholen. Das ist ein teurer Sieg!«

Danach saßen wir noch lange da, ohne uns zu unterhalten. Wir dachten sicher das gleiche. Es scheint, als ob Mars und Erde von demselben bösen Geist besessen wären, als ob eine unbekannte Macht unsere beiden unglücklichen Völker gegeneinander gehetzt hätte, gegen alle Vernunft und alle gute Einsicht. Der Krieg war absolut unnötig gewesen, er brachte nur Verluste für alle. Aber wir mußten es vergessen. Es war unsere eigene Dummheit. Jede andere Mutmaßung war Wahnsinn!

»Wie lange werden Sie hierbleiben, Sevni?« fragte ich schließlich.

»Auf der Erde? Ich weiß nicht. Ich fürchte, mehrere Jahre. Es ist eine langwierige Aufgabe, auf Ihrem Planeten wieder geordnete Verhältnisse herbeizuführen.« Regelin lächelte gezwungen. »Ihr, die Geschlagenen, seid daheim. Ihr könnt euer Leben von neuem beginnen und frei schalten und walten. Wir, die Sieger, sind an einen fremden Planeten gekettet, den wir nicht lieben können. Ein seltsamer Krieg, ein seltsamer Sieg!«

»Sie könnten doch Ihre Familie herkommen lassen«, schlug ich vor.

»O nein, das möchte ich ihnen nicht zumuten. Sie sollen wie bisher weiter in dem alten Schloß am purpurnen Golf wohnen.

Sie sollen auch in Zukunft die kühle klare Luft atmen und sich an unseren dornigen Blumen erfreuen und abends die Kristallglokken über die großen Ebenen aus rotem Sand läuten hören, wenn die Sonne versinkt.«

Ich konnte seine grimmige und öde Heimat nicht anziehend finden, aber ich nickte.

Er kramte in den Taschen seiner Uniform. »Hier, ich will Ihnen was zeigen«, sagte er. »Ich besitze eine Fotografie; meine Frau und meine drei Kinder...«

Die marsischen Frauen sehen weniger menschenähnlich aus als ihre Männer, aber ich heuchelte Bewunderung.

»Das ist eine sehr attraktive junge Dame, die mit Ihnen gekommen ist«, sagte er dann schüchtern.

»Sie gehört nicht zu mir«, sagte ich und stand auf. »Ich gehe zum Haus zurück.«

Wir gingen langsam den Pfad zurück und unterhielten uns dabei. Regelin liebte klassische Musik, hatte aber Hemmungen, die Konzerte in Albany zu besuchen oder meine Tonbänder zu benutzen. »Bedienen Sie sich«, bot ich ihm an. »Leihen Sie so viele aus, wie Sie wollen.«

»Sie sind sehr liebenswürdig, Commander«, sagte er.

Ich wußte, daß es für mich eine große Ehre war, wenn er mich mit meinem alten Dienstgrad ansprach. Der Ehrenkodex der Marsier ist in diesen Dingen sehr genau und macht feine Unterschiede.

»Ich bedaure«, fuhr er fort, »daß Sie nicht den vollen Tonumfang unserer Musik hören können. Aber ich habe in meiner Freizeit einige Musikstücke in Ihren Hörbereich transportiert, und vielleicht interessiert es Sie...«

»Sicherlich«, sagte ich. »Drinnen steht ein Klavier, und ich war früher auch ganz gut auf der Geige. Versuchen wir es gelegentlich einmal.«

Die Unterhaltung ging auf ein anderes Thema über, wie das halt so geschieht. Ich war überrascht, wieviel er von unserer Literatur kannte. Vieles davon verwirrte ihn, aber er versuchte wirklich, sich in die menschliche Denkungsweise hineinzuversetzen. Ich empfahl ihm einige Bücher, und er nannte mir die besten Übersetzungen der marsischen klassischen Literatur ins Englische und Portugiesische.

Wir traten Seite an Seite auf den Rasen hinaus. Kit spielte auf dem Gras mit Alice, und ich erfreute mich an dem Spiel von Licht und Schatten auf ihrem geschmeidigen Körper.

Sie schaute auf und erblickte uns. Regelin verbeugte sich, aber sie wandte sich zu mir, und in ihren Augen war ein Ausdruck, wie ich ihn nie zuvor bei ihr gesehen habe. »Was bedeutet das?« fragte sie, und ihre Stimme klang scharf.

»Warum?« stotterte ich. »Wir haben uns bloß unterhalten. Sevni Regelin und ich. Er . . .«

»Ich verstehe.« Sie zerbiß jedes Wort. »Ich verstehe. Schön, Mr. Arnfeld, wir werden das Haus morgen verlassen. Vielen Dank für Ihre Gastfreundschaft.«

»He, was ist denn?« Ich langte nach ihrem Arm. Sie schüttelte mich mit einer wütenden Geste ab. »Kit! Kit, du kannst doch nicht . . .«

Ihre Lippen bebten, und ich sah, wie Tränen hervortraten. »Laß mich allein«, sagte sie.

Regelin stand reglos wie eine schwarze Stahlsäule, sein langer Schatten bedeckte uns. Als ich in sein Gesicht schaute, sah ich, daß es ohne jeden Ausdruck war.

»Mr. Arnfeld, ich bedauere sehr, daß ich Sie belästigt habe, aber meine Pflichten zwangen mich dazu. Wegen des Berichts brauchen Sie sich keine Sorgen zu machen. Er betrifft Sie in keiner Weise. Sicherlich brauche ich Sie kein zweites Mal zu bemühen.«

Er verbeugte sich und ging mit weitausgreifenden Schritten davon, an der salutierenden Wache vorbei und in sein Arbeitszimmer. Ich sah ihn mehrere Tage überhaupt nicht.

Kit wischte sich nach einer Weile die Tränen ab, entschuldigte sich und ging mit mir ins Haus zurück. In jener Nacht ging ich ins Dorf und betrank mich.

4

Es gibt im Leben leider nicht immer untrügliche Anzeichen, die vor einschneidenden Ereignissen warnen. Die Kette der unglücklichen Verwicklungen, die hier endet, wo ich tatenlos herumsitzen muß, begann mit einer Eröffnung Regelins einige Wochen nach unserer Unterhaltung. Er teilte uns mit, daß wir Besuch bekommen würden. Er drückte sich mit jener übertriebenen steifen Höflichkeit aus, die sich bei den Marsiern eingebürgert hat, und dabei wurden seine Augen von den dritten Lidern verdeckt.

»Wir werden morgen zwei Besucher bekommen, die drei oder vier Tage hierbleiben. Es sind Dzuga ay Zamudring, Inspekteur des nordamerikanischen Kontinents, und ein terrestrischer Verbindungsoffizier. Da unser Flügel belegt ist und Sie ein leeres Schlafzimmer haben, muß ich Sie ersuchen, ihnen das Zimmer anzubieten.«

»Das ist nicht vereinbart«, sagte ich genauso steif wie er.

»Sie werden eine angemessene Bezahlung dafür erhalten. Ich würde es gern auf der Basis einer Bitte erledigen, Mr. Arnfeld.«

Nun, dagegen war nichts zu machen. Falls ich mich weigerte, hätte er mir höchstens den Befehl gegeben, die Fremden aufzunehmen, und das hätte die dünnen Bande zwischen uns bis hart an die Grenze ihrer Belastbarkeit beansprucht. Deshalb gab ich meine Genehmigung mit größtmöglicher Würde und ging, um Kit zu suchen. Im ersten Stock unseres Flügels befanden sich drei Schlafzimmer: Meins, das ihre und ein leeres am Ende des Ganges. Sie zog ein Gesicht. »Neben mir?« fragte sie. »Zur Not kann ich einen Marsier ertragen, aber einen Verräter unseres eigenen Volkes . . .?«

»Einige von uns müssen mit ihnen zusammenarbeiten, wenn wir uns noch einen Rest von Selbständigkeit bewahren wollen«, sagte ich müde. »Ich werde mit dir das Zimmer tauschen, wenn du willst.«

»Hm, schön.« Sie strich sich gedankenvoll über das Kinn. »Was sind das überhaupt für Leute?«

»Ein Inspektionsteam, das die Distrikte des nordamerikanischen Kontinents inspiziert. Hochgestellte Persönlichkeiten.«

»Ich werde es ertragen.« Ihre Stimme war weit weg. »Wir brauchen nicht zu tauschen.« Auf einmal schien sie zu einem Entschluß gekommen zu sein. Sie lachte brüchig auf. »Tust du mir einen Gefallen, Dave?«

»Sicher«, sagte ich. »Alles, was du willst, Kit.«

Wir hatten verschiedene Familienandenken aufbewahrt, und es stellte sich heraus, daß sie ein altes Hörrohr aus dem neunzehnten Jahrhundert ausleihen wollte, um damit Alice eine Freude zu bereiten. Ich erlaubte ihr das selbstverständlich, und sie lachte wirklich erfreut und küßte mich. Ich mußte mir alle Mühe geben, um den Kuß nur brüderlich zu erwidern.

An jenem Abend vermißte ich den Schlauch für die Brause. Ich fluchte, weil man so was nicht ersetzen konnte, und rief Mrs. Hoose, die den Schlauch suchen sollte. Sie behauptete, keine Ahnung zu haben, wieso er fehlte, und begann, ihn schimpfend zu suchen, jedoch ohne Erfolg. Bald hatte ich die unwichtige Angelegenheit vergessen.

Der Inspekteur kam am nächsten Nachmittag an. Mit einem schweren Tourenwagen brauste er die Auffahrt zum Haus empor, wobei ihn eine Gruppe von Wachsoldaten auf Motorrädern begleitete. Sie trugen einen leichten Körperpanzer und hatten ihre Waffen schußbereit zur Hand. Sicher wurden sie oft aus dem Hinterhalt beschossen. Die Wachen wurden auf den Hinterhof beordert und schlugen dort ihr Lager auf, während der Inspekteur, ein großer, verrunzelter Marsier, der unter der Last seines Alters zu leiden schien, und sein terrestrischer Begleiter, ein plumper gedrungener Mensch mit kahlem Kopf, der Hale hieß, von Regelin im Wohnzimmer empfangen wurde. Kit und ich wurden aufgefordert, mit dabei zu sein, und ich war sprachlos, als Kit ihren ganzen Charme spielen ließ. Sie lächelte, lachte sogar laut und verlangte unaufhörlich zu trinken. Was hat sie nur vor? dachte ich besorgt.

Hale bot Zigaretten an, die ich seit Monaten nicht gesehen hatte, und hob sein Glas. »Ich bin glücklich, daß ich hier gastfreundliche Menschen vorgefunden habe«, sagte er, »und die noch dazu vernünftig sind.« Seine Stimme war laut und paßte nicht in die ruhige Vornehmheit des Raumes. Vor langer Zeit hatte sich Thomas Jefferson in diesem Raum aufgehalten, und die aristokratische Würde war noch darin zu spüren. Ich nickte, blickte kühl drein, aber Kit nahm seine Worte begeistert auf.

»Es war ein grausamer Krieg«, sagte Hale, »aber nun ist er Gott sei Dank vorüber, und wir müssen mit dem Aufbau beginnen.« Er blickte mich an. »Vielleicht hätten Sie Lust, Mr. Arnfeld, eine ähnliche Tätigkeit wie meine auszuüben. Wir brauchen dringend terrestrische Verbindungsleute, die den Kontakt zwischen dem Hauptquartier der Besatzungsmacht und den Erdbewohnern herstellen.« Meine Miene ließ ihn verstummen, und er wandte sich an Kit.

»Miss – äh – Mrs. Hawthorne, vielleicht möchten Sie ...«

»Ich fürchte, nein«, antwortete sie. »Ich muß mich um meine Tochter kümmern. Aber die Arbeit muß sicher sehr interessant sein.«

Hale strahlte. Er erzählte zwei farblose Anekdoten, die die Marsier sichtlich langweilten, obwohl sie höflich lächelten. Dzuga sagte fast gar nichts, und Regelin war auch sehr einsilbig. Hale und Kit bestritten mehr oder weniger die ganze Unterhaltung, auch während des Abendessens, das sich anschloß. Ich schnappte soviel auf, daß Dzuga das Haus für die nächsten Tage als Quartier benutzen wollte, um von hier aus Kontrollfahrten in die Umgebung zu unternehmen. Ich war froh, als es Zeit wurde, zu Bett zu gehen und wir ihnen ihr Zimmer zeigen konnten. Das überließ ich Kit, denn das Zimmer hatten früher meine Eltern bewohnt.

Anschließend traf sie mich in der Halle, und ich bemerkte, daß sie aufgeregt und rot war. »Er hat mich gekniffen«, flüsterte sie aufgebracht.

»Immerhin hast du das herausgefordert, meine Liebe«, sagte ich.

Sie warf mir einen seltsamen Blick zu. »Sie haben ihre Tür abgeschlossen«, sagte sie, »aber man kann sie reden hören.«

Ich blieb vor der Tür der Fremden stehen und lauschte. Man konnte undeutliches Gemurmel vernehmen, aber ich verstand kein einziges Wort.

Zwei Stunden später saß ich in meinem Zimmer und versuchte zu lesen. Bis auf den engen Lichtkreis der Lampe war es dunkel im Raum. Die warme Sommerluft strich durch das Fenster und bewegte die Vorhänge. Ich vertiefte mich in Housman – ein hellsichtiger Poet für die heutige Zeit – und merkte nicht, als sich die Tür öffnete. Sie war an meiner Seite, bevor ich es überhaupt merkte.

»Dave«, sagte sie.

Ich schaute überrascht auf. Das Lampenlicht hob ihre Figur gegen die umgebende Schwärze ab – Schatten und schimmerndes Gefunkel. Sie trug einen leichten Morgenmantel über ihrem Pyjama. Mein Herz begann hämmernd zu schlagen.

»Ja?« fragte ich.

»Komm mit, Dave.« Ihre Stimme klang eigentümlich erregt und gespannt, und ihre Augen blickten entsetzt. »Ich möchte, daß du dir was anhörst.«

»Hm?« Ich stand auf und dachte dabei mehr an ihr langes goldenes Haar, das bis zu den Schultern herabfiel, als an sonst was. »Was ist los?«

Sie ergriff mit nervösen Fingern meinen Arm. »Ich habe sie belauscht. Mit dem Hörrohr. Ich wollte das die ganzen Tage über machen, nur aus Bosheit. Ich dachte mir nichts Besonderes dabei.«

Ich runzelte die Stirn. »Das könnte ein sehr gefährlicher Zeitvertreib werden, Kit.«

»Willst du nicht wenigstens selbst lauschen?« Sie stampfte mit dem Fuß auf, und ihre Stimme klang plötzlich wild und grimmig. »Sie unterhalten sich in dem Zimmer, und es ist keine Sprache, die ich je gehört habe. Kein Englisch oder Portugiesisch oder sonst was!«

»Dann sprechen sie eben Marsisch«, sagte ich und zuckte mit den Schultern. »Was ist dabei?«

»Verdammt, Dave«, rief sie unterdrückt. »Ich war doch im sprachwissenschaftlichen Institut!« Sie senkte ihre Stimme noch mehr. »In Sprachen bin ich sehr beschlagen. Ich kenne fast alle Dialekte der Erde, wenn auch nicht vollständig, und ebenso Vaanzaru und drei andere marsische Dialekte. Den Rest kann ich zumindest einordnen. Die Sprache der beiden gehört nicht dazu! Sie ist überhaupt nicht mit einer davon auch nur entfernt verwandt!«

Sie ergriff meine Hand und zog mich zur Tür. Ich folgte ihr, wobei ich über das Gehörte nachdachte. »Vielleicht eine künstliche Sprache wie Esperanto«, murrte ich.

Wir betraten ihr Zimmer. Alice schlief in einem Kinderbett und wimmerte ab und zu im Schlaf. Was mochte das Kind jetzt träumen? dachte ich einen Augenblick. Kit nahm das Hörrohr von ihrem Bett. Sie hatte es an einen alten Besenstil gebunden und den Brauseschlauch über das verjüngte Ende geschoben. »Hier«, flüsterte sie, und feine Schweißperlen erschienen auf ihrer Stirn. »Hör selbst!«

Ich faßte einen Entschluß. Ich ging zum Fenster, und mit der rechten Hand schob ich den Besenstiel hinaus, bis das Hörrohr unmittelbar unter dem nächsten Fenster war. Mit der Linken steckte ich mir das andere Ende des Schlauches ins Ohr. Ich lauschte ...

»Tahowwa shab-hu gameel weijhak.«

»Shakheer! Kesshub umshash woteeha.«

Ich merkte, wie es mir kalt über den Rücken kroch, und stieß einen unterdrückten Fluch aus. Nicht nur waren mir die Silben und Wortfetzen völlig fremd, nein, auch der Rhythmus, das Gurgeln und der langsam an- und abschwellende Tonfall waren mir restlos neu. Ich bezweifelte, ob diese Laute überhaupt in einer terrestrischen oder marsischen Kehle gebildet werden konnten.

Und keinesfalls waren das die Stimmen von Robert Hale und Dzuga ay Zamudring!

Ganz langsam zog ich das Hörrohr wieder herein. Meine

Hände zitterten. Kit und ich schauten uns lange Zeit stumm an.

»Wer ist das?« keuchte sie schließlich. »Was ist das?«

Alice stöhnte im Schlaf. Die alte Großvateruhr tickte in der Stille.

»Ich weiß nicht«, flüsterte ich. Sie kam nahe heran, und ich drückte sie an meine Brust. Sie zitterte so heftig, daß ihre Zähne klapperten.

»Wir müssen es herausfinden«, preßte sie zwischen kalten Lippen hervor.

»Aber wie?« Ich stand da und hielt sie fest und zerbrach mir den Kopf, der wie vernagelt war. »Wir können Regelin nicht davon in Kenntnis setzen. Du weißt, wie er reagieren würde, und sonst gibt es niemanden.«

»Wir können es beweisen.« Ihr Ton wurde heftig. »Wir können die Marsier überzeugen . . .«

»Woher weißt du, daß es nicht eine geheime Aktion von ihnen selbst ist?« fragte ich herausfordernd. »Es muß so sein.«

»Wir müssen das genau wissen«, murmelte sie. »Wenn ich daran denke, daß Alice hier schläft und jene – Kreaturen – im nächsten Zimmer . . .«

Ich küßte sie ungestüm und fest, und sie klammerte sich erneut schutzsuchend an mich. »Wir können nichts unternehmen«, sagte ich. »Wir sind hilflos. Ich werde aber heute nacht hierbleiben.«

»Dave . . .«

Ich ging in mein Zimmer, holte die Automatik und kehrte wieder zu ihr zurück. Wir schlossen die Tür ab, und ich setzte mich auf den Bettrand und hielt ihre Hand, bis sie in unruhigen Schlaf fiel. Diese Stimmen hatten auch mich nervös gemacht, und ich dachte jetzt an nichts weiter als an unsere Verteidigung. Die ganze Nacht saß ich dann im Stuhl, manchmal nickte ich ein, um jedoch bald mit einem Ruck wieder hochzufahren. Gegen Mitternacht erlosch das gelbe Viereck auf dem Rasen, das ihre Zimmerlampe dorthin geworfen hatte; die Fremden hatten das Licht ausgeknipst. Ich grübelte, ob sie schliefen.

Die Morgendämmerung kroch grau und kalt über weite leere Felder. Ich wartete, bis ich Hale und Dzuga hinuntergehen hörte. Dann erst wagte ich mich hinaus. Kit räkelte sich und blickte mich mit umschatteten Augen an. Ich beugte mich über sie und küßte ihre Wange. »Sie sind hinuntergegangen, Liebling«, sagte ich. »Schlaf ruhig weiter.«

Sie lächelte verschlafen und drehte sich auf die andere Seite.

Ich wusch und rasierte mich und ging auch hinunter. Hale und Dzuga waren noch beim Frühstück. Der – Mensch – grüßte mich mit einem Augenzwinkern. »Guten Morgen, Mr. Arnfeld«, sagte er fröhlich. »Sie sehen müde aus.«

Ich trank den aufgebrühten Ersatzkaffee, den mir Mrs. Hoose einschenkte.

»Ich bemerkte heute nacht, daß Ihre Schlafzimmertür offenstand, und daß das Bett nicht benutzt war«, fuhr Hale fort. Er blinzelte mich wieder an.

»Mr. Hale, ich muß doch bitten«, sagte Dzuga mit beleidigter Würde.

Ich schaute die beiden an. Sie wirkten so echt, der große dicke Mensch und der hagere stolze Marsier. Jede Einzelheit stimmte, die Wölbung der Wangenknochen, das Glitzern der Augen, die Kleidung, die Stimme, die Manieren. Ich überlegte, ob die Ereignisse der Nacht nicht bloß Hirngespinste waren.

Nein – da gab es keinen Zweifel. Mein Kopf war immer noch hohl vor Müdigkeit, das geborgte Hörrohr lag in Kits Zimmer, und Hale war es nicht entgangen, daß ich nicht in meinem Zimmer geschlafen hatte.

»Wir werden den ganzen Tag abwesend sein, Mr. Arnfeld«, sagte Dzuga. »Wir müssen unser Zimmer abschließen, und es darf unter keinen Umständen geöffnet werden. Andernfalls müssen Sie sich auf ein Kriegsgerichtsverfahren wegen Spionage gefaßt machen. Wir bewahren wichtige Dokumente darin auf.«

»Selbstverständlich«, antwortete ich dumpf.

Ich ging auf die Wiese und räkelte mich im ersten Morgensonnenschein. Kit kam heraus. Sie setzte sich zu mir und nahm meine Hand.

»Dave«, sagte sie. »Wir müssen nebenan einbrechen.«

»Um als Spione erschossen zu werden?« fragte ich. »Sei nicht töricht. Es handelt sich um irgendein marsisches Staatsgeheimnis. Vergiß das Ganze. Wir werden heute abend die Zimmer tauschen.«

Sie lächelte und fuhr mir durchs Haar. »Du bist ein netter altmodischer Gentleman, Dave«, sagte sie. »Fast wie ein richtiger Marsier.«

»Dieser Raum darf unter keinen Umständen betreten werden«, sagte ich. »Kapiert?«

Sie schlug die Augen nieder. »Ja, Herr«, sagte sie mit gespielter Demut.

Ich machte mir über sie Gedanken. Wir waren beide kämpferisch veranlagt, aber mein Kampfgeist gehörte zur sorgfältig planenden Sorte. Der Krieg war für mich ein Rechenexempel; sie dagegen war impulsiv und draufgängerisch und manchmal sehr unüberlegt. Das Entsetzen der Nacht hatte sie wie ein Kleid abgelegt. Bis zum Mittagessen beherrschte sie sich. Danach überkam mich unüberwindliche Müdigkeit, und ich zog mich zurück, um ein Nickerchen zu machen.

Ich wurde unsanft in die Wirklichkeit zurückgerufen und setzte mich schlaftrunken auf. Die Sonne stand schon tief, ich mußte stundenlang geschlafen haben. Ein Blick auf Kits weißes Gesicht ließ mich mit einem Schwung aus dem Bett fahren.

»Du hast es doch nicht etwa getan!« sagte ich beschwörend.

»Doch!« nickte sie. »Ich mußte. Niemand ist in der Nähe. Komm schnell mit, das mußt du gesehen haben.«

Ich schlüpfte in meinen Morgenmantel und folgte ihr. Mein Mund war trocken, und der Schweiß brannte auf meinem Körper. Aber jetzt war es zu spät. Ich konnte lediglich versuchen, den Schaden zu beheben.

Ein Dietrich aus dem »Hausmuseum« hatte das altertümliche Schloß rasch geöffnet. Der Raum sah ganz normal aus. Die Betten waren ordentlich gemacht, und nichts lag herum. Aber ein marsischer Schrankkoffer stand auf dem Fußboden, und Kit öffnete ihn. Ich sah einige Kleidungsstücke, und mir erschien alles höchst harmlos.

»Sie haben keinen Rasierapparat«, sagte sie mit atemloser Stimme.

Ich dachte an Hales schwarz-bläuliche Kinnpartie. »Vielleicht hat er ihn liegengelassen«, sagte ich. »Oder er trägt ihn bei sich, oder . . .«

Sie öffnete das oberste Schrankfach unterhalb des Deckels. Es war mit Schriftstücken vollgestopft. Ich nahm einen Stoß davon heraus und überflog ihn. Dabei achtete ich auf die Anordnung der einzelnen Schriftstücke, damit ich alles wieder an den richtigen Platz legen konnte.

Listen, Notizen, Karten – aber die Handschrift stammte weder von der Erde noch vom Mars, das sah ich sofort. Zitternd legte ich das Papierbündel wieder an seinen Platz und hob die darunterliegenden Kleider auf.

Am Boden des Koffers lagen zwei – Pistolen? Ich wußte es nicht. Es waren massive klobige Waffen aus blauem Stahl, auf denen ein fremdländisch aussehendes Symbol glänzte, und sie lagen nicht besonders gut in meiner Hand. Auch in Marshände paßten sie nicht.

»Was ist das nur?« fragte sie, heftig atmend.

»Das hier? Waffen, nehme ich an.« Ich legte sie zurück.

»Nein, sie – die Fremden?«

»Ich weiß nicht.« Ich schüttelte langsam den Kopf. »Besitzen die Marsier interplanetarische Verbündete?«

»Verbündete, die die Marsier peinlich genau kopieren, und uns Menschen auch?« hielt sie mir erregt entgegen.

»Komm, wir müssen hier raus«, sagte ich.

Wir legten alles wieder an Ort und Stelle, schlossen den Koffer und die Zimmertür hinter uns. Ich zog mich rasch an, und dann gingen wir in das Wohnzimmer, um den Dietrich an seinen Platz zu legen.

Regelin wartete auf uns. Einer seiner Wachtposten stand mit dem Karabiner im Anschlag hinter ihm. »Wo sind Sie gewesen?« fragte er sehr sanft.

Ich beherrschte Gesicht und Stimme, so gut es ging. »Oben«, entgegnete ich. »Ich habe geschlafen.«

»Ich dachte schon ...« Er schaute auf meine Hand. »Das ist der Dietrich aus Ihrem Hausmuseum, nicht wahr?« Seine Stimme klang wie der Schlag einer Peitsche.

»Ich ...«

»Wir bekamen mein Zimmer nicht auf«, sagte Kit.

»Sie sind im Gästezimmer gewesen. Dort haben Sie spioniert.« Es war keine Frage, sondern eine Feststellung.

Da brach etwas in mir zusammen. Ich war für diese Arbeit nicht geeignet, und jetzt hatte ich alles versaut und las den Tod in seinen Augen. Ich stand einfach da und sagte gar nichts.

»Ja, das stimmt«, schrie Kit. »Und ich will Ihnen auch sagen, was wir gefunden haben.«

»Ich bin an Geschwätz nicht interessiert«, sagte Regelin mit eisiger und unheilschwangerer Stimme. »Sie stehen unter Arrest.«

»Sie müssen mich anhören!« schrie sie laut. »Es betrifft den Mars auch, hören Sie. Diese Wesen sind keine Menschen oder Marsier!« Sie berichtete unsere Erlebnisse in einem sich überstürzenden Schwall von Worten.

Ich konnte nichts in seinem Gesicht lesen. Er sagte kurz: »Mein Eid verpflichtet mich, meinen Vorgesetzten zu gehorchen. Ich werde diesen Vorfall melden müssen, aber um Milde bitten.«

»Sie Narr!« tobte sie. »Sie Idiot!«

Regelin wandte sich der Wache zu. »Zurdeth agri. Abführen.«

Wir wurden in Kits Zimmer eingeschlossen. Sie brach in Tränen aus und preßte Alice an sich. Ich sah zum Fenster hinaus.

»Es tut mir leid«, sagte sie schließlich; »ich habe dich ins Unglück gestürzt.«

»Mach dir nichts draus«, sagte ich. »Ich bin froh darüber.« Das war zwar eine Lüge, aber es war eine Freude, zu sehen, wie sie das erleichterte. – Man hatte eine Wache unter unserem Fenster aufgestellt, und eine befand sich auf dem Gang, also war nicht an Flucht zu denken. Wir saßen da und hielten uns die Hände, während die Dunkelheit immer dichter wurde. Es war gegen zehn Uhr, als sich die Tür öffnete und Regelins Adjutant uns barsch zum Mitkommen aufforderte. Wir begaben uns, von zwei Wachposten begleitet, ins Erdgeschoß.

Hale und Dzuga saßen im Wohnzimmer. Regelin lehnte am Fenster, die vier anderen Marsier standen in strammer Haltung an der Wand. Warmes Lampenlicht erfüllte den Raum, und es war sehr still.

Dzuga wandte sich schließlich mir zu. Sein Gesicht zeigte keine Gemütsbewegung, und seine Stimme klang alt und müde. »Sevni Regelin meldete mir eine unangenehme Geschichte«, sagte er.

»Das hätten Sie nicht tun sollen.« Hale schüttelte den Kopf, und das Lampenlicht spiegelte sich in seiner Glatze. »Es steht schlecht um Sie.«

»Nach dem Besatzungsrecht müssen Sie ohne Gerichtsurteil erschossen werden«, sagte Dzuga. »Wir werden Sie morgen mit zum Hauptquartier nehmen. Vielleicht läßt man Milde walten, aber ich bezweifle das.«

»Nein.« Kits Stimme klang leise und verängstigt. »Wir werden niemals dort lebend ankommen. Das können Sie nicht riskieren. Man wird uns tot im Straßengraben auflesen.«

»Mrs. Hawthorne, bitte . . .« sagte Regelin.

»Und Sie auch«, sagte sie zu ihm. »Wir haben Ihnen erzählt, was wir gefunden haben. Sie ereilt das gleiche Schicksal. Sie begleiten uns doch, nicht wahr?«

»Man hat mir befohlen, Sie zu begleiten und als Zeuge auszusagen«, sagte er.

»Dazu wird es nie kommen«, antwortete sie.

»Ihre Vermutungen sind zu phantastisch«, sagte Dzuga. »Nur weil wir es für richtig halten, einen Geheimcode für unsere Aufzeichnungen zu benutzen und außerdem einige neue Waffenmodelle bei uns führen, die sich noch im Versuchsstadium befinden, folgern Sie, daß . . .« Er winkte mit einer Hand und gab einen Befehl in Vannzaru. »Hinauf mit ihnen. Schließt sie bis morgen ein.« – Ich schwankte ein bißchen hin und her, und aus schierer Verzweiflung sagte ich spöttisch: »Ihre gute Erziehung läßt sie im Stich, Inspektor. Kein marsischer Aristokrat würde einen Gefangenen hungrig schlafen schicken, wenn es nicht unbedingt notwendig ist.«

»Das vergaßen wir«, sagte Hale rasch. »Wir werden Ihnen die Mahlzeit hinaufschicken.«

Eine große Ruhe überkam mich. Schön, ich hatte Entschlüsse gefaßt und eine verrückte Theorie aufgebaut, aber . . .

Was hatten wir weiter zu verlieren?

Ich maß die Entfernung mit einem schnellen Blick. Vier bewaffnete Marsier standen an der gegenüberliegenden Wand, aber sie verstanden kein Englisch und wußten nicht, was vor sich ging. Sie waren nicht auf Schwierigkeiten vorbereitet. Eine Stehlampe stand einen Meter vor mir, und hinter ihr in etwa gleicher Entfernung saß Dzuga. Links führten Terrassentüren ins Freie, wo der Rasen im Dunkeln lag. Ein Raumfahrer faßt schnelle Entschlüsse.

Ich machte einen Schritt auf Dzuga zu. Ich stöhnte und war gleichzeitig auf Regelins Reaktion wegen meines merkwürdigen Verhaltens gespannt: »Sir«, bettelte ich, »wir haben schlecht gehandelt. Wir waren nervös und bildeten uns Unsinn ein . . .«

»Das genügt«, schnappte Dzuga.

Meine Hände schlossen sich um die Stehlampe, und ich stieß sie mit einem Ruck nach vorn, genau gegen seinen Kopf. Mit einem blendenden Blitz zerplatzte die Birne, und dann hüllte uns undurchdringliches Dunkel ein. »Die Türen, Kit!« brüllte ich. »Die Türen!«

Ich schnellte zur Seite und rannte in eine Gestalt. Regelin. Meine Faust fuhr in seinen Bauch, und ich hörte ihn stöhnen. Er schlang seine Arme um mich und zog mich nieder.

»Schnell raus, Kit!« schrie ich gellend. »Schnell raus!«

Zwei Stablampen blitzten in den Händen der Wachen auf, die auf uns zusprangen. Ihr Licht enthüllte das Entsetzliche. Dzuga war kein Marsier.

Er war überhaupt nichts!

5

Er hing halb bewußtlos in seinem Sessel und stöhnte in Lauten, die weder menschlich noch marsisch waren. Mit einem kurzen Seitenblick bemerkte ich, daß seine schwarze Uniform sich über seinem plötzlich kurz und dick gewordenen Körper spannte, dessen Haut bleich und schwabbelig war. Der Kopf endete in einen Rüssel, das Kinn fehlte, ein fleischiger Schopf wölbte sich über dem Ganzen – ein tierisches Wesen. Die berstende Birne hatte das Gesicht getroffen, und die großen farblosen Augen blickten ins Leere.

Dann fiel der Lichtstrahl auf mich. Ich kämpfte immer noch mit Regelin. Eine marsische barsche Stimme rief einen Befehl, den ich noch vom Krieg her kannte. Es war zu spät. Ich konnte nicht mehr fliehen. Langsam trennten wir uns, und ich hob die Hände.

Jemand schaltete die Deckenlampe an. Meine Augen wanderten zu Kit, die von einem Marsier festgehalten wurde und mit Beißen und Kratzen aufgehört hatte. Ihr Gesicht war wild verzerrt und ihr goldenes Haar zerzaust. Sie atmete keuchend. Unsere Lage war hoffnungslos. Aber ...

Wir schauten zu dem Wesen hinüber, das sich im Sessel wand und unartikuliert wimmerte. Ein Soldat fluchte, und ein anderer bekreuzigte sich mit dem doppelten Halbmond. Sonst hörte man nur unseren Atem und den Wind, der draußen ums Haus wehte.

Hale stand auf, ein stämmiger, untersetzter Mann mit einem kleinen Spitzbauch, der plötzlich eine eiserne Ruhe ausströmte. »Das ist sehr unangenehm«, sagte er. »Sie haben ein Staatsgeheimnis erfahren.«

Die Tür zum marsischen Flügel öffnete sich langsam. Die Leute hatten den Krach gehört und wollten sehen, was los war. Hale zischte einen Befehl in Vannzaru, und die Tür schloß sich wieder, bevor sie sehen konnten, was sich hier abspielte.

»Und Sie sind auch einer von denen«, sagte ich.

Er nickte. »Ganz augenscheinlich.« Mit einem stählernen Lächeln fügte er hinzu: »Wir sind ein Versuchsmodell. Etwas aus den marsischen Laboratorien.«

Regelins hagere Hand ruhte auf seiner Handwaffe. »Tun Sie das nicht«, sagte Hale. »Ich bin Ihr Vorgesetzter.«

Der Sevni stand stramm.

Meine Gedanken liefen auf vollen Touren, und ich war ganz erstaunt darüber. Plötzlich konnte ich eiskalt und absolut klar denken, und mich durchfuhr es wie ein Blitz aus heiterem Himmel. »Die Erklärung stinkt, Hale«, sagte ich. »Sie sind genauso wenig ein Marsier wie ich.«

Seine Augen verengten sich wie bei einem Menschen, und er sagte: »Sie begeben sich sofort auf Ihr Zimmer.«

Ich drehte mich zu Regelin um. »Sie unterhalten sich in einer Sprache, die nicht in diesem Planetensystem gesprochen wird«, sagte ich. »Sie besitzen Aufzeichnungen in einer unbekannten Schriftart und Waffen, die nicht auf dem Mars hergestellt worden sind. Wenn es wirklich welche wären, die auf dem Mars entwikkelt wurden, hätte man sie als militärisches Geheimnis erster Klasse eingestuft. Unmöglich würde man die ersten Versuchsmuster so leichtfertig auf eine Reise zur Erde mitgeben, wo sie leicht in unbefugte Hände fallen können.«

»Das genügt jetzt«, knirschte Hale. »Sevni, schicken Sie die beiden wieder auf ihr Zimmer. Sie stehen noch unter Arrest.«

»Wenn Sie das tun«, sagte ich zu Regelin, »dann verraten Sie Ihren Planeten, und als Dank dafür werden Sie von diesen Kerlen noch umgebracht.«

Die Wachen standen immer noch, Gewehr im Anschlag, und warteten mit unruhig hin- und herschweifenden Augen auf Befehle.

»Sevni«, sagte Hale, »denken Sie an Ihren Eid.«

»Der zum Gehorsam gegenüber dem Archat verpflichtet«, sagte ich. »Nicht gegenüber irgendwelchen Eindringlingen, die sich heimlich eingeschlichen haben.«

Regelin stand unbeweglich da – wie mir schien, eine Ewigkeit. Sein Gesicht zeigte einen entrückten, unbewegten Ausdruck, aber die goldenen Augen strahlten intensiv. Niemand sprach. Er blickte sich nach dem Wesen um, das sich Dzuga ay Zamudring nannte. Es saß jetzt nahezu aufrecht in seinem Sessel und atmete schwer. Es war haarlos und besaß weiße Haut, und beide Augen lagen in einem flachen gestaltlosen Gesicht eingebettet. Der Hinterkopf war sehr groß, aber alle Proportionen hatten sich verändert. Zähne und Nägel waren nahezu völlig verschwunden, und an jeder Hand zählte man sieben plumpe Finger. Der ganze Körper schien aus Gummi zu bestehen und keine Knochen zu haben. Es mochte genauso groß wie ich sein, wenn es stand, war aber breiter, vierschrötiger gebaut.

Schließlich seufzte Regelin. Er rief den Wachen einen Befehl zu. Sie sahen fast glücklich aus, als sie ihre Waffen auf Hale und Dzuga richteten.

»Das wird Ihnen noch leid tun, Sevni«, drohte Hale.

»Ich werde mich mit dem Hauptquartier in Verbindung setzen«, sagte Regelin. »Sie und – Ihr Freund – stehen unter Arrest. Allerdings können Sie sich bis auf weiteres im Hause und auf dem Rasen frei bewegen. Ich muß diesen Vorfall pflichtgemäß melden.«

»Ich sage Ihnen doch, es ist streng geheim«, schrie Hale.

»Ich werde meinen Bericht direkt an das kontinentale Hauptquartier richten«, sagte Regelin. »In der Zwischenzeit wird Sie niemand zu Gesicht bekommen.«

Die Gefangenen wurden in den ersten Stock geführt, und die vier Wachtposten lösten sich in ihrer Bewachung ab. Regelin gab Dzuga etwas Salbe für seine Brandwunden, ließ aber den Schrankkoffer herunterbringen. Wir gingen Stück für Stück den Inhalt durch.

»Möglicherweise hat Hale recht, und wir werden alle wegen dieser Sache erschossen«, sagte Regelin ungerührt. »Jedoch . . .« Er wandte sich an Kit und mich und sagte förmlich: »Ich entschuldige mich für das vorhergehende Mißverständnis. Sie hatten recht und ich unrecht.«

Kit ergriff impulsiv seine Hand. Er seufzte leicht, schwankte aus dem Zimmer und verschwand im marsischen Flügel.

Wir quartierten Alice bei den Hooses ein, nur für alle Fälle. Wir konnten beide nicht schlafen. Wir gingen ins Haus zurück und rührten uns etwas Essen zusammen und saßen anschließend im Wohnzimmer. Wir sprachen nur wenig.

Regelin kam gegen Mitternacht zurück. Er setzte sich uns gegenüber, und seine Augen blickten niedergeschlagen. »Ich habe endlich eine direkte Verbindung zum Oberkommandierenden bekommen«, berichtete er. »Ruanyi dzu Varek persönlich. Er verpflichtete mich zu absolutem Stillschweigen und sagte, daß er sofort einen Trupp hierher in Marsch setzen würde.«

»Hat er nichts darüber gesagt, ob das ein marsisches Projekt ist oder nicht?« fragte ich.

»Nein. Nichts. Das ist äußerst seltsam.«

Kit schaute ihn an. »Wenn jemand aus dem Bett gerissen wird und so eine haarsträubende Geschichte zu hören bekommt, kann er unter Umständen nicht schnell genug kombinieren. Aber er hätte seine Fassung verlieren können, und wenn auch nur ein klein wenig.«

Regelin ballte die Fäuste. »Was wollen Sie damit sagen?« fragte er.

»Das wissen Sie so gut wie ich!« Ihre Stimme klang fremd. »Wenn diese Fremden die Gestalt eines beliebigen Marsiers oder Menschen annehmen können, und wenn sie sich eingeschlichen haben, werden sie sicherlich auch alle Schlüsselstellungen innerhalb des Oberkommandos besetzt halten.«

»Dieses Inspektionsteam war nicht sonderlich wichtig«, sagte er.

»Sie wollen sich selbst von den Ergebnissen überzeugen«, sagte Kit. »Begreifen Sie nicht, wie erfolgreich ihr Krieg war?«

»*Ihr* Krieg . . .«

»Es klingt einleuchtend, nicht wahr?« fragte ich. »Der unnötige Krieg. Zwei friedliche Planeten, die durch einen provozierten Zwischenfall nach dem anderen in den Krieg getrieben werden. Die Pfuscherei auf beiden Seiten, die aus dem Kampf eine so lange und blutige Angelegenheit machte, daß beide Planeten beinahe daran zugrunde gingen. Ja, ich glaube, daß sie unsere beiden Regierungen seit Jahrzehnten kontrollieren.«

»Aber wenn sie sich verkleidet unter uns mischen können – wenn sie unsere Regierung übernehmen können –, warum mußten sie uns nahezu zerstören – warum ließen sie uns sich gegenseitig zerfleischen?«

»Ich weiß nicht. Vielleicht wollten sie uns für die Invasion mürbe machen. Vielleicht ist die Armada von Alpha Centauri bereits auf dem Mars.«

»Nein! Das ergibt keinen Sinn. Die Logik ist einfach lächerlich.« Regelin stand auf und begann mit großen Schritten hin und her zu gehen. »Und eine Rasse, die imstande ist, eine interstellare Invasion vorzubereiten, würde so weit technisch fortgeschritten sein, daß sie es gar nicht nötig hätte, irgend jemanden zu besiegen.«

Ich lehnte mich in meinem Sessel zurück, weil mich ein plötzlicher Schwächeanfall überkam. »Sei es, wie es sei«, sprach ich. »Ich sage folgendes voraus: Der Trupp vom Hauptquartier wird hier mit einem Befehl anrücken, diese zwei Wesen unverzüglich freizulassen . . . Bis dahin wird Dzuga wieder Dzuga sein. Sie und wir und die vier Wachen werden deportiert, und von uns wird man nie wieder etwas hören.«

Regelin brach zusammen. »Ich kann nicht meutern«, stöhnte er.

»Nein«, sagte Kit giftig. »Sie können bloß sterben.«

»Lassen Sie uns wenigstens eine Chance«, bat ich. »Geben Sie uns einen Wagen und lassen Sie uns laufen.«

»Ich muß nachdenken«, sagte er rauh. »Ich weiß nicht, was ich machen soll.«

Ich beugte mich zu Kit, um ihr zuzuflüstern, daß ich Regelin angreifen und ihn überwältigen würde – ich hatte vergessen, wie gut die Ohren der Marsier sind. Er schaute mich nur ernst an und sagte: »Tun Sie das nicht!«

Dann warf er seine Schultern zurück. Man sah ihm an, daß er sich entschieden hatte. »Ich bin auf Ihrer Seite.«

Kit sprang auf und küßte ihn. Ich konnte nur seine Hand umklammern.

»Ziehen Sie keine voreiligen Schlüsse«, sagte er rasch. »Ich bin in erster Linie Marsier. Wenn Hale die Wahrheit sagte, werde ich wegen Meuterei erschossen, und zweifellos wird noch mehr Blut fließen, bis es dazu kommt. Aber ich muß das Risiko auf mich nehmen – diese paar Menschenleben zählen nichts im Vergleich zu der Gefahr, daß der Mars von innen heraus erobert wird.«

Wir entwickelten alle möglichen Pläne. Sie brachten uns aber nicht weiter als bis zum Beginn der Flucht. Darüber hinaus konnten wir nicht planen. Kit ging hinaus, um Alice zu holen, während ich einige notwendige Kleinigkeiten und soviel Nahrungsmittel wie möglich einpackte. Regelin befahl, seinen Privatwagen vorzufahren, und händigte mir eine dicke Rolle Geldscheine aus.

Wir gingen gemeinsam hinauf und dann den Gang zum Zimmer der Fremden entlang.

Regelin schickte die Wachen fort. Es war vielleicht grausam von uns, sie auszuschließen, aber man konnte nicht wissen, ob sie sich nicht gegen uns wandten. Dann öffnete er die Tür und ging ins Zimmer. Ich schaltete das Licht ein.

Hale besaß noch seine menschliche Erscheinungsform, und Dzuga war wieder zum Marsier geworden. Sie fuhren aus dem Bett hoch und starrten in die Mündungen unserer Pistolen.

»Sie werden uns jetzt die ganze Wahrheit sagen«, forderte Regelin barsch. »Auf der Stelle.«

Hales Gesicht rötete sich vor Ärger. »Das habe ich bereits getan«, sagte er.

»Ich verstehe was von Biologie«, erklärte Regelin, »und ich

weiß auch sehr gut, daß neue Waffen nicht über Nacht entwickelt werden. Ich glaube nicht daran, daß ein marsisches Labor Wesen von Ihrer Sorte hervorgebracht hat. Sie kommen von außerhalb unseres Sonnensystems, nicht wahr?«

Hale schüttelte den Kopf. – Regelin hob die Hand, als ich auf die beiden zutrat. »Hören Sie!«

Bald hörte ich es auch, das stetige Fauchen eines Raketentriebwerks, das den Himmel durchpflügte und rasch näher kam. Der Trupp vom Hauptquartier!

Nein – sie konnten unmöglich so schnell da sein. Ruanyi mußte eine in der Nähe liegende Einheit angerufen haben, die auf seinen Befehl hin sofort mit dem Raketenflugzeug gestartet war. Und das hieß, daß für ihn der Vorfall von äußerster Wichtigkeit war ... Wir mußten die Fremden erschießen. Sie hatten unsere beiden Planeten auf dem Gewissen. Ich hatte fast erwartet, daß sie im Tod ihre Gestalt ändern würden, aber sie blieben unverändert, als sie zu Boden sanken.

»Schnell!« stieß Kit hervor.

Regelin legte einen Papierbogen auf die Diele, auf dem unsere Beobachtungen und Schlußfolgerungen verzeichnet waren. Wenn der Trupp aus feindlichen Agenten bestand, war das Schreiben sinnlos, sie würden es einfach vernichten. Wenn aber Hale die Wahrheit erzählt hatte, stellte es wenigstens eine kleine Rechtfertigung für unseren Ungehorsam dar, und vielleicht würden die Regierungsstellen uns wenigstens lebend zu ergreifen versuchen. Vielleicht ...

Wir rannten die Treppe hinunter und hinaus auf den Fahrweg. Der Wagen stand da, schwarz, stromlinienförmig und mit laufendem Motor. Kit sank auf den Rücksitz neben Alice, während Regelin und ich die vorderen Sitzplätze einnahmen. Er ließ mich ans Steuer, und wir entfernten uns rasch vom Haus.

»Wohin jetzt?« fragte er.

»Versuchen wir es mit Albany«, sagte ich. »Wir können dort vielleicht für eine Nacht unterkriechen.«

Der Motor heulte auf. Im schwachen Licht des Instrumentenbrettes sah ich, wie die Tachonadel auf zweihundert kletterte. Der Wind pfiff an uns vorbei, aber ich hörte, wie Alice auf dem Rücksitz schluchzte und Kit sie zu beruhigen versuchte.

Regelin lehnte sich zu mir herüber. »Morgen früh wird der Teufel los sein«, sagte er. »Sie werden uns überall suchen – und sie haben die Nummer des Wagens.«

Ich nickte. »Wir werden ihn in Albany in den Graben fahren.«

Bei unserem Tempo brauchten wir nur einige Minuten, bis wir die Stadt erreichten. Wir verlangsamten die Fahrt und schnurrten leise durch die leeren Straßen. Der Mond verbarg sich hinter den hohen Häusern, und die Lampen waren gelöscht, um die schwachen Kraftquellen der Erde nicht unnötig zu beanspruchen.

Ich parkte in einer Seitenstraße, und wir gingen in die Nacht hinaus. Unsere Schritte klangen laut auf dem Pflaster. Wir waren die einzigen Passanten weit und breit.

Wir waren in einem üblen Stadtviertel, wo alle möglichen Strolche Unterschlupf gesucht und gefunden hatten. Ich kannte hier ein kleines Hotel und blieb vor dessen schwach leuchtender Eingangslampe stehen. Ich ließ die anderen draußen und ging hinein, wobei ich mir das Taschentuch vors Gesicht hielt. Ein schläfriger Portier schreckte auf. »Ja?«

»Ein Einbettzimmer für diese Nacht«, murmelte ich. »Bitte schnell, ich habe fürchterliches Nasenbluten.« Vorsorglich hatte ich mich in die Hand geschnitten, um einige echte Blutflecken in das Taschentuch zu kriegen.

Der Portier verlangte eine Viertelmillion im voraus, und ich blätterte sie ihm hin und schleppte meinen Koffer mit all unseren Habseligkeiten über die dunkle Treppe hinauf in das schäbige Zimmer, das er mir gegeben hatte. Ich ging hinein, schloß die Tür von innen und kletterte die Feuerleiter hinunter. Dann ging es zu viert wieder hinauf. Kit und Alice waren schnell im Bett eingeschlafen, während Regelin und ich um den Sessel knobelten. Ich verlor und streckte mich auf dem schmutzigen Fußboden aus. Trotzdem schlief ich sehr schnell ein.

Zeitig am nächsten Morgen öffneten wir eine Büchse Bohnen zum Frühstück und beratschlagten.

»Die Suchaktion wird inzwischen eingesetzt haben«, sagte Regelin. »Und was können wir unternehmen?«

»Wir müssen jemanden erreichen, dem wir trauen können«, sagte ich. »Wir können nicht zu einem x-beliebigen Sheriff oder marsischen Offizier gehen. Selbst wenn er uns glaubt, was sehr unwahrscheinlich ist, müßte er den Dienstweg einhalten, und das bedeutet, daß der Feind ihn sehr bald mundtot machen kann.« Ich kratzte mein stoppeliges Kinn. »Der Mann, den ich jetzt gern sprechen möchte, ist Rafael Torreos. Er ist ein alter Freund von mir, und ich weiß, daß er in Ordnung ist. Und er ist oder vielmehr war Oberst in unserer Spionageabwehr und verfügt über einige Verbindungen zu höheren marsischen Dienststellen. Er würde die Möglichkeit besitzen, uns zu helfen.« Ich lachte trübselig. »Nur leider wohnt er in Brasilien.«

»Könntest du ihm nicht schreiben?« fragte Kit.

»Wo die Postverbindungen unterbrochen sind? Nein. Vielleicht, wenn wir jemanden finden, der nach Brasilien reist.«

Regelin runzelte die Stirn. »Ich glaube, ich kann mich für Sevni Yueth dzu Talazan verbürgen, der in unserer eigenen Abwehr tätig ist«, sagte er. »Und er besitzt bedeutend mehr Einfluß als ihr Torreos. Allerdings wird er so eine phantastische Geschichte nicht ohne Beweise glauben. Ich selbst würde sie nicht glauben.«

»Und wenn Yueth in Ihrem C.I.A. eine führende Rolle spielt, ist er weit weg von hier, im Generalhauptquartier von Nordamerika«, sagte ich. »Da könnte er auch gleich in Brasilien sein. Bis dahin sind es zweieinhalbtausend Kilometer.«

»Trotzdem . . .«

Beweise! Der beste Beweis, vielleicht der einzige, würde ein Fremder sein. Falls er tot war, mußte er noch das fremde Aussehen haben, oder vielleicht stellte sich bei einer Sezierung der Unterschied heraus. Wie viele von ihnen mochte es wohl geben? Jeder, den wir trafen, konnte ein Ungeheuer sein.

Nein, vermutlich nicht. Sie mochten eine entsprechende Verkleidung für Spezialaufgaben wählen, aber in der Hauptsache würden sie in den leitenden Stellen sitzen – Offiziere, Politiker, Industrielle, Beamte in Schlüsselstellungen. Die menschliche Gesellschaft ist eine große Maschine, und sie mußten in den lebenswichtigen Positionen sitzen, um sie wirksam steuern zu können.

Ich glaubte nicht, daß sie besonders zahlreich waren; aber die Tatsache, daß sie jeden Menschen und Marsier gegen uns hetzen konnten, machte unsere Lage schwierig.

Die Fremden würden also in den Hauptquartieren sitzen, in den Regierungen. Wir mußten uns zum Sitz von Ruyani dzu Varek durchschlagen, und wahrscheinlich gehörte er auch zu den Feinden. Durchschlagen bis Minneapolis, wobei die ganze Nation hinter uns her war.

Aber schließlich würde niemand vermuten, daß wir uns in dieser Richtung bewegten. Man würde annehmen, daß wir uns in die nördlich gelegenen Wälder flüchteten. Und Regelins Freund Yueth würde auch in Minneapolis sein.

Ich stand vom Fußboden auf. »Es geht los«, sagte ich.

6

Ich mußte mich um die Fahrgelegenheit kümmern. Kit und Regelin fielen zu sehr auf. Ich ließ sie beratschlagend zurück und ging hinunter. Der Straßenanzug, den ich trug, bot wenig Möglichkeiten, das Gesicht zu verbergen, und außerdem stieg draußen ein ungewöhnlich strahlender Morgen herauf, der mir auch die leiseste Entschuldigung für das Tragen eines Regenumhangs raubte. Ich mußte mich also auf die Tatsache verlassen, daß die meisten Leute eine schlechte Beobachtungsgabe besitzen. Ich durchquerte mit einem prickelnden Gefühl den Empfangsraum.

Ich kam an der Rezpetion vorbei. Ein anderer Angestellter saß jetzt dahinter. Warum gerade dieser wachsam blickende junge Mann?

»Ich komme nach dem Frühstück wieder«, rief ich ihm über die Schulter zu. So würde niemand sich in unserem Zimmer zu schaffen machen . . .

Wenn man bedenkt, daß ich nur gelegentlich hierhergekommen war, um meinen Kummer im Alkohol zu ertränken, so wußte ich überraschenderweise ganz gut in der Gegend Bescheid. Da gab es eine kleine Garage in der Nähe des Hotels, die auch gebrauchte Wagen vermittelte. Ich hatte noch nie mit dem Besitzer gesprochen, aber er mußte ein Raumveteran sein. Ihm fehlte eine Hand, und die Prothese kannte ich nur zu gut von meiner Dienstzeit her. Er arbeitete an einem alten Auto, als ich seine Werkstatt betrat. Es war niemand weiter im Raum, und der Atem quälte sich mühsam aus meiner Brust.

Er richtete sich auf und sah mich mit den scharfen Augen des ehemaligen Raumsoldaten an, unterhalb geschlossenen Lidern, wie man es im Weltraum tun mußte, um sich gegen die grellen Strahlen der Sonne zu schützen. »Ja?« Seine Stimme klang bitter und grollend.

»Ich möchte einen kleinen Lastwagen kaufen«, sagte ich.

Er schien erstaunt und dann erfreut; sein Geschäft mußte in jenen Tagen praktisch auf dem Nullpunkt sein. »Ich hab zwei gebrauchte Wagen da«, sagte er. »Wollen Sie mitkommen und sie ansehen?«

Als wir in den Sonnenschein hinaustraten, wurde der Blick seiner Augen hart. Ich konnte beinahe seine Gedanken lesen, wie er sich erinnerte: Einen Meter achtzig, kräftig gebaut, braunes Haar, graue Augen, Stumpfnase, Kinn mit Grübchen – Belohnung . . .

»Wo waren Sie stationiert?« fragte ich rasch. Ich bemühte mich, meine Stimme gleichmütig klingen zu lassen. »Ich selbst diente in der sechsten Raumflotte.«

»Kugelblitz«, antwortete er ganz langsam.

»Die neunte – ja. Ein prima Haufen. Sie haben mit uns beim zweiten Kreisbogen gekämpft.«

»Dort habe ich meine Hand verloren«, sagte er. »Sie hatten – mehr Glück.«

»Nicht besonders. In Wirklichkeit geht es mir so lausig, daß ich jetzt die Stadt verlassen will. Es gibt bessere Gegenden. Man kann dort vielleicht der Erde wieder auf die Beine helfen.«

»Kann sein«, sagte er gedankenverloren. »Das würde ich gern erleben, aber ich habe Frau und Kinder. Ich kann es mir nicht leisten, gegen die Marties aufzumucken.«

»Das geht vielen Leuten so«, sagte ich. »Aber ein Mann mit Grips kann wenigstens seinen Mund halten, wenn er die besseren Zeiten miterleben will, die andere verdammte Narren unter Einsatz ihres Lebens herbeiführen wollen. Sogar wenn es eine Belohnung gibt. Ich heiße Robinson.«

Jetzt grinste er. »Okay, Mr. Robinson. Vielleicht kann ich Ihnen einen Transporter ganz billig geben. Nur werden Sie nicht sehr weit damit kommen, wie Sie wissen. Nicht einmal an Holzkohle ist ranzukommen.«

»Oh, ich werde schon was auftreiben. Ich bin nur ein ganz gewöhnlicher Durchschnittsbürger, der in der Welt vorwärtskommen will. Ich bin so verdammt durchschnittlich, daß mich manchmal die Leute einfach übersehen.«

»Stimmt! Ihr Gesicht kann man wirklich leicht vergessen. Okay, ich habe hier ...«

Wir schlossen schnell unseren Handel ab: Ein ramponierter alter Lieferwagen mit einer Segeltuchplane wurde mein Eigentum, aber für einen Preis, der tief in unsere finanziellen Reserven einschnitt und trotzdem noch vorteilhaft war. Ich schüttelte dem Händler die Hand; die Prothese aus Kunststoff lag hart und kühl in meiner Hand.

»Viel Glück, Mr. Robinson«, sagte er.

Ich fuhr zum Hotel zurück und stellte den Wagen in der Parallelstraße dahinter ab. Niemand war zu sehen und niemand beobachtete mich, aber jede Minute konnte ein Gesicht am Fenster erscheinen oder jemand um die Ecke biegen. Ich stieß einen leisen Pfiff aus, und meine Gefährten kletterten die Feuertreppe herunter und krochen auf die Ladefläche, während ich vorn ins Hotel hineinging, meinen Koffer holte und mich abmeldete.

Wir fühlten uns wie neugeboren, als wir Albany verließen und auf die Straße nach Rochester einbogen. Ich ließ meinen Blick über grüne Felder und alte Bäume schweifen, über die Häuser, die im warmen Sonnenschein an die Hänge geschmiegt lagen, und lachte befreit auf.

Das asthmatische alte Wrack konnte Rochester kaum vor der Abenddämmerung erreichen, aber das paßte mir ausgezeichnet in den Plan. Es war aussichtslos, Minneapolis über die Autobahn erreichen zu wollen. Der Treibstoffmangel, die Möglichkeit einer Panne und die Besatzungspolizei hinter uns wie eine Meute Bluthunde – unmöglich! Wir mußten eine andere Route wählen.

Ich hielt nach einiger Zeit an und holte die anderen vor ins Führerhaus. Regelin trug einen Hut und eins von meinen Oberhemden. Für einen flüchtigen Beobachter mochte er wie ein Mensch aussehen, und Alice lag auf dem Schoß ihrer Mutter, die zwischen uns beiden saß. Wir konnten als gewöhnliche Farmerfamilie gelten – so hoffte ich.

»Wo fahren wir hin, Mami?« fragte das Mädchen. Ein Windstoß fuhr durch die Kabine und spielte in ihrem blonden seidigen Haar, und ihre großen Augen blickten auf eine Welt, die für sie ein einziges Märchen war.

»Wir machen eine lange Reise, Liebling«, sagte Kit sanft.

»Kann ich Hoppy herbeirufen?«

»Natürlich«, sagte Kit. »Wir fahren doch nicht ohne Hoppy.«

Regelin lächelte. »Wer ist Hoppy?« fragte er. »Deine Puppe?«

»O nein«, sagte Alice. »Hoppy ist ein Ungeheuer. Er hat Flügel und kommt jeden Morgen an mein Bett und unterhält sich mit mir. Ich ruf ihn immer, wenn ich allein bin. Kennst du auch irgendwelche Monster, Marsmann?«

»Ein paar«, sagte Regelin ernst.

Kit schüttelte ihren Kopf. »Es ist wie ein Alptraum«, murmelte sie. »Alles geht so langsam, und wir wissen, daß sie uns verfolgen. Und immer mehr kommen wir der Höhle des Löwen näher.«

»Vielleicht könnten wir Kit und das Kind bei irgend jemandem zurücklassen«, sagte Regelin.

»Das ginge schief«, sagte ich bitter. »Wem könnten wir trauen? Wenn jemand sie wirklich aufnehmen würde, so kriegt er es vielleicht hinterher mit der Angst zu tun und verrät sie wegen der Belohnung, oder bloß nur, um die eigene Haut zu retten. Und durch den Zusammenbruch der Nachrichtenverbindungen und der allgemeinen Reisetätigkeit nimmt jeder naturgemäß größeren Anteil an dem, was sein Nachbar macht. Fremde, die sich plötzlich in der Nachbarschaft niederlassen, würden sofort auffallen.«

Der Automechaniker hatte mir mit betonter Beiläufigkeit von dem Steckbrief erzählt. Er war auch schon mehrere Male im Rundfunk verlesen worden. Wir drei wurden tot oder lebendig gesucht, und zwar wegen Mordes, Aufruhrs und Verschwörung. Wir wurden als geisteskrank hingestellt, mit systematischen Wahnvorstellungen behaftet, denen niemand Glauben schenken sollte. Die ausgesetzte Belohnung war beträchtlich, hundert Millionen UN-Dollar, die man auch in marsischer harter Währung erhielt, wenn man es wünschte. Handzettel und Plakatanschläge mit Personenbeschreibung würden bald überall verteilt werden.

Kit pfiff, als sie das hörte. »Sie suchen uns wirklich krampfhaft!« Und mit einem verlorenen schwachen Lächeln: »Das hätte ich nie gedacht, daß ich jemandem so viel wert bin.«

»Doch, mir, Kit.« Ich faßte nach ihrer Hand und drückte sie. Sie blickte mich seltsam an.

Regelins Gesicht war gespannt. »Wenn meine Familie davon hört . . .« Er schüttelte den Kopf und versuchte die Gedanken zu verscheuchen.

Mittag war schon lange vorüber, als wir die Sirene hörten. Wir waren gerade durch ein Dorf gefahren, und ich sah den verfolgenden Wagen zwischen den letzten Häusern hervorschießen. Mein Herz tat einen Sprung und fing dann hämmernd an zu klopfen. »Runter!« brüllte ich. »Versteckt euch!«

Kit lag schon mit Alice auf dem Boden. Regelin ließ sich über die beiden fallen. Ich zog eine Decke darüber und legte meine Pistole neben mich. Die Sirene heulte, und der blaue stromlinienförmige Wagen setzte sich vor meinen Kühler und drängte mich von der Straße ab.

Ich hielt an und wandte mein Gesicht dem Mann zu, der aus dem anderen Wagen kletterte. Ein zweiter Beamter blieb drin sitzen; er hielt eine Maschinenpistole in den Händen. Straßenpolizei – jung, beide unverkennbar brave Burschen, deren Heimat zwischen den grünen Hügeln der Erde lag, keine Marsier. Meine Stimme klang verzerrt in meinen Ohren:

»Was ist los, Leutnant? Hab ich was falsch gemacht?«

»Wir überprüfen alle Fahrzeuge. Befehl.« Er lehnte sich zum

Fenster herein und drückte den Revolver an meine Schläfe. »Legen Sie beide Hände aufs Steuer, Mister.«

»Schauen Sie ...«

Das tat er auch, und sein Gesicht wurde starr. »Steigen Sie aus«, sagte er. »Und hoch mit den Händen.«

»Ich habe nicht ...«

»Wir müssen Sie durchsuchen. Nun kommen Sie schon. Raus mit Ihnen!«

Irgend was brach in mir zusammen. »Leutnant«, sagte ich dumpf. »Arbeiten Sie auch mit den verfluchten Marties zusammen?«

»Sie sind es also wirklich ...?«

Ich hatte ihnen ihre Chance gegeben. Nun handelte ich blitzschnell. Meine linke Hand schlug den Lauf seines Revolvers beiseite und faßte nach seinem Handgelenk, während ich mit der Rechten meine eigene Waffe ergriff und emporriß. Ich feuerte, und er fiel getroffen zur Seite.

Regelin war gleichzeitig mit einem Schwung hochgefahren und hatte sich quer über meinen Schoß geworfen, wobei er auf den anderen Mann im Polizeiwagen schoß. Dessen Maschinenpistole ratterte kurz, und dann sackte der Polizist auf dem Sitz zusammen und rutschte langsam auf den Boden.

Wir stiegen aus. Die Felder um uns waren leer. Zwei saubere weiße Häuser waren in der Ferne hinter Bäumen zu erkennen. Die Sonne schien hell und warm. Irgendwo sang eine Drossel.

»Es tut mir leid«, sagte ich leise zu den reglos daliegenden Männern. »Es tut mir leid, Jungs.«

Kit weinte, nicht hysterisch, aber ohne Hoffnung, und verwehrte dabei ihrer Tochter den Anblick. Regelin und ich legten die leblosen Körper in den Wagen und fuhren ihn zur Seite. Dann nahmen wir die Waffen aus dem Polizeifahrzeug und fuhren davon.

Nach einer Weile sah Kit auf und berührte meinen Mund. Die Fingerspitzen waren kalt. »Du bist verletzt, Dave«, sagte sie. »Du blutest.«

»Ich habe mich nur zu heftig auf die Lippen gebissen«, sagte ich tonlos.

»Es war Notwehr, David«, sagte Regelin. Das war das erste Mal, daß er mich beim Vornamen nannte.

»Ich wollte, wir hätten es nicht tun müssen«, sagte ich bitter.

Wir verließen die Bundesstraße und holperten auf staubigen

Straßen zweiter Ordnung dahin, immer der sinkenden Sonne entgegen. Wir unterhielten uns kaum, aber Kit sprach beruhigend auf Alice ein, um sie abzulenken. Nach Einbruch der Dunkelheit hielten wir an, um zu essen, und fuhren dann weiter.

Als wir den Ontariosee erreichten, dehnte er sich still im Mondlicht vor unseren Blicken, seine Schwärze wurde durch sanftes Glitzern der kleinen Wellen gemildert. Man konnte hören, wie sie sich am Ufer brachen, und über uns glänzten majestätisch die Sterne.

»Ich kenne die Gegend sehr gut«, sagte ich ihnen. »Hier gibt es zahlreiche kleine Ansiedlungen, die nur aus Wochenendhäusern bestehen. In der Nähe muß sogar ein Yachtklub sein.«

Wir fuhren hin – ein bezaubernder kleiner Ort mit sauberen Anwesen unter mächtigen Bäumen, davor betaute Rasenflächen, die im Mondlicht glänzten. Wenige Fenster waren erleuchtet. Die Erde hatte zwar heutzutage weder Geld noch Zeit für idyllische Wochenendplätze, jetzt wohnten jedoch Leute für dauernd hier, Flüchtlinge aus den Städten.

Wir fuhren zum Yachthafen und streckten uns wohlig nach der langen Fahrt, während der wir enggedrängt hatten sitzen müssen. Meine Bauchmuskeln waren immer noch verkrampft. Wir gingen über hohl dröhnende Planken und wählten ein Segelboot aus.

Kit und Regelin machten das Boot klar, und ich fuhr inzwischen den Wagen aus der Stadt hinaus. Draußen fuhr ich zum Seeufer, legte den ersten Gang ein und ließ das Auto ins Wasser rollen. Wenn der Automechaniker den Wagen gut repariert hatte, würde er bestimmt noch eine Weile unter Wasser fahren, bevor die Zündung aussetzte.

Niemand würde uns als die Bootsdiebe verdächtigen, wenn man nicht unsere Spur bis hierher verfolgt hatte. Darauf baute ich unseren ganzen Plan auf.

Ich ging zum Yachtclub zurück und sprang ins Boot. Wir legten ab und wendeten in der Brise, die landwärts wehte, und legten uns hart an den Wind, um das offene Wasser zu erreichen.

»Und wohin, sagten Sie, wird uns diese Reise führen?« fragte Regelin.

»Direkt nach Duluth«, sagte ich, »wenn der Sankt-Lorenz-Kanal nicht bei der Bombardierung verschüttet worden ist. Jetzt gibt es wenig Verkehr auf den Seen, und wegen Treibstoff brauchen wir uns keine Sorgen zu machen.«

Ich übernahm die erste Wache. Kit und Alice legten sich auf

der einzigen Schlafkoje des Bootes zur Ruhe, während sich Regelin neben ihnen auf dem Boden in eine alte Decke rollte und sofort einschlief. Die Erdanziehung mußte ihm mehr zu schaffen machen, als er sich anmerken ließ. Ich saß allein an der Ruderpinne, und eine Stunde mochte vergangen sein, als sich die Tür zu der kleinen Kabine öffnete und Kit leise herauskroch und sich neben mich setzte.

»Ich konnte nicht schlafen«, sagte sie. »Kannst du dich ein bißchen mit mir unterhalten, Dave? Ich fühle mich so schrecklich allein.«

»Klar«, sagte ich.

Sie schaute zum Himmel empor, wo der Große Bär langsam seine Bahn beschrieb und der Andromedanebel nur ein kleines silbriges Wölkchen war und die Milchstraße sich wie ein bleicher Fluß zwischen den Sternbildern hindurchwand. »Ich möchte wissen«, sagte sie, »von welchem der vielen Sterne sie kommen.«

»Das weiß ich nicht«, antwortete ich. »Das Universum ist groß.«

»Groß und kalt.« Sie schauderte. Ich legte einen Arm um ihre Hüfte und zog sie an mich.

»Ich mach mir meinetwegen keine Sorgen«, sagte sie mit einer dünnen Kinderstimme, die voller Schmerz war. »Ich hab so viel Schreckliches in den letzten zwölf Monaten gesehen, daß mir mein weiteres Schicksal ziemlich gleichgültig ist. Aber Alice – sie ist das einzige, was mir blieb.«

»Schön«, sagte ich. »Ich bin auch kein Held. Wir sind in diese Sache hineingezwungen worden. Wir versuchen nicht, die Erde zu retten, sondern nur unsere eigenen Hälse. Ich fürchte, Reggy ist der einzig wirklich selbstlose Beteiligte in diesem Spiel.«

»Er ist anständig!« sagte sie. »Ich wußte nicht, daß ein Marsier so ehrenhaft sein kann.« Und heftig setzte sie hinzu: »Und diese Ungeheuer haben unsere beiden Völker gegeneinander aufgehetzt! Damit wir uns gegenseitig umbringen.«

»Vielleicht mußten sie das für ihre eigenen Frauen und Kinder tun«, sagte ich. »Der Krieg ist immer ein schmutziges Geschäft.«

Sie blickte mich lange Zeit an. »Kannst du überhaupt hassen?« fragte sie schließlich grübelnd.

Ich zuckte mit den Schultern. »Sicher. Aber es liegt mir nicht. Ein Mann wird hinaus in das Weltall geschleudert – da hat er viel Zeit zum Nachdenken, und plötzlich sieht alles gar nicht so einfach aus, wie man es uns immer weismachen will.«

»Dave – falls wir durch ein Wunder diesen Kampf gegen die Eindringlinge gewinnen sollten, wenn sie irgendwie geschlagen und überwältigt werden könnten, was wird dann?«

»Ich weiß nicht. Ich nehme an, Mars wird die Kapitulationsbedingungen erleichtern. Sie werden uns sicherlich nicht sogleich die Selbständigkeit zurückgeben, aber wir dürfen wieder alles aufbauen. In ein paar Jahren kommt vielleicht eine interplanetarische Union zustande, so etwas wie die UN. Man kann wenigstens wieder hoffen.«

»Und du – was wirst du dann machen?«

»Kann ich nicht sagen. Ich gehe in die Industrie. Dort gibt es auf dem Gebiet der Elektronik und der Raketentechnik bestimmt viele Möglichkeiten. Oder ich lasse mich irgendwo nieder und versuche ernsthaft zu schreiben. Ich möchte mal meine Gedanken in Ruhe zu Papier bringen und die ganze Geschichte der Raumfahrt abhandeln.«

»Und eine Familie willst du nicht gründen?«

»Doch.« Ich zwang mich zu einem Lachen. »Möchtest du dich um den Posten bewerben?«

»Ich danke . . .« Sie verfiel in Schweigen. Dann sagte sie langsam und sehr weich: »Ich glaube schon, daß ich das möchte.«

Der Großbaum schleuderte mich beinahe über Bord, als ich die Ruderpinne fahren ließ.

Ich will mich nicht zu sehr mit den Einzelheiten dieser Reise aufhalten. Sie bildete ein seltsames und wohltuendes Zwischenspiel. Sonne, Regen und Wind, der riesige See, das Grün der Wälder am Ufer, die Einsamkeit rings um uns wie eine Mauer.

Wir hatten unsere Rationen verkleinern müssen, wir hockten naß und kalt im Regen, wir verfluchten die ungünstigen Winde, wir fühlten, wie sich unsere Herzen zusammenkrampften, wenn eines der wenigen Flugzeuge über uns hinwegzischte. Wir waren verfroren und ohne jede Bequemlichkeit, aber wir wünschten uns, die Reise möchte ewig dauern.

Regelin war taktvollerweise blind und taub, er spielte die meiste Zeit mit Alice. Manchmal unterhielten wir uns zu dritt, aber meistens malten Kit und ich uns Luftschlösser für die Zukunft aus, die so heiter und leicht wie die Sommerwolken am Himmel waren. Die kurze Zeit auf dem See war wie ein ganzes Leben, das aus Dunkelheit kommt und in Dunkelheit endet, aber es war die Gegenwart, die wir bei der Hand hielten, und die Gegenwart währt ewig.

Wir gingen zwei Wochen nach unserer Abreise an Land und schoben das Boot auf einen Kiesstrand nördlich von Duluth und fanden Unterschlupf in einem Wäldchen am Ufer. Wir bereiteten uns ein Lager aus Kiefernzweigen und hörten den Wind in den Baumwipfeln über unseren Köpfen rauschen. Unsere Reise über den See war zu Ende, und wir machten uns am nächsten Tag auf den Weg zur neuen Hauptstadt Nordamerikas.

7

Duluth war ein stark frequentierter Hafen gewesen, als aber Chicago zerbombt war, verschonte man die übrigen Städte in der Nähe, weil sie ohnehin wie ein verdorrter Ast dahinwelken würden, da das Wirtschaftszentrum zerstört war. Wir näherten uns der Stadt auf Umwegen, ließen uns hier ein Stück mitnehmen und marschierten da ein Stück der Stadt entgegen. Meistens wanderten wir nachts, während uns die kalten Sterne beschienen. Tagsüber verbargen wir uns im Unterholz, manchmal in Heuschobern oder Feldern. Die Farmer hatten hier nicht so viel unter den Banden aus der Stadt zu leiden gehabt wie im Osten, und mir fiel es leicht, die nötigen Nahrungsmittel von den Farmern zu erbetteln. Unsere eigenen Vorräte hatten wir restlos während der Bootsfahrt aufgebraucht.

Minneapolis-St. Paul war zu einer wichtigen Stadt nach dem dritten Weltkrieg geworden, vor allem für die rapide wachsenden Luftfrachtlinien, aber die fortschreitende technische Entwicklung machte diese Transporte innerhalb eines Jahrzehnts überflüssig, und die Stadt fiel wieder in vornehmes Nichtstun zurück. Nur ein kleiner Flugplatz und einige Fabriken zeugten von vergangener Größe. Die unbeschädigten Gebäude und die zentrale Lage ließen es als besonders geeignet für das Hauptquartier der Marsier auf dem nordamerikanischen Kontinent erscheinen. Weder Kit noch ich waren jemals hier gewesen, aber Regelin kannte die Gegend gut; die Situation entbehrte nicht eines gewissen grimmigen Humors, daß ausgerechnet er uns hier anführen mußte.

Eine Woche Fahrt per Anhalter brachte uns an die Vororte der Stadt heran. Wir rasteten in einem kleinen Gehölz, wuschen uns und bereiteten uns für unser Erscheinen in der Stadt vor. Kit wusch auch unsere Sachen in einem Bach, und bald sahen wir wie ein ganz normales Ehepaar aus. Regelins Uniform wurde aus dem

Bündel hervorgeholt, tüchtig gereinigt und getrocknet. Die Kunstfaser nahm ganz allein die Bügelfalten an. Der silberbestickte Kragen glänzte im Sonnenlicht.

»Und nun«, sagte er, »trennen wir uns vorläufig. Wenn eine Gruppe ihr Ziel nicht erreicht, muß die andere so gut es geht weitermachen.« Seine Stimme klang entschlossen, und sein Händedruck war fest. Ich mußte ihn bewundern; denn ich selbst fühlte nur dumpfe Hoffnungslosigkeit in mir, die nur vom Mut der Verzweiflung verdrängt wurde, weil es nichts mehr zu verlieren gab.

Kit und ich legten uns ins hohe Gras und sahen zu, wie er selbstbewußt auf der Landstraße ausschritt. Es dauerte nicht lange, bis ein marsischer Lastwagen aus Norden kam; er winkte ihm zu und bestieg ihn kaltschnäuzig. Er brauchte nicht einmal Gründe anzugeben, solange kein anderer Offizier in der Nähe war.

»Glücklicher Teufel«, murmelte ich.

»Bis ihn jemand erkennt«, sagte Kit.

Wir begannen unsere Wanderung nach Sonnenuntergang, ein Mann, eine Frau und ein Kind. Zwei Stunden vor Mitternacht befanden wir uns mitten in den nördlichen Wohnvierteln und schleppten uns die dunkle Lyndale Avenue entlang. An der Ecke zum Broadway sahen wir die ersten Lebenszeichen; einige Bars, die geöffnet waren, und ab und zu ein Auto. Mein Herz hüpfte, als ich an der Straßenecke einen Marsianer mit einem gezückten Notizbuch stehen sah. Kit zog mich ins Dunkel zurück, und ihre Hand lag kalt in der meinen. »Wir gehen besser um den Block herum«, flüsterte sie mir zu.

»Nein«, preßte ich zwischen den Zähnen hervor. »Wir dürfen nicht so feige handeln. Er beobachtete alles, aber es kann nur seine normale Beschäftigung sein. Vielleicht erfaßt er die Verkehrsdichte. Komm nur!«

Wir gingen direkt an ihm vorbei. Seine teilnahmslosen gelben Augen streiften uns und wanderten dann weiter. Für den ungeübten Marsier sahen alle Menschen mehr oder weniger gleich aus. Auf diese Tatsache verließen wir uns.

Später begegneten wir noch anderen Marsiern. Eine Streife, die die Straße entlangging, eine Gruppe einfacher Soldaten, die betrunken dahertorkelte, ein junger Soldat, dessen Gesicht den Ausdruck grenzenloser Einsamkeit zeigte. Ihre Personen- und Lastwagen schnurrten an uns vorüber, riesige Stahltiere, die ihre Maschinengewehre wie Hörner vor sich hertrugen. Ab und zu zischte ein Flugzeug über unseren Köpfen dahin und setzte heulend zur Landung an. Ich sah Marsier, die aus ihren Zivilquartieren kamen, und es wurden immer mehr, je weiter wie zum Stadtkern vordrangen. Es war ein seltsamer Anblick, die großen hageren Gestalten mit ihren fremdartigen Köpfen, auf denen bizarre Helme saßen. Jetzt kam mir der Zustand der Besatzung erst richtig zum Bewußtsein.

Wir schwenkten in die Siebzigste Straße ein und wanderten durch ein sauberes Viertel mit Mehrfamilienhäusern; das heißt, früher mußten hier arme Leute gewohnt haben, und hielten auf das Regierungsviertel am Ring zu. Es umfaßte nur wenige Blocks, an die sich unvermittelt große Lagerhäuser und düstere Fabriken anschlossen, zwischen denen primitive Hotels verstreut lagen. Der vereinbarte Treffpunkt war eins davon. Es hieß Rocket Haven und lag nur drei Querstraßen vom Ring entfernt. Wir betraten den schäbigen Vorraum und gingen zur Anmeldung. »Ein Zimmer für zwei Personen«, sagte ich.

»Bedaure, Mister.« Die schläfrigen Augen des Hotelangestellten nahmen mich kaum zur Kenntnis. »Alles belegt. Sie verstehen, lauter Marsier.«

»Und nun«, flüsterte Kit mit einer Grimasse, »gibt es eine unvorhergesehene Schwierigkeit.«

»Hören Sie mal«, sagte ich. »Wir kommen gerade von Des Moines und sind völlig fertig. Wir haben es schon ein paarmal anderswo versucht, aber nirgends ist was frei. Ich habe Frau und Kind bei mir, seien Sie doch menschlich!«

»Ich hab gesagt, daß wir nichts frei haben«, sagte der Mann. »Nicht mal eine Badewanne.«

Ich blickte in das Meldebuch, das vor ihm lag. Ich merkte mir den erstbesten Namen – Fred Gellert aus Duluth.

»Das ist ja ein toller Zufall. Ich sehe gerade, daß ausgerechnet hier ein alter Bekannter von mir abgestiegen ist!« Meine Stimme klang reichlich abgespannt und müde, aber ich versuchte, fröhlich zu lachen. »Mr. Gellert. Ich wollte ihn sowieso hier in der Stadt treffen. Er wird uns bestimmt aufnehmen.«

»Das ist seine Angelegenheit.« Der Angestellte zuckte die Achseln. Er blickte unbeteiligt in die Gegend – auch einer von den entmutigten Männern der Erde. »Sein Schlüssel hängt nicht hier, er wird also vermutlich oben sein.«

»Wir werden nachsehen. Und hier . . .« Ich schob ihm über den Empfangstisch einige der wenigen verbliebenen Tausenddollarnoten zu. »Ich heiße Robinson. James Robinson. Ich werde Sie von oben anrufen, wenn wir uns geeinigt haben, und ich bitte Sie, meinen Namen dann neben den Gellerts zu schreiben. Ich erwarte nämlich noch einen Besucher, verstehen Sie?«

Wir kletterten drei Stockwerke hinauf und trauten uns kein Wort zu sagen, weil alles voll Marsier steckte. Meist waren es gewöhnliche Soldaten, weil die Offiziere bestimmt die besseren Hotels bewohnten. Die Soldaten waren Bauern und Jäger aus den ausgetrockneten Tiefseegebieten und den steinigen Gebirgszügen des Mars. Wir hörten ihre schwermütigen Lieder düster durch das Haus hallen.

Als ich an Fred Gellerts Tür klopfte, war niemand in der Nähe. Kit hauchte in mein Ohr: »Bist du verrückt, Dave? Er wird uns nicht reinlassen. Dadurch lenken wir nur die Aufmerksamkeit auf uns.«

»Wir müssen Reggy unbedingt hier treffen«, sagte ich mit beißender Schärfe. »Es gibt keine andere Möglichkeit. Er kann sich draußen frei bewegen, aber wir . . .«

»Ja, was ist?« Eine mürrische, verschlafene Stimme war zu hören, dann öffnete sich die Tür einen Spalt.

»Was, zum Teufel, bilden Sie sich ein?«

Ich drückte die Tür auf und trat ein. Meine Pistole zielte genau auf Fred Gellerts Kopf. Kit schloß die Tür hinter uns und setzte sich auf den Bettrand, wobei sie uns mit großen Augen beobachtete.

»Keinen Laut!« drohte ich. »Ich drücke bestimmt ab, wenn ich es auch lieber vermeiden würde.«

Seine Augen verengten sich, nachdem er sich vom ersten Schrecken erholt hatte. Ein gewöhnlicher Mann, schwammig, das schüttere Haar vom Schlaf zerzaust, seine Pyjamajacke vorn über dem dicken Bauch offen. Aber er reagierte schnell. Er mußte einen scharfen Verstand besitzen.

»Sie sind Arnfeld«, sagte er.

»Ja-a«, sagte ich gedehnt. »Wir brauchen heute nacht das Zimmer. Vielleicht auch morgen noch. Es geschieht Ihnen nichts, wenn Sie keine Zicken machen. Wenn Sie noch einige Bedürfnisse erledigen wollen, tun Sie das gleich, denn fürs nächste muß ich Sie leider eine Weile fesseln.«

Ich schnürte ihn dann mit geübter Hand zusammen, wobei ich ein Hemd in Streifen riß und die Fetzen als Fesseln benutzte. Er konnte sich unmöglich selber befreien. Ich legte ihn in eine Ecke und wandte mich an Kit. Sie hatte inzwischen den Portier angerufen und dann Alice ausgezogen. Sie lagen beide schon im Bett und schliefen fest.

Ich selbst konnte keinen Schlaf finden, zumindest nicht sofort. Ich setzte mich deshalb zu Gellert und erzählte ihm die ganze Geschichte. Ich dachte nicht, daß er mir glauben würde. Ich bildete mir nur ein, daß wir die Geschichte gar nicht oft genug verbreiten konnten. Vielleicht fanden sich andere, die der Sache nachgingen – wenn wir tot waren. Ich machte mir Gedanken, was er hier in der Stadt suchte, vielleicht hatte er einen fetten Posten in Aussicht, von denen die Marsier mehr als genug für Menschen zur Verfügung hatten, die bereit waren, mit dem ehemaligen Feind zusammenzuarbeiten. Ich war aber zu müde, um ihn auszuhorchen oder seine Sachen zu durchsuchen. Plötzlich schlief ich ein.

Ich schreckte auf, als es an der Tür klopfte. Der Schlaf war im Nu verflogen. Mit gezogener Pistole öffnete ich die Tür. Regelin stand draußen, eine schwarze Silhouette, die sich groß gegen das gedämpfte Flurlicht abhob. Ich ließ ihn herein und weckte Kit, indem ich meine Lippen an ihrer Wange rieb. Reggy klappte seine lange Gestalt in einem Stuhl zusammen und seufzte vor Erschöpfung. Er schaute fragend auf Gellerts zusammengeschnürte Gestalt, und ich erklärte ihm den Sachverhalt.

»Bei mir verlief alles ohne Zwischenfall. Es laufen hier so viel Marsier rum, daß ich überhaupt nicht aufgefallen bin. Ich ging direkt zum Foshay Tower, dem Herzen des NAHQ, und studierte den Wegweiser zu den einzelnen Abteilungen. Dann unterhielt ich mich freundschaftlich mit einer jungen Dame, einer Erdbewohnerin in der Telefonvermittlung, die sichtlich durch mein Interesse geschmeichelt war. Wir gingen gemeinsam aus und tranken eine Tasse Kaffee zusammen, und ich fragte sie über die Verwaltung aus.«

»Das wundert mich«, sagte Kit.

»Oh, nicht alle Erdbewohner hassen uns«, sagte Regelin. »Es gibt Gegenden, die nicht durch Krieg oder seine Nachwirkungen betroffen sind, und die Leute sind von uns gut behandelt worden. Warum sollten diese Menschen nicht versuchen, sich mit uns gut zu stellen?«

Er beugte sich nach vorn und schlug die Hände zusammen. »Wir müssen jetzt unbedingt einen marsischen Offizier finden, der in Wirklichkeit ein Eindringling ist und dem wir die Maske vom Gesicht reißen können. Ich glaube, daß ich schon ein Opfer habe. Yoakh Alandzu ay Gromtha ist Adjutant des Kommandanten Ruyani und für alle Berichte und Unterlagen verantwortlich, die von den Inspektionsgruppen einlaufen; kurzum, er erhält laufend alle Informationen, die den nordamerikanischen Kontinent betreffen, und vergleicht sie mit denen, die aus den übrigen Kontinenten des Planeten einlaufen. Es ist der natürliche Ansatzpunkt für einen Fremden. Als ich dann noch erfuhr, daß Alandzu ein düsterer, unzugänglicher Marsier ist, stand meine Ansicht fest. Außerdem ist sein Vorleben unbekannt, und niemand kennt ihn näher. Das Mädchen teilte mir seine Privatadresse mit: Appartment 1847 im New Dyckman Hotel. Er wird eine Leibwache um sich haben, die auch bestimmt aus Eindringlingen besteht, aber sicher sind sie auf keinen unmittelbaren Angriff gefaßt.«

»Wir werden sie also unauffällig fassen und Ihren Freund Yueth anrufen. Er wird dann herbeieilen, und wir können ihm den Beweis für unsere Behauptungen erbringen«, sagte ich langsam.

»Alles gut und schön. Aber wie sollen wir Alandzu dazu bringen, seine richtige Gestalt anzunehmen?«

»Nun . . .«, ein geisterhaftes Lächeln umspielte Regelins Lippen, »das wird sich finden.«

Ich stand auf und fühlte, wie es in mir vor Spannung kribbelte. Jetzt war keine Zeit für ängstliche Überlegungen. Ich preßte Kit an mich und küßte sie. Dann zogen Regelin und ich los. Ich ließ ihn immer einige Schritte vor mir hergehen.

Es war gegen drei Uhr morgens, und die Dunkelheit lag wie ein schwarzer Ozean über der Stadt. Ein paar Lampen beleuchteten trüb die Hennepin Avenue, und ein einzelnes Auto schnurrte die Straße entlang, während am anderen Ende eine Doppelstreife der Marsier gemessenen Schritts patrouillierte. Die Stadt bedrückte mich. Es kam mir vor, als ob sie ein riesiges schlafendes Tier sei, das bald mit einem grausigen Schrei erwachen würde.

Einen halben Block weiter sahen wir die bläulich glimmende Lampe über dem Eingang des New Dyckman Hotel. Ihr Licht spiegelte sich in den Helmen der beiden Wachtposten, die den Eingang flankierten. Ich sah Regelin, wie er ihre Ehrenbezeichnung lässig erwiderte und sich dann ins Innere wandte. Die Dunkelheit verbarg sein Gesicht, als er im Gebäude verschwand. Ich schlenderte die Hennepin Avenue entlang, bis ich an eine Querstraße kam. Schließlich gelangte ich zu dem Parkplatz hinter dem Hotel. Man würde ihn auch bewachen, das war sicher. Ich ging darauf zu.

»Halt!« Der Anruf erfolgte in einer unglaublichen Aussprache. Ich drehte mich um und sah, wie die beiden Posten mit ihren Karabinern im Anschlag auf mich zukamen. Sie waren nicht sonderlich mißtrauisch – was konnte ein einsamer Strolch schon ausrichten? Ich torkelte auf sie zu, bis ich sie fast berührte. Schwarze Gestalten, in metallische Panzer gekleidet. Ich verstellte meine Stimme und lallte, wobei ich hin- und herschwankte.

»Jah? Wasch isch los? Isch musch die Karre vom Scheneral holn. Der Scheneral schagte, du holscht den Wagen, schonscht . . .«

»Weitergehen«, sagte der mir am nächsten Stehende. Es mußte eins der wenigen englischen Wörter sein, die er kannte. Er nahm meinen Arm und versuchte, mich auf die Straße zu schieben. »Weitergehen.«

Da schlug ich ihm die Handkante mit aller Wucht an den Hals. Es ist ein brutaler Schlag, wenn man weiß, wie man ihn ansetzen muß. Er ging mit einem Seufzlaut rasselnd zu Boden. Mein Fuß war bereits hinter dem Bein des anderen. Ich stieß ihn vor die Brust, und er fiel wie ein Sack um. Dann versetzte ich jedem einen Schlag an die Schläfe.

Nun mußte ich rennen. Die Marsier hören ja sehr gut, und auf den Lärm hin mußte innerhalb weniger Sekunden jemand nachsehen – aber die zwei Posten waren bestimmt nicht in der Verfassung, präzise Aussagen über meine Fluchtrichtung zu machen. Sicher dachte man, der Überfall war ein kurzsichtiger Racheakt. Ich hoffte es wenigstens . . .

Ich schlüpfte zwischen die abgestellten Wagen und rannte auf die Feuertreppe zu. Mit einem Satz erreichte ich sie und schwang mich hinauf. Allmählich fand ich Geschmack an Feuertreppen. Aber ich durfte nicht zu schnell klettern, ich mußte mich wie eine Schlange hinaufwinden.

Als ich das siebente Stockwerk erreichte, ging der Trubel unter mir los. Ich hielt an und zwang mich, ruhig zu atmen. Soldaten brüllten, und Suchscheinwerfer blitzten auf. Ein Strahl streifte mich, und einen Augenblick lang erwartete ich den Einschlag von Kugeln. Aber ich trug dunkle Sachen und bewegte mich nicht.

Wir hatten keinen Zeitplan vereinbaren können. Regelin mußte längst schon in Appartment 1847 sein – und was dann? Ich bildete die zweite Angriffswelle, falls man sie brauchte. Ich lag platt auf einem Absatz der Treppe, naß von Schweiß und Tau, und dachte, daß das alles Unsinn war. Wenn Regelin die Tür des Appartments erreichte, hatten wir gewonnen. Alandzu würde niemals einer marsischen Stimme mißtrauen, wenn sie ihn rief und vorgab, eine wichtige Meldung überbringen zu müssen. Er würde die Tür öffnen und sich einer Pistolenmündung gegenübersehen. – Natürlich, später mußten wir vielleicht kämpfen, wenn wir nicht rechtzeitig Hilfe erhielten. Dann kam meine Zeit.

Ich war mit meinen Gedanken im reinen, als sich der Aufruhr unter mir legte. Ich kletterte die Sprossen der Leiter weiter hinauf und hoffte, daß der Krach auf dem Hof die Geräusche übertönen würde, die ich machte. Acht, neun, zehn – waren es zehn Stockwerke? Hatte ich mich verzählt? Ich fluchte leise.

Siebzehn, achtzehn. Meine Knie bestanden aus Gummi. Ich öffnete die Tür und schlüpfte hinein. Ich kam in einen schwach beleuchteten Korridor. Neben mir befand sich Zimmer 1823. Also war ich doch in der richtigen Etage gelandet.

Ich schlich den leeren Gang entlang und starrte auf die Zimmernummern. Jetzt um die Ecke – ja, unter der Tür stahl sich schwacher Lichtschimmer hervor. Hier mußte es sein. Regelin war sicher schon drin und hielt die Fremden in Schach. Er wartete wohl auf mich und wunderte sich, warum ich nicht kam.

Ich verschnaufte. Zugegeben, meine Nerven waren bis zum Zerreißen angespannt. Ich sah entsetzliche Bilder vor meinem inneren Auge, aber ich konnte nicht dauernd meinen melodramatischen Phantasien nachhängen. Immerhin – warum sollte ich leichtfertig ein Risiko eingehen?

Ich ging an der Tür so leise wie möglich vorbei, schlich um zwei Ecken und fand eine andere Feuerleiter an der Ostseite des Gebäudes. Ihr gegenüber befand sich die fensterlose Wand eines anderen Baues, und unter dem Fenster zog sich ein schmaler Sims um das Hotel. Ich steckte die Pistole griffbereit in den Gürtel und trat vorsichtig auf den Sims hinaus. Langsam arbeitete ich mich vorwärts. Komischerweise beruhigte mich das Akrobatenkunststück. Ich war allein hier oben in absoluter Dunkelheit und hatte nichts als meine eigene Ungeschicklichkeit zu fürchten. Und ein Raumpilot ist immer schwindelfrei.

Ich bog um die Ecke und sah das Fenster, zu dem ich wollte. Hell erstrahlte es in der umgebenden Dunkelheit. Ich schob mich näher heran und verrenkte mir schier den Hals, als ich vorsichtig hineinlugte.

Ich schwöre, ich dachte nur, daß Regelin vielleicht noch nicht eingetroffen sein könnte. Er mußte als erster kommen, denn sie würden einer menschlichen Stimme sofort mißtrauen. Und jetzt sah ich ihn mit erhobenen Händen im Zimmer stehen, ohne Waffen, während vier Pistolen auf ihn gerichtet waren.

Vier Marsier hielten ihn in Schach!

Nein – vier Fremde.

Irgendwie hatten sie ihn überrumpelt. Waren sie gewarnt worden? Wie? Da stand ich nun, während ein leichter Wind um die Ecke wehte, und drückte meine Finger gegen die Mauer. Was tun, was tun?

Wenn ich hineinspringen und »Hände hoch!« brüllen würde, hätten sie Zeit, erst ihn und dann mich in aller Ruhe zu erschießen. Ich konnte sie unmöglich alle so schnell erwischen. Einen Moment lang erwog ich, einfach zurückzugehen und mit Kit davonzurennen, irgendwohin, nur weg von hier.

Nein, die Jagd würde nie enden, bis wir tot waren, und das konnte nicht mehr lange dauern. Ich mußte Regelin aus den Klauen der Ungeheuer retten. Ich biß die Zähne zusammen. Dann zog ich die Automatik und stellte sie auf Dauerfeuer ein. Ich beugte mich vor und schoß durch die Scheibe.

Bei Weltuntergang kann der Lärm nicht lauter sein. Ich sah sie wie Marionetten durcheinanderpurzeln. Fast im gleichen Moment schwang ich mich durch das zerschossene Fenster und warf mich zu Boden.

»Gut gemacht!« sagte Regelin grimmig. »Sie warteten schon auf mich, als ich eintrat. Ich hatte keine Chance. Wir haben ein verdammtes Pech, David. – Gellert ist ein Fremder!«

Wir hatten keine Zeit, uns damit zu befassen, auch keine, um an Kit und Alice zu denken, die mit dem Ungeheuer allein in einem Zimmer waren. Wir mußten schleunigst verschwinden. Regelin hatte sich schon darüber den Kopf zerbrochen, während man ihn in Schach hielt. Da hatte er nur die schwache Hoffnung, daß ich zu seinem Entsatz noch zurechtkäme. Er öffnete die Tür zum benachbarten Zimmer und bedeutete mir, mich unter das Bett zu legen. Er selbst stand steif an der mir zugekehrten Seite der Tür.

Es dauerte nur wenige Sekunden, bis die Haupttür eingeschlagen wurde. Ich lag da und hörte die marsischen Stimmen schreien und das Stampfen ihrer Schuhe.

Es mußte ein ganzer Trupp ins Zimmer eingedrungen sein, und darauf beruhte Regelins Plan. Er riß die Tür auf und stürmte in das angrenzende Zimmer zurück, wobei er rief: »Hier ist auch niemand! Der Kerl muß durch das Fenster geflohen sein.« Er begann, Befehle zu erteilen. – »Sie müssen die Feuerleiter bewachen. – Sie rufen die Militärpolizei an. – Sie benachrichtigen die Wache. – Der Rest verschwindet aus dem Raum, sonst werden alle die Spuren verwischt. Ich bleibe solange hier.«

Erstaunlicherweise hatte er damit Erfolg. Oder er hatte seine Landsleute richtig eingeschätzt. Die Marsier unterscheiden sich in ihrem Wesen in mancher Beziehung nicht sehr von uns: Die Menge war keines klaren Gedankens fähig, und er war ein hochstehender Offizier, der offenbar wußte, was getan werden mußte. Innerhalb zwei Minuten waren wir wieder allein.

Ich kroch unter dem Bett hervor und sah, wie Regelin die Taschen von Alandzus Adjudanten durchsuchte. »Hier«, sagte er. »Der Schlüssel zu seinem Wagen. Er steht sicher auf dem Parkplatz hinter dem Hotel.«

Wir stiegen aus dem Fenster und tasteten uns auf dem Sims bis zu der Feuerleiter vor, von der ich vorhin gekommen war. Regelin kletterte hinunter, während ich ihm vorsichtig und leise folgte. Ein Doppelposten rief ihn von unten an. »Auf der Feuerleiter befindet sich der Täter nicht«, oder so ähnlich muß Regelin wohl geantwortet haben. »Helfen Sie mir herunter . . . Welcher Wagen gehört Yoakh Alandzu? Er will, daß ich eine Spur verfolge.«

Sie wußten noch nicht, was eigentlich geschehen war. Die Zeit schlich langsam dahin, jede Sekunde mit einem Donnerschlag, wie mir schien, und Regelin schloß den Wagen auf, stieg ein und ließ ihn an. Er befahl den Wachen, die Nebenstraßen zu beobachten, und sie rannten hin und verschwanden im Schatten. Regelin fuhr den Wagen neben die Feuerleiter. Ich sprang herunter und landete auf meinen Zehen, warf mich mit einem zweiten Satz neben den Fahrersitz und ließ mich zu Boden fallen.

»Und nun zu Kit«, sagte er gepreßt. »Wenn sie noch in dem Zimmer ist.«

Wenn sie noch lebt . . .

8

Es war ein verzweifeltes Risiko, das wir eingingen, aber wir hatten wenig zu verlieren. Mein Gehirn kombinierte meist auf der unterbewußten Ebene, und wir folgten traumwandlerisch den scheinbar unlogischen Ergebnissen dieser Überlegungen. Es durfte nichts schiefgehen, wir mußten entkommen.

Der Wagen glitt die wenigen Häuserblocks bis zum Rocket Haven Hotel entlang. Die Fassade war dunkel. Niemand war da, und niemand bedrohte uns, es sei denn, sie lagen im Hinterhalt. Regelin fuhr einmal um den Block herum und hielt dann vor dem Haupteingang an. Ich sprang aus dem Wagen und rannte hinein. Der Empfangsraum war leer und nur spärlich erleuchtet. Der Portier war zu Bett gegangen. Schatten umgeisterten mich, als ich die Treppen hinaufstürmte.

Alles paßte zusammen, dachte ich. Angenommen, Gellert war ein Fremder, einer, der in menschlicher Verkleidung einen Auftrag für seine Rasse erledigte – vielleicht als Spion oder als Agent in unserer Volksvertretung oder nur als Beobachter. Er würde seine wahre Gestalt auch den Marsiern keinesfalls enthüllen wollen. Er hatte kühl und wohlüberlegt gehandelt und den hilflosen Gefangenen gespielt, bis er unseren Plan kennengelernt hatte. Dann mußte er sich befreit haben, worauf er Kit überwältigte und Alandzu telefonisch warnte. Aber er würde in seinem Zimmer bleiben, bis Leute seiner eigenen Rasse zu seiner Hilfe herbeieilten. Er nahm sicher an, daß Alandzu und seine Männer mit uns beiden fertig werden würden. Und verdammt, sie hätten es auch beinahe geschafft.

Ich blieb vor der Tür stehen. Leerer Flur, leeres Haus und die Stille wie ein dicker Teppich um mich, aber Licht im Zimmer. Die Pistole lag schwer in meiner rechten Hand, als die linke vorsichtig den Schlüssel ins Schlüsselloch schob. Ich drehte ihn so behutsam wie möglich um und stürmte hinein.

Das Ungeheuer drehte sich um und stieß einen pfeifenden Fluch aus. Ich beachtete die Waffe in seiner Hand nicht. Mit der Linken drückte ich sie nach unten, während ich ihm mit der Rechten, in der ich dic Pistole hielt, einen wuchtigen Schlag über die tierische Schnauze versetzte. Gellert grunzte schmerzhaft, schüttelte den unmenschlichen Kopf und versuchte, die mir unbekannte Waffe in Anschlag zu bringen. Diesmal schlug ich ihm mit dem Pistolenlauf aufs Handgelenk und riß ihm die Waffe aus der Hand. Gellert taumelte zurück, und dann versetzte ich ihm noch einen linken Haken ans Kinn. Gellert fiel stöhnend zu Boden.

Kit stürzte in meine Arme und schluchzte haltlos. »Er wurde dünn«, keuchte sie. »Er machte sich ganz dünn.«

Ich betrachtete die Fetzen, mit denen ich den Gefangenen gefesselt hatte. Tatsächlich, das formlose Fleisch war aus den Schlingen geschlüpft, und so hatte sich das Monster befreit und dann Kit überwältigt. Alice umklammerte meine Füße und weinte ebenfalls.

Ein Blick zur Tür – draußen blieb alles ruhig. Gellert und ich waren gleichermaßen bestrebt gewesen, ohne Geräusch zu kämpfen. Falls ein Marsier den Lärm gehört hatte, so mußte er zu dem Ergebnis gekommen sein, daß ihn das nichts anging. Und ich – Gott sei Dank! – ich hatte das gewünschte Beweisstück: einen Fremden in seiner wahren Gestalt.

Ich stieß die keuchenden Flanken des Wesens an. »Steh auf«, sagte ich. »Steh sofort auf!«

Gellert richtete sich auf. Ich sah, daß es ein weibliches Exemplar war, als das Wesen jetzt in zerrissenem Pyjama vor mir stand und nach der Wand tastete, um sich zu stützen. Ich steckte ihre Waffe in meinen Gürtel und winkte mit meiner. »Los, raus hier.«

Sie bewegte sich langsam vorwärts. Sie war untersetzt und kräftig gebaut und genauso mit gummiartigen Armen und Beinen ausgestattet wie das männliche Exemplar, das wir schon zu Gesicht bekommen hatten. Die Perücke war von dem widerlichen Schädel gefallen, und die schwarzen Pigmentpunkte, die den rasierten Bart eines Mannes vortäuschen sollten, waren von der farblosen Haut bereits aufgesogen, aber Augenbrauen, Lider und Körperhaar hing noch überall da, wo es mit unsäglicher Sorgfalt befestigt worden war. Sie taumelte vor mir her.

»Reggy hat einen Wagen draußen stehen«, flüsterte ich Kit zu. »Wir werden dieses Wesen zu Yueth in dessen Haus schaffen, wie wir ursprünglich geplant hatten. Danach wird er uns schon in Schutz nehmen, bis die ganze Sache restlos aufgedeckt ist.«

Wir gingen die Treppe hinunter und traten auf den Gehsteig, als ein Polizeiwagen, etwa hundert Meter entfernt, an den Straßenrand fuhr. Ich hörte den marsischen Anruf laut durch die Nacht hallen. »Kevran yantsu!«

»In den Wagen!« Ich versetzte Kit einen Stoß, daß sie mit Alice im Arm über den Gehsteig taumelte. Gellert benutzte diesen Augenblick, um mich anzugreifen, indem er sich zu mir umdrehte und mir die Pistole zu entreißen versuchte. Die andere siebenfingrige Hand krallte er in mein Gesicht. Ich warf mich mit aller Wucht gegen den plumpen Körper und ließ meine Pistole fallen, damit ich beide Hände für den Kampf frei hatte.

Eine Pistole knallte und dann noch eine. Eine Sirene begann aufzuheulen. Ich trieb Gellert zum Wagen hin. Kit saß schon vorn und öffnete die hintere Wagentür. Ich umfaßte Gellerts Kehle und stieß »sie« in den Wagen. Wir stolperten beide hinein. Regelin fuhr an. Ich hörte, wie eine Maschinenpistole zu rattern anfing.

Wir kämpften immer noch verbissen, während Regelin die Siebente Straße hinaufschoß. Der Suchscheinwerfer blieb immer wie ein langer Finger auf uns gerichtet. Der Polizeiwagen raste hinter uns her, und der Schütze schoß ununterbrochen. Ich schlug immer wieder mit aller Kraft auf Gellert ein, aber in dem Wesen schien eine unbändige Lebenskraft zu stecken. Immer noch wehrte er sich verbissen mit Zähnen und Klauen.

Kit kniete sich auf den Vordersitz, langte über mich und mischte sich in den Kampf ein.

Wir rasten auf zwei Rädern um die Kurve und sausten die Lyndale Avenue entlang. Die Häuser flitzten vorüber, kein Wunder bei zweihundert Kilometer die Stunde. Der Wagen kurvte wild hin und her, um Zusammenstöße zu vermeiden, fuhr über ein Rasenstück und kam wieder auf die Straße. Die Polizei raste im Abstand von zweihundert Metern wild schießend hinter uns her. Der Äther mußte voller Alarmsignale sein, die sie sicher unaufhörlich aussandten.

Schließlich sackte Gellert unter meinen wuchtigen Schlägen zusammen. Ich lag daneben und schnappte nach Luft, während ich mit einer Ohnmacht kämpfte.

Allmählich kehrte mein Denkvermögen zurück. Ich setzte mich zurecht und stützte den Kopf in die Hände.

»Ich halte sie in Schach«, sagte Kit. Sie hielt Regelins Pistole und zielte auf das Monstrum.

Der Wagen wurde von gelegentlichen Treffern geschüttelt, die jedoch wirkungslos an der Panzerung abprallten. Das konnte nicht mehr lange so weitergehen, irgendwann würden sie einen empfindlichen Teil des Wagens treffen. Oder ein Düsenjäger würde uns von oben unter Feuer nehmen. Ich zwang meine wirbelnden Gedanken, angestrengt nachzudenken.

»Wenn wir uns jetzt ergeben ...« Regelins Stimme klang dünn im Sausen der vorbeischießenden Luft. »Wir haben einen Fremden als Beweis dabei.«

Ich merkte, wie sich zu meinen Füßen etwas bewegte. Im Widerschein des Scheinwerferlichtes sah ich das ursprüngliche Gesicht von Fred Gellert wieder, allerdings ohne Perücke. Doch das war kein überzeugender Beweis einem Marsier gegenüber.

Kits Stimme klang verzweifelt. »Zurück mit dir, du Ungeheuer«, sagte ich. »Zurück in deinen anderen Zustand, oder ich schieße.«

Eine höhnische Antwort: »Glauben Sie, das macht mir jetzt was aus?«

Der Wagen dröhnte und zitterte unter den Einschlägen der Geschosse.

Mir fiel die seltsame Waffe des Fremden ein, die ich in den Gürtel gesteckt hatte. »Vielleicht haben wir eine Chance«, sagte ich langsam. »Ich weiß nicht, was dieses Gerät anrichtet, aber probieren können wir es ja mal. Mit unseren Pistolen schütteln wir unsere Verfolger nicht ab.«

Regelin nickte kurz. »Machen Sie sich fertig«, sagte er. »Ich werde sie rankommen lassen.«

Er verlangsamte das Tempo. Der Streifenwagen holte auf, ein langes schnittiges Fahrzeug. Ich kurbelte das Fenster herunter. Die Waffe fühlte sich kalt und schwer an, klobig lag sie in meiner Hand. Ich spürte einen Abzugshahn. Gellert fluchte und versuchte sich aufzurichten. »Nein«, sagte Kit.

Unsere Verfolger schossen nicht auf uns, sondern hielten offenbar nur die Maschinenpistole in Anschlag. Ich hob die neue Waffe empor, zielte und drückte ab.

Es gab weder einen Knall noch einen Rückschlag. Aber auf einmal löste sich der andere Wagen in seine Bestandteile auf. Ich sah einen Blitz, begleitet von Rauch und einer Dampfwolke, und dann wirbelten Stahlteile durch die Luft. Zwischen Vorder- und Hinterrädern blieb nur ein rauchender Trümmerhaufen zurück, als Regelin unseren Wagen wieder beschleunigte.

»Okay.« Kits Ton war hart. »Weiter.«

Wir konnten unmöglich umkehren und versuchen, Yueth zu finden. Hinter uns schwärmte es wie in einem Hornissennest.

Wir mußten fliehen. Wir hatten bereits die offene Landstraße erreicht. Regelin bog in die erste Seitenstraße ein, und wir fuhren mit höchster Geschwindigkeit über Dreck und Schotter nordwärts.

»Ich werde jetzt unseren Freund in Schach halten«, sagte ich erschöpft. Allmählich klappte ich zusammen. Ich schien seit tausend Jahren nicht gegessen und geschlafen zu haben, und eine Million Jahre mußte es her sein, da ich noch in Frieden ohne Furcht leben konnte. »Gib mir die Pistole!«

Gellert mußte sich auf den Boden legen, und Kit kroch auf den Rücksitz. Ich hielt sie mit einem Arm an mich gepreßt, während wir weiter nach Norden rasten.

Inzwischen war die Morgendämmerung angebrochen. Eine Wolkenwand hatte sich aufgetürmt, und die Sonne wurde durch einen Regenschleier verdeckt. Das war günstig, und wir hatten Hilfe verdammt nötig. Eine Stunde später entdeckten wir die verlassene Farm.

Es gibt eine Menge davon in diesem nördlichen Bundesstaat – unkrautüberwucherte Höfe, Felder, auf denen wieder junge Bäume wachsen, verfallene Ställe und Gebäude. Diese hier besaß noch eine guterhaltene Scheune. Wir fuhren durch ein schief in den Angeln hängendes Tor hinein, hielten an und stiegen aus. Meine Füße gaben unter mir nach.

»Kit, du schläfst mit Alice im Wagen«, sagte ich. Regelin nickte. Auch er sah überanstrengt und erschöpft aus. »Wir werden hier bis zum Anbruch der Nacht bleiben.«

Alice weinte und klammerte sich an ihre Mutter. Sie zitterte, und Kit nahm meine Hand und legte sie auf Alices Stirn. Sie war heiß, und ihr Puls ging rasch. Kits Augen blickten mich aus dunklen Höhlen an.

»Fieber«, sagte sie. »Was sollen wir machen?«

»Abwarten«, sagte ich. »Uns bleibt nichts anderes übrig.«

»Nichts zu essen, keine Medikamente, kein . . .« Sie sackte zusammen und wandte sich mit dem Kind ab. Mein Gesicht zuckte.

Die Scheune war kalt und feucht und roch muffig. Draußen fiel der Regen in Strömen und hüllte die dampfenden Wälder ein. Bald waren die Straßen nur noch Schlammfurchen. Regelin hustete. Ihm ging es noch schlechter als mir.

Wir setzten uns. Gellert kauerte einige Meter von uns entfernt und schaute uns ausdruckslos an. Ich hielt die Pistole entsichert in der Hand und war entschlossen, bei der geringsten verdächtigen Bewegung zu schießen.

»Nun«, sagte Regelin, »was tun wir als nächstes?«

»Ich weiß nicht«, sagte ich müde. »Ich weiß es wirklich nicht.«

Der Regen trommelte laut aufs Dach. Wasser tropfte durch die schadhaften Stellen und rann in kleinen Bächen den schmutzigen Boden entlang.

Nach einer Weile lächelte Regelin. »Für eine Tasse Zardak würde ich meine Ahnen vergessen«, sagte er. »Und wenn ich dazu noch einen Teller Ruzan bekäme . . .«

»Schinken und Eier, Toast und Kaffee«, antwortete ich.

Wir begannen wieder munter zu werden. Der Hunger wich einem pochenden Gefühl, und das Denkvermögen besserte sich. Ich konnte wieder Entschlüsse fassen.

»Wir stehen gar nicht schlecht da«, sagte ich. »Wir leben immer noch und sind frei, das heißt mehr oder weniger, und wir haben den Gefangenen, den wir brauchen, wenn wir ihn auch nicht in dem gewünschten Zustand abliefern können. Wir werden uns was ausdenken müssen.«

Regelins Augen verengten sich, und er schwenkte seine Antenne auf Gellert zu. »Ja«, sagte er rauh, »wir können bei dieser Gelegenheit gleich ein Verhör abhalten.«

Ein Lächeln huschte über das scheinbar menschliche Gesicht. »Wenn Sie denken, daß ich vor Ihnen Angst habe . . .« sagte Gellert.

»Hör mal, wir sind keine Sadisten«, sagte ich zu dem Wesen. »Wir möchten dich nicht foltern. Aber es kann leicht sein, daß wir solche Skrupel aus Gründen der Selbsterhaltung beiseite schieben müssen.«

»Sieht ganz so aus«, sagte Gellert ruhig.

»Warum willst du uns nicht wenigstens deinen wahren Namen verraten?« fragte Regelin beiläufig.

»Wenn Sie Wert darauf legen. Ich heiße Radeef l'al Kesshub.«

Besser kann ich die verrückten Laute nicht wiedergeben. Ich merkte, wie die Kehle dabei angespannt arbeitete, menschliche Stimmbänder konnten die Laute nur sehr schwer wiedergeben.

»Also hör mal her«, sagte ich grob, »wir wissen bereits, daß du von einem anderen Sternensystem kommst und daß euer Volk seine besonderen Fähigkeiten dafür benutzt hat, unsere beiden Regierungssysteme zielbewußt zu unterwandern und von innen her zu besetzen. Ihr habt den Mars und die Erde in einen Krieg getrieben, aus dem ihr als die eigentlichen Sieger hervorgegangen seid. Wir wissen ziemlich sicher, daß ihr nur wenige seid, andernfalls hättet ihr mit Waffen wie dieser hier ohne weiteres die Macht ganz offen an euch reißen können. Du siehst also, wir kennen die grundlegenden Tatsachen, und den Rest kriegen wir bestimmt raus, wenn wir unsere Neugierde noch etwas strapazieren.«

»Daran hindert Sie niemand«, sagte Radeef dumpf.

»Jetzt zu der Waffe.« Ich drehte das klobige Ding in meiner Hand hin und her. »Wie funktioniert sie?«

»Sie erwarten, daß ich militärische Geheimnisse meines Volkes preigebe?«

»So geheimnisvoll ist die Waffe gar nicht.« Seltsam, wie klar und präzise ich kombinieren konnte. »Ich glaube ziemlich genau zu ahnen, wie diese Waffe hier arbeitet. Auf der Erde und dem Mars wird schon lange mit ähnlichen Energieentladungen experimentiert. Ich habe einige der freigegebenen Ergebnisse studiert. Theoretisch kann man ein sehr starkes Kraftfeld erzeugen und es mit einem Gerät wie diesem hier gebündelt in den Raum projizieren. So etwas geht ohne Lärm und Rückschlag vor sich. Wenn solch ein Kraftfeld auf feste Materie trifft, treibt es den getroffenen Körper mit ungeheurer Wucht auseinander – in alle Richtungen. Wenn die Waffe entsprechend konstruiert ist, löst sich das Zielobjekt in einzelne gasförmige Atome auf; praktisch sind es aber immer noch zusammenhängende Fetzen und Trümmer, wie wir ja gesehen haben. Die Molekularkräfte sind sehr stark, und dadurch fliegen die Teile nicht sehr weit. Auch gibt es kaum ein Geräusch. Das Objekt bricht einfach auseinander.«

Radeef schwieg beharrlich.

»Warum habt ihr uns den Krieg erklärt?« fragte Regelin sehr sanft. »Was haben wir euch getan?«

»Ihr existiert«, sagte Radeef. Es war aber keine bösartige Feststellung. Ich glaubte, leises Bedauern herauszuhören.

»Ich glaube nicht, daß ihr der Voraustrupp einer interstellaren Invasion seid«, fuhr ich fort. »Selbst wenn man nach streng logischen Folgerungen zu diesem Ergebnis käme, fehlt immer noch das Motiv. Es gibt keinen Grund, warum eine hochstehende Kultur eine andere auf diese Weise unterwandern sollte. Ihr könnt doch eure Bedürfnisse viel leichter zu Hause befriedigen. Oder wenn ihr schon jemand überrennen wollt, hätte es nicht eine hochstehende Kultur zu sein brauchen, die der euren fast ebenbürtig ist. Ihr hättet euch eher eine primitive Rasse ausgesucht, nicht wahr?

Ich bezweifle, daß das eine Invasion oder die Vorbereitung dazu sein soll. Vielmehr glaube ich, daß ihr eine private Gruppe seid, die auf eigene Faust operiert, so etwas wie ein Seeräuberkommando. Und ihr mußtet uns angreifen, weil euch keine andere Wahl blieb, denn der Verstand sagt einem, daß ihr euch sonst höchstens mit primitiven Wilden eingelassen hättet. Ich bin der Ansicht, daß ihr hier ausgesetzt wurdet.«

Keine Antwort.

»Worüber ich mir schon die ganze Zeit den Kopf zerbreche«, sagte Regelin, »ist der merkwürdige Umstand, warum Dzuga bei dem Angriff auf ihn seine ursprüngliche Gestalt annahm, die anderen jedoch nicht. Weder Schläge, Kugeln, ja sogar der Tod vermochten nicht, sie in den ursprünglichen Zustand zurückzuversetzen. Was war denn so besonderes an dem ersten Angriff auf Dzuga?«

»Hitze?« sann ich. »Er verbrannte sich an der berstenden Glühbirne; erinnern Sie sich noch?«

»Möglich. Aber es ist nur eine Vermutung. Wie leicht kann man heutzutage versehentlich heißes Metall berühren. Und auch die Geschosse müssen im Körper eine beträchtliche Hitzewelle erzeugt haben.«

»Dann ...«

Ein Blitz leuchtete draußen auf, gefolgt von rollendem Donner, der die alte Scheune in den Grundfesten erzittern ließ.

»Ein elektrischer Schock!«

Regelin nickte. »Ja«, sagte er. »Ich denke, das ist die Lösung. Das können wir ganz leicht ausprobieren.«

Radeef wich zurück und knurrte. »Nur zu«, kreischte sie. »Vergeuden Sie Ihre Zeit.«

»Wir haben nichts zu vergeuden«, sagte Regelin höflich.

Er bewachte unsere Gefangene, während ich den Wagen nach geeigneten Materialien durchsuchte. Ich fand eine starke marsische Stablampe mit einer 12-Volt-Batterie. Ich nahm die Linse, dann die Glühbirne und den Reflektor heraus und nagelte einen Besenstiel an die Hülse. Dann führte ich einen Draht längs des Stiels bis zur Lichtmaschine des Wagens. Als ich die Drahtenden berührte und den Motor anließ, spürte ich einen elektrischen Schlag. Er schien nicht sehr stark zu sein, aber ...

»Komm her«, sagte ich.

Radeef knurrte und wich zurück. Regelin folgte ihr und hielt sie mit der Pistole in Schach. Ich trieb sie in eine Ecke und setzte sie unter Strom.

Der Schock durchzuckte sie, der Körper schrumpfte zusammen, änderte die Form, verdickte sich und schwankte hin und her. Sie fluchte, fing sich wieder und nahm allmählich die ursprüngliche Gestalt an. Ich versetzte ihr einen zweiten Schlag und wich den Händen aus, die nach dem Stock langten. Radeef gab es auf und behielt zitternd ihre unheimliche fremde Gestalt bei.

Ich drehte mich zu Regelin um. »Da haben wir es«, sagte ich.

»So können wir unsere Geschichte beweisen. Es ist außerdem ein simpler Test, durch den wir schnell feststellen können, wer zu ihnen gehört.«

»Hm. Ja.« Regelin betrachtete unseren Feind. »Sehr wahrscheinlich könnte man an den inneren Organen auch jederzeit den Unterschied feststellen, denn diese vermögen sich sicher nicht so schnell zu verändern. Stimmt das?«

Irgend etwas schien in Radeef zusammenzubrechen. Sie setzte sich hin und bedeckte ihr Gesicht mit den Händen.

Ihre wütende Selbstverteidigung hatte lange gedauert, jetzt war es mit ihrem verzweifelten Widerstand zu Ende.

»Ja«, flüsterte sie. »Wir können unser Atmungssystem allen möglichen Lebensbedingungen angleichen, aber es stimmt, wenn Sie sagen, daß man uns an den inneren Organen erkennen könnte. Genauso würde man unter dem Mikroskop feststellen, daß unsere Körperzellen einen ganz anderen Aufbau aufweisen, der sich grundlegend von dem der Marsier oder Menschen unterscheidet.«

»Röntgenstrahlen«, sagte Regelin. »Ein weiterer Test.«

»Aber alle Männer in unseren Armeen wurden doch mehrfach geröntgt«, protestierte ich.

»Ja, aber die Fremden schlichen sich immer nur in die höchsten Dienststellen ein, erinnern Sie sich? Sie konnten es leicht einrichten, daß ihre Untersuchung durch eingeschleuste Ärzte vorgenommen wurden, die selbst zu den Eindringlingen gehörten. Dann konnte höchstens noch bei einer Schlacht das Geheimnis entdeckt werden, wenn einer von ihnen tödlich getroffen wurde. Aber da machte sich keiner die Mühe, eine zerrissene Leiche eingehend zu untersuchen.«

Ich starrte unsere Gefangene an, die sich zu meinen Füßen hingekauert hatte. »Woher kommst du, Radeef?« fragte ich.

Sie schaute nicht auf, und ihre Stimme klang leise: »Vom Sirius.«

»Und warum kamt ihr hierher? Was wollt ihr von uns?«

»Das ist eine lange Geschichte«, sagte sie. »Sie beginnt vor zweihundert Jahren. Es gibt vier intelligente Rassen im sirischen System. Sie sind so weit wie Sie – manchmal etwas weiter, in anderer Beziehung noch etwas zurück. Im Durchschnitt gleichen sie Ihnen. Das Volk von Sha-eb hatte die biologischen Wissenschaften besonders entwickelt. Es brach ein großer Krieg in unserem System aus. Sie benutzten ihre Kenntnisse, um in die feindlichen

Armeen und Regierungen Agenten einzuschleusen. Zu diesem Zweck wurden wir entwickelt, wir sind künstlich herbeigeführte Mutationen.«

Ich schüttelte den Kopf und war erschüttert über diese ungeheuerliche Tatsache. Nicht nur die enorme Entfernung vom Sirius, die nahezu neun Lichtjahre betrug, nein, am meisten erschütterte mich die kaltblütige biologische Absicht, deren Ergebnis diese Kreaturen waren. Ich wußte noch aus meiner Schulzeit, was für ein kompliziertes Ding doch ein Lebewesen ist, dessen Körperfunktionen höchst verwickelt ineinanderlaufen. Und dann Mutationen zu schaffen, die mit der bloßen Kraft ihres Willens in Minuten Zähne und Gliedmaßen nach Belieben wachsen lassen konnten – es war phantastisch!

Kein Wunder, daß der elektrische Schock das komplizierte Gleichgewicht störte. Die Nervenströme sind elektrischer Natur. Erstaunlich war ganz besonders, daß diese Wesen gegenüber allen anderen Einwirkungen so unglaublich widerstandsfähig waren.

»Wie lange dauerten die Experimente, bis ihr vollendet wart?« fragte ich.

»Ich weiß nicht«, sagte sie tonlos. »Vielleicht ein Jahrzehnt. Sie benutzten ein neues Verfahren, mit dem das Wachstum beschleunigt werden konnte. Sie konnten einzelne Gene einsetzten. Wir verstehen genauso wenig von den wissenschaftlichen Einzelheiten wie Sie.«

Sie seufzte. »Die Sha-ebs siegten schließlich mit unserer Hilfe und den anderen überlegenen Waffen. Der Friede wurde hergestellt. Und wir, die Mutationen, waren jetzt unerwünscht. Man fürchtete uns, haßte uns und setzte uns überall hintenan. Wir durften unter Androhung hoher Strafen nicht die Gestalt einer der bestehenden Rassen annehmen. Schließlich durften wir auch nicht mehr Kinder in die Welt setzen; wir wurden zum Aussterben verdammt.

Wir taten uns heimlich zusammen und versuchten, die Regierung von Sha-eb zu stürzen, indem wir unsere Verwandlungsfähigkeit benutzten. Es ging schief. Die meisten von uns wurden getötet. Einigen gelang es, ein großes Raumschiff zu kapern, mit dem früher die weiter entfernten Planeten erforscht worden waren. Wir verließen das sirische System, weil wir dort nichts mehr erhoffen durften.

Woanders konnten wir vielleicht leichter seßhaft werden. Die

Reise dauerte nahezu hundert Jahre, wobei wir die meiste Zeit im künstlichen Tiefschlaf verbrachten, um mit den knappen Vorräten auszukommen.«

Sie lachte gequält. »Warum sagte ich ›wir‹? Ich war damals noch gar nicht geboren. Aber wir Tahowana haben ein eingefleischtes Zusammengehörigkeitsgefühl als Rasse, auch wenn wir nur ein künstlich geschaffener Mischmasch sind. Wir kämpften als winzige Schar gegen ein mitleidloses Universum, das uns kein Asyl gewähren wollte.

Vor fünfzig Jahren erreichten wir das Sonnensystem. Ganz heimlich durchforschten wir es. Auf der Erde und auf dem Mars fanden wir festgefügte Kulturen vor, und dort konnten wir leben. Auf allen anderen Planeten mußten wir in Stahl- und Plastikpanzern leben, dort hätten wir keinen Sonnenstrahl, keine Krume Erde unser Eigen nennen können. Ganz zielbewußt nahmen wir die Gestalt der Erd- und Marsbewohner an und studierten die Lebensweise auf diesen Planeten. Wieder war für uns kein Platz. Vielleicht hätte man uns freundschaftlich aufgenommen und uns ein Reservat zugewiesen, in dem wir unser Leben fristen konnten, aber das war nichts für uns. Immer hätte man uns argwöhnisch bewacht. Wer hätte uns auch je völlig trauen können? Deshalb wollten wir einen Planeten ganz für uns allein. Auf dem wir unsere Kinder unbehindert aufziehen konnten, auf dem wir uns in unserer wirklichen Gestalt frei und ohne Furcht bewegen konnten. Sie können diese Sehnsucht nicht begreifen, Sie haben so etwas nicht durchgemacht. Wir waren immer die Entrechteten. Einige wollten weiterreisen, einige wollten sich offen zu erkennen geben, aber schließlich siegte die Gruppe, die sich dafür einsetzte, hier zu bleiben und zu kämpfen – mit den Waffen, die uns zur Verfügung standen. Das Raumschiff kreist hinter Pluto um die Sonne und ist schwer bewaffnet. Wenn wir erst Erde und Mars genügend geschwächt hatten, konnten wir die Besetzung der beiden Planeten mit seiner Hilfe in aller Offenheit vornehmen.

Ich brauche sicher nicht die Einzelheiten der letzten fünfzig Jahre zu beschreiben. Sie können sich das zweifellos selbst ausmalen. Wir paar Tausend arbeiteten unermüdlich und bereiteten alles vor. Dann ermordeten wir heimlich nacheinander die maßgebenden hohen Offiziere und Regierungsbeamten und setzten uns an deren Stelle, wobei wir die Familien nicht verschonen konnten. Der Übergang vollzog sich reibungslos und unauffällig, denn wir hatten alles gründlich vorbereitet. Jeder Angehörige unserer Rasse wurde dabei eingesetzt. Die Kinder wurden praktisch in ihre Arbeit hineingeboren, an verborgenen Stellen großgezogen und übernahmen ihre zugewiesenen Aufgaben, noch bevor sie erwachsen waren. Ich bekam selbst Kinder und sah sie bis heute nicht wieder. Das Leben ist nicht leicht.«

Ihre Stimme verklang. Der Regen trommelte auf das Dach, und neblige Streifen wälzten sich durch das Halbdunkel der Scheune.

»Und jetzt habt ihr die Erde ruiniert«, sagte ich langsam. »Wir könnten zwar schnell wieder auf die Beine kommen, aber bald wird die Marsregierung uns völlig hilflos gemacht haben. Wie wollt ihr weiterhin gegen den Mars vorgehen?«

Darauf blieb sie die Antwort schuldig.

Regelins Lachen klang wild. »Besiegt«, sagte er grimmig. »Von Flüchtlingen besiegt!«

»Diese Entwicklung findet man häufig in der Geschichte«, antwortete ich. »Denken Sie an Rom, die Goten rissen vor den Hunnen aus, die sich wiederum auf der Flucht vor den Mongolen befanden. Nur diese Tahowana sind klüger. Sie haben uns an ihrer Stelle kämpfen lassen.«

»Sie sind so wenige«, preßte Regelin zwischen den Zähnen hervor. »So wenige und so dünn verteilt, so leicht erkennbar, wenn man nur weiß, wonach man zu suchen hat. Und trotzdem sind wir immer noch hilflos. Es ist zum Verzweifeln!«

»Wir müssen es weiter versuchen«, sagte ich. »Ein Ferngespräch mit Yueth? Nein, die Telefonleitungen sind noch nicht repariert. Ein Brief? Ich nehme an, daß die Post aller Marsier, die nicht zu den Fremden gehören, scharf kontrolliert wird. Ein Versuch, sich wieder in die Stadt zu schleichen? Hoffnungslos. Aber wir werden uns was ausdenken. Wir müssen einen Weg finden.«

Ich drehte mich zum Wagen um, als Alice aufschrie. Kit hielt das Kind fest an sich gepreßt. Sie weinte selbst hemmungslos. Alice plapperte wirres Zeug, das ich nicht verstand; sie hatte hohes Fieber.

9

Nach Einbruch der Dunkelheit fuhren wir weiter, wobei wir nicht recht wußten, wohin die Reise ging, aber das war uns ziemlich egal.

Gegen zehn Uhr kamen wir in ein kleines Dorf, das nur aus ein paar Häusern und aus einem großen Gemischtwarenladen bestand. Außerdem gab es noch eine Bank und einen Händler für landwirtschaftliche Bedarfsartikel. Regelin hielt an einer unbeleuchteten Stelle an, während ich an einem Haus klopfte, aus dessen Fenstern Licht fiel.

Ein Mann schlurfte herbei, und ich stellte mich so, daß mein Gesicht im Schatten blieb, als er die Tür öffnete. Ich fragte nach dem nächsten Arzt.

»Hatte einen kleinen Unfall«, erklärte ich. »Verirrte mich in den Wäldern, fiel und verstauchte mir den Arm.«

Er blickte mich schärfer an. »Woher kommen Sie?« fragte er. Ich stellte mir vor, daß die Neuigkeiten hier sehr rar sein mußten. Der Postdienst klappte bestimmt noch nicht regelmäßig, und im Radio konnte man nur die offiziellen Meldungen der Besatzungsmacht abhören.

»Ich bin auf der Walze«, sagte ich. »Kam durch Duluth, aber dort gab es keine Arbeit, und da zog ich weiter.«

»Da sind Sie ganz schön herumgekommen.«

Ich konnte förmlich seine Gedanken lesen: Der Kerl könnte was klauen. Vielleicht hat er schon was beiseite gebracht.

»Ich habe einen Onkel, der wohnt in North Dakota. Bei dem kann ich bestimmt bleiben, wenn ich hinkomme«, sagte ich. »Nun, wo ist der Arzt, bitte?«

»Zwei Häuser weiter. Er heißt Hansen, Bill Hansen.«

»Danke.«

Ich ging weiter und überlegte krampfhaft, ob meine Lügen glaubhaft geklungen hatten. Ich sprach New Yorker Akzent, obwohl ihn die vielen Jahre in der Raumwaffe abgeschliffen hatten.

Das Haus des Arztes lag in Dunkel gehüllt. Wir parkten auf der gegenüberliegenden Straßenseite unter dichten Bäumen, und ich ging hinüber und klopfte abermals. Hoffentlich war er da.

Alice wimmerte in meinen Armen. Ihre Augen glänzten fiebrig und blickten ins Leere. Sie erkannte mich nicht mehr.

Über mir öffnete sich ein Fenster. »Wer ist da?« Die Stimme eines alten Mannes, aber immer noch fest und volltönend.

»Ein Patient«, antwortete ich so ruhig wie möglich. »Wirklich dringend.«

»Okay, ich bin gleich unten.«

Das Dorf hatte elektrisches Licht, und das war ungewöhnlich.

Vielleicht hatten sie einen alten Holzvergasermotor für diesen Zweck umgebaut. Der Lichtstrahl aus der sich öffnenden Tür blendete mich, und ich trat schnell ein und schloß die Tür hinter mir.

Hansen betrachtete mich. Er war ein hagerer, gebildet aussehender Mann mit weißem Haar und schmalem, zerfurchtem Gesicht. Seine blauen Augen hinter altmodischen Gläsern ruhten aufmerksam auf mir. Er hatte ein paar Hosen über sein Nachthemd gezogen, aber sonst keine Umstände gemacht.

»Das Kind ist krank«, sagte ich. »Es hat seit zwölf Stunden hohes Fieber und befindet sich jetzt im Delirium.«

»Hm«. Er nahm Alice behutsam in seine Arme und trug sie in das Wohnzimmer. »Wollen Sie bitte das Licht im Vorzimmer auslöschen? Wir dürfen nur jeweils eine Glühbirne brennen lassen.« Er legte Alice auf die Couch und öffnete seine Arzttasche. Ich stand im Durchgang und sah zu, wie er sie untersuchte. Dabei dachte ich an Kit, die draußen im Wagen saß und Regelins Hand krampfhaft hielt, weil es sonst in der ganzen Welt nichts weiter gab, was sie hätte tun sollen.

Hansen beendete seine Untersuchung und wandte sich mir zu. »Wo hat sie sich das geholt?« fragte er.

»Ist das wichtig?« entgegnete ich.

»Sicher. Ich muß wissen, was sie alles durchgemacht hat.«

»Na schön.« Ich steckte eine Hand in meine Jackentasche, in der sich Regelins Pistole befand. »Sie wurde ungenügend ernährt, wochenlang. In den letzten zwei Tagen hat sie gar nichts zu essen bekommen, weil wir nichts besitzen. Sie ist tödlich erschreckt worden, und das immer und immer wieder. Sie schlief kaum. Sie hat sich heute den ganzen Tag an einem nassen Ort aufgehalten. Genügt Ihnen das?«

Er betrachtete mich lange. Ich mußte selbst ziemlich krank ausgesehen haben, eingefallene Wangen, eingesunkene Augen, schmutzig und unrasiert. »Allerdings, Mr. Arnfeld«, sagte er. »Ich verstehe.«

»Da wissen Sie also über alles Bescheid?«

»Das ließ sich kaum vermeiden. Es kam jeden Tag über den Rundfunk. Heute morgen kam es wieder durch, und gleichzeitig wurde bekanntgegeben, daß Sie in den Zwillingsstädten Minnesota-St. Paul verschiedene Morde begangen hätten und nach Norden geflohen wären.«

Ich zuckte die Achseln. »Schön. Und das Kind?«

»Ein schlimmer Fall von Grippe, zu dem vielleicht noch Lungenentzündung hinzukommt. Leute, die ihre Kinder so behandeln, sollte man bestrafen.« Er sagte es ganz leidenschaftslos, ohne jeden Groll, aber sein Gesicht war bitterernst dabei.

»Wir hatten keine Wahl«, erwiderte ich. »Unsere Verfolger hätten sich bestimmt noch weniger um sie gekümmert, ihr höchstens ein Grab geschaufelt.«

»Na schön«, sagte er. »Ich glaube, daß ich sie durchbringen kann. Es gibt hier kein Penicillin, aber Sulfonamide habe ich noch, und damit heilt man schlimmere Fälle als diesen hier. Aber sie muß absolute Ruhe haben, außerdem viel Pflege und gutes Essen, und das für lange Zeit.«

»Ich fürchte, das können wir ihr nicht geben«, sagte ich. »Außerdem glaube ich nicht, daß wir hier lange bleiben können.«

»Kaum.« Er hob das Mädchen hoch. »Warum bringen Sie nicht Ihre Freunde herein, während ich das Kind behandle?«

»Und Sie rufen den Sheriff an? Wir müßten uns gegen ihn stellen. Wir haben schon genug Unheil angerichtet.«

»Stellen Sie sich nicht so albern an, Arnfeld. Übrigens ...«, jetzt lächelte er verschmitzt, »ich würde mir gern Ihre Geschichte anhören.«

Ich ging hinaus und holte beide herein, während er Alice aus dem Zimmer trug.

Sicherlich waren wir ein seltsamer Haufen. Ich sah wie ein Landstreicher aus, aber da war Kit, schlank und im Glanz ihrer hellen Haare, die ihr schmales liebes Gesicht einrahmten; Regelin überragte uns, eine dunkle Gestalt mit honigfarbenen Augen, der in seiner schwarzen Uniform seltsam fremd und unwirklich aussah. Dann kam Radeef, das Ungeheuer, das wir mit der Pistole in Schach hielten und dessen unmenschlicher Kopf tierisch aussah. Innerhalb der gutbürgerlichen Wohnung nahmen wir uns wie Eindringlinge aus einer Welt aus, die es eigentlich gar nicht geben konnte.

Hansen holte tief Luft. »In Ordnung«, sagte er. »Lassen Sie sich nieder und warten Sie ein paar Augenblicke. Würden Sie mir helfen, junge Frau, während ich das Kind behandle?«

Kit rannte mit ihm die Stufen empor und fiel beinahe vor lauter Übereifer hin.

Es schien eine Ewigkeit vergangen zu sein, ehe sie wieder herunterkamen. Hansen lächelte beruhigend. »Ich gab ihr die erste Injektion«, sagte er. »Sie schläft jetzt und sollte sich eigentlich rasch erholen.« Seine Blicke wanderten von einem zum andern. »Ich stelle fest, sie könnten alle ein gutes Essen gebrauchen. Kommen Sie mit in die Küche. Wir werden etwas zubereiten.«

Während er das Essen vorbereitete, erzählten wir ihm in großen Zügen die ganze Geschichte. Ich glaube nicht, daß ein vernünftiger Mensch sie uns abgenommen hätte, wenn wir nicht Radeef dabei gehabt hätten, die auf dem Fußboden kauerte. Zusehends wurde Hansen stiller, nur ab und zu warf er eine Frage ein, um einige Punkte zu klären. Am Ende preßte er die Lippen zusammen und schüttelte den Kopf.

»Das ist eine fürchterliche Erkenntnis«, sagte er.

»Sie brauchen keine Angst zu haben«, sagte Radeef plötzlich. »Es ist gar nicht wahr. In Wirklichkeit . . .«

»Nur weiter«, befahl ich ihr. »Ändere deine Gestalt.«

Sie grinste mich tückisch an. »Wie sollte ich? Was Sie verlangen, ist ganz offensichtlich unmöglich.« Sie wandte sich Hansen zu: »Doktor, die Wahrheit ist, kurz gesagt, folgende: Ich komme vom Sirius, das stimmt, und gehöre zur Mannschaft eines Expeditionsschiffes, das vor einigen Monaten eintraf. Wir traten mit der Marsregierung in Verbindung, weil das die einzige war, die noch bestand. Und dann . . .«

»Sie lügt!« Kits Stimme war schrill und wütend. »Sie will uns als Wahnsinnige hinstellen, während wir . . .«

»O nein«, sagte Radeef. »Sie sind ganz normal. Aber die politische Situation ist – nicht einfach. Normalerweise würden wir Mars auffordern, der interstellaren Union beizutreten, die schon ein Dutzend Sternsysteme umfaßt, und der Archon will sich auch gern anschließen. Jedoch wehrt sich eine mächtige und einflußreiche Gruppe dagegen, weil man damit einen Teil der Unabhängigkeit aus der Hand geben würde. Deshalb führt der Archon die Verhandlungen geheim, um die Opposition vor eine vollendete Tatsache zu stellen. Die Opposition bekam aber davon Wind und versucht, Stimmung gegen diesen Plan zu machen, indem sie unsere Leute entführt und ermordet. Nur darin haben sie bis jetzt Erfolg gehabt.«

Hansen schaute uns alle bedächtig an. »Warum sollten ihnen Leute von der Erde helfen?« fragte er.

Eine Eule schrie irgendwo draußen, der Ruf klang in der Stille ungewöhnlich laut.

Radeef sagte: »Das kann man schlecht erklären, vor allem, wenn man die Vorteile in Betracht zieht, die sich die Erde einhandeln würde. Die Unterdrückung würde aufgehoben, weil innerhalb der größeren Gemeinschaft der Mars keine Angst mehr vor der Erde zu haben braucht. Ich glaube, diese Leute wurden nur durch hohe Belohnungen zu ihren Taten aufgestachelt.«

»Hansen«, sagte ich, »ich kämpfe schon seit meinem sechzehnten Lebensjahr bei der Raumwaffe der Erde.«

»Das behauptet er«, sagte Radeef. »Und selbst, wenn es wahr ist, was beweist das? Er wurde eingezogen.«

Das Ganze war ein Alptraum. Was sollten wir tun, wie konnten wir diesen alten Mann überzeugen? Wir konnten hier nicht ewig bleiben und ihn bewachen, man hätte uns entdeckt. Wir konnten ihn auch wegen Alice nicht mit uns wegschleppen – was sollten wir machen?

Regelins rauhes Lachen unterbrach die lastende Stille. »Aklan tubat!« rief er aus. »Ich könnte dich wegen dieses Versuches bewundern, Radeef. Jedoch . . .« Er beugte sich vor und blickte sie hart und kalt an. »Du sagst, es sei dir unmöglich, die Gestalt zu wechseln, wie wir behaupten?«

»Natürlich«, sagte Radeef. »Dr. Hansen als Arzt wird Ihnen zweifellos . . .«

Regelin sprang auf sie zu. Mit einem Fuß schleuderte er sie gegen die Wand und hielt sie fest, während er mit der linken Hand ihren Arm ergriff und ausstreckte. Mit der Rechten faßte er nach einem Topf mit kochendem Wasser, der auf dem Herd stand. Er näherte den Topf dem ausgestreckten Arm von Radeef, und sie handelte instinktiv. Der Arm wurde dünn und dehnte sich. Dann schnellte er von dem Topf zurück. Regelin lachte wiederum, ließ sie los und stellte dann den Topf wieder auf den Herd. Radeef knurrte und nahm ihre ursprüngliche Gestalt an. »Doktor«, rief sie. »Es stimmt, wir können . . .«

»Lassen Sie es sein«, sagte Hansen. »Sie haben es versucht.«

Anschließend gingen wir ins Wohnzimmer. Hansen marschierte hin und her und hielt die Hände auf dem Rücken verschränkt. Er versuchte, einen Plan zu unserer Hilfe auszudenken.

»Mit der gewöhnlichen Polizei ist nichts zu machen«, sagte er. »Sie würde sofort den ganzen Vorfall dem Hauptquartier der Marsier melden, wie es ihnen eingetrichtert worden ist, und die Eindringlinge brauchen Sie dann bloß umzubringen. Selbst wenn die Polizei das Geheimnis bewahren könnte, wie sollte man jemanden, der helfen kann, gefahrlos benachrichtigen?

Wenn der Kommandant selbst ein Eindringling ist, dann muß der echte marsische Offizier, der diese Geschichte glaubt, eine Meuterei anzetteln. Und das muß so unauffällig geschehen, daß keine andere marsische Dienststelle, weder auf der Erde oder auf dem Mond noch auf dem Mars, davon erfährt, ehe auch gegen sie entsprechende Schläge geführt werden können. Und das braucht alles seine Zeit.«

»Yueth dzu Talazan«, sagte Regelin. »Er ist unsere größte Hoffnung. Ich bin ganz sicher, daß er ein echter Marsier ist. Erstens ist er nicht so hochgestellt, als daß man ihn durch einen Fremden ersetzen müßte, und zweitens ist er ein kühner, fähiger Offizier. Wenn man ihn überzeugen könnte . . .«

»Gut«, sagte Hansen. »Ich will's versuchen, ihm eine Botschaft zukommen zu lassen. Sie schreiben ihm was auf, damit er sie allein aufsucht, oder höchstens mit ein paar Freunden, auf die er sich verlassen kann. Er muß natürlich heimlich kommen. Dann können Sie ihm diese Radeef zeigen. Danach können wir Sie vielleicht irgendwo verstecken, während er an die Arbeit geht, um den Feind unschädlich zu machen.«

»Wenn Sie glauben, daß Sie mich ein zweites Mal überrumpeln können, so täuschen Sie sich«, schnaubte Radeef. »Sie tun mir alle leid!«

»Oh, es gibt andere Wege«, sagte Hansen ruhig. »Deine Körperfunktionen sind bestimmt unseren verwandt, wenn man von eurer Fähigkeit, die Zellform zu verändern, absieht. Ich bin ziemlich sicher, daß ein kleiner Schuß Skopolamin oder einer ähnlichen Droge dir die Zunge lösen würde. Oder ein guter Insulinschock würde bestimmt formändernde Zuckungen auslösen.«

Sie wich diesmal seinem Blick aus. Plötzlich wirkte sie einsam und verloren. Ich hätte nicht in ihrer Haut stecken mögen, eine Gefangene in den Händen verzweifelter, zu allem entschlossener Feinde.

»Gut . . .« Regelin rieb seine Stirn, deren Antennen vor Müdigkeit schlaff nach unten hingen. »Ich kann Yueth einen Brief schreiben, ihm die Geschichte erzählen und ihn bitten, im Namen unserer alten Freundschaft herzukommen und sich davon persönlich zu überzeugen. Ich denke, er wird kommen, selbst wenn er die Geschichte nicht glaubt. Aber wie soll ich ihm die Nachricht unauffällig zukommen lassen?«

»Ich werde hier gebraucht«, sagte Hansen. »Aber ich könnte veranlassen, daß der Brief überbracht wird. Hier im Dorf wohnt ein pfiffiger Junge, der manchmal Besorgungen für mich erledigt und brennend gern einmal in die Stadt fahren würde. Ich könnte ihm eine glaubhafte Geschichte erzählen, vielleicht, daß man von diesem Yueth Penicillin bekommen könnte, und daß er versuchen sollte, welches zu kriegen. Gott weiß, daß ich es wirklich nötig brauche!«

Ich wollte schon zustimmen, aber dann bezwang ich den Impuls. »Die Marsier wissen, daß so ein Ansinnen lächerlich ist. Yueth gehört dem Geheimdienst an.«

»Aber sie brauchen das auch nicht zu glauben. Ich erzähle die Geschichte bloß dem Jungen, damit er den Mund hält und sich nicht wundert. Die Marsier werden lediglich erfahren, daß es sich um eine persönliche Botschaft für Yueth handelt. Ich weiß, daß viele von ihnen von Erdbewohnern um dieses oder jenes angegangen werden.«

»Unven!« Regelins Augen strahlten. »Ich denke, Sie haben den Nagel auf den Kopf getroffen, Doktor. Auf diese Weise könnten wir es schaffen!«

»Also, dann los. Dort ist mein Schreibtisch. Schreiben Sie Ihren Brief.«

Während Regelins große Gestalt sich mühsam in den Sessel quetschte, wandte sich Hansen an mich. »Sie können natürlich nicht hierbleiben«, sagte er. »Ich könnte Sie nicht mit Sicherheit verbergen, und im Dorf gibt es eine ganze Menge Leute, die Sie freudig verraten würden, um die hohe Belohnung kassieren zu können. Sie brauchen ein Versteck. Yueth kann zu mir kommen, und ich kann ihm dann den Ort mitteilen.«

»Okay«, sagte ich. »Wo?«

Er lächelte. »Sie sehen aus, als ob Sie auch etwas Erholung und Ruhe brauchen. Warum spannen Sie nicht ein paar Tagc aus und angeln ein bißchen? Ich besitze eine Blockhütte, die etwa hundertfünfzig Kilometer von hier entfernt ist, droben im Arrowheadbezirk. Ich wette, daß es im Umkreis von dreißig Kilometern keine Nachbarn gibt. Ein gutes Versteck.«

»Und Alice«, sagte Kit.

»Sie muß hierbleiben. Hier ist sie auf jeden Fall sicher. Ich kann das Kind ganz gut verstecken. Es wird der Kleinen an nichts fehlen, das verspreche ich Ihnen.«

Kit nickte langsam und schwieg.

»Und Sie brauchen was zu essen«, sagte Hansen. »Ich habe noch genügend Vorräte an Konserven im Keller. Davon werden wir was in Ihren Wagen laden.«

»Aber Sie brauchen doch selbst . . .«

»Ich komme schon zurecht. Kommen Sie, helfen Sie, damit wir fertig werden.«

Wir schleppten einige Kartons in das Auto und gaben uns alle Mühe, keinen Lärm zu machen, damit in den umliegenden Häusern niemand wach wurde.

»Das wird für zwei Wochen reichen«, sagte Hansen schließlich. »Sie müßten eigentlich genügend Fische fangen, um Ihre Rationen beträchtlich zu strecken. Noch nie habe ich hier im Norden einen so fischreichen See gesehen.«

Wir kehrten in das Haus zurück, und er gab mir eine Landkarte. Ich faltete sie zusammen und sagte: »Doktor, ich weiß nicht, wie ich Ihnen danken soll.«

»Brauchen Sie auch nicht«, brummte er.

Regelin beendete seinen Brief, klebte den Umschlag zu und adressierte ihn an Yueth, wobei er die Privatadresse hinzufügte. Kit stand auf und stieg die Treppe hinauf.

»Dave, willst du noch einmal mitkommen?« fragte sie.

Wir standen eine Weile über Alice gebeugt. Die Kleine schlief nun friedlich, und mir kam es vor, als ob das Fieber nachgelassen hätte. Kit beugte sich herab und küßte sie. »Bis später, Liebling«, flüsterte sie.

Wir gingen nach unten. Regelin wartete. Er verbeugte sich höflich vor Hansen, womit er ihm auf marsische Weise seine größte Hochachtung bezeigte. Kit und ich schüttelten ihm die Hand. Dann trieben wir Radeef in den Wagen und begannen erneut unsere Reise.

10

Zweimal verfehlten wir den Weg, und einmal kamen wir in eine kritische Lage, als ein Düsenjäger über uns im Tiefflug dahinstrich. Glücklicherweise hörte Regelin ihn schon von weitem, und wir verbargen uns unter einem Baum, der uns notdürftig tarnte. Das Flugzeug flog vorbei. Trotzdem erreichten wir die kleine Blockhütte noch vor Sonnenaufgang mit fast leerem Tank.

»Mit unserer Reise ist es aus«, sagte Regelin.

Kit stand unter den mächtigen windzerzausten Bäumen und sog die Luft in tiefen Zügen ein, die vom See herüberwehte. »Darüber bin ich ganz froh«, antwortete sie.

Neben der Hütte befand sich ein Schuppen, in dem wir den Wagen verbergen konnten. Wir schlossen auf und kamen in ein Landhaus, das aus vier Zimmern bestand, die nett und gediegen möbliert waren. Regelin und ich lösten uns in der Bewachung Radeefs ab, bis die Dämmerung hereinbrach, während Kit wie ein erschöpftes Kind schlief.

Am nächsten Morgen wurden wir von strahlendem Sonnenschein begrüßt. Das hohe Gras glitzerte wie ein Meer aus lauter Tautropfen, und der See warf das Licht der Sonne in tausend Reflexen durch das Riedkraut zurück. Es roch würzig nach Wald, nach Fichtennadeln und frischem Laubwerk, nach Wasser und Sonnenschein.

Nach dem Frühstück sah ich mir den Schuppen näher an. Er war genauso massiv wie das Wochenendhaus gebaut. Man würde schon einen Bulldozer benutzen müssen, um ihn niederzureißen. Dazu besaß er noch einen betonierten Boden. Ich fuhr den Wagen heraus, stellte ihn beim Haus ab und bedeckte ihn mit Zweigen, die ich von den umliegenden Bäumen abschnitt. Dann schaffte ich ein leichtes Feldbett und einige wenige andere Gebrauchsgegenstände in den Schuppen und zwang Radeef, dort hineinzugehen.

Sie setzte sich auf das Feldbett und änderte ihr Gesicht so, daß es zu lächeln vermochte. Ich nehme an, daß sie es gut meinte, trotzdem war es ein unheimlicher Anblick.

»Wenn ich schon im Gefängnis sitzen muß, so läßt sich das hier am besten ertragen«, sagte sie.

»Wir wollen dich nicht dauernd mit der Waffe in Schach halten«, sagte ich. »Wir werden dich gut behandeln, bis Yueth herkommt – das wird etwa eine Woche dauern, schätze ich. Hansens Bote wird die Strecke zu Pferd zurücklegen müssen. Willst du ein paar Bücher?«

»Nein«, sagte sie. »Wir aus Tahowana machen uns nichts daraus, herumzusitzen und nachzudenken. Trotzdem vielen Dank.«

»Ich wünschte, ihr wärt nicht so unbedingt auf den totalen Sieg aus gewesen«, sagte ich unbeholfen. »Ihr seid vermutlich gar nicht so schlecht. Wenn der Kontakt ganz offen zustande gekommen wäre, hätte es vielleicht günstiger für alle ausgesehen.«

»Wir wollen keine Almosen«, sagte sie bitter.

»Na schön«, sagte ich. »Einige von euch werden sicherlich den Kampf überleben. Vielleicht die meisten, wenn ihr rechtzeitig das

Spiel aufgebt, wo doch nichts mehr zu gewinnen ist.«

»Soweit ist es noch nicht.«

»Ich fürchte, das stimmt. Willst du mir noch ein paar Einzelheiten über dein Volk oder über dich selbst erzählen, Radeef?«

»Nein. Lassen Sie mich bitte allein.«

Ich schloß die Tür mit einem Vorlegeschloß ab und ging in das Blockhaus zurück. Ich wollte schlafen, aber meine Nerven waren völlig durcheinander. Regelin war widerstandsfähiger, er hatte sich bereits hingelegt, wobei seine Beine über das Ende der Lagerstatt hinausragten. Kit und ich räumten das Blockhaus auf und gingen dann hinaus, um im See eine Runde zu schwimmen.

Das Wasser war kalt und durchsichtig wie Glas. Es glitt am Körper entlang und prickelte wie Sprudel. Wir stiegen lachend heraus, und das war das erste Mal seit langer Zeit, daß wir lachten. Dann legten wir uns auf die Wiese, wo wir in der Sonne schmorten. Es war herrlich, nicht ängstlich im Dunkeln herumschleichen zu müssen.

»Ich möchte wissen, wie es Alice geht«, sagte Kit unvermittelt.

»Bestimmt gut«, antwortete ich. »Natürlich wirst du ihr fehlen, aber Hansen ist ein netter alter Sonderling. Wenn wir ein bißchen Glück haben, wirst du sie schon in vierzehn Tagen wiedersehen können.«

»Oder nie wieder – nein!« Sie schüttelte ihren Kopf, daß das blonde Haar hin und her wehte. »Ich möchte nicht daran denken.«

Ich legte meine Hand auf ihren Arm, und dann küßte ich sie. Sie erwiderte meinen Kuß mit verzweifelter Intensität.

Am Nachmittag machte Regelin und ich das Boot klar. Es lag unter einem Laubhaufen versteckt. Wir fanden das Angelzeug und befanden uns bald auf dem See. Er lag weit und leer vor unseren Blicken, nichts als Wälder ringsherum und darüber der klare blaue Himmel. Die Ruhe tat uns wohl, kein Laut war zu hören.

Wir fingen einen Hecht und einige kleinere Fische. Kit hatte einen Fleck mit Heidelbeeren entdeckt, und wir bereiteten aus allem ein wunderbares Mittagessen.

Am nächsten Morgen sagte Kit, daß sie schlecht geschlafen habe, sie hätte sehr unter Angstträumen gelitten. Das war die Reaktion darauf, daß die unmittelbare Gefahr vorbei war. Ich machte mich mit ihr auf zu einem langen Spaziergang, der uns um den ganzen See führte. Wir kamen an ein paar anderen Blockhütten vorbei, sie standen jedoch alle leer; dieser Ort war zu weit von jeder Zivilisation entfernt, da fühlte sich in diesen unsicheren Zeiten keiner wohl. Wir sprachen über mancherlei Dinge, während wir im Schatten der Bäume dahingingen.

Wir kamen zurück, als die Sonne unterging. Regelin saß auf der Veranda und las ein Buch. Er betrachtete uns ernst und schlau, als wir Hand in Hand ankamen. Schließlich lächelte er.

»Die Erde steht unter marsischem Besatzungsrecht«, sagte er und räusperte sich. »In den Bestimmungen ist ein Paragraph enthalten, der euch beide vielleicht interessiert. Ein Offizier der Besatzungsmacht darf in besonderen Fällen Eheschließungen vornehmen. Wußtet ihr das nicht?«

Kit stieß einen kleinen Schrei aus, rannte auf ihn zu und küßte ihn.

Wir wußten alle nicht genau, wie der Ritus der christlichen Trauung verlief, aber so ungefähr brachten wir es zusammen. Dann sprach Regelin die marsische Trauungsformel und übersetzte sie nachher für uns – seltsam, sie hier unter dem blauen Himmel der Erde zu hören, aber sie klang ernst und schön und wurde von einer gemessenen Würde getragen, die ich nie vergessen werde. Nachher gab es ein großes Hochzeitsessen, zu dem wir die Flasche öffneten, die Hansen in einen der Kartons gepackt hatte. Später sagte Regelin, daß er schon immer mal bei Mondschein hatte angeln wollen, und jetzt hätte er endlich Gelegenheit dazu.

Es waren seltsame Flitterwochen, aber wir dachten nicht darüber nach. Die Ahnung bevorstehenden Unheils ließ uns die Zeit sicher süßer erscheinen, als wir sie sonst empfunden hätten, wenn das auch kaum möglich schien. Regelin vernachlässigten wir leider etwas, aber teilweise war es seine eigene Schuld, er ließ sich so selten blicken.

Kit, Liebling, falls du das je lesen solltest, denke an jene Tage und Nächte zurück. Dann wirst du wissen, daß ich dich immer lieben werde.

Ab und zu mußten wir auch andere Sachen erledigen. Einmal untersuchte ich zum Beispiel die sirische Waffe gründlich, soweit ich das ohne richtiges Werkzeug konnte. Sie schien tatsächlich nach dem von mir vermuteten Prinzip konstruiert zu sein. Es war eine kompakte Waffe mit einem Colson-Resonator, dem ein Projektor vorgeschaltet war. Dadurch konnte das entstehende Kraftfeld scharf gebündelt werden. Die Ladung bestand aus einem Draht unbekannter Zusammensetzung, der stückweise in die

Brennkammer eingeführt wurde. Bei jedem Abdrücken verschwand das Stückchen. Ich nahm an, es war eine Legierung, die sich in einem metastabilen Zustand befand. Wie man diesen allerdings herbeiführen konnte, wußte ich nicht. Außerdem gab es noch eine Justiervorrichtung, mit der man die Breite des Strahls verstellen konnte. In Breiteinstellung war die Reichweite geringer, dafür die bestrichene Fläche größer. Das schmale Energiebündel konnte jeden festen Gegenstand, der in seinen Bereich kam, über große Entfernungen hinweg buchstäblich in Atome zerlegen.

Dabei nahm die unmittelbare Nachbarschaft keinen Schaden, so eng begrenzt war die Wirkung. Eine vielseitige Waffe! Und auch für friedliche Zwecke konnte man das Prinzip vorteilhaft nutzen, dachte ich mit neidischem Bedauern.

Von Zeit zu Zeit machten wir uns wegen Hansens Botschaft sorgen. Es konnte so viel schiefgehen und uns in unmittelbare Todesgefahr bringen. Wir setzten das Haus in Verteidigungsbereitschaft, um unser Leben so teuer wie möglich zu verkaufen, falls es dazu kommen sollte.

Wir montierten das schwere Maschinengewehr aus unserem gestohlenen Wagen und bauten es hinter der Vordertür auf, wobei wir es durch einen Wall von Sandsäcken und Steinen schützten. Die Fenster besaßen alle diebessichere Läden, die von innen festgeschraubt werden konnten. Wir bohrten Gucklöcher hinein – mit Ausnahme des Küchenfensters. Wir entwickelten folgenden Plan: Einer konnte immer den Eingang mit dem schweren Maschinengewehr decken, der zweite mußte die beiden Schlafzimmer hinten absichern, und der dritte konnte sich in der Küche ausruhen, wenn er von der Wache abgelöst war. Gleichzeitig konnte er für das Essen sorgen und außerdem Alarm geben, wenn auf dieser Seite Gefahr drohte.

Ich stöberte auch ein altes Notlicht auf, und dieses Schulheft – gehörte es früher einmal einem Kind von Hansen? Ich weiß nicht, werde es wohl auch nie erfahren – und verbrachte eine Stunde am Tage damit, alle Ereignisse aufzuzeichnen. Wenn wir nach all unseren Anstrengungen doch unterlagen, so konnte es für die Zukunft wichtige Hinweise geben, wenn es den richtigen Leuten in die Hände fiel. Vielleicht half es indirekt, unser Werk zu vollenden. Ich hoffte es, aber . . .

Ich habe gerade ein Vorwort hinzugefügt. Ich bin im Augenblick nicht auf Posten und sollte eigentlich schlafen, kann aber nicht. Uns steht nun das Ende nahe bevor, und ich schreibe diese Erkenntnis voller Verzweiflung nieder. Ich will nur den letzten Abschnitt unserer Geschichte noch anhängen.

Es war neun Tage nach unserer Ankunft am See. Ich saß am Ufer und ließ mich von der Nachmittagssonne bescheinen, als Regelins langer Schatten über mich fiel.

»Hallo, alter Bursche«, sagte er. »Wo ist deine Frau?« Wir hatten uns in den letzten Tagen einen vertrauteren Ton angewöhnt, wer wußte schon, wie lange wir die Gefahr noch teilen konnten...?

»Du hast zu viele englische Romanzen gelesen«, antwortete ich. »Tatsache ist, daß sie mich aus dem Haus geworfen hat; sie sagte, ihr Haar sei in einer fürchterlichen Unordnung, und ich könnte unmöglich zusehen, wenn sie es mit alten Drahtrollen einwickelt.«

Er legte sich neben mir ins Gras.

»Ich möchte bloß wissen, warum Yueth nicht kommt«, sagte er.

»Ich auch. Aber ich nehme an, er konnte nicht einfach alles stehen- und liegenlassen. Wenn er heimlich kommen will, muß er irgendeine Dienstfahrt vorschützen, damit seine Abwesenheit nicht auffällt. Und das läßt sich nicht immer sofort und unauffällig arrangieren.« Ich runzelte die Stirn und wagte nicht, an die möglichen anderen Ursachen der Verspätung zu denken.

»Trotzdem...« Regelin setzte sich auf und drehte den Kopf nach Westen. »Was war das?«

»Hm?« Ich konnte weiter nichts als den Wind in den Bäumen hören und das Plätschern der kleinen Wellen, die am Strand aufliefen.

»Es ist ein Düsenflugzeug – schnell! In Deckung!«

Wir rollten zur Seite, sprangen auf und rannten. Wir waren kaum am Blockhaus, als das Pfeifen über uns ohrenbetäubend anschwoll. Das Flugzeug mußte fast den See berühren, so niedrig flog es. Nach wenigen Sekunden war es hinter dem Horizont verschwunden.

Kit kam heraus und klammerte sich an mich. »Was bedeutet das?« flüsterte sie. »Was sucht das Flugzeug hier?«

»Vielleicht bedeutet es nichts, Liebling«, sagte ich, tauschte aber gleichzeitig einen grimmigen Blick mit Regelin über ihre Schulter aus. Es gab keinen einzigen Grund, warum die Besatzungsmacht den Arrowsee überfliegen sollte – mit einer einzigen Ausnahme – und das waren wir. Und Yueth würde kein auffälliges Suchfluchzeug vorausschicken.

Der Marsier zog mich beiseite. »Das sieht faul aus«, sagte er. »Vielleicht ist es besser, wenn sich einer oder zwei von uns noch rechtzeitig aus dem Staub machen? Nur für alle Fälle . . .«

Ich schüttelte den Kopf. »Das hilft uns auch nicht weiter, Reggy. Wenn Yueth selbst kommt, ist das witzlos, und wenn es der Feind ist, wird jeder von uns rücksichtslos gejagt, bis wir erledigt sind.« Ich ballte meine Hände. »Ich habe es satt, immer auszureißen. Stehen wir jetzt die Geschichte durch, ein für allemal!«

Er nickte wortlos, und ich ging zurück zu Kit. Wir saßen noch lange Zeit auf der Veranda, hielten uns bei den Händen und sagten nur ab und zu etwas.

Die Sonne ging unter, und Schatten krochen über das Land. Es war drei Stunden später, als Regelin aus dem Wald zurückkam. »Ich hörte, wie sich ein Wagen näherte«, sagte er.

»Also, das ist das Ende«, sagte ich, »so oder so.« Ich stand auf und streckte meine steifen Knie. Leise strich ich noch einmal über Kits Haar und ging in das Blockhaus. Regelin stand auf der Veranda und hielt einen Karabiner aus Alandzus Wagen in den Fäusten.

Ein funkelnagelneuer Wagen tauchte aus dem schützenden Buschwerk auf und hielt an. Er war ein schneller gepanzerter Wagen. Ich schaute durch ein Guckloch in einem der Fensterläden und erblickte ein halbes Dutzend Marsier, die im Wagen saßen. Einer von ihnen stieg aus.

»Regelin«, rief er. »Regelin dzu Coruthan?«

»Es ist Yueth«, flüsterte unser Freund uns zu, aber es klang nicht erleichtert. Dann sprach er auf Vannzaru weiter und rief Yueth die Botschaft zu, die wir uns ausgedacht hatten: »Ich bin froh, alter Kamerad, daß du gekommen bist, aber wir können unsere Beweise nur dir allein zeigen. Komm allein zu uns herüber, wir gehen ins Haus.«

Eine barsche Antwort erscholl, die uns Regelin übersetzte. »Er weigert sich. Er sagt, er bezweifelt auch jetzt noch unsere Geschichte und befürchtet, daß wir ihn umbringen. Wir sollen zu ihm rauskommen.«

»Kommt nicht in Frage«, zischte Kit.

Sie verhandelten eine Weile. Dann sagte Regelin: »Ich habe mich einverstanden erklärt, daß er zwei Soldaten mitbringt. Seid auf alles gefaßt!«

»Geh ins Schlafzimmer, Kit«, flüsterte ich. »Laß die Tür angelehnt. Gib uns Feuerschutz.« Sie nickte und verschwand. Ich stand wartend da und hielt den Stock zum Elektrisieren der fremden Wesen hinter meinem Rücken versteckt.

Regelin ließ die drei Marsier herein. Sie schauten sich wachsam um und hielten ihre Karabiner schußbereit. Als sie sahen, daß ich unbewaffnet war und Regelin sein Gewehr an die Wand gelehnt hatte, ließ ihre Spannung nach. Regelin hielt ihre Aufmerksamkeit auf sich gelenkt, indem er hastig auf sie einredete und sie gleichzeitig zur Küchentür drängte, an die sich der Schuppen anschloß.

Yueth streifte mich, als er an mir vorbeiging. Ich nahm den Stock hinter meinem Rücken hervor, hielt ihn an seine Hand und drückte auf den Knopf. Er schrie auf, änderte erschreckend die Form, und ich warf mich mit aller Gewalt auf ihn.

Ich erwischte ihn mit meiner Schulter, und wir stürzten durch den Anprall beide kämpfend und fluchend zu Boden. Regelin sprang zur Seite, und Kits Pistole bellte auf. Die zwei Soldaten stürzten ebenfalls zu Boden. Kit kam heraus, die rauchende Waffe noch in der Hand. Die beiden Soldaten rührten sich nicht mehr. Draußen vernahm ich ein lautes Bersten. Regelin hatte den Wagen zerstört, wobei er die sirische Waffe benutzt hatte.

Ich kniete mich auf dem Magen meines Gegners nieder und legte meine Hand um die Kehle des falschen Yueth. Sein Körper war in einer Zwitterform erstarrt, halb war er noch Yueth, halb zeigte er die Form der fremden Rasse. Ich schlug ihm mit Macht hinter das Ohr. Er bäumte sich auf und sackte zusammen. Ich kroch von ihm weg und pumpte meine Lungen voll Luft. Draußen tönten wiederum Schüsse. Kugeln schlugen in die dicken Balken der Wände ein.

»Dave, Dave!« Kit beugte sich über mich und weinte. »Bist du getroffen, Dave?«

»Nein«, murmelte ich benommen und klammerte mich an sie, als ich mühsam aufstand. »Ich bin schon okay.«

Regelin wandte mir sein entschlossenes Gesicht zu. »Ich hab noch einen der anderen erwischt«, sagte er. »Jetzt sind noch zwei übrig, die das Haus umkreisen. Wir beziehen am besten unsere Verteidigungsposten.«

Ich schleifte den Pseudo-Yueth in die Küche, wobei er sich zu regen und zu stöhnen begann. Dort öffnete ich die Schuppentür und warf ihn zu Radeef hinein. Dann schloß ich die Tür wieder ab und nahm mein Gewehr.

Die Sonne stand sehr niedrig, und der See strahlte wie aus purem Gold. Ich hörte die Vögel in den Bäumen zwitschern; ihnen schien unsere Schießerei nichts auszumachen. Die Feinde waren nicht zu sehen.

Kit durchsuchte die Taschen der beiden fremdartigen Soldaten, die sie getötet hatte, und legte ihre Waffen zu den anderen, die Yueth getragen hatte. Im ganzen kamen drei automatische Pistolen und zwei sirische Disintegratoren zusammen, die unser eigenes Waffenlager beträchtlich verstärkten.

»Jetzt müssen wir uns verteidigen«, sagte ich hölzern.

»Wir haben Pech gehabt.« Kit schüttelte den Kopf, ihr Mut schien sie mit einem Male verlassen zu haben. »Wir haben uns soviel Mühe gegeben, haben so viele Entbehrungen erduldet, und nun ist trotzdem alles umsonst. Was bleibt uns noch übrig?«

»Wir kämpfen weiter«, sagte der Marsier. »Ich gehöre immer noch zu dem Clan der Regelin.«

»Und vielleicht gibt es doch noch eine günstige Wendung, wenn wir nur lange genug aushalten«, murmelte ich.

Wir warteten lange, und es wurde dunkel. Einmal überließ ich Kit meinen Posten, ging in die Küche und öffnete das Vorhängeschloß vor der Schuppentür. Die zwei Tahowana-Gestalten schoben sich auf mich zu. Nur auf diesem Weg konnten sie ausbrechen, die Außentür hatten wir bombenfest verrammelt. Ich jagte sie mit einer Bewegung meiner Automatik wieder zurück.

»Wie heißt du wirklich, Fremder?« fragte ich. »Wir wollen dich nicht Yueth nennen. Er war Regelins Freund.«

»Ich heiße Nateer.« Die Antwort klang dumpf. »Ich rate Ihnen, den Kampf aufzugeben. Ihre Lage ist hoffnungslos.«

»Bis jetzt noch nicht. Aber ich möchte gern aus purer Neugierde wissen, wieso ihr unser Versteck fandet.«

»Es war uns klar, daß Regelin mit einem seiner alten Freunde Verbindung aufnehmen würde, und Yueth gehörte zu ihnen. Wir fingen den Brief ab, den Sie an ihn schickten. Dann suchten wir Hansen auf und horchten ihn unter der Einwirkung von Drogen aus.«

»Ich nehme an, daß Hansen und Yueth inzwischen tot sind?«

»Natürlich«, kam es gleichmütig zurück. »Ihnen wird es genauso ergehen, wenn Sie sich nicht ergeben, und zwar schnell.«

»Das Kind? Das bei Hansen war?«

»Nein, es gab keinen Grund, ihm ein Leid zuzufügen. Es weiß von nichts.«

»Immerhin wenigstens dafür vielen Dank.« Ich schloß die Tür wieder ab und ging zu den anderen zurück und berichtete ihnen, was ich gehört hatte.

»Nun müssen wir versuchen, schnell zu verschwinden, ehe sie uns eingekreist haben«, sagte Regelin.

»Ich wette, das haben sie bereits getan«, sagte ich. »Sie können bei einer so lebenswichtigen Sache kein Risiko eingehen. Ich sehe nur die eine Möglichkeit, wie die Wilden zu kämpfen und dann zu versuchen, in dem entstehenden Durcheinander den Ring zu durchbrechen und so davonzukommen.«

Wir warteten.

Gegen Mitternacht kam ein weiteres Auto, und hinter ihm klirrte ein leichter Panzerwagen durch die Nacht. Ich sah die Panzerung im Licht des Mondes, der die Lichtung mit seinem bleichen Schein erfüllte. Kit wachte von dem Geräusch auf, und wir krochen an die Gucklöcher und beobachteten, was draußen vorging. Ein Tahowana – niemand von ihnen hielt es jetzt für nötig, die Gestalt zu wechseln – kletterte aus dem Wagen und kam auf uns zu, wobei er eine weiße Flagge schwenkte. Regelin trat hinaus, um zu verhandeln.

»Wenn Sie sich nicht ergeben«, sagte der Fremde, »werden wir Sie vernichten. Eine einzige Granate des Panzers reißt das Haus in Fetzen.«

»Warum fangt ihr dann nicht sofort an?« fragte Regelin kalt.

»Weil Sie Leute von uns gefangenhalten. Wir sind bereit zu verhandeln. Ihr Leben für das Leben der Gefangenen.«

»Selbst wenn ihr euer Wort haltet, mir behagt die Gefängnisluft nicht. Geht.«

Der Tahowana zog sich zurück. Ich nahm mit der sirischen Waffe den Panzer aufs Korn und drückte ab. Die Entfernung war zu weit. Ich stellte den Strahl schärfer ein und versuchte es noch mal. Jetzt schnitt ich einfach eine Seite der Panzerung wie eine Scheibe Brot ab. Der Motor heulte auf, und der Panzer rollte im Rückwärtsgang davon. Ich traf das schwere Geschütz, und das lange Rohr brach ab.

Wilder Triumph überflutete mich. »Jetzt können sie ihre Granaten verschenken«, rief ich höhnisch.

»Alles auf Posten!« Regelins Stimme tönte durch die Dunkelheit. »Infanterie ist im Anmarsch!«

11

Sie kamen lautlos angeschlichen und huschten aus den schützenden Bäumen auf das Blockhaus zu. Wir setzten die Disintegratoren ein, wobei wir sie auf Flächenwirkung einstellten. Welle auf Welle fiel unter der vernichtenden Wirkung der Waffen zu Boden, ohne daß der Feind etwas erreichte. Und immer kamen neue. Hinter mir saß Regelin am Maschinengewehr und wartete.

Die Kugeln schlugen in die Wände aus mächtigen Balken wie Hagel. Ab und zu zischte uns ein Flammenwerfer seine heiße Lohe entgegen. Aber chemisch gehärtetes Holz ist so unzerstörbar wie Beton. Wir wichen nicht zurück, schossen wie die Verrückten und schlugen sie schließlich ab. Dann herrschte tödliche Ruhe, und das blasse Mondlicht spiegelte sich im Blut und im Tau.

Ich konnte das Sternbild des Sirus nicht am Himmel erkennen, aber ich fühlte mich von oben wie von einem geheimnisvollen Auge beobachtet. Mein Gott, warum hast du das getan? fragte ich innerlich.

»Ich glaube, fürs erste ist es vorbei«, sagte Kit. Ihre Stimme klang schüchtern durch das dunkle stumme Haus. »Vielleicht haben sie den Angriff eingestellt.«

»Vielleicht hast du recht«, antwortete ich sanft. »Leg dich ein bißchen hin, Liebling.«

»Ich möchte gern wissen«, Regelins Stimme klang nachdenklich, und ich sah, wie er sich schwarz gegen das Viereck der Tür abhob, »ich möchte gern wissen, warum sie uns so vorsichtig berennen. Sie haben einen fürchterlichen Blutzoll bezahlt. Und sie sind nicht so stark, als daß sie leichtsinnig mit ihrem Volksbestand umgehen könnten. Warum vernichten sie uns nicht einfach mit einer Bombe oder einer Granate?«

»Ich glaube es zu wissen«, antwortete ich langsam. »Eine moderne Bombe würde den ganzen Platz buchstäblich in Fetzen reißen. Von uns wäre nichts mehr übrig. Und sie wissen nicht, ob wir alle hier sind. Sie wissen nur, daß wir uns schon einmal in Gruppen aufgeteilt haben, als wir in St. Paul waren, und sie müssen auf Nummer Sicher gehen . . . Außerdem wissen sie nicht, wem wir alles unsere Geschichte erzählt haben, deshalb brauchen sie mindestens einen von uns lebend, um ihn ausquetschen zu können.«

»Das klingt vernünftig. Aber sie werden nicht alles deswegen opfern. Einmal reißt ihnen die Geduld, und dann fliegen wir in die Luft . . .«

»Ja-a. Einer oder mehrere von uns sollten fliehen und unsere Erfahrungen weitergeben. Das wäre gut – aber ich glaube, jetzt ist es zu spät.«

Die Nacht rückte vor. Von draußen waren wieder Geräusche zu hören, hier krachendes Unterholz, dort das dumpfe Pochen eines Motors, dazwischen unterdrückte Befehle in einer unverständlichen gutturalen Sprache.

»Es muß eine motorisierte Abteilung sein«, sagte Regelin, nachdem wir einige Zeit angespannt gelauscht hatten. »Immerhin ein Kompliment.«

»Auf diese Sorte Komplimente verzichte ich gern«, sagte ich.

Als die Morgendämmerung die Umgebung allmählich erhellte, kamen die Düsenjäger, um uns von oben mit ihren ferngelenkten Raketengeschossen zu bekämpfen.

Wir standen draußen auf der Veranda und feuerten unsere Disintegratoren ab, als sie auf uns herabstießen. Einer von ihnen brach mitten in der Luft auseinander und schlug wie ein Stein in den Boden, wobei die Fetzen bis zum Wald hinüberflogen. Der andere kam außer Sicht, ließ aber eine lange schwarze Rauchfahne hinter sich zurück. Die Raketengeschosse hatten Löcher in das Hartholz gemeißelt, aber immer noch stand unser Bau unerschüttert.

Manchmal kam mir die Situation lächerlich vor. Sie konnten an uns nicht herankommen, wenn sie nicht schwere Waffen einsetzen wollten, und das wollten sie aus den vorher erwähnten Gründen nicht. Trotzdem war es nur eine Frage der Zeit, bis sie uns kriegen würden; Nebelbomben oder sonst was. Oder sie hungerten uns einfach aus.

»So geht es nicht weiter«, sagte ich beim kärglichen Frühstück. »Wir müssen einen Ausbruch wagen.« Ich war wie zerschlagen, weil ich die ganze Nacht nicht richtig geschlafen hatte, und mein Denkvermögen funktionierte auch nicht mehr. »Wenn wir sie dazu bringen könnten, in Massen auf uns loszustürmen, würden wir vielleicht in dem Durcheinander durchbrechen können . . .«

»Dazu muß es dunkel sein«, sagte Regelin. »Halten wir bis zum Einbruch der Nacht durch?«

Kit blickte mich lange und ernst an. »Die Gefangenen . . .«

Der Oberste Souverän runzelte erstaunt die Stirn. Eine Seite war aus dem Buch herausgerissen. Warum?

Dafür gab es vielleicht eine einfache Erklärung. Aber ihm gefiel es nicht, daß in der Geschichte ein Stück fehlte.

David Arnfeld und Regelin dzu Coruthan waren nun seit nahezu drei Wochen tot, und Christine Hawthorne war gefangen. Sie hatte ihren Bericht mit einer Bereitwilligkeit gegeben, daß es nicht notwendig erschien, sie unter dem Einfluß von Betäubungsmitteln ein zweites Mal zu verhören – außerdem war das ein umständliches und zeitraubendes Verfahren. Aber vielleicht war es doch klug, sie und ihre Aussagen nochmals zu überprüfen.

Der Oberste Souverän blätterte zurück und kam zu dem Schluß, daß die fehlende Seite mit den zwei Gefangenen zu tun haben mußte, die sicherlich umgebracht worden waren. Davon hatte Christine Hawthorne auch gesprochen. Man hatte ihre Körper nie mit Sicherheit identifizieren können, ihre Reste waren über die Trümmer der total zerstörten Blockhütte verstreut, nachdem die Tahowana ihren letzten Angriff unternommen hatten. Der Souverän dachte, vielleicht wollte Arnfeld auch nicht den unverhüllten Mord so offen schildern?

Aus den umliegenden Wäldern und aus den Luken der Wagen quollen Tahowanas in Massen. Unsere Waffen bellten, und reihenweise wurden sie niedergemäht. Trotzdem kamen sie zusehends näher. Es waren zu viele.

Regelin ließ das Maschinengewehr los und rollte sich zur Seite, um der gegen die Tür geschleuderten Handgranate auszuweichen. Sie explodierte mit einem ohrenbetäubenden Knall und übersäte den Raum mit Splittern. Ich suchte hinter einem massiven Eichentisch Schutz und empfing die Feinde mit einem Disintegrator, als sie zur zerborstenen Tür hereindrangen. Hinter mir feuerte Kit durch die Schlafzimmertür, um die Minenleger an der Hinterwand zu verscheuchen. Zu spät. Das Blockhaus wurde von einer dumpfen Explosion in den Grundfesten erschüttert.

Dann war es plötzlich vorbei. Sie hatten sich wieder zurückgezogen. Unsere Zuflucht war ein Trümmerhaufen, zerborstene Möbel und tote Lebewesen, die reglos dazwischenlagen. Wir hatten sie zurückgeschlagen, aber jetzt war das Entsetzen unser Gast.

Regelin hatte sich aufgesetzt und hielt seinen linken Arm. Ich ging taumelnd zu ihm hinüber und verband mit ungeschickten Händen die Wunde. Der Arm war nicht zu gebrauchen, aber mit dem anderen konnte er noch schießen. Er lächelte müde und legte sich auf die Bettstelle in der Küche, um sich einige Augenblicke auszuruhen.

»Diesmal hätten sie es beinahe geschafft«, sagte ich zu Kit. »Es tut mir leid, daß ich dir das eingebrockt habe, Liebling.«

»Nein, ich habe es verschuldet – erinnerst du dich?« Sie stieß ein kleines verlorenes Lachen aus. Ihr totenblasses Gesicht war rauchgeschwärzt und von Schmutzstreifen durchzogen, und sie konnte das dauernde Zittern ihres Körpers nicht unterdrücken.

»Weißt du«, sagte ich, »es wird bald alles vorüber sein. Ich meine, wir sollten uns ergeben. Weiterer Widerstand ist zwecklos.«

»Nein«, sagte sie. »Mit uns ist es so oder so aus. Jetzt der Tod hier, oder ein Leben hinter ihren Gefängnismauern, worin besteht der Unterschied? Ich hoffe aber, sie lassen Alice frei. Es könnte sie jemand adoptieren.«

»Klar«, sagte ich. »Sie werden das Kind sicher in ein Waisenhaus bringen. Alice wird nichts geschehen.«

»Ich wünschte ...« Ihre Stimme war so leise, daß ich sie kaum hören konnte. »Ich wünschte, wir hätten auch zusammen Kinder, Dave.«

Ich nahm sie in meine Arme. Die Nachmittagssonne schien durch die geborstene Tür. Dann begaben wir uns wieder auf unsere Posten.

Gegen Abend tauchte ein Tahowana auf und trug eine weiße Fahne vor sich her. Regelin und ich gingen hinaus, um mit ihm zu verhandeln. Kit blieb drinnen, um uns den Rücken zu decken, aber sie hörte unsere Unterhaltung.

Er kauerte sich vor dem Haus auf den Boden und bildete einen bizarren Kontrast zu der ernsten Schönheit des dunklen Waldes hinter ihm. »Sie sind dumm, wenn Sie sich nicht ergeben«, sagte er sachlich. »Niemand wird zu Ihrer Hilfe kommen.«

»Seien Sie ja nicht zu sicher«, sagte Regelin.

»Wenn Sie damit andeuten wollen, daß Sie die Wahrheit weiter verbreitet haben, als wir dachten ...« kamen die Worte leise gepreßt hervor.

Regelin zuckte die Achseln. »Denken Sie, was Sie wollen«, sagte er.

»Hören Sie«, mischte ich mich ein. »Wir schlagen Ihnen einen Handel vor. Sie geben uns ein Flugzeug und einige Minuten Vorsprung ...«

»Bitte, wir wollen keine Zeit verschwenden.« Der Tahowana lachte. »Sie wissen, Mr. Arnfeld, im Grunde genommen bewundern wir Sie und Ihre Gefährten. Wir hassen Sie keineswegs, ja, eigentlich bedauern wir, daß Sie nicht auf unserer Seite stehen. Wir sind aber durch die Verhältnisse gezwungen, Ihnen ein scharfes Ultimatum zu stellen.«

»Und das wäre ...?«

»Wir haben das Kind von Christine Hawthorne mitgebracht. Wir verlangen, daß Sie sich unverzüglich ergeben. Andernfalls wird das Kind getötet.«

Ich hörte, wie Kit im Hintergrund nach Luft schnappte. Mir schwirrte der Kopf.

Der Tahowana winkte. Ein anderer tauchte aus dem Wald auf. Er trug Alice. Ich konnte sehen, daß sie weinte.

»Wie lange ...« Ich zwang mich gewaltsam zur Ruhe. »Wie lange haben wir Bedenkzeit?«

»Bis morgen früh«, sagte er nicht unfreundlich.

Er drehte sich um und ging davon. Die anderen waren unseren Blicken verborgen.

Ich ging in das Haus zurück und nahm Kit in meine Arme.

Es ist spät geworden. Ich schreibe die letzten Zeilen. Draußen ist es Nacht, der See liegt stumm, nur die Bäume rauschen leise. Das schwache Licht einer halbausgebrannten Stablampe leuchtete mir. Ich habe sie auf den Tisch gelegt. Ich schreibe im hinteren Schlafzimmer, Regelin hält vorn am Eingang Wache, und Kit schläft in der Küche, das heißt, wenn sie Schlaf finden kann.

Niemand von uns kann den anderen sehen, die große Einsamkeit hat schon begonnen.

Es ist wirklich nicht nötig, wachsam zu sein. Die Tahowana werden wohl ihr Versprechen halten. Warum auch nicht? Der Erfolg ist ihnen sicher. Aber wir sind aus alter Gewohnheit wachsam, unsere Gehirne sind ohne klare Gedanken, und da ist es am besten, sich an Gewohnheiten zu klammern.

Wir besprachen alles bruchstückweise, als der Tahowana uns verlassen hatte. Kit weinte, und als ich sie zu trösten versuchte, stieß sie mich weg.

»Was hat es noch für einen Zweck?« fragte sie uns immer und immer wieder. »Wir sind geschlagen. Wir müssen in jedem Falle aufgeben.«

Regelin schüttelte den Kopf. »Lebend kriegen sie mich nicht«, antwortete er.

»Aber Alice! Sie bringen sie vor unseren Augen um.«

»Es tut mir leid«, sagte er. »Aber sie haben bereits zwei Planeten auf dem Gewissen. Wir können ein Kind nicht . . .«

»Es besteht keine Hoffnung mehr.« Ihre Stimme klang rauh. »Wir haben keine Chance.«

Seine eiserne Erziehung legte sich wie ein Panzer um ihn. Ich dachte an den unbeugsamen marsischen Ehrenkodex – nein, Regelin, der seit seiner Geburt darin erzogen war, würde niemals aufgeben, solange er lebte. Er schüttelte erneut den Kopf.

»Sie wissen, daß Reggy und ich noch leben«, sagte ich. »Aber sie wissen es von dir nicht genau, auch jetzt noch nicht. Wenn wir beide uns ergeben, könntest du ihnen vielleicht in der Nacht entkommen. Die Wälder sind groß . . .«

Ihr altes Temperament kehrte einen Moment zurück, und sie fragte mich scharf: »Woher soll ich wissen, daß ihr beiden nicht euer Wort brecht und weiterkämpft?«

»Das würde ich dir niemals antun, Kit«, flüsterte ich.

»Und sie würden es doch herauskriegen!« rief sie. »Sie würden euch ausfragen, und dann wäre doch nichts besser . . .«

»Deswegen würden sie Alice bestimmt nicht töten«, sagte Regelin. »Sie sind keine Teufel, trotz allem, was sie uns angetan haben.«

»Ich kann nicht«, jammerte sie. »Ich kann nicht fliehen und Alice hier zurücklassen.«

Regelin schaute mich an. »Dann ist es einer von uns beiden«, sagte er. »Du bist der nüchternere von uns, David. Außerdem bist du unverletzt und fällst somit weniger auf. Vielleicht kannst du diesen Torreos erreichen.«

»Es scheint der einzige Weg zu sein«, antwortete ich dumpf.

»Dave – nein!« protestierte Kit wild.

»Ja«, sagte ich und vermied, ihr in die Augen zu sehen. »Es tut mir leid, aber wir haben keine andere Wahl.«

Sie schaute mich lange an. Dann drehte sie sich um, ging in die Küche und schloß die Tür hinter sich. Ich habe sie seitdem nicht mehr gesehen.

Nun ist es sicher schon Mitternacht. Regelin wird bald einen Ausfall in den Wald unternehmen und durch lautes Schießen die Aufmerksamkeit auf sich lenken. Während er erschossen wird, werde ich versuchen, durch die Reihen der Belagerer zu schlüpfen. Es ist ein so dünner Hoffnungsfaden, daß es fast keiner ist, aber wir müssen es versuchen. Kit kann hier warten und sich ihnen ergeben, wenn sie kommen. Ich hoffe, sie werden Alice nichts zuleide tun, und wünsche mir, daß Kit nicht zu bitter an mich denkt.

Ich möchte den Bericht jetzt schließen und hierlassen. Ich habe ein Dielenbrett gelöst und werde das Heft darunterschieben. Dann nagele ich es wieder fest. Vielleicht wird jemand nach vielen Jahren darüber stolpern. Vielleicht . . .

Epilog

Der Oberste Souverän legte das mit Blut und Schmutz besudelte Heft zur Seite. Es war spät geworden. Ringsum herrschte lautlose Stille.

Er stand auf und ging ans Fenster. Der hohe Turm des Hauptquartiers aller Kontinente ragte in der Ferne undeutlich über das breit dahingelagerte Sao Paolo empor. Hier und da blickte ein einzelnes Lichtpünktchen, und das Land verlor sich fern am Horizont. Sein eigenes geheimes Büro war nur winzig dagegen.

Ja, dachte er, wir müssen Torreos liquidieren. Ich werde den Befehl dazu morgen früh erteilen.

Er seufzte. Der Krieg ist immer ein grausames und sinnloses Geschäft. Manchmal wünschte er, seine Vorfahren hätten sich nicht dafür entschieden. Aber nun mußten die Tahowana auf dem vorgeschriebenen Weg weitergehen, und es gab kein Zurück. Er mußte sein Volk so gut wie möglich leiten.

Ich hätte gern Arnfeld und Regelin kennengelernt, dachte er flüchtig. Als Freunde. Ich möchte wissen, was in ihren Köpfen in jenen letzten Augenblicken vorging.

Und was war in Christine Hawthorne vorgegangen? Sie hatte beide liebgehabt. Und trotzdem nahm sie einen Disintegrator, stahl sich aus der Küche und vernichtete sie, bevor sie sie verlassen konnten. Kurz danach war sie weinend und schreiend zu den Tahowana hinausgelaufen, die sich alle verwirrt um sie scharten.

Sie mußte das Entsetzen der letzten Minuten immer noch nicht überwunden haben. – Ihr Gatte und sein Kamerad tot, mit entstellten, kaum erkennbaren Gesichtern, von ihr selbst umgebracht. Aber sie hatte ihr Kind gerettet.

Ich denke, das beste ist, das Kind in ein Waisenhaus zu geben, und die Mutter zu töten, wenn sie schläft.

Endlich – Sieg! Das Heft hatte nur die Geschichte der Frau völlig bestätigt. Die Tatsache, daß die Tahowana existierten, war völlig und erfolgreich unterdrückt worden, die Jagd war vorbei, und es wurde Zeit, die normale Arbeit wieder aufzunehmen. Erst sollten die Marsier die Erde auf einen niedrigen Zivilisationsstand bringen, und danach würde man systematisch die marsische Industrie schädigen. Anschließend würde man sich zu erkennen geben und ganz offen die Herrschaft übernehmen. Der Oberste Souverän dachte stolz daran, daß er dann als großer Held in die Geschichte seines Volkes eingehen würde. Wie viele andere Eroberer waren auch so wie er nächtelang von ihren Gefühlen, Furcht, Zweifel, Schuld, hin- und hergerissen worden?

Das weiche Glockenspiel riß ihn wieder in die Wirklichkeit zurück. Er verfluchte seine überanstrengten Nerven. »Muafeen chebakeesh!« Dann fand er seine Selbstbeherrschung wieder: »Houn.«

Die Tür öffnete sich. Er blickte in die Mündung einer Maschinenpistole.

Langsam hob er den Blick. Das Gesicht hinter der Pistole war das eines verzweifelten Menschen, hager, brennende Augen, zerzaustes Haar und wild verkniffener Mund. Das Herz des Obersten Souverän schlug bis zum Hals. Er wich bis an die Wand zurück und faßte sich an die Brust.

»Wo ist sie?« fragte Dave Arnfeld. »Wo ist meine Frau?«

Andere drangen hinter ihm ins Zimmer, uniformierte Marsier und bewaffnete Menschen, eine kleine Streitmacht.

Arnfeld tat einen Schritt auf den Tahowana zu und setzte ihm die Maschinenpistole auf die Brust. »Wo ist Christine, meine Frau?«

»Es ist besser, wenn Sie es ihm verraten«, sagte Regelin dzu Coruthan. »Er ist in keiner Verfassung zu spaßen.«

»Zelle siebenundzwanzig«, keuchte der Souverän, der nur langsam aus dem Alptraum erwachte. »Sie und das Kind sind unverletzt.«

»Los, weiter«, sagte Arnfeld kurz zu einem marsischen Stabsoffizier. »Sie können mir den Weg zeigen.« Sie verschwanden im Korridor.

Andere traten ein, darunter Yoakh Dzugeth ay Valkazan, Vizekommandant der Erde, der immer zuverlässig gewesen war. Er begab sich sofort vor die große Sprechzentrale und begann, den verschiedenen Sektionen des großen Gebäudes Befehle zu geben.

Der Oberste Souverän drängte sich in eine Ecke und schaute Regelin verwirrt an.

»Wie haben Sie das fertiggebracht?« flüsterte er fassungslos.

Der Marsier antwortete nicht sofort. Mit einer Hand hielt er eine Pistole, die unablässig auf den Tahowana zielte. Mit der anderen, die immer noch verbunden war, nahm er das Heft und blätterte rasch durch die Seiten.

»Ich sehe, daß Sie es doch gefunden haben«, sagte er lässig. »Interessantes Andenken. Hm, ja, es berichtet fast die ganze Geschichte. Und das ist wirklich die Wahrheit. Als David die letzten Sätze schrieb, war er völlig verzweifelt, und alles entspricht seiner Stimmung und der damaligen Lage.«

Dzugeth schaute befriedigt auf. »Ich glaube, wir haben das ganze Gebäude jetzt in unserer Hand«, sagte er. »Und der Kommandant ist unterwegs; ich meldete ihm, daß ein dringender Notstand vorliegt.«

Der Oberkommandant des Mars auf der Erde, Tahowana alias Darsheeh, auf dem Weg zu einem Hinterhalt! Der Oberste Primat hätte beinahe aufgeschrien.

»Und Sie werden jetzt sofort entsprechende Botschaften an die Oberkommandos der Kontinente weiterleiten«, herrschte ihn Regelin an. »Wir werden keine zwei Wochen brauchen, um Ihre Herrschaft auf der Erde und auf dem Mond abzuschütteln, ohne daß man auf dem Mars etwas merkt. Dann können wir uns den nächsten Schritt überlegen.«

»Wie haben Sie das fertiggebracht?« Die Stimme klang wie die eines Toten.

»Ach das?« Regelin lachte. »Nur ein bißchen kompliziertes Denken. David setzte uns seinen Plan flüsternd auseinander, dann gingen er und ich wieder an unsere Postenstände. Kit, die durch die Küchentür von uns getrennt war, öffnete den Schuppen und sprach mit Radeef und ... und wie hieß doch gleich ...? ach ja, mit Nateer. Sie erzählte ihnen, daß sie uns verraten müsse, damit nicht das Kind unserer Rücksichtslosigkeit zum Opfer fallen müsse. Sie brächte es nicht fertig, uns zu erschießen, aber sie befreite die Fremden und gab ihnen Pistolen, wobei sie sie warnte, daß wir wachsam und argwöhnisch seien. Deshalb nahm jeder die Gestalt von einem von uns an, und der scheinbare David kam zu mir und der scheinbare Regelin zu David, so daß keiner etwas Böses ahnte. Wir waren jedoch darauf vorbereitet, sehen Sie! Sie waren bewaffnet und wollten uns erschießen. Doch als sie sich uns näherten, drehten wir den Spieß um und erschossen sie.

Kit spielte jetzt den hysterischen Akt, lief hinaus und zog die Aufmerksamkeit auf sich. David und ich benutzten die Zeit, um uns sorgfältig in dem dunklen Schuppen zu verstecken. Wir warteten dort, bis sie alle hereinkamen, um das Gehörte zu überprüfen; dann schlüpften wir bei der ersten Gelegenheit hinaus.

Da sie im Besitz unserer ›Körper‹ waren, ließen sie selbstverständlich die Verfolgung einstellen. Dadurch hatten wir es bedeutend leichter. David ging nach Duluth und versteckte sich dort, während ich ganz offen auf einer Düsenmaschine nach Sao Paolo flog. Hier nahm ich sofort Verbindung mit Torreos auf und durch ihn mit Dzugeth. Wir entführten einen Tahowanaoffizier als Beweis und verhöhnten ihn, schafften David herbei und organisierten die Meuterei.«

Der Oberste Souverän, Herrscher des Sonnensystems, hob den Kopf, und seine Augen baten um Gnade für sein Volk.

Inhalt

Arthur Sellings

Schrottwelt

Roman

Ullstein Buch 31089

Science Fiction

Douglas Bryan ist fertig mit der Welt. Und die Welt ist fertig mit sich selbst: Nach der Großen Katastrophe existieren auf der verwaisten Erde nur noch wenige Menschen.
Bryan ist einer von ihnen. Er bahnt sich einen Weg durch die endlosen Ruinenfelder der einstigen Großstadtmetropole London – und trifft auf die Klosterschülerin Veronica.
Sie gibt Bryans Leben wieder einen Sinn. Er will einen neuen Anfang wagen…
Arthur Sellings kommt ohne billige Effekte aus, er schreibt nüchtern und unpathetisch. Ein Roman, in dem die Aktion nicht alles ist, sondern der auch zum Nachdenken anregt.

Bruce Sterling
Video-Kid

Roman

Ullstein Buch 31090

Science Fiction

Irgendwo in der Galaxis liegt der Planet Träumerei. Seine greisen Machthaber herrschen absolut: Sie sind nahezu unsterblich und operieren nur aus dem Dunkel heraus. Wer jung ist und Karriere machen will, muß den »harten« Weg unter den Augen der Alten gehen, denn auch die Medien unterliegen ihrer Kontrolle.
Video-Kid ist bereit, sich auf seine Weise einen Namen zu machen. Als Gladiator der Zukunft wird er ständig von fliegenden Robot-Kameras begleitet, die alle seine Handlungen aufzeichnen und einem interessierten Publikum zugänglich machen. Kid ist in gewissem Sinne ein »Halbstarker«, ein hochbezahlter Raufbold, der sich um Politik nicht schert, denn der persönliche Erfolg geht ihm über alles. Bis er eines Tages in eine Intrige gewaltigen Ausmaßes hineingezogen wird.

Michael K. Iwoleit

Rubikon

Roman

Ullstein Buch 31091

Science Fiction

Was ist Leben? Was ist Vernunft? Wo liegen die Grenzen der menschlichen Erkenntnisfähigkeit? Vor diese Fragen sieht sich Bert Traven gestellt, als er die Raumstation Rubikon verläßt und sich auf einen Planeten hinabbegibt, auf dem ein fünfköpfiges Forschungsteam sich in ein folgenschweres Experiment eingelassen hat.

Michael K. Iwoleit präsentiert seinen ersten SF-Roman: RUBIKON ist ein bemerkenswertes Erstlingswerk, das in Stil und Themenwahl zwei große Vorbilder des Autors nicht verleugnet: Philip K. Dick und Stanislaw Lem.